진자앙
시

陳子昂

진자앙
시

진자앙 지음

주기평, 강민호, 서용준,
김수희, 홍혜진, 정세진,
임도현 역해

學古房

일러두기

1 이 책에 수록된 진자앙의 시는 팽경생彭慶生의 ≪진자앙시주陳子昂詩注≫ (사천인민출판사, 1981)를 저본으로 하였다. 아울러 ≪전당시全唐詩≫를 비롯한 다른 판본들과 시의 제목이나 내용상 다른 글자가 있을 경우 주석을 통해 이를 밝히고 그 출전은 필요에 따라 밝혔다.

2 수록 작품의 편차는 편년을 기준으로 삼았다. 다만 진자앙 시의 편년은 학자에 따라 일치하지 않는 부분이 있는 까닭에 이 책에서는 ≪진자앙 시주陳子昂詩注≫ 편년 순서를 그대로 따랐으며 작품 해설 또한 이를 기준으로 하였다.

3 매 작품은 한 사람이 맡아 번역과 주해를 하는 책임번역의 방식을 취하였고 해설 말미에 역해자의 이름을 밝혔다.

4 주석의 표제음은 두음법칙을 적용하여 표기하였으며, 한 글자인 경우 이를 적용하지 않고 원음을 표기하였다.

5 이 책에 사용된 부호는 다음과 같다.

≪ ≫: 서명.

〈 〉: 편명 또는 작품명.

( ): 한자 독음 및 인용문의 원문.

[ ]: 한글표기와 한자표기의 음이 다른 경우.

" ": 인용문.

' ': 강조.

목차

역자 서문

　지난 2012년부터 역대 주요 중국 시인들의 시를 공동으로 완역해 보자는 취지로 시작된 서울대학교 중어중문학과 중국고전시가 전공자들의 모임이 올해로 어느덧 5년을 맞이하게 되었다. 사실 처음 모임을 시작할 때만 하더라도 과연 이 모임이 오래 지속될 수 있을지에 대해 우리들 자신도 확신이 없었다. 비록 같은 고전시를 전공한다고는 하나 세부 연구 분야나 내용 및 연구 스타일 등이 다르고, 또한 각기 개인적인 연구 모임과 일정 등이 있는 까닭에 서로의 일정들을 조정하여 함께 모일 수 있는 시간을 확보하는 것이 결코 쉬운 일이 아니었기 때문이다. 그러나 우리의 모임이 중국 고전문학을 대표하는 양식으로서 중국 고전시의 주요 시인에 대한 변변한 완역서가 없는 현실에 대한 성찰과 자기반성에서 시작된 것이었기에, 이러한 점들은 우리의 모임에 결코 절대적인 제약요건이 되지 못하였다. 오히려 이를 극복하기 위한 서로간의 배려와 격려가 하나의 작업을 끝내고 또 다시 새로운 작업을 추진해 나가는데 있어 더욱 커다란 힘과 원동력이 되었던 듯하다.

　그동안의 과정을 돌이켜 보면 지난 2012년 중반부터 2014년 중반까지 이루어진 첫 공동 완역작업에서는 고려와 조선에 걸쳐 우리 선조들이 선록하고 주석을 달아 그 학술적 가치가 높으면서도 우리의 국문학 연구에도 도움이 될 수 있는 《협주명현십초시夾注明賢十抄詩》를 완역하고 주해를 달아 출간하였다. 이어 2014년 중반부터 2015년 말까지의 두 번째 공동 완역작업에서는 중국 산수시의 대가로 꼽히는 남조 송나라의 사령운(謝靈運, 385~433)과 그의 친척동생인 사혜련(謝惠蓮, 397~433)의 시를 대상으로 역시 완역과 주해를 달아 출간하였다. 그리고 2016년 벽두부터 2017년 초반까지 이루어진 이번의 세 번째 공동 완역작업에서는 이른바 건안풍골建安風骨의 흥기를 주장하며 당대 초기 완약婉弱한 남조 제량齊梁의 유풍을 일소하고 성당시 발전의 토대를 이루었다고 평가받는 진자앙(陳子昂, 659~700)의 시를 그 대상으로 하였으며, 이제 부족하나마 그 결과물을 세상에 내놓게 되었다.

　진자앙의 시는 전하는 판본에 따라 수록된 시의 종류와 수가 약간의 차이가 있다. 진자앙의 시문은 그의 사후에 친구인 노장용盧藏用이 간행한 ≪진백옥문집陳伯玉文集≫ 10권이 있었다고 하나 지금은 전하지 않는다. 현존하는 같은 서명의 ≪진백옥문집陳伯玉文集≫ 10권은 명대 양징楊澄이 펴낸 것으로, ≪사부총간본四部總刊本≫의 저본이기도 하다. 이외 청대 양가락楊家駱이 교정한 ≪신교진자앙집新校陳子昂集≫(세계서국, 1980) 10권과 서붕徐鵬이 교점校點한 ≪진자앙집陳子昂集≫(중화서국, 1960) 10권이 있는데, 이들은 모두 ≪사부총간본≫을 저본으로 하여 교정한 것이다. 진자앙의 시만을 수록하고 있는 것으로는 ≪전당시全唐詩≫가 대표적이며, 이외 민국 초 정진탁鄭振鐸 주편의 세계문고본 ≪진백옥시집陳伯玉詩集≫과 팽경생彭慶生의 ≪진자앙시주陳子昂詩注≫(사천인민출판사, 1981) 등이 있다. 이중 팽경생의 ≪진자앙시주≫는 ≪사부총간본≫을 저본으로 하여 ≪전당시≫와 ≪당문수唐文粹≫, ≪당시기사唐詩紀事≫, ≪문원영화文苑英華≫ 등과 세계문고본까지도 아울러 참고하여 교감한 것으로서 진자앙의 시에 있어서는 현존하는 가장 완전한 판본이라 할 수 있다. 따라서 이번의 진자앙 시 완역에서는 이를 저본으로 삼아 총 128수를 대상으로 번역과 주석, 해설을 달았으며, 편년에 따른 작품의 배열순서 또한 이 책의 기준을 따랐다. 책에 수록된 시의 원문 또한 저본을 따랐으며, 《전당시全唐詩》를 비롯한 다른 판본들과 시의 제목이나 내용상 다른 글자가 있을 경우 주석을 통해 이를 밝히고 그 출전은 필요에 따라 밝혔다. 아울러 진자앙의 연보를 〈부록〉으로 달아 작품을 이해하는 배경으로써 그의 삶을 개괄해 볼 수 있게 하였다.

진자앙의 시는 당시가 초기의 제량齊梁 시풍이나 궁체시 일변도에서 벗어나 자신만의 고유한 풍격과 성취를 이루어 내게 된 바탕이 되었다는 점에서 그 의의를 찾을 수 있으며 문학사적으로도 높은 평가를 받고 있다. 그러나 역대로 그에 대한 평가들은 많은 부분 그의 시중 널리 알려진 〈감우시感遇詩〉 38수에 치중되었으며, 이외 다른 시들에 대해서는 상대적으로 소홀히 여겨진 면이 없지 않았다. 진자앙의 시에는 〈감우시〉뿐 아니라 종군시, 증별시, 한적시 또한 많은 부분을 차지하고 있다. 그는 이러한 시들을 통해 〈감우시〉에서 그랬던 것처럼 세상을 경영하고자 하는 자신의 포부와 회재불우의 탄식을 나타내었으며, 당시 무측천武則天 치하의 부패하고 무능한 조정에 대한 비판과 은거에 대한 지향을 드러내었다. 따라서 이번의 진자앙 시 완역을 통해 전문 연구자들에 있어서는 진자앙의 시에 대해 보다 다양한 방면에서의 전면적인 연구로 나아갈 수 있는 기본적인 토대가 마련되었다고 할 수 있다. 일반 독자들의 경우 그동안 국내에서는 한 두 종의 선집류만 출간되어 진자앙 시의 일부만을 감상할 수 있었을 뿐이었다. 그러나 상세한 주석과 작품 해설까지 갖춘 이번의 완역서는 중국 고전문학에 대한 보다 깊이 있는 이해와 감상을 원하는 독자들에게 친절한 인도자가 되어줄 수 있을 것이라 생각된다.

본 역해서에서는 매 작품을 한 사람이 맡아 번역과 주해를 하는 책임번역의 방식을 취하였고 해설 말미에 역해자의 이름을 밝혔다. 그러나 개별 역해자가 일차로 번역과 주석 및 해설을 작성해 오면 이를 공동으로 검토하고 논의하는 과정을 거쳤으며, 검토된 내용을 바탕으로 역해자가 이를 다시 수정 보완하였다. 따라서 혹 이에 대한 오류나 잘못이 있다고 한다면 이는 전적으로 역해작업에 참여한 모두의 공동 책임임을 밝힌다. 이전에 함께 역해 작업에 참여해 왔던 김지현, 이욱진, 김하늬 선생이 개인 사정으로 이번 역해 작업에는 참여하지 못했다. 특히 이번 역해작업의 초반에 건강이 좋지 않아 빠지게 된 이지운 선생이 마음 한 켠의 무거움으로 남는다. 빨리 쾌차하여 다음 작업에는 함께 할 수 있기를 기대한다. 또한 이번에 비록 따로 책임번역을 맡지는 않았지만 모임의 처음부터 참여하여 좋은 의견과 참고자료 등의 도움을 준 박사과정생 김현녀, 김해민, 이다연 동학에게도 격려와 감사의 말을 드린다.

진자앙 시 완역을 마치고 지난 5월부터 다시 ≪악부시집樂府詩集 · 청상곡사淸商曲辭≫ 역해를 시작하였다. 역량과 힘이 닿는 한 우리의 연구는 앞으로도 계속될 것임을 다짐하며, 독자들의 많은 관심과 격려를 기대한다.

2017. 8.

역해자를 대표하여

벽송碧松 주 기 평 삼가 씀

작가소개 및 작품 세계

주 기 평

　진자앙陳子昂(659~700)은 당唐나라의 시인으로 자가 백옥伯玉이며 재
주梓州(지금의 사천성四川省 사홍현射洪縣) 사람이다. 그의 생졸년에 대해
청대 이전의 전적들에서는 확실한 언급이 되어 있지 않다. 따라서 다만
진자앙 관련 기록과 역사적 사실들을 비추어 대략의 생졸년을 추정할 수
있을 따름인데, 연구자들에 따라 일치하지는 않고 있다. 본서에서는 펑경
생彭慶生의 《진자앙시주陳子昂詩注》(사천인민출판사, 1981)에서의 견해
를 따랐으며 작품의 편년 기준과 주해에서의 기술 또한 이를 기준으로
하였다.

　노장용盧藏用의 《진씨별전陳氏別傳》과 《신당서新唐書·진자앙전陳子
昂傳》에 따르면 그는 본디 부유한 집안 출신으로 경제적 어려움이 없이
자랐으며 어려서부터 재주와 외모가 뛰어났다. 또한 협객들과 어울려 사
냥하고 노름하며 지내기를 좋아하여 18세가 되도록 학문에 뜻을 두지 않
다가, 뒤늦게 깨달은 바가 있어 관직에 뜻을 두고 학업에 매진하였다.
21세 때인 의봉儀鳳 4년(679) 처음 장안長安에 들어와 태학太學에서 학업
을 익혔으며, 22세 때인 조로調露 2년(680) 당시 고종高宗이 머물고 있던
동도東都 낙양洛陽에 가서 처음 과거에 응시하였으나 낙제하고 고향으로
돌아갔다. 24세 때인 개요開耀 2년(682) 다시 진사과進士科에 응시하여 합
격하였으나 관직을 얻지 못한 채 전전하다 다시 고향으로 돌아갔다. 26세
때인 예종睿宗 문명文明 원년元年(684) 고종高宗의 영가靈駕를 장안長安으

로 옮기는 문제에 대해 주청한 〈영가를 도성으로 들이는 것에 대해 간언하는 글諫靈駕入京書〉로 무측천武則天의 인정을 받아 인대정자麟臺正字로 발탁되었다. 28세 때인 수공垂拱 2년(686) 서북 지역의 돌궐이 반란을 일으키자 이를 정벌하러 출정한 좌보궐左補闕 교지지喬知之의 군대를 따라 3월에 종군하여 거연해居延海(지금의 내몽고 자치구 지역)와 장액하張掖河(지금의 감숙성 일대) 지역에 머물렀다. 진자앙은 이 기간 공업성취의 열망과 시대적 사명감을 바탕으로 열성으로 교지지를 보좌하며 여러 전략을 세우고 돌궐을 평정할 계책을 담은 책문을 올리기도 하였다. 그러나 이는 교지지에 대한 참소로 인해 조정에서 받아들여지지 않았고, 결국 아무런 성과도 얻지 못한 채 그해 8월 불과 5개월여 만에 낙양으로 돌아왔다.

비록 짧은 북정 기간이었지만 이를 통해 진자앙은 변방의 엄중한 현실과 무측천 조정의 부패와 무능을 절감하게 되었으며, 이는 곧 무측천이 지배하는 현실 정치에 대한 불만과 자신의 정치적 소신을 바탕으로 한 조정 정책에 대한 비판으로 나타났다. 이로 인해 진자앙은 무측천 조정의 기피대상이 되었으며, 정구품하인 인대정자에서 임명된 지 5년 만인 영창永昌 원년(689) 31세 때에야 겨우 정팔품하인 우위주조참군右衛胄曹參軍으로 승진될 수 있었다. 천수天授 원년(690) 무측천이 황제에 올라 국호를 주周로 바꾸자 진자앙은 비록 〈위대한 주나라가 천명을 받게 된 것을 기리는 표문大周受命頌表〉를 올려 이를 칭송하기는 하였으나, 잘못된 정책에 대한 비판과 간언은 멈추지 않았다. 33세 때인 천수天授 2년(691) 계모의 상喪으로 인해 관직을 그만두고 고향으로 돌아가 머무르는 동안 휘상인暉上人, 참군參軍 이숭사李崇嗣 등과 교유하며 관직생활에 대한 회의와 은거의 삶에 대한 지향을 나타내기도 하였으나, 2년 후인 장수長壽 2년(693) 복상을 마치고 다시 낙양으로 와 우습유右拾遺로 발탁되었다. 그러나 장수 3년(694) 반역사건에 연루되어 옥에 갇히게 되었고, 이듬해인 증성證聖

원년(695)에야 옥에서 풀려나와 우습유로 복귀하였다. 38세 때인 만세통천萬歲通天 원년(696) 5월 동북 북방에서 거란족이 반란을 일으키자 무측천은 당질인 양왕梁王 무삼사武三思를 시켜 거란을 토벌하게 하였으나 8월에 평주平州에서 거란에 대패하고 말았다. 이에 9월에 무측천은 다시 당질인 건안군왕建安郡王 무유의武攸宜를 시켜 거란을 토벌하게 하였는데, 이 때 진자앙은 본관참모本官參謀가 되어 무유의의 군대에 합류하게 되었다. 11월에 무유의의 군대는 거란의 반군 토벌에 성공하였고 당시 진자앙 또한 승전을 기뻐하며 공업수립에 대한 자신감에 충만하였다. 그러나 거란 잔당을 토벌하는 과정에서 전략상 무유의와 갈등을 빚게 되었고, 이로 인해 이듬해인 신공神功 원년(697) 군조軍曹로 강등당하며 좌절을 겪게 되었다. 그해 6월 거란의 난이 평정되고 무유의와 함께 7월에 낙양으로 돌아와 다시 우습유로 복직되었다. 그러나 함께 종군하며 절친하게 지냈던 시어사侍御史 교지지喬知之가 무승사武承思에 의해 죽임을 당하는 일들을 경험하면서 무씨 일족이 농단하는 현실 정치에 실망과 환멸을 느끼게 되었고, 이는 다시 실현하지 못한 자신의 정치적 포부에 대한 좌절감과 은거에 대한 지향으로 나타났다.

결국 40세 때인 성력聖曆 원년(698) 가을, 부친의 연로함을 이유로 관직을 그만둘 것을 청하였고 우습유의 직함은 유지한 채 고향으로 돌아갈 것을 허락받게 되었다. 고향 사홍현으로 돌아서는 모옥을 짓고 은둔생활을 하며 부친을 봉양하였으나 이듬해인 성력 2년(699) 7월 부친 진원경陳元卿이 사망하였고, 부친상의 충격과 극진한 복상으로 인해 건강이 극도로 악화되었다. 그 이듬해 42세 때인 성력 3년(700)에 당시 사홍현의 현령이었던 단간段簡의 모함을 받아 투옥되었으며 옥중에서 사망하였다. 그가 투옥된 이유는 분명하지 않으나 진자앙의 집안이 부유했던 까닭에 단간이 그의 재산을 탐해서였다고도 하고, 그가 무씨 일가의 눈 밖에 났던 까닭에 무삼사武三思의 사주로 인한 것이었다고도 한다.

진자앙은 초당初唐 시기에 유행했던 제량齊梁의 궁체시宮體詩와 변려문騈麗文의 폐단을 바로잡고자 하였으며, 이른바 '한위풍골漢魏風骨'의 계승을 주장하며 강건하고 중후한 시를 써냈다. 진자앙의 시는 널리 알려진 〈감우시感遇詩〉 38수를 비롯하여 총128수가 있는데, 110여 편의 산문과 함께 현재 ≪진자앙집陳子昻集≫ 10권에 수록되어 전하고 있다. 그는 비록 42세의 짧은 생을 살았지만 그의 시와 시론은 성당시盛唐詩의 형성과 발전에 커다란 영향을 끼쳤으며, 이에 대한 역대의 평가 또한 매우 높다. 그에 대해 ≪당서唐書 · 진자앙전陳子昻傳≫에서는 "당나라가 일어나자 문장은 서릉徐陵과 유신庾信의 여풍을 계승하여 온 천하가 이를 숭상하였는데, 진자앙이 비로소 이를 우아하고 올바르게 변화시켰다.(唐興, 文章承徐庾餘風, 天下祖尙. 子昻始變雅正)"라 하였는데, 그와 동시대를 살았던 성당과 중당의 대표적인 시인들은 또한 그의 시의 성취와 영향에 대해 다음과 같이 높이고 있다.

두보杜甫, 〈진습유의 옛 저택陳拾遺故宅〉

"관직 낮다고 어찌 슬퍼할 것 있으랴? 귀하게 여겨지는 것은 성현이로다. 재주 있어 이소와 이아를 이었고, 훌륭한 장인도 어깨를 나란히 하지 못하나니, 공께서 양웅과 사마상여의 뒤에 태어났어도, 명성은 일월과 함께 걸렸다. … 영원토록 충의를 세웠고, 불우에 감개하여 유작이 있다. (位下曷足傷, 所貴者聖賢. 有才繼騷雅, 哲匠不比肩. 公生揚馬後, 名與日月懸. … 終古立忠義, 感遇有遺篇)"

이백李白, 〈행융 스님에게 주다贈僧行融〉

"아미산의 사회일은 유독 진자앙을 비추어 드러냈으니, 탁월한 두 도인은 봉황과 기린 같은 이와 사귐을 맺었다.(峨眉史懷一, 獨映陳公出. 卓絶二道人, 結交鳳與麟)"

백거이白居易, 〈처음 좌습유에 제수되어初授拾遺〉

"두보와 진자앙은 그 재주와 명성이 천지를 덮었다.(杜甫陳子昂, 才名括天地)"

한유韓愈, 〈선비를 추천하다薦士〉

"우리나라의 성대한 문장은 진자앙이 처음으로 높이 특출했다.(国朝盛文章, 子昂始高踏)"

맹계孟棨, 《본사시本事詩》

이백은 재주가 뛰어나고 기상이 높아 진자앙과 이름을 나란히 하여 앞뒤로 문덕을 함께 하였다.(白才逸氣高, 與陳拾遺齊名, 先後合德.)

이외 송대 진진손陳振孫은 《직재서록해제直齋書錄解題》에서 진자앙의 "시문은 당나라 초기에서 실제로 처음으로 이전 팔대의 쇠한 기풍을 일으킨 것이다.(詩文在唐初, 實是首起八代之衰者)"라 하였고, 유극장劉克莊 또한 《후촌선생대전집後村先生大全集·시화전집詩話前集》에서 "이백의 〈고풍〉 68수와 진자앙의 〈감우시〉는 필력이 막상막하이며 당의 여러 사람들은 모두가 하풍에 있다.(太白古風, 與陳子昂感遇之作, 筆力相上下, 唐之詩人皆在下風)"라 하였다. 원대 방회方回는 《영규율수瀛奎律髓》에서 "진습유 자앙은 당시의 조종이다. 〈감우시〉 38수가 고체시의 조종일 뿐 아니라 그 율시 또한 근체시의 조종이다.(陳拾遺子昂, 唐之詩祖也. 不但感遇詩三十八首爲古體之祖, 其律詩亦近體之祖也)"라 하였다. 이처럼 그와 동시대의 시인들 뿐 아니라 후대의 많은 평자들 또한 진자앙을 매우 높이 평가하고 있으니, 이는 중국시가사에서 그의 시가 지니는 가치와 의미가 그만큼 크다는 것을 말해주는 것이다.

진자앙의 시는 전체 128수의 시 중 〈감우시感遇詩〉 38수가 가장 대표한다고 할 수 있다. 〈감우시〉에 대해서는 역대로 많은 평가와 언급들이 있어왔으며, 국내에서도 석박사 논문을 비롯하여 이미 적지 않은 관련 연구 성과들이 나와 있다. 따라서 여기에서는 이에 대한 세부적인 설명은 생략하고 다만 그 개략적인 내용과 특징 및 그의 종군시從軍詩 대해 소개하기로 한다.

진자앙 〈감우시〉 38수는 일시에 쓰인 것이 아닌 그의 삶 전반에 걸쳐 쓰인 것으로서, 시의 주제의식과 내용 및 형식수사 등을 포함한 그의 전반적인 시세계가 압축적으로 드러나 있다. 시의 내용은 크게 세 가지로 구분할 수 있다. 첫째, 공업수립을 향한 자신의 포부와 이를 이루지 못한 회재불우懷才不遇함을 나타낸 것으로 총6수를 차지한다. 둘째, 현실에 대한 절망과 좌절에서 비롯한 은둔사상의 피력이나 탈속적인 경계를 추구한 것으로 총10수를 차지하고 있다. 셋째, 사회의 어두운 면을 폭로하고 백성들의 고통스러운 삶에 동정을 나타내는 등의 현실비판적인 것으로 가장 많은 총21수를 차지하고 있다. 이외 회고의 정을 노래하고 있는 것이 1수 있다.

〈감우시〉의 표현상의 특징으로는 웅혼雄渾하고 침울沈鬱하면서도 강건剛健하고 질박質朴한 풍격이 연작시라는 형식 속에 함께 담겨져 있음으로써 그의 문학적 현실주의와 낭만주의가 이상적으로 결합되어 나타났음을 들수 있다. 이는 그의 현실비판의식이 비흥과 상징의 수법을 통한 함축적이고 은유적인 표현을 통해 나타났음을 말한 것으로, 남조南朝 이후 쇠미해졌던 온유돈후溫柔敦厚한 풍간諷諫에 바탕을 둔 중국 고전시가의 전통이 그로 인해 다시금 이어지게 되었음을 의미한다. 그의 시의 이와 같은 현실주의적 낭만주의, 또는 낭만주의적 현실주의라 부를 수 있는 특징은 성당盛唐의 두보杜甫에게서 찬란한 꽃을 피웠으며, 이후 중당中唐의 백거이白居易와 만당晚唐의 두목杜牧에게로까지 이어지게 되었다.

〈감우시〉에서의 단점으로 꼽히는 '전고典故'의 잦은 활용은 이와 같은 맥락에서 이해할 수 있을 듯하다. 〈감우시〉에서는 한 두 수를 제외하고 거의 모든 작품에서 전고의 활용이 나타나고 있다. 그는 〈긴 대나무修竹篇〉의 서문에서 "화려함을 번다하게 다투어 흥과 기탁이 모두 끊어져 있는(彩麗競繁, 而興寄都絶)" 육조 문풍을 비판하였다. 따라서 그는 이를 극복하기 위해 유협劉勰이 ≪문심조룡文心雕龍·용사用事≫에서 제시한 용사의 효용과 올바른 활용을 적극적으로 수용하고 그 활용의 조건과 방식 또한 유협이 제시한 원칙을 그대로 따르고자 하였다.

서북과 동북 지역으로의 총2차에 걸친 종군시기에 쓰인 종군시從軍詩 또한 〈감우시〉와 더불어 진자앙 시의 특징을 압축적으로 담고 있는 시라 할 수 있다. 그의 종군시는 1차 종군 시기의 11수와 2차 종군 시기의 16수를 포함 총27수로 이루어져 있는데, 〈감우시〉와 비교하여 그 내용과 체제 및 형식에 있어 많은 유사성이 나타나고 있다. 내용상 종군시는 '조정에 대한 비판', '변방 안정책의 제시', '향수와 병사들의 고통', '공업수립의 절망과 좌절' 등이 주를 이루고 있는데, 이는 〈감우시〉에서 '은둔사상의 지향'을 제외한 많은 부분과 유사하다. 체제와 형식에 있어서는 첫째, 시의 형식이 〈감우시〉와 마찬가지로 모두가 오언고시로 이루어져 있다. 둘째, 표현상 대부분 기증이나 답신의 형식을 차용하고 있다. 즉 1차 종군시는 〈감우시〉 3수를 제외한 총8수 중 6수가, 2차 종군시는 그 비율이 좀 더 높아져 〈감우시〉 1수를 제외한 총15수 중 13수가 이러한 형식을 차용하고 있다. 그 대상은 모두가 진자앙이 고상한 인품과 탁월한 재능을 갖춘 뛰어난 인재로 여겼던 사람들로서, 〈감우시〉에서 도덕과 재능을 지닌 역사인물들을 노래하며 이들을 현실 개혁의 모범이자 대안으로써 제시한 것과 같은 의미를 지닌다고 할 수 있다. 셋째, 다른 주제의 시들에서는 거의 사용하지 않는 연작시를 활용하고 있다. 진자앙의 시에서 연작시는 그다지 많은 편은 아니어서 〈감우시〉 38수를 제외하면 총3제의 연작시가 있을 뿐이다. 그런데 이중 2제의 시가 각각 1, 2차 종군시기에 쓰이고 있다. 따라서 〈감우시〉의 연작시적 성격은 종군시에서도 그대로 나타나고 있다고 할 수 있다. 이러한 특징들을 종합하면 진자앙의 종군시는 〈감우시〉와 유사한 작시 목적과 내용을 담고 있는 것으로서, 〈감우시〉와 더불어 그의 시세계를 대표할 수 있는 또 하나의 의미 있는 작품이라 할 수 있다.

그러나 그의 시의 단점과 한계 또한 지적하지 않을 수 없으니, 첫째, 표현 기교상의 미숙함과 단조로운 시 형식을 꼽을 수 있다. 그 자신이 스스로 남조南朝의 완약하고 섬세한 풍조를 반대하였던 까닭에 때로는 거칠고 투박하거나 시적 형상이 충분치 못한 한계를 나타내기도 하였으며, 당시에 이미 칠언시가 크게 성행하고 발전하였음에도 이를 자신의 시체로 받아들이지 않아 그에 시에서는 악부시나 칠언시를 전혀 찾아볼 수 없다. 둘째, 시가의 풍아風雅한 전통과 한위풍골漢魏風骨의 계승만을 지나치게 중시했던 까닭에 옛 시에 대한 답습으로만 흘러 자신만의 독창적인 경지를 이루어 내지 못하였다. 청대 섭섭葉燮은 《원시原詩·내편內篇》에서 "진자앙의 고시는 늘 한위의 길을 밟고 따라가서 마침내 완적의 영회시와 완전히 같아졌으니 자신만의 독자적인 모습은 잃어버렸다.(子昻古詩, 尚踏襲漢魏蹊徑, 竟有全似阮籍咏懷之作者, 失自家體段)"라 하였으니, 진자앙 시의 이와 같은 한계를 지적한 것이라 할 수 있다. 마지막으로 진자앙의 종군시에서는 다만 종군의 상황이나 과정 및 결과에 대해서만 서술할 뿐 성당의 변새시邊塞詩들에서와 같이 변방 소수민족들의 풍습이나 문화 문물에 대한 묘사는 전혀 나타나지 않는다. 이는 비록 시기상의 차이도 있기는 하지만, 같은 '종군從軍'을 배경으로 하고 있으면서도 그의 종군시가 성당의 변새시와 구분되는 가장 커다란 요인이 되었다고 할 수 있다.

진자앙 시

1. 感遇三十八首 감우 38수

1-1. 感遇(其一)[1] 감우 1

微月生西海,[2]	초승달이 서쪽 끝에서 뜨고
幽陽始化昇.[3]	희미한 햇빛이 막 솟아오르네.
圓光正東滿,[4]	둥근 달빛이 한창 동쪽에 가득할 때
陰魄已朝凝.[5]	달 그림자가 이미 아침에 생기네.
太極生天地,[6]	태극이 천지를 낳고
三元更廢興.[7]	삼원은 흥망이 바뀌었네.
至精諒斯在,[8]	하늘의 도가 진실로 여기에 있으니
三五誰能徵.[9]	삼정오행三正五行의 이치를 누가 능히 알리오?

▍주석

1) 感遇(감우) : 만난 사물에 대한 감개感慨. 진자앙의 '감우시'는 총 38수인데, 일시에 지은 것이 아니라 시인이 평생에 걸쳐 만난 일에 대한 감개를 읊은 작품이다. 그 중 대부분은 진자앙이 고향의 전원으로 돌아간 이후에 지은 것이다. 지금 전하는 '감우시'의 편차를 보면 저작 시기에 따른 배열도 아니고 내용에 따른 배열도 아니다. 이는 진자앙이 직접 편차한 것이 아니라 그의 사후에 친구인 노장용盧藏用이 남아 있는 시들을 모아서 정리한 것이기 때문이다. '감우시' 38수의 내용은 무측천武則天 왕조에 대한 비판과 자신의 처지 및 감회를 읊은 것이 주를 이루고 있다. 이 시들은 진자앙의 대표작으로 문학사에도 높은 평가를 받고 있다.

2) 微月(미월) : 신월新月. 초승달.
   西海(서해) : 서쪽 끝 땅을 가리킨다.

3) 幽陽(유양) : 막 뜬 태양을 가리킨다. '유幽'는 '미微'의 뜻이며, 햇빛이 이 때 미약하기에 이렇게 부른다.

化昇(화승) : 생겨 솟아오르다. '화化'는 '생生'의 뜻.

4) 圓光(원광) : 둥근 달빛. 보름달.

5) 陰魄(음백) : 달의 어두운 그림자. '백魄'은 둥근 달이 이지러져 생긴 어두운
부분을 가리킨다.

凝(응) : 응기다. 형성되다.

6) 太極(태극) : 천지가 분화되기 이전의 하나의 원기元氣. ≪주역周易·계사상
繫辭上≫에 "역에는 태극이 있으며 이것이 양의를 낳는다.(易有太極, 是生兩
儀)"고 하는데, 양의兩儀는 곧 천지天地이다.

7) 三元(삼원) : 하夏나라는 정월正月로 세수歲首를 삼아 '인원人元'이라 하고,
은殷나라는 12월로 세수를 삼아 '지원地元'이라 하며, 주周나라는 11월로
세수를 삼아 '천원天元'이라 한다.

更(경) : 바뀌다. 왕조의 흥망이 바뀌다.

8) 至精(지정) : 천도天道를 가리킨다.

諒(량) : 진실로.

9) 三五(삼오) : 삼정오행三正五行, 또는 삼통오덕三統五德을 뜻한다. '삼정三正'
이나 '삼통三統'은 하, 은, 주 3대인데 이러한 왕자王者의 조대가 바뀌는 때를
가리키며, 금목수화토金木水火土의 '오행五行'을 '오덕五德'으로 보고 역대의
왕조는 이 중의 하나의 덕을 대표하는데 오행의 상극 상생 순서에 따라
왕조가 교체된다고 보는 것이다.

徵(징) : 징험하다. 명백히 알다.

▌해설

감우 38수의 첫 작품인 이 시는 만물이 순환하는 이치를 노래하며 작가의
뜻을 기탁하고 있다. 대략 진자앙이 전원으로 돌아온 후인 성력聖曆 원년(698)
에서 3년(700) 무렵에 쓴 것으로 보인다.

제1~4구에서는 달과 해의 교체, 달이 차고 이지러지는 것을 통해 세상의
모든 사물이 무궁한 순환 속에 있음을 비유적으로 설명하고 있다. 제5~8구에
서는 하, 은, 주 삼대가 교대로 흥성하고 오덕이 바뀌는 것도 결국 지극히

오묘한 천도의 운행 현상임을 말하고 있다. 특히 마지막 구에서 이러한 하늘의 이치를 누가 알까 하며 탄식하는 속에, 무측천의 주周 왕조의 기운이 다하여 조대가 바뀔 때가 되었음을 은연중에 암시하고 있는 듯하다. (강민호)

1-2. 感遇(其二) 감우 2

蘭若生春夏,[1]	난초와 두약은 봄여름에 자라나
芊蔚何青青.[2]	무성하니 얼마나 짙푸른가.
幽獨空林色,[3]	텅 빈 숲속에 고요히 홀로 피었는데
朱蕤冒紫莖.[4]	붉은 꽃이 자주색 줄기를 덮었구나.
遲遲白日晚,[5]	뉘엿뉘엿 흰 해가 저물면서
嫋嫋秋風生.[6]	산들산들 가을바람 불어온다.
歲華盡搖落,[7]	한 해의 꽃 다 떨어졌으니
芳意竟何成.[8]	향기로운 뜻 결국 어찌 이루려나.

▮주석

1) 蘭若(난약) : 난초와 두약杜若. 난초는 자주색 줄기와 초록색 잎으로 늦여름에 홍백색 꽃이 핀다. 두약은 잎이 생강과 비슷한데 황적색 꽃이 핀다. 모두 향초의 이름으로 고결한 인품을 비유한다.

2) 芊蔚(천울) : 무성하다. 초목이 무성한 모습을 가리킨다.
   青青(청청) : 짙푸르다.

3) 幽獨(유독) : 고요하고 홀로 외롭다. 여기서는 난초와 두약 같은 향초가 인적 없는 산속에 피어 이를 감상해줄 사람이 없는 것을 가리킨다.
   空林色(공림색) : 텅 빈 숲속. 텅 빈 숲의 경관을 가리킨다.

4) 朱蕤(주유) : 붉은 꽃.
   冒(모) : 뒤덮다. 《문선文選·공연시公宴詩》의 "가을 난초가 긴 제방을 덮었고 붉은 꽃이 푸른 못을 뒤덮었네.(秋蘭被長坂, 朱華冒綠池)"에 대한 이선李善 주에 "모장毛萇의 시전詩傳에서 모冒는 '복覆'과 같다." 라고 하였다.

5) 遲遲(지지) : 뉘엿뉘엿. 해가 서서히 지는 모습을 형용한다.

6) 裊裊(요뇨) : 산들산들. 바람이 가볍게 부는 모습을 형용한다.

7) 歲華(세화) : 한 해의 꽃. 여기서는 난초와 두약이 가을이 되면서 시드는 것을 가리킨다.

   搖落(요락) : 시들다. 떨어지다. ≪초사楚辭·구변九辯≫에서 "슬프구나 가을의 기운이여, 쓸쓸하게 초목이 시들어 쇠하는구나.(悲哉秋之爲氣也! 蕭瑟兮草木搖落而變衰)"라고 하였다.

8) 芳意(방의) : 향기로운 뜻. 원래는 봄기운을 뜻하나 여기서는 자신을 세상에 알리고자 하는 의지를 비유한다.

▎해설

　이 시는 뛰어난 재능과 인품을 지녔으나 자신을 알아주는 사람을 만나지 못했다는 '회재불우懷才不遇'의 감개를 서술한 것으로, 성력聖曆 원년(698) 시인이 고향으로 돌아간 후에 지은 것으로 추정된다.

　제1~4구는 난초와 두약이라는 향초를 통해 뛰어난 인재가 알아주는 사람 없이 홀로 지내는 것을 비유하였다. 이처럼 자신의 재능이나 인품을 향초를 통해 비유하는 것은 굴원屈原의 〈이소離騷〉식 비흥比興 방식이라고 할 수 있다. 진자앙은 비유를 통해 이치를 논하고 감정을 표현해야 한다는 복고론을 주장하였는데, 이 시에서 향초 비유를 활용함으로써 그의 문학주장을 실천하고 있다. 제5~8구는 한해가 지나면서 난초와 두약 같은 향초도 시들고 그에 따라 향기 또한 다하게 됨을 말하였다. 자신을 알아주는 사람을 만나지 못한채 헛되이 세월만 보내면서 늙어가는 안타까운 심정을 표현하였다. (김수희)

5

1-3. 感遇(其三) 감우 3

蒼蒼丁零塞,[1]	까마득하게 먼 돌궐 오랑캐의 요새로
今古緬荒途.[2]	예나 지금이나 황폐한 길이 아득하구나.
亭堠何摧兀,[3]	적을 살피는 망루는 어찌 그리 우뚝한지
暴骨無全軀.[4]	버려진 뼈들은 온전한 몸이 없구나.
黃沙漠南起,[5]	누런 모래가 사막 남쪽에서 일어나고
白日隱西隅.[6]	하얀 해가 서쪽으로 숨는구나.
漢甲三十萬,[7]	한나라의 병사 삼십만이
曾以事匈奴.[8]	일찍이 흉노 토벌을 했었지.
但見沙場死,[9]	다만 사막에서 죽은 것만 볼 뿐이니
誰憐塞上孤.[10]	누가 변새의 외로운 사람들을 가여워하리.

▌주석

1) 蒼蒼(창창) : 아득하고 끝이 없이 먼 모양. 까마득함.

   丁零(정령) : 한漢나라, 위魏나라 때의 사서史書에 보이는 북적北狄의 하나로 돌궐突厥의 한 부족 명. 당唐나라 때 이름은 철륵鐵勒.

   塞(새) : 요새.

2) 緬(면) : 멀고 아득하다.

   荒途(황도) : 황폐해진 길.

3) 亭堠(정후) : 고대에 변새에서 적정을 살피던 돈대나 망루.

   摧兀(최올) : 높게 솟은 모습.

4) 暴骨(폭골) : 들판에 버려진 뼈. 들판에서 전사하였으나 거둘 사람이 없음을 뜻함.

   全軀(전구) : 온전한 몸.

5) 漠南(막남) : 사막의 남쪽. 막남幕南이라고도 하는데 고대에 중국 북부의 대사막 이남의 지역을 범칭하였다. 대사막은 대막大漠이라고도 불렀다. 한

무제漢武帝는 대장군 위청衛靑을 파견하여 흉노를 막북漠北으로 쫓았고 북위北魏는 유연柔然을 막남에서 쫓아냈다.

6) 西隅(서우) : 서쪽.

7) 漢甲(한갑) : 한나라의 병사.

8) 事匈奴(사흉노) : 흉노에 대한 토벌 작전을 하다. 한나라는 고조高祖와 무제武帝 때 30만의 대군으로 흉노를 토벌하려 하였으나 큰 성과를 얻지 못했다.

9) 沙場(사장) : 사막. 중국 고대에는 북쪽 이민족과의 전쟁으로 사막이 전쟁터가 된 경우가 많았기 때문에 전장戰場의 의미도 가진다.

10) 塞上孤(새상고) : 변새에서 전쟁으로 말미암아 고아가 되거나 자식이 없어진 사람.

▌해설

진자앙은 당나라 수공垂拱 2년(686)에 교지지喬知之가 돌궐의 난을 정벌하러 간 것을 따라갔다. 이 시는 진자앙이 그 때 변새의 망루에 올라 지은 작품으로 보인다. 고대의 중국은 돌궐에 의해 여러 차례 침입을 당했고 당나라 입장에서는 나라의 큰 우환이었다. 이 시에는 돌궐로 인해 야기된 여러 문제가 거론되었다.

제1~2구는 토벌군이 변새의 돌궐 요새에 도착하기까지 아득하게 먼 길을 왔다는 것을 이야기했다. 돌궐은 중국에서는 아주 먼 곳일 뿐이다. 제3~4구에서 시인은 변새의 황량한 풍경에서 오직 적을 경계하는 망루만이 우뚝 서있다고 묘사했다. 그러나 그것은 기상이 높은 모습이 아니라 외롭고 위태로운 모습인데, 오랜 전쟁으로 뼈만 흩어진 시체들이 사막에 버려져있는 상황과 호응하기 때문이다. 제5~6구는 저녁 무렵의 변방 사막의 모습이다. 누런 모래바람이 일어나는 속에서 해가 지는 모습은 시인이 바라보는 현재의 상황이 참담하다는 것을 알려준다. 중국은 옛날부터 북방의 이민족을 정벌해서 변방을 안정시키려 시도했으나 임시적인 성공만을 얻었다. 제7~8구는 이러한 역사적인 사실에 대한 안타까운 기억이다. 제9~10구에서 시인은 다른 사람들은 단지 병사들의 죽음만 이야기 하지만 자신은 변방에 살면서 전쟁의 피해를

받은 사람들도 동정한다고 주장하며 시를 끝냈다. (서용준)

1-4. 感遇(其四) 감우 4

樂羊爲魏將,[1]	악양은 위나라 장군으로
食子殉軍功.[2]	아들 삶은 것을 먹으면서까지 전공을 구하였네.
骨肉且相薄,[3]	부자사이를 가벼이 여기는데
他人安得忠.	다른 사람에게 어찌 충성스러울 수 있겠는가?
吾聞中山相,[4]	내 듣기에 중산국의 재상은
乃屬放麑翁.[5]	도리어 사슴을 놓아준 노인에게 자식을 맡겼다지.
孤獸猶不忍,	외로운 들짐승을 차마 견디지 못하였는데
況以奉君終.[6]	하물며 임금의 후사를 받드는 것임에랴.

▌주석

1) 樂羊(악양) : '악양樂陽'으로도 쓴다. 전국 시대 위魏나라 문후文侯 때 사람.
   ≪한비자韓非子≫에 따르면, 악양은 위나라 장수로 중산中山을 공격하게
   되었다. 마침 그의 아들이 중산에 있어 중산의 군주가 그의 아들을 삶아
   요리를 만들어 악양에게 보내자 악양은 그것을 먹어치웠다. 이 소식을
   들은 문후가 "악양은 나를 위하여 제 자식의 고기를 먹었다."고 말하면서
   그 충성을 높이 평가하자 곁에 있던 신하는 달리 말했다. "제 자식의 고기를
   먹은 자입니다. 그러니 어느 누구인들 안 잡아먹겠습니까?" 그러자 문후는
   악양을 겉으로만 치하하고 그의 속마음은 믿지 않았다.
2) 殉(순) : 구하다. 추구하다.
   軍功(군공) : 전쟁에서 세운 공로.
3) 骨肉(골육) : 혈통이 같은 부자. 형제.
   薄(박) : 깔보다. 업신여기다.

4) 中山(중산) : 중산국. 전국시대 제후국 중 하나. 지금의 하북성河北省 정현定縣 일대.

5) 乃(내) : 도리어.

屬(촉) : 부탁하다.

放麑翁(방류옹) : 사슴을 놓아준 노인. ≪한비자韓非子≫에 따르면, 노나라 대부인 맹손孟孫이란 사람이 어린 사슴을 사냥해 가신인 진서파秦西巴에게 그것을 가지고 돌아가도록 했다. 그런데 사슴의 어미가 따라오면서 울부짖는 것이었다. 진서파는 참을 수가 없어서 새끼를 어미에게 주었다. 맹손이 돌아와서 잃어버린 새끼를 찾자 진서파가 대답했다. "제가 차마 견딜 수 없어서 사슴의 어미에게 주었습니다." 맹손은 매우 노여워하며 그를 내쫓았다. 그런데 다시 석 달이 지나자 맹손은 다시 그를 불러 자식의 스승으로 삼았다. 맹손의 수레 모는 사람이 궁금해 물어보았다. "지난번에는 죄를 내리시더니, 오늘은 불러서 자식의 스승으로 삼는 것은 무엇 때문입니까?" 맹손의 답은 이러했다. "어린 사슴이 가련해 못 견딜 정도이니 사람 자식은 얼마나 귀하게 여기겠는가? 내 자식을 맡기기에 가장 적임자라고 생각했기 때문이다." 진자앙이 이 시에서 자식을 맡긴 주체를 맹손이 아닌, 중산국의 재상으로 본 것은 잘못된 것이다.

6) 奉君終(봉군종) : 임금의 후사를 받들다.

▌해설

≪통전通典≫에 따르면, 무측천은 서경업徐敬業의 반란 이후 조정대신들이 자신에게 충성하지 않는다고 여겨 그들을 처단하기 시작하였다. 당 종실과 친척 수백 명을 비롯하여 대신은 수백 명에 이르렀고, 자사刺史나 낭장郎將 이하는 셀 수 없이 많이 살육되었다. 태자들도 해를 당했는데, 진자앙은 영창永昌 원년(689)부터 몇 차례 상소를 올려 종실의 자손에 대한 보호와 살육을 자행한 관리의 척결을 간하였다. 이 시는 이러한 배경에서 지어진 듯하다.

이 시는 두 전고를 사용하여 비정한 사람에게는 나랏일을 맡길 수 없음을 지적하고 있다. 전반부인 제1~4구에서는 악양이 골육의 정을 넘어 공을 세웠던 전고를 써서 비록 전공을 거두었으나 충정을 기대할 수 없는 비정함이 있음을 말하였다. 이는 무측천 주변에서 살육을 단행하며 공을 세우는 벼슬아치들이 악양과 같이 비정하여 충성을 바랄 수 없음을 빗댄 것이다. 후반부인 제5~8구에서는 맹손이 사슴을 놓아준 진서파에게 자식을 맡긴 전고를 써서 임금의 후사를 받드는 이는 사람을 귀하게 여겨야 함을 말하였다. 이는 당 종실은 생명을 소중히 여기는 이에게 맡겨야 함을 빗댄 것이다. (이지운)

1-5. 感遇(其五) 감우 5

市人矜巧智,[1]	세속사람들은 교묘한 지혜를 자랑하지만
于道若童蒙.[2]	도에 대해서는 어리석은 어린아이와 같으니,
傾奪相誇侈,[3]	다투며 서로 많음을 뻐겨도
不知身所終.	자신의 마지막을 알지 못하지.
曷見玄眞子,[4]	어찌하면 현진자를 만나
觀世玉壺中.[5]	옥 호리병 속에서 세상을 볼 수 있을까?
宵然遺天地,[6]	아득히 천지를 버리고
乘化入無窮.[7]	자연의 조화를 따라 무궁의 경지로 들어가리라.

▌주석

1) 市人(시인) : 시장에 있는 사람. 영리를 추구하는 세속 사람을 가리킨다.
2) 童蒙(동몽) : 지식이 적은 어린아이처럼 어리석다.
3) 傾奪(경탈) : 다투다.
   誇侈(과치) : 많다고 뻐기다. 과장하여 자랑하다.
4) 曷(갈) : 어찌하면.
   玄眞子(현진자) : 고대 전설 속에 나오는 신선의 이름.
5) 玉壺(옥호) : 옥으로 만든 호리병. 여기서는 후한 비장방費長房의 일을 인용

하였다. 어느 시장에 약 파는 노인이 있었는데, 장사가 끝나면 가게에 매달
아놓은 호리병 안으로 들어갔다. 시장을 관리하던 비장방이 이를 보고
그 노인에게 예를 갖추어 대하자, 노인이 비장방을 데리고 함께 호리병
속에 들어갔는데, 그 안에는 신선세계가 있었다고 한다.

6) 窅然(요연) : 심원한 모양. 깊고 오묘한 도의 경지를 묘사한 것이다.

7) 乘化(승화) : 자연의 이치를 따르다.

無窮(무궁) : 무궁無窮의 문. 대도大道의 경지를 뜻한다. 옛 신선인 광성자廣
成子는 황제黃帝에게 세상의 이치를 가르쳤으며, 무궁의 문을 들어가 천지
와 함께 영원히 살았다고 한다.

▌해설

이 시는 자신의 이익을 추구하며 다투는 세속을 떠나 신선세계로 들어가
영원을 추구하겠다는 뜻을 말하였다. 세속에 환멸을 느끼고 은일하겠다는
뜻을 펼친 것으로 보아 만년에 지은 것이며, 고향으로 돌아가 은거하던 성력
원년(698)에서 3년(700) 사이에 지었다고 보는 설이 있다.

제1~4구에서는 세속사람들이 교묘한 지혜를 추구하며 자신이 이룩한 것
을 자랑하지만 도에 관해서는 모르며 결국 자신의 종말에 대해서도 무지하다
고 비판하였다. 이러한 세태를 비판하면서 진자앙은 자신의 해결책을 제시하
는데, 이는 제5~8구에 나타나있다. 한나라 비장방이 노인을 따라 호리병
속으로 들어가 신선세계에서 살았다는 고사를 인용하면서 자신 역시 이러한
삶을 살면서 자연의 이치에 따라 무궁의 경지로 들어가겠다는 의지를 피력하
였다. (임도현)

1-6. 感遇(其六) 감우 6

吾觀龍變化,¹   내가 용의 변화무쌍함을 관찰하노니

乃是至陽精.²   이는 지극한 양기의 정수라서,

石林何冥密,[3]	바위 숲이 무에 어둡고 **빽빽**할 게 있겠으며
幽洞無留行.[4]	어두운 동굴도 그 다님을 저지할 수 없다네.
古之得仙道,[5]	옛날에 신선의 도를 얻은 자들은
信與元化並.[6]	진실로 천지자연의 조화와 함께하였다고 하는데,
玄感非象識,[7]	현묘한 감응은 현상을 아는 것만으로 알기 어려우니
誰能測沈冥.[8]	누군들 심오하고 난해한 도를 예측할 수 있으리오.
世人拘目見,[9]	세상 사람들은 눈에 보이는 것에 얽매어
酣酒笑丹經.[10]	술 즐기며 단경을 비웃으니,
昆侖有瑤樹,[11]	곤륜산에 요수가 있다지만
安得采其英.[12]	그 꽃을 어찌 딸 수 있으랴.

▌주석

1) 龍變化(용변화) : 용의 변화무쌍함. ≪논형論衡·무형無形≫에 "용이라는
   동물은 한 번 존재하다가 한 번 없어지고, 한 번은 짧았다가 한 번은 길어진
   다. 용의 천성은 변화하는 데에 극히 짧은 시간이 걸리고 갑자기 원상태로
   돌아오나니 항상성이 없다.(龍之爲蟲, 一存一亡, 一短一長. 龍之性也, 變化斯須,
   輒復非常)"라 했다. 여기서의 용이 변화무쌍한 황제를 암시하고 있다고 보는
   의견도 있다.

2) 是(시) : ~이다. 이 글자가 '지知'로 된 판본도 있는데 이 경우 '알다'라는
   뜻이다.
   陽精(양정) : 양기의 정수. ≪위지魏志·관로전管輅傳≫의 주석에서 배송지
   裴松之가 인용한 〈노별전輅別傳〉에 "용이란 것은 양기의 정수이다.(龍者, 陽
   精)"라 했다.

3) 石林(석림) : 바위 숲. 석회동굴로도 볼 수 있다.
   冥密(명밀) : 어둡고 **빽빽**하다.
   이 구의 의미는 양기의 정수인 용이 신통하고 변화무쌍하여 어둡고 **빽빽**한
   바위 숲도 용이 다니는 데에 아무런 장애가 될 수 없다는 것이다.

4) 幽洞(유동) : 어두운 동굴.

留(류) : 만류하고 저지하다.

行(행) : 다니다. 용이 지나다니는 것을 의미한다.

이 구의 의미 역시 위구와 마찬가지로 용이 가진 신통함으로 어두운 동굴도 용의 지나다님을 방해할 수 없다는 것이다.

5) 得仙道(득선도) : 신선의 도를 얻다. 여기서는 신선의 도를 얻은 사람을 가리킨다.

6) 元化(원화) : 천지자연의 조화造化.

並(병) : 함께하다.

7) 玄感(현감) : 현묘하여 예측하기 어려운 감응.

象識(상식) : '상象'은 외재적인 현상現象을 뜻하므로, '상식象識'은 '외재적인 현상을 인식하는 것'이라 풀이된다. '상'이 '몽蒙'으로 된 판본도 있는데 이 경우에도 '차폐遮蔽된 사물의 외피만을 인식하다'라고 풀이되어 '상식象識'과 뜻이 같다.

이 구의 의미는 현묘한 감응은 너무도 심오하여 외재적인 현상을 인식하는 것만으로는 알기 어렵다는 것이다. 이때의 현감은 위에서 말한 용의 신통력과 천지자연의 조화 및 신선의 도와 의미상 연관되며, 외재적 현상만으로는 현묘한 감응, 용의 신통력과 천지자연의 조화, 신선의 도를 알기 어렵다는 뜻이 된다.

8) 沈冥(침명) : 심오하고 난해하다. 위에서 이야기한 선도仙道와 현감玄感을 가리킨다.

9) 目見(목견) : 눈으로 직접 본 것. 즉 외재적인 현상을 직접적으로 목도하는 것을 가리킨다.

10) 酣酒(감주) : 술을 즐기다. 속세의 향락을 가리킨다고 보았다.

丹經(단경) : 도가에서 말하는 불로장생의 약인 단약丹藥에 관한 경전. ≪태청단경太清丹經≫과 ≪구정단경九鼎丹經≫ 등을 예로 들 수 있다.

11) 昆侖(곤륜) : 곤륜산. 도가에서 온갖 신선들이 모여서 산다고 하는 신선의 산을 가리킨다.

瑤樹(요수) : 옥 나무. 신선세계의 나무이다.

12) 英(영) : 요수瑤樹의 꽃. 여기서 요수의 꽃을 딴다는 것은 신선이 되는 것을 비유한다.

▮ 해설

이 시는 눈에 보이는 것들에만 얽매이고 쾌락만 즐기는 세속 사람들이 진정한 선도를 알지 못하는 데에 대한 실망과 염증을 드러낸 것으로서, 이러한 내용으로 볼 때 무측천의 조정에 염증을 느껴 사직하고 고향으로 돌아간 후인 성력聖歷 원년(698)에서 성력 3년(700) 사이에 지은 것이라 여겨진다.

제1~4구에서 시인은 변화무쌍한 용의 신비로움을 표현했다. 양기의 정수이자 어느 곳이든 막힘없이 다닐 수 있는 용의 신비로움은 아래 두 구에서 나오는 '선도'와 '천지자연의 조화' 및 '현감'과 그 의미가 이어진다. 제5~8구에서는 세상 사람들은 눈에 보이는 현상에 구속되어 있을 뿐만 아니라 향락에 빠져 지내느라 현묘한 감응과 신선의 도를 웃음거리로 치부하며 진정한 도의 정수를 얻지 못한다고 말하였다. (정세진)

1-7. 感遇(其七) 감우 7

白日每不歸,[1]	흰 태양은 매번 돌아오지 아니하고
青陽時暮矣.[2]	푸른 봄은 저물어 가네.
茫茫吾何思,[3]	아득히 내 무엇을 생각하는가?
林臥觀無始.[4]	숲에 누워 시작도 없는 태초의 상태를 바라보네.
眾芳委時晦,[5]	뭇 향초는 시들고 때는 저물어 가니
鶗鴂鳴悲耳.[6]	두견새 울음소리 귓가에 서글프네.
鴻荒古已頹,[7]	순박한 태고의 시절은 옛날에 이미 사라져 버렸나니
誰識巢居子.[8]	둥지에서 살았던 소보를 누가 알아주리?

1) 不歸(불귀) : 돌아오지 않는다. 지나간 시간은 돌이킬 수 없음을 말한다.
2) 靑陽(청양) : 봄. 푸르고 따뜻한 계절을 뜻한다.
3) 茫茫(망망) : 아득히 먼 모양.
4) 林臥(임와) : 숲에 눕다. 산림에 은거하다.
   無始(무시) : 도가에서 말하는 시작도 없는 태초의 공허한 상태. ≪장자莊子
   ·열어구列禦寇≫에 "저 지극한 사람은 정신을 시작도 없는 공허한 곳으로
   돌이키고, 어떠한 것도 있지 않는 고향에서 단잠을 잔다.(彼至人者, 歸精神乎
   無始. 而甘冥乎無何有之鄉)"라 하였다.
5) 委(위) : 시들다. '위萎'와 같다.
   晦(회) : 저물다.
6) 鶗鴂(제결) : 두견새. '자규子規'라고도 하며 전설상 고대 촉국蜀國의 망제望
   帝인 두우杜宇의 영혼이 환생한 것이라 한다. 두우는 만년에 수재水災로
   인해 재상 개명開明에게 제위를 물려주고 물러나 서산西山에 숨어 살면서
   고국을 그리워하며 비통해하다 죽었다. 죽어 혼이 두견새가 되어 늦봄이면
   되면 더욱 슬피 울었는데 그 울음소리가 마치 '돌아감만 못하다不如歸'라고
   말하는 것 같았다.
7) 鴻荒(홍황) : 순박한 태고의 시기.
8) 巢居子(소거자) : 둥지에서 사는 사람이라는 뜻으로, 전설상 요堯 임금 때의
   은자인 소보巢父를 가리킨다. 평생을 산속에 살며 세상의 영리를 추구하지
   않았으며 늙어서는 나무에 둥지를 틀고 살아 세상 사람들이 이와 같이
   불렀다. 일설에는 허유許由를 가리키는 것이라고 한다.

▌해설
이 시는 은거의 감회를 말하며 덧없는 세월의 흐름을 탄식한 것으로, 대략
고향으로 돌아온 후인 성력聖曆 원년(698)에서 3년(700) 무렵에 쓴 것으로 여겨
진다.
제1~2구에서는 백白과 청靑의 색채대비를 통해 돌이킬 수 없는 세월의

무상함을 말하고, 제3~4구에서는 시간의 흐름에 초탈한 채 편안히 은거하고 있는 자신을 말하고 있다. 그러나 이는 다만 득의하지 못한 지난 세월에 대한 자기 위안에 불과한 것이라 할 수 있으니, 제5~6구에서는 지는 봄날에 시들어 버린 향초와 두견새의 울음소리로써 회재불우한 자신의 처지를 비통해하고 있다. 마지막 제7~8구에서는 태고의 순박한 기풍이 사라져 버린 무측천武則天의 시대를 비판하고 자신을 요堯 임금 때의 은자인 소보巢父에 비유하며 인재를 알아주지 못하는 현실을 개탄하고 있다. (주기평)

1-8. 感遇(其八) 감우 8

吾觀崑崙化,[1]	내가 천체의 변화를 관찰해보니
日月淪洞冥.[2]	해와 달이 깊은 어두움에 빠져 있다가,
精魄相交構,[3]	음양이 서로 만나서 얽혀서
天壤以羅生.[4]	천지가 생겨났네.
仲尼推太極,[5]	공자는 태극을 추숭했고
老聃貴窈冥.[6]	노자는 요명을 귀하게 여겼으며,
西方金仙子,[7]	서방의 부처가
崇義乃無明.[8]	숭상한 것은 곧 무명이네.
空色皆寂滅,[9]	공과 색이 다 적멸한 것이니
緣業亦何成.[10]	인연의 업을 또한 어찌 이루리오?
名教信紛籍,[11]	명교도 진실로 분잡하니
死生俱未停.	생사를 모두 그칠 수 없구나.

▌주석

1) 崑崙化(곤륜화) : 천체天體, 자연의 변화 발전을 가리킨다. '곤륜'은 하늘이 광대하고 끝이 없는 모습으로 여기서는 하늘을 가리킨다.

2) 淪(륜) : 빠지다.

    洞冥(동명) : 깊고 어두운 곳.

3) 精魄(정백) : 음양陰陽과 같다.

4) 天壤(천양) : 천지天地. ≪주역周易·계사하繫辭下≫에 "천지의 기운이 얽히고설켜 만물이 화하여 엉기고, 남녀가 정을 맺어 만물이 생긴다.(天地絪縕, 萬物化醇. 男女構精, 萬物化生)"고 하고, ≪회남자淮南子·천문훈天文訓≫에 "도는 하나에서 시작하는데 하나로서는 생성을 할 수 없기에 나누어져 음양이 되었고 음양이 화합하여 만물이 생긴다.(道始於一, 一而不生, 故分爲陰陽, 陰陽和合而萬物生)"고 한다.

5) 仲尼(중니) : 공자孔子.

    太極(태극) : 양의兩儀 즉 천지를 낳는 근원적인 원기. 공자가 애호한 ≪주역≫에 나오기에 공자를 언급한 것이다.

6) 老聃(노담) : 노자老子.

    窈冥(요명) : 심원하고 아득한 것. 그윽하고 어두운 것. 형태가 없는 도道를 가리킨다. ≪노자≫에 "도의 사물됨은 오직 어슴푸레하고 흐릿하다. 흐릿하고 어슴푸레하기에 그 속에 형상이 있다. 어슴푸레하고 흐릿하기에 그 속에 물체가 있다. 심원하고 아득하기에 그 속에 정기가 있다.(道之爲物, 惟恍惟惚. 惚兮恍兮, 其中有象. 恍兮惚兮, 其中有物, 窈兮冥兮, 其中有精)"고 한다.

7) 金仙子(금선자) : 부처님의 별칭.

8) 無明(무명) : 어리석고 지혜가 없음. 불교에서 십이인연十二因緣을 말할 때 '무명'에서부터 시작하며 인간의 모든 고통이 여기에서 비롯된다고 본다. 그래서 '무명'으로 '인연因緣', 즉 '연기緣起'를 대신 가리킨 것이다.

9) 空(공) : 만물은 인연 따라 생기기에 고정된 실체가 없는 환영이라는 것.

    色(색) : 감각으로 알 수 있는 일체의 형질形質을 가리킨다. 이 구절은 '색즉시공色卽是空', '공즉시색空卽是色'이라는 말과 통한다.

10) 緣業(연업) : 인연의 제약을 받은 각종 행위. '업業'은 신身·구口·의意 세 방면의 행위를 가리킨다.

11) 名教(명교) : 명분과 교화. 유가의 번다한 제도와 도덕관념을 가리킨다.

紛藉(분자) : 잡다하고 어지러운 모양.

▌해설

이 시에서는 진자앙이 의지하고자 했던 여러 사상들에 대한 그의 태도를 엿볼 수 있다. 그가 전원으로 돌아온 후인 성력 원년(698)에서 3년(700) 사이에 쓴 것으로 보인다.

제1~4구에서는 애초의 어두운 상태에서 음양이 생기고 이것이 화합하여 천지 만물이 생긴 이치를 말하고 있다. 제5~8구에서는 이 천지 형성에 대한 공자, 노자, 석가 사상의 핵심을 말하고 있는데 일견 비슷하게 통하는 면도 있어 보인다. 즉 공자는 천지를 낳은 원기인 태극을 추숭하고, 노자는 그윽하여 형체가 없는 도를 귀하게 여기며, 부처는 모든 인연의 시발점인 무명을 숭상한다고 한다. 제9~12구에서는 이 사상들에 대한 진자앙의 견해나 비판이 드러난다. 불교의 색공관色空觀과 인연설에 대해서는 수긍할 수 없음을 말하고 있으며, 명교에 치우친 유가 사상에 대한 반감도 표출하고 있다. 그래서 끝구에서는 생사를 초월한 안식처에 이르지 못함을 탄식하고 있는 듯하다. 진자앙은 정치적으로 여러 차례 좌절을 겪은 후에 사상적인 면에서도 고민과 근본적인 성찰이 심했던 것 같다. 노장용盧藏用이 쓴 〈진씨별전陳氏別傳〉에 "진자앙은 만년에 황로의 말을 좋아하고 더욱이 ≪주역周易≫의 괘상卦象에 탐미했는데 왕왕 정밀하고 조예가 깊었다.(子昂晚愛黃老之言, 尤耽味易象, 往往精詣)"고 한다. 이 말과 위의 시를 보면 진자앙은 만년에 이르러 ≪주역周易≫과 ≪노자老子≫에 좀 더 의지했다고 볼 수도 있겠다. 하지만 공자를 여전히 추숭하고 있고 끝구에서 생사의 굴레를 벗어나는 것을 추구하는 것으로 보아 유가 사상과 불교를 완전히 버렸다고 단언할 수도 없을 듯하다. (강민호)

1-9. 感遇(其九) 감우 9

聖人祕元命,[1]	성인께서 천명을 비밀로 한 것은
懼世亂其眞.	세상이 그 참뜻을 어지럽힐까 두려워해서라.
如何嵩公輩,[2]	어찌하여 궁숭의 무리가
詃譑誤時人.[3]	실없는 말과 속임수로 당시 사람을 그르쳤던가.
先天誠爲美,[4]	하늘보다 먼저 아는 것은 진실로 좋은 일이지만
階亂禍誰因.[5]	분란의 빌미가 되니 그 화가 뉘 탓이랴.
長城備胡寇,[6]	만리장성으로 오랑캐의 침략을 대비했으나
嬴禍發其親.[7]	진나라의 재앙은 그 측근에서 일어났으며,
赤精既迷漢,[8]	적제赤帝의 참언이 이미 한나라를 미혹시켰고
子年何救秦.[9]	왕가王嘉의 예언이 어찌 전진前秦을 구했겠는가.
去去桃李花,[10]	도리 꽃 핀 곳으로 가자구나
多言死如麻.[11]	말이 많아 죽는 이가 삼실 같을 테니.

▮주석

1) 元命(원명) : 천명天命.
   이 구는 《논어論語·공야장公冶長》의 "공자께서 본성과 천도를 말씀하시는 것은 들을 수 없었다.(夫子之言性與天道, 不可得以聞也)"라는 데서 유래하였다.

2) 嵩公(숭공) : 궁숭宮嵩. 《신선전神仙傳》권10에서 "궁숭이라는 자는 낭야 사람이다. 신선 우길을 스승으로 섬겼다. 한 원제 때 궁숭이 우길을 따라 곡양천 가에서 천선을 만났는데 우길에게 붉고 푸른 글씨로 쓴 《태평경》 10부를 주었다. 우길이 그것을 행하여 득도하고는 그 책을 궁숭에게 주었다. 그 책은 음양, 성쇠, 생사의 일을 자주 논하였는데 하늘의 도, 땅의 도, 사람의 도가 있었다.(宮嵩者, 琅邪人也. 師事仙人于吉. 漢元帝時, 嵩隨吉于曲陽泉上遇天仙, 授吉青朱字《太平經》十部. 吉行之得道, 以付嵩. 書多論陰陽否泰滅生之事, 有天道, 地道, 人道)"라고 하였다.

3) 詑譎(회휼) : 실없는 말과 속임수.

   이 구는 참위설讖緯說로 혹세무민惑世誣民하여 환란을 일으키는 것을 가리
   킨다.

4) 先天(선천) : 하늘의 때보다 미리 알고 행하다.

5) 階亂(계란) : 분란의 빌미. 분란이 일어나게 되는 원인. ≪좌전左傳·성공成
   公≫의 "원망이 많아 분란의 빌미가 되니 어찌 자리에 있으랴.(多怨而階亂,
   何以在位)"에 대한 두예杜預 주에서 "원망이 분란의 빌미가 된다.(怨爲亂階)"라
   고 하였다.

6) 長城(장성) : 만리장성.

   이 구는 진시황이 만리장성을 쌓아 오랑캐를 방비한 일을 가리킨다. ≪사
   기史記·진시황본기秦始皇本紀≫에서 "(32년에) 연나라 사람 노생이 바다에
   들어갔다 나와서 귀신을 섬기고 그로 인해 그림과 글을 적으라고 아뢰면서
   '진나라를 멸망시키는 자는 '호胡'입니다.'라고 했다. … 34년에 마침내 옥리
   중에 바르지 못한 자를 다스려서 장성을 쌓아 남월 땅까지 이르게 하였다.
   (燕人盧生使入海還, 以鬼神事, 因奏錄圖書, 曰, 亡秦者胡也. … 三十四年, 適治獄吏不直
   者, 筑長城及南越地)"라고 하였다.

7) 嬴禍(영화) : 진秦나라의 화禍. 영嬴은 진나라의 성씨이다.

   이 구는 진시황 사후에 조고趙高와 이사李斯가 그 유서를 위조하여 장자
   부소扶蘇를 살해하고 호해胡亥를 이세二世 황제로 세웠는데, 1년도 못되어
   농민봉기가 일어나 진나라가 망하게 된 일을 가리킨다.

8) 赤精(적정) : 적제赤帝 한 고조高祖의 정기. 하하량夏賀良 등이 고조를 내세워
   참언한 일을 가리킨다. ≪한서漢書·애제기哀帝紀≫에 의하면, 건평建平 2년
   (기원전 5) 6월 하하량 등이 적정자赤精子의 참언을 전하며 '한나라의 국운
   이 중도에 쇠하였으므로 천명을 다시 받으려면 마땅히 연호를 고쳐야한다'
   고 건의했다가 8월 혹세무민 했다는 죄명으로 모두 처벌받았다 한다.

9) 子年(자년) : 왕가王嘉의 자. 동진東晉의 유명한 예언가. ≪진서晉書·왕가전
   王嘉傳≫에서 "왕가는 자가 자년으로 농서 안양 사람이다. 아직 행해지지
   않은 일을 말하였고 글은 참언의 기록 같았다. 당시 그의 말을 이해할

수 있는 사람이 드물었는데 일이 행해지고 나면 모두 증명되었다.(王嘉,
字子年, 隴西安陽人也. 言未然之事, 辭如讖記, 當時鮮能曉之, 事過皆驗)"라고 하였다.
　　秦(진) : 전진前秦. 동진십육국東晉十六國 가운데 한 나라이다.
10)　去去(거거) : 가다. 떠나다. 빨리 하라고 재촉하는 말로도 볼 수 있는데,
　　이 경우 '어서 (말없는) 도리 꽃을 배워야지'로 풀이된다.
　　桃李(도리) : 도리. 복숭아와 자두. 말이 없어도 사람들이 알아보게 되는
　　뛰어난 인재를 비유한다. ≪사기史記·이장군열전李將軍列傳≫에서 "속담에
　　'도리는 말이 없어도 그 아래 절로 길이 난다'고 했다.(諺曰, 桃李無言, 下自成
　　蹊)"라고 하였다.
　　이 구는 정치적 발언을 할 필요가 없는 곳으로 떠나려는 의지를 표현하였다.
11)　死如麻(사여마) : 죽는 이가 어지러운 삼실처럼 많다. ≪사기史記·천관서天官
　　書≫에서 "죽은 이들이 어지러운 삼실 같다.(死人如亂麻)"라고 하였다.

▌해설

　이 시는 참위설을 써서 정치적 당위성을 증명하려는 무측천의 정치행태를
비판한 것으로, 무측천이 즉위하기 전후인 수공垂拱 4년(688)에서 천수天授
원년(690) 사이에 지어진 것으로 추정된다. 이 시기 무측천은 가짜로 '성스러
운 어머니가 인간 세상에 임하여 길이 황제의 공업을 창성하게 하리.(聖母臨人,
永昌帝業)'라는 글을 돌에 새기고 이를 낙수洛水에서 얻은 것인 양 만든 후,
이 돌을 '하늘이 내린 신성한 도서(天授聖圖)'라고 일컫고 자신을 성모신황聖母神
皇이라 칭하게 하였다. 또 승려들에게 명하여 ≪대운경大雲經≫4권을 편찬하
게 하고, 거짓으로 자신이 미륵불의 현신이니 마땅히 당나라 황제가 되어야한
다고 주장하게 하였다. 이 시는 바로 이러한 무측천의 정치행태에 느낀 바가
있어 지은 것이다.
　제1~6구는 성인은 세상이 혼란해질까 두려워서 천명天命을 언급하지 않았
지만 궁숭 같은 이들은 천명을 내세워 백성들을 그르치게 했으니 천명을 거론
하는 것이 화가 될 수 있음을 지적하였다. 제7~10구는 천명을 미리 알아내어
대비하고자 했지만 결국에는 모두 내부적인 요인으로 인해 나라가 망하게

되었음을 말하였다. 제11~12구는 이런 시국에 말을 잘못하면 죽기 십상이니 말없이 지낼 수 있는 곳으로 떠나고자 하는 심정을 표현하였다. (김수희)

1-10. 感遇(其十) 감우 10

深居觀元化,[1]	깊숙이 거처하며 인간세상의 행동을 바라보니
悱然爭朵頤.[2]	만물이 다투어 입을 벌리는 걸 슬퍼한다네.
讒說相啖食,[3]	모함과 비방을 하며 서로를 잡아먹으려하고
利害紛嶷嶷.[4]	이로움과 해로움에 따라 어지러이 속이는구나.
便便夸毗子,[5]	저 매끄럽게 아부를 하는 사람들은
榮耀更相持.[6]	부귀하고 현달하면서 다시 서로를 도울 것이네.
務光讓天下,[7]	무광은 천하를 사양했지만
商賈競刀錐.[8]	장사꾼은 칼끝 같은 이득을 다툰다네.
已矣行采芝.[9]	그만두고서 지초를 캐러 가리니
萬世同一時.[10]	만대가 지금 한 때와 같은 거라네.

▌주석

1) 深居(심거) : 깊숙이 거처하다. 고요하게 지내다.
   元化(원화) : 천지자연의 이치. '군동群動'으로 된 판본이 많은데 이 경우에
   는 '세상 사람들의 행동'의 뜻이다.
2) 悱然(비연) : 슬퍼하다.
   朵頤(타이) : 턱을 벌리다. 턱을 움직이다. 음식을 먹으려고 턱을 벌린다는
   뜻이다. ≪주역周易・이괘頤卦≫에 나오는 '타이朵頤'와 같은 뜻이다. 이괘
   의 상象은 초구初九와 상구上九에 양효陽爻가 있고 그 사이에 음효陰爻가
   있는 모양으로 위턱과 아래턱 사이에 입이 있는 형상이다. 그래서 초효初爻
   는 아래턱, 상효上爻는 위턱을 상징한다. 사람은 턱을 움직임으로써 음식을

먹으며 몸을 기르고 또한 턱을 움직여 말을 하는데 주로 아래턱을 움직인 다. 올바른 사람은 올바른 음식을 올바른 태도로 올바른 양을 먹어야 하며 올바른 말을 해야 하니 이것이 이괘의 의미이다. 초구의 괘사卦辭에 "너의 신령한 거북이를 버리고 나를 보며 턱을 벌리니 흉하다.(舍爾靈龜, 觀我朶頤, 凶)"고 하였다. 양을 나타내는 아래턱이 음을 의미하는 입을 위해 움직이는 것은 무절제할 가능성이 크고 그래서 흉한 것이다. 이 시에서는 자신의 이득을 위해 움직이는 것을 뜻했다.

3) 讒說(참세) : 비방과 이야기. 모함하는 말과 비방하는 말.

啗食(담식) : 먹다. 삼키다.

4) 紛(분) : 어지럽다. 많다.

嶷嶷(의의) : 속이다. 사기치다.

5) 便便(편편) : 말이 유창하고 분명하다. 또는 말을 매끄럽게 잘하는 모양.

夸毗子(과비자) : 잘보이려고 아첨을 하는 사람. 이 시에서는 당시의 권세 가를 의미한다. '과夸'는 과장을 해서 남에게 잘보이는 것이고 '비毗'는 아부 하는 것이다.

6) 榮耀(영요) : 부귀와 현달.

相持(상지) : 상부상조하다.

7) 務光(무광) : 은殷나라 탕湯왕 때의 은사. 탕왕이 천하를 양위하려하자 사양 하고 물에 빠져 죽었다고 한다. ≪장자莊子 · 양왕讓王≫에서 "탕왕이 걸왕 을 치려고 했는데 …… 탕왕이 다시 무광에게 지모를 묻자 무광이 말하길 '내 일이 아닙니다.'라 했다. 탕왕이 '누가 좋을까요?'라 하자 말하길 '나는 모릅니다.'라 했다. 탕왕이 말하길 '이윤은 어떻습니까?'라 하자 말하길 '강 력하며 수치를 견딥니다만 나는 그 밖에는 모릅니다.'라 했다. 탕왕이 마침 내 이윤과 모의를 하여 걸왕을 쳐서 그를 이기고 …… 탕이 다시 무광에게 천하를 양보하며 말하길 '지혜로운 자가 계책을 세우고 무력이 있는 자가 그것을 완수하고 어진 자가 그것을 다스리는 것이 옛 법도입니다. 선생이 어찌 천자로 서지않으십니까?'라 했다. 무광이 사양하며 말하길, '상전을 물리칠 것은 의로움이 아니며 백성을 학살한 것은 인자함이 아닙니다.

23

남이 그 어려운 일을 저질렀는데 내가 그 이득을 누리는 것은 염치가 아닙니다. 내가 듣기로 의로운 자가 아니면 그 녹봉을 받지 않고 무도한 세상에서는 그 땅을 밟지않는다고 하였습니다. 하물며 나를 받들다니요! 나는 차마 더는 못보겠습니다.'라 하였다. 그리고 돌을 지고는 스스로 여수에 **빠져죽었다.**(湯將伐桀 …… 湯又因務光而謀, 務光曰, 非吾事也. 湯曰, 孰可. 曰, 吾不知也. 湯曰, 伊尹如何. 曰, 强力忍垢, 吾不知其他也. 湯遂與伊尹謀伐桀, 剋之 …… 湯又讓務光曰, 知者謀之, 武者遂之, 仁者居之, 古之道也. 吾子胡不立乎. 務光辭曰, 廢上, 非義也, 殺民, 非仁也. 人犯其難, 我享其利, 非廉也. 吾聞之曰, 非其義者, 不受其祿, 無道之世, 不踐其土. 況尊我乎. 吾不忍久見也. 乃負石而自沈於廬水)"라고 하였다.

8) 商賈(상고) : 장사꾼. '상商'은 행상이고 '고賈'는 좌상이다.

   刀錐(도추) : 칼끝. 극히 작은 이익의 비유. '추도錐刀'라고도 하며 모두 '작은 칼의 끝(錐刀之末)'의 줄임말이다.

9) 已矣(이의) : 끝났다. 됐다. 그만두다.

   采芝(채지) : 지초를 캐다. 지초는 장복하면 장수를 한다는 신선의 약초이다. 지초를 캔다는 것은 은거를 하거나 세속을 떠난다는 뜻이다.

10) 萬世(만세) : 만대萬代. 여기에서 만대가 한 때와 같다는 것은 세상의 이치가 언제나 한결같았다는 뜻이다.

▌ 해설

이 시는 세상 사람들이 모두 자기 스스로의 이익을 위해 남을 해치는 것도 꺼리지 않는다고 한탄하는 내용이다. 지위가 높은 사람은 자신의 높은 지위와 재물을 위해 남을 비방하거나 또는 남에게 아부를 하고 지위가 낮은 사람은 낮은 대로 역시 작은 이익을 위해 남과 싸운다. 진자앙이 보았을 때 이것은 원래 사람 세상이 만들어진 이치이기 때문에 이러한 다툼에서 벗어나기 위해서는 오직 세상에서 벗어나는 방법 밖에 없다. 대체로 이 시는 진자앙이 낙양에서 우습유右拾遺를 하던 장수長壽 2년(693)에서 성력聖曆 원년(698) 사이의 작품으로 보인다.

제1~4구는 《주역》의 표현을 빌려 세상의 비정한 이치를 밝힌 것이다.

자신의 이익을 위해 남을 해치는 것도 꺼리지 않고 속이는 일도 피하지 않는 다. 제5~8구는 이러한 세상의 흐름을 따라서 지위가 높은 사람이나 낮은 사람들 모두 자신의 이득만을 다툴 것이라는 내용이다. 오직 의롭고 어진 무광과 같은 사람만이 이러한 다툼을 거절할 수 있다. 제9~10구에서 시인은 이러한 세상을 벗어나서 은거할 것이라고 고백하였다. 세상은 언제나 변함이 없기 때문이다. (서용준)

1-11. 感遇(其十一) 감우 11

吾愛鬼谷子,[1]	나는 귀곡자를 좋아하는데
靑溪無垢氛.[2]	청계산에 혼탁한 기운이 없었네.
囊括經世道,[3]	세상을 다스릴 도를 모두 담았으면서도
遺身在白雲.[4]	몸을 버리고 흰 구름 사이에 두었네.
七雄方龍鬪,[5]	칠웅이 한창 용처럼 싸워
天下亂無君.	천하가 혼란에 빠지고 군주가 없었네.
浮榮不足貴,	헛된 영화도 귀한 것이 못되니
遵養晦時文.[6]	도를 따라 힘을 기르며 시대에 맞는 문장은 감추었네.
舒之彌宇宙,[7]	펼치면 우주까지 두루 미치고
卷之不盈分.[8]	말아두면 한 푼도 되지 않았으니,
豈圖山木壽,[9]	어찌 산의 나무처럼 장수하여
空與麋鹿群.[10]	부질없이 사슴과 무리짓길 도모하랴!

▌주석

1) 鬼谷子(귀곡자) : 전국戰國시대 초나라의 은사. 이름은 왕후王詡 또는 왕선 王禪으로 불렸고 호는 현미자玄微子이다. 도가의 대표인물이며 종횡가의

시조이다. 소진蘇秦과 장의張儀의 스승이었다. 귀곡鬼谷에 은거하며 스스로 귀곡자라 불렀다고 전해진다. 귀곡은 운몽산雲夢山에 있다. 지금의 하남성河南省 학벽시鶴壁市 기현淇縣의 서쪽으로 계곡 내에 귀곡동鬼谷洞이 있다.

2) 靑溪(청계) : 산 이름. 지금의 호북성湖北省 당양현當陽縣의 서북쪽에 있다. 귀곡자가 은거했다고 전해진다.

垢氛(구분) : 더럽고 혼탁한 기운.

3) 囊括(낭괄) : 자루에 담아 묶다. 남김없이 모두 거두어 가지는 것을 말한다.

4) 遺身(유신) : 몸을 버리다. 세상을 피해 은거한다는 뜻이다.

5) 七雄(칠웅) : 일곱 영웅. 전국戰國시대에 연燕, 조趙, 한韓, 위魏, 제齊, 초楚, 진秦의 일곱 강국을 말한다.

龍鬪(용투) : 용처럼 싸우다.

6) 晦(회) : 감추다. ≪시경詩經·주송周頌·작酌≫에 "아! 아름답도다! 임금의 병사여, 도를 따라 힘을 기르며 때와 더불어 감추었네.(於鑠王師, 遵養時晦)"라 하였다.

時文(시문) : 시대에 적합한 문장. ≪급총주서汲冢周書·시법해諡法解≫에서 "도덕이 넓고 두터운 것을 문이라고 한다.(道德博厚曰文)"고 하였다.

이 두 구는 무력과 약육강식이 팽배한 세상을 피해 도를 기르고 문덕文德을 감추고서 때를 기다린다는 뜻이다.

7) 舒之(서지) : 도를 펼치다. 여기서는 앞의 '경세도經世道'를 가리킨다. ≪회남자淮南子·원도훈原道訓≫에 "무릇 도란 것은 하늘을 덮고 땅을 실을 수 있어서 사방으로 펼쳐지고 팔방으로 열리니 높이는 닿을 수가 없고 깊이는 헤아릴 수 없다. … 펼치면 천지 사방을 덮어버리고 말아두면 한 주먹이 채 되지 않는다.(夫道者, 覆天載地, 廓四方, 柝八極, 高不可際, 深不可測. … 舒之幀于六合, 卷之不盈于一握)"고 하였다.

彌(미) : 두루.

8) 分(분) : 일 푼. 아주 작은 무게를 말한다.

이 두 구는 귀곡자가 지닌 경세지도經世之道의 오묘함에 대해 말한 것이다. 그 도를 펼치면 온 우주까지 두루 미치지만 시기가 적합하지 않아 쓰지 않고 거두면 아주 작음을 말하고 있다.

9) 山木壽(산목수) : 산의 나무처럼 오래 살다. ≪장자莊子·외편外篇·산목山木≫에 "장자가 산중을 가다가 큰 나무를 보았는데 가지와 잎이 무성하였다. 나무꾼이 그 옆에 멈추어 서서는 자르지 않았다. 그 이유를 물으니 '쓸모가 없습니다.'라고 하였다. 장자가 '이 나무는 재목감이 되지 않았기 때문에 그 천수를 다할 수 있는구나.'라고 말하였다.(莊子行於山中, 見大木, 枝葉盛茂, 伐木者止其旁, 而不取也. 問其故, 曰, 無所可用. 莊子曰, 此木以不材得終其天年)"고 하였다.

10) 麋鹿(미록) : 사슴.

群(군) : 무리지어 어울리다.

이 두 구는 귀곡자가 경세지도를 품고 있었으니 은거하면서도 세상에 쓰일 때를 기다렸다는 것이다.

▌해설

이 시는 귀곡자가 경세지도經世之道를 품고도 혼란한 세상 탓에 그 재능을 선보이지 못하고 은거하며 세상에 쓰일 때가 오기를 기다렸음을 말한 것이다. 관직생활을 시작하지 않았던 문명文明 원년(684) 이전에 지어진 작품으로 보는 견해가 있다.

제1~4구는 혼탁한 세상을 피해 청계산에 은거하였던 귀곡자에게 경세지도가 있었음을 말하였다. 제5~8구는 무력이 난무하고 군주의 권위가 실추된 시대인지라 영달의 추구 또한 의미가 없었으므로 귀곡자 또한 문덕文德을 감추고 도를 수양하는 데 전념하였음을 나타내었다. 제9~12구는 귀곡자가 지닌 경세지도의 위력이 우주까지 두루 미칠 수 있을 정도이나 시절을 잘못 만나 제대로 발휘되지 못했지만 때가 되면 은거를 그만두고 세상에 나아가고자 하였음을 나타내었다.

진자앙은 귀곡자가 은거를 하면서도 제자를 키우고 종횡가로 활동하며 치도治道와 경세의 방법을 궁리하였던 점에 주의를 기울였다. 이로써 진자앙 자신의 궁극적인 목적 또한 경세지도를 펼치는 데 있음을 기탁하였다. (홍혜진)

1-12. 感遇(其十二) 감우 12

呦呦南山鹿,[1]	유우유우 우는 남산의 사슴
罹罟以媒和.[2]	짝에게 유인당해 그물에 걸렸네.
招搖青桂樹,[3]	초요산의 푸른 계수나무
幽蠹亦成科.[4]	숨어 있는 좀으로 또한 속이 비게 되었네.
世情甘近習,[5]	세상 인정이 측근으로 있음을 좋게 여기지만
榮耀紛如何.[6]	그 부귀영화는 분분함이 어떠하던가?
怨憎未相復,[7]	원망과 증오도 아직 갚지 않았는데
親愛生禍羅.[8]	친하고 사랑함으로 인해 재앙이 생겨났구나.
瑤臺傾巧笑,[9]	화려한 누대에서 교태 떠는 미소는 기울었고
玉杯殞雙蛾.[10]	옥 술잔 마시던 아름다운 눈썹은 죽었구나.
誰見枯城蘖,[11]	누가 보았는가? 옛 성의 새싹이
青青成斧柯.[12]	푸르고 푸르다 도끼 자루가 된 것을.

▌주석

1) 呦呦(유유) : 사슴이 우는 소리.
2) 罹罟(이고) : 그물에 걸리다.
   媒和(매화) : 짝과 합쳐지도록 매개하다. 짝이 찾아오도록 만드는 행위이
   다. 옛날 사냥꾼이 사슴 한 마리를 묶어두고 울게 하여 짝을 찾도록 한
   뒤 다른 사슴이 접근하면 활을 쏘아 잡았다고 한다.
   이상 두 구는 짝을 가까이하는 행위가 결국 자신을 해치게 되는 상황을
   비유적으로 표현하였다.
3) 招搖(초요) : 서해 옆에 있다는 전설의 산 이름. 계수나무가 많았다고 한다.
4) 幽蠹(유두) : 숨어 있는 좀. 나무줄기 속에 숨어서 갉아먹는 벌레를 말한다.
   科(과) : 속이 비다.
   이상 두 구는 자신과 가까이 살고 있는 존재로 인해 몸을 망치게 되는

상황을 비유적으로 표현하였다.

5) 近習(근습) : 가까이 있어서 익숙해지다. 친하고 사랑하는 존재를 말한다. 임금의 총애를 받는 자를 가리키기도 한다.

6) 榮耀(영요) : 부귀영화.
   이상 두 구는 가까이 지내며 총애를 받는 것을 사람들이 좋아하며 이로 인해 부귀영화를 누리기도 하지만 그것의 폐해 역시 존재한다는 뜻이다.

7) 怨憎(원증) : 원망과 증오.
   復(복) : 보복하다. 갚다.

8) 親愛(친애) : 친하게 지내는 것과 사랑하는 것. 그러한 관계 또는 사람을 가리킨다.
   禍羅(화라) : 재앙.
   이 구는 친하게 지내는 사람과의 관계에서 오히려 재앙이 발생한다는 뜻이다.

9) 瑤臺(요대) : 아름답게 장식된 누대. 화려한 누대.
   傾(경) : 기울어지다. 사라진다는 뜻이다.
   巧笑(교소) : 교태스런 미소. 미인의 웃음이다.

10) 玉杯(옥배) : 옥으로 만든 잔. 화려한 연회를 비유한다.
    殞(운) : 죽다.
    雙蛾(쌍아) : 나방 더듬이 같은 두 눈썹. 미인을 비유한다.

11) 枯城(고성) : 옛 성. 황폐해진 성.
    蘖(얼) : 새싹.

12) 靑靑(청청) : 푸릇한 새싹을 가리킨다.
    斧柯(부가) : 도끼자루.
    ≪설원說苑·경신敬愼≫에 실린 〈금인명金人銘〉에서 "졸졸 흐를 때 막지 않으면 장차 큰 강이 되고, 가늘게 이어질 때 끊지 않으면 장차 그물이 되며, 싹이 파릇할 때 베지 않으면 장차 도끼자루에서 찾게 된다. 진실로 삼가지 않으면 화의 근원이 된다.(涓涓不壅, 將成江河. 綿綿不絶, 將成網羅. 靑靑不伐, 將尋斧柯. 誠不能愼之, 禍之根也)"라고 하였다. 이상 두 구는 싹이 파랄 때 자르

지 않으면 나중에 커서 도끼자루가 되어 화를 일으키게 된다는 뜻으로, 화의 근원을 초기에 제거하지 않으면 큰 화를 불러일으키니, 평소 행동을 신중하게 해야 함을 말한다.

▌해설

이 시는 가까이 지내던 존재로 인해 오히려 재앙을 얻게 됨을 경계하는 내용을 표현하였다.

제1~4구에서는 짝을 찾으며 우는 사슴을 이용해 사슴을 사냥하는 것과 훌륭한 계수나무가 줄기 속에 숨어 있는 좀으로 인해 죽는 것을 말하였는데, 이는 자신을 친하게 여기거나 자신의 내부에 있는 존재로 인해 신세를 망치게 됨을 비유적으로 표현한 것이다. 제5~8구는 그러한 상황을 구체적으로 서술하였다. 사람들이 가까이 지내며 총애 받는 것을 좋아하고 이를 통해 부귀영화를 누리게 되지만 그로 인한 폐해 역시 심하다. 애초에 미워하고 원한이 있는 이에 대한 보복을 하지도 못했는데, 서로 친하게 지내며 사랑하던 사람들이 또한 재앙의 빌미가 된다. 그로 인해 부귀영화가 일순간에 사라지는 상황을 제9~10구에서 묘사하였으며, 마지막 두 구절에서는 푸른 새싹을 미리 자르지 않으면 나중에 도끼자루가 되어 재앙을 초래하게 되는 상황을 말하여, 항상 긴장하며 잘 처신할 것을 말하였다.

당시 무측천이 폭정을 휘두르며 측근에 있던 이들을 제거하는 행위를 염두에 두고 쓴 것으로 보인다. 이에는 가까이 지내던 사람으로 인해 화를 당하게 되는 당시의 세태로 인한 아픔과 이에 대한 비판이 보이며, 이러한 재앙을 피하기 위해 신중히 처신해야 함을 말하였다. (임도현)

1-13. 感遇(其十三) 감우 13

林居病時久,[1]	병을 앓은 지 오래인데 산림에 은거하니
水木澹孤淸.[2]	물과 나무가 나를 더욱 맑혀주네.

閑臥觀物化,³	한가로이 누워 만물의 변화를 관조하며
悠悠念無生.⁴	아득히 먼 옛날 생명이 없던 시절부터 생각하네.
靑春始萌達,⁵	봄에 처음 싹이 나 자라고
朱火已滿盈.⁶	여름에 이미 무성해졌을 때,
徂落方自此,⁷	시들고 떨어짐이 바야흐로 이때부터 시작되나니
感歎何時平.	한탄이 어느 때에야 가라앉을까!

▮주석

1) 林居(임거) : 관직에서 물러나 산림에서 은거하다.
2) 水木(수목) : 은거지의 물과 나무.
   澹(담) : 맑혀주다. 시인의 몸과 마음을 맑혀주고 치유한다는 뜻이다.
   孤淸(고청) : 고고孤高하고 청한淸閑하다. 시인 자신을 가리키는 말이다.
3) 物化(물화) : 만물의 변화.
4) 無生(무생) : 생명이 세상에 있기 전의 혼돈한 상태를 가리키는 도교의
   용어. '무無'가 '군群'으로 된 판본도 있는데 이 경우 '군생群生'은 '뭇 생명들'
   이라는 뜻이다.
5) 靑春(청춘) : 봄.
   萌達(맹달) : 식물이 싹 나고 자라다, 즉 생장하다.
6) 朱火(주화) : 붉고 환한 여름. '주명朱明'과 같은 말로 붉고 환한 계절인
   여름을 지칭한다.
7) 徂落(조락) : 시들고 떨어지다.
   此(차) : 생명의 극성기인 여름을 가리킨다.
   이 구에서는 만물의 쇠퇴함이 사실은 만물의 극성기에 이미 시작됨을 의미
   한다.

▮해설

이 시는 산림에 은거하며 자신의 몸과 마음을 맑히는 한편 만물의 생성과

소멸을 관조하며 얻은 성쇠의 이치를 이야기한 것으로서, 은거했다는 내용으로 보아 조정을 떠나 고향에 돌아갔을 때인 성력聖歷 원년(698)에서 성력 3년(700) 사이에 지었다고 생각된다.

제1~2구에서 시인은 병든 몸으로 산림에 은거하며 자신의 몸과 정신을 맑히고 있음을 이야기했다. 제3~4구에서 시인은 고요한 시간을 보내며 우주 만물이 시작된 때로부터 그들의 변화를 관조하고 있다고 하였다. 제5~8구에서는 만물이 봄에 나고 생장하며 극성기인 여름을 보내지만, 사실 만물의 쇠퇴함이 이미 극성기인 여름에 시작된다고 하여 성쇠의 이치를 말하였다. 태고부터 멈춘 적이 없고 어느 누구에게도 예외없이 적용되는 이 이치 때문에 시인은 감탄과 한탄을 멈출 수가 없었던 것이다. 자연과 우주의 원리를 관조했던 진자앙 만년의 생각을 잘 읽을 수 있는 시라고 하겠다. (정세진)

1-14. 感遇(其十四) 감우 14

臨岐泣世道,[1]	갈림길에 임해 세상의 도를 슬퍼하나니
天命良悠悠.[2]	천명은 실로 멀기만 하구나.
昔日殷王子,[3]	옛날 은나라 주왕 때
玉馬遂朝周.[4]	어진 신하는 마침내 주나라로 가버렸나니,
寶鼎淪伊穀,[5]	보배로운 세발 솥은 낙양 땅에 묻히고
瑤臺成故丘.[6]	아름다운 누대는 옛 언덕이 되어버렸네.
西山傷遺老,[7]	수양산에 남은 늙은이를 슬퍼하나니
東陵有故侯.[8]	동릉에는 옛 제후가 있다네.

▌주석

1) 岐(기) : 갈림길.
2) 悠悠(유유) : 아득히 먼 모양.

3) 殷王子(은왕자) : 은殷의 왕. 여기서는 은의 마지막 왕인 주왕紂王을 가리 킨다.

4) 玉馬(옥마) : 옥으로 장식한 말. 어진 신하를 비유하는 말로, 여기서는 주왕 紂王의 실정과 음란함을 여러 번 간언하다 받아들여지지 않자 제기를 싸들 고 주周로 떠나가 버린 주왕의 형 미자微子를 가리킨다.

朝(조) : 향하다, ~로 나아가다.

5) 寶鼎(보정) : 보배로운 세발 솥. 하夏나라 때 우禹 임금이 구주九州에서 바친 청동으로 구주를 본떠 만들었다는 '구정九鼎'을 가리키는 것으로, 하은주夏 殷周 삼대에 걸쳐 국권을 상징하는 보배로 받들어졌다.

伊穀(이곡) : 물 이름. 이수伊水와 곡수穀水. 낙양洛陽 부근을 흐르는 강물로, 여기서는 동주東周의 도성인 낙양을 가리킨다.

6) 瑤臺(요대) : 옥으로 장식한 화려한 누대.

7) 西山(서산) : 수양산首陽山. 고죽군孤竹君의 아들인 백이伯夷와 숙제叔齊는 주周 무왕武王의 은殷 주왕紂王 정벌을 반대하며 수양산에 들어가 고사리를 먹다 굶어 죽었다.

遺老(유로) : 남아 있는 늙은이. 여기서는 백이와 숙제를 가리킨다.

8) 東陵(동릉) : 진秦나라 때 소평邵平이 제후를 지냈던 곳. 소평은 진나라 때 동릉후東陵侯를 지냈으나 진나라가 멸망한 뒤에는 평민의 신분으로 전락 하여 장안성長安城 청문 밖에서 오이를 키우며 살았다.

▌해설

이 시는 혼란한 세상에서 천명天命의 실현에 대해 의구심을 나타내며 무측 천武則天이 지배하는 조정에 반감을 나타낸 것으로, 고향으로 돌아온 후인 성력聖曆 원년(698)에서 3년(700) 무렵에 쓴 것으로 여겨진다.

제1~2구에서는 갈림길에 서 있는 모습으로써 나아갈 길을 찾지 못한 채 방황하고 있는 현실의 상황을 말하며 천명의 요원함과 현실에서의 실현 불가 능함을 탄식하고 있다. 제3~6구에서는 은殷 주왕紂王의 실정으로 비록 천명 이 주周나라로 옮겨 갔지만 주나라 또한 끝내 멸망해 버리고 흔적조차 남지 않았음을 말하며 천명의 존재와 실현에 대해 의구심을 나타내고 있다. 마지막 제7~8구에서는 은殷에 대한 도의를 지키고자 주周에 대항하였던 백이와 숙제를 애도함으로써 무측천의 주周에 대한 반감을 나타내고, 진秦이 멸망한 후 평민의 신분으로 전락한 소평邵平을 들어 권세 있고 부유한 가문 출신이었음에도 끝내 뜻을 이루지 못하고 고향으로 돌아와 은거하고 있는 자신의 불우함을 탄식하고 있다. (주기평)

1-15. 感遇(其十五) 감우 15

貴人難得意,¹	귀인의 마음을 얻기는 어렵고
賞愛在須臾.²	인정받고 사랑받아도 순간이니,
莫以心如玉,	옥 같은 고결한 마음으로
探他明月珠.³	남의 명월주를 찾지 마라.
昔稱夭桃子,⁴	예전에 도화 같은 여인이라 일컬어졌지만
今爲舂市徒.⁵	지금은 시장에서 절구 찧는 죄수가 되었으며,
鴟鴉悲東國,⁶	부엉이는 동국에서 슬퍼하였고
麋鹿泣姑蘇.⁷	사슴은 고소대에서 울었다네.
誰見鴟夷子,⁸	누가 보았는가, 범려가
扁舟去五湖.⁹	편주를 타고 오호로 떠난 것을.

█ 주석

1) 貴人(귀인) : 제왕帝王을 가리킨다.
2) 賞愛(상애) : 알아주고 총애함.
3) 明月珠(명월주) : 야광주夜光珠. 여기서는 작록爵祿을 비유한다.
4) 夭桃子(요도자) : 젊고 아름다운 여인. ≪시경·주남周南·도요桃夭≫의 "싱싱한 복숭아나무여, 화사한 꽃이 피었네.(桃之夭夭, 灼灼其華)"에서 유래

하였다.

5) 春市徒(용시도) : 시장에서 절구 찧는 죄수. 이상 두 구는 척희戚姬가 한漢 고조高祖 유방劉邦의 지극한 총애를 받았으나, 유방이 죽고 여후呂后가 실권을 장악하자 시장에서 쌀을 찧는 죄수로 전락한 것을 말한다.

6) 鴟鴞(치효) : 부엉이나 올빼미 같은 악조惡鳥. 《시경·빈풍豳風·치효鴟鴞》는 주공周公이 성왕成王에 지어 바친 시라고 한다. 주周 무왕武王이 죽고 어린 성왕이 즉위하자 주공이 섭정을 했는데, 그의 형제인 관숙管叔 등이 유언비어를 퍼뜨리고 주공을 모함하며 동쪽에서 반란을 일으켰다. 이에 주공이 동국의 반란을 평정하고 이 시를 성왕에게 바쳐 자신의 충정을 밝혔다고 한다. 여기서 '치효'는 주공이 모함을 받은 것을 비유한다.

東國(동국) : 주공이 평정한 동쪽의 반란국.

7) 麋鹿(미록) : 사슴. '미麋'는 큰 사슴.

姑蘇(고소) : 고소대姑蘇臺. 춘추시대 오나라의 수도를 가리킨다. 오왕 합려闔閭와 그 아들 부차夫差가 지은 것으로 지금의 강소성 소주시蘇州市에 있다. 《사기·회남형산열전淮南衡山列傳》에서 "오자서伍子胥가 오왕에게 간언했으나 오왕이 듣지 않자, 이에 말하길 '신은 이제 사슴이 고소대에서 노니는 것을 볼 것입니다.'고 했다.(子胥諫吳王, 吳王不用, 乃曰, 臣今見麋鹿遊姑蘇之臺也)"고 한다. 이 구는 오왕이 오자서의 충성스러운 간언을 듣지 않고 결국 월나라에 망하여 그 수도가 폐허가 된 것을 말한다.

8) 鴟夷子(치이자) : 범려范蠡의 별호. 범려는 월왕 구천勾踐을 도와 오나라를 멸망시키고 패업을 이룬 후에 물러나서 강호에 배를 띄우고는 제齊나라에 가서 성명을 치이자피鴟夷子皮로 바꾸고 살았다고 한다.

9) 五湖(오호) : 지금의 태호太湖를 가리킨다.

┃ 해설

이 시는 장상將相과 같은 고위 대신들의 결말이 좋지 못한 것을 슬퍼하고 있다. 무측천 시절에는 장손무기長孫無忌, 저수량褚遂良 등의 많은 대신들이 비참한 최후를 맞이하였는데 이를 염두에 둔 듯하다. 진자앙이 우습유右拾遺

벼슬을 하고 전원으로 돌아오기 전인 대략 693-698년에 지은 것으로 보인다.

제1~4구는 제왕의 총애는 짧고 변하기 쉬우니 헛되이 벼슬이나 부귀영화를 추구하지 말 것을 권고하고 있다. 제5~6구는 총애를 받다가 몰락한 예를 들고 있고, 제7~8구에서는 충신의 진정과 간언이 인정받지 못한 예를 들고 있다. 제9~10구에서는 범려처럼 큰 공을 이루고 깨끗하게 물러나는, 현명한 처신으로 자신의 몸과 그 공을 잘 보존하는 이가 없음을 탄식하고 있다. (강민호)

1-16. 感遇(其十六) 감우 16

聖人去已久,	성인이 가버린 지 이미 오래된지라
公道緬良難.[1]	공정한 도는 아득해져 진실로 찾기 어렵구나.
蚩蚩夸毗子,[2]	세상을 어지럽히는 저 아첨꾼들
堯禹以爲謾.[3]	요 임금과 우 임금도 속이려고 여기며,
驕榮貴工巧,[4]	교만하고 영달하기 위해 교묘한 계책 귀히 여기고
勢利迭相干.[5]	권세와 이익을 위해 서로 범하는 일 번갈아 하는구나.
燕王尊樂毅,[6]	연 소왕은 악의를 높이 받들어
分國願同歡.[7]	땅에 봉하여 기쁨을 같이하길 바랐으며,
魯連讓齊爵,[8]	노중련은 제나라 작위를 사양하고
遺組去邯鄲.[9]	관직을 버린 채 한단을 떠나갔다.
伊人信往矣,[10]	이 사람들이 진실로 가버렸으니
感激爲誰嘆.[11]	격한 마음 느끼지만 누굴 위해 탄식하랴.

┃주석

1) 公道(공도) : 공정한 도리.
　　緬(면) : 멀다.

2) 蚩蚩(치치) : 어지럽다. 세상이 혼란한 모습을 가리킨다. ≪문선文選≫에 수록된 유효표劉孝標의 〈〈절교론〉을 넓히며廣絶交論〉의 "천하가 어지러워 새가 놀라고 우레 소리에 놀란다.(天下蚩蚩, 鳥驚雷駭)"에 대한 이선李善 주에 서 "치는 어지러움이다.(蚩, 亂也)"라고 했으며, 여연제呂延濟 주에서 "치치는 어지럽고 혼란한 모습과 같다.(蚩蚩, 猶擾擾也)"라고 하였다.

夸毗子(과비자) : 아첨꾼. 굽실대며 아첨하는 사람을 가리킨다. ≪시경詩經 ·판판≫의 "하늘이 지금 노하고 계시니 굽실대며 아첨만 하지 말기를.(天之 方憒, 無爲夸毗)"에 대한 모전毛傳에서 "과비는 몸이 부드러운 사람이다.(夸毗, 體柔人也)"라고 하였다.

3) 謾(만) : 속이다.

4) 驕榮(교영) : 교만하고 영달하다.

5) 迭(질) : 번갈아 행하다.

相干(상간) : 서로 범하다. '간干'은 '범犯'으로 범한다는 뜻이다.

6) 燕王(연왕) : 연나라 소왕昭王. 재위 기간은 기원전 312년에서 279년까지 총 33년이다. 그는 현명한 인재를 초빙한 것으로 유명한데, 실제로 악의樂 毅를 등용하여 당시 강성했던 제齊나라를 패배시키고 연나라를 강성하게 하였다.

樂毅(악의) : 전국시대 후기 연 소왕을 도와 제나라를 치는 등 연나라를 강성하게 만든 인물. 그는 연 소왕에게 발탁되어 아경亞卿에 임명된 후 상장군上將軍이 되어 연燕, 조趙, 한韓, 위魏, 초楚 다섯 나라의 연합군을 통솔 하여 제나라를 패배시켰다. 이 공으로 창국군昌國君에 봉해졌다.

7) 分國(분국) : 악의가 창국군昌國君에 봉해진 일을 가리킨다.

이상 두 구는 뛰어난 인재를 중용할 줄 알았던 연 소왕의 현명함을 서술한 것이다.

8) 魯連(노련) : 노중련魯仲連. 전국시대 후기 제齊나라 사람이다.

讓齊爵(양제작) : 제나라의 관작을 사양하다. 제나라 장수 전단田單은 명을 받들고 연나라에게 함락당한 요성聊城을 수복하고자 했으나 오래도록 함락 시키지 못하였다. 이에 노중련은 요성에 남아 이를 지키고 있던 연나라 장수에게 항복을 권하는 글을 써서 보냈는데, 연나라 장수가 이 서신을 읽고 나서 그의 말에 따라 군대를 퇴각시켰고 스스로 목숨을 끊었다. 이처럼 노중련은 편지 한 통을 써서 연나라의 포위 아래 있던 제나라 백성들을 구하였던 것이다. 이에 제나라에서 그에게 관작을 주고자 했지만 그는 바닷가로 가서 은거하였다.

9) 遺組(유조) : 인끈을 버리다. 노중련은 趙조나라에 갔다가 秦진나라 군대가 조나라의 수도 邯鄲한단을 포위하는 상황에 처하게 되었다. 당시 위나라는 조나라를 구원하고자 장군 辛垣衍신원연을 통해 秦진 昭王소왕을 황제로 추대하면 그들이 기뻐서 조나라에서 철군할 것이라고 하였다. 하지만 노중련은 진 소왕이 황제가 되면 위나라에도 해가 된다는 주장을 내세워서 위나라가 연나라와 함께 조나라를 도와야 한다고 신원연을 설득하였다. 이 소식을 듣고 진나라는 한단을 포위했던 군대를 퇴각시켰다. 이 일이 있은 후 조나라에서 그에게 관작을 주려 했지만 그는 한사코 사양하며 받지 않았다.

이상 두 구는 노중련이 큰 공을 세웠는데도 상으로 주는 관작을 받지 않고 떠나간 일화를 서술한 것으로 그의 고아한 절개를 서술한 것이다.

10) 伊人(이인) : 이 사람들. 연 소왕 같은 현명한 군주와 노중련 같은 고아한 신하를 가리킨다.

11) 感激(감격) : 감동하여 격한 감정이 일어나다.

█ 해설

이 시는 현명한 군주와 고아한 신하가 나오지 않고 그 대신 교묘한 계책을 쓰고 서로를 해하는 아첨꾼들이 횡행하며 세상을 어지럽히는 상황을 비판한 작품이다. 진자앙은 일찍이 〈국가대사 여덟 항목에 답하여 짓다答制問事八條〉에서 '현명한 이를 중용해야 한다重任賢科'와 '현명한 이를 의심해서는 안 된다賢不可疑科'는 것을 주장한 적이 있는데, 이 시의 내용과 관련지어 볼 때 永영昌창 원년(689) 전후에 지어진 것으로 추정된다.

제1~2구는 성인의 부재로 인해 공정한 도 또한 사라지게 되었음을 서술하였는데, 전체 시의 주지라고 할 수 있다. 제3~6구는 아첨꾼들이 요 임금과 우 임금 같은 성인도 헐뜯고, 자신의 영리를 위해서라면 모략과 위해危害를 일삼는 등 세상을 어지럽히고 있음을 서술하였다. 제7~10구는 악의 같이 뛰어난 장수를 높이 대우해주던 연 소왕과 많은 공을 세웠지만 관작官爵을 바라지 않았던 노중련을 서술함으로써 현명한 군주와 고아한 신하의 본보기를 제시하였다. 제11~12구는 이러한 현명한 군주와 고아한 신하가 다시 나오지 않는 현실에 대해 격한 감정을 느끼고 이를 탄식하였다. 아첨꾼들이 득세하고 현명한 군주와 고아한 신하가 사라졌다는 시의 내용을 고려하면, 제1~2구는 현실정치에 대한 객관적인 판단인 동시에 냉엄한 비판이라고 볼 수 있다. (김수희)

1-17. 感遇(其十七) 감우 17

幽居觀大運,[1]	깊숙이 지내며 하늘의 흐름을 관조하고
悠悠念群生.[2]	오래도록 세상 사람들의 삶에 대해 생각한다네.
終古代興沒,[3]	옛날부터 흥망성쇠가 계속 바뀌었으니
豪聖莫能爭.[4]	호걸과 성인이라도 이에 거슬러 다툴 수 없었네.
三季淪周赧,[5]	하은주 삼대의 마지막은 주의 난왕 때에 몰락하였고
七雄滅秦嬴.[6]	전국 칠웅은 진의 영씨에게 멸망당하였네.
復聞赤精子,[7]	또 듣기로 적제의 아들인 유방이
提劍入咸京.[8]	군사를 일으켜서 함양에 들어섰다네.
炎光既無象,[9]	불타던 빛은 이미 자취가 없어졌고
晉虜紛縱橫.[10]	진나라 땅의 오랑캐들이 어지러이 대륙을 종횡하였네.
堯禹道既昧,[11]	요임금과 우임금의 도는 이미 어두워졌고
昏虐世方行.[12]	우매함과 포악함이 세상에 바야흐로 행해졌네.

豈無當世雄,¹³	어찌 당시의 영웅이 없었겠냐마는
天道與胡兵.¹⁴	하늘의 도는 오랑캐 군대와 함께하고 말았구나.
咄咄安可言,¹⁵	아아 어떻게 말할 수 있으리오
時醉而未醒.¹⁶	항상 술에 취해서 깨지를 못하네.
仲尼溺東魯,¹⁷	공자는 쓰임 받지 못하여 노나라에 은둔하였고
伯陽遁西溟.¹⁸	노자는 나라의 쇠망을 예측하고 서쪽 바다로 피하였다네.
大運自古來,	하늘의 흐름이 옛날부터 이래왔으니
旅人胡嘆哉.¹⁹	떠도는 사람이 어찌 탄식하리오.

▌주석

1) 幽居(유거) : 깊숙이 숨어 지내다. 은거하다.

   大運(대운) : 하늘의 흐름. 하늘의 운. 객관적인 시대의 흐름. '천운天運'으로 된 판본도 있는데 같은 뜻이다.

2) 悠悠(유유) : 오래도록.

   群生(군생) : 뭇 백성. 모든 살아있는 이들의 삶.

3) 終古(종고) : 옛날부터, 언제나.

   代(대) : 바꾸다. 교체하다.

   興沒(흥몰) : 흥망성쇠興亡盛衰.

4) 豪聖(호성) : 호걸과 성인.

5) 三季(삼계) : 삼대三代(하夏, 은殷, 주周)의 마지막.

   淪(윤) : 망하다. 몰락하다.

   周赧(주난) : 주의 난왕. 동주東周의 마지막 군주. 난왕 59년(기원전 256년)에 진秦의 공격을 받자 항복하고 영토와 주민을 헌상하였다. 같은 해에 난왕이 사망하였고 주나라는 멸망하였다.

6) 七雄(칠웅) : 전국시대戰國時代의 진秦, 초楚, 연燕, 제齊, 조趙, 위魏, 한韓의 일곱 제후국諸侯國.

   秦嬴(진영) : 진秦의 영씨嬴氏. 시조始祖인 비자非子가 서주西周의 효왕孝王에

게 진秦 땅을 봉읍으로 받고 영씨嬴氏 성을 받아 진영이 되었다. 이 시에서
는 진의 영씨로 진시황秦始皇을 비유하였다.

7) 赤精子(적정자) : 적제赤帝의 정수精髓가 담긴 아들. 한漢의 고조高祖 유방劉
邦을 가리킨다. ≪사기史記 · 고조본기高祖本紀≫에 따르면 유방이 술에 취
해 길을 가다가 큰 뱀을 칼로 자른 일이 있었다. 나중에 어떤 늙은 할머니가
밤새도록 곡을 하며 자신의 자식이 백제白帝의 아들이었는데 뱀으로 변해
길에 있다가 적제赤帝의 아들에게 죽었다고 탄식했다고 한다. 이 일 때문에
사람들은 유방을 적제의 아들이라고 불렀다.

8) 提劍(제검) : 병사를 일으키다. 전쟁을 일으키다.
咸京(함경) : 진秦의 경성京城인 함양咸陽.

9) 炎光(염광) : 불타오르는 빛. 이것은 한漢의 영광을 의미하기도 하고 한나라
자체를 의미하기도 한다. 한나라는 고조가 적제의 아들이라고 칭해진 것을
포함하여 스스로 화덕火德에 힘입어 왕이 되었다고 하였다. 그래서 한나라
를 염한炎漢이라고 불렀다.
無象(무상) : 형상이나 종적이 없다.

10) 晉虜(진로) : 진晉나라 지역의 오랑캐. 진이 망하고 남북조시대南北朝時代가
되었을 때에 중국 북부의 예전 진나라 영토를 할거하였던 오호십육국五胡十
六國의 오랑캐인 흉노匈奴, 갈羯, 선비鮮卑, 저氐, 강羌등을 가리킨다.
紛(분) : 어지러이. '부復'로 된 판본도 있는데 이 경우의 뜻은 '다시'이다.
縱橫(종횡) : 거침없이 마구 돌아다니다.

11) 堯禹(요우) : 요임금과 우임금. 고대 성왕이 펼친 교화의 정치.

12) 昏虐(혼학) : 혼매하고 포악함. 일반적으로는 폭군의 무도한 통치적 억압
을 의미하지만 이 시에서는 오호십육국 시대에 횡횡한 험난한 시련을 가리
킨다.

13) 當世雄(당세웅) : 그 시대의 뛰어난 영웅.

14) 天道(천도) : 하늘의 도. 하늘의 의지. 하늘의 주관적인 뜻.
與(여) : 함께 하다. 하늘의 도가 오랑캐의 군대와 함께했다는 것은 하늘의
뜻이 오랑캐를 승리자로 선택했다는 의미이다.

15) 咄咄(돌돌) : 탄식하는 소리. 두렵거나 놀람을 나타내는 탄사. 이 시에서는 시인이 역사의 흥망성쇠의 대사의 법칙을 살피다가 느껴서 발하는 소리이다. 해석에 따라서는 백성들이 천하의 혼란 때문에 발하는 탄식의 소리로 볼 수도 있다.

16) 時醉(시취)구 : 시인이 하늘의 뜻과 역사의 변화에 절망하여 언제나 술을 취하도록 마시고 깨지 않는다는 뜻이다. 해석에 따라서는 하늘의 상제가 술에 취했다거나 당시 세상이 취했다고 볼 수도 있다.

17) 仲尼(중니) : 공자의 자字.
   東魯(동노) : 춘추시대春秋時代의 노魯 나라.

18) 伯陽(백양) : 노자의 자字.
   遁(둔) : 도망가다. 숨다.
   西溟(서명) : 서해. ≪사기 · 노자한비열전老子韓非列傳≫에 따르면 노자는 주周에서 오래 살다가 주가 쇠퇴할 것을 예측하고는 서쪽으로 떠났다고 한다.

19) 旅人(여인) : 떠도는 사람. 이 시에서는 하찮은 사람이라는 의미로 시인 자신을 가리킨다. 해석에 따라서는 앞 구절에 나온 공자와 노자를 가리키는 것으로 볼 수도 있다.

▌해설
   이 시는 제1구에서 유거幽居를 한다고 말한 것으로 보아 진자앙이 관직을 그만 둔 성력聖曆 원년(698)에서 사망한 성력聖曆 3년(700) 사이의 작품으로 보인다. 진자앙은 이 시에서 고대 중국의 역사적 흥망에 대해 고찰하였다. 그는 결국 하늘의 뜻이 도덕과 문화의 몰락을 방조하였다는 사실을 밝히면서 자신의 무기력함을 탄식하였다.
   제1~4구는 은거한 시인이 객관적인 역사와 인간사회의 변화를 관찰한 내용이다. 제5~10구는 하夏에서부터 위진남북조魏晉南北朝까지의 오랜 역사의 흥망의 사실을 간결하게 밝힌 것이다. 위대한 새 왕조가 일어났어도 결국은 망하기 마련이었으며 결론적으로 역사는 쇠퇴의 과정이었다. 제11~14구는 전략前略한 것처럼 흥망을 거듭하며 역사적으로 진행된 쇠락을 다시 올바른 방향으로 진작시킬 수 있는 이상적 방법과 영웅이 없음을 말하였다. 하늘의 뜻이 중국을 져버린 것이다. 비록 직접적으로 서술하지는 않았으나 진자앙은 무측천 통치의 시기를 당의 몰락의 시기로 간주하는 것 같으며 이 몰락 또한 하늘이 당을 버린 결과로 파악하는 것 같다. 그래서 제15~16구에서 시인은 언제나 술에 취해 아무런 말을 하지 못하고 슬퍼한다. 제17~20구에서 이러한 몰락에 대해 공자와 노자는 은거하거나 달아났을 뿐이라고 밝히며 하찮은 본인 역시 아무 말도 할 수 없다고 다시 토로하였다. (서용준)

1-18. 感遇(其十八) 감우 18

逶迤勢已久,[1]	구불구불한 형세는 이미 오래되고
骨鯁道斯窮.[2]	강직한 도는 이에 다했네.
豈無感激者,	어찌 격분하는 이가 없으랴?
時俗頹此風.[3]	시대의 풍조가 이런 기풍을 무너뜨렸으니.
灌園何其鄙,[4]	정원에 물 주는 일이 얼마나 비천한가
皎皎於陵中.[5]	청렴결백하게 오릉에 있었던 진중자여,
世道不相容,[6]	세상의 도를 수용할 수 없었던
嗟嗟張長公.[7]	아! 장장공이여.

▌주석

1) 逶迤(위이) : 구불구불한 형세가 이어진 모양. 세상의 기풍이 쇠약해짐을 비유한다.

2) 骨鯁(골경) : 생선의 가시. 강직함을 비유한다.
   斯(사) : 어조사.

3) 頹(퇴) : 무너지다.

此風(차풍) : 이러한 기운. 위의 '骨鯁'을 받아 강직한 기풍을 뜻한다.

4) 灌園(관원) : 정원에 물을 주다. 진중자陳仲子가 은거했던 곳을 가리킨다. 진중자는 춘추시대春秋時代 제齊나라 사람이다. 그의 형 진대陳戴가 제나라의 경卿이 되어 봉록이 만종萬鍾에 달하였지만 진중자는 의롭지 못하다 여겨 처자를 데리고 떠나 초楚나라의 오릉에 은거하였다. 그리고 스스로 '오릉중자於陵仲子'라고 불렀다. 이후 초왕楚王이 그에게 재상이 되길 권했으나 거절하고 도망가서 남의 정원에 물을 주는 일을 하며 숨어 지냈다. ≪맹자孟子·등문공하滕文公下≫, ≪고사전高士傳≫에 실려 있다.

鄙(비) : 비천하다.

5) 皎皎(교교) : 청렴결백한 모양.

於陵(오릉) : 지명. 지금의 산동성山東省 추평현鄒平縣의 동남쪽이다.

6) 容(용) : 수용하다.

7) 嗟嗟(차차) : 비탄하는 소리.

張長公(장장공) : 한漢나라 장지張摯. ≪사기史記·장석지열전張釋之列傳≫에 "장석지의 아들은 장지이며 자는 장공이다. 관직이 대부에 이르렀는데 파면되었다. 당면한 세상을 수용할 수 없어 종신토록 벼슬을 하지 않았다.(其子曰張摯, 字長公, 官至大夫, 免. 以不能取容當世, 故終身不仕)"고 하였다.

▌해설

이 시는 쇠락의 기운이 오래된 가운데 강직한 신하가 버려지는 것을 개탄한 것으로, 진자앙이 은거하던 성력聖曆 원년(698)에서 성력 3년(700) 사이에 지어진 것으로 여겨진다.

진자앙은 문명文明 원년元年(684) 고종高宗의 영가靈駕를 장안長安으로 옮기는 문제에 대해 〈영가를 도성으로 들이는 것에 대해 간언하는 글諫靈駕入京書〉을 올려 무측천武則天의 인정을 받게 되었다. 이후 여러 차례 간언문을 올리며 자신의 정치적 지향점을 펼쳐 인대정자麟臺正字로 발탁되었다. 그러나 무측천에게 필요한 것은 문재文才이지 탁월한 견해가 아니었으므로 그의 상소는 점차 받아들여지지 않게 되었다. 이러한 정황은 거란 정벌 때에 더욱 선명하게 드러났다. 만세통천萬歲通川 원년元年(696)에 거란의 이진충李盡忠과 손만영孫萬榮이 반란을 일으키자 건안왕建安王 무유의武攸宜가 정벌에 나섰고 진자앙도 참모로 따라갔다. 무유의가 출병시킨 부대가 일부 적에 의해 점령되자 진자앙이 자신을 부대의 선봉으로 삼아달라고 간언하였지만 받아들여지지 않았다. 진자앙은 의지를 굽히지 않고 누차 간언을 하였고 결국 무유의의 분노를 사서 군조軍曹로 폄적되어 버렸다.

이 시는 이러한 배경을 바탕으로 하여 크게 두 부분으로 구분된다. 제1~4구에서는 시대의 기풍이 크게 쇠미해져 강직한 도가 사라졌음을 비판하였다. 제5~8구에서는 혼탁한 세상과 타협하지 않고 자신의 신념대로 은거를 선택한 진중자陳仲子와 장장공張長公을 칭송하며 진자앙 또한 세상을 등지고 이들과 같은 길을 가겠다는 뜻을 기탁하였다. 왜곡된 시대에 대한 강렬한 비판 속에 깊은 통탄이 전해지는 시이다. (홍혜진)

1-19. 感遇(其十九) 감우 19

聖人不利己,	성인은 자신을 이롭게 하지 않고
憂濟在元元.[1]	백성 구제를 근심하였으니,
黃屋非堯意,[2]	화려한 수레는 요임금의 뜻이 아니었고
瑤臺安可論.[3]	아름다운 누대를 어찌 논할 수 있었으리요.
吾聞西方化,[4]	내가 듣건대 서방의 불교는
清淨道彌敦.[5]	청정하여 도가 더욱 두텁다는데,
奈何窮金玉,[6]	어찌하여 금과 옥을 다해
雕刻以爲尊.	화려하게 조각함을 존귀하게 여기는가?
雲構山林盡,[7]	구름 높은 건물에 산의 나무를 다했고
瑤圖珠翠煩.[8]	아름다운 탑에 진주와 비취가 번다하네.
鬼工尚未可,[9]	귀신의 솜씨로도 오히려 할 수 없는데

人力安能存.　　사람의 힘으로 어찌 만들 수 있겠는가?

誇愚適增累,[10]　어리석은 백성에게 과시하여 폐해가 늘어나고

矜智道逾昏.[11]　지략을 자랑하여 도는 더욱 어두워졌구나.

주석

1) 憂濟(우제) : 구제하려고 근심하다.

　元元(원원) : 백성.

2) 黃屋(황옥) : 누런 수레 지붕. 고급스럽게 장식한 덮개를 한 수레를 가리키며 황제의 화려한 생활을 비유한다.

3) 瑤臺(요대) : 화려하게 장식한 누대.

4) 西方化(서방화) : 서방의 교화. 불교를 가리킨다.

5) 淸淨(청정) : 맑고 깨끗함. 불교의 핵심 교리로 악행과 번뇌를 멀리하여 마음의 깨끗함과 고요함을 얻는 것을 말한다.

　彌敦(미돈) : 더욱 두텁다.

6) 奈何(내하) : 어찌하여.

7) 雲構(운구) : 구름까지 높이 솟은 구조물. 여기서는 당시 화려한 사찰 건축을 뜻하는데, 특히 무측천의 불사를 가리킨다.

8) 瑤圖(요도) : 화려하게 장식한 부도浮圖. 즉 사찰의 탑을 가리킨다. 또는 화려한 그림으로 보아 절의 탱화를 가리키는 것으로 볼 수도 있다.

　珠翠(주취) : 진주와 비취새 깃털.

　煩(번) : 많다.

9) 鬼工(귀공) : 귀신의 솜씨.

　이하 두 구는 귀신의 솜씨로도 불가능할 정도로 화려한 불사를 인간의 힘으로 어떻게 할 수 있느냐는 뜻으로 당시 불사의 화려함을 비판한 것이다.

10) 誇愚(과우) : 백성에게 과시하다. '우'는 어리석다는 뜻으로 백성을 가리킨다. 당시 무측천이 화려한 불사를 통해 어리석은 백성들에게 자신의 통치를 과시하려한 것을 의미한다. 또는 '어리석음을 과시하다'는 뜻으로 해석하여 자신의 어리석음을 자각하지 못하고 남에게 과시하는 행태를 묘사한

진지앙陳子昂시

46

것으로 볼 수도 있다.

增累(증루) : 곤란함을 증가시키다.

11) 道(도) : 나라를 다스리는 도리. 또는 불도로 볼 수도 있다.

逾(유) : 더욱.

❚ 해설

이 시는 무측천이 화려한 불사로 백성을 피폐하게 만든 것을 비판하였다. 천수天授 원년(690) 불교도들이 ≪대운경大雲經≫을 지었는데, 무측천을 강생한 미륵불이라고 하면서 이씨를 대신해 황제가 되어야 한다고 주장하였다. 이는 무측천이 집권할 수 있는 근거를 제시한 것으로, 황제가 된 무측천은 재임기간에 많은 재화와 노동력을 들여 불사에 힘썼다. 이로 인해 백성들은 더욱 힘들어졌다.

제1~4구는 성인의 다스림을 말한 것으로 자신을 이롭게 하지 않고 백성구제를 근심하였으니 화려한 생활을 멀리했다고 하였다. 제5~12구에서는 불사에 힘쓰는 모습을 표현하였는데, 불교가 원래 청정함을 추구함에도 불구하고 화려하게 장식함을 귀하게 여겨 온갖 재화를 낭비하였음을 말하였다. 그리고 그러한 화려함은 귀신의 힘으로도 할 수 없는 것인데 인간의 능력으로는 보전할 수 없음을 말해, 무측천의 노력이 결국 사라지고 말 것이라고 주장하였다. 마지막 두 구절에서는 자신의 어리석음을 모르고 교묘한 지혜를 뽐내다 보니 결국 백성들에게는 수고로움만 더해지고 정치의 도는 더욱 어두워졌다고 말하여 당시 집권자의 교만한 태도를 비판하였다. (임도현)

1-20. 感遇(其二十) 감우 20

玄天幽且默,[1] 하늘은 소리가 없건만
群議曷嗤嗤.[2] 세상 사람들 의론하는 소리 어찌 이리 시끄러운가!
聖人教猶在, 성인의 가르침은 여전히 존재하건만

世運久陵夷.[3]　세운은 쇠퇴한 지 오래라네.

一繩將何繫,[4]　밧줄 하나로 장차 무엇을 묶을 수 있을까

憂醉不能持.[5]　근심에 취하여 이 몸 하나 유지할 수 없거늘.

去去行采芝,[6]　어서 떠나자! 가서 지초를 캐자

勿爲塵所欺.[7]　속세에 기만당하지 말고.

주석

1) 玄天(현천) : 하늘.

   幽且默(유차묵) : 소리가 없고 고요하다. ≪초사楚辭·구장九章·회사懷沙≫
   에 "앞을 보니 아득하기만 하고, 조용하고 고요하구나.(眴兮杳杳, 孔靜幽黙)"라
   했는데 왕일王逸은 여기에 주석을 달아 "'유묵'이란 소리가 없다는 뜻이다.
   (幽黙, 無聲也)"라 했다.

2) 群議(군의) : 무리지어 의론하다, 세상 사람들이 무리지어 함부로 말하는
   것을 뜻한다.

   曷(갈) : 어찌.

   嗤嗤(치치) : 시끄럽고 소란스럽다.

   이상 두 구는 〈감우 9〉와 그 의미가 연결되는 것으로 보인다. 진자앙은
   그 시에서 "성인이 천명을 비밀로 한 것은, 세상이 그 참뜻을 어지럽힐까
   두려워해서라. 어찌하여 관숭官嵩의 무리는, 허황된 말로 속여 당시 사람을
   그르쳤는가. 하늘보다 먼저 아는 것은 진실로 좋은 일이지만, 분란의 빌미
   가 되니 그 화가 뉘 탓이랴.(聖人秘元命, 懼世亂其眞. 如何嵩公輩, 諂諛誤時人.
   先天誠爲美, 階亂禍誰因)"라 하여 참위설로 자신의 정치적 당위성을 증명하려
   는 무측천의 정치행태를 비판한 바 있다. 이로 볼 때 하늘은 고요하나
   세상 사람들만 의론하느라 시끄럽다는 말은, 하늘의 뜻을 앞질러 해석하고
   혹세무민하고자 했던 위정자들의 행태를 비판한 말로 여겨진다.

3) 世運(세운) : 세상의 운세.

   陵夷(능이) : 쇠퇴하다.

4) 繫(계) : 묶다. ≪후한서後漢書 · 서치전徐穉傳≫에서 서치(97-168)가 모용茅
   容에게 "나를 대신해 곽림종에게 써주게나. '큰 나무가 장차 쓰러지려 할
   때 밧줄 하나로 붙잡아 놓을 수 없는데 어찌하여 불안해하면서도 안전한
   곳으로 서둘러 가지 않는가'라고 말일세.(爲我寫郭林宗, 大樹將顚, 非一繩所維,
   爲何棲棲不遑寧處)"라 말했다. 시운時運이 다한 대상을 붙잡으려 노력해도 소
   용없으니 하루 빨리 안식처를 찾도록 권한 말이다.
5) 憂醉(우취) : 근심에 취하다.
   持(지) : 유지하다. 근심에 취하여 자신의 일신조차 유지하고 지탱하기
   어렵다는 뜻이다.
6) 去去(거거) : '어서 떠나자!'라는 뜻으로 재촉하는 말이다.
   采芝(채지) : 지초芝草를 캐다. 은거의 생활을 한다는 뜻이다.
7) 爲塵所欺(위진소기) : 속세에 기만당하다.

■ 해설

　이 시는 세운이 이미 쇠한 세상과 의론만이 분분한 세속 사람들에게 실망하
여 세속을 떠나 은거하고자 하는 시인의 마음을 표현한 것으로서, 조정과
세상을 원망하고 은거를 서두르는 내용으로 볼 때 고향으로 돌아갔던 성력聖
歷 원년(698) 즈음에 지은 것으로 보인다.
　제1~2구에서 시인은 하늘의 뜻을 왜곡 해석하고 자신들의 주장만 앞세우
느라 소란스런 세속 사람들에 대한 실망과 염증을 드러냈다. 제3~4구에서는
성인의 가르침이 여전히 존재하지만 세운이 이미 쇠퇴할 대로 쇠퇴한 세상이
되었음을 개탄하였다. 제5~6구에서 시인은 밧줄 하나로 쓰러지는 큰 나무를
붙들 수 없고 자신의 일신조차 가누기 힘들다며 절망감을 표현했다. 마지막
두 구에서 시인은 더 이상 어지러운 세상에서 기만당하지 않고 은거할 것을
서두르며 시를 마무리했다. (정세진)

1-21. 感遇(其二十一) 감우 21

蜻蛉游天地,[1]	잠자리는 천지를 떠다니며
與世本無患.[2]	세상과는 본래 걱정할 것이 없건만,
飛飛未能去,	날다날다 가지 못하고
黃雀來相干.[3]	참새가 와서 범하는구나.
穰侯富秦寵,[4]	양후는 진 왕실의 총애를 한 몸에 받아
金石比交歡.[5]	금석으로 친밀함을 비견하였나니,
出入咸陽裏,[6]	함양성을 드나듦에
諸侯莫敢言.	제후들도 감히 말을 하지 못했다네.
寧知山東客,[7]	어찌 알았으리, 산동의 객이
激怒秦王肝.[8]	진왕의 마음을 격노하게 할 줄을.
布衣取丞相,[9]	평민으로서 승상의 자리를 차지하니
千載爲辛酸.	양후에게 천 년토록 고통이 되었구나.

▌주석

1) 蜻蛉(청령) : 잠자리.

2) 無患(무환) : 근심이나 우환이 없다. ≪전국책戰國策·초책사楚策四≫에 "잠자리는 … 여섯 다리와 네 날개로 천지 사이를 날아다니나니 아래로는 모기와 등에를 쪼아 먹고 위로는 감로수를 받아 마시며 스스로 근심이 없고 사람들과 다툴 것도 없다고 여긴다. 오 척 동자가 끈끈이 실을 놓아 사 인刃 높이 위에서 장차 자신에게 가하려 하는 것도 알지 못하다 떨어져 땅강아지와 개미에게 먹힌다.(蜻蛉, … 六足四翼, 飛翔乎天地之間, 俛啄蚊虻而食之, 仰承甘露而飮之, 自以爲無患, 與人無爭也. 不知夫五尺童子, 方將調飴膠絲, 加己乎四仞之上, 而下爲螻蟻食也)"라 한 것에서 유래하였다.

3) 黃雀(황작) : 참새. 여기서는 무측천과 그 일가들을 비유한다.
   相干(상간) : 침범하다, 해를 끼치다. 잠자리가 아무런 상관도 없는 참새에

게 화를 당하는 것을 의미한다. ≪전국책戰國策·초책사楚策四≫에 "참새는
… 구부려 흰 쌀알을 쪼고 위로 무성한 나무에 깃들이며 날개를 떨쳐 날아
오르면서 스스로 근심이 없고 사람들과 다툴 것도 없다고 여긴다. 무릇
공자와 왕손들이 왼쪽에 활을 끼고 오른쪽에 탄환을 당긴 채 십 인刃 높이
위에서 장차 자신에게 가하려 하는 것도 알지 못하고, 그 무리들을 불러
낮에는 무성한 나무에서 노닐고 저녁에는 신맛 짠맛을 조절하다가 순식간
에 공자의 손에 떨어져 버린다.(黄雀, … 俯噣白粒, 仰棲茂樹, 鼓翅奮翼, 自以為無
患, 與人無爭也. 不知夫公子王孫, 左挾彈, 右攝丸, 將加己乎十仞之上, 以其類為招, 晝游
乎茂樹, 夕調乎酸鹹, 倏忽之間, 墜於公子之手)"라 하였는데, 이는 본래 앞서 주2)
에서의 잠자리의 비유와 함께 다만 현실에 안주하고 즐거움만 추구하다
장차 화가 이르게 되는 것을 알지 못하는 소인을 폄하한 말이다. 여기서는
이 두 전고를 변용하여 하나로 결합시켜 무측천과 그 일가에 의해 고통
받는 무고한 백성들을 비유하였다.

4) 穰侯(양후) : 위염魏冉. 위염은 전국시대 진秦 소왕昭王의 어머니 선태후宣太
后의 이부동생으로, 어린 소왕을 대신하여 선태후가 집권하였을 때 높은
권세와 부귀를 누렸다. 네 번씩이나 재상을 지내며 양穰과 도陶의 제후에
봉해져 양후穰侯라 불리었다. 후에 범저范雎가 소왕에게 유세하여 재상에서
파면되고 봉지로 쫓겨나 죽었다.

5) 交歡(교환) : 다른 사람과 교유를 맺어 상대의 환심을 사다. 진 왕실과
친밀한 사이임을 말한다.

6) 咸陽(함양) : 진秦의 도성.

7) 山東客(산동객) : 범저. 전국시기 위魏의 유세가. 진秦 소왕에게 위魏와 한韓
을 공략할 계책을 유세하고 선태후와 양후 등의 전횡을 말하여 양후를
파면시키고 재상에 올랐으며, 응應의 제후에 봉해져 응후應侯라 불리었다.

8) 秦王(진왕) : 진秦 소왕昭王.

9) 布衣(포의) : 베옷. 벼슬을 하지 않은 평민. 범저를 가리킨다.

이 시는 전국시대 진秦의 양후와 범저의 고사를 인용하여 무측천을 비롯한 무씨 일가의 혹정과 전횡을 비판한 것으로, 광택光宅 원년(684)에서 영창永昌 원년(689) 무측천의 조정에서 인대정자麟臺正子를 지낼 때 쓴 것으로 여겨진다.

제1~4구에서는 자유롭게 날아다니며 본디 아무런 걱정이 없는 잠자리가 자신과 상관도 없는 참새에게 화를 당하는 상황으로써 무측천의 조정으로 인해 무고한 백성들이 핍박받고 있는 현실을 비유하고 있다. 이어 제5~8구에서는 선태후에 기대어 막강한 권세를 누리고 방자함을 일삼았던 진 양후를 들어 무측천의 권세에 편승한 무삼사武三思를 비롯한 무씨 일가의 전횡을 비판하고 있다. 마지막 제8~12구에서는 선태후와 양후를 축출하고 승상의 자리에 오른 범저가 산동에서 온 일개 평민에 불과했음을 말하며 무측천의 조정을 향해 민심을 잃은 불의한 권력은 쉽사리 무너져 버림을 경고하고 있다. (주기평)

1-22. 感遇(其二十二) 감우 22

微霜知歲晏,¹	적은 서리로도 한 해가 저물었음을 알고
斧柯始青青.²	도끼자루도 파릇파릇한 싹에서 시작되었네.
況乃金天夕,³	하물며 가을날 저녁
浩露沾群英.⁴	가득한 이슬이 뭇 꽃을 적심에랴.
登山望宇宙,	산에 올라 우주를 바라보니
白日已西暝.	흰 해가 이미 서쪽에서 어둡고,
雲海方蕩潏,⁵	구름바다가 한창 출렁거리니
孤鱗安得寧.⁶	외로운 물고기는 어디에서 편안함을 얻으리?

1) 歲晏(세안) : 세모歲暮.

2) 斧柯(부가) : 도끼자루. ≪설원說苑·경신敬慎≫에 실린 〈금인명金人銘〉에 "졸졸 흐를 때 막지 않으면 장차 큰 강이 되고, 가늘게 이어질 때 끊지 않으면 장차 그물이 되며, 싹이 파릇할 때 베지 않으면 장차 도끼자루를 찾게 된다. 진실로 삼가지 않으면 화의 근원이 된다.(涓涓不壅, 將成江河. 綿綿不絶, 將成网羅. 靑靑不伐, 將尋斧柯. 誠不能慎之, 禍之根也)"고 한다. 이 구절은 '도끼로 벨 나무도 처음에는 파릇한 싹이었다.'로 볼 수도 있다.

3) 金天(금천) : 가을.

4) 浩露(호로) : 농중濃重한 이슬. 가득한 이슬.

5) 蕩潏(탕휼) : 파도가 세차게 일어나는 모양.

6) 孤鱗(고린) : 외로운 물고기. 시인 자신을 비유한다.

■ 해설

이 시는 조락하는 가을의 경물과 시인의 외롭고 불안한 심경을 읊고 있다. 진자앙이 우습유로 있던 장수長壽 2년(693)에서 성력聖歷 원년(698)에 지은 것으로 보인다.

제1~2구에서는 작은 기미로도 큰 변화나 재앙을 알 수 있음을 말하고 있다. 제3~4구에서는 지금은 찬 이슬을 가득 맞아 온갖 꽃이 시들려고 하는 가을밤임을 말하고 있다. 제5~8구에서는 시인의 행동과 심정을 주로 서술하고 있다. 산에 올라 우주를 바라보니 해는 이미 서쪽으로 저물었고, 거센 파도처럼 출렁이는 운해 속에 자신은 의지할 곳 없는 한 마리 물고기 같다고 한다. 제2구에서 화의 근원이 커졌음을 암시한 말을 좀 더 음미해 볼 필요가 있다. 당시 무측천이 중용한 혹리酷吏 내준신來俊臣 같은 이가 한창 설치고 있었기에 끝구에는 그 화가 자신에게 미칠까 두려워하는 심정도 담겨 있는 것 같다. (강민호)

1-23. 感遇(其二十三) 감우 23

翡翠巢南海,[1]	비취 새 남쪽 바다에 둥지를 틀고
雄雌珠樹林.[2]	암수가 옥 나무 숲속에서 노니누나.
何知美人意,	어찌 미인들의 마음속에서
嬌愛比黃金.[3]	황금에 비할 정도로 총애 받을 줄 알았으랴.
殺身炎州裏,[4]	몸이 무더운 남방에서 죽어
委羽玉堂陰.[5]	깃털이 깊은 비빈 거처에 쌓여서는,
旖旎光首飾,[6]	풍성하게 머리 장식을 빛내고
葳蕤爛錦衾.[7]	아름답게 비단 이불을 화려하게 하누나.
豈不在遐遠,	어찌 먼 곳에 피해 있지 않았겠냐만
虞羅忽見尋.[8]	사냥꾼이 문득 찾아냈구나.
多材固爲累,[9]	재능 많은 것은 본디 근심이 되나니
嗟息此珍禽.[10]	이 진귀한 새를 탄식하노라.

▌주석

1) 翡翠(비취) : 새의 이름. 남방에서 나는데 깃털이 화려하여 장식용으로 많이 쓰인다.
2) 珠樹(주수) : 옥 나무. 나무가 아름다운 것을 가리킨다.
3) 嬌愛(교애) : 총애하다.
4) 炎州(염주) : 무더운 남방. 남방을 가리킨다.
5) 玉堂(옥당) : 비빈妃嬪들의 거처.
   陰(음) : 그늘져서 깊숙한 곳. 비빈들의 거처가 궁궐 깊숙한 곳에 있음을 가리킨다.
6) 旖旎(의니) : 풍성하게. 성한 모습을 가리킨다.
7) 葳蕤(위유) : 화려하고 아름다운 모습을 형용한다.
   爛(란) : 화려하다. ≪시경詩經·갈생葛生≫의 "뿔 장식 베개는 선명하고 비단 이불은 화려하네(角枕粲兮, 錦衾爛兮)"에 대한 주희朱熹의 집전集傳에서 "찬粲과 란爛은 화려하고 아름다우며 선명한 모습이다.(粲爛, 華美鮮明之貌)"라고 하였다.

8) 虞羅(우라) : 사냥꾼. 우虞는 우인虞人으로 산택山澤을 담당하는 관리이다. 《좌전左傳·소공昭公》에서 "12월 제나라 제후가 패 땅에서 수렵할 때 우인을 활로써 부르자 나아오지 않았다.(十二月, 齊侯 田于沛, 招虞人以弓, 不進)"에 대한 두예杜預의 주에서 "우인은 산택을 담당하는 관리이다.(虞人, 掌山澤之官)"라고 하였다.

9) 累(루) : 근심.

10) 嗟息(차식) : 탄식歎息.

▌해설

이 시는 미인들이 비취 깃털을 애호하게 되면서 비취 새가 사냥꾼의 표적이 되고 결국 죽임을 당하게 되는 일련의 과정을 통해, 뛰어난 재능을 지닌 사람이 그로인해 도리어 화를 당하는 상황을 비유하였다. 진자앙은 정계에 들어서자마자 뛰어난 재능으로 인해 조정의 주목을 한 몸에 받았는데, 이는 무측천의 통치 하에서는 도리어 위험한 일이 될 수 있었다. 따라서 이 시는 그가 조정에서 인대정자麟臺正子를 지내던 광택光宅 원년(684)에서 재초載初 원년(689) 사이에 지어졌을 것으로 추정된다.

제1~4구는 남쪽 바다에서 자유롭게 살던 비취 새가 뜻하지 않게 미인들의 총애를 받게 되었음을 서술하였다. 제5~8구는 비취 새가 죽은 뒤 그 깃털이 뽑히어 비빈들의 머리 장신구나 비단 이불을 장식하게 되었음을 말하였다. 제9~12구는 먼 곳에 떨어져 있어도 재능이 많으면 반드시 해가 될 수 있음을 서술하였다. 마지막 구는 비취 새의 운명을 탄식했는데, 이는 비취 새와 마찬가지로 남다른 재능으로 인해 조정에서 곧 위험에 처하게 될 자신의 상황을 탄식한 것이라고 볼 수 있다. (김수희)

1-24. 感遇(其二十四) 감우 24

挈瓶者誰子,[1]	작은 물병으로 물을 긷는 저 사람은 누구인가
姣服當青春.[2]	화려하게 꾸민 복식을 입고 푸른 봄을 맞았네.
三五明月滿,[3]	보름에는 밝은 달이 한껏 둥글지만
盈盈不自珍.[4]	가득 차 있음을 스스로 아끼지 않는구나.
高堂委金玉,[5]	높고 화려한 집에는 금과 옥이 가득하나
微縷懸千鈞.[6]	가는 실에 삼만 근의 무게를 매단 격이네.
如何負公鼎,[7]	어찌하리오, 재상의 직을 하다가
被奪笑時人.[8]	빼앗기고 사람들에게 웃음거리가 될 것을.

▌주석

1) 挈瓶(설병) : 작은 물병으로 물을 긷다. 재주와 지혜가 천박하고 모자라는 사람에 대한 비유로 많이 쓰였다.

   誰子(수자) : 누구인가?

2) 姣服(교복) : 화려하고 예쁘게 꾸민 복식.

3) 三五(삼오) : 음력 15일. 〈고시십구수古詩十九首〉 제17수에서 "보름에는 밝은 달이 둥글어지고 스무날에는 달이 이지러진다.(三五明月滿, 四五蟾兔缺)"고 하였다.

4) 盈盈(영영) : 달이 꽉차게 둥근 모습. '영화盈華'로 된 판본도 있으며 이 경우 뜻은 '둥글고 화려한 모습'이다.

   不自珍(부자진) : 스스로 아끼지 않다. 이 시에서는 만월이 자신의 가득 찬 상태를 아끼지 않아서 이내 이지러질 것이라는 뜻이다.

5) 高堂(고당) : 높고 크게 만든 집. 화려한 집. 조정을 가리키기도 하였다.

   委(위) : 쌓아두다.

   金玉(금옥) : 금과 옥. 또는 금관자와 옥관자를 한 높은 신하로 해석하기도 한다. 《도덕경道德經》에서 "가지고 있으면서도 더 채우는 것은 그만두는

것만 못하다. 두드려서 날카롭게 만들면 오래 보전할 수 없다. 금과 옥이
방 안에 가득하더라도 그것을 지킬 수 없다. 부귀하여 교만하면 스스로
허물을 남기게 된다. 공을 이루었으면 물러나는 것이 하늘의 길이다.(持而盈
之不如其已. 揣而銳之不可長保. 金玉萬堂莫之能守. 富貴而驕自遺其咎. 功遂身退天之
道)"라 하였다.

6) 微縷(미루) : 가는 실.
   千鈞(천균) : 삼만 근斤. 매우 무거운 무게를 나타낼 때 많이 쓰였던 표현
   이다.
   가는 실에 막중한 무게를 매달았다는 것은 분에 넘치는 임무를 맡았다는
   뜻이다.

7) 負公鼎(부공정) : 국가의 솥을 지다. 은殷 나라 탕왕湯王 때의 재상인 이윤伊
   尹의 이야기에서 나온 표현으로 '재상의 직무를 맡다'의 뜻으로 쓰였다.
   ≪사기 · 은본기殷本紀≫에서 "이윤은 이름이 아형이다. 아형은 탕에게 간
   하고자 하였으나 방법이 없었다. 그래서 유신씨가 시집을 갈 때 따라가는
   신하인 잉신이 되어 솥과 도마를 지고와서는 음식의 맛으로 탕에게 유세를
   하여 왕도에 이르게 하였다.(伊尹名阿衡. 阿衡欲干湯而無由. 乃爲有莘氏媵臣, 負鼎
   俎, 以滋味說湯致于王道)"라 하였다.

8) 時人(시인) : 동시대의 사람들. 세상 사람들.

▎해설

 이 시는 진자앙이 재상의 지위에 있는 높은 인사들을 비난하고 조롱한
작품이다. 능력이 안되는 인사가 최고의 지위에 자리했는데도 스스로 자중하
지 않으니 곧 몰락할 것이라는 것이다. 진자앙이 벼슬을 하면서 상위의 인사
들을 비난한 것으로 보이기 때문에 무측천 때의 유능한 재상들이 아직 등용되
기 전에 진자앙이 벼슬을 하였던 광택光宅 원년(684)에서 천수天授 2년(691)
사이의 작품으로 보기도 하지만 확실한 근거는 없다.
 제1~2구에서 시인은 능력도 없이 높은 자리에서 화려하게 지위를 누리는
인사를 조롱하였다. 제3~4구는 지위가 보름달과 같아지면 이제 이지러질

일만 남았지만 그 인사는 스스로 꺼리지 않는다고 말한다. 제5~6구는 화려해 보이는 신분과 달리 막중한 임무가 그에게 부담되었다고 말했다. 제7~8구에서 시인은 스스로 자중하지 못할 저 인사가 조만간 자신의 뜻이 아니라 타의에 의해 재상의 지위에서 쫓겨날 것이라고 풍자하였다. (서용준)

1-25. 感遇(其二十五) 감우 25

玄蟬號白露,[1]	검은 매미가 흰 이슬에 우니
兹歲已蹉跎.[2]	올해도 이미 헛되이 보내는구나.
群物從大化,[3]	만물이 큰 변화를 따르니
孤英將奈何.[4]	홀로 핀 꽃을 장차 어찌하리.
瑤臺有青鳥,[5]	요대에 있는 파랑새
遠食玉山禾.[6]	먼 옥산의 벼를 먹고,
昆侖見玄鳳,[7]	곤륜산에 보이는 검은 봉황새
豈復虞雲羅.[8]	어찌 또 구름까지 쳐진 그물을 걱정하겠는가!

▌주석

1) 白露(백로) : 흰 이슬. 양력 9월 9일경의 가을을 말한다.
2) 兹歲(자세) : 이 해.
   蹉跎(차타) : 시간을 헛되이 보내다.
3) 大化(대화) : 큰 변화. ≪순자荀子·천론天論≫에 "네 계절이 번갈아 다스려지고, 음양이 크게 변화한다.(四時代御, 陰陽大化)"라고 하였다. 양경楊倞의 주에 "음양이 크게 변한다는 것은 추위와 더위가 만물을 변화시킨다는 말이다.(陰陽大化, 謂寒暑變化萬物也)"라고 되어 있다.
   이 구는 만물이 시간의 변화에 따라 무성했다가 쇠약해지는 것을 말한다.
4) 孤英(고영) : 외로운 꽃. 시대를 잘못 만난 인재를 비유하며 여기서는 진자

앙 자신을 가리킨다.

5) 瑤臺(요대) : 화려한 누대. 여기서는 서왕모西王母의 궁궐을 나타낸다. 서왕 모는 중국 신화에 나오는 여신女神으로 곤륜산崑崙山 꼭대기에 살며 불로장 생을 관장했다고 전해진다.

靑鳥(청조) : 파랑새. 곤륜산에는 세 마리의 파랑새가 있는데 모두 서왕모 가 부리는 새였다.

5) 玉山禾(옥산화) : 옥산의 벼. '옥산'은 곤륜산을 말하며 옥돌이 많았다고 한다. '화'는 곤륜산에 있는 높고 커다란 식물인 '목화木禾'를 가리킨다. ≪산 해경山海經·해내서경海內西經≫에 "곤륜산의 언덕은 사방 팔백 리이고, 높이 가 칠만 척尺이다. 위에는 목화가 있는데 높이가 사십 척이고 둘레는 다섯 아름이다.(昆侖之虛, 方八百里, 高萬仞, 上有木禾, 長五尋, 大五圍)"라고 하였다.

6) 昆侖(곤륜) : 곤륜산. 전설상에 신선들이 모여 사는 곳이다.

7) 虞(우) : 걱정하다.

雲羅(운라) : 구름까지 높이 쳐진 그물. 정치적 억압을 비유한다.

이상 두 구는 봉황새가 세속과 동떨어진 곤륜산에 살고 있으니 구름까지 높이 쳐진 그물을 더 이상 걱정할 필요가 없다는 것이다.

▋해설

이 시는 인간세상과 신선세상을 대조하며 쇠망의 기운을 피할 수 없어 은거의 삶을 동경하게 되었다는 내용이다. 진자앙이 우습유右拾遺를 맡고 있 던 장수長壽 2년(693)에서 성력聖曆 원년(698)에 지어진 것으로 보인다.

제1~4구는 더위가 물러가고 추위가 찾아드는 계절의 변화를 말하며 흥성 했던 국운이 점점 쇠락의 길로 접어들었음을 비유하였다. 진자앙은 자신을 '고영'에 비유하며 재주를 지녔지만 세상에 사멸의 기운이 거세어 어찌할 도리 가 없는 무기력한 신세를 서글퍼하였다. 제5~8구는 평화로운 곤륜산의 '청조 靑鳥'와 '현봉玄鳳'을 떠올리며 은거에 대한 의지를 기탁하였다. 커다란 벼나무 의 낟알을 먹는 파랑새와 그물 걱정 없이 마음껏 하늘을 가르며 날아다니는 봉황을 떠올리며 인간세상이 아닌 신선세상에서 무한한 자유와 마음의 평화

를 누리겠노라 소망하였다. (홍혜진)

1-26. 感遇(其二十六) 감우 26

荒哉穆天子,[1]	허황했구나, 목천자는
好與白雲期.[2]	잘도 흰 구름과 기약을 했으니.
宮女多怨曠,[3]	궁녀는 대부분 왕을 만나지 못한 채
層城閉蛾眉.[4]	층층 성궐에는 미녀들이 갇혔지.
日耽瑤池樂,[5]	날마다 요지의 즐거움을 탐닉했으니
豈傷桃李時.[6]	어찌 꽃다운 시절을 애달파했으리.
青苔空萎絶,[7]	푸른 이끼가 헛되이 시들어 사라지고
白髮生羅帷.[8]	흰 머리칼만 비단 휘장에서 생겨났지.

▌주석

1) 荒哉(황재) : 허황하다. 또는 황음하다.

   穆天子(목천자) : 주나라 목왕. 세상을 주유하며 신선과 노닐고자 하였다.
   여기서는 허황된 미신을 추구하며 현실을 직시하지 못한 무측천을 비유한다.

2) 白雲(백운) : 흰 구름. 여기서는 주 목왕이 곤륜산의 요지瑤池에서 서왕모와
   만나 연회를 즐길 때 서왕모가 부른 노래를 가리킨다. 당시 서왕모는 인간
   인 목천자와 신선인 자신이 영원히 노닐기 어려움을 안타까워하며 〈백운
   가〉를 불렀는데, "흰 구름이 하늘에 있는데 산과 구릉에서 절로 나오네.
   길은 아득히 멀고 그 사이에 산과 강이 있네. 청컨대 그대가 죽지 않고
   다시 돌아올 수 있기를.(白雲在天, 山陵自出. 道里悠遠, 山川間之. 將子無死, 尙能復
   來)"이라고 하였다. 이에 목천자는 "내가 동쪽 땅으로 돌아가서 중원을 잘
   다스려, 만백성이 고르게 되면 내가 돌아와 그대를 만나리. 삼년이면 장차
   그대의 땅으로 돌아오리라.(予歸東土, 和治諸夏. 萬民平均, 吾顧見汝. 比及三年,

將復而野)"라고 하여 반드시 돌아오겠다는 약속을 하였다.

3) 宮女(궁녀) : 여기서는 목천자의 궁녀를 가리킨다.

　怨曠(원광) : 원래 '원'은 여자에게 남편이 없는 것을 가리키고 '광'은 남자에게 부인이 없는 것을 가리키는데, 여기서는 궁녀가 왕을 만나지 못하는 것을 뜻한다.

4) 層城(층성) : 높은 성. 여기서는 목천자의 궁궐을 가리킨다.

　蛾眉(아미) : 나방 더듬이 같은 눈썹. 미녀를 비유하며, 여기서는 목천자의 궁녀를 가리킨다.

5) 瑤池(요지) : 곤륜산에 있는 연못. 서왕모가 있는 곳이다.

6) 桃李時(도리시) : 복숭아꽃과 자두꽃이 피는 시절. 여기서는 목천자 궁녀들의 젊고 어여쁜 시절을 의미한다.

7) 靑苔(청태) : 푸른 이끼. 궁녀의 아름다움을 비유한다. 남조 강엄江淹의 〈청태부靑苔賦〉에서 "안타깝구나 하늘거리는 푸른 이끼여, 어떤 사물도 비교할 수 없구나.(嗟靑苔之依依兮, 無色類而可方)"라고 하였다.

　萎絶(위절) : 사라지다. 없어지다.

8) 羅帷(나유) : 비단 휘장. 궁녀의 거처를 가리킨다.

▌해설

　이 시는 목천자가 요지의 서왕모와 노닌다고 궁궐의 궁녀를 버려두어 늙어가게 하였다는 내용을 읊었다. 이를 통해 당시 허황한 미신을 좇으며 현실을 바로 보지 못한 무측천을 비판한 것으로 보인다. 진자앙이 동도에서 관직을 하고 있을 무렵에 지은 것이라고 보는 설이 있다.

　제1~2구에서는 목천자가 〈백운가〉를 부른 서왕모와 다시 만날 것을 기약한 것을 허황하다고 말하였는데, 이를 통해 자신의 본분을 망각하고 유흥을 즐긴 목천자를 비판하였다. 제3~4구에서는 목천자의 궁녀가 임금을 만나지 못한 채 궁궐에 갇혀 있음을 말하였다. 이는 목천자가 허황한 기약을 이루기 위해 자신의 궁녀를 도외시한 모습을 표현한 것으로, 서왕모와의 즐거움을 추구하느라 자신의 본분을 망각한 상황을 비판하였다. 제5~6구에서는 다시 목천자의 상황을 말하였는데, 요지에서 서왕모와 노니느라 궁녀의 젊음에는 아랑곳하지 않았다고 하였다. 제7~8구에서는 다시 버림받은 궁녀가 젊음을 잃어버리고 늙어 가는 모습을 표현하였다. (임도현)

1-27. 感遇(其二十七) 감우 27

朝發宜都渚,[1]	아침에 의도의 물가에서 출발하며
浩然思故鄉.[2]	아득히 고향 그리네.
故鄉不可見,	고향은 보이질 않고
路隔巫山陽.[3]	길은 무산 남쪽에 가로 막혔네.
巫山彩雲沒,[4]	무산이 오색구름에 덮여
高丘正微茫.[5]	고구도 막 어슴푸레해지네.
佇立望已久,[6]	우두커니 서서 바라본 지 이미 오래
涕落沾衣裳.[7]	눈물 떨어져 옷에 스미네.
豈茲越鄉感,[8]	어찌 이것이 고향 떠난 슬픔 때문만이겠는가
憶昔楚襄王.[9]	옛날 초나라 양왕의 일이 떠올라서이니,
朝雲無處所,[10]	아침 구름은 갈 곳 없어지고
荊國亦淪亡.[11]	초나라 역시 망하였네.

▌주석

1) 宜都渚(의도저) : 의도의 물가. 의도는 지금의 호북성湖北省 의도현으로서 삼협성문三峽城門이라고도 불린다. 이곳은 무산巫山의 동쪽에 위치하며 장강長江이 흐른다.

2) 浩然(호연) : 아득히. 생각이 끝이 없이 이어지는 것을 표현하는 말인데 장강의 물이 광활한 것을 표현하는 말로도 볼 수 있다.
　　故鄉(고향) : 진자앙의 고향은 사천성 사홍현射洪縣이다. 의도에서 출발하며 장강을 바라보자 자연스럽게 장강이 경유하는 고향을 그리워하게 되었음을 뜻한다. 그 물줄기를 거슬러 가면 고향에 닿을 수 있기 때문이다.

3) 巫山陽(무산양) : 무산의 남쪽. 장강은 티베트 고원의 탕구라 산맥에서 발원하여 사천성을 거쳐 장강삼협長江三峽에 이르는데 삼협 중 무협巫峽에 무산십이봉巫山十二峰이 있다.

4) 彩雲(채운) : 여러 빛깔이 나는 고운 구름. 송옥宋玉이 초나라 양왕襄王(기원전 298-263 재위)을 모신 자리에서 읊은 〈고당부高唐賦〉에 나오는 '조운朝雲'을 염두에 둔 표현이다. 양왕은 송옥과 고당高唐을 바라보다가 운기가 높이 솟아 곧장 위로 오르더니 돌연 모양을 바꾸는 것을 발견했다. 송옥은 그것이 '조운'이라고 설명하며 선왕인 회왕懷王이 고당에서 무산신녀巫山神女를 만났을 때 신녀가 "첩은 무산의 남쪽 고구의 험난한 곳에 거처하는데 아침에는 구름이 되었다가 저녁에는 비가 되어 내려 아침저녁으로 양대의 아래에 있습니다.(妾在巫山之陽, 高丘之阻, 旦爲朝雲, 暮爲行雨, 朝朝暮暮, 陽臺之下)"라 말했다고 고했다.

5) 高丘(고구) : 고구高邱라고도 하며 〈고당부〉에서 무산신녀가 거처한다고 말한 무산의 험준한 곳이다. 고유명사가 아니라 '높은 언덕'이라고 풀기도 한다. 주4) 참조.
   微茫(미망) : 어슴푸레하다.

6) 佇立(저립) : 우두커니 서 있다.

7) 沾(첨) : 스며들다.

8) 越鄕感(월향감) : 고향에서 멀리 떠나게 되어 갖게 되는 근심과 향수.

9) 楚襄王(초양왕) : 초나라 회왕의 아들인 양왕. 회왕에 이어 쾌락을 좇는 황음무도한 생활을 하여 초나라를 쇠망의 길로 이끈 왕이다.

10) 朝雲(조운) : 아침 구름. 무산신녀를 가리킨다. 주4) 참조.
    이 구에서는 초나라가 망하고 나자 무산신녀도 처할 곳이 없어졌음을 말하였다.

11) 荊國(형국) : 초나라.
    淪亡(윤망) : 멸망하다.

　이 시는 시인이 의도현에서 출발하다가 무산을 바라보고는 문득 황음무도
한 생활로 초나라를 멸망으로 이끌었던 양왕의 일을 떠올리며 개탄한 것으로
서, 의도현에서 여정을 다시 출발한다는 시의 내용으로 볼 때 어머니의 복상
을 마치고 고향을 떠나와 의도현을 경유했던 장수長壽 2년(693) 즈음에 지은
시라 여겨진다. 특히 이 시는 〈감우 28〉과도 내용상 연결이 된다. "옛날 장화
대의 연회에서, 초나라 왕은 지나친 주색을 즐기고, 오색 깃발과 푸른 깃털
장식 수레로, 운몽택 숲에서 물소 사냥을 하였네.(昔日章華宴, 荊王樂荒淫. 霓旌翠
羽蓋, 射兕雲夢林)"라 하여 제28수에서도 역시 사치와 향락을 일삼았던 영왕靈王
과 양왕으로 인해 초나라가 멸망하였음을 한탄하였던 것이다. 시인의 이러한
한탄은 무측천의 조정에 대한 풍자와 비판을 담고 있다고 볼 수 있다.

　제1～4구에서 시인은 의도현에서 출발하면서 장강을 바라보며 고향을 그
리워하였다. 제5～8구에서 시인은 어렴풋이 보이는 무산을 바라보며 눈물을
흘렸다. 제9～12구에서 시인은 자신이 눈물을 흘리는 것은 비단 고향을 그리
는 마음 때문만이 아니라 무산에 얽힌 초나라 양왕과 무산신녀의 일화 때문임
을 말하였다. 무산신녀와 운우지정雲雨之情을 나누었던 회왕, 선왕처럼 신녀를
만나고 싶어했던 양왕은 모두 본분을 잊고 향락을 좇음으로서 나라를 멸망으
로 이끈 장본인이었다. 멸망한 초나라에 대해 느끼는 허망감이 고향을 그리는
시인의 향수와 얽혀 시인을 그토록 비감에 젖게 했던 것이다. (정세진)

1-28. 感遇(其二十八) 감우 28

昔日章華宴,[1]	옛날 장화대의 연회에서
荊王樂荒淫.[2]	초나라 왕은 지나친 주색을 즐기고,
霓旌翠羽蓋,[3]	오색 깃발과 푸른 깃털 장식 수레로
射兕雲夢林.[4]	운몽택 숲에서 물소 사냥을 하였네.

揭來高唐觀.⁵　　고당관에 와

悵望雲陽岑.⁶　　운몽택의 봉우리를 서글피 바라보나니,

雄圖今何在.⁷　　웅대한 포부는 지금 어디 있는가?

黃雀空哀吟.⁸　　참새는 부질없이 슬피 우는구나.

▎주석

1) 章華(장화) : 장화대章華臺. 춘추시기 초의 이궁離宮으로, 초楚 영왕靈王이 만들었다고 한다. 지금의 호북성 감리현監利縣에 옛 터가 있다.

2) 荊王(형왕) : 초왕楚王. '형荊'은 '초楚'를 가리킨다.
　荒淫(황음) : 절제함이 없이 주색에 빠지다.

3) 霓旌(예정) : 오색 깃털로 장식한 깃발.
　翠羽蓋(취우개) : 푸른 깃털로 장식한 수레 덮개.

4) 兕(시) : 외뿔 물소.
　雲夢(운몽) : 못 이름. 초 지역에 있는 운몽택雲夢澤을 가리킨다.

5) 揭來(걸래) : 오다. '걸揭'은 어조사.
　高唐觀(고당관) : 고당의 누대. 초 회왕懷王이 머물다 꿈에서 무산巫山의 신녀神女를 만나 이른바 '운우지정雲雨之情'을 나누었던 곳. 초 양왕襄王이 송옥宋玉과 함께 운몽택의 누대를 노닐고 고당의 누대를 바라보다 송옥에게 선왕 회왕의 고당高唐에서의 일을 부賦로 쓰게 하였다. 그 〈고당부高唐賦〉의 서序에서 "옛날 선왕께서 고당을 노닐다 피곤하여 낮잠을 주무시는데 꿈에 한 여인이 나타나 말하기를 '저는 무산의 여인으로서 잠시 고당에 들렀는데, 임금께서 고당을 노닌다는 말을 듣고서 잠자리를 돌보기 원합니다.'라 하니, 왕께서 그녀를 총애하였다. 여인이 떠나며 작별하여 말하기를, '저는 무산의 남쪽, 고구의 북쪽에서 아침에는 아침 구름이 되고 저녁에는 내리는 비가 되어 아침마다 저녁마다 양대에 있습니다.'라 하였다. 아침에 보니 말한 것과 같아, 사당을 세우고 조운이라고 불렀다.(昔者先王嘗遊高唐, 怠而晝寢, 夢見一婦人, 曰, 妾巫山之女也, 爲高唐之客. 聞君遊高唐, 願薦枕, 王因幸之.

去而辭曰, 妾在巫山之陽, 高丘之阻. 旦爲朝雲, 暮爲行雨, 朝朝暮暮, 陽臺之下. 旦朝視之
如言, 故爲立廟, 號曰朝雲"라 하였다.

6) 雲陽岑(운양잠) : 운몽택 안의 작은 산.

7) 雄圖(웅도) : 웅대한 포부나 계책. 천하를 쟁패하려 했던 초나라의 포부를
가리킨다.

8) 黃雀(황작) : 참새. ≪전국책戰國策·초책사楚策四≫에 나오는 아무런 걱정
없이 노닐다 공자와 왕손에게 잡혀버린 참새를 가리키는 것으로, 정사를
소홀히 하고 음락淫樂만을 추구하다 멸망해버린 초나라를 비유한다. 앞의
시 1-21. 〈감우 21〉 주석 3번 참조.

▌해설

이 시는 고대 초나라의 유적지를 돌아보며 위기에 대한 아무런 대비 없이
사치와 향락만을 일삼다 끝내 멸망하고 만 초나라의 운명을 탄식한 것으로,
당시 무측천의 호사스럽고 음란한 생활을 빗대어 비판한 것으로 여겨진다.

제1~2구에서는 장화대章華臺를 세워 연회를 즐기며 주색에 빠졌던 초楚
영왕靈王의 문란한 생활을 떠올리고, 제3~4구에서는 화려한 채색 깃발과 아
름다운 장식의 수레로 사냥만을 일삼았던 호사로운 모습을 상상하고 있다.
제5~6구에서는 고당관을 거닐고 운몽택을 바라보며 무산신녀와의 사랑에
빠졌던 초 회왕懷王의 일을 회상하고, 마지막 제7~8구에서는 초나라가 음락
淫樂에 빠져 장차 닥쳐올 재앙에 대비하지 못하여 마침내 천하쟁패의 웅대한
꿈을 실현하지 못했음을 안타까워하고 있다. (주기평)

1-29. 感遇(其二十九) 감우 29

丁亥歲云暮,[1]　　정해년 세모에
西山事甲兵.[2]　　서산에서 전쟁을 하는데,
嬴糧匝邛道,[3]　　군량을 메고 공래산 길을 돌며

荷戟爭羌城.[4]	창을 지고 강족의 성을 다투네.
嚴冬嵐陰勁,[5]	한겨울의 음냉한 바람이 거세고
窮岫泄雲生.[6]	궁벽하고 깊은 산에 운무가 생겨나니,
昏曀無晝夜,[7]	어두침침하여 밤낮도 구분할 수 없는데
羽檄復相驚.[8]	격문이 다시 놀라게 하네.
拳跼競萬仞,[9]	허리를 구부리고 만 길 산을 다투어 오르고
崩危走九冥.[10]	무너질 듯 위태로운 깊은 골짜기를 내달리며,
籍籍峰壑裏,[11]	어지러이 산봉우리와 골짜기 안에서
哀哀冰雪行.[12]	슬피 울며 얼음과 눈 속을 지나가네.
聖人御宇宙,[13]	성인이 우주를 다스리면
聞道泰階平.[14]	듣자니 삼태성이 평평하다고 하는데,
肉食謀何失,[15]	대신들이 도모함에 무슨 실책을 했기에
藜藿緜縱橫.[16]	백성들이 멀리 떠나고 시체가 어지러운가?

▌주석

1) 丁亥(정해) : 수공垂拱 3년(687)의 간지干支.

   歲云暮(세운모) : 해가 저물다. '운云'은 어조사.

2) 西山(서산) : 성도成都의 서쪽에 있으며 강족羌族들이 산을 가리킨다.

   事甲兵(사갑병) : 전쟁에 종사하다.

3) 贏(영) : 메다. 지다.

   匝(잡) : 돌다.

   邛道(공도) : 공래산邛崍山의 좁은 길. 공래산은 지금의 사천성 서부 민강岷江과 대도하大渡河의 사이에 있다.

4) 荷戟(하극) : 창을 지다.

   羌城(강성) : 공래산 일대 강족羌族의 주거지.

5) 嵐陰(남음) : 깊은 산의 음냉陰冷한 바람.

6) 窮岫(궁수) : 궁벽하고 깊은 산. '수岫'는 굴이 있는 산.

　　泄雲(설운) : 운무를 내다.

7) 昏曀(혼에) : 어둡고 구름이 끼다. 음산하다.

8) 羽檄(우격) : 전장에서 보내는 문서. 격문. 그 위에 새 깃털을 꽂아 긴급함을
　　표시한다.

9) 拳跼(권국) : 허리와 등을 구부리다.

　　萬仞(만인) : 만 길이나 되는 높은 산.

10) 九冥(구명) : 구천九泉. 여기서는 깊고 어두운 골짜기를 가리킨다.

11) 籍籍(적적) : 종횡으로 어지러운 모양.

　　壑(학) : 산골짜기.

12) 哀哀(애애) : 슬픔이 그치지 않는 모양.

13) 御(어) : 통치하다. 다스리다.

14) 泰階(태계) : 삼태성三台星. 상태上台·중태中台·하태下台로 2개씩 모두 6개
　　의 별이 계단 모양을 이루고 있다. '태계평泰階平'은 천하가 태평함을 상징
　　한다. ≪황제태계육부경黃帝泰階六符經≫에 "태계란 하늘의 세 계단이다.
　　위 계단은 천자이고, 중간 계단은 제후와 공경대부이며, 아래 계단은 선비
　　와 서민이다. 세 계단이 평평하면 음양이 조화되고 비바람이 때에 맞으며
　　사직의 신이 다 그 마땅함을 얻어 천하가 크게 편안하니 이를 태평이라
　　한다.(泰階者, 天之三階也. 上階爲天子, 中階爲諸侯公卿大夫, 下階爲士庶人. 三階平則
　　陰陽和, 風雨時, 社稷神祇咸獲其宜, 天下大安, 是爲太平)"고 한다.

15) 肉食(육식) : 고기 먹는 자. 정책을 결정하는 고위 대신을 가리킨다.

16) 藜藿(여곽) : 명아주 잎과 콩 잎. 거칠고 보잘것없는 음식을 먹는 백성들을
　　가리킨다.

　　緬(면) : 멀다. 백성들이 멀리 떠남을 말한다.

　　縱橫(종횡) : 사상자가 종횡으로 널려있다. 이상 두 구는 ≪설원說苑·선설
　　善說≫에서 조조祖朝가 진헌공晉獻公에게 "만약 고기를 먹는 자가 조정에서
　　한번 실책을 하면, 신처럼 콩잎을 먹은 자들이 어찌 중원의 들판에서 간과
　　뇌를 땅에 쏟으며 죽는 일이 없겠습니까?(設使肉食者一旦失計於廟堂之上, 若臣

等之藿食者, 豈得無肝腦塗地於中原之野與)"라고 한 말을 암용한 것이다.

▌해설

이 시는 수공 3년(687)에 무측천이 강족羌族을 무리하게 토벌하게 함으로 인한 병사와 백성들의 고통을 읊고 있다. 진자앙은 일찍이 〈아주에서 강족을 토벌하는 것에 대해 간언한 글諫雅州討生羌書〉을 올려 당시 강족 토벌의 불합리함을 조목조목 밝힌 적이 있는데 이 시도 이때에 함께 지은 것으로 보인다.

제1~4구에서는 전쟁하는 시점과 장소 및 병사들의 상황을 포괄적으로 읊고 있다. 제5~8구에서는 바람이 거센 한겨울에 어둡고 깊은 산골짜기에서 싸우게 되었음을 말하고 있다. 제9~12구에서는 높은 산과 위태로운 골짜기를 내달려야 하는 병사들의 고통과 슬픔을 보다 자세하게 읊고 있다. 제13~16구에서는 이처럼 잘못된 정책을 시행하는 무측천과 대신들을 풍자하고 이로 인한 백성들의 고통을 애통해하며 끝맺고 있다. (강민호)

1-30. 感遇(其三十) 감우 30

竭來豪遊子,[1]	호탕하게 노는 자들이여
勢利禍之門.	권세와 이익은 재앙의 문이요,
如何蘭膏嘆,[2]	난초 기름의 탄식을 하는 이를 어이하나
感激自生冤.	감정이 격해 절로 원통함을 느끼누나.
衆趨明所避,[3]	뭇사람이 따르는 바를 현명한 이는 피하나니
時棄道猶存.[4]	시대가 버려도 도는 오히려 남아 있으리.
雲淵既已失,[5]	높은 구름과 깊은 못에서 이미 놓치게 되면
羅網與誰論.[6]	그물질을 뉘와 함께 의논하겠는가.
箕山有高節,[7]	기산에는 허유의 고상한 절개가 있고
湘水有清源.[8]	상수에는 굴원의 맑은 원류가 있으니,

唯應白鷗鳥,⁹   오로지 흰 갈매기와 응대해야만
可爲洗心言.¹⁰   마음 씻는 말을 할 수 있으리.

주석

1) 朅來(걸래) : 어조사.

   豪遊(호유) : 호탕하게 놀다.

2) 蘭膏嘆(난고탄) : 난초 기름의 탄식. ≪한서漢書·공승전龔勝傳≫에서 "아!
향초는 향기 때문에 자신을 불사르고, 난초 기름은 밝기 때문에 자신을
녹인다(薰以香自燒, 膏以明自銷)"라고 하였다.

   이 구는 난초 기름이 등불을 밝히며 녹아 없어지듯이 재능 있는 이들 또한
자신의 재능으로 인해 결국 희생되고 마는 것을 탄식한다는 의미이다.
한편 '호유자'들이 권세와 이익을 추구하다 결국 난고지탄을 하게 되는
것으로도 볼 수 있다.

3) 衆趣(중추) : 뭇사람들이 쫓는 바. 위의 구의 '권세와 이익'을 가리킨다.

   明(명) : 현명한 이.

4) 道猶存(도유존) : 도가 오히려 남아 있다.

   이 구는 세상을 등지고 은거함으로써 자신의 이상을 지키겠다는 것을 의미
한다.

5) 雲淵(운연) : 높은 구름과 깊은 못.

   失(실) : 종적을 놓치다. 종적을 잃다. 높은 구름과 깊은 못 속으로 사라지는
것을 가리킨다.

   이 구는 새가 높은 구름으로 날아가고 물고기가 깊은 못 속으로 가라앉듯
이, 세상 깊숙한 곳에 숨겠다는 의지를 나타낸다.

6) 羅網(나망) : 그물질. 인재를 불러들이는 행위를 비유한다.

7) 箕山(기산) : 허유許由가 은거한 산 이름으로 지금의 하남성河南省 등봉현登
封縣 남동쪽에 있다. 허유는 요임금이 그에게 왕위를 물려주려 하자 이를
거절하고 자신의 귀가 더러워졌다고 하여 영수潁水 강물에 귀를 씻고 기산
에 들어가 숨었다고 한다.

8) 湘水(상수) : 굴원屈原이 뛰어들어 자살한 물 이름. 굴원은 초나라 조정에서
   쫓겨난 후 상수湘水 일대를 떠돌아다니다 결국 멱라수汨羅水에 뛰어들어
   자살했다.
   이상 두 구는 자신도 허유와 굴원의 깨끗한 절개를 본받겠다는 것을 의미
   한다.

9) 應白鷗鳥(응백구조) : 흰 갈매기와 응대하다. 순수한 마음 이외에 딴 뜻이
   없는 것을 가리킨다. ≪열자列子·황제黃帝≫에 의하면, 바닷가 사람 중에
   갈매기를 좋아하는 자가 있어서 매일 아침 바닷가에서 갈매기와 놀았는데
   그 수가 수백 마리를 넘을 정도였다. 이에 그 아비가 갈매기를 잡아 오라고
   하여 다음날 바닷가에 가자 갈매기들이 그에게 다가오려고 하지 않았다
   한다.

10) 洗心(세심) : 마음을 씻어내다. 권세와 이익을 추구하려는 마음을 없애는
    것을 의미한다.

▌해설

이 시는 고향으로 돌아가 은거하려는 의지를 읊은 것으로, 장수長壽 2년에
서 성력聖歷 원년 사이(693-698), 즉 작자가 우습유右拾遺의 관직을 지내고 고향
으로 돌아가 은거하기 이전에 쓴 작품으로 추정된다. 시는 모두 세 단락으로
네 구마다 한 의미단락을 이루고 있다. 제1~4구는 권세와 이익을 추구하는
자들은 호탕하게 노는 데 반해, 자기처럼 재능 있는 이들은 자신을 희생하는
가운데 탄식하고 원망함을 서술하였다. 제5~8구는 권세와 이익을 추구하는
이들을 피해 깊은 곳에 숨어 지내며 화를 피할 것을 제기하였다. 제9~12구는
자신도 허유와 굴원처럼 고상한 절개를 지키며 은거할 것을 다짐하였다. 시
전편에 걸쳐 은거에 대한 의지를 직접적으로 표현한 것으로 미루어 볼 때
작자가 고향으로 돌아가 은거하기 직전에 쓴 작품이라고 생각된다. (김수희)

1-31. 感遇(其三十一) 감우 31

可憐瑤臺樹,[1]	요대 옆의 나무가 사랑스러우니
灼灼佳人姿.[2]	휘황찬란한 미인의 자태를 뽐냈네.
碧華映朱實,[3]	푸른 꽃에 붉은 열매 그림자가 비치니
攀折青春時.[4]	좋은 봄날에 당겨 땄다네.
豈不盛光寵,[5]	어찌 빛나는 은총을 듬뿍 받고서
榮君白玉墀.[6]	하얀 옥계단에서 임금을 빛나게 하지 않았으리.
但恨紅芳歇,[7]	다만 붉던 향기가 그치고
凋傷感所思.[8]	시들어 그리움만 느껴지는 것 한스럽구나.

▌주석

1) 可憐(가련) : 사랑스럽다.

　瑤臺(요대) : 미옥으로 만든 누대. 역대로 화려하게 장식된 누대를 미화하는 용도로도 많이 쓰였고 전설상의 신선의 거처를 묘사하는 용도로도 많이 쓰였다.

2) 灼灼(작작) : 매우 밝고 화려한 모습.

　姿(자) : 맵시. 자태.

3) 碧華(벽화) : 푸른 꽃.

　朱實(주실) : 붉은 열매.

4) 攀折(반절) : 당겨 따다. 따다. 여기서는 사랑과 관심을 받았다는 뜻이다.

　青春(청춘) : 한창 봄날. 좋은 시절을 의미한다.

5) 光寵(광총) : 빛나는 총애. 임금의 은총.

6) 玉墀(옥지) : 옥 계단. 고대에는 궁전의 계단에 대한 미칭으로 많이 쓰였다.

7) 紅芳(홍방) : 붉은 꽃의 향기.

　歇(헐) : 다하다. 향기가 그치다.

8) 凋傷(조상) : 병들어 죽다. 여기서는 '꽃이 시들어 죽다'의 뜻이다. '조상彫傷'

으로 된 판본도 있는데 같은 뜻이다.

所思(소사) : 그리움.

▌해설

　이 시의 내용은 한창 좋은 시절에는 꽃과 열매가 임금의 사랑을 받았으나 시간이 지나 시들자 나무가 그 은총을 잃어버렸다는 것이다. 그러니 만약 진자앙의 실제 상황에 대입한다면 진자앙이 벼슬에서 물러난 만년의 시일 가능성이 있다. 그렇다면 진자앙이 관직을 그만 둔 성력聖曆 원년(698)에서 사망한 성력聖曆 3년(700) 사이의 작품이 될 것이다. 그러나 시의 내용이 반드시 진자앙의 상황이라는 근거도 없고, 또 설사 진자앙의 상황과 부합한다고 하더라도 진자앙의 관리 생활에 몇 차례 부침이 있었기 때문에 이 시가 다른 시기의 작품일 수도 있다.

　제1~2구에서 요대 주변의 사랑스러운 나무는 이전에 화려한 자태를 뽐냈다. 제3~4구에서 나무의 푸른 꽃과 빨간 열매는 사랑을 받기에 충분했다. 제5~6구에서 나무는 임금의 은총을 받고 임금의 영광을 빛냈다. 그러나 시간이 지난 현재 제7~8구에서 나무는 좋았던 시절을 잃어버리고 아름다운 꽃과 향기를 잃어버리고 그래서 임금의 은총도 잃었다. 나무는 잃어버린 것들을 그리워 할 뿐이다. (서용준)

1-32. 感遇(其三十二) 감우 32

索居獨幾日,¹　　홀로 지낸지 그저 며칠 만에

炎夏忽然衰.²　　무더위가 돌연 꺾였다.

陽彩皆陰翳,³　　밝은 빛은 모두 가려져 어두워지고

親友盡暌違.⁴　　친한 벗들은 모두 떠나가 멀어졌다.

登山望不見,　　산에 올라 바라봐도 보이지 않으니

涕泣久漣洏.[5]　눈물만 오래도록 흘러내린다.

宿昔感顔色,[6]　항상 얼굴빛에 느끼며

若與白雲期.[7]　이내 흰 구름과의 기약을 허여하겠다.

馬上驕豪子,[8]　말 위의 오만방자한 이들

驅逐正蚩蚩.[9]　명리를 좇느라 한창 부산스러우니

蜀山與楚水,[10]　촉 땅의 산과 초 땅의 강은

携手在何時.[11]　손을 잡을 날이 언제이겠는가?

▌주석

  1) 索居(삭거) : 무리에서 떨어져 혼자 있다.

    獨(독) : 단지.

  2) 炎夏(염하) : 무더운 여름.

  3) 陽彩(양채) : 햇빛.

    陰翳(음예) : 가려져 어둑해지다.

  4) 暌違(규위) : 헤어져 어긋나다.

  5) 涕泣(체읍) : 울다.

    漣洏(연이) : 눈물이 연이어 흐르는 모양.

  6) 宿昔(숙석) : 항상.

    感顔色(감안색) : 얼굴빛에 느끼다.

  7) 若(약) : 이내.

    與(여) : 허여하다.

    白雲期(백운기) : 백운과의 기약. 은거 생활의 지향을 나타낸다.

  8) 驕豪(교호) : 오만방자하다.

  9) 驅逐(구축) : 명리名利를 추구하다.

    正(정) : 한창.

    蚩蚩(치치) : 명리名利를 좇느라 부산하고 야단법석을 떠는 모양.

  10) 蜀山與楚水(촉산여초수) : 촉 땅의 산과 초 땅의 강. 촉 땅에 있는 시인

자신과 초 땅에 떨어져 있는 친구를 말한다.

11) 携手(휴수) : 손을 잡다.

▌해설

　이 시는 약 14년간의 관직 생활을 정리하고 은거생활을 시작하면서 느껴지는 적막하고 외로운 심정을 담은 것이다. 약 성력聖曆 2년(699) 여름의 끝자락에 지어진 것으로 보인다.

　제1~4구에서는 관직을 그만두고 홀로 지내기 시작한지 얼마 되지 않아 돌연 계절이 바뀌었음을 나타내었다. 여름 내내 내리쬐던 햇볕도 사라지고 주위에 있던 친구들도 더 이상 만날 수 없게 되었음을 말하였는데 자신의 달라진 처지에서 오는 당혹감과 쓸쓸한 심경을 절기의 변화 속에 잘 녹아내었다. 특히 제2구의 '쇠衰'자는 무성하게 자랐던 만물의 기운이 소멸하고 있음을 뜻하는데 이를 통해 관직에서 물러난 자신의 초라한 신세를 기탁하였다. 제5~8구는 자신이 떠나온 곳을 바라보며 만감이 교차하는 중에 스스로 은거를 선택하는 모습이다. 제9~12구는 명리를 추구하는 이들 때문에 세상이 온통 혼란하여 초 땅의 친구를 만날 날이 아득함을 안타까워하였다. 현실에 대한 절망과 가감 없는 질타가 돋보이는 작품이다. (홍혜진)

1-33. 感遇(其三十三) 감우 33

金鼎合神丹,[1]	금솥으로 신선의 단약을 만든다니
世人將見欺.[2]	세상 사람들이 장차 속겠지만,
飛飛騎羊子,[3]	날아다니는 기양자가
胡乃在峨眉.[4]	어찌하여 아미산에 있겠는가?
變化固非類,[5]	변화란 진실로 그와 다른 것이니
芳菲能幾時.[6]	아름다운 꽃이 얼마나 가겠는가?

疲疴苦淪世,[7] 쇠약해 아파하며 세상살이에 고달파하니

憂瘵日侵淄.[8] 근심과 질병이 날마다 침범하는구나.

眷然顧幽褐,[9] 털옷 입고 숨어사는 이를 돌아보노라니

白雲空涕洟.[10] 흰 구름 속에서 공연히 눈물 흘리네.

▌주석

1) 金鼎(금정) : 황금 솥. 연단을 하는 도구이다.

   神丹(신단) : 신선의 단약. 도교에서 단련하는 신령스런 약으로 이를 먹으면 신선이 되어 영생불사한다고 한다.

2) 見欺(견기) : 속임을 당하다.

3) 騎羊子(기양자) : 주周나라 성왕成王 때의 신선인 갈유葛由. 그는 나무를 깎아 양을 만들어 시장에서 팔았는데, 어느날 나무 양을 타고 서촉으로 들어갔다고 한다. 촉 땅의 왕후와 귀인들이 그를 따라 아미산 남서쪽에 있는 수산綏山으로 들어갔는데, 모두 돌아오지 않고 신선이 되었다고 한다.

4) 胡乃(호내) : 어찌하여.

5) 變化(변화) : 여기서는 자연의 이치에 따라 늙어가는 것을 말한다. 신선이 되어 항상 젊음을 유지하는 것과 대비되는 개념으로 사용되었다.

   非類(비류) : 다른 종류의 것.

   이 구는 자연의 이치에 따라 인간은 생로병사에 따라 변화하기 마련이니 장생불사를 통해 영원불멸을 추구하는 것과는 다르다는 뜻이다. 이와 달리 '비류'를 '달리 된 것'으로 해석하여 사람이 죽는 것으로 보는 설도 있다. 이에 따르면 이 구는 "변화하면 진실로 모두 죽게 된다"라고 해석된다.

6) 芳菲(방비) : 향기로운 꽃. 젊음을 비유한다.

   幾時(기시) : 얼마나 오랫동안.

7) 疲疴(피아) : 병들어 약해지다.

   淪世(윤세) : 세상에 떨어지다. 세속에서 사는 것을 가리킨다.

8) 憂瘵(우매) : 근심과 질병.

   侵淄(침치) : 침범하여 더럽히다.

9) 眷然(권연) : 아쉬워하며 돌아보는 모습.
   幽褐(유갈) : 거친 털옷을 입고 숨어 사는 이. '갈'은 거친 털옷으로 빈천한
   자를 비유한다. 여기서는 은자를 의미하며 진자앙을 가리킨다.
10) 白雲(백운) : 흰 구름. 여기서는 은일생활을 가리킨다. 진晉나라 좌사左思의
   〈은자를 부르는 시招隱詩〉에서 "흰 구름이 그늘진 산에 머물고 붉은 꽃이
   양지바른 수풀에 빛난다.(白雲停陰岡, 丹葩曜陽林)"라고 하였다.
   涕洟(체이) : 눈물콧물을 흘리다.

┃ 해설
  이 시는 단약으로 영생불사를 추구하는 것은 헛된 일임을 깨닫고는 병과
늙음 속에서 근심하고 고통 받으며 살아가는 것을 한탄하였다. 대체로 고향으로
돌아가 은거하던 성력 원년(698)에서 3년(700) 사이에 지은 것으로 추정된다.
  제1~4구에서는 단약을 만들어 신선이 될 수 있다는 것은 거짓이지만 세상
사람들이 이에 속을 것이라고 하고는 나무 양을 탄 갈유를 따라 아미산으로
들어간 이들이 신선이 되었다는 것을 부정하였다. 제5~8구에서는 인간이란
변화 속에서 살 수 밖에 없으며 이로 인해 젊음은 가고 늙어가며 병들어
고통 받게 됨을 말하였다. 제9~10구에서는 자신 역시 병과 늙음을 가진 평범
한 인간임을 직시하고는 은일생활 속에서 찾아오는 이러한 상황을 슬퍼할
수밖에 없음을 말하였다. 진자앙은 아마도 젊어서부터 연단을 추구하였던
것으로 보이는데, 영생불사의 추구가 불가능하고 허망한 것임을 깨닫고는
유한한 생명을 가진 인간이 늙음과 질병 속에 고통 받으며 살 수 밖에 없음을
슬퍼하였다. (임도현)

1-34. 感遇(其三十四) 감우 34

朔風吹海樹,¹   북풍이 발해의 나무에 불어와
蕭條邊已秋.²   스산하니 변방은 이미 가을이네.

亭上誰家子,³	망루 위에 있는 이는 어느 집 자제인가
哀哀明月樓.	밝은 달 비치는 누대에서 슬퍼하고 있구나.
自言幽燕客,⁴	"나는 연 땅에서 온 나그네로
結髮事遠遊.⁵	상투 틀고부터는 멀리 노니는 것을 일삼았다오.
赤丸殺公吏,⁶	붉은 탄환으로 관리들을 처단하고
白刃報私讐.⁷	흰 칼날로 사적인 원수를 갚았는데
避仇至海上,	원수를 피해 발해 가에 이르렀다가
被役此邊州.⁸	이 변방에서 복무하게 되었다오.
故鄕三千里,	고향은 삼천 리 밖에 있고
遼水復悠悠.⁹	요수는 또 아득하기만 하여도
每憤胡兵入,¹⁰	매 번 오랑캐 병사가 쳐들어오는 것에 분개하고
常爲漢國羞.¹¹	늘 중원의 수치라 여겼다오.
何知七十戰,¹²	내 어찌 알았겠소? 칠십 차례나 전쟁을 치르고도
白首未封侯.¹³	백발이 되도록 제후에 봉해지지 못할 지를."

▌주석

1) 朔風(삭풍) : 북풍.

　海(해) : 발해渤海를 가리킨다.

2) 蕭條(소조) : 스산하다.

　邊(변) : 변방.

3) 亭(정) : 정후亭候. 즉 변경에서 적의 움직임을 관찰하기 위해 세운 정자나 망루.

4) 幽燕(유연) : 연燕 땅. 연 땅은 지금의 하북성河北省 일대를 말하는데 옛날에는 유주幽州였기 때문에 이곳을 유연幽燕이라고도 불렀다.

5) 結髮(결발) : 남자가 성년이 되어 관례를 통해 상투를 트는 일.

6) 赤丸(적환) : 붉은 탄환. ≪한서漢書 · 윤상전尹賞傳≫에 "장안에 간악한 자

들이 점점 많아지자 마을의 젊은이들이 무리를 만들어 관리들을 죽이고 대가를 받고 보복해주었다. 서로 구슬을 골라 탄환으로 삼았는데, 붉은 구슬을 뽑은 사람은 무관을 베고 검은 구슬을 뽑은 사람은 문관을 베었으며 흰 것을 잡은 사람은 동료의 상례를 주관하였다.(長安中姦猾浸多, 閭里少年群輩殺吏, 受賕報仇, 相與探丸爲彈, 得赤丸者斫武吏, 得黑丸者斫文吏, 白者主治喪)"라고 했다.

公吏(공리) : 관리.

7) 白刃(백인) : 흰 칼날. 날선 칼날을 말한다.

   私讎(사수) : 사적인 원수.

   이상 두 구는 망루에서 수자리 서던 늙은 병사가 젊은 시절 협객과 같은 생활을 했음을 자술한 것이다.

8) 被役(피역) : 병역에 징집되어 복무하다.

9) 遼水(요수) : 지금의 요하遼河. 거란이 있는 곳이자 당나라 군대가 진격해야 할 곳을 가리킨다. 당시에 진자앙은 거란 토벌대에 속해 있었다.

   悠悠(유유) : 아득하다.

10) 胡兵(호병) : 오랑캐 병사. 당시 당나라를 압박하던 돌궐과 거란을 가리킨다.

11) 漢國(한국) : 중원. 당나라를 가리킨다.

12) 七十戰(칠십전) : 칠십 차례 전쟁. 한나라의 명장 이광李廣은 흉노에 맞서 칠십 여 차례의 크고 작은 전쟁을 치러 수많은 공적을 세웠지만 제후에 봉해지지 못하는 등 제대로 된 평가를 받지 못하였다. 후에 그는 흉노와의 전쟁을 위해 노구를 이끌고 파견되었으나 전장에 늦게 도착하여 조정의 의심을 받게 되자 자결했다.

13) 封侯(봉후) : 제후에 봉해지다.

   이상 두 구는 이광이 혁혁한 공로를 세웠으나 제후에 봉해지지 못했던 일에 비유하여 늙은 병사가 수많은 전쟁에서 용감히 싸우고도 제대로 된 논공행상을 받아본 적이 없음을 말하였다.

이 시는 변경에서 만난 한 병사의 이야기를 시로 읊은 것으로서 오랑캐의 거듭된 침입에 대한 분노와 격전지에서 수고한 병사에게 제대로 된 논공행상이 이루어지지 않은 데 대한 불만이 잘 드러나 있다. 이러한 내용으로 볼 때 시인이 거란 토벌군에 소속되어 있었던 신공神功 원년(697)에 지은 것으로 여겨진다.

제1~4구에서 시인은 쓸쓸한 변방의 망루에서 수자리를 서고 있는 한 병사의 모습을 묘사했다. 제5구부터 시인은 그 병사의 자술을 옮겨 적고 있는데 제5~8구에서는 병사가 연 땅에서 온 사람으로 젊어서부터 의협심이 많아 탐관오리와 사적인 원수들을 처단하며 방랑하였음을 말하였다. 제9~12구에서 병사는 원수를 피하기 위해 발해에 이르렀다가 병역에 징집되어 변방에 머물게 되었다고 하였다. 제13~16구에서 병사는 중원 땅을 거듭 넘보는 오랑캐의 침입에 분개해 자신의 일처럼 싸워왔으나 수차례 목숨을 건 전투를 거치고도 백발이 되도록 제대로 된 논공행상을 받아본 적이 없어 마치 이광과 같은 신세임을 한탄했다. 진자앙은 오랑캐의 침입에 무기력하게 대응하는 무측천과 조정대신들의 태도에 불만을 지속적으로 표명한 바 있고, 거란 토벌군에 소속되었을 때 무유의武攸宜의 참모가 되었으나 그로부터 홀대와 억압을 받아 상당한 어려움에 처한 바 있었다. 따라서 변방에서 오랑캐와의 싸움에 평생을 바치고도 홀대를 받은 늙은 병사의 이야기는 일반적인 변방 군사의 이야기이자 진자앙 자신의 독백이라고도 볼 수 있다. (정세진)

1-35. 感遇(其三十五) 감우 35

本爲貴公子,¹	내 본디 귀공자로서
平生實愛才.	실로 평생 재주를 아꼈건만,
感時思報國,	시대를 느끼고 나라에 보답할 생각으로
拔劍起蒿萊.²	칼 뽑아들고 초야에서 일어났다네.

西馳丁零塞,[3]	서로는 정령족의 변방에서 말을 달리고
北上單于臺.[4]	북으로는 선우의 누대를 올랐으니,
登山見千里,	산에 올라 천 리를 바라보며
懷古心悠哉.[5]	옛 일을 생각하니 마음은 그립기만 하네.
誰言未忘禍,[6]	재앙은 잊지 않는다 누가 말했던가?
磨滅成塵埃.[7]	지금은 닳아 없어져 티끌이 되어 버렸구나.

▌주석

1) 貴公子(귀공자) : 지체 높은 집안의 자제. ≪신당서新唐書·진자앙전陳子昻傳≫에서는 "부친 진원경은 세상의 이름난 부호로서 기근이 든 해에 쌀 만 석을 내어 마을을 구휼하였고 명경과에 급제하여 문림랑에 임명되었다. 진자앙은 18세가 되도록 글을 알지 못하였으며 부유한 집안의 자제로서 활달한 기상을 숭상하여 사냥하고 노름하기를 자기 마음대로 하였다. 다른 날 향교에 입학하여서는 크게 후회하고 자신을 닦고 경계하였다.(父元敬, 世高貲, 歲飢, 出粟萬石賑鄉里, 舉明經調文林郎. 子昻十八未知書, 以富家子尚氣決, 弋博自如. 他日入鄉校, 感悔即痛修飭)"라 하며 진자앙이 지체 높고 부유한 집안 출신이었음을 말하고 있다.

2) 蒿萊(호래) : 쑥과 명아주. 초야草野를 가리킨다.
이 구는 교지지喬知之를 따라 서북 변방으로 종군하게 된 것을 가리킨다.

3) 丁零塞(정령새) : 정령족이 거주하던 변방. 정령丁零은 고대 중국의 서북방에서 유목생활을 하던 민족의 이름으로, 한나라 때 흉노匈奴의 속국이 되었다.

4) 單于臺(선우대) : 흉노의 왕인 선우의 누대. 여기서는 흉노족이 지배하던 북방 지역을 가리킨다.

5) 懷古(회고) : 옛 일을 생각하다. 변방 이민족들을 제압하고 정벌하였던 옛날의 일을 회상하는 것을 말한다.
悠(유) : 그리워하다. 생각하다. ≪시경·주남周南·관저關雎≫에 "그리워 그

리워 이리 뒤척 저리 뒤척.(悠哉悠哉, 輾轉反側)"이라 하였는데, ≪모전毛傳≫
에 "'유'는 '그리워하다'이다.(悠, 思也)"라 하였다.

6) 禍(화) : 재앙. 변방 이민족의 침략을 가리킨다.

7) 磨滅(마멸) : 닳아 소멸되다. 역사의 교훈이 사라져 버리고 지금은 변방을
   평정하여 나라를 안정시키는 계책들이 없음을 말한다.

▍해설

이 시는 변방 지역에 종군하며 우국충정의 결의와 무사안일한 조정에 대한
비판을 나타낸 것으로, 수공垂拱 2년(686) 교지지喬知之를 따라 서북 변방으로
종군할 때 쓴 것으로 여겨진다.

제1~4구에서는 자신이 명망 있고 부유한 집안의 자제로서 시대와 국가에
대한 책무를 다하기 위해 이곳으로 종군하게 되었음을 말하고 있다. 이어
제5~8구에서는 광활한 변방의 경관을 바라보며 옛날 이곳에서 벌어졌던 이
민족들과의 치열했던 전쟁의 역사들을 회상하고, 무기력한 현실과의 괴리감
으로 인한 깊은 시름에 빠져들고 있다. 마지막 제7~8구에서는 이민족들을
평정함으로써 나라의 안정을 이루어내었던 역사의 흔적과 교훈들이 이제는
다 닳아져 없어져 버렸음을 탄식하며 북방을 정벌할 책략이나 의지조차 없는
무측천武則天의 조정을 비판하고 있다. (주기평)

1-36. 感遇(其三十六) 감우 36

浩然坐何慕,[1]	호연히 앉아 무엇을 그리워하나?
吾蜀有峨眉.[2]	우리 촉 땅에 아미산이 있으니,
念與楚狂子,[3]	초나라 광인 접여와 더불어
悠悠白雲期.[4]	유유히 흰 구름 속에 살기를 생각하네.
時哉悲不會,	시절이여, 때를 만나지 못해 슬퍼
涕泣久漣洏.[5]	눈물만 오래도록 줄줄 흘리네.

夢登綏山穴,[6]　　꿈에 수산 동굴에 올라가고

南采巫山芝.[7]　　남쪽으로 무산 영지를 캐러 가며,

探元觀群化,[8]　　도를 탐구해 만물의 변화를 관찰하고

遺世從雲螭.[9]　　세상을 버리고 구름 모는 용을 따라가네.

婉孌將永矣,[10]　　아름다운 모습으로 영원하고자 했는데

感悟不見之.[11]　　꿈에서 깨어나니 다 보이지 않네.

▌주석

1) 浩然(호연) : 광대하고 장활한 모양. 미련이 없는 모양.

2) 吾蜀(오촉) : 우리 촉 땅. 진자앙의 고향이 촉 땅에 있다.
   峨眉(아미) : 지금의 사천성四川省 아미현峨眉縣 서남쪽에 있는 산.

3) 楚狂子(초광자) : 초나라 미치광이. 접여接輿를 가리킨다. 그의 이름은 육통
   陸通이며 초 소왕昭王의 정치에 실망하여 미친 척 하며 벼슬하지 않았기에
   '초광'이라고 불렀다. 소왕이 사자를 파견하여 그에게 정치를 맡기려고 하
   자 성명을 바꾸고 여러 명산을 떠돌았으며 촉 땅 아미산에 은거하여 신선이
   되었다고 전한다.

4) 白雲期(백운기) : 흰 구름을 기약하다. 산 속에 은거하겠다는 말이다.

5) 漣洏(연이) : 눈물이 줄줄 흐르는 모양.

6) 綏山(수산) : 아미산 남서쪽에 있는 산으로, 신선들의 거처였다고 전해진다.

7) 巫山(무산) : 지금의 중경시重慶市 무산현巫山縣 동쪽에 있는 산.
   芝(지) : 영지靈芝. 먹으면 장수하고 신선이 될 수 있다고 한다.

8) 探元(탐원) : 근원의 이치를 탐구하다. 도道를 탐구하다.
   群化(군화) : 만물의 변화.

9) 雲螭(운리) : 구름을 모는 전설 속의 용. '이'는 뿔이 없는 용.

10) 婉孌(완련) : 젊고 아름다운 모습.

11) 感悟(감오) : 꿈에서 깨어난 것을 말한다.

이 시는 자신의 불우함을 슬퍼하며 은거하여 신선이 되고 싶은 심정을 피력하고 있다. 진자앙이 우습유로 있던 장수長壽 2년(693)에서 성력聖曆 원년 (698)에 지은 것으로 보인다.

제1~4구에서는 시인의 고향인 촉 땅 아미산에 은거했던 접여를 생각하고 있다. 제5~6구에서 자신의 불우한 처지를 슬퍼하다가 제7~10구에서는 꿈속에서의 자유롭고 환상적인 신선 생활이 펼쳐진다. 그러다가 마지막 제11~12구에서 갑작스럽게 꿈에서 깬 뒤의 허망함을 말하고 있다. (강민호)

1-37. 感遇(其三十七) 감우 37

朝入雲中郡,[1]	아침에 운중군에 들어오니
北望單于臺.[2]	북쪽에 선우대가 보이는데,
胡秦何密邇,[3]	오랑캐와 진 땅이 어찌 이리 가까운가
沙朔氣雄哉.[4]	북쪽 사막은 기세가 웅장하구나.
籍籍天驕子,[5]	분분한 돌궐족들
猖狂已復來.[6]	미쳐 날뛰며 벌써 다시 밀려오는데,
塞垣無名將,[7]	변방 성벽에는 이름난 장수가 없고
亭堠空崔嵬.[8]	수루와 돈대는 부질없이 우뚝하다.
咄嗟吾何歎,[9]	아 내 무엇을 탄식하는가
邊人塗草萊.[10]	변방 백민들의 피가 들풀을 물들였구나.

■ 주석

1) 雲中郡(운중군) : 군郡의 이름. 전국戰國 시대 처음 설치하여 동한東漢 말에 폐지되었다. 지금의 산서성山西省에 속한다.

2) 單于臺(선우대) : 대臺의 이름. 옛 유적지가 내몽고 자치구의 호화호특呼和

浩特(Hohhot) 시에 있다.

3) 胡秦(호진) : 오랑캐와 진秦. 여기서 오랑캐는 돌궐족突厥族을 가리키고 진
나라는 당나라를 가리킨다.

密邇(밀이) : 가까이 인접하다.

4) 沙朔(사삭) : 북쪽 사막.

5) 籍籍(자자) : 분분하다. 종횡으로 어지러운 모습. '자자藉藉'와 같다. 여기서
는 오랑캐가 수없이 몰려오는 모습을 형용한다.

天驕子(천교자) : 돌궐족. ≪한서漢書 · 흉노전匈奴傳≫에서 "선우가 사신을
보내어 한나라에게 서신을 주어 말하길, '남쪽에 큰 한나라가 있고 북쪽에
강한 오랑캐가 있다. 오랑캐는 천제天帝의 총애 받는 자식이다.(單于遣使遺漢
書云, 南有大漢, 北有強胡. 胡者, 天之驕子也)"라고 하였다.

6) 猖狂(창광) : 미쳐서 멋대로 날뛰다.

7) 塞垣(새원) : 변새의 성벽.

無名將(무명장) : 이름난 장수가 없다.

8) 亭堠(정후) : 수루와 돈대. 변경에서 적의 동태를 감시하기 위해 세운 누대
와 돈대를 가리킨다.

崔嵬(최외) : 우뚝하다. 높이 솟은 모양을 형용한다.

이 구는 수루와 돈대를 지키는 병사가 부족하여 그 방비가 허술한 것을
의미한다.

9) 咄嗟(돌차) : 아아. 슬프게 탄식하는 소리.

10) 塗(도) : 바르다. 피로 얼룩진 것을 가리킨다.

草萊(초래) : 들풀.

이상 두 구는 변방 백성들이 전란으로 인해 죽어서 그 피가 들풀을 물들이
게 된 것을 말한다.

▮ 해설

이 시는 수공垂拱 2년(686) 북정北征에 참여했을 때 지은 작품이다. 작자는
이때와 만세통천萬歲通天 원년(696) 총 두 차례에 걸쳐 북정에 참여하였다.

첫 번째는 좌보궐左補闕 교지지喬知之의 군대를 따라 서북에 이르러 연해延海
(지금의 내몽고 자치구 서거연해西居延海)와 장액하張掖河(지금의 감숙성甘肅
省) 일대에 머문 것이고, 두 번째는 거란契丹이 반란을 일으키자 건안왕建安王
무유의武攸宜 장군을 따라 북정에 참여한 것이다. 이러한 두 차례의 북정으로
인해 작자는 변방의 형세와 변방 백성들의 생활에 대해 깊이 이해하게 되었는
데, 이 시를 통해 이러한 면모를 살펴볼 수 있다.

　제1~4구는 아침에 운중군에 당도하여 오랑캐 땅을 바라본 일과 그 감회를
서술하였다. 다음 제5~8구는 돌궐족들이 미쳐 날뛰듯이 쳐들어오지만 유명
한 장수도 없고 병사들도 부족하여 그 방비가 허술함을 말하였다. 마지막
제9~10구는 이러한 상황으로 인해 정작 피해를 받는 것은 변방 백성들임을
지적하였다. 이 시를 통해 변방에 이름난 장수를 파견하여 돌궐의 잦은 침입
을 막아야만 당나라 백성뿐만 아니라 변방의 백성들 또한 편안한 삶을 유지할
수 있다는 작자의 주장을 엿볼 수 있다. (김수희)

1-38. 感遇(其三十八) 감우 38

仲尼探元化,[1]	공자가 자연조화의 순리를 탐색하였으니
幽鴻順陽和.[2]	북방에서 온 기러기는 따스하고 화창함을 좇는다네.
大運自盈縮,[3]	하늘의 별자리가 저절로 나서거나 물러나니
春秋迭來過.[4]	봄과 가을이 갈마들며 오고 가네.
盲飆忽號怒,[5]	거센 바람이 갑자기 소리치며 화를 내니
萬物相分劘.[6]	만물이 서로 나뉘고 깎이네.
溟海皆震蕩,[7]	거대한 바다가 모조리 요동을 치니
孤鳳其如何.[8]	외로운 봉황을 어떡해야 하는지.

1) 元化(원화) : 우주의 조화. 자연 변화의 원칙.

2) 幽鴻(유홍) : 북쪽, 추운 곳에서 온 기러기.

   陽和(양화) : 봄의 따뜻한 기운. 양기.

3) 大運(대운) : 천체의 운행. 자연의 이치.

   盈縮(영축) : 진퇴. 별자리의 위치가 앞으로 나오거나 뒤로 물러남.

4) 迭(질) : 번갈아. 갈마들다.

5) 盲飆(맹표) : 질풍. 폭풍.

6) 相(상) : 서로.

   分劘(분마) : 나뉘고 깎이다.

7) 溟海(명해) : 대해.

   震蕩(진탕) : 요동치다. 크게 흔들리다.

8) 鳳(봉) : 봉황. 이 시에서는 공자를 가리킨다.

■ 해설

　이 시는 진자앙이 은거한 다음인 성력聖曆 원년(698)에서 성력聖曆 3년(700) 사이의 작품으로 추정된다. 비슷한 분위기와 구도의 작품이 다른 〈감우〉 시에도 여러 편이 있었다. 다만 마지막 구절의 해석에 따라 벼슬 생활 도중에 좌절한 내용으로 이해할 수도 있다.

　시의 제1~4구는 천지자연의 정상적인 순응과 변화의 원칙에 대해 이야기했다. 이것을 탐색하고 믿은 것이 공자다. 그러나 제5~6구에서 천지운행에 급박한 이변이 생기며 만물이 손상 받게 되었다. 제7~8구에서 시인은 조화의 원칙이 무너진 거친 바다 속에서 좌절한 공자를 어떻게 해야 할지 탄식하였다. (서용준)

2. 初入峽苦風寄故鄉親友[1]

협곡에 막 들어서서 바람에 고생을 하고 고향 친구에게 부치다

故鄉今日友,	오늘 고향의 친구들
歡會坐應同.[2]	즐겁게 모여 마침 함께 있을 테니
寧知巴峽路,	어찌 파협의 길에서
辛苦石尤風.[3]	큰바람에 고생하는 것을 알겠는가!

▌주석

1) 峽(협) : 협곡. 여기서는 장강長江 삼협의 하나인 파협巴峽을 말한다. 장강이 호북성湖北省 파동현巴東縣 서쪽으로 흘러가다가 파산과 맞닿는데 그 일대의 협곡을 가리킨다.
2) 坐(좌) : 마침.
3) 石尤風(석우풍) : 길을 막는 큰 바람. 원元 나라 이세진伊世珍의 ≪낭환기琅環記≫에 인용된 〈강호기문江湖紀聞〉의 석씨石氏 부인 이야기를 인용하였다. 옛날에 상인 우尤씨가 석씨를 아내로 맞았는데 금슬이 매우 돈독하였다. 우씨가 행상을 하러 멀리 떠났는데 끝내 돌아오지 않았다. 부인이 그를 그리다가 병들어 죽게 되었는데 남편을 막지 못한 것을 한탄하며 대풍大風이 되어 세상의 부인들을 위해 행상들의 길을 막겠노라 말하였다.

▌해설

이 시는 도성 낙양洛陽으로 향하는 중에 협곡에서 큰 바람을 맞고 어려움을 겪게 되자 고향의 친구들을 떠올리며 그리워하는 내용이다. 고종高宗 조로調露 원년(679)에 지어진 것으로 보인다.

고향을 뒤로 하고 낯선 길을 나섰는데 협곡에 들어서자 매서운 바람이 불어 닥쳤다. 그 순간 가장 먼저 떠오르는 것은 떠나오기 직전까지 같이했던 고향 친구들이었다. 진자앙은 그들과 보냈던 따뜻한 기억들을 떠올리며 고단한 여정 중에 밀려온 외로움과 불안감을 위로받고 싶었던 듯하다. (홍혜진)

3. 江上暫別蕭四劉三旋欣接遇[1]

강가에서 소씨, 유씨와 잠시 헤어졌다가 곧 다시 만난 것을 기뻐하다

昨夜滄江別,[2]	지난밤에 푸른 강가에서 헤어질 때
言乖天漢游.[3]	은하수의 노닒이 어긋나게 되었다고 말했으니,
寧期此相遇,	어찌 이렇게 서로 만나리라 기약했겠는가만
尙接武陵洲.[4]	또 무릉주에서 만나,
結綬還逢育,[5]	인끈을 매어주던 소육과 다시 만나고
銜杯且對劉.[6]	술잔을 머금은 유영을 또 대하네.
波潭一瀰瀰,[7]	물결치는 연못이 온통 넘실거리는데
臨望幾悠悠.[8]	굽어 바라보노라니 얼마나 아득한가.
山水丹靑雜,	산과 물에는 붉은빛 푸른빛이 섞여있고
煙雲紫翠浮.	안개와 구름에는 자줏빛 비취빛이 떠있네.
終愧神仙友,[9]	끝내 부끄럽나니, 신선 같은 친구들이
來接野人舟.[10]	야인의 배로 찾아와주셨구려.

▌주석

1) 蕭四(소사) : 소씨. 이름과 행적은 알려져 있지 않다. '사'는 종형제 내에서
   의 순서이다.

   劉三(유삼) : 유씨. 이름과 행적은 알려져 있지 않다. '삼'은 종형제 내에서
   의 순서이다.

   旋(선) : 오래지 않아. 곧.

   欣(흔) : 기뻐하다.

   接遇(접우) : 만나다.

2) 滄江(창강) : 푸른 강물.

3) 乖(괴) : 어긋나다. '승乘'으로 된 판본도 있는데, 이를 따르면 이 구절은

'은하수를 타고 노닌다'는 뜻이 된다.

天漢游(천한유) : 은하수에서의 노닒. 세속을 벗어난 노닒.

이 구는 진자앙이 소씨, 유씨와 만나 의기투합했지만 헤어지게 되어 세속을 벗어난 신선의 노닒까지 하지 못한 것을 아쉬워했다는 뜻이다.

4) 武陵洲(무릉주) : 지명으로 보이는데 어딘지는 정확히 알 수 없다. '무릉'은 중국에 여러 곳이 있는데, 진자앙의 행적과 관련된 곳으로는 지금의 사천성 만현萬縣 남쪽의 무릉을 들 수 있다.

5) 結綬(결수) : 인끈을 매어주다. 친구를 추천하여 관직에 오르게 하는 것을 말한다. 아래 주석에 있는 소육과 주박朱博이나 한나라의 왕양王陽과 공우貢禹가 모두 그러한 관계였는데, 이를 두고 당시 사람들은 "소육과 주박은 인끈을 매 주었고 왕공과 공우는 관을 털게 하였다.(蕭朱結綬, 王貢彈冠)"고 하였다. '탄관彈冠'은 친구가 관직에 나가면 자신을 추천해줄 것을 알고 미리 관을 털고 준비한다는 뜻이다. 여기서는 소씨와 진자앙이 관직을 추천할 정도로 교우가 깊은 것을 표현하였다. 이와 달리 '결수'는 인끈을 맨 사람으로 관직에 있는 이를 가리킬 수도 있다.

育(육) : 한나라 소육蕭育으로 소씨를 비유한다. 소육은 어릴 때 진함陳咸, 주박과 매우 친해서 당시 널리 소문이 났다. 소육과 진함이 먼저 공경公卿의 아들로 이름이 났고 높은 관직에 올랐지만 주박은 두릉杜陵 정장亭長만 하고 있었는데 진함과 소육의 추천으로 대장군 왕봉王鳳의 문하에 들어갔으며 후에 재상까지 올라갔다.

6) 劉(유) : 서진西晉의 유영劉伶을 가리키며, 유씨를 비유한다. 유영은 죽림칠현의 한 명으로 술을 잘 마셨으며, 〈주덕송酒德頌〉을 남겼다. 유씨가 '천한유'와 '신선우'에 걸맞은 풍류를 가지고 있음을 표현한 것이다.

7) 瀰瀰(미미) : 물이 많은 모습.

8) 悠悠(유유) : 아득한 모습.

9) 神仙友(신선우) : 신선의 노닒을 같이 할 수 있는 친구. 소씨와 유씨를 가리킨다. 이는 한나라 곽태郭泰와 이응李膺의 고사를 인용하였는데, 소씨와 유씨가 진자앙의 풍격을 인정하고 스스럼없이 사귀는 것을 표현하였다.

곽태가 낙양에 갔을 때, 하남윤河南尹 이응을 만났는데, 이응이 그를 매우 기이하게 여겼으며 결국 서로 친하게 지냈다. 이로 인해 그의 명성이 수도까지 퍼졌다. 후에 그가 고향으로 돌아갈 때 관리나 뭇 유생들이 강가에 이르러 배웅을 했는데 수레가 수천 대나 되었다. 곽태는 오직 이응과 함께 배를 타고 강을 건넜는데 사람들이 그들을 바라보며 신선이라 여겼다.

10) 野人舟(야인주) : 야인의 배. 관직에 오르지 않은 이의 배로 여기서는 진자앙의 배를 가리킨다. 이는 진晉나라 곽번郭翻의 고사를 인용한 것으로, 소씨와 유씨가 진자앙과 격의 없이 교유하는 것을 표현하였다. 곽번은 부귀한 집 자제였지만 관직에 나아가지 않고 사냥과 낚시로 소일하며 살았다. 어느 날 작은 배를 타고 고향인 무창으로 돌아와 성묘를 하였다. 당시 대장군 유익庾翼이 그를 불러들여 관직을 주고자 몸소 그의 배로 찾아갔다. 하지만 곽번의 배가 너무 작아 유익의 큰 배로 오게 하자 곽번은 "태수께서 비천하다 여기지 않으시고 외람되어 찾아주셨는데, 이는 원래 야인의 배입니다."라고 하였다. 이에 유익이 몸을 굽혀 그의 배로 들어가서는 하루를 머물다가 떠났다.

▌해설

이 시는 소씨와 유씨와 헤어진 지 얼마 되지 않아 다시 만난 것을 기뻐하며 지은 것이다. 진자앙이 관직을 하고 있지 않을 때 지은 것이며, 조로調露 원년(679) 촉 땅에서 장안으로 가던 도중에 지은 것이라는 설이 있다.

제1~6구에서는 저번에 헤어지면서 은하수의 노닒을 하지 못해 아쉬워하며 다시 만나지 못할 것이라고 생각했는데 지금 무릉주에서 다시 만나게 되었음을 말하였다. 제7~10구에서는 무릉주에서 바라보이는 경관을 묘사하였는데, 아름다운 경관을 환상적으로 표현하여 마치 무릉도원이나 신선세계를 연상하게 한다. 마지막 두 구절에서는 신선 같은 친구들이 자신의 배에 찾아와 준 것에 대해 감사의 말을 전하였다. '천한유'나 '신선우'와 같은 표현을 통해 이들의 사귐이 세속적인 것이 아니라 상대방을 진정 이해하며 아껴주는 것임을 표현하였다. (임도현)

4. 白帝城懷古[1] 백제성에서 회고하다

日落滄江晚,[2]	저녁 무렵 맑은 강물에 해가 지자
停橈問土風.[3]	노를 멈추고 풍토를 묻네.
城臨巴子國,[4]	성은 옛 파자국을 굽어보고
臺沒漢王宮.[5]	누대는 영안궁에서 사라졌네.
荒服仍周甸,[6]	변방이어도 여전히 주나라의 땅이었고
深山尚禹功.[7]	깊은 산이라도 오히려 우임금의 공로 미쳤네.
巖懸青壁斷,[8]	바위는 푸른 낭떠러지 끊어진 데에 걸려 있고
地險碧流通.	땅은 푸른 물줄기 통하는 곳에 험준하네.
古木生雲際,	고목은 구름 가에서 자라고
歸帆出霧中.	돌아오는 돛은 안개 속에서 나오네.
川途去無限,[9]	가야할 길 끝이 없어
客思坐何窮.[10]	때마침 나그네 근심 어찌 이리 무궁한가!

▌주석

1) 白帝城(백제성) : 사천성 봉절현奉節縣 동쪽에 있는 백제산白帝山 기슭이자
   장강의 북안에 위치한 옛 성. 백제성의 동쪽에 삼협三峽의 구당협瞿唐峽이
   있어 이곳은 동쪽으로 향하는 이들에게 장강삼협의 시작점과도 같았다.
   따라서 장안까지 먼 길을 가야하는 시인이 이곳에서 느끼는 감회가 남다를
   수밖에 없었다.

2) 滄江(창강) : 맑은 강물.

3) 橈(요) : 노.
   土風(토풍) : 풍토.
   이 구에서 시인이 이 지방 풍토를 묻는 것은 백제성의 역사와 환경을 묻는
   것인 동시에 하룻밤 묵어가기 위해 풍토와 인심을 묻는다는 의미도 지닌다.

4) 城(성) : 백제성.

　巴子國(파자국) : 주周나라 때의 제후국인 파자국. 지금의 사천성 동부 지역에 위치했으며 전국시대 때 진秦의 침공을 받아 멸망했다.

　이 구는 백제성이 옛날 파자국의 땅을 굽어보듯이 솟아있음을 의미한다.

5) 臺(대) : 누대. 백제성의 옛 누대를 가리킨다.

　漢王宮(한왕궁) : 삼국시대 촉蜀의 군주인 유비劉備의 영안궁永安宮. 유비는 오吳와의 전쟁에서 패해 백제성으로 퇴각한 뒤 이곳을 '영안'이라 이름을 바꾸고 머물렀다. 후에 유비는 이곳에서 죽었다.

　이 구에서는 삼국시대에는 유비가 머물렀던 영안궁에서 누대가 사라졌다고 말하여 격세지감을 토로하는 한편, 백제성의 역사가 유구하고 얽힌 이야기가 유장함을 말하였다.

6) 荒服(황복) : 변방. 천자를 섬기는 영역인 다섯 '복服'의 하나로서 수도로부터 2000에서 2500여 리 떨어진 변방 지역을 가리키는 말이다. '황량한 땅'이라고 풀 수도 있다.

　仍(잉) : 여전히.

　周甸(주전) : 주나라의 영토.

7) 尚(상) : 오히려.

　禹功(우공) : 우임금의 공로. 곽박郭璞의 〈강부江賦〉에 "파동 삼협의 경우 우임금이 물길을 트고 판 것이네.(若乃巴東三峽, 夏后疏鑿)"라 했다.

　이상 두 구는 백제성이 서쪽으로 편벽한 곳에 위치하긴 하나 예로부터 우임금의 공로와 주나라의 교화가 미쳤던 지역임을 말하여 시인의 고향인 사천에 대한 자부심을 은근히 드러냈다.

8) 靑壁(청벽) : 푸른 낭떠러지.

9) 川途(천도) : 수로와 육로. 시인이 가야할 여정을 가리킨다.

10) 坐(좌) : 때마침.

　이 구에서 시인은 장안에서 이루고자 하는 포부가 가슴에 가득하지만 백제성의 역사를 회고하고 백제성의 주변 풍광을 바라보면서 들었던 쓸쓸한 마음에 자신의 미래에 대한 두려움이 더해져 때마침 끝없는 나그네의 근심이 터져 나온다고 말한 것이다.

▌해설

이 시는 시인이 긴 여정을 앞두고 백제성에서 옛 일을 회고하며 시름겨워한 시로서 조로調露 원년(679)에 시인이 고향을 떠나 수도인 장안으로 향하는 길에 쓴 시로 보기도 한다.

제1~2구에서 시인은 장강을 타고 가다 해가 저물어 백제성의 풍토를 묻는 장면을 그렸다. 제3~6구에서는 백제성이 역사적으로 볼 때 주나라의 제후국이자 유비가 영안궁을 세웠던 곳으로서 주나라의 교화와 우임금이 치수한 공덕이 남아 있는 역사적 공간임을 상기시켰다. 제7~10구에서는 백제성 주변 장강의 풍경을 묘사했다. 깎아지른 절벽에 매달리듯 얹혀 있는 바위와 험준한 지형, 높은 곳에서 자라는 나무와 운무 속에서 출몰하는 배들을 차례로 나열하여 시선을 위아래로 번갈아 주며 표현했다. 마지막 두 구에서 시인은 장강 물줄기를 내려다보다가 자신의 여정이 끝이 없음을 깨닫고 이에 한없는 시름에 잠기게 되었다. 백제성의 역사, 백제성 주변의 풍경, 긴 여정을 앞둔 시인의 객수심 등 정경情景이 어우러져 감동을 주는 시라고 하겠다. 한편 원元나라 방회方回는 ≪영규율수瀛奎律髓≫에서 "당대 율시의 조상이다.(唐人律詩之祖)"라고 이 시를 평가한 바 있는데 아마도 이 시의 형식과 풍격으로 볼 때 예술적으로 완정한 율시로 향해 가는 발전 단계에 놓여 있다고 본 듯하다. (정세진)

5. 度荊門望楚[1] 형문산을 지나며 초 땅을 바라보다

遙遙去巫峽,[2]	멀리 무협을 떠나와
望望下章臺.[3]	바라보며 장화대로 내려가네.
巴國山川盡,[4]	촉 땅의 산천은 다하고
荊門煙霧開.	형문산에는 연무가 걷혔구나.
城分蒼野外,[5]	성은 푸른 들을 나누며 자리하고
樹斷白雲隈.[6]	나무는 흰 구름을 자르며 솟아있네.
今日狂歌客,[7]	오늘 노래하는 미친 나그네가
誰知入楚來.	초 땅으로 들어가는 걸 누가 알리?

▌주석

1) 荊門(형문) : 산 이름. 지금의 호북성湖北省 의도현宜都縣 서북쪽의 장강
   남쪽에 있다. 반대편의 호아산虎牙山과 마주하고 있으며, 전국시대 초나라
   의 서쪽 변경이었다. 산의 모습이 대문의 형상을 하고 있어 이와 같이
   불렀다. ≪수경주水經注≫에 "장강 물은 다시 동쪽으로 형문산과 호아산
   사이를 지난다. 형문산은 남쪽에 있는데 위는 붙어 있고 아래는 열려 있어
   어렴풋이 산의 남쪽으로 통하며 문의 형상을 하고 있다. 호아산은 북쪽에
   있는데 바위 절벽의 색이 붉고 사이사이에 흰 무늬가 있어 이빨의 모습과
   비슷하다. 둘 다 사물의 형상으로 이름을 얻은 것이다. 이 두 산은 초의
   서쪽 변경이었다.(江水又東歷荊門虎牙之間. 荊門在南, 上合下開, 闇徹山南, 有門像.
   虎牙在北, 石壁色紅, 間有白文, 頹牙形. 竝以物像受名. 此二山楚之西塞也)"라 하였다.

2) 巫峽(무협) : 장강삼협長江三峽 중의 하나. 지금의 사천성 무산현巫山縣에
   있다.

3) 章臺(장대) : 장화대章華臺. 예장대豫章臺라고도 하며 춘추시기 초의 이궁離
   宮으로, 초楚 영왕靈王이 만들었다고 한다. 지금의 호북성 감리현監利縣에
   옛 터가 있다.

4) 巴國(파국) : 파자국巴子國. 주周의 제후국으로 지금의 섬서陝西와 사천四川 지역에 있었다. 여기서는 촉蜀 지역을 가리킨다.

5) 分(분) : 나누다. 성이 들 가운데 자리하여 들을 양분하고 있는 모습을 가리킨다.

6) 斷(단) : 자르다. 나무가 우뚝 솟아 구름을 가르고 있는 모습을 가리킨다.

7) 狂歌客(광가객) : 노래하는 미친 나그네. 전국시기 초楚 육통陸通을 가리키는 것으로 여기서는 시인 자신을 가리킨다. 육통은 자가 접여接輿로, 소왕昭王 때 벼슬에 나아가지 않으려 미친 척 하여 '초광楚狂' 또는 '광접여狂接輿'로 불렸다. 후에 아미산峨眉山에 은거하여 도를 닦아 신선이 되었다고 한다.

▌해설

이 시는 조로調露 원년(679) 삼협을 나와 장안으로 가던 도중 초 지역을 지나며 쓴 것으로, 광활하고 청명한 초 지역의 경관묘사를 통해 세상을 향한 자신의 포부와 자부심을 나타내고 있다.

제1~2구에서는 고향인 사홍射洪(지금의 사천성 사홍현射洪縣)을 떠나 장강을 따라 내려가며 촉과 초의 경계 지역을 지나고 있는 상황을 말하고, 제3~4구에서는 광활히 펼쳐진 산천의 광경과 연무가 걷힌 형문산의 모습을 통해 미래에 대한 낙관적인 태도와 희망을 나타내고 있다. 제5~6구에서는 물에서 바라본 성의 근경과 숲의 원경을 육지와 하늘, 푸른색과 흰색의 공간 및 색채 대비를 통해 나타내고, 마지막 제7~8구에서는 초 땅으로 들어서며 초의 광접여狂接輿를 떠올리고 자신을 이에 비유하며 자신에 대한 자부심과 세상에 대한 자신감을 나타내고 있다. (주기평)

6. 晚次樂鄕縣[1] 저녁에 낙향현에서 묵다

故鄕杳無際,[2]	고향은 아득해 보이지 않는데
日暮且孤征.	저물녘에 그저 홀로 길을 간다.
川原迷舊國,[3]	옛 나라의 산천에서 헤매다가
道路入邊城.[4]	길은 변방의 성으로 들어가네.
野戍荒煙斷,[5]	들판 수자리에는 연기가 끊어지고
深山古木平.[6]	깊은 산에는 고목이 가지런하네.
如何此時恨,	지금 이 한을 어찌하나?
嗷嗷夜猿鳴.[7]	구슬피 밤 원숭이도 우는데.

▎주석

1) 次(차) : 유숙하다. 묵다.

樂鄕縣(낙향현) : 지금의 호북성湖北省 형문현荊門縣 북쪽에 고성故城이 있으며, 춘추시대에 약국鄀國이 있던 곳이다. ≪원화군현지元和郡縣志≫의 산남도山南道 양주襄州 낙향현에 대한 설명에서 "본래 춘추시대 약국의 성이다. 지금 현의 북쪽 37리에 있는 약국의 옛 성이 이것이다.(本春秋時鄀國之城, 在今縣北三十七里, 鄀國故城是也)"고 한다.

2) 杳(묘) : 아득하다. 멀다.

無際(무제) : 끝이 없다. 고향 길이 끝이 없어 보이지 않음을 말한다.

3) 川原(천원) : 산천과 들.

迷(미) : 헤매다.

舊國(구국) : 옛 나라. 여기서는 춘추시대 약국이 있었던 낙향현을 가리킨다.

4) 邊城(변성) : 변방의 성. 즉 낙향현을 가리킨다. 중원에서 보면 이 지역은 변방에 해당된다.

5) 野戍(야수) : 들판의 수자리. 야외의 군영.

荒煙(황연) : 황야의 연기.

이 구절은 들판의 군영에서 연기가 더 이상 올라오지 않음을 말한다.

6) 古木平(고목평) : 고목들이 가지런하다. 깊은 산의 숲이 **빽빽**하고 무성한데, 그 고목들이 멀리 떨어져 있어 그 고저를 구분할 수 없을 정도로 어렴풋하게 보이는 모습이다.

7) 噭噭(교교) : 슬피 우는 소리. 여기서는 원숭이의 슬픈 울음소리를 형용하는 말이다.

▌해설

이 시는 진자앙이 조로調露 원년(679)에 고향 촉 땅을 떠나 서울로 가는 도중에 춘추시대 약국의 성이 있던 낙향현에 묵으면서 감회를 쓴 것이다. 1~4구에서는 고향을 떠나 저물녘에 낯선 곳에 들어가게 되었음을 서술하고 있다. 4~8구에서는 그곳에서 보고 들은 경물을 묘사하며 옛 나라가 황폐해진 금석지감今昔之感의 애한哀恨을 읊고 있다. 한편 낙향현을 지금의 하북성河北省 청원현淸苑縣 동남쪽으로 보고 이 시를 거란을 정벌하려고 동쪽으로 갔을 때 지은 것이라는 설도 있다. 그렇게 보면 첫 구에서 '고향'을 언급한 것과 잘 어울리지 않고, 그곳은 평원지대라서 후반부의 '심산고목'이나 '원숭이 울음소리'와 잘 어울리지 않는다. (강민호)

7. 峴山懷古[1]

현산에서 옛 일을 생각하다

秣馬臨荒甸,[2]	말을 먹이며 황폐한 교외에 임하고
登高覽舊都.[3]	높은 데 올라 옛 도성을 바라보니,
猶悲墮淚碣,[4]	여전히 양호의 타루비에 슬퍼지고
尚想臥龍圖.[5]	아직도 제갈량의 계책이 생각난다.
城邑遙分楚,[6]	성읍은 아득히 초 땅을 구분하고 있고
山川半入吳.[7]	산천은 절반쯤 오 땅으로 들어가는데,
丘陵徒自出,[8]	구릉은 부질없이 절로 솟아 있건만
賢聖幾凋枯.[9]	현인과 성인은 몇이나 쇠락해갔던가.
野樹蒼煙斷,	들판의 나무는 푸른 안개에 끊어지고
津樓晚氣孤.	나루의 누대는 저녁 기운 속에 외로운데,
誰知萬里客,[10]	그 누가 알랴, 만 리 길 나그네가
懷古正躊躕.[11]	옛일을 생각하느라 지금 머뭇거리는 줄을.

주석

1) 峴山(현산) : 산 이름. 호북성湖北省 양양현襄陽縣 남쪽에 있다.

2) 秣馬(말마) : 말을 먹이다. 말에게 꼴을 먹이다.
   荒甸(황전) : 황폐한 교외. '전甸'은 교외를 가리킨다.

3) 登高(등고) : 높은 데 오르다. 현산峴山에 오른 일을 가리킨다.
   舊都(구도) : 옛 도성. 양양성襄陽城을 가리킨다. 양양성은 서한西漢 고조高祖 때 처음 지어졌는데, 삼면이 양수襄水에 둘러싸여 있고 한 면이 현산峴山에 닿아있어 공략하기 어려운 곳이었다.

4) 墮淚碣(타루갈) : 타루비墮淚碑. 서진西晉 사마염司馬炎은 오吳 땅을 병합하고자 양호羊祜를 양양에 주둔시켰다. 그는 양양에서 머문 10여 년 동안

선정을 베풀었는데 이로 인해 양양 백성들의 깊은 신뢰를 얻게 되었다. ≪진서晉書·양호전羊祜傳≫에서 "양호가 죽은 뒤 양양 백성들이 현산에서 그가 평소 노닐며 쉬던 곳에 비석과 사당을 세우고 해마다 거기에서 제사를 지냈다. 그의 비석을 바라보는 자들은 눈물을 흘리지 않는 이가 없었는데 두예가 이로 인해 '타루비'라고 명명했다.(祜卒後, 襄陽百姓于峴山祜平生流憩之所建碑立廟, 歲時饗祭焉. 望其碑者, 莫不流涕, 杜預因名爲墮淚碑)"라고 하였다.

5) 臥龍圖(와룡도) : 제갈량諸葛亮의 계책. ≪삼국지三國志·촉지蜀志·제갈량전諸葛亮傳≫에 의하면, 제갈량이 유비劉備에게 먼저 형주荊州를 취하여 근거지로 삼고 다시 익주益州를 취하여 정족鼎足의 형세를 이룬 다음 계속해서 중원中原을 도모하자고 한 계책을 가리킨다.

6) 分楚(분초) : 초 땅을 구분하다. 양양 땅은 전국시대戰國時代에 진秦나라와 초楚나라의 경계에 있었다. 고향 사천을 떠나온 작자가 양양 성부터 초 땅에 들어서게 됐다는 의미이다.

7) 入吳(입오) : 오 땅으로 들어가다. 양양은 한수漢水의 물가에 있는데 한수가 장강에 흘러들며 초 땅을 거쳐 오 땅으로 흘러든다. 작자가 장강을 따라 오 땅으로 들어가게 될 것을 의미한다.

8) 徒自出(도자출) : 부질없이 절로 솟아 있다.

9) 凋枯(조고) : 쇠락하다. 원래는 '시들고 마르다'의 뜻으로 여기서는 세월이 흘러 죽게 됨을 의미한다.
   이상 두 구는 구릉은 예나지금이나 여전히 솟아있지만 인걸은 간 데 없다는 것을 의미한다.

10) 萬里客(만리객) : 만 리 길 나그네. 여기서는 고향 사천四川 땅을 떠나 수도로 가고 있는 작자 자신을 가리킨다.

11) 正(정) : 지금. 한창.
    踟躕(지주) : 머뭇거리다. 머뭇거리며 나아가지 않다.

▌해설

이 시는 조로調露 원년(679) 고향 사천四川 땅을 떠나 수도로 가는 도중 양양襄陽을 지나면서 지은 작품이다. 현산에 올라 양양 성을 바라보면서 양양과 관련된 두 역사 인물, 즉 양호羊祜와 제갈량諸葛亮의 일을 회상하였다. 작자가 과거시험을 보기 위해 고향 사천을 떠나 수도로 향하는 상황으로 본다면, 양호나 제갈량처럼 나라를 위해 큰 계책을 세우고자 하는 작자의 포부가 반영되어 있다고 할 수 있다.

이 시는 크게 세 부분으로 나눌 수 있다. 첫 단락은 제1~4구로 말을 먹이다 현산에 올라 양양성을 바라보며 양양과 관련된 두 역사 인물, 즉 양호와 제갈량의 일을 떠올리게 됨을 말하였다. 양호는 양양에서 10년 넘게 주둔하면서 선정을 베풀었는데 이로써 서진西晉이 동오東吳를 병합하여 천하통일을 이루는 기반을 마련했으며, 제갈량은 양양 땅에서 은거하다 자신을 세 번 찾아온 유비劉備에게 삼국통일의 계책을 제시하였다. 이러한 역사 전고典故를 통해 자신도 그들처럼 천하통일을 위한 계책을 제안하고 이를 실현하고자 하는 이상과 포부를 드러내었다. 둘째 단락은 제5~8구로 양양 땅이 예전부터 천하통일을 위한 요충지였기에 수많은 인물들이 이곳을 스쳐갔음을 말하였다. 산천은 의구한데 인걸은 간 데 없다는 '물시인비物是人非'의 생각을 표현함으로써 회고시 특유의 비애감을 잘 살리고 있다. 셋째 단락은 제9~12구로 과거에 대한 회상에서 돌아와 현재 눈앞의 일을 서술하였다. 저녁이 되어 들판에 푸른 안개가 피어오르고 저녁 기운이 깊어가지만, 현산을 내려가지 못하고 아직도 머뭇거리고 있는 모습을 노래하였다. 날이 저물기 전에 산을 내려가서 숙소를 정해야 하는 데도, 현산에서의 감개가 크고 깊어서 선뜻 내려가지 못하는 모습을 표현한 것이다. (김수희)

8. 于長史山池三日曲水宴[1]

우장사가 산 연못에서 삼짇날 곡수연을 열다

摘蘭藉芳月,[2]	꽃피는 봄에 난초를 따서 깔아놓고
祓宴坐迴汀.[3]	재계하고 연회 열어 굽이진 물가에 앉았네.
泛灩青流滿,[4]	반짝반짝 푸른 물결이 가득하고
葳蕤白芷生.[5]	무성하게 흰 백지가 자랐네.
金絃揮趙瑟,[6]	금실로 줄을 만든 조나라 슬을 튕기고
玉柱弄秦箏.[7]	옥으로 기둥을 세운 진나라 쟁을 놀리네.
巖榭風光媚,[8]	바위 위의 정자에서 바라보니 풍경이 아름다운데
郊園春樹平.[9]	교외의 원림에는 봄 나무들이 평평하구나.
烟花飛御道,[10]	안개처럼 자욱한 꽃이 천자의 도로에 날리고
羅綺照昆明.[11]	화려한 비단옷이 곤명지에 비춰지네.
日落紅塵合,[12]	해가 지면서 석양빛이 붉은 먼지와 합해지니
車馬亂縱橫.[13]	수레와 말이 어리저리 어지럽구나.

▍주석

1) 于長史(우장사) : 장사 벼슬을 하는 성이 우씨인 사람. 이 시의 우장사를
좌감문솔부장사左監門率府長史였던 우극구于克构로 추측하는 연구자가 많
다. 우극구는 고종高宗 때 상서좌복야尙書左僕射를 하다가 무측천武則天 때
좌천되었던 우지녕于志寧(588-665)의 증손曾孫인데 우극구의 생평이나 진자
앙과의 관계에 대해서는 자세히 알려진 바가 없다.

山池(산지) : 산의 연못. 우장사 개인 소유의 산의 연못일 가능성이 크다.
그리고 이 시에 근거하여 연구자들은 우극구의 개인 원림이 장안성 서남쪽
곤명지 부근에 있었을 것이라고 추측하기도 한다.

三日(삼일) : 삼짇날. 음력 3월 3일.

曲水宴(곡수연) : 중국 고대 풍습에 음력 3월 3일을 상사일上巳日로 정하고 이 날 물가에 가서 몸을 씻고 제사를 올린 다음 술자리를 마련하여 불길한 기운을 떨쳤다. 굽은 물에 술잔을 띄워 서로 마시며 즐겼기 때문에 곡수 또는 곡수연으로 불렸다.

2) 藉(자) : 깔다. 깔고 앉다.

芳月(방월) : 꽃피는 달. 봄을 뜻한다.

3) 祓宴(불연) : 재계하고 잔치를 하다. '불祓'은 재앙과 사악함을 없애고 복을 바라는 고대의 제사의 의식이다. 여기서 잔치는 곡수연을 가리킨다.

迴汀(회정) : 물이 굽이지는 물가.

4) 泛灩(범염) : 물이 출렁거리며 빛이 반짝이는 모양.

滿(만) : 가득하다. 물이 불어나서 개울을 가득 채웠다는 뜻이다.

5) 葳蕤(위유) : 초목이 무성한 모양.

白芷(백지) : 향초의 일종.

6) 趙瑟(조슬) : 조나라의 슬. 슬은 현악기의 일종으로 전국시대戰國時代에 조나라에서 크게 유행하여서 조나라 슬이라고 불렸다.

7) 玉柱(옥주) : 옥으로 된 기러기발.

秦箏(진쟁) : 진나라의 쟁. 쟁은 현악기의 일종으로 전국시대에 진나라에서 유행하여서 진나라 쟁이라고 불렸다. 그리고 쟁은 진나라의 장수였던 몽염蒙恬이 만들었다는 전설도 있다.

8) 巖榭(암사) : 바위 위의 정자.

風光(풍광) : 풍경.

媚(미) : 아름답다.

9) 郊園(교원) : 교외의 원림. 여기에서는 곡수연의 벌어진 산의 수풀을 가리킨다.

平(평) : 평평하다. 이 시에서는 시인이 높은 정자 위에서 내려다보니 나무들이 비슷하게 자라서 평평해 보인다는 뜻이다.

10) 烟花(연화) : 안개처럼 자욱한 봄꽃.

御道(어도) : 천자의 수레가 지나기위해 만든 길.

11) 羅綺(나기) : 비단옷을 입은 여인. '나羅'와 '기綺'는 비단의 일종으로 나기는 비단으로 만든 의상을 뜻했는데 다시 화려한 비단옷을 입은 여인을 가리켰다. 이 시에서는 삼짇날 꽃놀이를 나온 여인들을 가리킨다.

昆明(곤명) : 곤명지昆明池. 한무제漢武帝 원수元狩 3年(기원전 120)에 장안長安 서남쪽 외곽에 만든 인공호수. 본래는 수군의 훈련용으로 만들었으나 그 외의 다양한 용도로 쓰였으며, 경치가 좋고 물이 넓어 휴양지로도 인기가 높았다.

12) 紅塵(홍진) : 붉은 먼지. 보통은 거마가 길을 지나며 일으키는 붉은 흙먼지를 가리키며 도시나 속세의 번잡함을 나타낼 때도 쓰인다.

合(합) : 합해지다. 이 시에서는 해가 지면서 붉은 노을과 붉은 흙먼지가 서로 어우러졌다는 뜻이다.

13) 縱橫(종횡) : 어지러이, 어지럽게.

▌해설

이 시는 조로調露 원년(679)에 진자앙이 장안으로 과거 준비를 하러 와서 쓴 작품으로 보인다. 진자앙은 태학太學에 머물면서 여러 인사들과 교유하였으며 이 시는 진자앙이 3월 3일에 장안의 교외에서 열린 곡수연에 참가해서 쓴 시이다. 이 시에서 진자앙은 잔치와 경치를 충분히 즐긴 것으로 보이며 시의 정서 역시 어떤 근심이나 걱정이 없다.

제1~2구에서 시인은 곡수연의 자리가 시작한다는 것을 알렸고 제3~4구에서 곡수연이 열리는 주위의 밝고 맑은 풍경을 묘사하였다. 제5~6구는 연주되는 슬과 쟁의 소리를 묘사하며 곡수연의 즐거운 분위기를 대신하였다. 제7~8구에서 시인은 바위 위의 정자에 올라 주위의 봄경치를 감상하였다. 제9~10구는 비교적 먼 경치를 노래하는데, 장안성으로 이어지는 도로에 자욱하게 꽃이 날리는 모습과 곤명지에 모여든 여인들의 화려한 모습을 감각적으로 표현하였다. 제11~12구는 저녁이 되어 장안으로 말과 수레가 바쁘게 돌아간다는 것을 이야기했다. (서용준)

9. 上元夜效小庾體[1]

상원날 밤에 소유체를 따라짓다

三五月華新,[2]	보름날 달이 흰히 새롭게 떠오르니
遨遊逐上春.[3]	즐겁게 놀며 정월을 보내네.
相邀洛城曲,[4]	낙양성 굽이에서 맞이하고
追宴小平津.[5]	소평의 나루터에서 연회를 하네.
樓上看珠妓,	누대 위로 주옥같은 기녀가 보이고
車中見玉人.[6]	수레 안엔 옥 같은 남자가 보이네.
芳宵殊未極,[7]	향기로운 밤이 유독 다하지 않았으니
隨意守燈輪.[8]	마음껏 등륜을 지키리라.

▌주석

1) 上元(상원) : 음력 정월 보름날.

小庾體(소유체) : 유신庾信(513-581)의 시체詩體. 유신의 아버지 유견오庾肩吾(502-557)와 구분하여 앞에 '소' 자를 붙인 것으로 보인다. 유신은 남조南朝 양梁나라 출신이다. 48세 때 원제元帝의 명을 받아 북조北朝의 서위西魏에 사신으로 파견되기 전까지 그는 아버지 유견오, 서릉徐陵 등과 함께 궁체시宮體詩로 명성이 높았다. 당시 이러한 화려하고 염정적인 시풍을 가리켜 '서유체徐庾體'라 불렀다. ≪당시기사唐詩紀事≫권7에 서문이 있는데 "모두 아름다운 밤의 즐거움을 펼쳐내고 함께 봄기운을 탄 문채를 드러내니, 이에 유체로 짓고 4운을 한 편으로 하여 똑같이 춘 자를 운으로 삼았다.(蓋陳良夜之歡, 共發乘春之藻, 仍爲庾體, 四韻成章, 同以春爲韻)"고 하였다. 여기서 6명은 진자앙, 장손정은長孫貞隱, 최지현崔知賢, 한중선韓仲宣, 고근高謹, 진희언陳喜言을 말한다.

2) 三五(삼오) : 15일. 보름날.

華新(화신) : 달이 흰히 빛나며 새롭다.

3) 遨遊(오유) : 즐겁게 놀다.

逐(축) : 따르다.

上春(상춘) : 음력 정월正月.

4) 相邀(상료) : 서로 맞이하다.

洛城(낙성) : 낙양성洛陽城.

5) 小平津(소평진) : 나루터의 이름. 지금의 하남성河南省 낙양시洛陽市 북쪽에 있다.

6) 玉人(옥인) : 옥 같이 잘 생긴 절세미남. ≪세설신어世說新語 · 용지容止≫의 유효표劉孝標 주석에 ≪위개별전衛玠別傳≫을 인용하여 "위개衛玠가 무리 가운데 있으면 실로 남다른 풍모가 있었다. 어릴 때 낙양의 저자거리에서 흰 양이 끄는 수레를 타고 있었는데 사람들이 모두 '누구 집 미남인가!'라고 말하였다.(玠在群伍之中, 實有異人之望. 齠齔時乘白羊車于洛陽市上, 咸曰, 誰家璧人)" 고 되어 있다.

7) 芳宵(방소) : 향기로운 밤.

未極(미극) : 밤이 끝나지 않다.

8) 隨意(수의) : 마음대로.

燈輪(등륜) : 수레바퀴 모양으로 이루어진 큰 등불. 당唐 장작張鷟의 ≪조야 첨재朝野僉載≫에 "예종 선천 2년(713) 정월 15일과 16일 밤에 장안의 안복 문 밖에 등륜을 만들었다. 높이가 20장인데 비단으로 싸매고 금과 옥으로 장식을 하여 5만 개의 등에 불을 붙여 모아 놓으니 꽃나무 같았다.(睿宗先天 二年正月十五十六夜, 於京師安福門外作燈輪, 高二十丈, 衣以錦綺, 飾以金玉, 燃五萬盞 燈, 簇之如花樹)"고 하였다.

■ 해설

이 시는 정월 보름날을 맞아 낙양洛陽에서 연회를 즐기며 유신庾信의 궁체시 를 모방하여 지은 것이다. 진자앙은 조로調露 원년(679)에 장안長安에 입성하 고 다음해 낙양洛陽으로 가서 과거시험을 보았는데 이때 고씨高氏 등과 교유하며 지은 것으로 보인다.

제1~4구는 보름달이 훤히 모습을 드러내자 사람들이 이를 즐기기 위해 연회 장소로 모여드는 상황을 나타내었다. 제5~8구는 수많은 사람 중에 선남 선녀들이 있어 달빛보다 더 밝은 등륜燈輪을 지키며 시간을 잊은 채 노는 모습이다. 화려한 연회의 정경 묘사 속에서 사람들의 설렘과 기쁨이 전해지는 시이다. (홍혜진)

10. 晦日宴高氏林亭 幷序[1]
정월 그믐날 고씨의 숲속 정자에서 연회를 열다 및 서문

夫天下良辰美景,[2] 園林池觀,[3] 古來游宴歡娛衆矣. 然而地或幽偏,[4] 未覩皇居之盛,[5] 時終交喪,[6] 多阻升平之道.[7] 豈如光華啟旦,[8] 朝野資歡.[9] 有渤海之宗英,[10] 是平陽之貴戚.[11] 發揮形勝,[12] 出鳳臺而嘯侶,[13] 幽贊芳辰,[14] 指鷄川而留宴.[15] 列珍羞於綺席,[16] 珠翠瑯玕,[17] 奏絲管於芳園,[18] 秦箏趙瑟.[19] 冠纓濟濟,[20] 多延戚里之賓,[21] 鸞鳳鏘鏘,[22] 自有文雄之客.[23] 總都畿而寫望,[24] 通漢苑之樓臺,[25] 控伊洛而斜□,[26] 臨神仙之浦淑.[27] 則有都人士女, 俠客游童, 出金市而連鑣,[28] 入銅街而結駟.[29] 香車繡轂,[30] 羅綺生風,[31] 寶蓋琱鞍,[32] 珠璣耀日.[33] 於時律窮太簇,[34] 氣淑中京,[35] 山河春而霽景華,[36] 城闕麗而年光滿.[37] 淹留自樂,[38] 翫花鳥以忘歸,[39] 歡賞不疲,[40] 對林泉而獨得.[41] 偉矣, 信皇州之盛觀也.[42] 豈可使晉京才子,[43] 孤標洛下之游,[44] 魏室群公,[45] 獨擅鄴中之會.[46] 盍各言志,[47] 以記芳游. 同探一字, 以華爲韻.

대저 천하에서 좋은 때를 맞아 아름다운 경관이 있어 원림이나 연못 누대에서 예전부터 노닐며 잔치를 열어 즐기던 일이 많았다. 하지만 땅이 혹 편벽되어서 황궁의 성대함을 보지 못하기도 하고, 시절이 결국 쇠락하여 태평의 도와 거리가 상당히 멀었다. 어찌 화려한 빛이 아침을 열어 조정과 재야에 즐거움을 주는 이러한 때와 같았겠는가? 발해군의 빼어난 가문이 있는데 이는 평양공주의 귀한 친척이라. 빼어난 경관을 드러내어 봉황대를 나와 짝과 같이 소를 불고, 좋은 시절 신명의 도움을 받아 계천을 가리키며 연회를 베푸셨도다. 아름다운 자리에 진귀한 음식을 늘어놓으니 진주와 비취에 낭간이 있고, 향기로운 정원에서 음악을 연주하니 진나라 쟁과 조나라 슬이

있다. 관과 관끈을 한 관리들이 가지런히 줄지어 있으니 황제 인척 고을의 빈객을 많이 초청하였고, 난새와 봉황 모양의 방울을 짤랑거리니 문장이 뛰어난 손님들이 절로 왔구나. 도성과 근교가 모두 샅샅이 보여 한나라 원림의 누대와 상통하며, 이수와 낙수를 잡아당기며 비끼니 신선이 사는 산의 물가를 내려다보네. 그리하여 도시의 선비와 여인, 협객과 노는 어린 아이들이 금시를 나오며 재갈이 이어지고, 동가로 들어가며 사마가 연결되어 있네. 향기로운 수레와 수놓은 바퀴에는 아름다운 비단이 바람을 일으키고, 보배로운 덮개와 아로새긴 안장에는 옥이 태양에 빛나네. 이러한 때에 율이 태주를 다한 날, 기운이 낙양을 맑게 하니, 산과 강에는 봄이 되어 맑게 갠 경관이 아름답고, 성궐에는 화려하게 봄빛이 가득하구나. 오래도록 머물며 스스로 즐기나니 꽃과 새를 구경하느라 돌아가기를 잊었고, 보고 즐겨도 피로하지 않으니 숲과 샘을 대하며 자득하였다. 위대하도다, 진실로 황제 도시의 성대한 경관이구나. 어찌 진나라 수도의 인재들로 하여금 낙하의 노닒을 홀로 드러내게 하고, 위나라 종실의 여러 공들로 하여금 업중의 모임을 독차지하게 할 수 있겠는가? 어찌 각자 뜻을 말하여 이 아름다운 노닒을 기록하지 않겠는가? 함께 한 글자를 찾아 '화華'자를 운자로 삼는다.

尋春游上路,[48]　　봄을 찾아 큰 길에서 노닐다

追宴入山家.　　　연회를 좇아 산속 집으로 들어가니,

主第簪纓滿,[49]　　주인의 집에는 고관대작이 가득하고

皇州景望華.[50]　　황제의 고을에는 높은 명망이 아름답구나.

玉池初吐溜,[51]　　옥지가 막 물줄기를 토해내니

珠樹始開花.[52]　　진수가 비로소 꽃을 피웠네.

歡娛方未極,[53]　　기쁨과 즐거움이 바야흐로 아직 한창인데

林閣散餘霞.[54]　　숲속 누대에는 남은 노을이 흩어지네.

1) 晦日(회일) : 그믐. 여기서는 정월 그믐을 가리킨다. 당나라 때 정월 그믐날을 회절晦節이라고 하여 명절로 삼았으며 덕종德宗 정원貞元 5년(789)에 음력 2월 초하루를 중화절中和節로 하면서 폐지하였다.

   高氏(고씨) : 고정신高正臣. 관직은 위위경衛尉卿까지 올랐으며, 왕희지체를 익혀서 예종睿宗의 총애를 받았다.

2) 良辰(양신) : 좋은 때. 명절과 좋은 절기를 가리킨다.

3) 池觀(지관) : 연못이 있는 정원과 누대.

4) 幽偏(유편) : 편벽지다. 외딴 곳을 가리킨다.

5) 覩(도) : 보다.

   皇居(황거) : 황제가 머무는 곳. 궁궐.

6) 交喪(교상) : 쇠락하다.

7) 阻(조) : 사이가 멀어지다.

   升平(승평) : 태평성세.

8) 啟旦(계단) : 아침을 열다.

   이 구는 당시 태평성세가 열린 것을 말한다.

9) 朝野(조야) : 조정과 재야. 온 나라를 가리킨다.

   資歡(자환) : 즐거움을 주다.

10) 渤海(발해) : 발해군渤海郡. 지금의 하북성, 천진시, 산동성 접경 일대이다. 고씨가 이곳에 모여 살았다고 한다.

    宗英(종영) : 빼어난 가문.

11) 平陽(평양) : 한나라 경제景帝의 딸인 양신공주陽信公主. 그녀가 평양후平陽侯 조수曹壽에게 시집을 갔기에 평양공주라고 불렀다.

    貴戚(귀척) : 제왕의 친족.

    이 구는 당시 연회를 베푼 고정신이 제왕의 친족임을 말한다. 태종太宗의 딸 동양공주東陽公主가 고사렴高士廉의 아들 고리행高履行에게 시집을 갔는데, 고정신은 고리행의 먼 아저씨뻘이며, 당시 연회에 고리행의 친족이 많이 참석하였다.

12) 發揮(발휘) : 드러내다.

　　形勝(형승) : 멋진 경관.

13) 鳳臺(봉대) : 진秦나라 목공穆公 때 소사蕭史와 농옥弄玉이 살던 누대. 소사는 소를 아주 잘 불어 공작과 백학을 불러올 수 있었다. 목공에게 농옥이라는 딸이 있었는데, 소사가 농옥에게 소 부는 법을 가르쳐주었으며 그녀가 소를 불면 봉황이 내려왔다. 목공은 두 사람을 결혼시키고는 봉대를 만들어 그곳에 살게 하였다. 여기서 '봉대'는 고씨의 원림을 가리킨다.

　　嘯侶(소려) : 짝과 더불어 소를 불다. 여기서는 고씨와 그 부인을 소사와 농옥에 비유하여 당시 연회를 주최한 이들이 신선과 같은 흥취를 가지고 있음을 표현한 것으로 보인다.

14) 幽贊(유찬) : 신명의 도움을 몰래 받다.

　　芳辰(방신) : 꽃다운 때. 봄날을 말하며 특히 여기서는 회절을 가리킨다.

15) 鷄川(계천) : 낙양의 동낙수東洛水와 이수伊水가 합쳐지는 곳을 가리킨다. 한나라 고조의 어머니가 이곳을 노닐 때 붉은 구슬을 문 옥계玉鷄가 있었는데 그 구슬을 삼키고는 고조가 왕이 되었다고 한다.

16) 珍羞(진수) : 좋은 음식.

　　綺席(기석) : 비단 자리.

17) 珠翠(주취) : 진주와 비취새의 깃털. 화려한 장식을 가리킨다.

　　瑯玕(낭간) : 대나무의 열매로 봉황이 먹는 것인데, 여기서는 귀한 음식을 비유한다.

18) 絲管(사관) : 현악기와 관악기. 음악을 가리킨다.

19) 秦箏趙瑟(진쟁조슬) : 진나라의 쟁과 조나라의 슬. 좋은 음악을 가리킨다.

20) 冠纓(관영) : 관과 갓끈. 높은 관원을 가리킨다.

　　濟濟(제제) : 줄지어 나란히 있다. 사람이 많은 모습이다.

21) 戚里(척리) : 제왕의 외척이 거주하는 마을. 동양공주와 결혼한 고씨 집안을 가리킨다. 당시 연회에 고씨 집안의 문인들이 많이 참석하였다.

22) 鸞鳳(난봉) : 난새와 봉황. 여기서는 난새와 봉황 모양을 한 수레 방울을 가리킨다. 또는 난새와 봉황 울음 소리를 내는 수레 방울이라고도 한다.

鏘鏘(장장) : 딸랑거리는 소리.

23) 文雄(문웅) : 빼어난 글솜씨.

24) 都畿(도기) : 도성과 인근 지역.

寫望(사망) : 샅샅이 바라보다.

25) 通(통) : 상통하다. 비슷하다.

漢苑(한원) : 한나라 궁궐의 원림. 여기서는 고씨의 숲속 원림을 가리킨다.

26) 控(공) : 이끌다. 끌어당기다.

伊洛(이락) : 이수와 낙수. 연회가 벌어지는 낙양을 흐르는 강이다.

斜□(사□) : 글자 한 자가 빠져있다.

27) 浦淑(포숙) : 물가.

이상 두 구는 고씨의 원림에서 멀리 도성과 근교 지방을 다 볼 수 있어서
한나라 때 원림과 비슷하고, 이수와 낙수를 끼고 있어서 마치 신선이 사는
물가와 비슷하다는 뜻이다.

28) 金市(금시) : 엣날 도성에서 금은을 팔던 가게가 있던 거리를 말하는데
대체로 번화한 거리를 가리킨다.

連鑣(연표) : 재갈을 잇다. 많은 말이 줄지어 오는 것이다.

29) 銅街(동가) : 낙양의 동타가銅駝街. 거리 옆에 한나라 때 주조한 두 마리의
낙타가 있었다고 하며, 번화한 거리를 가리킨다.

結駟(결사) : 수레를 끄는 네 마리 말이 이어지다. 화려한 수레가 줄지어
오는 것이다.

이상 두 구는 사람들이 줄지어 오는 모습을 표현하였다.

30) 香車(향거) : 향기로운 나무로 만든 수레. 고급 수레를 가리킨다.

繡轂(수곡) : 수놓은 비단으로 치장한 수레바퀴. 고급 수레를 가리킨다.

31) 羅綺(나기) : 비단.

生風(생풍) : 바람을 일으키다. 청량하고 경쾌한 모습을 가리킨다.

32) 寶蓋(보개) : 화려한 수레 덮개.

琱鞍(주안) : 조각으로 장식한 안장.

33) 珠璣(주기) : 주와 기. 모두 옥의 종류로 여기서는 말의 장식품을 가리킨다.

34) 律(율) : 율력律曆.

   太簇(태주) : 12율 중 양율陽律의 두 번째로 정월을 가리킨다.

   이 구는 정월 그믐이 되었다는 뜻이다.

35) 中京(중경) : 낙양을 가리킨다.

36) 霽景(제경) : 맑게 갠 경관.

37) 年光(연광) : 봄빛.

38) 淹留(엄류) : 오랫동안 머물다.

39) 翫(완) : 즐기다.

40) 歡賞(관상) : 경관을 보며 감상하다.

41) 獨得(독득) : 자득하다. 만족하다.

42) 皇州(황주) : 황제의 고을. 여기서는 낙양을 가리킨다.

43) 晉京才子(진경재자) : 진나라 수도의 인재들.

44) 孤標(고표) : 홀로 드러내다.

   洛下之游(낙하지유) : 낙수에서의 노닒. 진나라의 소소蘇紹, 석숭石崇, 반악
   潘岳 등 삼십 여명이 지금의 낙양시 북서쪽에 있는 금곡金谷에서 노닌 것을
   말한다. 당시 문인들이 모두 시를 지어 엮었으며 석숭이 그 서문을 적었다.

45) 魏室群公(위실군공) : 위나라 종실의 여러 공.

46) 獨擅(독천) : 독차지하다.

   鄴中之會(업중지회) : 업중에서의 모임. 위나라 조비와 조식 형제, 유정劉
   楨, 왕찬王粲 등의 문인들이 위나라의 수도인 업중에서 모여 문학을 논하며
   노닌 것을 말한다.

   이상 네 구는 지금 고씨 연회의 모임이 진나라 금곡의 모임이나 위나라
   업중의 모임보다 더 훌륭하다는 뜻으로, 그들의 모임만 후대에 전해질 것이
   아니라 오늘의 모임 역시 후대에 길이 전해져야 한다는 뜻을 내포하고
   있다.

47) 盍(합) : 어찌 ~하지 않겠는가.

48) 上路(상로) : 큰 길.

49) 主第(주제) : 주인의 집.

簪纓(잠영) : 비녀와 갓끈. 고관대작을 가리킨다.

50) 景望(경망) : 높은 명망.

51) 玉池(옥지) : 곤륜산에 있다고 전해지는 연못. 여기서는 고씨 원림의 연못을 가리킨다.

吐溜(토류) : 물줄기를 토해내다. 겨울에 얼었던 물이 녹아 흐르는 것을 말한다.

52) 珠樹(주수) : 곤륜산에 있다고 전해지는 나무. 대체로 귀한 나무를 가리킨다.

53) 未極(미극) : 아직 절정에 도달하지 않다. 한창이다.

54) 餘霞(여하) : 남은 노을. 저녁이 되었음을 말한다.

▌해설

이 시는 고정신이 연 회절 연회에 참석하여 쓴 것으로, 서문에는 당시 연회에 대한 여러 상황을 상세히 적었다. ≪당시기사唐詩紀事≫에 따르면 당시 연회에 참석한 21명의 문인이 같은 운자로 시를 지었다고 한다. 대체로 조로調露 2년(680) 낙양으로 과거시험을 보러 갔을 즈음에 지은 것으로 보고 있다.

제1~2구에서는 연회에 참석하러 가는 도중을 서술한 것으로 봄날을 즐기며 낙양의 도회지를 노닐다 연회에 참석하기 위해 고정신의 원림으로 오게 되었음을 말하였다. 제3~4구에서는 연회의 모습을 그린 것으로 당시 명망이 높은 고관대작들이 가득하다고 하여 연회의 품격이 고아하고 성대함을 말하였다. 제5~6구에서는 연회장 주변의 경관을 묘사한 것으로 연못에서 물이 흘러나와 나무에 꽃이 피었다고 하였는데, 곤륜산에 있던 '옥지'와 '주수'를 인용하여 당시 고씨 원림에 신선 세계와 같은 풍취가 있음을 말하였다. 제7~8구에서는 아직 이러한 연회의 흥이 한창인데 노을이 지고 있다고 하여 시간이 빨리 지나가버리는 것에 대한 아쉬움을 표현하였다. (임도현)

11. 晦日重宴高氏林亭[1]
정월 그믐날 고씨의 숲 속 정자에서 다시 연회를 열다

公子好追隨,[2]	공자께서는 사귐을 좋아하고
愛客不知疲.[3]	객을 사랑하셔서 피곤한 줄을 모르시네.
象筵開玉饌,[4]	상아 돗자리에 진귀한 음식 펼쳐 놓고
翠羽飾金巵.[5]	비취새 깃털로 금 술잔을 장식하셨네.
此時高宴所,[6]	이때 고씨의 연회 장소가
詎減習家池.[7]	어찌 습가지만 못하겠으며,
循涯倦短翮,[8]	천애를 떠도느라 지친 짧은 날개가
何處儷長離.[9]	어디에서 장리와 나란히 할 수 있었으랴.

▌주석

1) 晦日(회일) : 음력 정월 그믐날.

　　≪전당시全唐詩≫와 ≪세시잡영歲時雜詠≫에 따르면 이 시는 바로 앞의 〈정월 그믐날 고씨의 숲속 정자에서 연회를 열다晦日宴高氏林亭〉와 같은 날에 지어진 것으로서 고정신高正臣이 정월 그믐날 하루에만도 두 차례의 연회를 열었고 여기에 진자앙이 거듭 배석해 지은 시라고 파악된다. 그러나 이 두 책과는 달리 ≪당시기사唐詩紀事≫와 ≪고씨의 세 연회 시집高氏三宴詩集≫에는 진자앙의 이 시가 실려 있지 않다. 뒤의 두 책에는 이날 두 번째 연회에 고정신高正臣 · 한중선韓重宣 · 궁사초弓嗣初 · 고근高瑾 · 진가언陳嘉言 · 주언휘周彦暉 · 고교高嶠 · 주사균周思鈞 등 8명만이 참여했다고 명기되어 있으나 ≪전당시≫와 ≪세시잡영≫에는 위의 여덟 명에 진자앙을 부가하여 9명이 참석했다고 기록한 것이다. 또 이들 시에 주언휘가 붙인 서序를 살펴보면 일부 내용이 없어지고 "8명이 모두 '지'자를 운으로 삼았다.(凡八人同用池字爲韻)"라는 말만 남아 있는데, ≪당시기사≫와 ≪고

씨의 세 연회 시집≫의 내용을 고려해볼 때 주언휘가 말한 '8명'에 진자앙이 포함되지 않았을 가능성도 높다. 이상을 종합해 볼 때 두 번째 연회에 진자앙이 동석했는지의 여부는 알기 어려우나, 이 시의 제목과 내용, 운자가 두 번째 연회에 참석한 이들의 나머지 시들과 일치한다는 점으로 볼 때 정황상 진자앙도 배석하여 함께 시를 지었다고 판단하였다.

2) 公子(공자) : 고정신高正臣을 가리킨다. 앞의 10. 〈정월 그믐날 고씨의 숲속 정자에서 연회를 열다 및 서문晦日宴高氏林亭 并序〉 주석 1번 참조.

追隨(추수) : 서로 좇고 따르다. 사람들과 서로 어울려 사귄다는 뜻이다.

3) 不知疲(부지피) : 피곤한 줄을 모르다.

이상 두 구는 조식曹植이 〈공자의 잔치公宴〉에서 "공자는 객을 경애하여, 잔치가 끝나도록 피곤한 줄 모르네. 맑은 밤에 서원에서 노니는데, 높은 수레덮개가 서로 좇아 따르네.(公子敬愛客, 終宴不知疲. 淸夜遊西園, 飛蓋相追隨)" 라고 한 말을 활용한 것이다.

4) 象筵(상연) : 상아로 만든 돗자리. 호화로운 연회 자리를 가리킨다.

玉饌(옥찬) : 진귀한 음식.

5) 翠羽(취우) : 비취 새 깃털.

金巵(금치) : 금 술잔.

이 구는 비취 새 깃털로 장식한 금 술잔이라는 뜻으로서 고씨의 연회에 매우 호화롭고 진귀한 물건들이 차려져 있음을 말하고 있다. 이 구에서 말한 술잔과 비슷한 단어로 '깃털잔羽觴'이라는 말이 있는데, 타원형에 바닥이 얕고 양쪽에 새 날개와 같은 손잡이가 달린 잔이라는 설, 새 깃털을 잔에 꽂아 빨리 마시도록 재촉하는 의미를 담은 잔이라는 설이 있다.

6) 高宴所(고연소) : 고씨의 연회 장소. 고아高雅한 연회 장소라는 의미도 내포하고 있다.

7) 詎(거) : 어찌.

減(감) : ~만 못하다.

習家池(습가지) : 못 이름. 후한後漢의 양양후襄陽侯 습욱習郁이 만든 못으로서 동진東晋 때 산간山簡이 이곳을 무척 좋아하여 즐겨 놀며 술을 마시면 반드시 취해서 돌아갔다고 했던 곳이다. 지금의 호북성湖北省 양양襄陽의 현산峴山 남쪽에 있다.

8) 循涯(순애) : 천애를 돌아다니다. 벼슬자리를 구하기 위해 나그네 생활을 하고 있는 진자앙 자신의 처지를 가리킨다.

倦(권) : 지치다.

短翮(단핵) : 짧은 날개. 보잘 것 없는 새라는 뜻으로 진자앙 자신을 가리킨다.

9) 何處(하처) : '처處'가 '이以'로 된 판본도 있는데 이 경우 '어찌'라는 뜻이다.

儷(려) : 나란히 하다.

長離(장리) : 난鸞이나 봉황鳳凰과 같은 격이 높은 새로서 고정신을 가리킨다. 이 구는 고정신과 같은 고아한 사람이 아니라면 자신과 같이 비루한 사람을 연회에 배석하도록 허락해주었겠는가라는 뜻으로서 고정신에 대한 존경과 감사를 표한 것이다.

▌해설

이 시는 앞의 10. 〈정월 그믐날 고씨의 숲속 정자에서 연회를 열다 및 서문〉과 같은 날에 지어진 시로 조로調露 2년(680)에 시인이 고정신의 정자에서 노닐며 느낀 감회를 읊은 것이다.

제1~2구에서 시인은 고정신이 사람들과의 사귐을 즐기고 손님을 아끼기에 피곤함을 모르고서 그날 하루만도 재차 연회를 열어 손님을 극진히 대접하였다고 말하였다. 제3~6구에서는 고씨의 정자에서 열린 연회의 화려함을 표현하여 이곳의 흥취가 습가지의 그것에 모자람이 없다고 말하였다. 제7~8구에서 시인은 자신을 짧은 날개를 가진 지친 새로, 고정신을 장리로 표현하여 보잘 것 없는 자신을 연회에 초대한 고정신에게 고마움을 표하는 한편, 자신의 앞날을 부탁하는 간알의 의미도 은근히 담아냈다. (정세진)

117

12. 三月三日宴王明府山亭[1]

삼월 삼일에 왕명부의 산 속 정자에서 연회를 열다

暮春嘉月,[2]	삼월 아름다운 달
上巳芳辰.[3]	상사일 좋은 날에
群公禊飮,[4]	여러 공자들과 계제사를 하고 술 마시네
于洛之濱.[5]	낙수의 물가에서.
奕奕車騎,[6]	호화로운 수레와 말
粲粲都人.[7]	화사한 도성 사람들,
連帷竟野,[8]	이어진 휘장은 들에 펼쳐지고
祫服縟津.[9]	화려한 옷들이 나루터를 수놓네.
靑郊樹密,	푸르른 교외에 나무는 빽빽하고
翠渚萍新.[10]	비취빛 물가에 부평초 새롭건만,
今我不樂,	지금 나는 즐겁지 않나니
含意未申.[11]	간직한 뜻을 펼치지 못해서라네.

▌주석

1) 明府(명부) : 당대 현령縣令의 존칭. 왕명부王明府가 누구인지는 알 수 없다.

2) 暮春(모춘) : 늦봄. 음력 3월을 가리킨다.

3) 上巳(상사) : 음력 3월 상순의 사일巳日. 위진魏晉 이후로는 3월 3일을 상사일로 고정하였으며, 이날에는 흐르는 물에 목욕을 하고 신에게 빌어 재앙을 없애고 복을 기원하는 계제사禊祭祀를 행하였다.

4) 禊飮(계음) : 계제사를 행하고 술을 마시다.

5) 洛(락) : 낙수洛水.

6) 奕奕(혁혁) : 크고 아름다운 모양.

7) 粲粲(찬찬) : 밝고 선명한 모양.

都人(도인) : 도성 사람. 여기서는 낙양 사람들을 가리킨다. 당시 고종高宗이 낙양에 머무르고 있어 이와 같이 말했으며, 진자앙은 낙양에서 과거시험에 응시하였다.

8) 連帷(연유) : 길게 이어진 휘장. '유帷'는 햇빛을 가리기 위해 둘러친 휘장을 가리킨다.

競野(경야) : 들을 달리다. 휘장들이 들을 덮어가며 펼쳐지는 모습을 생동감 있게 나타낸 것이다.

9) 袨服(현복) : 각양각색의 화려한 옷. 주로 나들이옷을 가리킨다.

縟(욕) : 수놓다, 물들이다.

10) 渚(저) : 물가, 모래톱.

11) 含意(함의) : 가슴속에 품은 뜻.

▌해설

이 시는 조로調露 2년(680) 낙양에서 과거에 낙방한 후 그해 3월 3일 상사일에 낙수 가에서 계제사를 행하며 쓴 것으로, 상사일의 화려하고 성대한 모습과 시인의 실의한 심정이 대비되어 나타나고 있다.

제1~4구에서는 상사일을 맞아 여러 지인들과 함께 낙수가로 나아가 계제사를 하고 연회를 즐기는 상황을 말하고 있다. 이어 제5~8구에서는 화려한 장식과 차림으로 상사일 행사를 즐기는 낙양 사람들의 성대한 모습을 묘사하며 다음 단락에서의 자신의 침울한 심정과 대비시키고 있다. 마지막 제9~12구에서는 나무 가득 초록이 물들어 가는 푸른 들판과 새로이 부평초가 자라나는 맑은 물가의 경관을 묘사하며 봄날의 생명력과 생동감을 나타내고, 과거시험에 낙방하여 실의와 좌절에 빠져 있는 자신과 대비시키고 있다. (주기평)

13. 落第西還別劉祭酒高明府[1]

낙제하고 서쪽으로 돌아가며 유좨주, 고명부와 이별하다

別館分周國,[2]　여관에서 낙양을 떠나

歸驂入漢京.[3]　돌아가는 수레는 장안으로 들어가네.

地連函谷塞,[4]　땅은 함곡관에 이어지고

川接廣陽城.[5]　강은 광양성에 접하네.

望逈樓臺出,[6]　먼 곳을 바라보니 누대가 솟아있는데

途遙煙霧生.[7]　길은 아득하고 연무만 피어오르네.

莫言長落羽,[8]　말하지 말게나, 오래도록 떨어진 새에게

貧賤一交情.[9]　빈천하더라도 사귀는 정은 한결 같으리라고.

▌주석

1) 西還(서환) : 서쪽으로 돌아가다. 진자앙의 고향인 촉蜀 땅은 낙양洛陽의 서남쪽에 있는데, 당시에 서쪽 장안長安을 거쳐 고향으로 돌아가기에 이렇게 말한 것이다.

　劉祭酒(유좨주) : 유원劉瑗으로 여겨진다. 그는 서주徐州 팽성彭城 사람으로 국자좨주國子祭酒 벼슬을 하였다.

　高明府(고명부) : 이름은 알 수 없으며, '명부明府'는 현령의 존칭이다.

2) 別館(관) : 객관客館. 여관.

　周國(주국) : 주周나라의 국도國都. 여기서는 낙양을 가리킨다.

3) 歸驂(귀참) : 고향으로 돌아가는 수레. '참驂'은 수레를 끄는 세 필의 말인데 여기서는 그냥 말이나 수레를 뜻한다.

　漢京(한경) : 한漢나라의 수도. 즉 장안을 가리킨다.

4) 函谷塞(함곡새) : 함곡관函谷關. 지금의 하남성河南省 영보현靈寶縣 서남쪽에 옛터가 있으며, 낙양에서 장안으로 들어갈 때 거쳐야하는 관문이다.

5) 川(천) : 위수渭水를 가리킨다.

廣陽城(광양성) : 지금의 섬서성陝西省 임동현臨潼縣 북쪽에 있던 성.

6) 迥(형) : 멀다. 먼 곳.

樓臺出(누대출) : 누대가 솟아있다. 출세한 사람을 상징한다.

7) 煙霧生(연무생) : 연무가 피어오르다. 자신의 암담한 상황을 비유한다.

8) 落羽(낙우) : 상처 입고 떨어진 새. 실의한 자신의 신세를 비유한다.

9) 貧賤(빈천) 구 : ≪사기·급정열전汲鄭列傳≫에 의하면, 적공翟公이 권세가
   높은 정위廷尉가 되었을 때 빈객들이 문에 가득했는데 그만두자 문 밖에
   참새 잡는 그물을 쳐도 될 정도로 한산했다. 다시 정위가 되자 손님들이
   몰려들었기에 문에 다음과 같이 써 붙였다. "한번 죽을 지경에 처했다가
   한번 살아나면 사귀는 정을 알 수 있고, 한번 가난했다가 한번 부유해지면
   사귀는 모습을 알 수 있고, 한번 부유했다가 한번 천해지면 사귀는 정이
   드러난다.(一死一生, 乃知交情, 一貧一富, 乃知交態, 一富一賤, 交情乃見.)"

▌해설

　이 시는 진자앙이 조로調露 2년(680)에 낙양에서 시험에 떨어지고 서쪽의
고향으로 돌아가면서 자신의 심경을 유좨주와 고명부에게 써준 유별시이다.
　제1~4구에서는 낙양을 떠나 고향으로 돌아가기 위해 우선 서쪽 장안으로
가는 길에 접어들었음을 말하고 있다. 제5~6구는 도중에 바라본 경물로써
과거에 떨어진 자신의 비참한 심경을 비유하고 있다. 제7~8구는 유좨주와
고명부가 자신을 위로하는 말에 대하여 한 말이다. 친구들의 위로를 거부하는
말 속에 앞으로의 결의와 자신감이 담겨있는 듯하다. (강민호)

14. 落第西還別魏四懍[1]

낙제하여 서쪽으로 돌아가며 위름과 이별하다

轉蓬方不定,[2]	구르는 쑥대처럼 이제 정처가 없어지고
落羽自驚弦.[3]	깃털 빠진 새처럼 절로 활시위에 놀라네.
山水一爲別,	강산에서 한 번 이별하면
歡娛復幾年.	즐거운 만남 다시 어느 해 있으려나.
離亭暗風雨,[4]	이별의 정자는 비바람으로 어둑해지고
征路入雲烟.[5]	갈 길은 안개구름 속으로 들어서는데,
還因北山徑,[6]	돌아가서 북산 길을 따르고
歸守東陂田.[7]	귀향하여 동쪽 비탈 밭을 지키리라.

▌주석

1) 西還(서환) : 서쪽으로 돌아가다. 낙양洛陽에서 작자의 고향 사천성四川省
   사홍현射洪縣으로 돌아가는 것을 가리킨다.
   魏四懍(위사름) : 위름. 정확한 생애를 알 수 없다. '사四'는 종형제 내에서의
   순서이다.
2) 轉蓬(전봉) : 바람 따라 굴러다니는 쑥대. 낙제하여 실의한 상황을 비유한다.
3) 落羽(낙우) : 깃털이 꺾여 빠진 새. 쇄우鎩羽와 같다. 낙제하여 실의한 상황
   을 비유한다.
   驚弦(경현) : 활시위 소리에 놀라다. 무리를 잃고 다친 새는 활시위 소리만
   들어도 놀란다는 뜻이다. ≪전국책戰國策·초책사楚策四≫에서 "경리가 위
   왕과 함께 경대의 아래에 있다가 날아가는 새를 우러러 보았다. 경리가
   위왕에게 '제가 왕을 위해 활을 당겨 화살을 쏘지 않고도 새를 떨어뜨리겠
   습니다.'라고 하자, 위왕이 '그렇다면 활 쏘는 것이 이에 이를 수 있는가?'라
   고 물었다. 경리는 '할 수 있습니다.'라고 대답하였다. 잠시 후에 기러기가

동쪽에서 날아오자 경리는 빈 활시위를 당겨 새를 떨어뜨렸다. 위왕이 '그렇다면 활 쏘는 것이 이에 이를 수 있는 것이구나!'라고 하자 경리는 '이는 상처 입은 새입니다.'라고 하였다. 왕이 '선생은 그것을 어떻게 아는 가?'라고 묻자, '그 새는 천천히 날아가며 슬피 울었습니다. 천천히 날아가는 것은 옛 상처가 아파서이고, 슬피 우는 것은 무리를 잃은 지 오래되었고 옛 상처가 낫지 않아 놀란 마음을 없애지 못해서입니다. 활시위 소리만 듣고 몸을 일으켜 높이 날아올랐으므로 옛 상처로 인해 떨어진 것입니다.' 라고 대답하였다.(更嬴與魏王處京臺之下, 仰見飛鳥. 更嬴謂魏王曰, 臣爲王引弓虛發 而下鳥. 魏王曰, 然則射可至此乎. 更嬴曰, 可. 有間, 雁從東方來, 更嬴以虛發而下之. 魏王曰, 然則射可至此乎. 更嬴曰, 此孽也. 王曰, 先生何以知之. 對曰, 其飛徐而鳴悲. 飛徐者, 故瘡痛也. 鳴悲者, 久失群也, 故瘡未息, 而驚心未去也. 聞弦音, 引而高飛, 故瘡 隕也)"라고 하였다.

이상 두 구는 작자가 낙제하여 불안해진 상황을 표현하였다.

4) 離亭(이정) : 이별의 정자. 도성에서 좀 떨어져 있는 길가에 세워진 정자로 원래는 휴식을 제공하는 공간이었는데 종종 송별의 장소로도 이용되었다.

5) 征路(정로) : 갈 길. 이 구는 낙제하여 자신의 앞날이 불확실해진 것을 가리킨다.

因(인) : 따르다. 인하다.

6) 北山徑(북산경) : 북산 길. 북산은 원래 은거지를 비유하는데, 여기서는 고향으로 돌아가 한가하게 지내는 장소를 가리킨다. 남조南朝 양梁 오균吳均의 〈증답하여 주부 강둔기와 이별하다酬別江主簿屯騎〉 시에 "내 북산에서 은거하려는 뜻이 있지만, 머뭇거리는 것은 군왕의 은혜에 보답하기 위해서라오.(我有北山志, 流連爲報恩)"라고 하였다.

7) 歸(귀) : 귀향歸鄕. 작자의 고향으로 돌아가는 것을 가리킨다.

守東陂田(수동피전) : 동쪽 비탈 밭을 지키다. 고향으로 돌아가 한가하게 지내는 생활모습을 나타낸다. ≪한서漢書·주섭전周燮傳≫에서 "연광 2년 (123) 안제가 검은색과 분홍색의 직물, 작은 양과 비단으로써 주섭을 초빙하였는데, … 친족들이 다시 그에게 권유하며 '대저 덕을 닦고 행실을 세우는 것은 나라를 다스리고자 해서입니다. 전대부터 공훈과 총애가 이어져왔거늘 그대만 유독 어찌하여 동쪽 언덕의 비탈을 지키고 있습니까?'라고 하자, 주섭은 '…대저 덕을 닦는 자는 그 때를 헤아려서 움직입니다. 움직였으나 그 때가 아니면 어찌 형통할 수 있겠습니까?'라고 말하였다.(延光二年, 安帝以玄纁羔幣聘燮, … 宗族更勸之曰, 夫修德立行, 所以爲國. 自先世以來, 勳寵相承, 君獨何爲守東岡之陂乎. 燮曰, … 夫修道者, 度其時而動. 動而不時, 焉得亨乎)"라고 하였다.

▌해설

이 시는 조로調露 2년(680) 작자가 낙제하여 고향으로 돌아갈 때 지은 것으로, 위름과 이별하는 아쉬움과 더불어 귀향하여 한가하게 지내리라는 말을 전하고 있다. 제1~2구는 자신의 신세가 정처 없이 굴러다니는 쑥대와 같아졌고, 불안한 심경으로 인해 활시위 소리에도 놀라는 새와 같아졌음을 말하였다. 이는 낙제로 인해 불안해진 상황을 쑥대와 다친 새를 통해 비유적으로 표현한 것이다. 제3~4구는 위름과 이별하는 상황과 그 아쉬운 심경을 서술하였다. 이러한 이별의 슬픔은 제5~6구에서 비바람으로 어둑해진 정자와 안개구름 속으로 나있는 길을 통해 시각적으로 형상화되고 있다. 어둑하고 희뿌연 공간은 위름과 이별하는 심경인 동시에 작자 자신의 불확실한 미래를 의미한다고 할 수 있다. 마지막 7~8구는 고향으로 돌아가 한가하게 지낼 것이라는 말을 전함으로써 친구의 걱정을 덜어주고 있는데, 이를 통해 친구 간의 깊은 우의를 느낄 수 있다. (김수희)

15. 宿襄河驛浦[1] 양하의 역참 나루에 묵다

沿流辭北渚,[2]	강물을 따르며 북쪽 물가에서 작별하고
結纜宿南洲.[3]	닻줄을 매고 남쪽 물섬에서 유숙하네.
合岸昏初夕,[4]	강 양쪽 언덕은 초저녁인데도 어둑하고
迴塘暗不流.[5]	굽어진 제방은 어두워 물이 흐르지 않는 것 같네.
臥聞塞鴻斷,[6]	누워서 변방에서 온 기러기 소리 드문드문 끊기는 것 듣고
坐聽峽猿愁.[7]	앉아서 협곡의 원숭이 소리 시름겨운 것 듣네.
沙浦明如月,[8]	강가 백사장은 달이 비친 듯 환하고
汀葭晦若秋.[9]	물가 갈대밭은 가을인 듯 어둡네.
不及能鳴雁,[10]	울 수 있는 거위에 미치지 못하여
徒思海上鷗.[11]	그저 바닷가의 갈매기를 생각할 뿐.
天河殊未曉,[12]	은하수에 아직 날이 밝지 않았으니
滄海信悠悠.[13]	바다는 진실로 까마득히 멀구나.

▌주석

1) 襄河(양하) : 한수漢水가 호북湖北의 양양襄陽 부근으로 접어들면 양수襄水 또는 양하襄河라고 불렸다.

　驛(역) : 역참.

　浦(포) : 물가. 나루.

2) 北渚(북저) : 북쪽 물가.

3) 結纜(결람) : 닻줄을 매다. 배를 매다. 배를 정박하다.

　南洲(남주) : 남쪽 물섬.

4) 合岸(합안) : 강의 양쪽 언덕.

5) 迴塘(회당) : 둥글게 구부러진 연못이나 제방. 이 시에서는 배를 대기 위해

강가에 만들어진 제방을 가리킨다.

6) 塞鴻(새홍) : 변방에서 온 기러기.

7) 峽猿(협원) : 협곡에 사는 원숭이.

8) 沙浦(사포) : 강가 모래밭이나 모래섬 주변.

9) 汀(정) : 강가 모래밭이나 모래섬가의 평평한 땅.

葭(가) : 갈대.

晦(회) : 어둡다. 여기에서는 마치 가을에 갈대밭이 무성해져서 그 속이 어두운 것과 같다는 뜻이다.

10) 能鳴雁(능명안) : 울 수 있는 거위. 능력이 있는 인재를 비유한다. ≪장자莊子·산수山水≫에서 "장자가 산 속을 가는데 커다란 나무를 보았다. 가지와 잎이 무성하였으나 나무꾼이 그 옆에 서서 취하질 않았다. 그 까닭을 물으니, '쓸 데가 없습니다'라 하였다. 장자가 말하길, '이 나무는 재목이 되지 않기 때문에 천 년을 살 수 있겠구나'라 하였다. 장자가 산에서 나와서 친구의 집에 묵었다. 친구가 기뻐하며 동복에게 시켜 거위를 잡아 삶으라고 하였다. 동복이 묻기를 '한 마리는 울 수 있고 한 마리는 울 수 없는데 무엇을 잡을까요?'라 하였다. 주인이 말하길 '울지 못하는 녀석을 잡아라'라고 하였다. 다음날 제자가 장자에게 묻기를 '어제 산속의 나무는 재목이 아니기 때문에 천 년을 살 수 있었고 이제 주인의 거위는 재목이 아니라 죽었습니다. 선생님께서는 어느 쪽을 선택하시겠습니까?'라 하였다. 장자가 웃으며 말하길 '나는 재목됨과 재목안됨 사이에 있을 것이다'라 하였다. (莊子行於山中, 見大木. 枝葉盛茂, 伐木者止其旁而不取也. 問其故, 曰, 無所可用. 莊子曰, 此木以不材得終其天年. 出於山, 舍於故人之家. 故人喜, 命竪子殺雁而烹之. 竪子請曰, 其一能鳴, 其一不能鳴, 請奚殺. 主人曰, 殺不能鳴者. 明日, 弟子問於莊子曰, 昨日山中之木, 以不材得終其天年. 今主人之雁, 以不材死. 先生將何處? 莊子笑曰, 周將處乎材與不材之間)"고 하였다.

11) 海上鷗(해상구) : 바닷가의 갈매기. 인간의 욕심을 먼저 알아차려 가까이 오지 않는 갈매기를 가리킨다. 진정한 은거자만이 바닷가의 갈매기와 벗할 수 있다.

12) 天河(천하) : 은하수.

殊(수) : 여전히. 아직.

曉(효) : 날이 밝다.

13) 滄海(창해) : 커다란 바다. 여기에서는 속세를 떠난 은거지를 의미하며 시인의 고향을 가리킨다.

信(신) : 진실로. 참으로.

悠悠(유유) : 아득히 멀다. 매우 멀다.

창해가 참으로 멀다는 것은 시인이 은거지를 향해 갈 길이 아직 멀다는 뜻이다.

▌해설

이 시는 진자앙이 은거를 위해 길을 가다가 배를 멈추고 밤을 지새는 나루터에서 쓴 작품이다. 시의 내용에 자신의 능력에 대한 자괴감이 있는 것으로 보아 아마도 과거시험에 떨어진 다음에 쓴 작품일 가능성이 있다. 그렇다면 조로調露 2년(680)에 진자앙이 낙제를 하고 쓴 작품일 수 있다. 그러나 자신의 능력에 대한 회의가 반드시 과거시험의 낙제만을 이야기하는 것은 아니기 때문에 정확한 창작 시기를 단정하기는 어렵다.

제1~2구에서 진자앙은 북쪽 물가(아마도 낙양 부근)에서 작별을 하고 배를 타서 강물을 따라 양하로 내려왔다. 제3~4구에서 아직 날이 채 저물지도 않았는데도 양하의 나루는 분위기가 어둡고 물도 흐르지 않는 듯하다. 제5~6구에서 진자앙은 잠을 자려하나 잘 수 없었다. 멀리서 온 기러기는 소리가 끊기듯 이어졌고 강가의 원숭이 소리가 애달팠다. 제7~8구에서 시인은 일어나 밖으로 나왔다. 환한 백사장과 어두운 갈대밭은 시인이 자신을 돌아보게 하였다. 제9~10구는 진자앙이 능력이 부족해 쓰이지 못하고 은거를 하게 되었음을 말하였다. 제11~12구에서 하늘에 은하수가 떠있고 날이 밝지 않았다는 것은 아직 길을 떠날 수 없다는 뜻이면서 동시에 자신의 앞길이 어떠할지 알 수 없다는 의미이다. 그가 배를 타고 바다로 가는 길을 아직 막막하기만 하다. (서용준)

16. 送梁李二明府[1]
양씨와 이씨의 두 명부를 전송하다

負書猶在漢,[2]	글을 짊어진 채 아직 한수에 있나니
懷策未聞秦.[3]	책략을 품었으나 진나라에 알려지지 않아서라네.
復此窮秋日,[4]	또다시 이 깊은 가을날
芳樽別故人.[5]	향기로운 술 마시며 친구들과 이별을 나누네.
黃金裝屢盡,[6]	황금을 행장에 누차 다 써버렸지만
白首契愈新.[7]	백발까지 맺을 맹약은 더욱 새로우리.
空羨雙鳧鳥,[8]	괜스레 부럽구나, 두 마리 오리 신발
俱飛向玉輪.[9]	모두 달을 향해 날아갔으니.

▌주석

1) 梁李(양이) : 양씨와 이씨. 이름은 자세하지 않으며 시의 내용상 진자앙의 친구로 보인다.

   明府(명부) : 현령의 존칭. 본래는 태수太守를 말하나 당대唐代이후 현령縣令을 가리키는 말로 쓰였다.

2) 負書(부서) : 책을 짊어지다. 등용을 위해 임금에게 유세하는 것을 뜻하는데 여기서는 진자앙이 과거시험에 임한 일을 비유한다. ≪전국책戰國策·진책일秦策一≫에서 "소진이 진왕에게 유세하기 위해 글을 10번이나 올려 유세하였으나 쓰이지 못했다. 흑담비 가죽옷은 헤지고 황금 백 근도 다 써버려 돈과 물품이 부족해지자 진나라를 떠나 돌아왔다. 각반을 매고 짚신을 신은 채 글을 짊어지고 행낭을 메고 있었는데 행색은 마르고 얼굴은 거뭇거뭇하여 모습에 부끄러운 기색이 있었다.(蘇秦說秦王, 書十上而說不行. 黑貂之裘弊, 黃金百斤盡, 資用乏絶, 去秦而歸. 贏滕履蹻, 負書擔橐, 形容枯槁, 面目黧黑, 狀有愧色)"고 하였다.

漢(한) : 한수漢水.

3) 懷策(회책) : 책략을 품다.

　　未聞(미문) : 명성이 알려지지 않다.

　　秦(진) : 진나라. 여기서는 당나라 조정을 비유한다.

　　이 두 구는 소진蘇秦이 진秦나라에 유세를 갔다가 실패하고 돌아온 고사를
　　빌어 과거시험에 떨어진 진자앙 자신의 신세를 기탁하였다.

4) 窮秋(궁추) : 깊은 가을.

5) 芳樽(방준) : 향기로운 술 단지. 맛있는 술을 비유한다.

　　故人(고인) : 친구. 양씨와 이씨의 두 현령을 가리킨다.

6) 裝(장) : 행장. 유세를 다니기 위해 마련했던 옷가지와 물품 등을 말한다.

7) 白首(백수) : 백발.

　　契(계) : 우정을 맺다.

8) 羨(선) : 부러워하다.

　　雙鳧舃(쌍부석) : 두 마리 오리 신발. ≪후한서後漢書·방술열전方術列傳·
　　왕교전王喬傳≫에 따르면 후한後漢의 왕교王喬가 섭현령葉縣令으로 있으면
　　서 매달 보름이면 멀리 조정의 조회를 참석하러 왔다. 황제가 이를 수상히
　　여겨 사람을 시켜 살펴보게 하니 왕교가 도착하면 하늘에서 두 마리 오리가
　　날아왔다고 말하였다. 그물을 쳐서 오리를 잡았는데 오리는 없고 신발
　　한 켤레만 있었다. 이는 왕교가 상서尙書로 있을 때 하사받은 것이었다.

9) 玉輪(옥륜) : 달.

　　이 두 구는 섭현령을 지내던 왕교가 오리를 타고 날아다니며 조정을 오가던
　　고사를 빌어 출사한 두 사람을 부러워하는 것이다.

▌해설

　　이 시는 진자앙이 과거시험에서 낙방하고 현령인 두 친구와 송별연을 벌인
후 고향으로 돌아가는 중에 쓴 것으로 보인다.

　　제1~4구는 자신을 소진에 비유하여 스스로 재주를 지녔음에도 조정의
인정을 받지 못한 것에 대한 안타까움을 전하며 친구들과 함께 위로하는 내용

이다. 제5~8구는 가진 것은 없지만 마음을 가다듬고 다음을 기약하는데 막상 관직에 있는 친구들을 눈앞에서 대하자니 그 부러움을 이기지 못하는 것이다.

　이 작품은 소진과 왕교의 고사를 사용하여 자신과 두 친구가 가진 대조된 처지를 비유하였는데 조정의 신료로 발탁되지 못한 자신의 처량한 신세와 그 절망감을 두 친구에 대한 부러움으로 대신하며 출사에 대한 염원을 솔직하게 나타낸 것이 특징이라 할 수 있다. (홍혜진)

17. 入東陽峽與李明府舟前後不相及[1]
동양협을 들어가며 이명부의 배와 앞뒤로 있으며 따라가지 못하다

東巖初解纜,[2]	동쪽 바위에서 처음 닻줄을 풀었다가
南浦遂離群.	남쪽 포구에서 마침내 무리와 떨어졌네.
出沒同洲島,[3]	같은 물가 섬에서 언뜻 보이다가도
棲泊異汀濆.[4]	다른 물가 제방에서 머물렀으니,
風煙猶可望,	바람과 안개 속에 여전히 바라볼 수 있지만
歌笑浩難聞.[5]	노래하고 웃는 소리는 아득히 듣기 어려웠네.
路轉靑山合,	길을 굽어드니 푸른 산과 합쳐지고
峰回白日曛.[6]	봉우리를 돌아가니 흰 태양이 어두워지는데,
奔濤上漫漫,[7]	달리는 파도는 위로 끝이 없고
積水下沄沄.[8]	많은 물은 아래로 세차게 흘러가네.
倏忽猶疑及,[9]	재빨리 가서 따라 잡은 것 같다가도
差池復兩分.[10]	이리저리 다시 둘로 나뉘어,
離離間遠樹,[11]	희미한 먼 나무가 사이에 있고
藹藹沒遙氛.[12]	자욱한 먼 안개 속으로 사라졌네.
地入巴陵道,[13]	땅은 파릉의 길로 들어가고
星連牛斗文.[14]	별자리는 견우와 남두에 연결되어,
孤狖啼寒月,[15]	외로운 원숭이 차가운 달빛에 울고
哀鴻叫斷雲.	애달픈 기러기 끊어진 구름 속에서 우는데,
仙舟不可見,[16]	신선의 배는 보이지 않아
遙思坐氛氳.[17]	먼 그리움만 쌓이네.

▌주석

1) 東陽峽(동양협) : 어디에 있는 협곡인지 알려져 있지 않다. 시에서 파릉巴陵 이 언급된 것으로 보아 호북성 형주荊州와 의창宜昌 일대인 것으로 보인다.
  李明府(이명부) : '명부'는 현령의 존칭이며, '이'씨에 대해서는 자세히 알려 져 있지 않다.

2) 解纜(해람) : 닻줄을 풀다. 배를 출발시키다.

3) 出沒(출몰) : 나타났다 사라지다. 언뜻언뜻 보이다.

4) 棲泊(서박) : 정박하다. '연회沿洄'로 된 판본도 있는데, 이는 물가를 따라 돈다는 뜻이다.
  汀濆(정분) : 물가의 제방.
  이상 두 구는 동일한 물가 섬을 보며 가면서 언뜻언뜻 보이다가도 다른 물가에 정박하였다는 뜻으로, 같은 물길을 가면서 두 배가 가까이 다가가기 도 했지만 결국 만나지는 못했다는 뜻이다. 또는 나타졌다 사라지는 물가 섬을 같이 하면서도 다른 물가의 제방에 정박했다는 것으로 풀이할 수도 있다.

5) 歌笑(가소) : 노랫소리와 웃는 소리. 이명부의 배에서 나는 소리를 가리킨다.
  浩(호) : 아득하다. 멀다.

6) 曛(훈) : 어둑해지다.

7) 漫漫(만만) : 넓고 아득한 모습. 또는 거센 모습.

8) 積水(적수) : 물이 많이 모여 있는 것. 강물이 깊은 것을 말한다.
  沄沄(운운) : 물이 세차게 흘러가는 모습.

9) 倏忽(숙홀) : 빨리 가다. 순식간에.

10) 差池(치지) : 어긋난 모습. 두 배의 거리가 멀어진 것을 가리킨다.

11) 離離(이리) : 희미한 모습.
  間(간) : 사이에 있다.

12) 藹藹(애애) : 안개가 자욱한 모습.
  遙氛(요분) : 멀리 있는 안개 기운.

13) 巴陵(파릉) : 지금의 호남성 악양시岳陽市와 호북성 감리현監利縣 일대이다.

14) 牛斗(우두) : 별자리 이름. 견우와 남두. 옛 사람들은 하늘의 별자리와 땅의
지리를 연결시켰는데 견우와 남두는 오吳 지역과 월越 지역을 가리킨다.
文(문) : 천문.

15) 狖(유) : 원숭이.

16) 仙舟(선주) : 신선이 탄 배. 이명부가 탄 배를 가리킨다. 이는 한나라 곽태郭
泰와 이응李膺의 고사를 이용한 것이다. 곽태가 낙양에 갔을 때, 하남윤河南
尹 이응을 만났는데, 이응이 그를 매우 기이하게 여겼으며 결국 서로 친하
게 지냈다. 이로 인해 그의 명성이 수도까지 퍼졌다. 후에 그가 고향으로
돌아갈 때 관리나 뭇 유생들이 강가에 이르러 배웅을 했는데 수레가 수천
대나 되었다. 곽태는 오직 이응과 함께 배를 타고 강을 건넜는데 사람들이
그들을 바라보며 신선이라 여겼다.

17) 遙思(요사) : 먼 곳에 있는 이에 대한 그리움. 이명부를 그리워하는 마음이다.
坐(좌) : 이로 인해. 곧. 매우.
氛氳(분온) : 많은 모습. 또는 심사가 어지러운 모습으로 볼 수도 있다.

▌해설

이 시는 이명부와 같이 동양협을 지나가게 되었는데 먼발치서 바라볼 뿐
따라잡지 못하였음을 적었다. 대체로 과거에서 떨어지고 고향으로 돌아갈
때 쓴 시와 경물 묘사가 비슷하여 영융永隆 원년(680)에 쓴 것으로 보고 있다.

제1~2구에서는 이명부와 함께 출발했다가 남쪽 포구에서 떨어지게 되었
음을 말하였다. 제3~6구에서는 가까이서 보이다가도 멀리 떨어지게 되어
보이기만 할 뿐 소리는 들리지 않는다고 하였다. 제7~10구에서는 협곡을
지나며 본 주위 산과의 모습과 세찬 물결의 모습을 그렸는데, 봉우리가 높은
곳의 물길을 굽어 돌다보니 해가 어두워졌으며 물살은 세차다고 하여 이명부
의 배를 따라잡는 것이 힘들다는 것을 표현하였다. 제11~14구에서는 재빨리
배를 몰아 따라 잡은 듯 하였지만 다시 멀어지게 된 후 더 이상 발견하지
못하게 되었음을 말하였다. 제15~18구에서는 파릉의 길로 접어들면서 그곳
의 경물을 묘사하였는데, 원숭이와 기러기의 울음을 통해 더 이상 이명부의

배와 만날 수 없는 안타까움을 표현하였다. 마지막 두 구에서는 이명부의 배를 끝내 따라가지 못해 멀리서 그리워할 뿐이라고 하면서 아쉬운 마음을 표현하였다. 두 대의 배가 가까워졌다 멀어졌다하는 장면을 절묘하게 묘사하여 이명부와 만나고 싶어 하는 절박함과 따라잡지 못한 안타까움을 핍진하게 그려내었다. (임도현)

18. 宿空舲峽靑樹村浦[1]

공령협 청수촌의 물가 나루에 묵다

的的明月水,[2]	휘영청 밝은 달이 비치는 물가
啾啾寒夜猿.[3]	우우 차가운 밤에 우는 원숭이.
客思浩方亂,[4]	나그네 근심이 크다 못해 어지러운데
洲浦寂無喧.[5]	물가 나루는 적막하여 소란스러움 없네.
憶作千金子,[6]	생각해보니 부잣집 아들로서
寧知九逝魂.[7]	혼이 아홉 번 나가게 될 줄 어찌 알았으랴!
虛聞事朱闕,[8]	붉은 궁궐을 섬기면
結綬騖華軒.[9]	조복의 인끈을 묶고 화려한 수레 타고 달릴 수 있다는 말만 부질없이 듣고서
委別高堂愛,[10]	부모님의 사랑을 버려두고
窺覬明主恩.[11]	영명한 군주의 은혜를 넘보았다네.
今成轉蓬去,[12]	지금 나뒹구는 쑥대 되어 다니나니
歎息復何言.	탄식할 뿐 또 무엇을 말하랴!

주석

1) 空舲峽(공령협) : 지금의 호북성 자귀현秭歸縣 동남쪽에 위치한, 장강의 험준한 협곡.

   靑樹村(청수촌) : 구체적으로 어느 곳을 가리키는지 알기 어려우나 제목의 문맥으로 볼 때 공령협의 근처임을 알 수 있다.

   浦(포) : 물가 나루.

2) 的的(적적) : 선명하고 밝은 모양.

3) 啾啾(추추) : 동물이 구슬프게 우는 소리.

4) 客思(객사) : 나그네의 근심.

5) 洲浦(주포) : 물가 나루.

　喧(훤) : 소란스럽다.

6) 千金子(천금자) : 천금을 지닌 부잣집의 자제. 여기서는 진자앙 자신을 가리킨다.

7) 寧(녕) : 어찌.

　九逝魂(구서혼) : 아홉 번 혼이 나가다. 실의에 빠진 심리 상태를 말한다. ≪초사·구장九章·추사抽思≫에서 "영 땅 가는 길이 멀고 먼 것을 생각하노라니, 혼이 하룻저녁에 아홉 번 나가는구나!(惟郢路之遼遠兮, 魂一夕而九逝)"라 한 말을 이용한 표현이다.

8) 虛(허) : 부질없이.

　事朱闕(사주궐) : 붉은 궁궐을 섬기다. 관직에 나가는 것을 의미한다.

9) 結綬(결수) : 조복朝服에서 허리 뒤에 달아 늘이는 인끈을 맺다. 즉 관직에 있음을 의미한다.

　騖(무) : 달리다.

　華軒(화헌) : 화려한 수레.

10) 委別(위별) : 버리다.

　高堂愛(고당애) : 부모님의 사랑. '애愛'가 '몽夢'으로 된 판본도 있는데 이 경우 '부모님의 꿈'이라고 풀이된다.

11) 窺覦(규유) : 넘보다.

　明主(명주) : 영명한 군주.

　이상 네 구는 관직에 나아가면 인끈을 묶고 화려한 수레를 달릴 수 있다는 말만 듣고서 부모님과 고향을 떠나 과거를 치르고자 했던 진자앙의 어린 시절 일을 술회한 것이다.

12) 轉蓬(전봉) : 이리저리 나뒹구는 쑥대. 관직에 발탁되지 못하고 떠도는 처지가 된 시인 자신을 뜻한다.

▋해설

이 시는 시인이 청운의 꿈을 안고 고향을 떠나 관직에 나아가고자 했으나 실패한 후에 공령협의 물가에서 자신의 이야기를 술회한 것으로 정확한 작시 시기는 알 수 없지만 조로調露 2년(680) 과거에서 떨어진 후에 고향으로 돌아가던 도중, 혹은 영순永淳 원년(682)에 과거에 합격하고도 관직을 받지 못해 고향으로 돌아가는 도중에 쓴 것이라 생각된다.

제1~4구에서 시인은 적막한 달밤에 공령협의 물가 나루에 묵게 되었음을 말하였다. 제5~10구에서는 부잣집에서 자란 자신이 관직에 나아가면 멋있게 살 수 있다는 말만 부질없이 듣고서 과거를 치르게 되었으나, 뜻을 이루지 못하고 지금은 혼이 나갈 만큼 실의에 빠지게 되었음을 말하였다. 제11~12구에서 시인은 이리저리 나뒹구는 쑥대가 된 자신의 처지를 탄식할 뿐 달리 표현할 말이 없다고 하여 실패를 맛본 젊은이의 마음을 담아냈다. (정세진)

19. 合州津口別舍弟, 至東陽步趁不及, 眷然有懷, 作以示之¹

합주 나루터에서 동생과 이별하고는 동양까지 뒤쫓아 갔으나 만나지 못하고 아련히 그리움이 일어 써서 보이다

江潭共爲客,²	강가에서 함께 나그네 되어
洲浦獨迷津.³	모래섬 가에서 홀로 나루터를 헤매니,
思積芳庭樹,⁴	그리움은 향기로운 뜰의 나무에 쌓이고
心斷白眉人.⁵	마음은 흰 눈썹의 사람으로 인해 끊어지네.
同衾成楚越,⁶	이불 함께 덮으며 초 땅과 월 땅처럼 가까이 지내다
別島類胡秦.⁷	떨어진 섬이 호 땅과 진 땅처럼 멀어지게 되었네.
林岸隨天轉,	숲 우거진 강 언덕은 하늘을 따라 돌고
雲峰逐望新.	구름 덮인 봉우리는 눈 닿는 곳마다 새롭네.
遙遙終不見,	아득히 멀리 끝내 보이지 않아
黙黙坐含嚬.⁸	말없이 앉아 얼굴만 찌푸리니,
念別疑三月,	헤어짐을 생각하면 삼 개월이 된 듯하건만
經途未一旬.⁹	지나온 길 열흘도 되지 않았도다.
孤舟多逸興,¹⁰	외로운 배에 빼어난 흥취 많을 터이나
誰共爾爲鄰.	누가 함께 하여 너와 이웃 되어주리?

▌주석

1) 合州(합주) : 지명. 지금의 사천성 합천현合川縣 지역.
　舍弟(사제) : 동생. 진자앙의 동생을 가리킨다. 이름과 사적이 알려져 있지
　않다.
　東陽(동양) : 지명. 옛 동양부東陽府로, 지금의 사천성 무산현巫山縣 동쪽이다.

步趁(보진) : 뒤쫓아 가다.

眷然(권연) : 그리움이 가득한 모양.

2) 江潭(강담) : 강가.

3) 洲浦(주포) : 모래섬 가.

4) 芳庭樹(방정수) : 향기로운 뜰의 나무. '지란옥수芝蘭玉樹'라고도 하며, 재덕을 겸비한 뛰어난 자제를 의미한다. ≪세설신어世說新語·언어言語≫에서 "사안謝安이 여러 자식과 조카들에게 묻기를, '너희는 또한 어떻게 사람의 일에 간여하여 그것을 아름답게 하겠느냐?'라 하니, 여러 사람들 중 말하는 사람이 없었다. 사현謝玄이 답하기를 '비유컨대 고아한 난초나 아름다운 나무를 뜰과 계단에서 자라게 하겠습니다.'라 하였다.(謝太傅問諸子姪, 子弟亦何預人事, 而正欲使其佳, 諸人莫有言者. 車騎答曰, 譬如芝蘭玉樹, 欲使其生於庭階耳)" 라 한 것에서 유래한 말로, 후에 사현과 같이 뛰어난 자제를 일컫는 말로 사용되었다. 여기서는 진자앙의 동생을 가리킨다.

5) 白眉人(백미인) : 눈썹이 흰 사람. 삼국시기 촉한蜀漢의 마량馬良을 가리킨다. 마량은 자가 계상季常이며 양양襄陽 의성宜城(지금의 호북성 의성현宜城縣) 사람으로, 눈썹이 하얘 '백미마량白眉馬良'이라 불렸다. 형제 다섯이 모두 자에 '상常' 자를 썼으며 재주가 뛰어났는데 그 중 마량이 가장 뛰어나 마을의 속담에 "마씨의 다섯 형제 중 백미가 가장 뛰어나다.(馬氏五常, 白眉最良)" 라 하였다. 여기서는 앞 구의 '방정수芳庭樹'와 함께 진자앙의 동생을 비유한 말이다.

6) 同衾(동금) : 이부자리를 함께 하다. 여기서는 형제의 의미로 사용되었다.

楚越(초월) : 초 땅과 월 땅. 가까이서 함께 지낸 것을 의미한다.

7) 別島(별도) : 무리에서 떨어진 섬. 서로 헤어져 있는 자신과 동생을 가리킨다.

胡秦(호진) : 호 땅과 진 땅. 변병과 중원 지역을 가리키는 것으로 서로 멀리 떨어져 있는 것을 말한다.

8) 含嚬(함빈) : 눈살을 찌푸리다. 그리움에 괴로워하고 있는 모습을 말한다.

9) 經途(경도) : 지나온 길. 동생과 헤어지고 지나온 여정을 말한다.

10) 逸興(일흥) : 초일하고 호방한 흥취. 동생의 남다르고 탁월한 재능과 취향

을 가리킨다.

▌해설

이 시는 조로調露 2년(680) 과거에 낙방하고 고향인 사홍射洪(지금의 사천성 사홍현射洪縣)으로 돌아가던 도중 합주合州에서 동생을 만나 헤어지고 난 후 감회를 쓴 것이다. ≪구당서舊唐書·진자앙전陳子昻傳≫과 ≪신당서新唐書·진 자앙전陳子昻傳≫에는 동생에 대한 언급이 없어 그 이름이나 자세한 사적에 대해서는 알 수 없으나, 시의 내용으로 보아 진자앙이 귀향하던 때 동생은 고향을 나오는 길이었고 합주에서 만나 헤어진 후 동생에 대한 그리움에 진자 앙이 다시 그를 쫓아 동양東陽까지 갔으나 결국 만나지 못하고 이 시를 써 아쉬움을 나타낸 것으로 보인다.

시에서는 크게 세 부분으로 나누어 동생과 헤어지게 된 상황과 그리움에 다시 뒤쫓아 갔으나 만나지 못한 상황, 홀로 먼 길을 떠나는 동생에 대한 안쓰러움을 나타내고 있다.

제1~6구에서는 먼저 타향 땅에서 동생을 만나 헤어지고 난 후 느끼는 허전하고 심란한 마음상태를 말하고 있다. 이어 사현과 마량의 비유를 통해 동생의 뛰어난 재능을 높이고 가까이서 오랫동안 함께 지내다 이제는 서로가 멀리 떨어지게 되었음을 안타까워하고 있다. 제7~12구에서는 되돌아 동생을 뒤쫓아 갔던 상황을 말하고 있는데, 끝없이 이어지는 강 언덕과 볼수록 낯설 기만 한 구름 덮인 봉우리의 모습이 동생과의 거리감과 단절감을 느끼게 한 다. 이어 동생을 만나지 못해 상심에 빠지게 되었음을 말하고, 비록 헤어진 지 얼마 되지 않았으나 마치 오래 전에 헤어진 것과 같은 착각을 통해 깊은 상실감과 허전함을 나타내고 있다. 마지막 제13~14구에서는 초일하고 호방 한 동생의 흥취를 높이며, 함께 벗이 되어 줄 사람도 없이 홀로 먼 길을 떠나고 있을 동생을 위안하고 있다. (주기평)

20. 題田洗馬游巖桔橰[1]
선마 전유암의 두레박틀에 쓰다

望遠長爲客,[2]	멀리 바라보며 늘 나그네 생활을 할 뿐
商山遂不歸.[3]	상산으로는 끝내 돌아가지 않네.
誰憐北陵客,[4]	누가 가련히 여기겠는가, 북릉의 나그네가
未息漢陰機.[5]	아직 한음의 기심을 그치지 못했음을.

▌주석

1) 田游巖(전유암) : 경조京兆 삼원三原 사람이다. 영휘永徽 연간에 태학생太學生
   이 되었으며, 뒤에 기산箕山에 들어가 허유許由 사당 동쪽에 살면서 '허유동린
   許由東隣'이라고 스스로 호를 부쳤다. 영륭永隆 원년(680)에 부름에 응하여
   도성에 가서 숭문관학사崇文館學士에 제수되었다. 개요開耀 원년(681)에 태자
   선마로 진급했는데 별다른 업적이 없었다. 수공垂拱(685) 초에 배염裴炎과
   사귄 것으로 인해 연좌되어 쫓겨나 산으로 돌아갔다.
   洗馬(선마) : 태자선마太子洗馬. 동궁東宮에 소속된 관직으로 종5품이다.
   桔橰(길고) : 두레박틀. 한 끝에는 두레박을, 한 끝에는 돌을 매달아 물을
   퍼내게 만든 틀.
2) 遠(원) : '苑'으로 된 판본도 있는데, 이 경우는 태자의 정원을 바라본다는
   뜻으로 볼 수 있다.
3) 商山(상산) : 진秦 말기에 상산사호商山四皓 즉 동원공東園公, 기리계綺里季,
   하황공夏黃公, 녹리선생甪里先生이 은거했던 산으로 지금의 섬서성陝西省 상현
   商縣 동남쪽에 있다. 상산사호는 한漢나라 초기에 태자를 보위하는 데 공을
   세우고 돌아갔다. 여기서는 상산사호로 전유암을 비유하고 있다.
4) 北陵(북릉) : 장안 북쪽의 한漢나라 고조高祖, 혜제惠帝, 경제景帝, 무제武帝,
   소제昭帝의 오릉五陵을 가리킨다. 전유암은 당시 오릉 일대에서 나그네 생
   활을 하고 있었던 것 같다.

5) 漢陰機(한음기) : 한음의 노인이 경계했던 기심機心. '기심'은 기계를 이용하는 마음으로, 간교하게 이익을 추구하는 마음을 뜻한다. ≪장자莊子·천지天地≫에 "자공이 남쪽으로 초나라를 유람하고 진나라로 돌아오면서, 한음을 지나나가 한 노인이 한창 채소밭을 가꾸고 있는 것을 보았다. 땅굴을 파고 우물에 들어갔다가 물동이를 안고 나와 물을 주는데 끙끙대며 힘쓰는 것이 매우 대단했지만 효과를 보는 것은 적었다. 자공이 말했다. '여기에 기계가 있는데 하루 백 고랑에 물을 대어 힘쓰는 것이 매우 적으면서도 효과를 보는 것은 매우 많습니다. 어르신께서는 해 보고 싶지 않으십니까? 밭을 가꾸는 이가 고개를 들어 그를 쳐다보고 말했다. '어떻게 하는데요?' 자공이 대답했다. '나무를 깎아 기계를 만들었는데, 뒤는 무겁고 앞은 가볍습니다. 물을 끌어올리는 것이 빨아 당기는 것 같아 빠르기가 물이 넘치듯 합니다. 그 이름이 두레박입니다.' 밭을 가꾸는 이가 불끈 낯빛을 붉혔다가 웃으면서 말했다. '내가 우리 스승에게 들었는데, 기계가 있으면 반드시 기계를 쓸 일이 있게 되고, 기계를 쓸 일이 있게 되면 반드시 기심이 있게 된다고 하였소. 기심이 가슴속에 있게 되면 순수하고 결백한 마음이 갖추어지지 않고, 순수하고 결백한 마음이 갖추어지지 않으면 정신과 본성이 안정되지 못한다오. 정신과 본성이 안정되지 않은 자에게는 도가 실리지 않는다오. 나는 알지 못하는 것이 아니고, 부끄러워서 쓰지 않는 것이오.' 자공이 망연히 부끄러워 고개를 숙이고 대답하지 못하였다.(子貢南遊於楚, 反於晉, 過漢陰, 見一丈人方將爲圃畦, 鑿隧而入井, 抱甕而出灌, 滑滑然用力甚多, 而見功寡. 子貢曰, 有械於此, 一日浸百畦, 用力甚寡, 而見功多, 夫子不欲乎. 爲圃者仰而視之曰, 奈何. 曰, 鑿木爲機, 後重前輕, 挈水若抽, 數如泆湯, 其名爲槔. 爲圃者忿然作色而笑曰, 吾聞之吾師, 有機械者, 必有機事, 有機事者, 必有機心. 機心存於胸中, 則純白不備, 純白不備, 則神生不定. 神生不定者, 道之所不載也. 吾非不知, 羞而不爲也. 子貢瞞然慙, 俯而不對)"고 한다.

▍해설

이 시는 진자앙이 개요 2년(682)에 진사에 천거되어 장안에 있을 때 전유암의 두레박틀을 보고 쓴 것이다. 전유암은 개요 원년에 태자선마가 되어 당시 장안에서 나그네 생활을 하고 있었다.

　제1~2구에서는 옛 은거지를 멀리 바라보며 벼슬생활을 하고 있지만 상산 사호처럼 태자에게 공을 세우고 은거지로 돌아가지 못함을 말하고 있다. 제3 ~4구에서는 그의 두레박틀에 대해 읊고 있다. 이 시는 전유암이 비록 동궁에 서 관직을 맡고 있으나 여전히 은자의 본색을 가지고 있음을 동정하고 있는 것으로 보인다. (강민호)

21. 春日登金華觀¹

봄날 금화관에 오르다

白玉仙臺古,²	고풍스런 백옥 신선의 누대에서
丹丘別望遙.³	단구의 풍광을 유달리 아득히 바라보니,
山川亂雲日,⁴	산천에는 구름 사이로 비치는 햇살이 어지럽고
樓榭入烟霄.⁵	누대와 정자는 안개 속 하늘까지 솟아 있네.
鶴舞千年樹,	학이 천년 고목에서 춤을 추고
虹飛百尺橋.⁶	무지개가 백 척의 다리 위로 날아드니,
還疑赤松子,⁷	아무래도 적송자가
天路坐相邀.⁸	천상의 길에서 때마침 날 맞으러 오나보네.

▌주석

1) 金華觀(금화관) : 누대 이름. 작자의 고향인 사천성四川省 사홍현射洪縣에 있다.

2) 白玉仙臺(백옥선대) : 백옥으로 된 신선의 누대. 여기서는 금화관을 가리킨다.

3) 丹丘(단구) : 단구. 전설상 신선이 산다는 거처이다. ≪초사楚辭·원유遠游≫에서 "단구에서 신선이 되어 불사의 옛 고을에 머무네.(仍羽人於丹丘兮, 留不死之舊鄕)"라고 하였다.

4) 雲日(운일) : 구름 사이로 비치는 햇살.

5) 烟霄(연소) : 안개 속 하늘.
   이상 두 구는 금화관이 서 있는 신선세계, 즉 단구의 모습을 상상하여 묘사한 것이다.

6) 虹飛(홍비) : 무지개가 날아가다. 무지개가 다리 위로 걸쳐 있는 것을 가리킨다.

이상 두 구는 나무와 다리를 바라보면서 학과 무지개를 상상해낸 것이다.

7) 還疑(환의) : 아무래도 ~인 듯하다. '의疑'가 '봉逢'으로 된 판본도 있는데, '돌아와 적송자를 만나니'로 풀이된다.

　　赤松子(적송자) : 신선의 이름. 여기서는 진대晉代 금화산에서 도를 닦아 신선이 된 황초평皇初平을 가리킨다.

8) 天路(천로) : 천상의 길.

　　坐(좌) : 때마침. '정正'의 뜻이다.

　　相邀(상요) : 나를 맞다. 맞이하다.

　　이상 두 구는 금화산에서 신선이 된 적송자가 학과 무지개를 타고 금화관에 오른 자신을 맞으려온다고 상상한 것이다. 적송자를 작자 자신을 가리킨다고 볼 수도 있는데, 이 경우 '아무래도 적송자인 줄 알고'로 해석된다.

▋해설

　　이 시는 고향에 있는 금화관에 올라 거기서 보고 느낀 바를 읊은 것으로, 고향 사홍현射洪縣으로 돌아간 조로調露 2년(680)부터 과거에 급제한 영순永淳 2년(683)년 사이에 지어진 것으로 추정된다. 제1~2구는 금화관에 올라 멀리 바라본 것을 서술하였다. 금화관이 '단구丹丘'의 선경仙境 속에 자리하므로 이곳에 올라 단구의 전체 풍광을 조망한 것이다. 제3~4구는 이러한 단구의 구체적인 모습으로서, 구름 사이로 햇살이 터져 나와 산천을 비추고 하늘 높이 누대와 정자가 솟아있는 모습을 그려내었다. 제5~6구는 시선을 좀 더 가까운 데로 이동하여 나무와 다리에 주목하였다. 특히 고목 사이를 날아다니는 학과 다리 위에 걸쳐있는 무지개를 통해 이곳이 신선의 세계임을 보다 명확히 하는 동시에 또 다른 상상의 근거를 마련하였다. 즉 학을 탄 신선과 천상으로 이어지는 무지개다리를 통해 '적송자가 자신을 마중 나온다'는 상황을 상상해낸 것이다. 그래서 마지막 제7~8구는 금화산에서 신선이 되었다는 적송자가 등장하고, 이 적송자가 금화관을 찾은 자신을 마중 나온다는 상상으로 끝맺고 있다. 이 시를 통해 작자가 낙제하여 고향으로 돌아온 후 도가사상에 심취하여 지냈음을 짐작할 수 있다. (김수희)

22. 山水粉圖[1] 산수화

山圖之白雲兮,	산 그림의 흰구름이여
若巫山之高丘.[2]	무산의 고구와도 같구나.
紛羣翠之鴻溶,[3]	여러 푸른 산들을 어지럽히며 세차게 몰아치니
又似蓬瀛海水之周流.[4]	또한 봉래와 영주에 바닷물 둘러싸 흐르는 것 닮았네.
信夫人之好道,[5]	진실로 부인은 도를 좋아하여서
愛雲山以幽求.[6]	구름 덮힌 산에서 그윽하게 도를 구하길 좋아하네.

▮주석

1) 粉圖(분도) : 그림. 그림을 그릴 때 먼저 바탕(종이, 비단, 벽 등)에 하얀 분칠을 하고 위에 그림을 그리는 것. 또는 분칠로 밑그림을 그리고 그 위에 다시 그림을 그리는 것.

2) 巫山(무산) : 장강長江 삼협三峽 가운데에서 무협巫峽에 있는 봉우리.
   高丘(고구) : 고구. 또는 고구산. 무산신녀가 거처한다고 말했던 무산의 험준한 산. 송옥宋玉의 〈고당부高唐賦〉에서 무산신녀가 회왕懷王을 만나 "첩은 무산의 남쪽 고구의 험난한 곳에 거처하는데 아침에는 구름이 되었다가 저녁에는 비가 되어 내려 아침저녁으로 양대의 아래에 있습니다.(妾在巫山之陽, 高丘之阻, 旦爲朝雲, 暮爲行雨, 朝朝暮暮, 陽臺之下)"라고 하였다.

3) 紛(분) : 어지럽히다.
   羣翠(군취) : 푸른 산봉우리들.
   鴻溶(홍용) : 파도가 세차게 치는 모습. 이 시에서는 구름의 모습을 묘사하였다.

4) 蓬瀛(봉영) : 봉래산蓬萊山과 영주산瀛洲山. 전설로 전해지는 동해에 있는 신선의 섬.

5) 夫人(부인) : 부인婦人. 기혼녀의 존칭. 이 시에서는 그림의 소유주를 가리킨다.

6) 幽求(유구) : 그윽하게 도를 구하다.

▌해설

이 시는 진자앙이 다른 사람의 소유인 산수화를 보고 그 그림의 이미지가 도와 신선세계를 추구하는 내용이라고 칭찬한 작품이다. 그림의 소유주를 부인이라고 부르긴 하였으나 더 구체적으로 알려진 바는 없다. 다만 시의 기상이 강건하면서도 신선세계를 노래한 것으로 보아 진자앙이 젊었던 시절, 가령 영순永淳 2년(683)에 과거에 붙었으나 벼슬을 하지 못해 고향에서 은거하던 시기의 작품으로 볼 수도 있다.

제1~2구는 그림의 전체적인 인상에 대한 비유이다. 그림에 흰구름이 덮힌 높은 산이 나오는데 마치 무산신녀가 산다는 무산의 고구를 그린 것 같다. 그림의 소유주인 부인을 무산신녀에 비유하여 치켜세운 느낌도 있다. 제3~4구는 다시 구름의 거침없는 형상이 마치 봉래와 영주를 감싸는 바다의 파도를 연상하게 한다고 놀라면서 그림 속의 산들이 전설의 신선산과 같다고 과장하였다. 제5~6구에서는 그림의 내용이 도를 추구하는 그림 주인의 성품과 부합한다고 칭찬하면서 부인에게 시를 선물하였다. (서용준)

23. 酬暉上人夏日林泉見贈[1]

휘스님이 여름날 숲 샘물에서 보낸 시에 답하다

聞道白雲居,	듣건대 흰 구름에 있는 거처에 사는데
窈窕青蓮宇.[2]	고즈넉하니 푸른 연꽃이 있는 사찰이라지요.
巖泉萬丈流,	바위 사이로 샘물이 만장이나 흐르고
樹石千年古.	나무와 돌은 천년의 오랜 세월을 보냈다하니
林臥對軒窓,[3]	숲에 누워 창을 마주하면
山陰滿庭戶.	산그늘이 뜰 안까지 가득하겠소이다.
方釋塵勞事,[4]	바야흐로 속세의 수고로운 일을 내버리고
從君襲蘭杜.[5]	그대 따라 향초 옷을 입으리다.

┃주석

1) 暉上人(휘상인) : 휘스님. '상인'은 스님에 대한 존칭이다. 누구인지 정확하지 않다. 다만 문일다聞一多의 ≪당시대계唐詩大係≫에서는 대운사大雲寺의 원휘圓暉라고 보기도 하였다. 찬녕贊寧의 ≪고승전高僧傳≫ 권5에 "스님 원휘는 어떤 사람인지 상세하지 않다. 경도에서 명성이 높았다. 성상학을 자세히 연구하였고 여러 종파에도 매우 통달하였다. 구사의 종파를 깊이 연구하여 가장 예리한 뜻을 보여주었다. 당시 예부시랑 가증이 불교에 귀의하였는데 그의 문장을 좋아하여 여러 번 원휘에게 명하여 이 종파의 교리에 대해 말하게 하였다.(釋圓暉, 未詳何許人也. 關輔之間聲名籍甚. 精研性相, 善達諸宗, 幼于俱舍一門, 最爲銳意. 時禮部侍郞賈曾歸心釋氏, 好樂斯文, 多命暉談此宗相)"고 하였다.

2) 窈窕(요조) : 고즈넉하다.
   青蓮宇(청련우) : 푸른 연꽃이 피어 있는 집. 절을 나타내는 말로도 쓰인다. '청련'은 인도에서 자라는 푸른색 연꽃으로 부처의 눈동자를 비유한다.

3) 林臥(임와) : 숲에 눕다. 은거함을 뜻한다.

   軒窓(헌창) : 창.

4) 釋(석) : 내버리다.

   塵勞(진로) : 세속의 수고로움.

5) 襲(습) : 입다.

   蘭杜 : 석란石蘭과 두형杜衡. 모두 향초의 일종으로 은거를 비유한다. ≪초
   사楚辭·구가九歌·산귀山鬼≫에 "석란을 걸치고 두형을 두르네.(被石蘭兮帶杜
   衡)"라고 하였다. 왕일王逸의 주석에 "석란, 두형은 모두 향초이다.(石蘭杜衡,
   皆香草)"라고 하였다.

▌해설

  이 시는 휘스님의 시에 답하여 그가 머물고 있는 사찰과 주변 풍경에 대해
묘사하고 그의 삶을 동경하는 내용을 담았다. 진자앙은 과거시험에 합격하기
전과 관직을 그만둔 이후에 휘스님과 교유한 적이 있다. 그러나 이 시가 어느
시기에 속하는 지는 판단하기 어렵다. 진자앙이 휘스님과 화답한 작품으로는
시 6편과 서문 2편이 남아있다.

  제1~6구는 진자앙이 휘스님의 사찰을 떠올리며 그 모습을 나타내었다.
사찰이 세상과 동떨어져 구름과 푸른 연꽃이 핀 조용하고 한가로운 곳에 위치
하였음을 말하였다. 제3~4구에서는 시선을 주변으로 돌려 오랜 세월 함께
자리를 지켜온 바위, 시내, 나무, 숲에 대해 말하였다. 제5~6구에서는 다시
사찰로 시선을 옮기고 앞산으로 인해 그늘이 가득한 사찰의 모습을 묘사하며
더 없이 살기 좋은 안식처임을 말하였다. 제7~8구에서는 속세의 번뇌와 노고
에서 벗어나 휘스님과 함께 은거하고 싶은 마음을 전하였다. (홍혜진)

24. 酬暉上人秋夜山亭有贈[1]

휘스님이 가을 밤 산속 정자에서 준 시에 답하다

皎皎白林秋,[2]	하얗게 빛나는 흰 숲의 가을
微微翠山靜.[3]	그윽한 푸른 산이 조용할 때,
禪居感物變,[4]	참선하며 만물의 변화 느끼느라
獨坐開軒屛.[5]	홀로 앉아 창문을 열어 놓으니,
風泉夜聲雜,	바람과 샘물소리는 밤에 섞여 들리고
月露宵光冷.[6]	달과 이슬로 하늘빛은 차갑다지.
多謝忘機人,[7]	기심을 잊은 이에게 많이 부끄럽나니
塵憂未能整.[8]	세속의 근심을 아직 다스리지 못해서라네.

▌주석

1) 暉上人(휘상인) : 휘스님. 앞의 23. 〈휘스님이 여름날 숲 샘물에서 보낸 시에 답하다酬暉上人夏日林泉見贈〉의 주석 1번 참조. '상인'은 스님이라는 뜻이다.

2) 皎皎(교교) : 하얀 모습. 빛나는 모습.
   白林(백림) : 흰 숲. 가을 숲을 가리킨다. 오행에서 흰 색은 가을을 상징한다. 달빛으로 하얗게 빛나는 숲을 표현한 것이기도 하다.

3) 微微(미미) : 그윽한 모습.
   翠山(취산) : 푸른 산. 가을이지만 소나무 등으로 아직 푸른빛을 띠고 있는 것이다.

4) 禪居(선거) : 참선하다.

5) 軒屛(헌병) : 창문. 참선할 때 창문을 열어 놓는 행위는 자연의 기운을 느끼는 것으로 아래 연의 내용을 이끈다.

6) 宵光(소광) : 하늘빛. 달빛을 가리킨다.

7) 謝(사) : 부끄럽다.

   忘機人(망기인) : 세속의 욕망을 잊은 이. 휘스님을 가리킨다.

8) 塵憂(진우) : 세속의 근심.

   整(정) : 다스리다. 제거하다.

▌해제

　이 시는 휘스님이 가을 밤 숲속 정자에서 느낀 감회를 써서 진자앙에게
준 시에 답한 것으로, 휘스님이 기심을 잊은 채 자연의 변화를 느끼며 참선하
고 있음을 칭송하고는 세속의 근심을 잊지 못한 자신에 대한 부끄러움을 표현
하였다. 진자앙이 고향으로 돌아가 휘스님과 교유한 것은 두 번 있었는데,
이 시는 그 첫 번째인 영순永淳 2년(683) 가을에 지은 것이라는 설이 있다.

　제1~2구에서는 휘스님이 있는 숲속 정자의 가을밤 분위기를 표현하였다.
만일 이 시를 쓸 때 진자앙도 같이 있었다면 이런 분위기를 같이 느꼈을
것이다. 제3~6구는 휘스님이 달빛이 환한 가을밤에 자연 만물의 기운을 받아
들이며 참선에 몰두하는 모습을 그렸다. 참선을 하며 자연 만물의 변화를
느끼기 위해 창문을 열어 놓았는데, 이에 바람소리와 샘물소리를 듣고 달과
이슬이 빛나는 광경을 바라보고 있음을 말하였다. 제7~8구는 이러한 휘스님
이 기심을 잊은 데 반해 자신은 여전히 세속의 근심을 제거하지 못하고 있음
을 부끄럽게 여긴다고 하여 휘스님을 칭송한 동시에 자신의 바람을 표현하였
다. (임도현)

25. 秋日遇荊州府崔兵曹使宴 幷序[1]
가을날에 형주부에서 최병조의 사신 연회를 만나다 및 서문

若夫尊卑位隔,[2] 榮賤途分,[3] 使卿士大夫, 倚軒裳而傲物,[4] 山棲木食,[5] 負林壑而驕人,[6] 未能有屈富貴於沈冥,[7] 雜薜蘿於簪笏.[8] 天人坐契,[9] 相從雲霧之遊,[10] 風雨不疲,[11] 高縱琴樽之賞.[12] 崔兵曹紫庭公胄,[13] 青雲貴人,[14] 以鍾鼎不足以致奇才,[15] 煙霞可以交名士.[16] 皇華昭國,[17] 懷鳳綍而高尋.[18] 白駒追遊,[19] 邀兔置而下顧.[20] 大矣哉! 生平未識,[21] 一見而交道遂存,[22] 此日披懷,[23] 千載之風期坐合.[24] 支道林之雅論,[25] 妙理沈微,[26] 崔子玉之雄才,[27] 斯文未喪.[28] 屬乎金龍掌氣,[29] 石雁驚秋,[30] 天沉寥而煙日無光,[31] 野寂寞而山川變色. 芸其黃矣,[32] 悲白露於蒼葭,[33] 木葉落兮, 慘紅霜於綠野.[34] 爾其高興洽,[35] 芳酒闌,[36] 頓羲和而不留,[37] 顧華堂而欲晚.[38] 長歌何托, 思傳稽古之文,[39] 爰命小人.[40] 率記當時之事.[41] 人探一字,[42] 六韻成篇.[43]

무릇 존귀한 자와 비천한 자는 머무는 자리가 현격하며, 영예로운 자와 보잘 것 없는 자는 갈 길이 나뉘는 법, 설령 경·사·대부가 수레와 관복에 기대어 외물 앞에서 오만하게 굴고, 산에 깃들어 초근목피를 먹는 은거자가 숲과 골짜기를 믿고서 타인 앞에 오만하게 굴어도, 은거자에 의해 부귀한 자가 굴복 당하는 경우와 벼슬아치의 비녀·홀과 벽려·여라로 만든 은거자의 옷이 뒤섞이게 되는 경우는 있을 수 없었던 것이다. 그러나 천지자연과 인간이라는 것은 자연히 맺어져 운무의 노님을 서로 좇고, 비와 바람에도 지치지 않고 거문고와 술의 즐거움을 맘껏 누리게 된다. 최병조는 황궁 귀족의 후예이며, 청운의 귀인으로서, 부귀영화로도 그 빼어난 재주를 초치하기에 부족하고, 연하로써야 이 명사를 사귈 수 있는 정도이다. 사신으로 나라를 빛내시느라 봉황의 명령을 품고서 높은 이들을 찾았으나, 현자들을 좇아 노니느라

토끼그물 치는 야인들을 요청할 만큼 낮은 자도 돌아보셨다. 대단하구나!
본디 알지 못하던 사이였는데, 한 번 만나자 벗으로서의 도가 마침내 생겨나,
이날 흉금을 털어놓으니, 천 년토록 지속될 우정의 마음이 때마침 합해지게
되었다. 지도림과 같이 고아한 의론 속 오묘한 이치는 깊고도 은미하고,
최자옥과 같이 웅건한 재주에서 옛 예악문교는 녹슬지 않았다. 금빛 용이
관장하고, 돌기러기가 놀라는 가을에 속한 날, 하늘은 드넓은데 안개에 가린
해는 빛이 없고, 들은 적막한데 산천은 색이 변하였다. 초목이 시들어 누런데
빛바랜 갈대에 맺힌 흰 이슬이 슬프고, 나뭇잎이 떨어지는데 푸른 들에 붉은
서리가 참담하다. 이 같은 때에 높은 흥취가 어우러져 향기로운 술은 한창인
데, 태양 수레를 모는 희화를 멈추게 하려 하나 붙잡을 수 없고, 화려한
당을 돌아보나 해가 저물려 했다. 긴 노래에 무엇을 기탁할까? 이 일을 상세
히 볼 수 있는 시문을 전할 생각에, 이에 소인에게 명하여 지금의 일을 대략적
으로나마 기록하도록 하시었다. 사람마다 한 글자씩을 뽑아서 여섯 운으로
시편을 완성하였다.

輶軒鳳凰使,[44]	수레 탄 황제의 사신과
林藪鶡雞冠.[45]	산수에 사는 갈조 깃털 모자 쓴 이가,
江湖一相許,[46]	강호에서 서로 사귀기로 수락하고서
雲霧坐交歡.[47]	운무 속에서 이에 함께 즐기네.
興盡崔亭伯,[48]	흥취를 다한 최정백이요
言忘釋道安.[49]	언어를 잊은 석도안이로세.
林光稍欲暮,[50]	숲의 빛은 조금씩 저물려 하고
歲物已將闌.[51]	초목은 이미 시들어 가는데,
古樹蒼煙斷,[52]	고목은 푸른 안개에 끊어지고
虛亭白露寒.[53]	빈 정자에 흰 이슬이 차가웠네.
瑤琴山水曲,[54]	옥 거문고에 산수의 노래를 얹어
今日爲君彈.	오늘 그대 위해 연주하리.

주석

1) 荊州府(형주부) : 지금의 호북성 강릉현江陵縣.

   崔兵曹(최병조) : 병조 벼슬에 있는 최씨. 이 시에서 황제의 사신으로 묘사된 것으로 보아 중앙관으로서 지방에 파견 나온 사람으로 여겨지나 누구인지는 알 수 없다. 진자앙의 시 76. 〈마참군과 만난 것을 기뻐하며 취하여 부른 노래 및 서문喜馬參軍相遇醉歌 并序〉의 서문에도 최병조라는 인물이 언급되었으나 동일인물인지 단언하기 어렵다.

   使宴(사연) : 사신의 연회. 최병조가 중앙관직에 있으면서 지방으로 파견되었으므로 사신이라 칭하고 그가 연 연회를 '사연'이라 한 것이다.

2) 若夫(약부) : 무릇.

   尊卑(존비) : 존귀한 자와 비천한 자.

   隔(격) : 현격하게 차이나다.

3) 榮賤(영천) : 영예로운 자와 보잘 것 없는 자.

   途分(도분) : 가는 길이 나뉘다.

4) 倚(의) : ~에 기대다.

   軒裳(헌상) : 경대부卿大夫의 수레와 관복. 그들의 지위를 나타낸다.

   傲物(오물) : 외물 앞에서 오만하게 굴다.

5) 山棲木食(산서목식) : 산에 깃들어 살며 초근목피草根木皮를 먹다. 여기서는 은거자를 뜻한다.

6) 負(부) : ~에 기대다.

   林壑(임학) : 숲과 골짜기. 은거자가 사는 거처를 의미한다.

   驕人(교인) : 남 앞에서 교만하게 굴다.

7) 屈富貴(굴부귀) : 부귀한 자가 굴복당하다.

   沈冥(침명) : 은거하며 자취를 숨기다. 여기서는 은거자를 가리킨다.

8) 雜(잡) : 뒤섞이다. 은거자와 벼슬아치가 서로 뒤섞여 어우러지는 것을 뜻한다고 보았다.

   薜蘿(벽라) : 벽려薜荔와 여라女蘿로 만든 은거자의 옷.

   簪笏(잠홀) : 벼슬아치의 비녀와 홀.

9) 天人(천인) : 천지자연과 인간.

　　坐(좌) : 자연히. 무단히.

10) 相從(상종) : 서로 따르다.

　　雲霧之遊(운무지유) : 구름과 안개 속을 노니는 것. 산수자연에서 노니는
것을 의미한다.

11) 風雨不疲(풍우불피) : 비와 바람에도 지치지 않다. 즉 자연과 어우러져
즐김에 피로함도 모른다는 뜻이다.

12) 高縱(고종) : 맘껏 노닐고 즐기다.

　　琴樽之賞(금준지상) : 거문고와 술의 즐거움.

13) 紫庭(자정) : 황궁.

　　公胄(공주) : 귀족의 후예.

14) 靑雲(청운) : 여기서는 높은 작위를 지닌 최병조를 표현한 말이다.

15) 鍾鼎(종정) : 부귀영화.

　　致奇才(치기재) : 빼어난 재주를 초치招致하다. 최병조의 빼어난 재주를
가리킨다.

16) 煙霞(연하) : 안개와 노을. 산수자연을 뜻한다.

　　名士(명사) : 최병조를 가리키는 말이다.

17) 皇華(황화) : 사신使臣. 지방으로 파견 나온 최병조를 가리키는 말이다.

　　昭國(소국) : 나라를 빛내다.

18) 懷(회) : 품다.

　　鳳綍(봉발) : 봉황의 동아줄. 황제의 조서를 비유하는 말이다.

　　高尋(고심) : 높은 지위의 인물을 찾다. 최병조가 황제의 명으로 높은 지위
의 현달한 자들을 찾았다는 뜻이다.

19) 白駒(백구) : 현자賢者. 본래 ≪시경詩經·소아小雅≫의 편명으로서 "새하얀
망아지가 우리 밭의 싹을 먹네. 붙잡고 매어서 오늘 아침동안 잡아두리.(皎
皎白駒, 食我場苗. 縶之維之, 以永今朝)"라 하여 현인賢人을 붙잡아 머물게 한다
는 내용이다. 여기서는 최병조가 현자를 좇아 노닌다는 뜻으로 쓰였다.

20) 免罝(토저) : 토끼그물 치는 야인野人. 원래 ≪시경·주남周南≫의 편명인

데, "얼기설기 토끼그물, 숲속에 쳐져있네. 씩씩한 군인은 공후의 심복일세.(肅肅兎罝, 施于中林. 赳赳武夫, 公侯腹心)"라는 내용으로서 토끼를 잡는 야인조차 재덕이 높아 존중한다는 뜻이 담겨 있다. 여기서는 최병조가 재덕이 높은 은거자들을 아껴서 존중하고 교유하였음을 뜻한다.

이상 네 구는 최병조가 황제의 명을 받드는 사신으로서 높은 지위의 사람들도 찾지만, 현자들을 좇는 것 또한 좋아하여 지위가 낮은 사람들도 돌아보았음을 칭송한 것이다.

21) 生平(생평) : 종전에. 원래.

22) 交道(교도) : 벗으로서의 도.

23) 此日(차일) : 이날. 최병조와 진자앙 등이 만난 날을 가리킨다.

    披懷(피회) : 흉금을 털어놓다.

24) 風期(풍기) : 우정.

    坐(좌) : 때마침.

    合(합) : 합해지다. 최병조와 진자앙 등의 우정의 마음이 딱 합해진 상황을 말한다.

25) 支道林(지도림) : 동진 때의 고승인 지둔支遁(314~366). '도림'은 그의 자이다. 25세에 출가하여 여항산餘杭山에서 깨달음을 얻었으며 왕희지와도 교유하였다. 불교의 사상과 노장 사상을 결합한 세계관을 발전시켰다고 한다. 최병조가 연 연회에 배석한 승려를 가리키며 이 승려가 48. 〈여름날 휘상인의 방에서 노닐다夏日遊暉上人房〉의 휘상인暉上人으로 보는 의견도 있으나 여기서는 불교의 이치에도 능통한 최병조를 가리키는 말로 보았다.

26) 妙理(묘리) : 오묘한 이치.

    沈微(심미) : 깊고 은미하다.

27) 崔子玉(최자옥) : 동한東漢 때의 문인인 최원崔瑗(77~142). 그의 자가 자옥子玉이다. 서書, 기記 등을 잘 지어 문명을 날렸으며 그의 아버지가 최인崔駰(?~92)이다. 여기서는 최병조를 가리킨다.

    雄才(웅재) : 웅건한 재주.

28) 斯文(사문) : 옛 예악문교禮樂文敎.

29) 金龍掌氣(금룡장기) : 금빛 용이 관장하는 기운. 금빛 용은 서방, 즉 가을을 가리키므로 '금룡장기'는 결국 가을의 기운을 뜻한다.

30) 石雁驚秋(석안경추) : 돌 기러기가 가을에 놀라 울다. ≪남강기南康記≫에 "복사산의 평호 안에 돌 기러기가 물에 떠 있다. 가을이 올 때마다 돌 기러기가 날며 우니 마치 때를 알고서 하는 것 같았다.(覆笥山平湖中有石雁浮在湖中. 每至秋天, 石雁飛鳴, 如候時也)"라 했다.

31) 沈寥(혈료) : 드넓고 텅 빈 모양.
煙日(연일) : 안개에 가려진 해.

32) 芸(운) : 초목이 누렇게 물든 모습.
이 구는 ≪시경·소아·능소의 꽃苕之華≫에 "능소의 꽃이 누렇게 시들었네.(苕之華, 芸其黃矣)"라 한 표현을 이용하였다.

33) 蒼葭(창가) : 빛바랜 갈대.

34) 慘(참) : 참담하다.
紅霜(홍상) : 붉은 서리. 붉게 단풍든 잎 위에 엉겨 붉게 보이는 서리를 가리킨다.

35) 爾(이) : 이와 같이.
高興(고흥) : 고아한 흥취.
洽(흡) : 어우러지다.

36) 芳酒(방주) : 향기로운 술.
闌(란) : 한창이다. 주흥이 한창 올랐다는 뜻이다.

37) 頓(돈) : 멈추게 하다.
羲和(희화) : 태양의 수레를 모는 신.

38) 華堂(화당) : 화려한 당. 최병조가 연회를 베풀고 있는 장소를 가리킨다.

39) 思傳(사전) : 전할 것을 생각하다.
稽古(계고) : 옛 일을 상세히 고찰하다. 여기서의 옛 일이란 최병조가 열었던 연회의 일을 가리킨다.
이 구는 최병조가 이날 연회의 고아한 흥취와 분위기를 후세에도 살필 수 있도록 시문을 지어 전하고 싶어 했음을 뜻한다.

40) 爰(원) : 이에.

   小人(소인) : 소인. 진자앙이 자신을 가리킨다.

41) 率記(솔기) : 대략적으로나마 기록해내다.

   이상 두 구는 최병조가 진자앙에게 이들의 만남과 연회의 감회 등을 시로
   읊을 것을 명하였다는 뜻이다.

42) 人探一字(인탐일자) : 사람마다 한 글자씩을 뽑다. 모인 사람들이 분운分韻
   했다는 뜻으로 이때 진자앙은 '한寒'운을 뽑아 이 시를 썼다.

43) 六韻(육운) : 여섯 개의 운. 시를 열두 구로 썼다는 의미이다.

44) 輶軒(유헌) : 천자의 사신이 타는 가벼운 수레.

   鳳凰使(봉황사) : 사신使臣. 최병조를 가리킨다.

45) 林藪(임수) : 숲과 연못. 산수山水. 여기서는 은거지를 의미한다.

   鶡雞冠(갈계관) : 갈조鶡鳥의 깃털로 엮거나 장식한 모자라는 뜻이며 은거
   자의 차림새를 뜻한다. 여기서는 진자앙을 가리킨다.

46) 江湖(강호) : 자연. 역시 은거자의 거처를 뜻한다.

   相許(상허) : 서로 사귐을 수락하고 받아들이다.

47) 雲霧(운무) : 구름과 안개. 자연을 가리킨다.

   坐(좌) : 이에.

   交歡(교환) : 함께 즐기다.

48) 興盡(흥진) : 흥취를 다하다.

   崔亭伯(최정백) : 동한 때의 저명한 문인인 최인. 그의 자가 정백亭伯이다.
   부의傅毅나 반고班固 등과 이름을 나란히 할 정도로 시문에 뛰어났다. 두헌
   竇憲의 주부主簿로 일하면서 바른말을 일삼다가 외직으로 나가게 되자 귀전
   하였다. 서문에서 최자옥이 최병조를 가리켰던 것과 마찬가지로 여기서도
   최병조를 가리킨다.

49) 言忘(언망) : 언어를 잊다. 여기서는 서로 말없이 상대방의 뜻을 깨닫는다
   는 염화미소拈花微笑의 뜻으로서, 최병조와 연회의 참석자들이 언어를 잊은
   가운데서도 서로의 마음이 다 통하였음을 의미한다고 보았다.

   釋道安(석도안) : 동진東晋 때의 고승인 도안(314~385). 12세에 출가하여

불법을 배우다가 불도징佛圖澄(232~348)에게 가르침을 받기도 하였다. 그는 경전의 올바른 해석에 힘썼고 승려들의 수행 규범을 세웠으며, 석가세존釋迦世尊의 후손이라는 의미로 승려들의 성을 모두 석씨釋氏로 통일하도록 하였다. 여기서는 불교의 이치에도 능통한 최병조를 가리키는 말로 보았다.

50) 稍(초) : 조금씩. 점차.

51) 歲物(세물) : 한 해의 초목草木. 풀과 나무는 한 해 동안 생장하였다가 시들어, 일 년이라는 기간을 표상해주는 사물이므로 이렇게 불렀다.
   闌(란) : 시들다.

52) 蒼煙斷(창연단) : 푸른 안개에 끊어지다.

53) 虛亭(허정) : 빈 정자. 최병조가 연회를 베풀었던 장소를 가리킨다.

54) 瑤琴(요금) : 옥 거문고.
   山水曲(산수곡) : 산수를 노래한 시. 진자앙의 이 시를 가리키는 것으로 보인다.

▎해설

　이 시는 형주부에 사신으로 파견된 최병조의 연회에 참석한 진자앙이 당시의 광경과 흥취를 읊은 것으로서 자세한 서문이 병기되어 있어 당시의 정황이 어떠했는지 충분히 엿볼 수 있다. 시 안에서 시인 자신을 은거자로 묘사한 데서 착안해 진자앙이 은거 중이던 영순永淳 2년(683)에 지은 시로 보는 의견도 있으나, 이 시의 제목으로 볼 때 중앙관이었던 최병조가 형주부에 파견되어 열었던 연회에 진자앙이 참석한 것으로 여겨지므로 진자앙이 고향과 장안을 오고가던 길에 호북성에서 우연히 최병조의 연회에 참석하였던 것이라 판단하였다.

　제1~4구에서 시인은 황제의 사신인 최병조와 은거자인 자신이 강호에서 만나 기쁘게 교유하게 되었음을 말하였다. 제5~6구에서 시인은 최병조를 최정백과 석도안에 비유하여, 최병조가 최정백과 같은 재주를 지닌 자로서 연회에서 흥을 다하였고, 석도안의 경지를 지닌 이로서 언어를 잊은 듯 말없는 가운데 마음이 다 통하였다고 하여 최병조를 칭송하였다. 제7~10구에서는 당시 연회가 열렸던 장소와 가을날의 산수를 묘사하였다. 마지막 두 구에서 시인은 최병조를 위해 이 시를 지어 당시를 기념하고자 한다고 말하였다. 높은 신분의 최병조가 보잘 것 없는 은거자인 자신과 교유해준 데 대한 감사와 함께 최병조와 함께 흉금을 털어놓고 즐겼던 자리에 대한 기쁨을 묘사한 시이다. (정세진)

26. 春夜別友人二首 봄밤 친구와 이별하다 2수

26-1. 春夜別友人(其一) 봄밤 친구와 이별하다 1

銀燭吐靑烟,[1]	은촛대는 푸른 연기를 토해내고
金樽對綺筵.[2]	금술잔은 수놓은 대자리를 대하고 있네.
離堂思琴瑟,[3]	이별의 집에서 친구를 생각하니
別路繞山川.[4]	이별의 길은 산천을 둘러싸고 있네.
明月隱高樹,	밝은 달은 높은 나무에 가리고
長河沒曉天.	은하수는 새벽하늘에 잠기네.
悠悠洛陽道,[5]	아득한 낙양 길이여
此會在何年.	이 같은 만남이 어느 해에나 있을는지.

▌주석

1) 銀燭(은촉) : 은촛대.
2) 綺筵(기연) : 화려한 무늬로 수놓은 대자리.
3) 琴瑟(금슬) : 큰 거문고와 작은 거문고. 일반적으로 부부를 가리키나, 여기
   서는 친구를 의미한다.
4) 繞(요) : 두르다. 감기다.
5) 悠悠(유유) : 멀고 아득한 모양.
   洛陽(낙양) : 당대 동경東京으로 불렸으며, 당시 고종高宗은 도성인 장안長安
   을 떠나 낙양에 머물고 있었다.

▌해설

　조로調露 2년(680) 과거에 낙방하고 고향으로 돌아와 머물던 진자앙은 2년
후인 개요開耀 2년(682) 진사에 급제하였고 당시 중서령中書令인 설원초薛元超
에게 문장을 올려 간알하였으나 성과를 얻지 못하고 다시 고향 사홍射洪으로

돌아왔다. 이후 도학을 익히고 휘상인暉上人과 교유하며 지내다 광택光宅 원년
(684), 낙양으로 가 당시 낙양에 있던 고종高宗의 영가를 도성으로 옮길 것을
간언하는 글을 올려 무후武后를 친견하고 그 재능을 인정받아 인대정자麟臺正
字에 임명된다. 이 시는 이 해 봄 낙양으로 떠나며 쓴 것으로, 친구와 이별연을
벌이며 이별의 아쉬움을 나타내고 있다.

제1~2구에서는 푸른 연기가 피어오르는 은촛대와 아름다운 대자리 위의
금술잔을 대비시키며 성대하고 화려한 이별연의 정경을 나타내고, 제3~4구
에서는 친구와의 깊은 우정을 말하며 눈앞에 다가온 이별을 아쉬워하고 있다.
제5~6구에서는 깊은 밤 달이 높은 나무에 가리고 은하수가 새벽하늘로 저무
는 모습을 통해 아쉬움으로 인해 차마 마치지 못하고 밤새도록 이어진 이별연
을 말하고, 마지막 제7~8구에서는 낙양으로의 먼 길을 생각하며 친구와의
재회를 고대하고 있다. (주기평)

26-2. 春夜別友人(其二) 봄밤 친구와 이별하다 2

紫塞白雲斷,[1]	자줏빛 장성에 흰 구름은 끊어지고
青春明月初.[2]	푸른 봄날 밝은 달이 막 떠오르네.
對此芳樽夜,[3]	이를 마주하며 향기로운 술이 있는 밤
離憂悵有餘.	이별의 근심에 슬픔은 다함이 없네.
清泠花露滿,	맑고 차가운 꽃이슬은 가득하고
滴瀝簷宇虛.[4]	방울져 떨어지는 처마지붕은 비어 있네.
懷君欲何贈,	임금을 생각하며 무엇을 드리려 하나?
願上大臣書.[5]	대신의 글 올리기를 바란다네.

▌주석

1) 紫塞(자새) : 자줏빛 장성. '새塞'는 장성長城을 가리키며, 자줏빛의 흙으로

만들어졌기 때문에 이와 같이 불렀다. ≪고금주古今注·도읍都邑≫에 "진나라가 쌓은 장성은 흙색이 모두 자줏빛이었으며 한나라의 장성 또한 그러했던 까닭에 자줏빛 장성이라 불렀다.(秦築長城, 土色皆紫, 漢塞亦然, 故稱紫塞焉)"라 하였다.

2) 靑春(청춘) : 푸른 봄. 봄은 오행五行 중 청색에 속했기 때문에 이와 같이 불렀다.

3) 芳樽(방준) : 향기로운 술. '준樽'은 술잔을 가리킨다.

4) 滴瀝(적력) : 물이 방울져 떨어지는 모양. 여기서는 이슬이 맺혀 떨어지는 것을 가리킨다.
   簷宇(첨우) : 처마와 지붕.

5) 人臣書(대신서) : 대신의 글. 공업을 세워 높은 지위에 오르는 것을 가리킨다.

▌해설

제1수가 주로 이별의 상황에 대한 서술에 중점을 두며 절제된 아쉬움의 감정을 나타내고 있는 것에 비해, 제2수에서는 주위 경관에 자신의 감정을 기탁하여 이별의 슬픔을 보다 직접적으로 드러내는 한편 공업수립에 대한 기대감을 나타내고 있다.

제1~2구에서는 날이 저물어 이별의 마지막 밤이 되었음을 말하고 있는데, 장성에 끊어진 구름으로 친구와의 이별을 비유하고 밝은 달이 떠오른 청명한 봄밤의 경관과 대비시키며 이별의 아쉬움을 보다 심화시켜 나타내고 있다. 제3~4구에서는 향기로운 술로 이별연을 벌이고 있는 상황으로 이별의 슬픔을 직접적으로 나타내고, 제5~6구에서는 차가운 꽃이슬과 이슬 맺혀 떨어지는 빈 집을 통해 시간의 흐름을 나타내는 한편 떠나는 자신과 외로이 남아 있을 친구의 슬픔을 비유적으로 나타내고 있다. 그러나 마지막 제7~8구에서는 돌연 임금에 대한 자신의 충성심을 말하며 조정에 나아가 커다란 공업을 세울 수 있기 바란다는 말로써 침울하고 서글픈 분위기를 전환시키고 있다. (주기평)

27. 酬田逸人見尋不遇題隱居里壁[1]

은자 전씨가 나를 찾아 왔다가 만나지 못하고 은거하는 마을 벽에 쓴 시에 수답하다

游人獻書去,[2]	나그네가 글을 바치러 갔다가
薄暮返靈臺.[3]	저물녘에 영대로 돌아왔더니,
傳道尋仙友,[4]	도를 전하려 신선 친구를 찾아
青囊賣卜來.[5]	청낭을 메고서 점을 팔려고 왔었군요.
聞鶯忽相訪,[6]	꾀꼬리 울음소리 듣고 홀연 나를 방문하여
題鳳久徘徊.[7]	봉자를 쓰고 오래토록 배회하였군요.
石髓空盈握,[8]	종유석만 공연히 손에 가득 쥘 뿐
金經閉不開.[9]	신선의 책은 덮어두고 열지 않습니다.
還疑縫掖子,[10]	그런데도 이 유생이
復似洛陽才.[11]	또한 낙양의 재자 같다고 여기는군요.

▌주석

1) 田逸人(전일인) : 은자 전씨. 이 뒤에 '유암游巖'이 첨가된 판본이 있다. 그래서 전씨를 앞의 시 20. 〈선마 전유암의 두레박틀에 쓰다題洗馬游巖桔槹〉에 나오는 전유암으로 보기도 하지만 그는 당시 태자선마를 맡고 있었기에 이 시의 내용과 부합하지 않으며 다른 사람으로 보인다. 전씨의 자세한 사적을 알 수 없다.
   隱居里(은거리) : 진자앙이 은거하는 마을. 아래에 나오는 영대靈臺를 가리키는 것으로 보인다.

2) 游人(유인) : 진자앙 자신을 가리킨다.
   獻書(헌서) : 글을 바치다. 진자앙이 궁궐에 가서 자신의 글을 바친 것을 가리킨다.

3) 薄暮(박모) : 저물녘.

  靈臺(영대) : 낙양성 남쪽에 있으며 후한後漢 제오힐第五頡이 객으로 거처했
  던 곳으로 나그네의 거처가 누추한 것을 뜻한다. 여기서는 진자앙이 낙양
  에 있을 때의 거처를 가리킨다. ≪문선文選·한거부閑居賦≫의 이선李善 주
  에 인용된 육기陸機 〈낙양기洛陽記〉에서 "영대는 낙양의 남쪽에 있으며 성
  에서 3리 떨어져 있다.(靈臺在洛陽南, 去城三里)"고 하였다. ≪후한서後漢書·
  제오륜전第五倫傳≫의 이현李賢 주注에 인용된 ≪삼보결록주三輔決錄注≫에
  서 "제오힐은 자가 자릉이며 간의대부가 되었다. 낙양에는 의지할 주인이
  없고 향리에도 전답과 집이 없어 객으로 영대에 머물렀으며 간혹 10일
  동안 불도 때지 않았다.(第五頡, 字子陵, 爲諫議大夫, 洛陽無主人, 鄕里無田宅, 客止
  靈臺中, 或十日不炊)"고 하였다.

4) 仙友(선우) : 신선 친구. 진자앙을 가리킨다.

5) 靑囊(청낭) : 술사術士의 서낭.

  賣卜(매복) : 점을 팔아 생계를 도모하다.

6) 聞鶯(문앵) : 꾀꼬리 울음소리를 듣다. 친구를 그리워함을 말한다. 양원제
  梁元帝의 〈언지부言志賦〉에 "꾀꼬리 울음소리를 듣고 친구를 생각한다.(聞鸎
  鳴而懷友)"는 말이 있는데 '앵鸎'은 '앵鶯'과 같다.

7) 題鳳(제봉) : 봉자를 쓰다. 전씨가 진자앙을 만나지 못하자 그의 은거하는
  마을 벽에 쓴 시를 가리킨다. ≪세설신어世說新語·간오簡傲≫에서 "혜강과
  여안은 사이가 좋아서 매번 한번 서로 생각나면 천리 길을 수레를 타고
  갔다. 뒤에 여안이 찾아왔는데 마침 혜강이 집에 있지 않았다. 그의 형인
  혜희嵇喜가 문을 나와서 그를 맞아들였는데 들어가지 않고 문 위에 '봉鳳'자
  를 쓰고 떠났다. 혜희는 그 의미를 깨닫지 못하고 오히려 기쁘게 여겼다.
  본래 봉자를 쓴 것은 '범조凡鳥'라는 뜻이다.(嵇康與呂安善, 每一相思, 千里命駕.
  安後來, 值康不在, 喜出戶延之, 不入, 題門上作鳳字而去. 喜不覺, 猶以爲欣 故作鳳字,
  凡鳥也)"고 하였다. 본래 전고에서는 혜희와 같은 범용한 사람이 접대한
  것을 놀리는 의미도 있으나, 여기서는 만나고자 했던 사람을 만나지 못하고
  써 둔 글이라는 것에 중점을 두고 '제봉'이라는 표현을 쓴 것이다. 또한

이를 통해 진자앙 자신과 전씨가 혜강과 여안 같은 수준 높은 사람이라는
의미도 담겨 있다.

8) 石髓(석수) : 종유석鐘乳石. 신선들이 복용하는 선약仙藥의 일종.

9) 金經(금경) : 불교나 도교의 경전. 여기서는 선서仙書를 가리킨다.

10) 縫掖子(봉액자) : 유생儒生. '봉액'은 고대의 서생들이 입던 소매가 큰 홑옷
이다.

11) 洛陽才(낙양재) : 낙양의 재자才子, 가의賈誼를 가리킨다. 반악潘岳〈서정부
西征賦〉에서 "가의는 낙양의 재주꾼이다.(賈生, 洛陽之才子)"고 하였다.

▌해설

이 시는 은자 전씨가 진지앙을 찾아와 만나지 못하자 그의 마을 벽에 써두
고 간 시에 진자앙이 수답한 것이다. 진자앙은 광택光宅 원년(684)에 궁궐에
가서 글을 바친 일이 있기에, 이 시는 그 해에 지어진 것으로 보인다.

제1~2구에서는 진자앙이 글을 바치고 낙양의 자기 거처로 돌아온 것을
말한다. 제3~6구는 은자 전씨가 친구인 진자앙에게 도를 전하려 문득 찾아왔
지만 만나지 못하자 진자앙의 마을 벽에 시를 써두었음을 말하고 있다. 제7~
8구에서는 진자앙 자신의 평소 생활 모습을 말하고 있는데, 그의 생활은 신선
의 도와는 거리가 먼 것을 알 수 있다. 제9~10구는 전씨가 자신을 가의와
같은 재자로 여김을 말하고 있는데, 이 속에 재주가 있으나 불우한 자신에
대한 탄식도 담겨 있다. (강민호)

28. 答洛陽主人[1]

낙양의 주인장에게 답하다

平生白雲志,[2]	평소 흰 구름에 뜻을 두어
早愛赤松遊.[3]	일찍부터 적송자와의 노닒을 좋아했지만,
事親恨未立,[4]	부모님 섬기며 입신하지 못한 게 한스러워
從宦此中州.[5]	벼슬살이 좇아 여기 낙양으로 왔다네.
主人何發問,[6]	주인장 어찌 물으시나
旅客非悠悠.[7]	나그네 유유자적하지 않나니,
方謁明天子,[8]	장차 현명한 천자를 알현하게 되면
淸宴奉良籌.[9]	한가할 때 좋은 계책 올려서,
再取連城璧,[10]	다시 여러 성의 가치가 있는 옥을 가져와서
三陟平津侯.[11]	세 번 만에 평진후에 오르리라.
不然拂衣去,[12]	그렇지 못하면 옷을 떨치며 떠나서
歸從海上鷗.[13]	돌아가 바닷가 갈매기를 따르리니,
寧隨當代子,[14]	어찌 이 시대 사람들을 따라서
傾側且沈浮.[15]	이리저리 쏠리면서 또 그 부침을 겪겠는가.

▌주석

1) 洛陽主人(낙양주인) : 누구인지 정확히 알 수 없다. 작자가 낙양에 묵었을 때 숙소의 주인으로 추정된다.

2) 平生(평생) : 평소.
白雲志(백운지) : 흰 구름에 뜻을 두다. 남조南朝 양梁 도홍경陶弘景의 〈산중에 무엇이 있냐고 조서를 보내 묻기에 시를 지어 답하다詔問山中何所有賦詩以答〉에서 "산중에 무엇이 있는가, 산봉우리 위에 흰 구름이 많지요. 다만 스스로 기뻐할 뿐 가져다가 임금에게 부칠 수 없지요.(山中何所有, 嶺上多白

167

雲. 只可自怡悅, 不堪持寄君)"라고 하였다.

3) 赤松(적송) : 적송자. 신선의 이름.

　이상 두 구는 평소 은거하면서 신선의 도를 닦고자 한 것을 가리킨다.

4) 事親(사친) : 부모를 봉양하다. 부모를 섬기다.

　未立(미립) : 입신立身하지 못하다.

5) 中州(중주) : 낙양洛陽을 가리킨다.

6) 主人(주인) : 제목상의 '낙양주인洛陽主人'을 가리킨다.

　何發問(하발문) : 어찌 묻는가. 어찌 물음을 묻는가. '역하문亦何問'으로 된 판본도 있는데, '또한 어떠냐고 묻는가'로 풀이된다. 아래 내용을 참조하면, 작자에게 '(낙양까지 올라와서) 왜 그리 유유자적하게 지내는가?'라고 물은 것으로 추정된다.

7) 旅客(여객) : 나그네. 작자 자신을 가리킨다.

　悠悠(유유) : 유유자적하다. 한가롭게 지내는 모습을 형용한다.

8) 方(방) : 장차

　明天子(명천자) : 현명한 천자. 무측천武則天을 가리킨다.

9) 淸宴(청연) : 맑은 연회자리.

　良籌(양주) : 좋은 계책.

　이 구는 맑은 연회자리에서 황제에게 좋은 계책을 올리겠다는 포부를 서술하였다.

10) 連城璧(연성벽) : 여러 성의 가치가 있는 옥. 즉 화씨벽和氏璧. 진나라가 조나라의 화씨벽을 탐하여 이를 여러 성과 바꾸자고 청했지만, 인상여가 이를 다시 가져온 일을 가리킨다. ≪사기史記·염파인상여열전廉頗藺相如列傳≫에서 "조나라 혜문왕 때 초나라의 화씨벽을 얻었다. 진나라 소왕이 그 말을 듣고 사람을 시켜 조왕에게 서신을 보내 열다섯 개의 성으로써 화씨벽과 바꾸자고 청하였다. … 인상여는 '왕께서는 틀림없이 적임자가 없을 테니 제가 원컨대 옥을 받들고 사신으로 가겠습니다. 성이 조나라에 들어오면 옥은 진나라에 남을 것이고 성이 들어오지 않으면 신이 청하여 옥을 온전하게 하여 조나라로 돌아올 것입니다.'라고 말하였다. 조왕이

이에 드디어 인상여를 보내 화씨벽을 받들고 서쪽으로 진나라에 들어가게 하였다.(趙惠文王時, 得楚和氏璧. 秦昭王聞之, 使人遺趙王書, 願以十五城請易璧. … 相如曰, 王必無人, 臣願奉璧往使. 城入趙而璧留秦. 城不入, 臣請完璧歸趙. 趙王於是遂 遣相如奉璧西入秦)"라고 하였다.

11) 陟(척) : 오르다. 관직에 오르는 것을 가리킨다.

平津侯(평진후) : 공손홍公孫弘. ≪사기史記·평진후열전平津侯列傳≫에 의 하면 그는 한漢 무제武帝에 의해 대책對策이 1등으로 뽑히면서 박사博士에 배수되었고 다시 어사대부御史大夫로 관직이 올랐으며 세 번째에는 승상丞 相이 되어 평진후平津侯에 봉해졌다 한다.

이상 두 구는 자신도 인상여나 공손홍처럼 공업을 세워 높은 관직에 오르고 싶은 포부를 서술하였다.

12) 拂衣去(불의거) : 옷을 떨치며 떠나다. 세상을 떠나 은거하는 것을 가리킨다.

13) 海上鷗(해상구) : 바닷가의 갈매기. ≪열자列子·황제黃帝≫에서 "바닷가 사 람 중에 갈매기를 좋아하는 자가 있었는데, 매일 아침 바닷가에서 가서 갈매기를 따라 놀았는데 다가온 갈매기가 수백 마리에 그치지 않았다.(海上 之人有好漚鳥者, 每旦之海上, 從漚鳥游, 漚鳥之至者, 百數而不止)"라고 하였다.

이 구는 은거하면서 세상사에 대한 기심機心을 버리고 순수한 마음을 지니 겠다는 의미이다.

14) 寧(녕) : 어찌 ~하겠는가.

當代子(당대자) : 그 시대 사람들. 세상 사람들.

15) 傾側(경측) : 치우치고 바르지 못하다. 세상을 살아가면서 권모술수와 부정 한 행위를 저지르는 것을 의미한다.

沈浮(침부) : 부침浮沈. 세상사의 성쇠盛衰나 영욕榮辱을 비유한다.

┃ 해설

이 시는 과거에 급제한 이후 낙양洛陽에 머물면서 숙소의 주인장에게 답하 는 내용으로, 수공垂拱 원년(685) 전후에 지어진 것으로 추정된다. 시의 내용으 로 볼 때 낙양의 주인장은 작자에게 낙양까지 올라와서 왜 이리 유유자적하게 지내냐고 물었던 모양이다. 이에 작자는 자신은 유유자적하지 않다고 답하고 이를 조목조목 밝히고 있다. 즉 천자에게 좋은 계책을 올리고 또 큰 공을 세워 높은 관직에 오르고자 하며, 이를 이루지 못한다면 미련 없이 속세를 떠나 은거하겠다는 의지를 표명한 것이다. 시의 내용은 크게 세 부분으로 나뉜다. 첫째 단락은 제1~4구로 평소 고향에서 은거하려던 생각을 접고 벼슬살이를 위해 낙양으로 오게 되었음을 서술하였다. 여기서 낙양으로 오기 이전에는 작자가 고향에서 부모님을 모시면서 신선의 도를 닦으며 한가하게 생활한 정황을 엿볼 수 있다. 둘째 단락은 제5~10구로 주인장의 물음에 자신은 유유자적하지 않다고 대답한 후, 나라를 위해 좋은 계책을 올리고 또 큰 공업을 세울 것이라는 포부를 서술하였다. 그가 밝힌 이러한 원대한 포부는 그가 적극적이고 긍정적으로 정치생활을 시작했음을 알려준다. 마지막 단락은 제11~14구로 자신의 계획대로 이루어지지 않는다면 미련 없이 속세를 떠나 은거하면서 세상사의 부침에 흔들리지 않겠다는 생각을 제시하였다. 특히 제11~12구는 속세를 떠나 은거하겠다는 의지를 분명하게 밝힌 부분으로, 후대 시가에서 은거의 의지를 나타낼 때 줄곧 인용되면서 인구에 회자되는 명구가 되었다. (김수희)

29. 贈趙六貞固二首 조정고에게 드리다 2수

29-1. 贈趙六貞固(其一)[1] 조정고에게 드리다 1

回中峰火入,[2]	회중에서 봉화가 들어오고
塞上追兵起.[3]	변방에는 추격병이 일어났네.
此時邊朔寒,[4]	지금 북쪽 변방은 날씨가 추운데
登隴思君子.[5]	농산에 올라 그대를 그리워하네.
東顧望漢京,[6]	동쪽으로 고개를 돌려 장안을 바라보니
南山雲霧裏.[7]	종남산은 구름 속에 있구나.

▌주석

1) 趙六貞固(조육정고) : 조원량趙元亮(658-696). 정고는 그의 자字이고 '육'은 종형제 내에서의 순서이다. 조정고는 급汲(지금의 하남성河南城 위휘시衛輝市) 사람이다. 진자앙, 두심언杜審言, 송지문宋之問 등과 함께 세속의 예법에 구속받지 않는 방외십우方外十友의 한 사람으로 꼽혔으나 현재 전하는 시문은 없다. 죽은 뒤에 진자앙 등은 조정고를 소이선생昭夷先生라고 불렀다. 진자앙이 쓴 비문에 따르면 대대로 높은 벼슬을 한 가문의 막내아들이었던 조정고는 영웅의 자질과 세상을 구제할 역량이 있었다고 한다. 그는 공부를 하면서도 일정한 스승을 만들지 않았는데 이는 그의 이상이 아주 원대했기 때문이다. 27세인 광택光宅 원년(684)에 낙양에 가난한 신분으로 와서 그를 만난 천하의 명류들이 모두 그를 추앙하였으나 스스로 고결하게 궁벽한 곳에서 지냈다. 무측천이 그의 고결함을 의심하는 것 같자 수공垂拱 원년(685)에 스스로를 낮추어 고향과 가까운 유주幽州 의록현宜祿縣(지금의 하남성 주구시周口市 침구현沈丘縣 북쪽)의 현위縣尉 벼슬을 하여 몸을 피했다. 만세통천萬歲通天 원년(696)에 병으로 죽을 때까지 조정고는 의록현을 떠나지 않고 벼슬과 은거를 병행하는 태도로 일생을 보냈다.

2) 回中(회중) : 지금의 영하寧夏 고원현固原縣.

  회중에 봉화가 들어왔다는 것은 수공 2년(686)에 북쪽의 돌궐突厥 부족인 동라同羅와 복고僕固가 난을 일으킨 일을 가리킨다. 진자앙은 이 때 교지지喬知之를 따라 정벌군을 좇았다.

3) 塞上(새상) : 변경 지역.

  追兵(추병) : 추격하는 병사. 이 시에서는 돌궐의 반란족을 추격하는 당나라의 군사.

4) 此時(차시) : 지금. 요즘.

  邊朔(변삭) : 북방의 변경.

5) 隴(농) : 농산隴山. 지금의 섬서성陝西省 농현隴縣 서남쪽에 있다. 진자앙이 참가한 정벌군이 진군을 하며 오른 곳이다.

  君子(군자) : 남자를 부르는 존칭. 이 시에서는 조정고를 가리킨다.

6) 漢京(한경) : 장안長安.

7) 南山(남산) : 종남산終南山. 장안 남쪽에 있는 거대한 산이다.

  종남산이 구름 속에 있어 보이지 않는 것은 진자앙이 떠나온 길이 멀다는 뜻이다.

▌해설

  이 시는 수공垂拱 2년(686)에 진자앙이 교지지를 따라 돌궐을 북벌하러 가면서 농산隴山을 지날 때 쓴 2수의 연작시의 첫 번째 작품이다. 진자앙은 절친한 친구인 조정고를 그리워하며 이 시를 썼다. 조정고는 684년과 685년의 2년 동안 낙양에서 지냈는데 진자앙이 684년 11월 이후에 낙양에 왔으니 1년 남짓의 짧은 기간 동안 교유하였을 것이다. 두 사람은 서로에게 탄복한 것으로 보이며 비록 이후에 다시 만나지 못했으나 진자앙은 조정고를 그리워했고 조정고가 죽은 뒤에도 그를 위해 비문을 남겼다.

  제1수의 전체적인 내용은 종군을 위해 멀리 변방까지 와서 높은 산에 올라 조정고를 그리워하는 진자앙 본인에 대한 이야기이다. 제1~2구는 북쪽에서 변란이 일어난 것에 대해 썼다. 회중으로부터 돌궐의 변란을 알리는 봉화가 전해오고 토벌을 위한 추격군에 구성되었다. 제3~4구는 군대를 따라 진자앙이 회중으로 가는 도중에 농산에 올라 조정고를 생각한다는 것을 썼다. 제5~6구는 농산 위에서 장안 방향으로 바라본 것을 썼다. 바라봐도 보이지 않는 것이 당연하지만 진자앙은 장안이 구름에 가려져 보이지 않는다고 말하면서 자신이 멀리 떠나왔으며 그래서 힘들고 외롭다고 고백하였다. (서용준)

29-2. 贈趙六貞固(其二) 조정고에게 드리다 2

赤螭媚其形,[1]	붉은 어린 용이 그 형체를 아름답게 하니
婉變蒼梧泉.[2]	창오산의 샘가에서 아름답게 지냈지.
昔者琅琊子,[3]	옛날에 낭야 출신의 선생은
躬耕亦慨然.[4]	몸소 밭을 갈다가 또한 격앙되었지.
美人豈遐曠,[5]	아름다운 사람이 어찌 멀고 없겠는가
之子乃前賢.[6]	이 사람이 바로 고대의 현인이라네.
良辰竟何許,[7]	좋은 시절은 결국 언제쯤일까?
白日屢頹遷.[8]	하얀 해는 계속 계속 기울어 사라지네.
道心固微密,[9]	도를 지닌 마음은 참으로 주도면밀하며
神用無留連.[10]	신묘한 쓰임은 막힘이 없다네.
舒可彌宇宙,[11]	생각을 펼치면 우주를 가득 메꿀 수 있고
攬之不盈拳.[12]	그것을 붙잡으면 한 줌을 채우지 않네.
蓬蒿久蕪沒,[13]	쑥대밭이 무성하게 뒤덮은 지 오래되었고
金石徒精堅.[14]	쇠와 돌은 헛되이 치밀하고 단단하네.
良寶委短褐,[15]	좋은 보물이 짧은 베옷 입은 이에게 있으니
閑琴獨嬋娟.[16]	한가로이 거문고 연주하며 홀로 아름답구나.

▌주석

1) 赤螭(적리) : 전설에 나오는 뿔이 없는 붉은 색의 새끼 용.
   媚(미) : 아름답게 하다.
2) 婉孌(완련) : 젊고 아름다운 모습.
   蒼梧(창오) : 창오산. 지금의 호남성湖南省 영원현寧遠縣에 있다. 전설에 따르면 순舜임금이 죽은 곳이다. 순임금은 죽은 다음 용이 끄는 수레인 용가龍駕를 타고 하늘로 올라갔다고 한다. 용이 끄는 수레는 천자의 수레를 비유하는 표현이기도 하다.
3) 琅琊子(낭야자) : 낭야 출신의 선생. 제갈량諸葛亮을 가리킨다. 제갈량의 호號가 와룡선생臥龍先生이었다. 제갈량은 낭야군琅琊郡 양도현陽都縣(지금의 산동성山東省 기남현沂南縣 부근) 사람이다. 제갈량은 몸소 농사를 지었으며 〈양보음梁甫吟〉을 좋아했다고 한다. 〈양보음〉은 나라의 우환이 되는 강력한 신하들을 지모로 몰락시킨 책사에 대한 노래이다.
4) 慨然(개연) : 분개하여 감정이 격앙되다.
5) 美人(미인) : 아름다운 사람. 여기에서는 남자의 미칭이며 조정고를 가리킨다.
   遐曠(하광) : 멀고 없다.
6) 之子(지자) : 이 사람.
   前賢(전현) : 전대의 현인이나 명인.
7) 良辰(양신) : 좋은 시절. 좋은 날.
   何許(하허) : 언제. 어디.
8) 屢(루) : 계속. 거듭하여.
   頹遷(퇴천) : 쇠하여 사라지다.
   하얀 해가 거듭하여 쇠하여 사라진다는 것은 세월이 계속 지나간다는 뜻이다.
9) 道心(도심) : 도를 지닌 마음. 조정고의 성품을 가리킨다.
   微密(미밀) : 정밀하고 치밀하다.
10) 神用(신용) : 신묘한 쓰임. 뛰어난 능력. 조정고의 능력을 가리킨다.

留連(유련) : 막히다. 머뭇거리다.

11) 舒(서) : 펴다. 펼치다.

彌(미) : 가득 채우다.

12) 攬(람) : 잡다.

이 두 구는 조정고가 생각이나 뜻을 펼치면 우주에 가득차도록 크게 할
수 있고 그것을 응축시키면 한 손으로 쥘 수 있을 정도로 장악할 수 있다는
뜻이다.

13) 蓬蒿(봉호) : 쑥대밭. 풀이 무성한 폐허. 이 시에서 '쑥대밭이 무성하게
뒤덮었다'는 것은 후한의 장중울張仲蔚의 전고를 사용하여 조정고에게 비유
한 것이다. 《고사전高士傳》에 "장중울이라는 사람은 평릉 사람이다. 같은
군의 위경경과 함께 도와 덕을 닦았는데 은거하며 벼슬을 하지 않았다.
천문과 박물에 밝았고 문장을 잘 썼으며 시와 부를 좋아했다. 항상 가난하
고 소박하게 거처했으니 거처하는 곳에 쑥대밭이 사람을 덮었다. 문을
닫고 품성을 기르며 영예와 명성을 추구하지 않아서 당시 사람중에 그를
아는 사람이 없었고 오직 유공만이 그를 알았다(張仲蔚者, 平陵人也. 與同郡魏
景卿俱修道德, 隱身不仕. 明天官博物, 善屬文, 好詩賦. 常居窮素, 所處蓬蒿沒人. 閉門養
性, 不治榮名, 時人莫識, 唯劉龔知之)"고 하였다.

14) 精堅(정견) : 치밀하고 단단하다. 조정고의 성품이 금석과 같이 굳세나
쓰이지 않는다는 뜻이다.

15) 良寶(양보) : 좋은 보물. 천하를 안정시킬 능력을 상징하며 이 시에서는
조정고의 능력을 비유한다.

委(위) : 있다. 가지다.

短褐(단갈) : 짧은 베옷. 지위가 낮은 사람을 가리킨다.

16) 嬋娟(선연) : 아름답다.

▌해설

제2수는 온전히 조정고에 대해서 시를 썼다. 조정고가 뛰어난 능력을 지녔
음에도 그 능력을 펼치지 않고 홀로 자신을 닦고있을 뿐이라는 내용이다.

진자앙은 조정고의 능력을 칭송하면서 조정고가 능력을 발휘할 기회를 얻지 못함을 안타까워하였다.

제1~2구에서 천자의 수레를 끌 날을 기다리는 어린 용은 제3~4구의 와룡 선생 제갈량의 이야기로 이어졌다. 조정고는 어린 용처럼 자신을 가다듬었고 제갈량처럼 높은 이상과 능력을 지녔다는 뜻이다. 제5~8구는 조정고가 바로 고대의 현인과 같이 훌륭하지만 그 능력을 인정받지 못하고 시간만 자꾸 흘렀다고 안타까워했다. 하다고 썼다. 제9~12구는 다시 조정고의 뛰어난 성품과 능력에 대해 강조하고 그가 세상을 충분히 경영할 인재임을 밝혔다. 그러나 제13~14구에서처럼 현재 조정고는 은거하여 자신의 마음을 금석과 같이 굳세게 지킬 뿐이다. 그래서 제15~16구에서 진자앙은 뛰어난 능력을 지닌 조정고가 낮은 지위에 처하면서도 유유자적하게 도를 지키고 있다며 그를 아름답게 여겼다. (서용준)

30. 觀荊玉篇 幷序[1]
형옥을 판별하다 및 서문

丙戌歲,[2] 余從左補闕喬公北征.[3] 夏四月, 軍幕次于張掖河.[4] 河
洲草木無他異者, 惟有仙人杖,[5] 往往叢生.[6] 幽朔地寒,[7] 與中國
稍異. 余家世好服食,[8] 昔嘗餌之.[9] 及此役也, 而息意茲味.[10] 戍
人有薦嘉蔬者,[11] 此物存焉. 嚇爾而笑曰,[12] 始者與此君別,[13]
不圖至是而見之. 豈非神明嘉惠,[14] 欲將扶吾壽也.[15] 因爲喬公
昌言其能.[16] 時東萊王仲烈亦同旅,[17] 聞之大喜. 甘心食之,[18]
已旬有五日矣. 適有行人自謂能知藥者,[19] 謂喬公曰, 此白棘
也,[20] 公何謬哉.[21] 仲烈愕然而疑,[22] 亦曰, 吾怪其味𦧃,[23] 今果
如此. 喬公信是言, 乃譏余[24], 作采玉篇, 謂宋人不識玉而寶珉
石也[25]. 余心知必是, 猶以獨見之故, 被奪于衆人, 乃喟然歎
曰,[26] 嗟乎. 人之大明者目也, 心之至信者口也. 夫目照五色,
口分五味, 玄黃甘苦亦可斷而不惑也. 而路傍一議, 二子增
疑,[27] 況君臣之際,[28] 朋友之間. 自是而觀, 則萬物之情可見也.
感采玉咏, 作觀玉篇以答之, 幷示仲烈, 譏其失眞也.

병술년에 나는 좌보궐 교공을 따라 북으로 정벌하러 갔다. 여름 4월에 군막이
장액하에 주둔하였다. 강 모래섬의 초목은 다른 특이할 것은 없고 다만 선인
장이 있는데 여기저기 떨기를 지어 자라 있었다. 외딴 북쪽은 땅이 추워서
중원 것과 조금 달랐다. 우리 집안은 대대로 복식하길 즐겨서 예전에 이것을
먹어 본 적이 있었다. 이번 병역에 이르게 되면서 이 맛에 대한 생각을 그만두
었다. 수자리 중에 맛좋은 채소를 바친 자가 있었는데 이것이 그중에 있었다.
내가 껄껄 웃으며 "처음 이 선인장과 헤어질 때 여기서 볼 것을 생각지도
못했습니다. 어찌 천지신명이 은혜를 베풀어 장차 내 수명을 도와주려는
것이 아니겠는가!"라고 말하였다. 이에 교공에게 그 효능을 크게 말하였다.

이때 동래 사람 왕중열 또한 같은 군대에 있었는데 이 얘기를 듣고 크게 기뻐하였다. 기꺼이 그것을 먹으니 이미 열흘 하고도 닷새가 되었다. 마침 출정한 병사 중에 스스로 약초 잎을 알아볼 수 있다고 말하는 자가 있었다. 그가 교공에게 말하길 "이것은 멧대추입니다. 공은 어찌 그리 잘못 아시는지요!"라고 하였다. 왕중열이 놀라 의아해하며 또 "나는 그 맛이 달아서 이상했는데 지금 보니 과연 이렇구나."라고 말하였다. 교공은 이 말을 믿고 이내 나를 나무라며 〈채옥편〉을 지어 송나라 사람이 옥을 식별하지 못해 옥돌을 보물로 여겼음을 말하였다. 내 마음은 반드시 옳다는 것을 알지만 도리어 혼자만의 견해란 이유로 뭇사람에게 꺾이게 되었으니 이내 한숨 쉬며 탄식하여 말하였다. "아! 사람에게 가장 밝은 것은 눈이고 마음에서 가장 믿을 만한 것은 입이로다. 눈이 오색을 견주어 보고 입이 오미를 구분하니, 검고 누렇고 달고 쓴 것은 또한 판단할 수 있어 미혹되지 않는다. 그런데 길가에서 한 번 의론함에 두 사람의 의심이 커졌으니 하물며 군신의 사이나 친구의 사이에서는 어떠하겠는가! 이로써 보면 만물의 정을 볼 수 있을 것이다." 나는 〈채옥영〉에 느끼는 바가 있어 〈관옥편〉을 지어 답하고 더불어 왕중렬에게 보여 그가 진짜를 잃은 것을 책망하였다.

鴟夷雙白玉,[29]	가죽 자루 속 두 개의 백옥
此玉有淄磷.[30]	이 옥은 때가 타고 얇게 흠이 있었지만,
懸之千金價,[31]	내걸면 천금 값은 될 텐데
擧世莫知眞.[32]	온 세상사람 진짜를 알아보지 못하였다네.
丹靑非異色,	빛깔은 특별할 것 없어도
輕重有殊倫.[33]	가치는 다른 것보다 뛰어나니
勿信工言子,[34]	교묘하게 말하는 자를 믿어
徒悲荊國人.[35]	헛되이 형 땅 사람을 슬프게 하지 마시게.

▌주석

1) 觀荊玉(관옥) : 형산荊山의 옥을 알아보다. '화씨지벽和氏之璧'을 가리킨다.

≪한비자韓非子·화씨和氏≫에 초楚나라 사람 변화卞和가 형산에서 옥돌을 발견하여 여왕厲王에게 바쳤다. 그러나 감정가가 돌이라고 하자 변화를 발뒤꿈치가 잘리는 월형刖刑에 처하였다. 다음에 무왕武王이 즉위하였으나 그 역시 보물을 알아보지 못하고 변화를 또 월형에 처하였다. 이후 문왕文王에 이르러서야 그의 진심을 알고 옥돌을 다듬게 하였다. 그 돌이 명옥名玉임이 입증되자 문왕은 '화씨지벽'이라 명하고 변화에게 상을 내렸다.

2) 丙戌歲(병술세) : 병술년. 수공垂拱 2년(686)을 말한다.

3) 喬公(교공) : 교지지喬知之(?-697). 동주同州 풍익馮翊 사람이다. 아우들과 함께 당시 문명文名이 높았다. 무측천武則天 시기에 우보궐右補闕에 임명되고 좌사랑중左司郎中으로 옮겨졌다. 그에게는 요랑窈娘이란 애첩이 있었는데 무측천의 조카 무승사武承嗣가 그녀를 탐하여 빼앗았다. 교지지가 자신의 마음을 담은 〈녹주편綠珠篇〉을 지어 몰래 그녀에게 보냈는데 요랑이 그 시를 읽고 괴로움에 자살하였다. 무승사가 그 시를 발견하고는 크게 노하여 교지지에게 누명을 씌워 죽였다.

4) 軍幕(군막) : 군대의 장막.

次(차) : 주둔하다. 유숙하다.

張掖河(장액하) : 약수弱水 또는 흑하黑河라고도 한다. 지금의 감숙성甘肅省 서북부에 있다. 전설상에 강이 험난하고 기러기 털이 가라앉을 정도로 부력이 약해서 건너기 힘들다고 전해진다. ≪해내십주기海內十洲記·봉린주鳳麟洲≫에서 "봉린주는 서쪽 바다의 중앙에 있고 땅이 사방 천오백 리이다. 봉린주의 사면에는 약수가 돌아 흐르는데 기러기 털마저도 뜨지 않아 건널 수가 없다.(鳳麟洲在西海之中央, 地方一千五百里, 洲四面有弱水繞之, 鴻毛不浮, 不可越也)"라고 하였다.

5) 仙人杖(선인장) : 채소의 일종. 나물이나 약으로 쓰이고 선인장초仙人杖草라고도 부르며 오래 먹으면 불로장생不老長生의 효능이 있다고 전해진다. 명대明代 이시진李時珍의 ≪본초강목本草綱目·채이菜二·선인장초仙人杖草≫의 집해集解에서 소송蘇頌의 말을 인용하여 "선인장에는 세 가지가 같은 이름으로 되어 있다. 하나는 채소류이고 다른 하나는 말라 죽은 죽순 중에

색이 검은 것을 말한다. 구기자를 일명 선인장이라고 하는데 바로 이것이
다.(仙人杖有三物同名, 一種是菜類, 一種是枯死竹筍之色黑者, 枸杞一名仙人杖是也)"라
고 하였다. 이 시에서는 나물로 쓰이는 것을 말한다.

6) 叢生(총생) : 떨기를 지어 자라다.

7) 朔(삭) : 북쪽.

8) 服食(복식) : 단약丹藥으로 먹다. 양생술에서 식이요법의 일환으로 먹는
것이다.

9) 餌(이) : 먹다.

10) 息意(식의) : 생각하지 않다.

11) 薦(천) : 바치다.

　嘉蔬(가소) : 맛좋은 채소.

12) 囅爾(천이) : 천연囅然과 같다. 소리 내어 크게 웃는 모양을 나타낸다.

13) 此君(차군) : 여기서는 선인장을 가리킨다.

14) 嘉惠(가혜) : 은혜를 베풀다.

15) 扶(부) : 목숨을 부지하다.

16) 昌言(창언) : 기세 있고 크게 말하다.

17) 東萊(동래) : 한漢나라 군명郡名으로 당나라 초에 내주萊州로 바뀌었다. 지
금의 산동성山東省 동래주東萊州이다.

　王仲烈(왕중렬) : 이름은 무경無競(652-705)이다. 조적祖籍은 낭야琅琊인데
이후 관직 때문에 동래로 옮겨 살았다. 당 고종高宗 의봉儀鳳 2년(677)에
뛰어난 문장력으로 진사進士를 하사받고 이후 조주난성현위趙州欒城縣尉,
비서성정자秘書省正字, 감찰어사監察御史, 전중시어사殿中侍御史를 역임하였
다. 무측천武則天 장안長安 4년(704)에 재상 종초객宗楚客과 양재사楊再思를
탄핵했다가 종초객의 미움을 받아 소주사마蘇州司馬로 폄적되었다. 중종中
宗 신룡神龍 원년(705)에 다시 오령五嶺 이남으로 폄적되었다가 이후 원수에
의해 맞아 죽었다.

　同旅(동려) : 같은 군대.

18) 甘心(감심) : 기꺼이.

19) 適(적) : 마침.

行人(행인) : 출정한 병사.

20) 白棘(백극) : 멧대추. 잎은 대추나무와 비슷하나 가시가 있고 열매가 둥근 점이 다르다. 열매는 식용하고 씨는 약용한다. 구기자와도 비슷하나 구기 자는 맛이 쓰다.

21) 謬(류) : 틀리다. 잘못 알다.

22) 愕然(악연) : 몹시 놀라는 모양.

23) 甛(감) : 달다.

24) 譏(기) : 나무라다.

25) 寶(보) : 보물로 여기다.

珉石(민석) : 옥돌. 옥과 비슷한 돌을 가리킨다. ≪예문류취藝文類聚·지부地部≫에 인용된 ≪감자闞子≫에서 송宋나라의 어리석은 사람이 오대梧臺의 동쪽 연산燕山에서 돌을 구하였는데 집으로 돌아와 숨기고 보물이라 여겼다. 주周나라 객이 그것을 보고 웃으며 단지 연산의 돌일 뿐이니 기와장과 다를 바 없다고 하였다. 주인이 크게 노하고 더욱 꽁꽁 숨겼다는 이야기가 있다. 교공은 이 이야기에 빗대어 진자앙이 선인장을 식별할 능력이 없어 멧대추를 선인장으로 잘못 보았다고 책망한 것이다.

26) 喟然(위연) : 한숨 쉬며 탄식하는 모양.

27) 二子(이자) : 두 사람. 여기서는 교공과 왕중렬을 말한다.

28) 際(제) : 사이.

29) 鴟夷(치이) : 가죽으로 만든 자루. 주로 술을 담는 데 쓰인다.

雙白玉(쌍백옥) : 두 개의 백옥. 여기서는 백극과 선인장을 비유한다.

30) 此玉(차옥) : 두 개의 백옥 가운데 때가 타고 흠이 있는 옥. 여기서는 진자앙 이 주장한 내용을 비유한다.

淄磷(치린) : '치淄'는 '치緇'와 통하며 검다는 뜻이고, '린'은 얇다는 뜻이다. 옥이 거뭇하고 닳은 데가 있어서 명옥名玉처럼 보이지 않는다는 것이다. ≪논어論語·양화陽貨≫에 "단단하다고 말하지 않겠는가? 갈아도 얇아지지 않으니. 희다고 말하지 않겠는가? 물들여도 검게 되지 않으니.(不曰堅乎.

磨而不磷, 不曰白乎, 涅而不緇"라고 하였다.

31) 懸(현) : 값을 내걸다.

32) 擧世(거세) : 온 세상.

33) 輕重(경중) : 가치.
　　殊倫(수륜) : 무리보다 뛰어나다.

34) 工言(공언) : 화려하고 교묘한 말.

35) 荊國人(형국인) : 초楚나라 사람. 화씨를 가리킴과 동시에 진자앙 자신을
　　비유하고 있다. '형'은 춘추春秋시기 초나라의 옛 명칭이다.

▌해설

　　이 시는 진자앙이 교지지를 따라 북벌에 참여하였다가 선인장이란 식물을
식별하는 중에 겪었던 일화를 배경으로 지었다. 처음엔 교지지와 왕중열이
진자앙의 주장에 동의하였으나 다른 이가 선인장이 아니라고 주장하니 바로
입장을 바꿔 진자앙을 나무랐다. 진자앙은 스스로 명옥名玉을 알아보고도 인
정받지 못했던 변화卞和에 비유하고 서문에서 '그 진짜를 잃은 것을 책망하다
(譏其失眞)'라고 말하며 두 사람의 일관성 없는 태도를 비판하였다. 이 시는
서문에서 언급한 대로 수공垂拱 2년(686) 4월에 지어진 것이다.

　　제1~4구는 두 개의 백옥 가운데 때가 타고 흠이 있어 볼품없는 것이 훨씬
가치가 있지만 세상 사람들이 그것을 알아보지 못함을 책망하였다. 그러면서
진자앙은 변화가 명옥을 감별하듯 자신 또한 그러한 능력이 있음을 자부하였
다. 제5~6구에서는 초나라 시대에 여왕厲王과 무왕武王이 모두 변화보다는
감정가의 번지르르한 말을 신뢰하였던 상황을 묘사하였다. 옥의 겉모양만
따지고 말재주가 좋은 이에게 귀를 기울이는 세태를 비판하며 진자앙의 의견
을 귀담아 들어주지 않았던 교지지와 왕중열에게 섭섭함을 나타내었다.

　　명옥과 명약은 모두 누군가로 부터 발견되어야 비로소 세상에서 제 가치를
발휘하게 되는 것이다. 그러나 명옥과 명약을 식별할 탁월한 능력을 갖춰다
해도 세상 사람들의 동의를 얻는 과정은 순탄치 않았다. 그래서 변화는 여왕
과 무왕의 두 황제를 거치는 동안 외롭고 고통스런 시간을 견디며 문왕文王의

시대를 기다려야했다. 진자앙은 자신의 말을 믿어주는 듯했던 교지지와 왕중열이 며칠 만에 다른 이의 말에 동조하며 등을 돌리자 그 불쾌함을 드러내었다. 누군가에게 능력을 인정받고 오래도록 신뢰 관계를 유지한다는 것이 얼마나 어려운 일인지 말하고, 더욱이 현란한 말솜씨를 늘어놓는 이가 앞에 있다면 자신의 능력이나 노력과는 무관하게 언제든 버림받을 수 있음을 씁쓸히 전하였다. (홍혜진)

31. 度峽口山贈喬補闕知之王二無競[1]
협구산을 지나며 교지지 보궐과 왕무경에게 주다

峽口大漠南,[2]	협구산은 큰 사막의 남쪽으로
橫絶界中國.[3]	가로질러 중원과 경계를 이루었는데,
叢石何紛糾,[4]	바위 무더기는 얼마나 어지러운가?
小山復翁翕.[5]	작은 산은 또한 환히 빛나는구나.
遠望多衆容,	멀리서 바라보면 다양한 모습이 많지만
逼之無異色.[6]	가까이 가보면 별다른 물색이 없는데,
崔崒乍孤斷,[7]	우뚝 솟아 갑자기 홀로 끊어졌다가
逶迤屢回直.[8]	구불구불 여러 번 굽었다가 곧아지네.
信關胡馬衝,[9]	진실로 오랑캐 말의 길을 닫고
亦距漢邊塞.[10]	또한 한나라 변새를 막을 수 있지만,
豈依河山險,	어찌 강과 산의 험함에 의지할 것인가?
將順休明德.[11]	장차 훌륭하고 빛나는 덕에 따라야지.
物壯誠有衰,	사물이 왕성하면 진실로 쇠락이 있고
勢雄良易極.[12]	세력이 굳세면 진정 쉽사리 끝나는 법이니,
邐迤忽而盡,[13]	이리저리 이어지다 갑자기 다하고 나면
決溮平不息.[14]	광활하게 평평함이 끝나지 않으리라.
之子黃金軀,[15]	그대들은 황금의 몸이니
如何此荒域.[16]	이러한 황량한 땅에서 어찌해야 하는가?
雲臺盛多士,[17]	운대의 많은 선비들이
待君丹墀側.[18]	그대들을 붉은 계단 옆에서 기다리리라.

 1) 峽口山(협구산) : 지금의 감숙성 장액張掖에 있는 산의 이름.

   喬知之(교지지), 王無競(왕무경) : 앞의 시 30. 〈형옥을 판별하다 및 서문觀
   荊玉篇 并序〉 주석 3번과 17번 참조. 당시 진자앙과 함께 종군하였다. '이二'
   는 종형제 중의 순서를 가리킨다.

 2) 大漠(대막) : 큰 사막.

 3) 橫絶(횡절) : 가로지르다.

 4) 紛絣(분규) : 어지러운 모습.

 5) 翕赩(흡혁) : 환히 빛나는 모습. 사막과 바위산이 반짝이는 모습이다.

 6) 異色(이색) : 색다른 모습.

 7) 崔崒(최줄) : 우뚝 솟은 모습.

   乍(사) : 갑자기.

 8) 逶迤(위이) : 구불구불한 모습.

 9) 關(관) : 닫다.

   衝(충) : 길.

10) 距(거) : 막다.

11) 休明(휴명) : 아름답고 밝다.

   이상 두 구는 나라를 지키고 다스리는 것은 산과 강의 험함에 의지할 것이
   아니라 아름다운 덕에 의지해야 한다는 뜻이다. ≪사기 · 손자오기열전孫子
   吳起列傳≫에 따르면, 위나라 무후武侯가 서하西河를 내려가다가 "아름답구
   나, 산과 강의 공고함이여, 이는 위나라의 보배로다."라고 하니 오기가 말하
   기를 "덕에 있지 험함에 있는 것이 아닙니다. 만일 임금이 덕을 닦지 않는다
   면 배에 있는 사람들이 모두 적국 사람이 될 것입니다."라고 하였다.

12) 易極(이극) : 쉽사리 다하다. 또는 '역극'으로 읽어서 정점으로 바뀌어 쇠락
   하기 시작한다는 뜻으로 볼 수도 있다.

   이상 두 구는 성대함이 있으면 쇠락함이 온다는 뜻으로, 지금 협구산의
   기세가 험하고 크지만 결국 평탄함으로 이어지게 된다는 말을 이끌어낸다.
   ≪사기 · 평준서平準書≫에서 "사물이 성하면 쇠락해지고 때가 극에 달하면

전환된다.(物盛則衰, 時極而轉)”라고 하였다. 또는 지금 오랑캐의 성대한 기운 은 언젠가는 다하고 사라지게 됨을 나타낸 것으로 볼 수도 있다.

13) 邐迤(이이) : 계속 이어지는 모습.

14) 泱漭(앙망) : 드넓은 모습.

이상 두 구는 이곳의 산줄기가 다하고 나면 평지가 드넓게 나타난다는 뜻이다. 이를 통해 이들의 힘든 종군 생활이 끝나 공을 세우면 앞으로의 인생은 평탄하리라는 것을 나타냈다.

15) 之子(지자) : 그대. 교지지와 왕무경을 가리킨다.

黃金軀(황금구) : 황금의 몸. 귀한 신분을 가리킨다.

16) 此荒域(차황역) : 이 황량한 곳. 협구산이 있는 변경을 가리킨다.

17) 雲臺(운대) : 한나라 궁궐의 누대 이름. 여기서는 당나라 궁궐을 가리킨다.

18) 丹墀(단지) : 붉은색으로 칠한 계단. 궁궐을 가리킨다.

이상 네 구는 교지지와 왕무경이 험한 변경에서 공을 세워 궁궐로 돌아가야 함을 말하였다.

▌해설

이 시는 당나라 북쪽 변방에 있는 협구산에서 같이 종군하던 교지지와 왕무경에게 준 것으로, 험난한 종군 생활을 끝마친 뒤 공을 세워 궁으로 다시 돌아갈 것을 말하였는데. 수공垂拱 2년(686) 북쪽 변새에서 종군하고 있을 때 지은 것으로 보인다.

제1~4구까지는 협구산이 큰 사막의 남쪽에 있으면서 중원과 경계를 이루 며 여러 바위산이 이리저리 어지럽게 이어지는 모습을 묘사하였다. 이로 인해 이곳이 험준한 지형으로 중원을 지키는 요지임을 표현하였다. 제5~8구까지 는 협구산의 험준한 모습을 보다 자세히 표현하였는데, 멀리서 보면 다양한 모습을 갖추고 있지만 가까이 가보면 별다른 모습이 없다고 하였다. 제9~12 구에서는 앞의 내용을 받아서 협구산이 진정 변방의 침입을 막아 조정을 지킬 수 있는 요지이기는 하지만 나라를 다스리는 요체는 험준한 지형이 아니라 천자의 아름다운 덕임을 말하였다. 제13~16구에서는 웅장함에는 응당 쇠락함이 있고 험준한 지형이 끝나면 평지가 이어진다고 하여, 이렇게 힘든 일이 끝나면 순탄한 인생이 펼쳐지리라는 것을 표현하였다. 또는 왕성한 오랑캐의 세력이 다한 뒤 공을 세우게 됨을 의미한 것으로 볼 수도 있다. 제17~20구는 교지지와 왕무경에게 전하는 말로서, 이들이 협구산과 같은 험한 요지에서 얼른 공을 세워 궁궐로 다시 돌아가기를 바라는 마음을 표현하였다. 당시 조정으로 나아갈 기회를 찾지 못한 이들이 변방으로 나가 공을 세우는 경우가 많았는데, 진자앙이나 이들도 역시 마찬가지 신세였다. 변새에서의 고달픈 생활을 끝내고 얼른 조정으로 들어가 자신의 뜻을 펼치고자 하는 마음이 담겨 있다. (임도현)

32. 題居延古城贈喬十二知之[1]
거연고성에 제하여 교지지께 드리다

聞君東山意,[2]	듣자니 그대는 동산에 마음을 두고
宿習紫芝榮.[3]	보라색 영지 꽃 먹는 것을 오래도록 익혀왔다는데.
滄洲今何在,[4]	물가 섬은 지금 어디에 있는가?
華髮旅邊城.[5]	희끗희끗 센 머리로 변방 성에서 나그네 되었네.
還漢功旣薄,[6]	소무는 조정으로 돌아가도 공은 박하게 평가받았고
逐胡策未行.[7]	오랑캐 축출함에 책문은 실행되지 않았네.
徒嗟白日暮,[8]	그저 해가 저무는 것을 탄식하고
坐對黃雲生.[9]	그래서 누런 구름이 생겨나는 것을 마주하네.
桂枝芳欲晚,[10]	계수나무 가지의 향기로움도 저물려 하는데
薏苡謗誰明.[11]	율무로 인해 받은 비방은 누가 밝혀줄 것인가?
無爲空自老,[12]	헛되이 스스로 늙어가며
含歎負生平.[13]	탄식 머금은 채 평소 소원 등지지는 마소서.

▌주석

1) 居延古城(거연고성) : 거연의 옛 성. 거연성居延城은 서한西漢의 복파장군伏波將軍 노박덕路博德이 흉노의 침입을 막기 위해 거연택居延澤에 쌓은 것이다. 현재의 감숙성甘肅城 액제납기額濟納旗에 옛 터가 있다. 이는 진자앙이 교지지의 막료가 되어 돌궐 정벌을 위해 당도했던 곳이다.

  喬十二知之(교십이지지) : 교지지喬知之(?-697). '십이十二'는 종형제의 순서를 가리킨다. 앞의 시 30. 〈형옥을 판별하다 및 서문觀荊玉篇 幷序〉 주석 3번 참조.

2) 東山意(동산의) : 동산에 마음을 두다. 즉 은거에 마음을 둔다는 뜻이다. 동진東晉의 사안謝安이 조정의 부름에 응하지 않고 회계會稽의 동산東山에서 은거했던 일에서 비롯되었다.

3) 宿習(숙습) : 오래도록 익히다.

　　紫芝榮(자지영) : 보라색 영지의 꽃. 은자들이 먹는 음식을 말한다. 진시황秦始皇 때 폭정을 피하여 상산商山에 은거했던 동원공東園公, 기리계綺里季, 하황공夏黃公, 녹리선생甪里先生이 〈자지가紫芝歌〉를 지어 "아득한 높은 산에 깊은 골짜기 구불구불 이어지네. 빛나는 보라색 영지는 배고픔을 낫게 하리. 요임금과 순임금의 시대가 먼데 우리 장차 어디로 귀의할까. 네 마리 말이 끄는 높은 수레 덮개에는 근심이 너무도 크리. 부귀하나 남을 두려워하는 것은 빈천하나 뜻대로 사는 것만 못하네.(莫莫高山, 深谷逶迤. 曄曄紫芝, 可以療饑. 唐虞世遠, 吾將何歸. 駟馬高蓋, 其憂甚大. 富貴之畏人, 不如貧賤之肆志)"라 한 것을 활용한 말이다.

4) 滄洲(창주) : 물가 섬. 은거지를 뜻한다.

5) 華髮(화발) : 희끗희끗하게 센 머리. 교지지의 〈옛 시를 본떠 진자앙에게 주다擬古贈陳子昂〉 시에 "천만 리 먼 변방에서 힘써 일한 지, 오십 년이 다 되어가네.(勤役千萬里, 將臨五十年)"라 한 것으로 볼 때 당시에 교지지가 이미 노쇠하였음을 가늠할 수 있다.

　　旅(려) : 나그네가 되다.

6) 還漢(환한) : 소무蘇武가 한나라 조정으로 돌아가다. 여기서는 교지지가 당나라 조정으로 돌아가는 것을 가리킨다.

　　功旣薄(공기박) : 이미 공을 박하게 평가받다.

　　이 구는 소무의 일을 활용하여 무측천의 조정이 변방에서 충성을 바친 교지지의 공로를 박하게 평가함을 말한 것이다. 한 무제 때 소무는 흉노를 치려다가 억류되어서도 절개를 굽히지 않았으나 한나라로 귀환한 후에 보잘 것 없는 벼슬을 받은 바 있다.

7) 逐胡策(축호책) : 오랑캐를 축출할 안을 담은 책문.

　　이 구는 교지지가 돌궐을 물리치기 위한 안을 담아 올린 책문이 조정에서 받아들여지지 않았음을 뜻한다.

8) 徒(도) : 그저.

9) 黃雲(황운) : 누런 먼지 구름. 변방의 모습을 가리킨다.

10) 桂枝(계지) : 계수나무 가지. 유안劉安의 〈은사를 부르다招隱士〉에 "계수나무 우거져 자라나 산은 으슥하네.(桂樹叢生兮山之幽)"라 하였고 이때 계수나무 우거진 곳은 은거지를 뜻한다.

芳欲晚(방욕만) : 향기가 저물려 한다. 이는 교지지가 돌아가지 않아 은거지가 점점 황폐해져 감을 의미한다.

11) 薏苡謗(의이방) : 율무로 인한 비방. 동한의 복파장군인 마원馬援은 월남을 정벌할 때 율무를 복용하여 장기瘴氣를 극복할 수 있었다. 마원은 북쪽에 이를 심어볼 요량으로 수레에 가득 율무를 싣고 귀국하였는데, 마원을 시기한 이들이 이것을 월남에서 갖고 온 금은보화 같은 전리품이라 무고하여 황제의 노여움을 사게끔 만들었다.

이 구는 교지지를 시기하여 무고하는 이가 조정에 있음을 말한 것이다.

12) 無爲(무위) : 하지 말라.

13) 生平(생평) : 평생. 여기서는 교지지의 평소 소원인 은거의 소망을 가리킨다.

▌해설

이 시는 시인이 변방에서의 상관인 교지지의 처지를 읊은 것으로서 교지지의 막료가 되어 돌궐 정벌을 위해 장액로 나갔던 수공垂拱 2년(686)에 지은 것으로 보인다.

제1~4구에서 시인은 교지지가 은거하고 싶은 소망은 접어둔 채 늙은 몸으로 변방을 지키고 있음을 말하였다. 제5~10구에서 시인은 교지지가 변방에서 애쓴 공로에도 불구하고 돌아오는 평가가 적절치 않았음을 말하였다. 교지지는 소무처럼 충성을 바쳤지만 무측천의 조정에서 받은 평가는 보잘 것 없었고, 오랑캐를 물리칠 복안을 담은 책문을 애써서 올렸지만 받아들여지지 않았으며, 참소하는 무리들마저 만나게 되었던 것이다. 제11~12구에서 시인은 교지지에게 헛되이 여생을 낭비하지 말고 평소의 소원인 은거의 꿈을 이룰 것을 충심으로 권하고 있다. 상관인 교지지가 평생토록 보여준 충절에 대한 존경과 그가 조정에서 제대로 된 평가를 받지 못하는 데 대한 안타까움을 표현하였다. (정세진)

33. 居延海樹聞鶯同作[1]
거연해의 나무에서 꾀꼬리 소리를 듣고 함께 짓다

邊地無芳樹,	변방 땅에 향기로운 나무도 없거늘
鶯聲忽聽新.	꾀꼬리 소리 홀연 새로이 들려오네.
間關如有意,[2]	울음소리에 뜻이 있는 듯하니
愁絶若懷人.[3]	시름겨운 것이 사람을 그리워하는 듯하네.
明妃失漢寵,[4]	왕소군은 한나라의 총애를 잃었고
蔡女沒胡塵.[5]	채염은 오랑캐 땅에 잡혔다네.
坐聞應落淚,[6]	듣기만 해도 눈물 떨굴 터인데
況憶故園春.[7]	하물며 고향의 봄 생각남에랴.

주석

1) 居延海(거연해) : 호수 이름. 지금의 내몽고자치구內蒙古自治區 액제납기額濟納旗 서북쪽에 있다.

2) 間關(간관) : 의성어. 새 울음소리.

3) 愁絶(수절) : 시름이 극에 달하다.

4) 明妃(명비) : 왕소군王昭君. 이름은 장嫱이며 귀주歸州(지금의 호북성 자귀현秭歸縣) 사람이다. 양갓집 규수 출신으로 한漢 원제元帝 때 궁녀로 발탁되었으며, 뛰어난 미모를 지녔음에도 화공畫工 모연수毛延壽의 농간으로 인해 황제의 간택을 받지 못하고 경릉景陵 원년(기원전 33)에 화친책의 희생이 되어 흉노 호한야선우呼韓邪單于의 처가 되었다. 서진西晉 때 문제文帝 사마소司馬昭의 이름을 피하여 왕명군王明君으로 고쳐 불렀으며, 후에 명비明妃라 불렸다.

5) 蔡女(채녀) : 채염蔡琰. 동한東漢 채옹蔡邕의 딸로, 자字는 문희文姬이며 하남河南 사람이다. 처음에 하동河東의 위중도衛仲道에게 시집갔으나 남편이 죽

고 자식이 없어 친정으로 돌아갔다. 흥평興平 2년(195)에 흉노의 기병에게 붙잡혀 흉노좌현왕匈奴左賢王의 포로가 되었으며, 12년 동안 흉노 땅에서 살면서 흉노족과 결혼하여 아이 둘을 낳았다. 그 후 건안建安 12년(207)에 조조曹操가 채옹蔡邕의 후사가 끊어지게 된 것을 안타까워하여 많은 재물을 들여 그녀를 사서 데려와 동사董祀와 재혼시켰다.

6) 坐(좌) : 마침. 꼭. '정正'과 같다.

7) 故園(고원) : 옛 동산. 고향을 가리킨다.

▌해설

이 시는 변방에서 새 울음소리를 듣고 고향을 떠나 변방을 떠도는 자신의 서글픈 심사를 기탁한 것으로, 수공垂拱 2년(686) 교지지喬知之를 따라 서북 변방으로 종군할 때 쓴 것으로 여겨진다. 제목에 '함께 짓다同作'는 말이 있는 것으로 보아 이 때 여럿이서 함께 시를 썼으며, 아마도 교지지喬知之, 왕무경王無竟 등과 함께 하였으리라 짐작되지만 그들의 시는 지금 전해지지 않아 알 수 없다.

제1~2구에서는 초목도 없는 황량한 변방에 홀연 꾀꼬리 소리가 들려옴을 말하고, 제3~4구에서는 시름겨운 꾀꼬리의 울음소리에 자신의 감정을 이입하고 있다. 제5~6구에서는 한나라를 떠나 흉노에 시집갔던 왕소군과 오랜 기간 흉노 땅에 사로잡혀 있었던 채염을 들어 뛰어난 미모와 재능을 지니고서도 고향을 떠나 떠돌 수밖에 없었던 이들의 박복한 운명을 탄식하며 자신의 불우한 신세를 비유하고 있다. 제7~8구에서는 자신의 신세에 대한 시름이 고향에 대한 그리움으로 인해 더욱 견딜 수 없음을 말하며 회한과 그리움의 눈물을 흘리고 있다. (주기평)

34. 題祀山烽樹贈喬十二侍御[1]

사산봉의 나무에 쓰고 교시어에게 드리다

漢庭榮巧宦,[2]	한나라 조정에서는 아첨하는 관리가 영화롭고
雲閣薄邊功.[3]	운각에서는 변방의 공을 박하게 여기네.
可憐驄馬使,[4]	가련하구나, 청총마 탄 시어사는
白首爲誰雄.	흰 머리에 누구를 위한 영웅인가?

▌주석

1) 祀山烽(사산봉) : 변새의 봉수대烽燧臺 이름. 지금의 감숙성甘肅省 장액張掖
   지역에 있는 것으로 보인다.
   喬十二侍御(교십이시어) : 교지지喬知之 시어사侍御史. 교지지는 동주同州
   풍익馮翊 사람이며 수공垂拱 2년에 북쪽을 정벌할 때에 좌보궐섭시어사左補
   闕攝侍御史를 역임하였다. 시어사는 당대에 종육품하從六品下의 벼슬로 백관
   을 규찰하고 입각하여 조칙을 받드는 일을 관장하였으며 추천이나 탄핵
   등의 일을 주로 맡았다.

2) 漢庭(한정) : 한나라 조정. 여기서 당나라 조정을 비유한다.
   巧宦(교환) : 교묘한 관리. 아첨이나 청탁으로 관직을 추구하는 데 능한
   관리.

3) 雲閣(운각) : 운대雲臺와 기린각麒麟閣. 공신이나 명장의 초상화를 그려서
   그 공을 기리는 누각이다. '구름에 닿을 듯한 전각'으로 보아, 궁궐이나
   조정을 가리키는 것으로 볼 수도 있다.
   邊功(변공) : 변방을 다스리며 지키거나 개척한 공.

4) 驄馬使(총마사) : 청총마靑驄馬를 탄 시어사. 한나라 시어사 환전桓典을 가
   리키며, 그로써 교지지를 비유하고 있다. ≪후한서後漢書·환전전桓典傳≫
   에서 "(환전은) 높은 품제品第로 천거되어 시어사에 배수되었다. 당시 환관
   이 권력을 쥐고 있었는데 환전은 집정하면서 조금도 그들을 두려워하거나

피하지 않았다. 항상 청총마를 타고 다녔는데 경사 사람들도 그를 두려워
하고 꺼렸다. 그를 두고 말하길 '다니고 다니다가도 멈추어야 하니, 청총
마 탄 어사를 피한다네.'라고 하였다.(舉高第, 拜侍御史. 是時宦官秉權, 典執政無
所回避. 常乘驄馬, 京師畏憚, 爲之語曰, '行行且止, 避驄馬御史.)"고 하였다.

▮ 해설

이 시는 무측천의 실정을 풍자하며 교지지 시어사를 가련하게 여기고 있
는 것으로 수공垂拱 2년(686)에 북쪽을 정벌하는 도중에 지은 것으로 보인다.
제1~2구에서는 후한 말기에 아첨하는 간신들이 영화를 누리고 변방에
공을 세운 장수들이 중시받지 못한 것을 말하며 당시 무측천 조정의 실태를
고발하고 있다. 제3~4구에서는 한나라의 시어사 환전처럼 강직하고 권력에
아부하지 않았던 교지지가 인정받고 있지 못한 것을 한탄하고 있다. (강민호)

35. 還至張掖古城, 聞東軍告捷, 贈韋五虛己[1]

다시 장액의 옛 성에 이르러 동군이 승리를 고했다는 말을 듣고
위허기에게 보내다

孟秋首歸路,[2]	칠월에 돌아가는 길로 접어들어
仲月旅邊亭.[3]	팔월에 변경의 역정에서 묵었네.
聞道蘭山戰,[4]	듣자하니 하란산맥 전투는
相邀在井陘.[5]	정형관에서 대적하여,
屢鬪關月滿,	누차 싸울 적에 관산의 달 차올랐고
三捷虜雲平.[6]	세 번 이겨 오랑캐 구름 평평해졌다는데,
漢軍追北地,[7]	한나라 군대처럼 북지군까지 추격하여
胡騎走南庭.[8]	오랑캐 기병들 남흉노로 달아났다 하네.
君爲幕中士,[9]	그대는 막부 중의 관리로서
疇昔好言兵.[10]	예전부터 병법 말하길 좋아하여,
白虎鋒應出,	왼쪽 백호진에서 칼끝을 응당 겨누고
青龍陣幾成.[11]	오른쪽 청룡진에서 진을 몇 번이나 쳤을 테니,
披圖見丞相,[12]	지도를 펼치면서 승상을 뵙고자
按節入咸京.[13]	속도를 늦추면서 수도 장안으로 들어가리.
寧知玉門道,[14]	어찌 옥문관의 길을 알아서
空作隴西行.[15]	헛되이 농서로 출행했는가.
北海朱旄落,[16]	북해에서는 붉은 털 닳아빠졌건만
東歸白露生.[17]	동쪽 귀로에는 흰 이슬이 생기누나.
縱橫未得意,[18]	이리저리 애써도 득의하지 못하니
寂寞寡相迎.[19]	적막하니 맞아줄 이 적으리라.
負劍空嘆息,[20]	칼을 찬 채 부질없이 탄식하며
蒼茫登古城.[21]	어둑한 옛 성에 올랐도다.

1) 還至(환지) : 다시 이르다. 북정 길에 장액을 거쳐 갔고 수도로 돌아가는 길에 다시 여기에 이른 것을 가리킨다.

   張掖古城(장액고성) : 장액의 옛 성. 장액은 한漢 무제武帝 원정元鼎 6년(기원전 111) 설치된 군으로 지금의 감숙성甘肅省 장액시이다. 옛 성은 장액시 서북쪽에 있다.

   東軍告捷(동군고첩) : 동군이 승리를 고하다. 동돌궐의 골독록骨篤祿 가한可汗은 흔주忻州(지금의 산서성山西省)를 침략한 뒤에 계속해서 수공垂拱 2년(686) 하동도河東道(지금의 산서성山西省) 북부까지 쳐들어왔는데, 흑치상지黑齒常之(630-689)가 태항산太行山 내의 양정兩井에서 이들을 격파하였다. 양정은 이 시에 나오는 '정형井陘'을 가리킨다. 《신당서新唐书·흑치상지열전黑齒常之列傳》에서 "수공 연간 중에 돌궐이 다시 변경을 쳐들어와 상지가 병사를 이끌고 추격했는데 양정에 이르러 갑자기 적을 만났다. 적의 기병 3천 명이 한창 갑옷을 입는데 상지가 그들이 떠들썩한 것을 보고 기병 2백 명으로 돌격하자 적들이 모두 갑옷을 버리고 떠났다. 그날 저녁 적이 크게 이르자 상지가 몰래 사람을 시켜 나무를 베어 군영 중에 횃불을 늘어놓게 했는데 (이 모습이) 마치 봉화불이 타는 듯했다. 때마침 바람이 불어오자 적들은 구원병이 이른 줄 알고 드디어 밤에 달아났다.(垂拱中, 突厥復犯塞, 常之率兵追击, 至两井, 忽與贼遇. 贼骑三千方摂甲, 常之见其嚻, 以二百骑突之, 贼皆棄甲去. 其暮, 贼大至, 常之潜使人伐木, 列炬营中, 若烽燧然. 会风起, 贼疑救至, 遂夜遁)"라고 하였다.

   韋五虛己(위오허기) : 위허기. '오五'는 종형제 내에서의 순서를 나타낸다. 자세한 생애를 알 수 없지만, 이 시에 의하면 일찍이 흑치상지의 군막에서 거했으며 병법에 밝았던 인물로 짐작된다.

2) 孟秋(맹추) : 음력 7월.

   首(수) : 접어들다. 향하다. '향向'의 뜻이다.

3) 仲月(중월) : 음력 8월.

   邊亭(변정) : 변방의 역정驛亭.

4) 蘭山戰(난산전) : 하란산맥에서의 전투. 동돌궐과의 전투를 가리킨다. 난산은 원래 하란산賀蘭山으로 영하회족자치구와 내몽고자치구의 경계에 있는 산맥이다.

5) 相邀(상요) : 대적하다.

井陘(정형) : 정형관井陘關. 태항산太行山의 여덟 관문 중 다섯 번째 관문에 해당한다. 서쪽으로 태항산太行山을 바라보는 정형산井陘山(지금의 하북성河北省 정형현井陘縣) 위에 있다.

이상 두 구는 수공垂拱 2년(686) 흑치상지가 정형관에서 돌궐의 3천 기병을 맞아 그들을 대파한 일을 가리킨다.

6) 虜雲平(노운평) : 오랑캐 구름 평평해지다. 동돌궐의 패배로 전운이 사라진 것을 가리킨다.

7) 北地(북지) : 북지군北地郡. 서한西漢 시기 그 치소가 마령현馬嶺縣(지금의 감숙성甘肅省 경양시慶陽市 환현環縣 마령진馬嶺鎭)에 있었다.

8) 胡騎(호기) : 오랑캐 기병들. 여기서는 돌궐의 기병을 가리킨다.

南庭(남정) : 남흉노. 원래는 남흉노의 조정을 가리키나 여기서는 돌궐을 의미한다. 동한東漢 시기 흉노가 남북으로 분열했는데, 남선우南單于의 조정을 '남정'이라 칭했다.

이상 두 구는 흑치상지의 승리를 서한西漢 시기 돌궐을 대파한 일에 빗대어 표현한 것이다.

9) 君(군) : 그대. 위허기를 가리킨다.

幕中(막중) : 막부. 흑치상지의 막부를 가리킨다.

10) 疇昔(주석) : 예전부터.

言兵(언병) : 병법을 말하다. 아래 두 구를 이끈다.

11) '백호白虎' 두 구는 위허기가 병법에 맞추어 뛰어난 전략을 펼친 것을 가리킨다.

12) 披圖(피도) : 지도를 펼치다.

13) 按節(안절) : 속도를 늦추다. 말고삐를 늦추며 천천히 가다.

14) 咸京(함경) : 수도 장안.

이상 두 구는 위허기가 승전보를 보고하기 위해 장차 조정으로 들어갈 것이라는 말이다.

14) 玉門(옥문) : 옥문관玉門關. 감숙성甘肅省 돈황시敦煌市 북쪽에 있다.

15) 隴西(농서) : 한대漢代 설치된 군郡 이름으로 지금의 감숙성甘肅省 동부 일대이다. 여기서는 작자의 북정北征을 가리킨다.

16) 北海(북해) : 북해. 지금의 바이칼 호수.

朱旄落(주모락) : 붉은 털 닳아빠지다. 변방에서 고생하면서도 나라에 대한 애국충정이 변치 않은 것을 가리킨다. '주모'는 부절의 윗부분을 장식하는 붉은색의 소꼬리이다. ≪한서漢書·소무전蘇武傳≫에서 "흉노는 (소무를) 신이라 여기고 이에 소무를 북해 가의 인적 없는 곳으로 옮겼다. 양을 쳐서 숫양이 젖을 내야 돌아올 수 있게 하였다. … 한나라의 부절을 지팡이 삼아 양을 쳤는데 눕거나 서거나 간에 지니고 있어서 부절의 털이 다 닳아빠졌다.(匈奴以爲神, 乃徙武北海上無人處. 使牧羝, 羝乳乃得歸. … 杖漢節牧羊, 臥起操持, 節旄盡落)"라고 하였다.

17) 東歸(동귀) : 동쪽으로 돌아가는 길. 북정에서 동쪽 수도로 돌아가는 이 여정旅程을 가리킨다.

18) 縱橫(종횡) : 이리저리 애쓰다. 원래는 여러 상황이 어지러이 섞여있는 것을 뜻하는데, 여기서는 작자가 여러 상황 속에서 부단히 애쓴 것을 가리킨다.

19) 寡(과) : 적다.

이 구는 북정을 끝까지 수행하지 못했기에 돌아가도 자신을 반겨줄 이가 별로 없을 것임을 서술하였다.

20) 負劍(부검) : 칼을 차다. '패검佩劍'의 뜻이다.

21) 蒼茫(창망) : 어둑하다. 원래는 비나 안개, 구름 등으로 분명하지 않은 모습을 뜻하는데, 여기서는 날이 어두워져 시야가 분명하지 않은 것을 가리킨다.

古城(고성) : 옛 성. 제목상의 '장액고성'을 가리킨다.

▌해설

이 시는 수공垂拱 2년(686) 4월 교지지喬知之를 따라 북정했다가 7월 홀로 돌아가게 되면서 8월 장액에 다시 이르러 옛 성에 올라 느낀 감회를 쓴 작품이다. 시는 내용상 세 단락으로 나눌 수 있다. 첫째 단락은 제1~8구로 7월 북정에서 돌아가다 8월 장액에 다시 이르렀고 거기서 동군의 승전보를 듣게 되었음을 서술하였다. 제3구에서 제6구까지는 이번 전투의 장소, 기간, 승리에 대해 서술하였고, 제7~8구는 오랑캐 군대가 패하여 달아나는 모습을 예전 한나라 군대의 승리에 빗대어 표현하였다.

둘째 단락은 제9~14구로 위허기의 활약상을 상상하여 서술하였다. 위허기가 병법에 기반을 둔 뛰어난 전략을 펼쳐 큰 공을 세웠으므로 직접 승상에게 승전보를 전하기 위해 수도로 가게 될 것임을 서술했는데, 위허기의 승전을 함께 기뻐하는 심정이 표현되어 있다. 셋째 단락은 제15~22구로 북정에서 공을 세우지 못한 채 먼저 돌아가게 된 자신의 처지를 탄식하였다. 제15~18구는 북정의 실정을 모른 채 따라와서 힘들게 애만 쓰다 먼저 돌아가게 되었음을 말하였고, 제19~22구는 장액의 옛 성에 올라서 돌아가도 반겨줄 이 없는 현 상황을 생각하고 깊이 탄식하였다. (김수희)

36. 送魏大從軍[1] 종군하는 위씨를 전송하다

匈奴猶未滅,[2]	흉노가 여전히 멸망하지 않아
魏絳復從戎.[3]	위강이 다시 종군을 하네.
悵別三河道,[4]	삼하의 길에서 이별을 슬퍼하니
言追六郡雄.[5]	육군의 영웅을 따르겠다 말하네.
雁山橫代北,[6]	안문산은 대주의 북쪽을 가로지르고
狐塞接雲中.[7]	비호새는 운중으로 이어진다네.
勿使燕然上,[8]	결코 연연산 위에
獨有漢臣功.[9]	단지 한의 신하의 공적만 남아있게 하지 말게나.

▌주석

1) 魏大(위대) : 위씨魏氏 집안의 첫째. 누구인지 알 수 없다.
   從軍(종군) : 군대에 참여하다.

2) 匈奴(흉노) : 중국의 북쪽에 거주하던 이민족을 대표한다. 이 시에서는 돌궐突厥을 가리킨다.

3) 魏絳(위강) : 위장자魏莊子라고 불리며 춘추시기 진晉나라의 대부이다. 위강은 진의 헌공獻公을 도와 위魏를 포함한 여러 나라를 정벌하였으며 그 공을 인정받아 위魏에 봉해져서 위씨가 되었다. 또한 위강은 화융和戎정책(오랑캐와 화친을 하는 정책)의 실시를 주장하여 진나라가 북쪽 오랑캐와 평화롭게 지내면서 다른 나라들을 압도할 수 있도록 도왔다. 이 시에서 위강은 종군하는 위씨를 가리킨다.
   從戎(종융) : 종군하다. 종군從軍과 같은 뜻이다.

4) 三河(삼하) : 한대漢代에는 하내河內, 하동河東, 하남河南의 세 군郡을 삼하三河라고 하였는데 지금의 하남성河南省 북부에서 산서성山西省 남부의 일대이다. 대체로 낙양洛陽과 황하黃河의 남북 지역으로 이 시에서는 낙양洛陽을 가리킨다.

5) 言(언) : 말하다. 이 시에서는 위씨가 말을 하였다.
   六郡(육군) : 한대漢代에 중국 북방의 여섯 군을 육군이라고 불렀는데 지금의 감숙성甘肅省 동부와 영하회족자치구寧夏回族自治區 남부와 섬서성陝西省 북부 및 내몽고자치구內蒙古自治區 남부의 일대이다. 《한서·지리지地理志》에서 "천수와 농서는 산에 숲이 많아서 백성들이 판자로 집을 만들었다. 이 둘과 안정, 북지, 상군, 서하는 모두 오랑캐와 아주 가까워서 훈련을 하여 전쟁을 준비했고 기질과 역량을 숭상하였으며 사냥을 우선으로 여겼다. … 한나라가 흥하자 육군의 좋은 집안의 자제를 뽑아서 우림군과 기문군에 보냈으며 재능에 따라 관리를 삼았는데 명장이 많이 나왔다.(天水, 隴西, 山多林木, 民以板爲室屋. 及安定, 北地, 上郡, 西河, 皆迫近戎狄, 修習戰備, 高上氣力, 以射獵爲先 … 漢興, 六郡良家子先給羽林期門, 以材力爲官, 名將多出焉)"이라고 하였다.
   육군의 영웅을 따른다는 것은 변방 출신의 장병과 함께 전쟁을 수행하겠다는 뜻이다.
6) 雁山(안산) : 안문산雁門山. 지금의 산서성山西省 대현代縣 서북쪽에 있다. 꼭대기에 안문관雁門關이 있다.
   代北(대북) : 대주代州의 북쪽. 代는 본래 전국시기 이전에 있었던 나라의 이름으로 대략 지금의 하북성河北省 울현蔚縣의 동북쪽에 있던 나라였다. 대주는 지금의 산서성 대현 부근이었고 고대에는 장성을 수비하는 중요한 군사요지였다.
7) 狐塞(호새) : 비호구飛狐口. 지금의 하북성 래원현淶源縣 북쪽 울현 남쪽에 있으며 지세가 험준한 교통의 요충지였다.
   雲中(운중) : 운중군. 대략 지금의 내몽고자치구內蒙古自治區 호화호특呼和浩特시의 속현인 탁극탁托克托현의 동북쪽에 있었다. 운중군은 전국시대戰國時代의 조趙나라가 설치하였다가 동한東漢 말에 폐지되었다. 조나라는 운중군의 경계에 운중성雲中城을 세우고 북쪽을 방비하려 만든 조북장성趙北長城의 주요 지점의 하나로 삼았고 이 조북장성은 진시황秦始皇에 의해 만리장성에 포함되었다.

8) 燕然(연연) : 연연산. 지금의 항애산杭愛山으로 몽고인민공화국蒙古人民共和國에 있다.

9) 獨有(독유)구 : 단지 한나라 신하의 공적만 남아있다. ≪후한서後漢書・화제기和帝紀≫에서 "여름 6월에 거기장군 두헌이 계녹새에서 출병하고 도료장군 등홍이 고양새에서 출병하고 남선우가 만이곡에서 출병하여 북흉노와 계락산에서 전쟁을 하여 그들을 대파시켜서 화거북제해까지 쫓아갔다. 두헌은 이에 연연산에 올라 바위에 공적을 세기고 돌아갔다. 북선우는 동생인 우온우제왕을 보내어 공물을 바칠 것을 아뢰었다.(夏六月車騎將軍竇憲出鷄鹿塞, 度遼將軍鄧鴻出稒陽塞, 南單于出滿夷谷, 與北匈奴戰於稽落山, 大破之, 追至和渠北鞮海. 竇憲遂登燕然山, 刻石勒功而還. 北單于遣弟右溫禺鞮王奉奏貢獻)"라고 하였다. 한나라 신하의 공적만 남았다는 것은 그 뒤의 조대의 장수나 신하들은 공을 세운 것이 없다는 뜻이다.

▌해설

이 시는 진자앙이 광택光宅 원년(684)에서 영창永昌 원년(689)까지 낙양에서 인대정자麟臺正字의 벼슬을 하던 시기에 지은 작품으로 보인다. 역사 기록에 따르면 돌궐突厥은 진자앙이 인대정자가 된 684년 이후로 매년 중국의 북방을 침입하였다. 이 시에 나오는 안산, 대북, 호새, 운중 등의 지명은 돌궐과의 주요한 전장이었다. 진자앙은 낙양에서 종군을 하러가는 위씨를 전송하며 이 시를 지었다.

제1~2구는 시의 배경인 돌궐과의 전쟁 상황과 지인인 위씨의 종군 상황에 대해 설명하였다. 특히 제2구에서 이민족과의 화친에 공이 있는 위강의 이름을 위씨에게 빗대어 위대를 포장하였다. 제3~4구는 이별하는 곳이 낙양이며 위씨가 변방의 영웅을 따를 것이라고 밝혔다. 제5~6구는 멀리 전장의 지세와 상황을 요충지를 중심으로 추상적으로 서술하였다. 제7~8구는 위씨에게 한 권언이자 축사로 기왕 출전하였으니 반드시 공적을 남기라고 덕담을 하였다. (서용준)

진자앙陳子昂 시

37. 和陸明府贈將軍重出塞[1]
육명부가 거듭 변방으로 나가는 장군에게 보낸 시에 화답하다

忽聞天上將,[2]	문득 들었네, 하늘이 보낸 장군이
關塞重橫行.[3]	요새에서 다시 종횡하여,
始返樓蘭國,[4]	막 누란국에서 돌아왔다가
還向朔方城.[5]	다시 삭방성으로 향했다고.
黃金裝戰馬,	황금으로 전투마를 장식하고
白羽集神兵.[6]	흰 깃발로 신령스런 군대를 모으고,
星月開天陣,[7]	별과 달로 하늘의 군진을 펼치고
山川列地營.[8]	산과 강으로 땅의 군영을 배열하겠지.
晚風吹畫角,[9]	저녁 바람이 화각에 불고
春色輝飛旌.	봄빛이 휘날리는 깃발에 빛나는데,
寧知班定遠,[10]	어찌 알까, 반초가
猶是一書生.	오히려 일개 서생이었음을.

▌주석

1) 陸明府(육명부) : 육씨 현령. 육씨가 누구인지는 상세하지 않다. '명부'는
   현령縣令의 존칭이다.
2) 天上將(천상장) : 하늘이 보낸 장군. 서한西漢의 주아부周亞夫가 용병술에
   뛰어나 하늘이 보낸 장군이라 여겼다. 여기서는 육명부가 증시한 장군을
   가리킨다.
3) 橫行(횡행) : 종횡하며 싸우다.
4) 樓蘭國(누란국) : 고대 서역에 있던 나라 이름으로 북서쪽 변방을 말한다.
   지금의 신강위구르자치구 약강형若羌縣 일대이다. 여기서는 대장군 곽광霍
   光의 위업을 장군에 비유한 것이다. ≪한서漢書·부개자전傅介子傳≫에 한漢

소제昭帝 원봉元鳳 4년(기원전 77)에 대장군 곽광이 부개자를 보내 누란국의 왕을 죽이고 그의 동생 울도기尉屠耆를 왕위에 세운 후 나라 이름을 선선鄯善으로 고쳤다고 하였다.

5) 朔方城(삭방성) : 지금의 내몽고자치구 항금기杭錦旗 서북쪽에 옛 터가 있다. 북방의 변경을 뜻한다. 흉노 토벌의 공적을 세운 위청衛靑을 장군에 비유한 것이다. 《사기史記·위장군표기열전衛將軍驃騎列傳》에 따르면 한漢 무제武帝 원삭元朔 2년(기원전 127)에 흉노가 침입하여 장군將軍 이식李息과 거기장군車騎將軍 위청을 출병시켰다. 위청은 하남河南 지역을 수복하고 삭방군朔方郡을 설치하였다. 한나라는 그의 공로를 인정하여 식읍을 하사하고 장평후長平侯에 봉하였다. 교위校尉 소건蘇建에게도 식읍을 주고 평릉후平陵侯에 봉한 다음 삭방성을 쌓게 하였다. 위청은 이후에도 흉노 토벌을 성공적으로 이끌어 대장군大將軍, 대사마大司馬에까지 올랐다.

6) 白羽(백우) : 흰 깃발. 흰 소의 꼬리로 장식한 깃발이다. 군대를 지휘할 때 사용되었다.

   神兵(신병) : 신령스런 군대.

7) 天陣(천진) : 천체의 군진. 《육도六韜·삼진三陣》에 "해, 달, 별, 북두칠성이 하나는 왼쪽 하나는 오른쪽 하나는 앞에 하나는 뒤에 있는데 이를 천진이라 하였다. 언덕과 샘물도 앞뒤, 좌우의 이로움이 있는데 이를 지진이라 하였다. 수레를 쓰고 문장을 쓰고 무기를 쓰는 것은 인진이라 하였다.(日月星辰斗杓, 一左一右, 一向一背, 此謂天陣, 丘陵水泉, 亦有前後左右之利, 此謂地陣, 川車用馬用文用武, 此謂人陣)"고 되어 있다.

8) 地營(지영) : 지세에 따른 군영.

9) 畵角(화각) : 고대 악기의 이름. 화려하게 채색된 뿔나팔로 군대에서 아침과 저녁을 알릴 때 사용하였다.

10) 班定遠(반정원) : 반초班超. 이 시에 언급된 장군이 서생 출신임을 나타내었다. 《후한서後漢書·반초전班超傳》에 따르면 반초는 본래 서생이었으나 군대에 들어가 한漢 명제明帝 영평永平 16년(73)에 서역의 흉노 왕족을 제압하고 50여 개의 나라를 한나라에 귀속시키는 공을 세워 정원후定遠侯에

봉해졌다.

▌해설

이 시는 육명부가 변방지역에서 재차 흉노 토벌에 참여하며 종횡무진하게
된 장군에게 보낸 시에 화답한 것이다. 장군이 서생출신임에도 뛰어난 전술
능력을 보이며 전쟁에서 활약하는 모습을 칭송하였다.

전체 내용은 모두 세 부분으로 나뉜다. 제1~4구는 육명부의 증답시를 통해
장군이 바삐 다시 출정하게 된 소식을 들은 것이다. 제5~8구에서는 하늘에
나타난 천체의 운행과 산천의 형세를 용법술에 적용하는 장군의 뛰어난 지략
에 대해 칭송하였다. 장군의 늠름한 위엄과 탁월한 전략전술로 변방을 압도하
는 기세가 느껴지는 부분이다. 제9~12구는 흉노 토벌에 공을 세우고 있는
장군이 실은 서생이었음을 밝히며 용병을 통해 보국報國의 위업을 달성하는
데에 있어 문인에게도 출중한 능력이 있음을 강조한 것이다. (홍혜진)

38. 洛城觀酺應制[1]

낙양성에서 천자가 내린 연회를 보고 천자의 명에 응해 짓다

聖人信恭己,[2]	성인이 진실로 자신을 삼가시니
天命允昭回.[3]	천명이 진정 해와 달처럼 돌아가며 비추고,
蒼極神功被,[4]	푸른 하늘이 내린 신령스런 공덕을 입어
青雲秘籙開.[5]	푸른 구름 속에 비밀스런 부록이 열렸네.
垂衣受金冊,[6]	옷을 드리우고는 금빛 책을 받고
張樂宴瑤臺.[7]	음악을 연주하며 요대에서 연회를 여니,
雲鳳休徵滿,[8]	봉황의 아름다운 징조가 가득하고
龍魚雜戲來.[9]	어룡의 놀이패가 왔구나.
崇恩逾五日,[10]	높은 은혜가 닷새를 넘고
惠澤暢三才.[11]	사랑스런 은택이 온 천하에 펼쳐지니,
玉帛群臣醉,[12]	옥과 비단 속에 여러 신하가 취하고
徽章縟禮該.[13]	깃발 아래에 아름다운 예가 갖춰졌네.
方睹升中禪,[14]	바야흐로 공을 이루었음을 아뢰는 봉선례를 보고
言觀拜洛回.[15]	낙수에서 배례하고 돌아오는 것을 보았으니,
微臣固多幸,[16]	미천한 신하가 진실로 은총을 많이 받아서
敢上萬年杯.[17]	감히 만년 장수를 기원하는 술잔을 올립니다.

▌주석

1) 洛城(낙성) : 낙양.

酺(포) : 나라에 경사가 있을 때 황제가 신하에게 내리는 연회. 여기서는 무측천이 영창永昌 원년(689) 정월 천하에 대사면을 내리고 연호를 바꾸면서 이레 동안 연회를 베푼 것을 가리킨다.

應制(응제) : 황제의 명에 의해 시나 문장을 짓는 것.

2) 聖人(성인) : 무측천을 가리킨다.

信(신) : 진실로.

恭己(공기) : 자신을 삼가다. ≪논어·위령공衛靈公≫에 "무위로 다스리는 자는 아마도 순임금이다. 대저 무엇을 하였는가? 자신을 삼가고 남면하였을 따름이다.(無爲而治者, 其舜也與. 夫何爲哉. 恭己正南面而已矣)"라는 구절이 있다. 대체로 무위지치를 가리킨다.

3) 允(윤) : 진실로.

昭回(소회) : 일월성신과 같은 빛이 밤낮으로 도는 것을 말한다.

이상 두 구는 무측천의 훌륭한 다스림에 응답하여 천명이 세상을 보살폈다는 말이다.

4) 蒼極(창극) : 푸른 하늘.

被(피) : 입다. 받다.

5) 秘籙(비록) : 신비로운 부록符籙. 천명을 내려 알려주는 글을 가리킨다. ≪구당서·측천황후기≫에 따르면, 수공 4년(688) 여름 위왕魏王 무승사武承嗣가 돌에 "성스러운 어머니가 인간세상으로 임하시니 황제의 공업이 영원히 번창하리.(聖母臨人, 永昌帝業)"라고 쓰고는 서석瑞石을 낙수洛水에서 얻었다고 알리게 하니, 무측천이 크게 기뻐하면서 그 돌을 보도寶圖라고 하였다고 한다.

6) 垂衣(수의) : 옷을 드리우다. 무위지치를 의미한다.

金冊(금책) : 위의 구에 나오는 비록을 가리킨다.

7) 張樂(장악) : 음악을 연주하는 악사를 늘어놓다. 음악을 연주하다.

宴(연) : 연회를 열다.

瑤臺(요대) : 원래는 신선이 머무는 누대를 가리키는데, 여기서는 아름다운 궁궐의 누대를 말한다.

8) 雲鳳(운봉) : 봉황. 또는 경운慶雲과 봉황. 경운은 오색구름으로 경사스러운 일이 있을 때 나타나는 상서로운 경물이다.

休徵(휴징) : 아름다운 징조. 좋은 일이 있을 때 하늘이 내리는 서물瑞物을 가리킨다.

9) 龍魚(용어) : 어룡희魚龍戱. 사람이 용이나 물고기로 변하는 기예를 말하는
데, 대체로 변방 이민족의 놀이이다.

10) 崇恩(숭은) : 높은 은혜.

逾(유) : 넘다.

五日(오일) : 천자가 내린 연회가 지속된 날을 가리킨다.

11) 暢(창) : 펼쳐지다.

三才(삼재) : 천지인天地人. 여기서는 온 천하를 가리킨다.

12) 玉帛(옥백) : 규장圭璋과 속백束帛. 규장은 옥으로 만든 패물로 고위관료를
가리키고, 속백은 예물로 바쳐진 비단이다.

13) 徽章(휘장) : 깃발. 대체로 높은 신분을 나타낸다.

縟禮(욕례) : 성대한 의례. 형식을 다 갖춘 의례.

該(해) : 갖추다.

14) 睹(도) : 보다.

升中禪(승중선) : 공을 이루었음을 하늘에 아뢰는 봉선례封禪禮. '승'은 위에
아뢴다는 뜻이며, '중'은 공을 이루었다는 뜻이다. '선'은 하늘에 올리는
제사이다.

15) 言(언) : 뜻이 없는 어조사이다.

拜洛(배락) : 낙수에서 배례하다. 수공 4년(688) 4월에 무측천이 낙수에서
나온 서석을 받고는 12월에 낙수에서 배례하였다.

16) 微臣(미신) : 미천한 신하. 진자앙을 가리킨다.

17) 萬年杯(만년배) : 만수무강을 기원하는 술잔.

❚ 해설

이 시는 수공 4년(688) 4월 무측천이 낙수에서 나온 서석을 받고 이듬해인
영창 원년(689) 정월 대사면을 내리면서 신하들에게 이레 동안 연회를 베푼
것을 보고는 이에 무측천의 명령에 따라 이를 경축하며 지은 것이다.

제1~4구에서는 무측천이 무위지치를 하여 천하가 잘 다스려지자 낙수에

서 부도가 나왔음을 말했다. 제5~8구에서는 이에 무측천이 금책을 받고 요대에서 연회를 베푸니 상서로운 기운이 가득하고 놀이패가 성대하게 참석한 일을 말하였다. 제9~12구에서는 연회의 은택이 온 천하에 퍼지고 여러 신하가 즐기고 있음을 말하였다. 제13~16구에서는 이러한 봉선례와 예식을 직접 목격한 진자앙 역시 은택을 입었기에 만수무강의 잔을 올리며 축원하는 모습을 표현하였다. (임도현)

39. 奉和皇帝丘禮撫事述懷應制[1]

황제가 하늘에 제사지내고 신하들의 일을 위무하신 일에 대한
감회를 말한 시에 황제의 명에 따라 받들어 창화하다

大君忘自我,[2]　천자께서는 자신을 잊으신 채

膺運居紫宸.[3]　천명에 응하여 자신전에 거하게 되셨네.

揖讓期明辟,[4]　선위를 받아 명군이 되실 일을 기약함은

謳歌且順人.[5]　백성들이 칭송하는 노래 부르기에 민심을 따라서였네.

軒宮帝圖盛,[6]　천자의 궁궐에 제왕의 계책이 풍성하고

皇極禮容申.[7]　황제의 거처에 법도 있는 의용이 펼쳐지네.

南面朝萬國,[8]　남면하여 온 나라의 조회를 받으시고

東堂會百神.[9]　동당에는 여러 신들이 모이네.

雲陛旂常滿,[10]　황궁 계단에 천자와 제후의 깃발이 가득하고

天廷玉帛陳.[11]　천자의 뜰에 옥과 비단이 진열되어 있네.

鍾石和睿思,[12]　종과 석경이 영명하신 생각만큼이나 조화롭고

雷雨被深仁.[13]　우레와 비가 깊은 인자함만큼이나 만물을 덮어주네.

承平信娛樂,[14]　태평하여 진실로 즐거우나

王業本艱辛.[15]　제왕의 업은 본디 힘든 법.

願罷瑤池宴,[16]　원컨대 요지의 연회를 파하시고

來觀農扈春.[17]　봄 농사를 시찰해주시고,

卑宮昭夏德,[18]　궁실을 검소하게 만들어 우임금의 덕을 빛내시며

尊老睦堯親.[19]　노인을 존숭하여 요임금의 친함으로 화목하게 하소서.

微臣敢拜手,[20]　미천한 신하가 감히 손 모아 절하고는

歌舞頌惟新.[21]　춤추고 노래하며 새 시대를 칭송하나이다.

주석

1) 奉和(봉화) : 받들어 창화하다. ≪전당시≫에 이교李嶠(645?-714?)의 〈황제가 하늘에 제사지내고 신하들의 일을 위무하신 일에 대한 감회를 말하다皇帝丘禮撫事述懷〉가 실려 있는데, 진사앙은 이교의 이 시에 창화한 것이라 여겨진다.

丘禮(구례) : 시의 내용으로 볼 때 하늘에 올린 제례祭禮로 보인다. '상례上禮'로 된 판본도 있는데 의미는 같다.

撫事(무사) : 신하의 일을 위무하다. 하늘에 제사를 지내느라 수고한 신하들의 노고를 황제가 위무하였다는 의미이다.

述懷(술회) : 감회를 말하다.

應制(응제) : 황제의 명에 따라 시문을 짓다. 하늘에 제사를 지낸 후 신하들이 지어 바친 시 중 이교의 시가 특히 좋았기에 황제가 진자앙을 비롯한 여러 신하들에게 창화할 것을 명하였던 것으로 여겨진다.

2) 大君(대군) : 천자. 여기서는 무측천을 가리킨다.

自我(자아) : 자기 자신. '물아物我'로 된 판본도 있으며 이 경우 '사물과 나를 분별하는 마음'이라고 풀이된다.

3) 膺運(응운) : 천명에 순응하다. 무측천이 천자가 될 운명에 순응하였음을 말한다.

紫宸(자신) : 자신전紫宸殿. 천자의 전각이다.

4) 揖讓(읍양) : 절하고 선위 받다.

明辟(명벽) : 명군明君.

5) 謳歌(구가) : 백성들이 칭송하는 노래를 하다. ≪맹자 · 만장萬章≫에 "순이 요임금을 보좌하기를 28년 하였는데, 사람이 능히 할 수 있는 것이 아니라, 하늘이 하신 것이었다. 요임금이 붕어하시고, 삼년상을 마친 후, 순은 요임금의 아들을 피해 남하의 남쪽에서 머물렀다. 천하의 제후 중 조회 드리는 자들은 요임금의 아들에게 가지 않고 순에게 갔다. 송사를 하는 자들은 요임금의 아들에게 가지 않고 순에게 갔다. 칭송하는 노래를 부르는 자들은 요임금의 아들을 노래하지 않고 순을 노래했다. 그러므로 (순의 왕위는)

하늘이 주신 것이라 말한 것이다. 그런 뒤에야 영토 안으로 가서 천자의 자리에 나아가셨다. 요임금의 궁에 거하면서 요임금의 아들을 핍박하여 천자가 되었더라면 이는 찬탈이요, 하늘이 주신 것이 아니었을 것이다.(舜相堯二十有八載, 非人之所能爲也, 天也. 堯崩, 三年之喪畢, 舜避堯之子於南河之南. 天下諸侯朝覲者, 不之堯之子而之舜. 訟獄者, 不之堯之子而之舜. 謳歌者, 不謳歌堯之子而謳歌舜. 故曰天也. 夫然後之中國, 踐天子位焉. 而居堯之宮, 逼堯之子, 是篡也, 非天與也)"라 했다.

順人(순인) : 인심人心, 즉 민심民心을 따르다.

이상 두 구는 무측천이 황제의 자리를 찬탈한 것이 아니라 천명과 민심에 따라 선위 받은 것임을 의미한다.

6) 軒宮(헌궁) : 황제의 궁궐.

帝圖(제도) : 제왕이 나라를 다스리는 계책.

7) 皇極(황극) : 황제의 거처.

禮容(예용) : 법도 있는 의용儀容. 하늘에 제사를 지내는 과정에서 법도에 걸맞은 의용이 드러났음을 뜻한다.

申(신) : 펼치다.

8) 南面(남면) : 남면하다. 제왕의 지위를 가리킨다.

朝(조) : 조회 받다.

萬國(만국) : 온 나라.

9) 東堂(동당) : 황제가 봄을 맞이하며 신에게 제사를 지내던 장소. 제목에서 말한 '구례'가 봄에 하늘에 올리는 제례였음을 알 수 있게 해준다.

이상 네 구는 무측천이 황위에 오른 이후 조정 안팎이 잘 다스려져, 조정에는 제왕의 계책이 풍성하여 온 나라가 복종하게 되었고, 제례를 비롯한 의례가 법도에 맞아 온갖 신들이 흠향을 받으러 모인다고 말한 것이다.

10) 雲陛(운폐) : 구름 섬돌. 높고 큰 궁궐을 가리킨다.

旅常(기상) : 천자와 제후의 깃발. ≪주례周禮≫에 "해와 달을 그려 '상'을 만들고 용을 그려 '기'를 만든다. … 왕은 큰 '상'을 세우고 제후는 '기'를 세운다.(日月爲常, 交龍爲旂. … 王建大常, 諸侯建旂)"라 했다.

11) 天廷(천정) : 천자의 궁정.

    玉帛(옥백) : 귀한 옥과 비단. 제사나 회맹會盟 등에 사용된 예물을 가리킨다.

12) 鍾石(종석) : 종과 석경. 황제의 음악을 가리킨다.

    和(회) : 조화롭다.

    睿思(예사) : 영명한 생각. 무측천의 생각을 말한다.

13) 雷雨(뇌우) : 우레와 함께 내리는 비. ≪역 · 해괘解卦≫에 "천지가 풀리고 뇌우가 일어나고, 뇌우가 일어나니 온갖 과실과 초목에 싹이 나네.(天地解而 雷雨作, 雷雨作而百果草木皆甲坼)"라 하였다. 이때의 뇌우는 만물을 생성하게 하는 비를 가리킨다.

    被(피) : 덮다.

    深仁(심인) : 깊고 두터운 인자함.

14) 承平(승평) : 태평시대.

    娛樂(오락) : 즐겁다.

15) 王業(왕업) : 제왕의 업.

    艱辛(간신) : 간난신고艱難辛苦.

16) 罷(파) : 그만두다.

    瑤池宴(요지연) : 서왕모가 요지에서 베푸는 연회. 여기서는 무측천이 베푸는 연회를 가리킨다.

17) 農扈(농호) : 옛날 각종 농업 관련 관직의 총칭. 여기서는 농사를 가리키는 것으로 보았다.

18) 卑宮(비궁) : 궁실을 낮추다. 궁실 건물의 높이를 낮추는 등 검소하게 만든다는 뜻이다.

    夏德(하덕) : 하나라 우임금의 덕. ≪논어 · 태백泰伯≫에 "공자가 말씀하시길, '우임금은 내가 흠을 잡을 수가 없구나! 평소의 음식은 간소하게 하시면서도 제사에서는 귀신에게 효를 다하시고, 의복은 검소하게 하시면서도 폐슬과 면류관 등의 제례복에는 아름다움을 다하시며, 궁실은 낮게 하시면서도 치수 사업에는 힘을 다하셨다.'라고 하셨다.(子曰, 禹, 吾無間然矣. 非飮食 而致孝乎鬼神, 惡衣服而致美乎黻冕, 卑宮室而盡力乎溝洫)"라 했다.

19) 堯親(요친) : 요임금의 친함. ≪서경·요전堯典≫에 "큰 덕을 능히 밝히심으로 구족을 친하게 하시었다. 구족이 이미 화목해지자 백성들을 공정하게 다스리셨다. 백성들이 밝고 분별있게 되자 만방을 조화롭게 하시었다.(克明俊德, 以親九族. 九族旣睦, 平章百姓. 百姓昭明, 協和萬邦)"라 하였다.

이상 네 구는 무측천에게 어진 정치를 펼쳐줄 것을 바라는 내용이다.

20) 微臣(미신) : 미천한 신하. 진자앙 자신을 가리킨다.

拜手(배수) : 손을 모으고 머리를 조아리고 꿇어앉아 절하다.

21) 惟新(유신) : 오히려 새롭다. ≪시경·대아·문왕文王≫에서 "주나라가 오래된 나라이나, 그 명이 오히려 새롭네.(周雖舊邦, 其命惟新)"라 하였다. 여기서는 무측천이 황위에 올라 나라를 새롭게 이끌고 있음을 말한다.

▌해설

이 시는 무측천을 칭송하고 그가 백성들을 위한 바른 정치를 펼쳐주기를 바라는 내용을 담은 응제시로서, 내용으로 볼 때 무측천이 황제의 자리에 오르고 다음해인 천수天授 2년(691)에 지은 것이라 여겨진다.

제1~4구에서 시인은 무측천이 천명과 민심에 따라 황제의 지위를 선양받았음을 말하였다. 이는 무측천이 황제에 오른 이후 연호를 '천수'라 하고 '하늘이 부여하다天授'라는 대외명분을 내세웠던 것과 일맥상통한다. 제5~12구에서 시인은 무측천이 즉위한 이후 제후와 신하들이 존경하고 법령과 제도가 완비되어 나라 안팎이 모두 안정되었음을 이야기하였다. 제13~18구에서 시인은, 비록 나라가 태평성대를 구가하고는 있지만 제왕의 업에는 간난신고가 따르기 마련이라고 말하여 황제가 정치에 더욱 힘을 기울여 줄 것을 소청했다. 시인은 연회를 파하고 농사를 돌볼 것, 궁실을 검소하게 하고 노인을 존숭할 것을 바랐다. 마지막 두 구에서 시인은 공손한 태도로 시를 마무리하며 무측천이 만들고 있는 새 시대를 칭송하며 춤추고 노래한다고 말하였다. 전반적으로 응제시의 전형적인 형태를 취하면서 어진 정치를 베풀어 줄 것을 바라는 청을 담고 있는 시이다. (정세진)

진지앙 陳子昻 시

214

40. 魏氏園林人賦一物得秋亭萱草[1]

위씨의 원림에서 사람마다 사물 하나씩을 읊음에 가을 정자의
훤초를 쓰다

昔時幽徑裏,[2]	옛날 깊은 산길에 있을 때는
榮耀雜春叢.[3]	여러 봄꽃 무더기 속에서 아름답게 빛났건만,
今來玉墀上,[4]	지금 옥 계단에 와서는
銷歇畏秋風.[5]	시들어 져버릴까 가을바람 두려워한다네.
細葉猶含綠,	가느다란 잎에 여전히 초록빛 머금고
鮮花未吐紅.	고운 꽃잎은 아직 붉은빛 토해내지 않았네.
忘憂誰見賞,[6]	시름을 잊게 해 준들 누가 보고 감상해주리?
空此北堂中.[7]	헛되이 이 북당에 있구나.

▌주석

1) 魏氏園林(위씨원림) : 위씨의 정원 숲. 위씨가 누구인지 알 수 없다.
   賦得(부득) : 시인들이 모여 함께 시를 지을 때 시제詩題나 시구詩句, 또는
   운자韻字를 분배받는 것을 가리키는 말로, 본래 이전 사람의 시구를 시제로
   삼을 경우 제목에 '부득賦得'이라는 말을 붙였던 것에서 비롯되었다. 여기서
   는 '가을 정자의 훤초[秋亭萱草]'를 시제로 받았음을 말한다.
   萱草(훤초) : 원추리. '훤초諼草'라고도 한다. 먹으면 근심을 잊는다 하여
   '망우초忘憂草'라고도 불렸으며 주로 여인들의 거처에 심어 위안으로 삼았다.
   제목이 〈위씨의 정원 정자魏氏園亭〉로 되어 있는 판본도 있다.

2) 幽徑(유경) : 깊고 한적한 오솔길. 인간세상과 떨어진 깊은 산속을 의미한다.

3) 榮耀(영요) : 초목이 무성하고 아름다운 모양.

4) 玉墀(옥지) : 옥 계단. 궁정의 계단을 가리키며, 여기서는 위씨의 원림을
   의미한다.

5) 銷歇(소헐) : 시들어 떨어지다.

6) 忘憂(망우) : 근심을 잊게 하다. 훤초의 효능을 가리킨다.

7) 北堂(북당) : 북쪽에 있는 집. 주로 여인의 거처를 가리키며, 여기서는 외지고 적막한 정원 뒤뜰을 의미한다.

▮ 해설

이 시는 위씨魏氏의 원림에서 노닐며 훤초萱草를 노래한 영물시로서, 정원 외진 곳에 쓸쓸히 피어 있는 훤초의 모습에 자신의 처지와 신세를 기탁하고 있다. 제목으로 보아 진자앙을 비롯한 여러 사람이 위씨의 원림에서 각자 정원에 있는 하나의 사물을 소재로 하여 시를 썼음을 알 수 있으며, 대략 장안에서 관직생활을 하던 광택光宅 원년(684)에서 천수天授 2년(691) 사이에 쓴 것으로 여겨진다.

제1~2구와 제3~4구에서는 산속에서 뭇 봄꽃들과 함께 아름답게 빛나던 훤초의 모습과 세속 정원에서 가을바람에 시들까 두려워하고 있는 훤초의 모습을 대비시키며 고향에서의 자신의 부유하고 안락했던 삶과 관직에 나온 후의 고난과 역경의 삶을 비유하고 있다. 제5~6구에서는 가느다란 잎에도 여전히 초록빛을 띠고 있고 아직 붉은 꽃이 채 피지 않은 훤초의 모습을 묘사하며 재능을 지니고 있으면서도 아직 이를 발휘하지 못하고 있는 자신을 비유하고, 제7~8구에서는 훤초가 비록 시름을 잊게 하는 효능이 있음에도 이를 알아주는 이 없이 정원 뒤뜰에 홀로 피어 있음을 말하며 재능을 인정받지 못하고 버려져 있는 자신의 신세를 탄식하고 있다. (주기평)

41. 題李三書齋[1]
이씨의 서재에 쓰다

灼灼青春仲,[2]	화사한 푸른 봄이 한창이고
悠悠白日升.[3]	느릿느릿 흰 해가 떠오르네.
聲容何足恃,[4]	성음과 용모를 어찌 믿을 수 있으리?
榮吝坐相矜.[5]	영예와 치욕도 공연히 괴로울 뿐이네.
願與金庭會,[6]	금정의 모임에 참여하길 원하며
將待玉書徵.[7]	장차 옥서로 부름을 기다리리.
還丹應有術,[8]	신선이 되는 데는 응당 방술이 있을 것이니
煙駕共君乘.[9]	구름수레를 그대와 함께 탑시다.

▌주석

1) 李三(이삼) : 제목 뒤에 '숭사崇嗣'가 부제로 붙어있는 경우도 있어 이숭사李崇嗣인 것으로 보인다. '삼三'은 종형제 내에서의 순서이다. 이숭사는 무측천 때에 봉신부주부奉宸府主簿를 역임했고, 성력聖曆(698-700) 연간에 칙령을 받들어 동관東觀에서 책을 정리했다.

2) 灼灼(작작) : 꽃이 화사하게 핀 모양. ≪시경·주남·도요桃夭≫에 "싱싱한 복숭아나무에, 화사하게 꽃이 피었다.(桃之夭夭, 灼灼其華)"는 말이 있다.

3) 悠悠(유유) : 느릿느릿한 모양. ≪초사·구장九章·사미인思美人≫에 "흰 해가 느릿느릿 뜬다.(白日出之悠悠.)"는 말이 있다.

4) 聲容(성용) : 성음과 용모. 사람의 젊은 용모를 가리킨다.

5) 榮吝(영린) : 영예와 치욕. 영욕榮辱.
   坐(좌) : 공연히.
   相矜(상긍) : 상대를 괴롭히다. 우리를 괴롭히다.

6) 金庭(금정) : 도교에서 말하는 선향仙鄕. 도교의 복지福地를 가리키며 전설상의 신선이 거주하는 곳이다.

7) 玉書(옥서) : 도교의 서적을 가긴다.

徵(징) : 부르다. 옥서로 부른다는 것은 심희沈羲가 도교 서적을 받고 신선이 된 이야기를 전고로 사용한 것이다. ≪신선전神仙傳≫에 "심희는 오군 사람으로 촉 땅에서 도를 배웠는데 다만 재앙을 소멸하고 병을 없애 백성을 구제할 줄 알았지 약물을 복용할 줄은 몰랐다. 그 공덕이 하늘을 감동시켜 천신이 그를 알게 되었다. 심희가 처와 함께 수레를 타고 며느리 탁공녕의 집을 찾아가다가 길에서 백록거 한 대와 백호거 한 대를 만났는데 따르는 자가 모두 수십 인이었고 기병은 모두 붉은 옷을 입고 창을 쥐고 칼을 차서 온 길이 휘황찬란하였다. 심희에게 묻기를 '그대가 심희인가요?'라고 하니, 심희가 깜짝 놀라며 영문을 몰랐으나 답하길 '맞습니다. 무엇 때문에 묻는 것입니까?'라고 하였다. 말을 탄 사람이 말하길 '심희는 백성에게 공이 있고 마음이 도를 잊지 않으며 어릴 때부터 행동에 허물이 없었다. 타고난 명이 길지 않아 수명이 장차 다하려고 하니 황로께서 지금 선관仙官을 파견하여 그대를 맞이하게 했습니다.'고 하였다. 곧 우의羽衣를 입고 부절을 가진 세 신선이 백옥간·청옥책·단옥자를 심희에게 주었는데 심희는 그 책을 알 수 없었지만 결국 심희를 싣고 하늘로 올라갔다.(沈羲者, 吳郡人, 學道于蜀中, 但能消火除病, 救濟百姓, 不知服藥物. 功德感天, 天神識之. 羲與妻共載, 詣子婦卓孔寧家, 道逢白鹿車一乘, 白虎車一乘, 從者皆數十人, 騎皆朱衣, 仗矛帶劍, 輝赫滿道. 問羲曰, 君是沈羲否. 羲愕然不知何等, 答曰, 是也, 何爲問之. 騎人曰, 羲有功于民, 心不忘道, 自少小以來, 履行無過. 受命不長, 年壽將震, 黃老今遣仙官來迎之. 須臾, 有三仙人羽衣持節, 以白玉簡青玉冊丹玉字授羲, 羲不能識, 遂載羲升天)"고 한다.

8) 還丹(환단) : 단사丹砂로 환원되다. 단사를 태워 수은을 만들고 이것을 오래 두면 다시 단사가 되는데 이 선단仙丹을 복용하면 대낮에 승천하여 신선이 될 수 있다고 한다. 즉 도가에서 연단煉丹하여 신선이 되는 것을 말한다.

9) 煙駕(연가) : 신선이 타는 구름수레. 운거雲車.

▌해설

이 시는 인생과 속세의 무상함을 말하며 이승사에게 함께 신선을 추구할 것을 바라고 있다. 이숭사의 서재에 이런 내용의 시를 쓴 것으로 보아 이숭사가 평소 신선에 관심이 많고 그의 서재에 도교와 관련된 책들이 있었을 것으로 추측된다. 진자앙과 이숭사의 교유는 대략 진자앙이 인대정자麟臺正字 벼슬에 나간 684년에서 계모상으로 벼슬을 그만두고 고향으로 돌아온 691년 사이에 있었기에 이 시도 그 시기에 지은 것으로 보인다.

제1~2구에서는 봄날 풍경을 묘사하며 청춘시절을 암시하고 있다. 제3~4구에서는 이러한 청춘의 용모도 곧 시들 것이고 속세에의 영욕도 무의미함을 말하고 있다. 이로 인해 후반부에서는 신선을 지향하고 있다. 제5~6구에서는 도교의 선향을 찾아가 신선이 되기를 원하고 있고, 제7~8구에서는 이숭사도 함께 연단술을 익혀 승천하기를 바라고 있다. (강민호)

42. 同旻上人傷壽安傅少府[1]

민상인이 수안의 부소부를 애도하는 시에 화운하다

生涯良浩浩,[2]	생애는 진실로 넓디넓고
天命固惇惇.[3]	하늘이 준 운명은 본디 돈후하여,
聞道神仙尉,[4]	도를 듣고 신선 같은 현위가 되었고
懷德遂爲隣.[5]	덕을 생각하여 결국 이웃을 만들었네.
疇昔逢堯日,[6]	예전 요순 같은 시대를 만나
衣冠仕漢辰.[7]	의관 갖추고 한나라에서 벼슬했으니,
交游紛若鳳,[8]	교유는 분분하여 봉황 같았고
詞翰宛如麟.[9]	문장은 순순하여 기린 같았는데,
太息勞黃綬,[10]	긴 숨을 쉬며 황색 인끈의 직무에 힘쓰면서
長思謁紫宸.[11]	황제께 배알하길 늘 생각했었네.
金蘭徒有契,[12]	금란지교는 헛되이 징표만 남긴 채
玉樹已埋塵.[13]	옥 나무는 이미 먼지 속에 묻히었네.
把臂誰無托,[14]	팔 붙잡고 누구에게 부탁한 바 없어도
平生固亦親.[15]	평소에 굳건하고 또 친했었지.
援琴一流涕,[16]	금을 잡고 한 차례 눈물 흘리고서
舊館幾沾巾.[17]	옛 관사에서 몇 번이고 두건을 적시네.
杳杳泉中夜,[18]	어두커니 저 황천은 밤이겠지만
悠悠世上春.[19]	아득하니 이 세상은 봄이로세.
幽明長隔此,[19]	유명이 늘 여기에서 달라지나니
歌哭爲何人.[20]	만가 부르고 곡을 해도 누굴 위한 것이겠나.

주석

1) 同(동) : 화운和韻하다. '화和'와 같다.

   旻上人(민상인) : 누구인지 정확히 알 수 없다. '상인上人'은 스님이다.

   壽安(수안) : 지명. 당대唐代 낙주洛州에 속한 곳으로 지금의 하남성河南省 의양현宜陽縣이다.

   傳少府(부소부) : 부씨 성의 소부. 누구인지 알 수 없다. '소부'는 현위縣尉에 대한 존칭이다.

2) 浩浩(호호) : 넓디넓다. 넓고 큰 모양.

3) 惇惇(돈돈) : 돈후하다. 순박하고 도탑다.

4) 神仙尉(신선위) : 신선 같은 현위. 부소부를 가리킨다. ≪한서漢書·매복전梅福傳≫에 의하면, 매복은 일찍이 남창위南昌尉가 되었는데 원시元始 연간에 이르러 왕망王莽이 정권을 장악하자 처자식을 버리고 고향을 떠나 먼 곳에서 은거하여 나중에 신선이 되었다고 한다. 이로 인해 현위를 '신위神尉', '소선少仙'이라 하였다.

5) 懷德(회덕) : 덕을 생각하다. ≪논어論語·이인里仁≫에서 "군자는 덕을 생각하나 소인은 살 땅을 생각한다.(君子懷德, 小人懷土)"라고 하였다.

   爲隣(위린) : 이웃을 만들다. 부소부가 덕이 많아 사람들이 그를 친하게 따른 일을 가리킨다. ≪논어論語·이인里仁≫에서 "덕은 외롭지 않고 반드시 이웃이 있다.(德不孤, 必有隣)"라고 하였다.

6) 堯日(요일) : 요순堯舜 같은 시대. 여기서는 당唐 고종高宗이 다스리던 시대를 가리킨다.

7) 漢辰(한진) : 한나라 때. 여기서는 당나라를 가리킨다.

8) 紛若(분약) : 분분하다. 성하고 많은 모양.

   이 구는 부소부가 많은 인재들과 교유했음을 의미한다.

9) 詞翰(사한) : 문장.

   宛如(완여) : 순순하다. 완곡하게 순종하다.

   이 구는 부소부의 문장 품격이 기린처럼 순순하면서도 빼어난 것을 의미한다.

10) 太息(태식) : 긴 숨을 내쉬다. 한숨을 쉬다.

　　黃綬(황수) : 황색 인끈. 현위를 가리킨다.

11) 紫宸(자신) : 황제. 원래는 천자가 거하던 궁궐 이름인데 여기서는 황제를 가리킨다.

12) 金蘭(금란) : 금란지교金蘭之交. 쇠붙이 같이 단단하고 난초처럼 향기로운 사귐으로, 한 마음처럼 의기투합하는 친구 관계를 의미한다. ≪역易·계사繫辭≫에서 "두 사람이 마음을 같이 하면 그 날카롭기가 쇠붙이를 베어내고, 마음을 같이하는 말은 그 냄새가 난초처럼 향기롭다.(二人同心, 其利斷金. 同心之言, 其臭如蘭)"라고 하였다.

13) 玉樹(옥수) : 옥 나무. 아름다운 나무 같은 사람을 의미하는데, 여기서는 부소부를 가리킨다.

　　이 두 구는 부소부와 의기투합하며 친하게 지냈지만 부소부가 이미 죽었음을 말하였다.

14) 把臂(파비) : 팔을 붙잡다. 두 사람의 우의가 말로 표현하지 않아도 큰 것을 의미한다. ≪후한서後漢書·주락하열전朱樂何列傳≫에서 "처음에 주휘와 한 고을 사람 장감은 본래 명성이 있었는데, 일찍이 태학에서 주휘를 만나 심히 그를 중시하면서 친구의 도리로써 대접하였다. 이에 주휘의 팔을 잡고 '처자식을 주 선생에게 의탁하고자 합니다.'라고 말하였다. 주휘는 장감이 먼저 영달했다 하여 손을 들어 감히 대답하지 못했는데 이후로 다시 만나지 못했다. 장감이 죽고 나서 주휘는 그 처자식이 곤궁하다는 말을 듣고 이에 스스로 가서 살펴보고는 재물을 후하게 주었다.(初, 暉同縣張堪素有名稱, 嘗於太學見暉, 甚重之, 接以友道, 乃把暉臂曰, 欲以妻子託朱生. 暉以堪先達, 擧手未敢對, 自後不復相見. 堪卒, 暉聞其妻子貧困, 乃自往候視, 厚賑贍之)"라고 하였다.

15) 固亦親(고역친) : 두 사람의 사이가 굳건하고 친밀하다.

16) 援琴(원금) : 금을 잡다. ≪세설신어世說新語·상서傷逝≫에서 "고언선은 평소 금을 좋아했는데 죽게 되자 가족들이 바로 금을 시신의 침상 위에 두었다. 장감張堪이 가서 그에게 곡하다가 그 슬픔을 이기지 못하고 결국 곧장

침상에 올라가 금을 연주하여 몇 곡을 마치고는 금을 어루만지며 '고언선이
자못 다시 이를 감상해줄까?'라고 말하였다. 이에 또 크게 슬퍼하다 끝내
그 아들의 손을 잡지도 못하고 나가버렸다.(顧彦先平生好琴, 及喪, 家人常以琴置
靈床上. 張季鷹往哭之, 不勝其慟, 遂徑上床, 鼓琴, 作數曲竟, 撫琴曰, 顧彦先頗復賞此不.
因又大慟, 遂不執孝子手而出)"라고 하였다.

17) 舊館(구관) : 옛 관사館舍. 여기서는 부소부가 일하던 관사를 가리킨다.
18) 杳杳(묘묘) : 어두컴컴하다. 어두운 모양.
　　泉中(천중) : 황천黃泉. 여기서는 부소부가 매장된 곳을 가리킨다.
19) 幽明(유명) : 유명. 삶과 죽음을 가리킨다.
20) 歌哭(가곡) : 만가挽歌를 부르고 곡을 하다.

▌해설

　이 시는 민상인이 부소부를 애도한 시에 화운하여 다시 부소부를 애도한
작품이다. 시는 크게 세 부분으로 나뉘는데, 부소부가 도와 덕을 수양한 뛰어
난 인물이라는 점, 부소부가 관직에 나아가 많은 인재들과 교유하는 한편
낮은 관직에 있으면서도 황제에게 충성한 점, 부소부의 죽음과 그로 인한
슬픔을 순차적으로 서술하였다. 첫 단락은 제1~4구로 부소부의 인품을 칭찬
했는데 그가 도가적인 도의 수련과 유가적인 덕의 수양을 겸한 인물임을 표현
하였다. 둘째 단락은 제5~10구로 부소부가 태평시대에 관직에 나아가 많은
인재들과 교유하면서도 자신의 임무에 충실했음을 서술하였다. 다만 재능에
비해 부소부의 관직이 낮았음을 안타까워하는 심정이 드러나 있다. 셋째 단락
은 제11~20구로 부소부의 죽음과 그로 인한 자신의 슬픔을 노래하였다. '팔
붙잡고把臂', '금을 잡고援琴'의 시어는 모두 친한 이의 죽음과 관련된 전고典故
들로서, 이를 통해 죽은 부사부와 평소 친하게 지냈고 그래서 그가 죽은 지금
깊은 슬픔에 잠기게 된 심정을 표현하였다. (김수희)

43. 送殷大入蜀[1]

촉지역으로 들어가는 은씨를 전송하다

蜀山金碧地,[2]	촉산은 황금과 벽옥의 땅이니
此地饒英靈.[3]	이 땅에는 뛰어난 인재가 넘쳐나지.
送君一爲別,	그대를 전송하며 한 번 이별을 하자니
凄斷故鄕情.[4]	고향을 그리워하는 마음이 너무나 슬프구나.
片雲生極浦,[5]	조각 구름은 저 먼 포구에서 생겨나고
斜日隱離亭.[6]	기운 해는 이정에서 숨는다네.
坐看征騎沒,[7]	그래서 떠나는 기마가 사라지는 걸 보려하니
惟見遠山靑.	다만 먼 산이 푸르른 것만 보이네.

▌주석

1) 殷大(은대) : 은씨殷氏 집안의 첫째. 누구인지 알 수 없다.

2) 蜀山(촉산) : 촉蜀 지역의 산악의 범칭. 판본에 따라 우산禹山으로 된 곳도 있는데 이 경우 우동산禹同山을 가리킨다.

   金碧(금벽) : 황금과 벽옥. 보물을 가리키기도 하고 신령의 이름이기도 하다. ≪한서漢書·교사지郊祀志≫에서 "누군가 말하길 익주에는 황금 말과 벽옥 닭의 신이 있는데 초제를 하여 부를 수 있다고 한다.(或言益州有金馬碧雞之神, 可醮祭而致)"라고 하였다. 여순如淳의 주에 따르면 "황금의 형체가 말과 비슷하고 벽옥의 형체가 닭과 비슷하다.(金形似馬, 碧形似雞)"라고 하였다. 또 ≪한서·지리지地理志≫에서 "울휴군 청령현에 우동산이 있는데 거기에 금마와 벽계가 있다.(月嶲郡青蛉縣有禹同山, 有金馬碧鷄)"라고 하였다.

3) 英靈(영령) : 걸출한 인재.

4) 凄斷(처단) : 슬픔이나 처량함이 극에 달하다.

   故鄕情(고향정) : 고향을 그리워하는 마음. 이 시에서는 진자앙이 자신의 고향인 촉 지역을 그리워하는 마음.

5) 片雲(편운) : 조각 구름. 이 시에서는 은씨를 가리킨다.

   極浦(극포) : 멀리 있는 물가. 《초사·상군湘君》에서 "잠양포 바라보네, 멀리 물가를.(望涔陽兮極浦)"라고 하였다. 이 초사는 상부인湘夫人을 그리워하는 내용이며 그래서 '극포'는 그리움과 관련이 있다.

6) 斜日(사일) : 저녁에 서쪽으로 기울어 지는 해. 이 시에서는 진자앙을 가리킨다.

   離亭(이정) : 고대에 성에서 조금 떨어진 길가에 사람들이 쉴 수 있게 만든 정자. 사람들이 이곳에서 자주 이별을 하였다.

7) 坐(좌) : 인하여. 그래서.

   征騎(정기) : 길을 떠나는 기마.

해설

이 시는 아마도 진자앙이 낙양에 있을 때 지은 송별시인 것 같다. 그러니 진자앙이 낙양에서 벼슬을 한 광택光宅 원년(684)에서 처음 벼슬을 그만 둔 천수天授 2년(691) 사이에 지은 작품일 것이다. 이 시는 그가 벼슬을 하던 때에 지은 것으로 보인다.

제1~2구는 은씨의 목적지인 촉 땅에 대해 썼다. 촉 땅은 물산과 인재가 넘치는 풍요로운 곳이다. 제3~4구는 은씨를 떠나보내는 아픈 마음과 시인의 고향을 그리워하는 슬픈 마음이 짝을 이뤘다. 제5~6구는 이 슬픈 마음을 상상의 풍경과 실제 풍경에 비유하였다. '조각구름'은 떠나는 은씨를, '먼 포구'는 그가 갈 여정을, '기운 해'는 이별과 향수로 시름하는 시인 자신을, '이정'은 헤어지는 장소를 나타낸다. 제7~8구는 은씨가 떠나가는 모습을 우두커니 바라보는 모습을 시인의 모습을 그렸다. (서용준)

44. 鴛鴦篇¹ 원앙편

飛飛鴛鴦鳥,	훨훨 나는 원앙새
擧翼相蔽虧.²	날개를 들어 가려져 있네.
俱來淥潭裏,³	같이 맑은 못으로 왔다가
共向白雲涯.	함께 흰 구름가로 향하네.
音容相眷戀,⁴	울음소리와 모습 서로 사모하고
羽翮兩逶迤.⁵	기촉은 둘이 구불구불 이어진 듯하네.
蘋萍戲春渚,⁶	네가래풀과 부평초가 뜬 봄 물가에서 장난치고
霜霰繞寒池.⁷	서리와 싸라기눈이 내린 찬 연못을 맴도네.
浦沙連岸淨,	포구 모래사장은 언덕까지 이어져 깨끗하고
汀樹拂潭垂.⁸	물가 나무는 연못을 스치며 드리워져있네.
年年此遊玩,	매년 이처럼 노닐고
歲歲來追隨.	해마다 와서 서로 따른다네.
鳳凰起丹穴,⁹	봉황은 단혈산에서 날아올라
獨向梧桐枝.¹⁰	홀로 오동나무 가지로 향하고
鴻雁來紫塞,¹¹	기러기들은 북방 변새로 날아와
空憶稻梁肥.¹²	헛되이 비옥했던 벼와 기장을 떠올리네.
烏啼倦永夕,¹³	까마귀는 울며 긴 밤을 고달파하고
鶴鳴傷別離.¹⁴	학은 울며 이별을 서글퍼하네.
豈若此雙禽,¹⁵	어찌 이 한 쌍의 날짐승이
飛翻不異林.¹⁶	날아감에 서로 숲을 달리하지 않음과 같으랴!
刷羽青江浦,¹⁷	푸른 강 포구에서 깃털을 가다듬어주고
交頸紫山岑.¹⁸	자줏빛 산봉우리에서 목을 부비네.
文章負奇色,¹⁹	아름다운 무늬는 기이한 빛을 띠고

和鳴多好音.²⁰   화답하는 지저귐은 매우 아름답다네.

聞有鴛鴦綺,²¹   듣건대 원앙비단이 있고

復有鴛鴦衾.²²   또 원앙 이불도 있다하니

持爲美人贈,   아름다운 이에게 드려서

勖此故交心.²³   이처럼 오래 사귀려는 마음을 위해 애써 보렵니다.

주석

1) 鴛鴦(원앙) : 새 이름. 오리과에 속하는 물새의 일종. ≪고금주古今注≫에 따르면 원앙새는 '필조匹鳥'라고 하는데 암수가 서로 떨어지질 않아 만약 누군가 한 마리를 잡아가면 나머지 한 마리가 그리움에 결국 죽는다고 하였다.

2) 蔽虧(폐휴) : 가려져서 보일 듯 말 듯하다. 서로 붙어 있는 것을 말한다.

3) 淥潭(녹담) : 맑은 연못.

4) 眷戀(권련) : 사모하다.

5) 羽翮(우핵) : 기촉.
   逶迤(위이) : 구불구불 이어진 모양.

6) 蘋萍(빈평) : 수초의 이름. '빈蘋'은 네가래풀이고 '평萍'은 부평초이다.
   戲(희) : 장난치다.
   渚(저) : 물가.

7) 霜霰(상산) : 서리와 싸라기눈.

8) 汀(정) : 물가.

9) 丹穴(단혈) : 전설상의 산 이름. 봉황이 사는 곳이라고 전해진다. ≪산해경 山海經·남산경南山經≫에 "또 동쪽으로 500리 되는 곳은 단혈산이라고 하는 데 그 위에는 금과 옥이 많고 붉은 물이 솟아나와 남쪽으로 흘러서 발해로 들어간다. 거기에 새가 있는데 모습이 닭처럼 생겼고 오색 무늬가 있는데 봉황이라고 한다.(又東五百里曰丹穴之山, 其上多金玉, 丹水出焉, 而南流注于渤海. 有鳥焉, 其狀如鷄, 五采而文, 名曰鳳凰)"고 되어 있다.

10) 梧桐枝(오동지) : 오동나무 가지. ≪시경詩經·대아大雅·권아卷阿≫에 "봉황
이 우네, 저 높은 언덕에서. 오동나무가 자라네, 저 산의 동쪽에서.(鳳凰鳴矣,
于彼高岡. 梧桐生矣, 于彼朝陽)"라는 구절이 있다. 정전鄭箋에 따르면 봉황은
오동나무에서만 살고 대나무 열매만 먹는 습성이 있다고 한다.

11) 鴻雁(홍안) : 큰 기러기와 작은 기러기.
   紫塞(자새) : 북방 변새. 진대秦代에 장성長城을 쌓았는데 흙빛이 붉어 '자紫'
   를 붙인 것이다.

12) 稻粱(도량) : 벼와 기장.

13) 倦(권) : 고달프다.

14) 傷別離(상별리) : 이별을 서글퍼하다. ≪고금주≫에 따르면 〈별학조別鶴
   操〉는 상릉商陵의 목동이 지은 것이다. 결혼 후 5년 동안 아이가 없자 집안
   에서 다시 결혼을 시키려고 하니 부인이 그 말을 듣고 밤에 학의 울음소리
   에 슬퍼하였다. 목동 또한 그 소리를 듣고 슬피 노래를 불렀다 한다.

15) 豈若(기약) : 어찌하여.
   雙禽(쌍금) : 한 쌍의 날짐승. 원앙을 가리킨다.

16) 飛翻(비번) : 날다.
   不異林(불이림) : 숲을 달리하다. 원앙새가 어느 숲에서건 짝을 이루며
   날아가는 모습을 비유하는 것이다.
   이상 두 구는 원앙새가 어디서나 짝을 지어 함께 날아다니는 모습이 봉황,
   기러기, 까마귀, 학처럼 홀로 다니는 새들과 어찌 같을 수 있겠냐는 뜻이다.

17) 刷羽(쇄우) : 깃털을 쓸어내리며 가지런히 다듬는 것이다.

18) 交頸(교경) : 목을 서로 부비는 것으로 부부나 남녀의 사랑을 나타낸다.
   岑(잠) : 산봉우리.

19) 文章(문장) : 원앙의 화려하고 아름다운 깃털을 비유한다.

20) 和鳴(화명) : 서로 응하여 화답하며 내는 울음소리.

21) 綺(기) : 화려한 무늬가 있는 비단.

22) 衾(금) : 이불.
   持(지) : 가져가다.

23) 勖(욱) : 애쓰다. 노력하다.
　　此故交心(차고교심) : 이 원앙처럼 오래도록 사귀는 마음.

▌해설

　이 시는 원앙이 늘 짝을 지어 다니며 아름답게 사랑을 나누는 모습에 빗대어 오래도록 변치 않을 마음을 상대방에게 전하고자 한 것이다. 육조六朝시대의 영향이 남아 있는 것으로 보여 진자앙의 초기 작품으로 추정한다.

　제1~4구는 하늘과 연못을 오가며 날아다니는 원앙의 모습을 그린 것이다. 제5~8구는 물가에서 서로 울음소리와 몸짓으로 사랑을 속삭이는 모습을 구체적으로 묘사하였다. 제9~12구는 원앙이 찾아오는 물가의 경물을 나타낸 것이다. 새하얀 모래사장이 끝없이 펼쳐지고 나무가 드리워진 아름다운 연못가를 해마다 찾아와서는 다정히 놀다 가는 것을 말하였다. 평화로운 자연 속에서 끊임없이 사랑을 찾는 생명의 활력이 느껴진다고 볼 수 있다. 제13~20구에서는 원앙과 달리 홀로 다니는 봉황, 기러기, 까마귀, 학 등의 고독과 슬픔을 대조시켜 원앙만의 독특한 삶의 방식과 그들의 변함없는 애정을 칭송하였다. 제21~24구에서는 원앙의 화려한 자태와 아름다운 울음소리 속에 서로를 살뜰히 챙기는 모습을 거듭 강조하였다. 마지막으로 제25~28구에서는 자신 또한 원앙처럼 변치 않는 사귐을 위해 노력하겠다는 다짐을 드러내며 행복한 삶을 꿈꾸고 있음을 나타내었다. (홍혜진)

45. 西還至散關答喬補闕知之[1]
서쪽으로 돌아가다 산관에 이르러 보궐 교지지에게 답하다

葳蕤蒼梧鳳,[2]	아름다운 푸른 오동나무의 봉황
嘹唳白露蟬.[3]	처량하게 우는 흰 이슬의 매미.
羽翰本非匹,[4]	그 깃털이 본시 짝할 바가 아니지만
結交何獨全.[5]	사귐은 어찌 유독 온전한가?
昔君事胡馬,[6]	예전에 그대가 오랑캐를 상대할 때
余得奉戎旃.[7]	나도 군대 일을 받들고서,
攜手向沙塞,	손을 잡고 사막으로 향했으니
關河緬幽燕.[8]	관문과 황하 건너 아득한 유주와 연 땅이었지.
芳歲幾陽止,[9]	꽃 피는 봄은 몇 번이나 시월이 되었고
白日屢徂遷.[10]	흰 태양은 누차 옮겨갔지만,
功業雲臺薄,[11]	공업에 관해 운대는 야박하여
平生玉佩捐.[12]	평생 옥패가 버려졌구나.
嘆此南歸日,[13]	이를 한탄하며 남쪽으로 돌아가는 날
猶聞北戍邊.[14]	또 북쪽 수자리에 관해 들었지만,
代水不可涉,[15]	대수는 건널 수 없고
巴江亦潺湲.[16]	파강은 또 천천히 흐르니,
攬衣度函谷,[17]	옷을 집어 들고 함곡관을 지나고는
銜涕望秦川.[18]	눈물을 머금으며 진천을 바라보네.
蜀門自茲始,[19]	촉문이 이로부터 시작하니
雲山方浩然.[20]	구름 높은 산이 한창 광막하구나.

▌주석

1) 西還(서환) : 서쪽으로 돌아가다. 진자앙이 계모상을 치르기 위해 낙양에서 고향인 사홍射洪으로 돌아가는 것이다.

散關(산관) : 대산관大散關. 지금의 섬서성 보계시寶雞市 남서쪽에 있던 관문.

喬知之(교지지) : 앞의 시 30. 〈형옥을 판별하다 및 서문觀荊玉篇 幷序〉 주석 3번 참조. 그는 수공垂拱 2년(686) 진자앙과 함께 북쪽으로 종군한 적이 있다.

2) 葳蕤(위유) : 아름다운 모습.

蒼梧鳳(창오봉) : 푸른 오동나무의 봉황. 교지지를 비유한다. 육기陸機의 〈운부雲賦〉에 "푸른 오동나무에서 영험한 봉황이 난다(翼靈鳳於蒼梧)"라는 구절이 있다.

3) 嘹唳(요려) : 처량하게 우는 소리.

白露蟬(백로선) : 흰 이슬의 매미. 가을 매미. 진자앙 자신을 비유한다.

4) 羽翰(우한) : 깃털. 봉황의 날개와 매미의 날개를 아울러 말한 것이다.

匹(필) : 짝하다.

5) 全(전) : 온전하다. 완전하다.

이상 두 구는 교지지는 진자앙보다 인품이나 재능이 훨씬 뛰어나 대등하게 교유할 만하지 않지만 오래도록 사귐을 온전히 이루어주었다는 뜻이다.

6) 事胡馬(사호마) : 오랑캐 말을 상대하다. 변새에서 종군하는 것을 말한다.

7) 奉戎旃(봉융전) : 군대 깃발을 받들다. 종군하는 것을 말한다.

8) 關河(관하) : 관문과 황하.

緬(면) : 아득하다. 멀다.

幽燕(유연) : 유주와 연 땅. 지금의 북경 지역으로 당시 변방 지역이었다.

이상 네 구는 교지지와 진자앙이 수공 2년(686) 함께 종군한 것을 적었다.

9) 芳歲(방세) : 꽃 피는 봄.

陽止(양지) : 음력 10월. '지'는 어조사이다.

10) 徂遷(조천) : 이동하다. 지나가다.

이상 두 구는 세월이 많이 흘렀다는 말이다.

11) 雲臺(운대) : 한나라 궁중 안의 누대 이름으로 공신의 초상을 그려놓고
이들을 기념하였다.
薄(박) : 야박하다.

12) 玉佩(옥패) : 옥으로 만든 패물. 귀한 장식품으로 뛰어난 재능을 비유한다.
捐(연) : 버려두다.
이상 두 구는 궁중에서 변방에서의 업적을 인정하지 않아 재능이 버려진
채 등용되지 못했다는 뜻이다.

13) 南歸(남귀) : 남쪽으로 돌아가다. 진자앙이 고향인 촉 땅으로 가는 것이다.

14) 北戍邊(북수변) : 북쪽 변방 수자리. 당시 교지지가 북쪽 변새에 있는 것을
가리키는 듯하다. ≪자치통감資治通鑑≫ 권203에 따르면, 동라同羅와 복고
僕固를 패퇴시킨 뒤 조칙을 내려 동성同城(지금의 내몽고자치구 액제납기額
濟納旗 남동쪽)에 안북도호부安北都護府를 두고 항복한 이를 받아들였다는
기록이 있는데, 이와 관련이 있는 것으로 보인다.

15) 代水(대수) : 대 땅의 강. '대'는 옛 나라 이름으로 지금의 산서성 대현 일대
이다. 여기서는 북쪽 변방을 가리킨다.

16) 巴江(파강) : 촉 땅의 강.
潺湲(잔원) : 물이 흐르는 모습.
이상 두 구는 진자앙이 변새에 있는 교지지를 따라가고 싶지만 그러지
못하고 고향인 촉 땅으로 간다는 뜻이다.

17) 攬衣(남의) : 옷을 집어 들다.
函谷(함곡) : 함곡관.

18) 銜涕(함체) : 눈물을 머금다.
秦川(진천) : 지금의 섬서성 중부 일대이다.

19) 蜀門(촉문) : 산 이름. 검문劍門이 있으며, 지금의 사천성 검각현劍閣縣 북쪽
으로 촉 땅으로 들어가는 관문이다.
玆(자) : 대산관을 가리킨다.

20) 雲山(운산) : 구름 속의 산.
浩然(호연) : 넓고 광활하다.

이 시는 천수天授 2년(691) 계모상을 치르기 위해 낙양에서 고향인 사홍으로 돌아가다가 산관에 이르러서 교지지로부터 편지를 받고는 이에 답하는 것으로, 그와의 오랜 교유와 공적을 인정받지 못한 안타까움, 그와 함께 하지 못하고 떠나가는 애달픔 등을 표현하였다.

제1~2구에서는 아름다운 봉황과 처량하게 우는 가을 매미로 교지지의 인품과 재능을 칭송하면서 여러 가지 일로 슬퍼하고 있는 진자앙 자신을 비유하였다. 제3~4구에서는 교지지가 고아하여 진자앙과 짝할 바가 아니지만 자신과의 사귐이 유독 돈독했음을 말하였다. 제5~8구에서는 예전에 그와 함께 북방 변새에서 종군했던 사실을 적었으며, 제9~12구에서는 오랜 시간이 지나도록 그 공적을 인정받지 못하고 있음을 적었다. 제13~18구에서는 고향으로 가던 도중 교지지가 다시 변방으로 간다는 소식을 들었지만 함께 하지 못해 안타까워하는 마음을 표현하였다. 제19~20구에서는 촉 땅으로 들어가면서 본 경물을 적었는데, 구름 속의 산이 넓다고 하여 앞으로의 길이 순탄하지 않을 것을 예감하고 있다. 변방에서 공적을 세웠지만 인정받지 못하였고, 생사를 같이 하며 종군했던 친구는 아직 변방을 떠돌고 있으며, 이러한 친구와 함께 하며 위로하지 못하고 관직을 그만 둔 채 고향으로 향하는 상황을 적어 복합적인 안타까운 심정을 그려내고 있다. (임도현)

46. 酬李參軍崇嗣旅館見贈[1]
참군 이숭사가 여관에서 내게 준 시에 답하다

昨夜銀河畔,[2]	지난밤 은하수 가에
星文犯遙漢.[3]	객성의 별빛이 먼 은하수를 침범하더니,
今朝紫氣新,[4]	오늘 아침 자색 기운이 새롭기에
物色果逢眞.[5]	찾아보니 과연 진인을 만났네.
言從天上落,[6]	하늘에서 떨어졌다 말하나니
乃是地仙人.[7]	바로 땅의 신선이었네.
白璧疑冤楚,[8]	백옥 들고 초나라를 원망했던 변화 같고
烏裘似入秦.[9]	오구 해진 채 진나라 들어간 소진 같네.
摧藏多古意,[10]	좌절했으나 옛 선인들의 뜻 많고
歷覽備艱辛.[11]	두루 다니며 고생을 다 겪었네.
樂廣雲雖睹,[12]	악광이라 구름 속에서도 보일 인물이나
夷吾風未春.[13]	관중이라 바람이 봄을 만나지 못했네.
鳳歌空有問,[14]	봉황 노래로 공연히 물어보았나니
龍性詎能馴.[15]	용의 본성이 어찌 길들여질 수 있으랴.
寶劍終應出,[16]	보검은 끝내 드러나기 마련이고
驪珠會見珍.[17]	보주는 틀림없이 보배로 여겨지리니.
未及馮公老,[18]	풍공처럼 늙지는 않았으니
何驚孺子貧.[19]	서치 같은 가난함에 어찌 놀라랴.
青雲儻可致,[20]	만약 청운에 이르게 되면
北海憶孫賓.[21]	북해의 손승을 기억해주시라.

▌주석

1) 李參軍崇嗣(이참군숭사) : 참군 이숭사. 앞의 시 41. 〈이씨의 서재에 쓰다題
   李三書齋〉 주석 1번 참조. 뒤의 시 47. 〈여름날 휘상인의 방에서 참군 이숭사
   와 이별하다 및 서문夏日暉上人房別李參軍崇嗣 幷序〉의 서문에서 "허주에서
   오니 달빛이 용천에서 나왔고 촉 땅으로 들어오니 별자리가 우수와 두수에
   보였도다.(來從許下, 月旦出于龍泉. 言入蜀中, 星文見于牛斗)"라고 한 것으로 보아
   이숭사는 허주에서 참군 벼슬을 하다가 촉으로 들어가려고 했던 듯하다.

2) 畔(반) : 가.

3) 星文(성문) : 별빛. 이때의 별은 객성客星을 가리킨다.

   犯遙漢(범요한) : 먼 데 있는 은하수를 범하다.

   이 구는 ≪박물지博物志·잡설雜說≫의 내용과 관련되어 있다. "옛말에 '은
   하수와 바다가 통한다'라 하였다. 근래에 바닷가에 사는 어떤 사람이 해마
   다 팔월에 빈 뗏목을 띄워 보면, 오고가는 기간에 어김이 없었다. 그는
   기이한 뜻을 품고서, 뗏목 위에 높은 누각을 세우고 식량을 가득 싣고서
   뗏목에 올라 떠났다. 열흘 동안에는 여전히 일월성신이 보였는데 그 후로
   는 아득해지더니 낮인지 밤인지 구별되지 않았다. 열흘을 더 가서 문득
   한 곳에 이르렀는데 성곽 모양이 있었고 가옥들이 매우 질서 있었다. 멀리
   궁궐 안이 바라다 보이는데 베 짜는 여인들이 많았다. 장부 한 명이 소를
   물가로 끌고 와 물을 먹이는 것이 보였다. 소 끄는 사람은 깜짝 놀라 '어떻게
   여기에 이르렀소?'라고 물었다. 그가 오게 된 뜻을 모두 말하며 아울러
   '여기가 어딘가요?'라 물으니 '그대가 돌아가서 촉군에 가서 엄군평을 만나
   보면 알게 될 것이오.'라 대답하였다. 결국 강언덕으로 올라가지는 않았다.
   돌아와 보니 오고 간 기간이 딱 맞았다. 뒤에 촉에 이르러 엄군평에게
   물어보니 '모년 모월 모일에 객성이 견우성을 침범하였네.'라 말하였다.
   날짜를 따져보니 바로 은하수에 도달했을 때였다.(舊說云, 天河與海通. 近世有
   人居海渚者, 年年八月有浮槎, 去來不失期. 人有奇志, 立飛閣於槎上, 多齎糧, 乘槎而去.
   十餘日中, 猶觀星月日辰, 自後茫茫忽忽, 亦不覺晝夜. 去十餘日, 奄至一處, 有城郭狀,
   屋舍甚嚴. 遙望宮中, 多織婦. 見 丈夫牽牛渚次飲之. 牽牛人乃驚問曰, 何由至此. 此人

235

具說來意, 並問此是何處. 答曰, 君還, 至蜀郡訪嚴君平則知之. 竟不上岸. 因還如期. 後至蜀, 問君平, 曰, 某年月日, 有客星犯牽牛宿. 計年月, 正是此到天河時也)"라 하였는데, 객성이 은하수를 범했다는 것은 이숭사가 이곳에서 진자앙과 잠시 조우하게 될 일을 가리키는 것으로 보인다.

4) 紫氣(자기) : 자색의 기운. 제왕이나 성현이 등장할 징조를 보여주는 상서로운 기운을 가리킨다.

5) 物色(물색) : 찾다. 형상을 그린 초상화 등을 가지고 찾는 것을 말한다.
   眞(진) : 진인眞人. 도사. 이숭사를 가리킨다.
   이상 두 구는 ≪사기색은史記索隱≫에 인용된 ≪열이전列異傳≫의 내용인 "노자가 서쪽으로 갈 때, 관문지기 윤희가 자색 기운이 함곡관에 떠 있는 것을 보았는데 노자가 과연 푸른 소를 타고 지나가고 있었다.(老子西遊, 關令尹喜望見有紫氣浮關, 而老子果乘靑牛而過也)"에서 나왔다.

6) 天上落(천상락) : 하늘에서 떨어지다. 주홍정周弘正의 〈무관에 들어가며入武關〉에서 "장군은 하늘에서 떨어졌네.(將軍天上落)"라 하였는데, 이때의 장군은 한나라의 명장 이광李廣이고, 이 시에서는 이숭상을 가리킨다.

7) 地仙人(지선인) : 땅의 신선. ≪포박자抱朴子‧논선論仙≫에 "≪선경≫에 이르길, '상급의 도사는 형체 그대로 허공에 오르는데, 이를 일컬어 하늘의 신선이라 한다. 중급의 도사는 명산에서 노니는데, 이를 일컬어 땅의 신선이라 한다. 하급의 도사는 먼저 죽은 후에 탈태하는데, 이를 일컬어 시체에서 풀려난 신선이라 한다.(仙經云, 上士擧形升虛, 謂之天仙. 中士遊於名山, 謂之地仙. 下士先死後脫, 謂之尸解仙)"라 했다.

8) 白璧(백벽) : 흰 옥.
   冤(원) : 원망하다.
   이 구는 춘추시대에 변화卞和가 초나라 왕에게 옥덩어리를 바쳤지만 가짜 옥을 바쳤다고 오해받아 두 발뒤꿈치를 잘린 일과 관련되어 있다.

9) 烏裘(오구) : 검은 갖옷.
   似入秦(사입진) : 진나라로 들어갈 때와 같다. 소진蘇秦이 진나라로 유세하러 들어가는 것과 같이 이숭사가 촉으로 들어가려고 한다는 뜻이다.

이 구는 전국시대 소진蘇秦이 진秦나라 혜왕惠王에게 계속 글을 올리며 유세했지만 받아들여지지 않아 집으로 돌아오는데 검은 갖옷은 다 헤지고 돈도 다 떨어졌으며 초췌한 몰골이었다는 일화에서 나온 것이다.

이상 두 구에서는 변화와 소진에 이숭사를 빗대어 그가 뜻을 이루지 못한 처지임을 말하였다.

10) 摧藏(최장) : 꺾이고 쓰이지 못하다.

古意(고의) : 옛 선인들의 뜻.

11) 歷覽(역람) : 두루 다니다. 이숭사가 각지로 고생하며 떠돌았던 일을 말한다.

備(비) : 모두.

이상 두 구는 이숭사가 옛 선인들의 뜻을 품고 두루 떠돌며 고생했던 일을 말한 것이다.

12) 樂廣(악광) : 진晉나라 악광.

雲雖睹(운수도) : 구름 속에서도 비록 보이다.

이 구는 ≪진서·악광전≫의 내용과 관련되어 있다. 악광은 평소 인품이 맑고 언행이 신중하였는데, 위관衛瓘이 그를 보고 기이하게 여겨 "이 사람은 사람 중의 맑은 거울이다. 그를 보면 운무를 헤치고 청천을 보는 것 같다.(此人, 人之水鏡也. 見之, 披雲霧睹靑天)"라 했다.

13) 夷吾(이오) : 춘추시대 관중管仲. 이 구는 ≪설원說苑·귀덕貴德≫의 내용과 관련이 있는 것으로 보인다. 양梁나라와 위衛나라의 재상을 지냈던 맹간자孟簡子는 죄를 짓고 제齊나라로 도망치게 되었다. 관중이 맹간자를 따르는 사람이 세 명 뿐인 것을 보고 놀라 이전에 맹간자를 따르던 식객의 수를 물으니 무려 삼천 명이라 하였다. 관중은 수레에 올라 자신이 훗날에 맹간자보다 못하게 될 것이라고 한탄하며 "나는 봄바람이 되어 사람들에게 불어주지 못하였고, 나는 여름비가 되어 사람들을 적셔 주지 못하였으니, 내가 곤궁해질 것이 틀림없구나!(吾不能以春風風人, 吾不能以夏雨雨人, 吾窮必矣)"라고 말하였다.

風未春(풍미춘) : 바람이 아직 봄을 만나지 못하였다.

이 구는 관중이 봄바람이 되어 사람들에게 불어주지 못하였던 일을 가지고

237

서, 이숭사가 아직 때를 만나지 못하였음을 말하고자 한 것으로 보인다.

14) 鳳歌(봉가) : 봉황 노래. 《논어·미자微子》에 초나라 미치광이 접여가 공자 곁을 지나가며 노래하기를 "봉황이여, 봉황이여. 어찌하여 덕이 이리도 쇠하였는가. 지나간 일들은 돌이킬 수 없지만, 다가올 일들은 좇을 수 있네. 그만두어라, 그만두어라. 지금 정치에 뛰어들면 위험하리.(鳳兮, 鳳兮. 何德之衰. 往者不可諫, 來者猶可追. 已而, 已而. 今之從政者殆而)"라고 했는데 공자가 그와 이야기를 나누어보려고 하였지만 접여가 자리를 떠났다고 한다. 이 구에서 시인은 접여가 한 질문은 세상을 구하고자 하는 의지를 지닌 공자에게 쓸데없는 것이었음을 말하였다.

15) 龍性(용성) : 용의 본성. 경세제민하고자 하는 포부와 의지를 가리킨다.
詎(거) : 어찌.
馴(훈) : 길들이다.
이 구는 안연지顔延之의 〈오군영五君詠·혜중산嵇中散〉에서 "속세에 서서 속된 의론에 맞섰고, 산을 찾아 은자와 뜻을 합했네. 난새의 깃촉이 이때 꺾였지만, 용의 본성을 누가 길들일 수 있으랴?(立俗迕流議, 尋山洽隱淪. 鸞翮有時鎩, 龍性誰能馴)"라고 한 데서 나왔다.
이상 두 구는 이숭사가 경세제민의 포부를 지니고 있어, 용의 본성을 길들일 수 없는 것처럼 그의 현실 정치에 대한 포부와 의지도 거두게 할 수 없음을 말한 것이다.

16) 寶劍(보검) : 보검. 《진서·장화전張華傳》에 "처음에 오나라가 아직 망하지 않았을 때에 남두성과 견우성 사이에 늘 자색 기운이 있었다. … 오나라가 평정된 후에는 자색 기운이 더욱 밝았다. 장화가 예장 사람 뇌환이 천문을 보고 점을 치는 데에 통달하였다는 말을 듣고, 이에 뇌환을 불러 묵도록 하여 함께 누에 올라 하늘을 보았다. 뇌환이 '제가 오랫동안 관찰해보니, 남두성과 견우성 사이에 신이한 기운이 있습니다.'라 했다. 장화가 '이것이 어떻게 상서로운 것인가?'라 하니 뇌환이 '보검의 정기가 올라가 하늘을 뚫은 것입니다.'라 대답했다. 장화가 '그대는 그것을 얻을 거라 말하였는데, 내가 어렸을 때 관상장이가 내 나이가 60이 넘으면 삼공의 지위에

오르고 마땅히 보검을 얻어서 차게 될 거라 말했습니다. 그 말이 아마도 실효를 거두려하나 봅니다.'라 하였다. 이에 '어디입니까?'라 물으니 뇌환이 '예장의 풍성입니다.'라 했다. 장화가 '그대를 낮추어 읍재로 삼아 몰래 함께 보검을 찾을까 하는데 그래도 되겠습니까?'라 하자 뇌환이 허락하였다. … 뇌환이 풍성현에 도착해 감옥의 기단을 파서 땅을 넉 자 넘게 파고 들어가 석함을 하나 얻었는데 빛이 예사롭지 않았다. 그 속에서 쌍검을 얻었는데 하나는 '용천'이고 하나는 '태아'라고 새겨져 있었다. 그날 밤, 남두성과 견우성 사이의 서기가 더 이상 보이지 않았다.(初, 吳之未滅也, 斗牛之間常有紫氣. … 及吳平之後, 紫氣愈明. 華聞豫章人雷煥妙達緯象, 乃要煥宿, … 因登樓仰觀. 煥曰, 僕察之久矣, 惟斗牛之間頗有異氣. 華曰, 是何祥也. 煥曰, 寶劍之精, 上徹於天耳. 華曰, 君言得之, 吾少時有相者言, 吾年出六十, 位登三事, 當得寶劍佩之. 斯言豈效與. 因問曰, 在何郡. 煥曰, 在豫章豐城. 華曰, 欲屈君爲宰, 密共尋之, 可乎. 煥許之. … 煥到縣, 掘獄屋基, 入地四丈餘, 得一石函, 光氣非常. 中有雙劍, 並刻題, 一曰龍泉, 一曰太阿. 其夕, 斗牛間氣不復見焉)"라고 했다.

17) 驪珠(여주) : 보주寶珠. 흑룡의 턱 아래에 있다는 구슬.

18) 馮公(풍공) : 풍당馮唐. 한나라 문제文帝 때에 직간하다가 파직 당하였다. 무제武帝가 즉위하여 현량賢良을 구하였다. 이에 풍당이 천거되었으나 그의 나이가 이미 아흔이 넘어 관직에 나아갈 수 없었다.

19) 孺子(유자) : 서치徐稚. 그의 자가 유자孺子이다. ≪후한서 · 서치전≫에 따르면 그는 덕행으로 명성이 높았으나 매우 가난하여 늘 몸소 농사를 지었다고 한다. 서치는 덕이 높으나 가난한 자를 가리킨다.
이상 두 구는 이승사가 비록 현실에서 득의하지는 못하고 있지만 아직 늙지 않았기에 고생을 감내하며 견디다 보면 훗날을 기약할 일이 있음을 말한 것이다.

20) 儻(당) : 만약에.

21) 北海(북해) : 북해군. 지금의 산동성에 위치해 있다.
孫賓(손빈) : 손숭孫嵩. 그의 자가 빈석賓石이다. ≪후한서 · 조기전趙岐傳≫에 따르면, 조기는 당현唐玹이라는 사람을 무시하여 그에게서 원한을 산 일이

239

있었다. 연희延熹 원년(158)에 당현이 경조윤京兆尹이 되자 조기는 해가 미칠 것이 두려워 도망쳤다. 당현은 과연 조기의 가솔과 친척들을 체포하였다. 조기는 이름과 신분을 숨긴 채 북해에서 떡을 팔았는데 손숭은 조기가 떡을 팔고 살 사람이 아님을 알고 그의 사연을 물었다. 자초지종을 알게된 손숭은 그의 집 벽 안에 조기를 숨겨주고 돌봐주었다. 훗날 조기가 복권되었을 때 손숭을 천거하여 청주자사靑州刺史가 되도록 해주었다. 이상 두 구에서 시인은 자신을 손숭에, 이숭사를 조기에 빗대어서 조기의 인재 됨을 알아봐주었던 손숭처럼 이숭사의 위인 됨을 알아봐준 자신을 잊지 말아줄 것을 청하고, 아울러 이숭사가 머지않아 뜻을 이루게 될 것임을 말하였다.

▌해설

이 시는 촉으로 가려고 하는 이숭사의 재주와 품행을 칭송하고 그의 앞날을 축원하는 내용으로서, 이숭사와 교유하며 지은 다른 시들과 비교해볼 때 장수長壽 원년(692)에 지은 것이라 여겨진다.

제1~6구에서 시인은 비범한 인물인 이숭사와 만나게 된 일을 말하였다. 제7~12구에서는 이숭사가 뛰어난 능력을 가지고 있음에도 불구하고 득의하지 못한 상황임을 말하였다. 제13~18구에서는 이숭사가 비록 기회를 얻지 못하였지만 현실에 대한 포부와 의지를 갖고 있는 인재이며 결국에는 득의할 날이 있을 것이라 말하고 그런 날이 오면 자신과의 교유를 잊지 말아달라고 청하였다. (정세진)

47. 夏日暉上人房別李參軍崇嗣 幷序[1]

여름날 휘상인의 방에서 참군 이숭사와 이별하다 및 서문

考察天人, 旁羅變動,[2] 東西南北, 賢聖不能定其居,[3] 寒暑晦明,[4] 陰陽不能革其數. 莫不雲離雨散,[5] 奔馳於宇宙之間, 宋遠燕遙,[6] 泣別於關山之際,[7] 自古來矣. 李參軍白雲英胄,[8] 紫氣仙人,[9] 愛江海而高尋, 頓風塵而未息.[10] 來從許下,[11] 月旦出於龍泉.[12] 言入蜀中, 星文見於牛斗.[13] 野亭相遇, 逆旅承歡. 謝鯤之山水暫開,[14] 樂廣之雲天自樂.[15] 思道林而不見,[16] 悵若有亡. 詣祗樹而從遊,[17] 衆然舊款.[18] 高僧展袂, 大士臨筵,[19] 披□路之天書,[20] 坐琉璃之寶地.[21] 簾帷後闢, 拂鸚鵡之香林.[22] 欄檻前開, 照芙蓉之綠水. 討論儒墨,[23] 探覽眞玄.[24] 覺周孔之猶述, 知老莊之未悟. 遂欲高攀寶座,[25] 伏奏金仙,[26] 開不二之法門,[27] 觀大千之世界.[28] 歡娛恍晚, 離別行催, 紅霞生而白日歸, 靑氣凝而碧山暮. 驪歌斷引,[29] 抗手將辭,[30] 江漢浩浩而長流,[31] 天地居然而不動.[32] 嗟乎, 色爲何色, 悲樂忽而因生,[33] 誰去誰來, 離會紛而妄作.[34] 俗之迷也, 不亦煩乎. 各述所懷, 不拘章韻.[35]

하늘과 사람을 고찰하고 변화와 움직임을 두루 살펴보면, 동서남북으로 성현은 그 거처를 일정하게 할 수 없으며, 추위와 더위, 어둡고 밝음에 음양은 그 운수를 바꿀 수 없도다. 구름이 나뉘고 비가 흩어져 우주의 사이로 치달리며, 송 땅은 멀고 연 땅은 아득한데 관산의 끝에서 울며 이별하지 않을 수 없는 것은 예부터 그러하였다. 이참군은 흰 구름의 뛰어난 자손이요 자색 기운의 신선으로, 강해를 사랑하여 고아함을 추구하였고 세상에 내려와서도 그치지를 않았다. 허주에서 오니 달빛이 용천에서 나왔고 촉 땅으로 들어오니 별자리가 우수와 두수에 보였도다. 길가 정자에서 만나 여관에서 기쁨을

이어가니, 사곤謝鯤이 즐겼던 산수가 잠시 열리고 악광樂廣이 헤쳤던 구름하늘이 절로 즐거웠다. 지둔스님을 그리워해도 만나지를 못해 잃어버린 듯 슬펐는데 절에 와 함께 노니니 오래된 친구인 듯 편안하였다. 고승이 옷깃을 펼치고 큰 선비가 자리에 임하니, 깨달음으로 가는 하늘의 책을 펼치고 유리가 깔린 아름다운 자리에 앉아 있는 것이라네. 주렴과 휘장은 뒤로 열려 앵무새 나는 향기로운 숲에 스치고, 난간은 앞에 펼쳐져 부용꽃 핀 푸른 물에 비치도다. 유가와 묵가를 토론하며 참된 도를 찾아 살펴보니, 주공周公과 공자孔子는 그저 전술하기만 하였음을 알았고 노자老子와 장자莊子는 깨닫지도 못했음을 알았도다. 마침내 높이 보좌에 올라 엎드려 부처님께 아뢰고, 불이의 법문을 열어 삼천대천의 세계를 보고자 하노라. 즐거움은 꿈인 듯 끝이 나고 이별은 길을 재촉하니, 붉은 놀 피어나 흰 태양은 돌아가고 푸른 기운 엉기어 옥빛 산은 저무는구나. 이별의 노래는 끊어졌다 이어지고 손들어 장차 이별하려 하니, 장강과 한수는 아득히 길게 흘러가고 천지는 편안히 미동도 하지 않는구나. 아! 색色이 어찌하여 색色이던가? 슬픔과 즐거움은 홀연하지만 원인이 있어 생겨난다네. 누가 가고 누가 오는가? 이별과 만남은 빈번하지만 이유 없이 일어난다네. 속세의 미혹함이여! 또한 괴롭지 아니한가? 각자 느낀 바를 쓰며 장과 운에 구애받지 아니한다.

四十九變化,[36]	마흔아홉 번째까지 변화하고
一十三死生.[37]	열에 셋은 죽고 산다네.
翕忽玄黃裏,[38]	쏜살같은 천지 속에서
驅馳風雨情.[39]	고통의 감정을 치달리니,
是非紛妄作,[40]	시비는 분분히 망령되이 일어나고
寵辱坐相驚.[41]	영욕에 헛되이 놀라기만 한다네.
至人獨幽鑒,[42]	도에 이른 사람은 홀로 그윽이 살피며
窈窕隨昏明.[43]	한가로이 어둠과 밝음을 따른다네.
咫尺山河道,[44]	산하로 이어진 길도 지척이요

軒窓日月庭.[45]	일월이 뜨는 뜰도 집의 창에 불과하니,
別離焉足問,	이별을 어찌 물을 수 있겠는가?
悲樂固能幷.[46]	슬픔과 즐거움을 진정 함께 할 수 있다네.
我輩何爲爾,	우리들이야 어찌 그럴 수 있으리?
栖皇猶未平.[47]	안절부절 오히려 평안하지 않다네.
金臺可攀陟,[48]	신선세계는 붙잡아 오를 수 있고
寶界絕將迎.[49]	극락세계는 보내고 맞이하는 것이 없으니,
戸牖觀天地,	창문으로 하늘과 땅을 관찰하고
階基上窅冥.[50]	계단에서 깊고 그윽한 곳으로 오른다네.
自超三界樂,[51]	스스로 삼계의 즐거움을 초월하게 되면
安知萬里征.	만 리 밖으로 떠나는 것을 어찌 알리?
中國要荒內,[52]	중원은 먼 변방 안에 있고
人寰宇宙縈.[53]	인간세상은 우주와 얽혀 있으며,
弦望如朝夕,[54]	반달이 차는 것은 하루아침이니
寧嗟蜀道行.[55]	촉 땅 길 어찌 탄식하리?

❚ 주석

1) 暉上人(휘상인) : 휘스님. 앞의 시 23. 〈휘스님이 여름날 숲 샘물에서 보낸 시에 답하다酬暉上人夏日林泉見贈〉 주석 1번 참조.

李參軍(이참군) : 참군 이숭사李崇嗣. 앞의 시 41. 〈이씨의 서재에 쓰다題李三書齋〉 주석 1번 참조.

2) 旁羅(방라) : 두루 망라하다.

3) 定其居(정기거) : 그 거처를 일정하게 하다. ≪예기禮記·단궁하檀弓下≫에 있는 "공자가 말하기를, '지금 나는 동서남북에 있는 사람이다.'라고 하였다.(孔子曰, 今丘也, 東西南北之人也)"에 대한 정현鄭玄 주에 "동서남북은 거처에 일정한 곳이 없음을 말한다.(東西南北, 言居無常處也)"라 하였나.

4) 寒暑晦明(한서회명) : 추위와 더위, 밝음과 어두움. 계절의 순환과 날의 변화를 가리킨다.

5) 雲離雨散(운리우산) : 구름이 나누어지고 비가 흩어지다. 친구와 이별하는 것을 비유한다.

6) 宋遠燕遥(송원연요) : 송 땅은 멀고 연 땅은 아득하다. 친구와 먼 곳으로 떨어져 있는 것을 비유한다.

7) 關山(관산) : 산의 관문. 이별하는 곳을 가리킨다.

8) 白雲英冑(백운영주) : 흰 구름의 뛰어난 자손. 도가의 계승자임을 말한다.

9) 紫氣仙人(자기선인) : 자색 기운의 신선. 상서로운 기운을 띠고 있는 신선을 가리킨다.

10) 頓風塵(돈풍진) : 세상으로 내려오다. '풍진風塵'은 인간세상을 가리킨다.

11) 許(허) : 허주許州. 지금의 하남성 허창許昌 일대이다.

12) 月旦(월단) : 달빛. 용천검의 빛을 가리킨다. 앞의 시 46. 〈참군 이숭사가 여관에서 내게 준 시에 답하다酬李參軍崇嗣旅館見贈〉 주석 16번 참조.
    龍泉(용천) : 용이 나오는 샘.

13) 星文(성문) : 별 자리. 또는 별 빛.
    牛斗(우두) : 우수牛宿와 두수斗宿. 28수宿 중의 하나이다.
    이 구는 이숭사가 신선과 같은 존재임을 말한 것이다. 앞의 46. 〈참군 이숭사가 여관에서 내게 준 시에 답하다〉 주석 3번 참조.

14) 謝鯤(사곤) : 진晉의 명사名士로, 자가 유여幼輿이고 진국陳國 하양夏陽 사람이다. 조정에 있으면서도 여러 사람들과 더불어 마음껏 산수를 노닐며 술을 즐겼다.

15) 樂廣(악광) : 진晉의 청담가淸談家로, 자가 언보彥輔이고 남양南陽 육양湑陽 사람이다. 앞의 시 46. 〈참군 이숭사가 여관에서 내게 준 시에 답하다〉 주석 12번 참조.

16) 道林(도림) : 동진東晉의 승僧 지둔支遁. 속성은 관關이고 자가 도림道林이며 하내河內 임려林廬 사람이다. 앞의 시 25. 〈가을날에 형주부에서 최병조의 사신 연회를 만나다 및 서문秋日遇荊州府崔兵曹使宴 幷序〉 주석 25번 참조.

17) 祇樹(지수) : 지수급고독원祇樹給孤獨園의 줄임말로 인도 불교의 성지 중의 하나이다. 석가모니가 깨달음을 얻은 후 이곳에 머물며 20여 년을 설법하였다고 한다. 일반적으로 절이나 승방을 가리키는 말로 사용된다.

18) 衆然(중연) : 예의나 격식을 차리지 않고 마음대로 편안히 행동하다. '종연縱然'과 같다.

    舊款(구관) : 오래된 교유交遊.

19) 大士(대사) : 덕망 있는 선비.

20) □路(□로) : 여러 판본에 모두 한 글자가 빠져있다. 문장의 내용으로 보아 '각로覺路', 즉 깨달음으로 이르는 길로 여겨진다.

    天書(천서) : 하늘의 책. 여기서는 불경佛經을 가리킨다.

21) 琉璃之寶地(유리지보지) : 유리가 깔린 보배로운 자리. 불가에서는 청정무욕淸淨無慾의 세계는 모두 유리가 덮여 있다 하여 이와 같이 부른다.

22) 拂鸚鵡之香林(불앵무지향림) : 앵무새 나는 향기로운 숲. 석가모니가 앵무왕鸚鵡王의 청을 받아 여러 비구들을 데리고 하룻밤 머물렀다고 하는 숲이다. ≪법원주림法苑珠林·수청편受請篇·시복부施福部≫에 따르면, 이날 앵무새가 밤새 돌며 날고 맹수와 도적들의 우환이 없었다고 한다.

23) 儒墨(유묵) : 유가儒家와 묵가墨家.

24) 眞玄(진현) : 참된 진리.

25) 寶座(보좌) : 보배로운 자리. 여기서는 부처님의 자리를 가리킨다.

26) 金仙(금선) : 금선자金仙子. 부처를 가리킨다.

27) 不二之法門(불이지법문) : 불이법문不二法問. 절로 들어가는 세 개의 문 중에 마지막 문. 상대적이고 차별적인 상태를 초월하여 절대적이고 평등한 진리의 세계로 들어서는 것을 상징한다.

28) 大千之世界(대천지세계) : 삼천대천三千大千의 세계. 불가에서 말하는 광대무변의 세계. 하나의 해와 달이 동서남북의 네 하늘에 비치는 세상을 '소세계小世界'라 하는데, 천 개의 소세계가 모여 하나의 '소천세계小千世界'를 이루며 다시 천 개의 소천세계가 모여 하나의 '중천세계中千世界'를, 천 개의 중천세계가 모여 하나의 '대천세계大千世界'를 이룬다고 한다.

29) 驪歌(여가) : 이별의 노래. 고대 ≪시경詩經≫의 편명에서 유래한 것으로, 손님이 말을 타고 떠나가면서 불렀다고 하는 '여구가驪駒歌'를 가리킨다. 지금의 ≪시경≫에는 실려 있지 않다.

30) 抗手(항수) : 손을 들어 올리다. 헤어질 때 예를 갖추는 것이다.

31) 浩浩(호호) : 물이 넓고 끝이 없는 모양.

32) 居然(거연) : 평안하고 조용한 모양.

33) 因生(인생) : 원인이 있어 생겨나다. 슬픔과 즐거움은 비록 홀연히 생겨나지만 모두가 그 원인이 있음을 말한 것이다.

34) 妄作(망작) : 망령되이 일어나다. 삶에서 이별과 만남은 빈번히 일어나지만 아무런 까닭도 없이 생겨남을 말한 것이다.

35) 章韻(장운) : 장과 운. 시의 규칙과 격식을 가리킨다.

36) 四十九變化(사십구변화) : 마흔 아홉 번 변화하다. 불가에서 석가모니의 법화경 설법을 들은 사람들이 49번에 걸쳐 서로 이를 전수하고 부처가 되었음을 말한다. 50번째 사람은 깨닫기만 하였을 뿐 부처가 되지 못하였다. 여기서는 득도하지 못한 중생들이 사는 세상을 가리킨다.

37) 一十三死生(일십삼사생) : 열에 셋은 죽고 산다. ≪노자老子≫에서 "태어나 죽음으로 들어가는데 천생을 누리는 사람이 열에 셋이요, 요절하는 사람이 열에 셋이다. 태어나 사지로 움직여 가는 사람 또한 열에 셋이니, 무엇 때문인가? 억지로 살고자 하는 것이 강하기 때문이다.(出生入死, 生之徒十有三, 死之徒十有三. 人之生, 動之死地, 亦十有三, 夫何故, 以其生生之厚)"라 한 것을 인용한 것으로, 여기서는 죽음을 벗어날 수 없는 인간의 세상을 가리킨다.

38) 翕忽(엄홀) : 순식간. 매우 빠른 모양.
    玄黃(현황) : 하늘과 땅.

39) 風雨情(풍우정) : 비바람 속의 감정. 고난과 고통의 삶을 가리킨다.

40) 是非妄作(시비망작) : 옳고 그름을 분별하는 것이 망령되이 생겨나다. 옳고 그름은 하나로 단정할 수 없음을 말한다. ≪장자莊子·제물론齊物論≫에 "이것은 또한 저것이고 저것은 또한 이것이다. 저것 또한 하나의 시비이며 이것 또한 하나의 시비이다.(是亦彼也, 彼亦是也. 彼亦一是非, 此亦一是非)"라 하였다.

41) 寵辱(총욕) : 인생의 영예와 치욕.

坐(좌) : 헛되다. '도徒'와 같다.

驚(경) : 놀라다. 영예와 치욕의 상황에 깜짝 놀라는 것을 말한다. 《노자》
에서 "어찌하여 영예와 치욕이 놀라는 것 같다고 말하는가? 영예는 좋은
것이며 치욕은 나쁜 것이니 얻어도 놀라고 잃어도 놀란다. 따라서 영예와
치욕이 놀라는 것 같다고 말하는 것이다.(何謂寵辱若驚. 寵爲上, 辱爲下, 得之若
驚. 失之若驚, 是謂寵辱若驚)"라 하였다.

42) 至人(지인) : 도의 경지에 이른 사람.

43) 窈窕(요조) : 안정되다. 평온하다.

44) 山河道(산하도) : 산과 강으로 이어진 길. 먼 길을 의미한다.

45) 日月庭(일월정) : 해와 달이 뜨는 마당.

이상 두 구는 먼 길도 가까이에 있는 것으로 여기고 마당에 뜨는 해와
달을 다만 집에 난 창문 정도로 여기는 지인의 달관되고 초탈한 경지를
말한 것이다.

46) 悲樂能幷(비락능병) : 슬픔과 즐거움을 함께 할 수 있다. 지인至人은 희로애
락에 초연함을 말한 것이다.

47) 栖皇(서황) : 초조하고 안정되지 않은 모습.

48) 金臺(금대) : 황금 누대. 도가에서 신선세상을 가리킨다.

49) 寶界(보계) : 보배로운 세계. 불가에서 극락세계를 가리킨다.

將迎(장영) : 보내고 맞이하다. 인간세상에서의 이별과 만남을 의미한다.

50) 階基(계기) : 계단의 기초. 맨 아래쪽 계단.

窅冥(요명) : 깊고 그윽한 세계. 도의 세계를 가리킨다.

51) 三界(삼계) : 불가에서 말하는 욕계欲界, 색계色界, 무색계無色界. 욕계는 식
욕과 음욕, 수면욕을 가진 중생들이 거주하는 감각의 세계이며, 색계는
식욕과 음욕은 사라졌으나 여전히 물질을 누리며 사는 형상의 세계이다.
무색계는 일체의 정신적 물질적 속박에서 벗어난 세계이다.

52) 要荒(요황) : 고대 오복五服 중의 하나인 요복要服과 황복荒服. 먼 변방을
가리킨다. 주대周代에 천자가 다스리는 사방 천 리 땅인 왕기王畿 바깥 지역

을 오백 리 단위로 나누어 각각 전복旬服, 후복侯服, 빈복賓服, 요복要服, 황복荒服이라 하고 이를 오복五服이라 하였다.

53) 人寰(인환) : 인간세상.
　　縈(영) : 두르다. 얽히다.

54) 弦望(현망) : 반달과 보름달. '현弦'은 달의 모양이 활과 같음을 비유한 것으로 반달을 의미한다.
　　朝夕(조석) : 하루아침.

55) 寧嗟(영차) : 어찌 탄식하리?
　　蜀道行(촉도행) : 촉 땅 길. 이숭사가 떠나갈 길을 가리킨다.

▋해설

　이 시는 휘상인의 방에서 촉 땅으로 떠나는 이숭사를 전송하며 쓴 것으로, 장수長壽 원년(692) 여름 계모상으로 고향인 사홍射洪에 머무를 때 쓴 것으로 여겨진다. 시에서는 수많은 불교와 도교의 전고들을 활용하여 인생의 고통과 무상함을 말하고 이숭사에 대한 칭송과 함께 이별의 아쉬움을 나타내고 있다.

　제1~6구에서는 불교에서의 중생들이 사는 세상과 도교에서의 죽음을 벗어날 수 없는 인간세상을 말하며, 유한하고 급변하는 세상 속에서 고통의 삶을 살며 시비와 영욕에서 벗어나지 못하는 인간의 모습을 말하고 있다. 제7~12구에서는 앞서의 세속의 인간들과 대비시켜 삶의 이치를 깨달은 지인至人의 평온한 모습과 초탈의 경지를 묘사하며 지인은 만남의 기쁨이나 이별의 슬픔에도 초연함을 말하고 있다. 제13~18구에서는 자신들과 같은 속인들은 애욕에서 자유롭지 못해 늘 안정되지 않음을 말하고, 신선세계와 극락세계에 대한 지향과 득도와 해탈의 경지에 대한 추구를 나타내고 있다. 마지막 제19~24구에서는 초월의 경지에 이르게 되면 만 리 밖 이별에도 아무렇지 않게 될 것임을 말하며 중원과 변방, 인간세상과 먼 우주가 하나로 연결되어 있다는 말로써 그가 어느 먼 곳으로 떠나든 마침내 다시 만날 수 있으리라는 희망을 나타내고, 반달이 차서 보름달이 되는 시간이 하루아침에 불과할 것이라는 말로써 헤어져 있는 시간이 길지 않을 것임을 말하고 있다. (주기평)

48. 夏日遊暉上人房[1]

여름날 휘상인의 방에서 노닐다

山水開精舍,[2]	산수간에 정사를 열어놓고
琴歌列梵筵.[3]	거문고 노래 속에 설법 자리가 펼쳐져 있네.
人疑白樓賞,[4]	사람은 백루정에서 평했던 이 같고
地似竹林禪.[5]	자리는 세존이 참선하던 죽림정사 같네.
對戶池光亂,	문을 대하는 연못의 광채가 어지럽고
交軒巖翠連.[6]	처마에 교차하며 푸른 바위가 이어지네.
色空今已寂,[7]	색과 공이 지금 이미 다 적막하니
乘月弄澄泉.	달을 타고 맑은 샘물에서 노니네.

▌주석

1) 暉上人(휘상인) : 당대唐代의 승려. '상인上人'은 스님을 가리킨다. 앞의 시 23. 〈휘스님이 여름날 숲 샘물에서 보낸 시에 답하다酬暉上人夏日林泉見贈〉 주석 1번 참조.

2) 精舍(정사) : 사찰. 절.

3) 梵筵(범연) : 승려가 설법하는 자리.

4) 白樓(백루) : 백루정白樓亭. 《세설신어世說新語·상예賞譽》에 "손흥공과 허현도가 같이 백루정에 있었는데, 이전의 명망있고 현달한 이들에 대해 함께 품평하였다. 임공(지둔支遁, 자가 도림道林)은 애초에 관여하지 않다가 다 듣고나서 이르길 '두 현인은 본래 스스로 재주가 있나보군요.'라고 하였다. (孫興公許玄度共在白樓亭, 共商略先往名達. 林公旣非所關, 聽訖云, 二賢故自有才情)" 고 하였다.
賞(상) : 품평.
이 구는 휘상인을 동진東晉의 명승名僧인 지둔에 비유한 것이다.

5) 竹林(죽림) : 죽림정사竹林精舍. 석가세존이 설법하던 곳으로 인도 최초의 승원僧園이다.

6) 軒(헌) : 창문.

7) 色空(색공) : 물질의 형상과 그 공허한 본성

▌해설

　이 시는 휘상인 산방山房의 그윽하고 청정함을 찬미한 것으로 장수長壽 원년 (692) 여름에 계모상으로 근신할 때 지은 것으로 보인다.

　제1구에서는 정사의 산수를 언급하여 제5~6구의 못과 바위에 대한 구체적 풍경묘사를 이끌고 있고, 제2구에서는 설법하는 자리梵筵을 언급하여 제3~4구의 상인과 정사 터에 대한 서술을 이끌고 있다. 제7~8구에서는 색즉시공色卽是空의 이치를 깨닫고 함께 노닐었음을 말하고 있다. 달빛을 탄다는 말로 보아 낮에서 밤까지 시간가는 줄 모르고 휘상인과 산방에 있었음을 알 수 있다. (강민호)

49. 酬暉上人秋夜獨坐山亭有贈[1]
휘상인이 가을밤 산속 정자에 홀로 앉아 보내준 시에 답하다

鍾梵經行罷,[2]	종소리와 독경 소리 속에서 걷기 수행 마친 후
香床坐入禪.	향기로운 평상에 앉아 선정에 드셨군요.
巖庭交雜樹,	바위 정원에는 많은 나무가 섞여 있고
石瀨瀉鳴泉.[3]	돌 여울에는 소리 나는 샘물이 쏟아지지요.
水月心方寂,[4]	물에 비친 달에 마음은 바야흐로 고요해지고
雲霞思獨玄.	구름노을 속으로 생각은 유독 심오하시군요.
寧知人世裏,	어이 알까 인간세상에서는
疲病苦攀緣.[5]	병들어 인연에 연연해하며 고통 받는다는 것을.

▎주석

1) 暉上人(휘상인) : 휘스님. '상인'은 스님의 존칭이다. 앞의 시 23. 〈휘스님이 여름날 숲 샘물에서 보낸 시에 답하다酬暉上人夏日林泉見贈〉 주석 1번 참조. ≪전당시全唐詩≫를 비롯한 다른 판본에는 '수酬'자 앞에 '왕원외우후등개원사남루인同王員外雨後登開元寺南樓因'의 13자가 더 있고 '추야秋夜'의 2자는 없다. 즉 시 제목이 '왕 원외랑과 함께 비온 뒤 개원사 남루에 올랐는데 이로 인해 휘상인이 가을밤 산속 정자에 홀로 앉아 보내온 시에 답하다(同王員外雨後登開元寺南樓因酬暉上人秋夜獨坐山亭有贈)'로 되어 있다. 그런데 ≪당회요唐會要≫의 "천수 원년(690) 10월 29일 장안과 낙양 및 모든 주에 각각 대운사 한 곳을 두었다. 개원 26년(738) 6월 1일에 이르러 모두 개원사로 고쳤다.(天授元年十月二十九日, 兩京及諸州, 各置大雲寺一所. 至開元二十六年六月一日, 并改爲開元寺)"라는 기록에 의하면, '개원사'라는 명칭은 개원 연간에 생긴 것으로 무측천 시대에는 아직 이 명칭이 없었다. 따라서 이 13자는 후인들이 덧붙인 것이라고 추정된다.

獨坐山亭(독좌산정) : 산속 정자에 홀로 앉다. 독좌산獨坐山을 사홍현射洪縣
에 있는 산 이름으로 보는 견해도 있다. 이 경우 '독좌산의 정자에서'로
해석된다.

2) 鍾梵(종범) : 사원의 종소리와 독경 소리.

經行(경행) : 불교 용어. 일정한 곳을 돌면서 왕복하거나 왔다 갔다 하는
행위를 이른다. 이는 좌선을 하다 조는 것을 방지하거나 몸을 수양하고
병을 치료하기 위한 것이다.

3) 石瀨(석뢰) : 돌 여울. 돌길 사이로 흐르는 급류.

4) 水月(수월) : 물에 비친 달. 불교 용어로 수면 위의 달처럼 실체가 없어
붙잡을 수 없는 것을 가리킨다.

5) 疲病(피병) : 병들다.

攀緣(반연) : 불교 용어. 인연을 붙잡다. 인연에 연연해하다. ≪능엄경楞嚴
經≫에서 "무엇을 병의 근원이라고 이릅니까? 인연을 붙잡는 것을 이른다.
(何謂病本, 謂攀緣)"라고 하였다.

▌해설

이 시는 여의如意 원년(692) 가을 촉 땅으로 돌아가 복상服喪할 때 지은
것으로, 휘상인이 좌선하면서 보낸 시에 화답한 것이다. 제1~2구는 휘상인이
걷기 수행을 마치고 좌선을 하며 선정에 든 것을 서술하였다. 제3~4구는
좌선하는 곳의 주변상황을 묘사한 부분으로, 어지러이 뒤섞인 나무와 시끄러
운 물소리가 참선을 방해할 수 있음을 드러내었다. 제5~6구는 그럼에도 불구
하고 휘상인이 고요하고 심오한 참선의 경지에 들었음을 말하였다. 제7~8구
는 이처럼 참선하시는 휘상인께서는 인연에 연연하여 고통 받는 인간 세상에
대해 알 리 없을 것이라는 생각을 서술하였다. 휘상인이 거하는 산속 정자와
거기서 참선하는 모습을 통해 그에 대한 존경심을 청아하게 표현해내었다.
(김수희)

50. 臥疾家園[1]
집에서 병으로 눕다

世上無名子,[2]	세상에서 무명의 도가 인물이
人間歲月賒.[3]	사람 사이에서 보낸 세월이 길기도 하였네.
縱橫策已棄,[4]	세상을 경영하려던 책략은 벌써 전에 버렸으니
寂寞道爲家.[5]	고요하고 허무한 도를 내가 살 집으로 삼았네.
臥疾誰能問,	병에 걸려 누워있는 것을 누가 문안할 수 있으리오
閑居空物華.[6]	한가로운 거처에 공연히 풍경만 아름답네.
猶憶靈臺友,[7]	여전히 영대의 친구를 생각하지만
棲眞隱大霞.[8]	나는 진실한 본성을 지키며 태하에 숨었네.
還丹奔日御,[9]	환단을 하여 해수레를 달리게 하고
却老餌雲芽.[10]	늙음을 피하려고 구름싹을 먹으리.
寧知白社客,[11]	어찌 알리오, 백사의 나그네가
不厭靑門瓜.[12]	청문의 오이 심기를 싫증내지 않음을.

▌주석

1) 家園(가원) : 집의 원림園林. 진자앙의 고향 집을 가리킨다.

2) 無名子(무명자) : '이름이 없음'을 추구하는 도가적 인물. '이름이 없음'은 도가의 중요한 개념의 하나이다.

3) 賒(사) : 시간이 길다.

4) 縱橫策(종횡책) : 종횡가의 책략. 종횡가는 전국시대 때 합종合縱과 연횡連橫을 주장하던 정치가들의 주장에서 그 명칭이 생겨났다. 그 이후 종횡가란 세상을 경영하고 백성을 다스리는 다양한 정치 주장과 책략을 일삼은 사람들을 가리켰다.

5) 寂寞道(적막도) : 적막한 도. 공허하고 고요한 상태의 도. ≪문사文子·미녕

微明≫에서 "도란 적막함으로써 허무를 이루니 의도적으로 사물에 영향을 미치는 것이 아니다.(道者, 寂寞以虛無, 非有爲於物也)"라고 하였다.

爲家(위가) : 집으로 삼다.

6) 閑居(한거) : 한가롭고 고요한 거주지.

物華(물화) : 자연경물이 화려하다. 경치가 아름답다.

7) 靈臺(영대) : 영대. 낙양성 남쪽에 있으며 후한後漢 제오힐第五頡이 객으로 거처했던 곳으로 나그네의 거처가 누추한 것을 뜻한다. 여기에서는 진자앙이 낙양에 있을 때 지내던 거처를 가리킨다. 자세한 내용은 앞의 시 27. 〈은자 전씨가 나를 찾아 왔다가 만나지 못하고 은거하는 마을 벽에 쓴 시에 수답하다酬田逸人見尋不遇題隱居里壁〉주석 3번 참조. 이 시에서 영대의 친구는 진자앙이 낙양에서 지낼 때 교유하였던 친구를 의미한다.

8) 棲眞(서진) : 참됨에 몸을 맡기다. 진정한 본성을 지키고 길러서 본원으로 돌아간다는 의미로 도가에서 많이 사용한 용어이다.

太霞(태하) : 태하太霞와 같다. 태하는 아주 높은 곳에 있는 노을로서 신선의 세계를 의미한다. 이 시에서는 진자앙의 은거지를 가리킨다.

9) 還丹(환단) : 환단을 하다. 환단은 단사丹砂를 환원시킨다는 의미이며 또한 그 결과물의 이름이다. 그러니 환단은 '환원된 단사'의 뜻이기도 하다. 환단은 도가에서 사용하는 단약의 일종으로 금단金丹의 중요한 재료이다. 단사(유화수은 또는 황화수은)를 태우면 수은이 나오는데 여기에 유황을 섞으면 다시 원래의 단사로 돌아가고 이것을 환단이라고 한다. 이것을 여러 차례 반복하고 비전의 처방을 합하면 최고의 단약인 금단이 만들어 진다. 환단을 장복해도 신선이 될 수 있으며 금단은 신선이 되는 최고의 단약이다.

日御(일어) : 해 수레. 고대 신화의 태양신인 희화羲和를 가리키기도 하지만 여기에서는 태양신이 모는 해 수레를 의미한다. 해 수레를 달리게 한다는 것은 신선이 되었다는 뜻이다.

10) 却老(각로) : 늙음을 피하다. 늙음을 내치다. 장생불로하다.

餌(이) : 먹다.

雲芽(운아) : 구름의 싹. 이 시에서는 앞 구절의 '일어日御'와 대를 이루기 위해 사용한 단어로 신선이 호흡하고 섭취하는 구름를 가리킨다. 해석에 따라서는 광물인 운모雲母를 뜻하는 것으로 보기도 하는데 하얀 운모는 단사와 비슷하게 신선이 되는 약으로 쓰였다.

11) 白社客(백사객) : 백사의 나그네. 은거자. 이 시에서는 시인을 가리킨다. 백사는 지명으로 지금의 하남성河南城 낙양시洛陽市 동쪽에 있다. ≪진서晉書·은일전隱逸傳≫에서 "동경은 자가 위련으로 어느 군 사람인지 모른다. 처음에는 농서의 계리와 함께 낙양에 왔는데, 머리카락을 늘어뜨리고 다녔으며 읊조리며 한적하게 노닐었고 늘 백사에서 잠을 잤다.(董京, 字威輦, 不知何郡人也. 初與隴西計吏俱至洛陽, 被髮而行, 逍遙吟詠, 常宿白社中)"이라고 하였다.

12) 靑門瓜(청문과) : 청문 밖의 오이. 청문은 한대漢代의 장안성長安城의 동남문이다. 청문과는 은거를 비유한다. ≪삼보황도三輔黃圖≫에서 "장안성 동쪽 출구의 남쪽 첫째 문을 패성문이라고 하였는데 백성들은 문의 색이 파란 것을 보고 청성문이라고 이름 불렀다. … 어떤 사람들은 청문이라고 불렀는데 문 밖에서 오래전부터 좋은 오이가 났다. 광릉사람 소평이 진의 동릉후였는데 진이 망하자 평민이 되어서 청문 밖에서 오이를 길렀다. 오이가 좋아서 당시 사람들이 동릉후의 오이라고 불렀다.(長安城東出南頭第一門曰覇城門, 民見門色靑, 名曰靑城門 .… 或曰靑門, 門外舊出佳瓜. 廣陵人邵平爲秦東陵侯, 秦破, 爲布衣, 種瓜靑門外. 瓜美, 故時人謂之東陵瓜)"고 하였다.

▌해설

이 시는 진자앙이 벼슬에서 물러난 뒤에 고향에 은거하며 쓴 작품이다. 대체로 진자앙이 처음 벼슬에서 물러나서 고향에서 지내던 장수長壽 원년(692)에 지은 것으로 추측된다.

제1~2구는 본래 도가 사상을 추구하던 시인이 본래 자기 뜻과 달리 세상에서 오래도록 벼슬을 했다고 토로했다. 제3~4구는 시인이 이제 세상에 간여하고 경략하려는 뜻을 완전히 버리고 적막한 도를 추구하는 생활로 돌아왔음을 설명하였다. 제5~6구는 병에 걸렸지만 찾아올 사람도 없는데도 시인의 거처 주위의 풍경이 헛되이 아름답다고 자조하였다. 제7~8구에서 시인은 낙양에서 교유하던 친구가 그립지만 자신은 본성을 지키고 은거를 할 것이라고 주장하였다. 제9~10구는 시인이 가진 신선이 되는 희망에 대해 썼다. 단약을 먹고 신선이 되어 장생불사하며 구름을 먹을 것이다. 제11~12구에서 시인은 자신은 은거생활에 만족하는데 사람들이 그것을 모른다고 탄식하였다. 시인은 충분히 만족한 듯 자신의 생각을 말하였지만, 사람들은 그가 은거생활에 만족하는 것을 모를 뿐 아니라 그가 병에 걸려 누웠다는 것도 알지 못한다. 그래서 이 시에는 은거의 즐거움과 더불어 외로움의 감정도 담겨있다. (서용준)

51. 秋園臥病呈暉上人¹

가을날 정원에서 병으로 누워 지내며 휘스님에게 올리다

幽疾曠日遙,²	깊은 병으로 헛되이 세월만 오래되는데
林園轉淸密.³	숲속 정원은 점점 맑고 고요하네.
疲痾澹無豫,⁴	아파서 심심하고 즐거움이 없으니
獨坐泛瑤瑟.⁵	홀로 앉아 슬을 탔네.
懷挾萬古情,⁶	만고의 정을 품고서
憂虞百年疾.⁷	일생의 병만 근심하는구나.
綿綿多滯念,⁸	끝없이 생각이 지체되니
忽忽每如失.⁹	흐리멍덩하여 늘 무언가를 잃은 듯하였네.
緬想赤松遊,¹⁰	적송자의 노님을 아득히 생각하며
高尋紫庭逸.¹¹	신선 궁월의 초일함을 높이 찾으니
榮吝始都喪,¹²	영욕이 비로소 모두 사라져
幽人遂貞吉.¹³	은자는 마침내 곧음을 지켜 길하게 되리라.
圖書紛滿牀,¹⁴	책들이 어지러이 침상을 채우니
山水藹盈室.¹⁵	산수의 풍경이 무성히 집안에 가득하여
宿昔心所尙,¹⁶	예전에 마음으로 중시했던 것을
平生自茲畢.¹⁷	평생 이제는 그만 두려네.
愿言誰見知,¹⁸	원컨대 누가 알아주리?
梵筵有同術.¹⁹	불가의 거처에도 같은 생각이 있어
八月高秋晚,²⁰	팔월 하늘 높던 가을날 저녁에
涼風正蕭瑟.²¹	서늘한 바람 마침 선선히 불어오네.

▎주석

1) 暉上人(휘상인) : 휘스님. '상인'은 스님에 대한 존칭이다. 앞의 시 23. 〈휘스님이 여름날 숲 샘물에서 보낸 시에 답하다酬暉上人夏日林泉見贈〉 주석 1번 참조.

2) 幽疾(유질) : 깊은 병.
   曠日(광일) : 헛되이 세월을 보내다.

3) 轉(전) : 점점.
   淸密(청밀) : 맑고 고요하다.

4) 疲痾(피아) : 병들어 쇠약해지다.
   澹(담) : 조용하다. 심심하다.
   無豫(무예) : 즐거움이 없다.

5) 泛(범) : 악기를 연주하다. 연주 소리가 마치 물에 떠 있는 듯 맑고 가벼우며 청아함을 비유한다. 도연명陶淵明의 〈한정부閑情賦〉에서 "맑은 슬소리를 연주하며 스스로 즐기네(泛淸瑟以自欣)"라고 하였다.
   瑤瑟(요슬) : 옥으로 장신된 슬.

6) 懷挾(회협) : 품다. 지니다.

7) 憂虞(우우) : 우려하다. 근심하다.
   百年(백년) : 사람의 한 평생. 일생.

8) 綿綿(면면) : 연이어지는 모양. 끝없이.
   滯念(체념) : 생각을 지체하다.

9) 忽忽(홀홀) : 정신이 흐리멍덩하고 혼미한 모양.

10) 緬想(면상) : 아득히 생각하다.
    赤松(적송) : 적송자赤松子. 전성살의 신선. 여기서는 휘스님을 비유한다.

11) 紫庭(자정) : 신선의 거처. 여기서는 휘스님의 거처를 말한다.
    逸(일) : 초일超逸함. 한가로움.

12) 榮吝(영린) : 영욕榮辱. 영화와 수치.

13) 幽人(유인) : 은자隱者.
    貞吉(정길) : 바른 도를 지켜 길해지다. ≪역易·이괘履卦≫에 "걷는 길이 평탄하니 은자가 바름을 지켜 길해지리라.(履道坦坦, 幽人貞吉)"라고 하였다.

14) 紛滿牀(분만상) : 어지러이 침상을 채우다. 이는 진자앙이 스스로 세상 영달에 대한 뜻을 내려놓고 서적을 무심히 대해 아무 곳에나 흩어져 있음을 말하였다.

15) 藹(애) : 무성한 모양.

16) 宿昔(숙석) : 예전.
   尙(상) : 중히 여기다.

17) 自玆(자자) : 이로부터. 이제.

18) 言(언) : 조사.
   見知(견지) : 나를 알아주다.

19) 梵筵(범연) : 스님이 설법하는 장소. 여기서는 휘스님의 거처를 말한다.
   同術(동술) : 생각을 같이 하다.

20) 高秋(고추) : 하늘이 높은 가을.

21) 蕭瑟(소슬) : 바람이 초목에 부는 소리.

▌해설

이 시는 진자앙이 숙병宿病으로 심신이 모두 쇠약해진 때에 스스로 세상의 영욕에서 벗어나 은자의 삶을 추구하겠다는 의지를 담아낸 것이다.

제1~4구에서는 병마에 시달리느라 오랫동안 아무 일도 못하고 허송세월만 보낸 신세를 한탄하였다. 제5~8구에서는 움직이는 것이 힘드니 자연 생각이 많아져 결국 신심이 모두 허약해졌음을 나타내었다. 특히 제7~8구는 정체되고 불분명한 자신의 사고 체계를 인식하며 상실의 정서를 묘사한 것이 돋보인다. 제9~12구에서는 그러한 정신적 굴레에서 빠져나오고자 노력하는 모습이다. 그리하여 적송자赤松子를 떠올리며 자유로운 정신적 해방을 갈망하니 영욕이 사라지고 올곧은 정도를 지켜 길해질 것이라는 믿음이 생겼음을 보여주었다. 제13~16구에서는 손에서 놓지 않았던 책들을 등지고 추구하고자 하였던 삶의 지표들을 과감히 내려놓으며 은거에 대한 자신의 결연한 의지를 보여주었다. 이렇게 마음먹으니 산수의 풍경이 가득 시야에 들어오고 잡념도

사라져 심신이 한결 안정되고 평화롭게 느껴짐을 나타내었다. 마지막 제17~
20구에서는 휘스님 역시 진자앙과 같은 지향점을 지닌 인물임을 말하였다.
스스로 실타래처럼 혼란스러웠던 삶의 문제를 해결하고 이렇게 뜻을 같이
하는 이가 있어 마음 든든하니 오늘따라 가을바람이 더욱 시원하게 느껴짐을
전하고 있다. (홍혜진)

52. 遂州南江別鄉曲故人¹

수주 남쪽 강에서 고향 친구와 헤어지다

楚江復爲客,²	초 땅으로 가는 강에서 또 나그네가 되니
征棹方悠悠.³	떠나가는 배가 장차 멀어지겠구나.
故人憫追送,⁴	친구는 안타까워하며 쫓아와 송별하면서
置酒此南洲.	이 남쪽 물가에 술을 차렸네.
平生亦何恨,	평소 또 무엇을 한스러워했는가?
夙昔在林丘.⁵	지난날에는 산림에서 머물렀는데.
違此鄉山別,⁶	이를 어기고 고향 산과 헤어지면서
長謠去國愁.⁷	고향 떠나는 근심을 길게 노래하네.

▌주석

1) 遂州(수주) : 당나라의 행정구역으로 지금의 사천성 수녕현遂寧縣에 그 치소
治所가 있었다. 진자앙의 고향이다.

鄉曲(향곡) : 고향.

2) 楚江(초강) : 초 땅의 강. 여기서는 수주에서 초 땅으로 연결된 강을 가리
킨다.

3) 征棹(정도) : 멀리 떠나가는 배.

方(방) : 장차.

悠悠(유유) : 아득한 모습.

4) 憫(민) : 근심하다.

追送(추송) : 멀리까지 따라와서 송별하다.

5) 夙昔(숙석) : 지난날.

林丘(임구) : 숲과 언덕. 은거하는 곳을 가리킨다.

이상 두 구는 고향 산천에서 은거 생활을 하는 동안 한스러워했던 것이

없었다는 말이다. 그 이면에는 이제 떠나게 되어 한스럽다는 뜻이 담겨있다.

6) 此(차) : 고향에서의 은거 생활에 대한 뜻을 가리킨다.

7) 去國(거국) : 고향을 떠나다.

▌해설

　이 시는 고향의 친구와 헤어지면서 느낀 감회를 쓴 것으로, 장수長壽 2년 (693) 계모상을 마치고 다시 낙양으로 벼슬길을 떠날 때 지었다.

　제1~4구에서는 다시 나그네가 되어 고향을 멀리 떠나게 되었기에 친구들이 이를 아쉬워하며 멀리 남쪽 강가까지 와서 송별연을 하고 있는 모습을 표현하였다. 제5~6구에서는 고향에서 지낸 나날을 회상한 것으로 고향산천에서 은일 생활을 하면서 아무런 한스러움 없이 살았음을 말하였다. 제7~8구에서는 이러한 생활을 버리고 다시 관직 길로 나서는 근심을 표현하였다. (임도현)

53. 萬州曉發放舟乘漲, 還寄蜀中親友[1]

만주에서 새벽에 출발하는데 배를 놓아 불어난 강물을 타고 가
며, 또 촉의 벗에게 부치다

空濛巖雨霽,[2]	희뿌옇게 내리던 산 비가 개고
爛熳曉雲歸.[3]	어지럽게 떠있던 새벽 구름 돌아가네.
嘯旅乘明發,[4]	나그네들 불러 새벽에 타고
奔橈騖斷磯.[5]	노를 급히 저어 깎아지른 물가 절벽을 질주하네.
蒼茫林岫轉,[6]	아득하게 펼쳐진 나무 빼곡한 산을 돌아가고
絡繹漲濤飛.[7]	끊임없이 이어지는 불어난 파도에 날아가네.
遠岸孤雲出,	먼 강 언덕에 외로운 구름이 나오고
遙峰曙日微.[8]	먼 봉우리에 새벽 해가 희미하네.
前瞻未能眴,[9]	앞을 바라보자니 눈을 깜빡일 수도 없어
坐望已相依.[10]	앉아서 내다보매 이미 서로 의지해 있네.
曲直多今古,[11]	옳고 그름이 고금에 많았지만
經過失是非.[12]	겪다보면 시비지심을 놓치기 마련이네.
還期方浩浩,[13]	돌아갈 기약이 바야흐로 아득하게 되어버렸으니
征思日霏霏.[14]	나그네 근심이 날로 이어지네.
寄謝千金子,[15]	천금자에게 시를 부쳐 고하노니
江海事多違.[16]	강호에 은거하는데 일에 어그러짐이 많겠네.

▌주석

1) 萬州(만주) : 장강長江 상류에 위치한 곳으로 당시에 치소治所가 만현萬縣에
   있었다. 현재 중경시重慶市의 동북쪽에 있다.
   乘漲(승창) : 불어난 장강 물을 타다. 비에 불어난 강물에 배를 띄우는

일을 뜻한다.

還(환) : 또.

2) 空濛(공몽) : 희뿌옇게 비가 내리는 모양.

巖雨(암우) : 산에 내리는 비.

霽(제) : 비가 개다.

3) 爛熳(난만) : 어지럽고 성한 모양.

4) 嘯旅(소려) : 나그네들을 부르다. 배를 탈 나그네들에게 배에 오를 것을 알리는 것으로 보았다.

明發(명발) : 여명.

5) 奔橈(분요) : 노를 급히 젓다.

騖(무) : 질주疾走하다.

斷磯(단기) : 깎아지른 물가 절벽.

이상 두 구는 새벽녘에 배를 타고 출발해 불어난 강물을 질주해 가는 장면을 묘사하여 제목의 '효발曉發'과 '승창乘漲'을 파제破題하였다.

6) 蒼茫(창망) : 아득하다.

林岫(임수) : 나무 빼곡한 산.

轉(전) : 돌아가다. 진자앙이 탄 배가 장강을 따라 아득하게 펼쳐진 산림을 돌아나가는 것을 뜻한다. 산이 둘러쳐져 있는 것으로도 볼 수 있다.

7) 絡繹(낙역) : 끊임없이 이어지는 파도의 모양을 뜻한다.

漲濤(창도) : 불어난 물에 이는 파도.

飛(비) : 날다. 진자앙이 탄 배가 파도를 타고 나는 듯 질주하는 것을 말한다. 파도가 날리는 것으로도 볼 수 있다.

이상 두 구는 제4구를 이어받아 진자앙이 탄 배가 산모롱이를 돌아 질주하는 장면을 묘사했다.

8) 曙日(서일) : 새벽 해.

9) 眴(현) : 눈을 깜빡이다.

10) 相依(상의) : 서로 의지하다.

이상 두 구는 배의 속도가 너무 빨라서 앞을 바라보고 눈을 깜빡일 수조차 없도록 긴장 되어서 나그네들끼리 서로 의지해 앉아 있는 장면을 말하였다.

11) 曲直(곡직) : 옳고 그름.

12) 經過(경과) : 지나다.

　　是非(시비) : 시비지심是非之心.

　　이상 두 구는 고금에 옳고 그른 것에 대한 기준과 판단이 많았어도 세월이
지나고 삶을 겪다보면 예전에 옳다고 여겼던 것이 그릇된 것이 되고, 그릇
되다 여겼던 것이 옳은 것이 되며 본래의 지향과 시비지심이 바뀌게 되는
일이 비일비재한 것과 마찬가지로, 진자앙 자신도 본래 지향대로 고향에
계속 머물지 않고 마음을 바꾸어 현실에 참여하고 관직에 나아가기 위해
낙양으로 향하게 되었음을 설명한 것이다.

13) 還期(환기) : 돌아갈 기약. 진자앙이 고향인 촉으로 돌아갈 기약을 말한다.

　　浩浩(호호) : 아득하다.

14) 征思(정사) : 나그네의 근심.

　　騑騑(비비) : 그치지 않는 모양.

15) 千金子(천금자) : 부호의 자제. 여기서는 제목에서 말한 촉의 벗을 가리
킨다.

16) 江海(강해) : 은거할 곳. 여기서는 진자앙의 고향을 가리킨다.

　　이상 두 구는 시인이 다시 관직을 찾아 낙양으로 향하게 되었음을 고향의
벗들에게 고한 것이다.

▌해설

　이 시는 장강 상류에 위치한 만주에서부터 출발해 배를 타고 낙양으로
향하며 촉의 벗에게 이별을 고하는 시로서, 그 내용으로 보아 진자앙이 복상
을 마치고 관직을 찾아 다시 낙양으로 향했던 장수長壽 2년(693)에 지은 것이
라 여겨진다.

　제1~4구에서는 여명이 밝아올 때 시인이 배를 타고 만주를 떠나는 장면을
그렸다. 제5~10구에서 시인은 불어난 강물을 내달리는 배의 속도를 박진감
있게 표현하고 배를 타고 본 경물을 묘사하였다. 마지막 여섯 구에서 시인은

본래 은거하고자 하였으나 결심을 바꾸어 낙양으로 가서 관직을 구하고자 함을 말하고, 이와 관련된 자기모순에 대한 감개를 펼치고 함께 고향에 머물기 어려움을 고향의 벗들에게 고하였다. (정세진)

54. 宴胡楚眞禁所¹
호초진의 감옥에서 편안히 지내다

人生固有命,²	사람의 삶은 참으로 운명이 있으며
天道信無言.³	하늘의 도는 진실로 말이 없다네.
靑蠅一相點,⁴	쉬파리가 한 번 더럽히니
白璧遂成冤.⁵	흰 벽옥에 마침내 원통함이 생겨났네.
請室閑逾邃,⁶	감옥은 한가로워 더욱 깊은데
幽庭春未暄.⁷	깊숙한 뜰에 봄은 아직 따뜻하지 않네.
寄謝韓安國,⁸	한안국에게 말 전하니
何驚獄吏尊.⁹	어찌하여 옥리의 존귀함에 놀랐단 말인가?

❚주석

1) 宴(연) : 편안히 머물다.

　胡楚眞(호초진) : 지명. 어디인지 알 수 없다.

　禁所(금소) : 감옥.

2) 有命(유명) : 정해진 운명이 있다. 인간의 힘으로 어찌할 수 없음을 말한다.

3) 無言(무언) : 말이 없다. ≪맹자孟子·만장상萬章上≫에 "하늘은 말을 하지 않고 행위와 일을 통해 그 뜻을 드러낼 뿐이다.(天不言, 以行與事示之而已矣)"라 하였는데, 하늘의 뜻은 다만 그 결과를 통해 알 수 있을 뿐임을 의미한다.

4) 靑蠅(청승) : 쉬파리.

　點(점) : 더럽히다. 참언을 가리킨다.

5) 白璧(백벽) : 흰 옥벽.

6) 請室(청실) : 죄를 씻어내는 방. '청請'은 '청淸'과 같다. 죄를 지은 관리를 가두는 옥을 가리킨다.

　閑(한) : 한가롭다. 찾아오는 사람이 없어 적막한 것을 말한다.

　逾邃(유수) : 더욱 깊숙하다. '유逾'는 '유愈'와 같다.

7) 幽庭(유정) : 깊고 외진 뜰. 감옥의 마당을 가리킨다.

暄(훤) : 따뜻하다.

8) 寄謝(기사) : 말을 전하다.

韓安國(한안국) : 서한西漢 양梁나라 성안成安 사람으로, 자는 장유長孺이다. 양효왕梁孝王의 중대부中大夫가 되어 여러 차례 한漢 황실과의 갈등을 중재하였고 경제景帝의 신임을 받았다. 한때 죄에 연루되어 옥에 갇혔을 때 옥리인 전갑田甲에게 모욕을 당했으나 옥에서 풀려난 후 오히려 그를 용서하고 후하게 대해 주었다.

9) 獄吏尊(옥리존) : 옥리의 존귀함. 서한西漢의 개국공신이자 재상을 지낸 주발周勃의 고사를 가리킨다. 주발은 고조高祖 즉위 후 강후絳侯에 봉해졌으며 그의 장자 승勝이 효문제孝文帝의 공주를 부인으로 맞아 황제와 사돈관계를 맺었다. 후에 모반을 꾀한다는 모함으로 옥에 갇혔을 때 천금으로 옥리를 매수하여 공주를 통해 사면되는 방책을 얻을 수 있었다. 주발은 옥에서 나와 "내 일찍이 백만 군사를 거느렸는데, 옥리의 존귀함을 어찌 알았겠는가?"라 하였다 한다.

▍해설

이 시는 옥중에서 불우한 자신의 처지를 탄식하며 자신의 결백함을 말한 것으로, 연재延載 원년(694)에서 증성證聖 원년(695) 사이 역모에 연루되어 투옥되었을 때 쓴 것으로 여겨진다.

제1~2구에서는 운명의 불가피성과 미지성未知性을 말하며 인간의 삶에 대한 회의를 나타내고, 제3~4구에서는 쉬파리와 벽옥의 비유를 통해 간신배들의 무고와 참언으로 인해 결백한 자신이 억울한 누명을 쓰게 되었음을 말하고 있다. 제5~6구에서는 찾아오는 사람도 없어 더욱 깊게 여겨지는 감옥과 봄조차도 비껴가는 듯한 싸늘한 감옥의 정경을 통해 쓸쓸한 자신의 처지와 침울한 심경을 나타내고 있다. 제7~8구에서는 옥리에게 모욕을 당했던 한안국과 옥리에게 뇌물을 주고서야 풀려날 기회를 얻을 수 있었던 주발의 고사를 인용하며 자신은 굳이 옥리를 두려워하거나 옥리를 통해 감옥을 벗어날 뜻이 없음을 말함으로써 자신의 결백함을 당당하게 나타내고 있다. (주기평)

55. 送著作佐郎崔融等從梁王東征 幷序[1]
양왕을 따라 동정하는 저작좌랑 최융 등을 전송하다 및 서문

古者凉風至, 白露下, 天子命將帥, 訓甲兵.[2] 將以外威荒戎,[3]
內輯中夏,[4] 時義遠矣. 自我大君受命,[5] 百蠻蟻伏,[6] 匈奴舍蒲桃
之宮,[7] 越裳重翡翠之貢.[8] 虎符不發,[9] 象譯攸同.[10] 實欲高議靈
臺,[11] 偃兵天下.[12] 而林胡遺孽,[13] 瀆亂邊甿,[14] 驅蚊蚋之師,[15] 忽
雷霆之伐.[16] 乃竊海裔,[17] 弄燕陲.[18] 皇帝哀北鄙之人,[19] 罹其辛
螫,[20] 以東征之義, 降彼偏裨.[21] 猶恐威令未孚,[22] 亭塞仍梗,[23]
乃謀元帥,[24] 命佐軍. 得朱邸之天人,[25] 乃黃閣之元老.[26] 廟堂授
鉞,[27] 鑿門申命.[28] 建梁國之旌旗,[29] 吟漢庭之簫鼓.[30] 東向而
拜,[31] 北道長驅.[32] 霆旐羽騎之殷,[33] 戈飜落日,[34] 突鬢蒙輪之
勇,[35] 劍決浮雲.[36] 方且獵九都,[37] 窮踏頓,[38] 存肅慎,[39] 弔姑餘,[40]
彷徨赤山,[41] 巡御日域,[42] 以昭我王師, 恭天討也.[43] 歲七月,[44]
軍出國門.[45] 天晶無雲,[46] 朔風清海. 時比部郎中唐奉一,[47] 考功
員外郎李逈秀,[48] 著作佐郎崔融, 幷參帷幕之賓,[49] 掌書記之
任.[50] 燕南悵別, 洛北思歡. 頓旌節而少留,[51] 傾朝廷而出餞.[52]
永昌丞房思玄,[53] 衣冠之秀.[54] 乃張蕙圃,[55] 席蘭堂,[56] 環曲榭,[57]
羅羽觴,[58] 寫中京之望,[59] 縱候亭之賞.[60] 爾乃投壺瞽射,[61] 博奕
觀兵,[62] 鏜金鐃,[63] 憂瑤琴,[64] 歌易水之慷慨,[65] 奏關山以徘徊.[66]
頹陽半林,[67] 微陰出座.[68] 思長風以破浪,[69] 恐白日之蹉跎.[70] 酒
中樂酣,[71] 拔劍起舞, 則已氣橫遼碣,[72] 志掃獯戎.[73] 抗手何言,[74]
賦詩以贈.

옛날에 서늘한 바람이 이르고 흰 이슬이 내리면 천자는 장수들에게 명하여
병사들을 훈련시켰다. 장차 이로써 밖으로 변방 오랑케를 위협하고 안으로

중원을 화목하게 하였으니 당시 의론이 원대했도다. 우리 천자께서 천명을 받고부터 뭇 오랑캐가 개미처럼 항복하였고, 흉노는 포도궁에 거하게 되었으며, 월상국에서는 비취새 공물을 거듭 바쳤다. 동호부를 내지 않아도 사방 나라가 함께 하니 진실로 영대에서 높이 의론하여 천하의 전쟁을 그치고자 했다. 그러나 거란의 잔당들이 변방 백성들을 어지럽히고 파리 모기떼 같은 군대를 몰아 홀연히 천둥치듯 쳐들어와, 곧장 해변을 침략하고 연땅 가를 농락하였다. 황제께서는 북방 변경의 백성들이 독충 같은 놈들에게 쏘이는 것을 불쌍히 여겨 동쪽을 정벌하는 대의를 저 부장들에게 내렸다. 여전히 군령이 서지 않아 변방 초소가 여전히 우환임을 걱정하여 원수와 도모하여 군대를 돕도록 명하셨다. 왕후 저택의 비범한 사람을 기용하니 곧 황각의 원로이시다. 조정에서 부월을 수여하니 흉문을 뚫고 나가며 거듭 명을 받아, 양나라의 깃발을 세우고 한나라 조정의 악기를 연주하며, 동쪽을 향하여 절하고 북쪽 길로 오래도록 치달릴 것이다. 오색 깃발의 우림군 기병은 성대하여 창으로 지는 해를 되돌리고, 머리카락이 곤추서고 수레바퀴 방패를 쥔 부대는 용맹하여 칼로 떠있는 구름을 자른다. 장차 구도에서 사냥하고 답둔을 다 가며, 숙신을 위문하고 고여를 위로하며, 적산에서 소요하고 해 뜨는 곳을 시찰하여 우리 천자 군대가 천명을 받들어 토벌함을 밝히려 한다. 만세통천 7월 군대가 국도 성문을 나가니 하늘은 밝아 구름도 없고 북풍에 바다가 맑다. 이때 비부낭중 당봉일, 고공원외랑 이형수, 저작좌랑 최융은 함께 막부의 빈객으로 참여하여 문서 관련 임무를 관장하였다. 연땅 남쪽에서는 이별을 슬퍼하지만 낙수 북쪽에서는 기쁜 일을 생각하리라. 깃발과 부절을 멈추고 잠시 머무르며 온 조정 사람들이 나와서 전별한다. 영창 현승 방사현은 사대부 중의 걸출한 인물로 이에 혜초 밭을 열어 난초당에 자리를 깔고, 굽은 정자를 에워싸며 깃털 술잔을 펼치고, 낙양의 광경을 묘사하며 마음껏 관사와 정자에서 즐긴다. 이에 투호놀이를 하며 활쏘기를 익히고 바둑을 두며 병법을 관찰한다. 땡땡 징을 치고 거문고를 연주하며 역수의 비분강개함을 노래 부르고, 〈관산월〉을 연주하며 배회한다. 지는 해가 숲에 걸리고 땅거미가 자리에 깔리자, 긴 바람을 타고 파도를 깨칠 것을 생각하고 세월을 헛되이 보낼까 두려워한다. 술 마시는 중에 음악 소리가 한창일 때 칼을 빼고 일어나 춤추니, 이미 기운은 요하와 갈석산을 가로질렀고 뜻은 거란을 쓸어버렸다. 손을 들고 고별하며 무슨 말을 하리오? 시를 읊어 드린다.

金天方肅殺,[75]	가을이 막 엄혹하게 초목을 죽이고
白露始專征.[76]	흰 이슬 내릴 때 비로소 정벌을 전담하네.
王師非樂戰,[77]	천자의 군대는 전쟁을 즐기지 않으니
之子愼佳兵.[78]	그대들은 훌륭한 무기를 신중히 쓰게.
海氣侵南部,[79]	바다 기운이 남쪽을 침범하여
邊風掃北平.[80]	변방 바람으로 북평을 소탕하려는 것이니,
莫賣盧龍塞,[81]	노룡의 요새를 팔아
歸邀麟閣名.[82]	돌아와 기린각의 명예를 구하지는 마시게.

▌주석

1) 著作佐郎(저작좌랑) : 비서성秘書省 저작국著作局에 속한 종6품상의 벼슬로 비지碑誌·축문祝文·제문祭文 등의 작성을 관장했다.

崔融(최융) : 자가 안성安成이고 696년에 저작좌랑에 제수되었다. 신룡新龍 연간에 장역지張易之 형제에게 아첨한 일로 연좌되어 원주자사로 폄적되다가 후에 소환되어 국자사업國子司業에 제수되었다.

梁王(양왕) : 무삼사武三思를 가리킨다. 그는 무측천武則天의 조카로 천수天授 원년(690)에 양왕에 봉해졌으며, 권세를 누리다가 경룡景龍 원년에 주살되었다.

東征(동정) : 거란契丹을 토벌하러 간 것을 가리킨다. ≪신당서·무후기武后紀≫에 의하면, 만세통천萬歲通天 원년(696) 5월에 거란 수령인 이진충李盡忠과 귀성주자사歸誠州刺史 손만영孫萬榮이 영주營州를 함락하고 도독都督 조문홰趙文翽를 죽이자 조정에서 조인사曹仁師와 장현우張玄遇 등의 장군을 파견하여 공격하였고, 이어서 무삼사를 유관도안무대사楡關道安撫大使로 삼

271

아 거란에 대비하였다고 하였다.

2) 古者(고자) 4구: ≪예기·월령月令≫에 "맹추지월에 … 서늘한 바람이 이르고 흰 이슬이 내리며, … 천자가 장수들에게 명하여 사병들을 뽑아 격려하고 호걸들을 가려 훈련시키며, 공이 있는 자에게 임무를 맡겨 불의의 무리를 정벌한다.(孟秋之月, … 涼風至, 白露降, … 天子乃命將帥, 選士厲兵, 簡練桀俊, 專任有功, 以征不義)"고 하였다.

3) 荒戎(황융) : 변방지역의 소수민족을 가리킨다.

4) 輯(집) : 화목하다.
   中夏(중하) : 중원.

5) 人君(대군) : 천자天子. 무측천을 가리킨다.
   受命(수명) : 천명을 받다. 천자의 자리에 오르다.

6) 百蠻(백만) : 소수민족의 총칭.
   蟻伏(의복) : 개미처럼 항복하다. 항복한 자가 많음을 말한다.

7) 蒲桃之宮(포도지궁) : 포도궁蒲陶宮. '포도蒲桃'는 '포도葡萄', 또는 '포도蒲陶'와 같다. ≪한서·흉노전≫에 의하면, 원수元壽 2년에 선우單于가 내조來朝하자 황제는 '그를 상림원 포도궁에 거주하게 하였다(舍之上林苑蒲陶宮)'고 하였다.

8) 越裳(월상) : 당나라 때의 나라 이름으로 지금의 월남越南 북부에 있다.
   翡翠(비취) : 비취새. 비취새 깃털. 월상국의 공물이다.
   이 구는 이전 한漢나라 때에 비취새를 바쳤고 무측천 때에도 다시 공물을 바쳤다는 말이다.

9) 虎符(호부) : 동호부銅虎符의 준말로 지방에 파견된 책임자가 군대를 징발하는데 쓰는 부절.

10) 象譯(상역) : 번역. 말을 번역해야 하는 나라, 즉 사방의 나라를 가리킨다. ≪예기·왕제王制≫에 "오방의 백성들은 언어가 통하지 않고 기호나 욕망이 다르다. 그 뜻을 전달하고 그 욕망을 통하게 할 때 동방에서는 '기寄'라 하고, 남방에서는 '상象'이라 하고, 서방에서는 '적제狄鞮'라 하며, 북방에서는 '역譯'이라 한다.(五方之民, 言語不通, 嗜欲不同. 達其志, 通其欲, 東方曰寄. 南方

日象, 西方曰狄鞮, 北方曰譯)"고 하였다.

攸(유) : 소所.

11) 高議(고의) : 높이 의론하다. 정무를 논하다.

靈臺(영대) : 주 문왕이 건설한 대臺의 이름.

12) 偃兵(언병) : 전쟁을 그치다.

13) 林胡(임호) : 거란을 가리킨다.

遺孽(유얼) : 남은 무리. 잔당.

14) 瀆亂(독란) : 어지럽히다.

邊氓(변맹) : 변방 백성.

15) 蚊蚋之師(문예지사) : 파리 모기떼 같은 군대. 적군을 경멸하는 말이다.

16) 雷霆(뇌정) : 우레와 천둥. 위력이 매우 큼을 비유한다.

17) 海裔(해예) : 해변. 지금의 하북성河北省 동북부 및 요녕성遼寧省 서남부
일대를 가리킨다.

18) 燕陲(연수) : 연땅 가장자리. 위의 '海裔'와 같은 지역이다.

19) 北鄙(북비) : 북방 변경지대.

20) 罹(리) : 걸리다. 당하다.

辛螫(신석) : 독충이 사람을 쏘다. 적군이 백성들을 해치는 것을 비유한다.

21) 降(강) : 임무를 내리다.

偏裨(편비) : 부장副將. 조인사曹仁師, 장현우張玄遇 등을 가리킨다.

22) 威令(위령) : 정령政令. 군령軍令.

未孚(미부) : 믿을 만하지 않다. 사람을 신복信服시키지 못하다.

23) 亭塞(정새) : 변새 초소.

梗(경) : 우환. 병폐.

24) 元帥(원수) : 대장군을 뜻한다.

25) 朱邸(주저) : 왕후의 저택.

天人(천인) : 지혜와 용기가 비범한 사람.

26) 黃閣(황각) : 삼공三公 및 재상의 관서로 그 문을 황색으로 칠했다고 한다.

元老(원로) : 명망이 높은 옛 신하. 당나라 사람들은 재상을 원로라고 불렀

으며, 여기서는 무삼사를 가리킨다.

27) 廟堂(묘당) : 조정朝廷.

　　鉞(월) : 부월斧鉞. 군왕이 출정하는 장수에게 주는 도끼로 병권을 상징한다.

28) 鑿門(착문) : 흉문凶門을 뚫다. 흉문은 장사지낼 때에 나가는 북향北向의 문이다. 이처럼 장수가 결사적인 의지를 표명하며 출정하는 것을 말한다.

29) 梁國(양국) : 무삼사는 양왕梁王에 봉해졌다.

30) 漢庭(한정) : 한나라 조정. 당나라 조정을 가리킨다.

　　簫鼓(소고) : 퉁소와 북. 악기.

31) 東向(동향) : 얼굴을 동쪽으로 향하다. 옛 사람들은 동쪽을 존귀한 방향으로 여겼다.

32) 長驅(장구) : 긴 길을 치달리다. 쉬지 않고 치달리다.

33) 霓旄(예모) : 오색 깃털로 장식한 깃발.

　　羽騎(우기) : 우림군羽林軍의 기병騎兵.

　　殷(은) : 성대하다.

34) 戈飜落日(과번락일) : 창으로 지는 해를 되돌리다. ≪회남자·남명훈覽冥訓≫에 "노양공이 한나라와 교전을 하였는데 전투가 한창인데 해가 저물었다. 그가 창을 들고 해를 향해 휘두르니 해가 그를 위해 세 별자리를 되돌아갔다.(魯陽公與韓構難, 戰酣日暮. 援戈而撝之, 日爲之反三舍)"고 하였다.

35) 突鬢(돌빈) : 머리카락이 곧추서다. 분노하여 사기가 높은 모습이다.

　　蒙輪(몽륜) : 바퀴를 가죽으로 덮다. 이것으로 방패를 만들어 적군과 용감하게 싸웠다고 한다. 여기서는 이런 큰 방패를 든 용맹한 병사를 뜻한다. ≪좌전·양공襄公10년≫에 "적사미가 큰 수레의 바퀴 하나를 세워 가죽을 씌워 큰 방패로 삼아 그것을 왼손으로 들고 오른손으로는 창을 빼어 들고서 한 부대를 이루었다.(狄虒彌建大車之輪, 而蒙之以甲, 以爲櫓, 左執之, 右拔戟, 以成一隊)"고 하였다.

36) 決(결) : 자르다. ≪장자·세검說劍≫에 "천자의 검은 … 내지르면 앞에서 막을 자가 없고 들어 올리면 위에서 막을 자가 없으며, 내리누르면 아래에서 받을 자가 없고 휘두르면 옆에서 막을 자가 없으니, 위로는 떠 있는

구름을 자르고 아래로는 땅의 벼리를 끊는다.(天子之劍, … 直之无前, 擧之无上, 案之无下, 運之无旁, 上決浮雲, 下絶地紀)"고 하였다.

37) 方且(방차) : 장차 ∼하려 하다.

九都(구도) : 어디인지 알 수 없다. 지금의 요녕성 및 한반도 북부 일대로 보기도 한다.

38) 踏頓(답돈) : 한말漢末 요서遼西 오환烏丸의 수령으로 당시 영웅으로 일컬어 졌다. 여기서는 그가 다스리던 요서 일대를 가리킨다.

39) 存(존) : 존무存撫하다. 위무하다.

肅愼(숙신) : 예전에 만주지역을 차지했던 부족의 이름.

40) 姑餘(고여) : 큰 바다. 중국 동북쪽 바닷가를 가리킨다.

41) 彷徨(방황) : 소요逍遙하다.

赤山(적산) : ≪후한서·오환전烏桓傳≫에 "적산은 요동 서북쪽 수천리에 있다.(赤山在遼東西北數千里)"고 하였다.

42) 巡御(순어) : 시찰하다.

日域(일역) : 해가 뜨는 곳. 동쪽 먼 지방을 가리킨다.

43) 恭天討(공천토) : 하늘의 토벌을 받들어 행하다. 천명을 받들어 죄지은 이들을 토벌하다. '공恭'은 '봉奉'의 뜻이다.

44) 歲七月(세칠월) : 만세통천 원년(696) 7월을 가리킨다.

45) 國門(국문) : 국도의 성문. 낙양 성문을 가리킨다.

46) 晶(효) : 밝다.

47) 比部郞中(비부랑중) : 상서성尙書省 형부刑部에 속하며 세무를 담당했던 종5 품상의 관직.

唐奉一(당봉일) : 제주齊州 전절현全節縣 사람으로 무측천 때 23명의 혹리酷吏 중의 한 사람이다.

48) 考功員外郞(고공원외랑) : 상서성 이부吏部에 속하며 문무백관의 공과 고찰 을 담당했던 종6품상의 관직.

李逈秀(이형수) : 자는 무지茂之, 경조京兆 경양涇陽 사람으로 진사에 급제했 다. 장역지張易之 형제에게 아부하여 봉각사인鳳閣舍人에 올랐다가 장역지

275

가 주살당하자 형주장사衡州長史로 폄적되었다.

49) 帷幕(유막) : 막부幕府.

50) 掌書記(장서기) : 문서 업무를 관장하다. 관찰사나 절도사 속관의 명칭이기
도 하다.

51) 頓(돈) : 그치다. 멈추다.

旌節(정절) : 깃발과 부절. 황제가 장수에게 상벌의 권리를 수여한 신표.

52) 出餞(출전) : 나가서 전별餞別하다. 연회를 베풀어 전송하다.

53) 永昌丞(영창승) : '영창永昌'은 지금의 하남성河南省 낙양시洛陽市에 있던 현
縣. '승丞'은 현승縣丞.

房思玄(방사현) : 송별연 자리를 마련한 사람인데 사적은 자세히 알 수
없다.

54) 衣冠(의관) : 벼슬아치. 사대부.

55) 蕙圃(혜포) : 혜초蕙草 밭. 혜초의 향풀 종류이다.

56) 蘭堂(난당) : 난초 당. 향기롭고 깨끗한 청당廳堂.

57) 曲榭(곡사) : 굽은 정자. 굽은 누대.

58) 羽觴(우상) : 비취새 깃털을 장식한 술잔.

59) 中京(중경) : 낙양.

60) 候(후) : 손님을 접대하는 관사館舍.

61) 爾乃(이내) : 이에.

投壺(투호) : 화살을 병속에 던져 많이 넣은 수로 승부를 가리는 놀이.

62) 博奕(박혁) : 바둑.

63) 鏜(당) : 의성어. 종이나 징 같은 것을 치다.

金鐃(금뇨) : 쇠로 만든 징. 군대에서 쓰는 징이다.

64) 戞(알) : 두드리다.

瑤琴(요금) : 옥 장식한 거문고.

65) 易水之慷慨(역수지강개) : 형가荊軻가 진시황을 죽이러 가기 전에 "바람
소소한데 역수는 차갑고, 장사는 한 번 떠나면 다시 돌아오지 못하리.(風蕭
蕭兮易水寒, 壯士一去兮不復還)"라며 비분강개한 노래를 불렀다. 여기서는 이

별을 앞두고 비분강개함을 노래한 것을 말한다.

66) 關山(관산) : 〈관산월關山月〉로 한대漢代 악부樂府 횡취곡명橫吹曲名이다.

67) 頹陽(퇴양) : 지는 해. 낙일落日.

68) 微陰(미음) : 희미한 어둠. 땅거미.

69) 長風以破浪(장풍이파랑) : ≪송서宋書 · 종각전宗慤傳≫에 따르면 종각宗慤
이 어렸을 적에 숙부가 포부를 물어보자 "멀리 부는 바람을 타고 만리의
물결을 헤치고 싶습니다.(願乘長風, 破萬里浪)"라고 대답했는데 커서 과연 훌
륭한 일을 했다고 한다.

70) 蹉跎(차타) : 실의한 모양. 허송세월하는 모양.

71) 樂酣(악감) : 주악奏樂이 한창 성하다. '술에 취한 즐거움이 한창이다'고
볼 수도 있다.

72) 遼碣(요갈) : 요하遼河와 갈석산碣石山. 갈석산은 지금의 하북성河北省 창려
현昌黎縣 서쪽에 있다.

73) 獯戎(훈융) : 흉노匈奴. 여기서는 거란을 가리킨다.

74) 抗手(항수) : 손을 들다. 고별을 표시하는 행위.

75) 金天(금천) : 가을. 가을 하늘. '금金'은 오행五行 중의 하나로 가을에 해당
한다.
蕭殺(숙살) : 엄혹하고 소슬한 기운이 초목을 죽이다. 정벌하여 거란을
치는 것을 암시한다.

76) 專征(전정) : 정벌을 오로지 하다.

77) 樂戰(낙전) : 전쟁을 즐기다. 전쟁을 좋아하다.

78) 之子(지자) : 이 사람. 최융 등을 가리킨다.
佳兵(가병) : 훌륭한 무기. ≪노자老子≫에 "무릇 훌륭한 무기는 불길한
기물이서 사람들이 그것을 싫어하기에 도가 있는 자는 사용하지 않는다.(夫
佳兵者, 不祥之器, 物或惡之, 故有道者不處)"고 하였다.

79) 海氣(해기) : 바다 기운. 발해渤海 지역 거란의 기운을 비유한다.

80) 北平(북평) : 군郡 이름으로 지금의 하북성 노룡현盧龍縣에 있었다.

81) 盧龍塞(노룡새) : 노룡의 요새. 지금의 하북성 희봉구喜峰山 부근으로 고대

에 하북 평원에서 동북으로 가는 교통의 요로였다. ≪위지魏志·전주전田疇傳≫에 의하면, 조조曹操가 북으로 오환烏丸을 정벌할 때에 전주田疇가 좋은 계책을 바쳐 조조 군사로 하여금 노룡새를 나가게 하여 오환을 대패시켰다. 군대가 돌아와 논공행상하며 전주를 정후亭侯에 봉하려고 하자, 그는 "어찌 노룡의 요새를 팔아서 상록賞祿과 바꾸겠는가?(豈可賣盧龍之塞, 以易賞祿哉)"고 하며 벼슬을 받지 않았다고 하였다. 이 구절은 이러한 전주를 본받아 상록을 탐하지 말 것을 권고하고 있다.

82) 麟閣(인각) : 기린각麒麟閣. 한대漢代에 미앙궁未央宮에 있던 전각으로 곽광霍光 등 11명 공신들의 초상화를 그려서 그들의 공적을 기리는 곳이었다. 후에 큰 공적과 높은 영예를 상징하는 곳이 되었다.

▌해설

이 시는 최융 등이 양왕 무삼사를 따라 거란을 정벌하러 가는 것을 전송하며 써준 것으로 만세통천 원년(696)에 낙양의 방사현 정원에서 지은 것이다. 서문에서는 천자의 명으로 변방을 어지럽힌 거란을 정벌하러 가는 것을 서술하고, 막부에 참여한 인물과 송별연의 상황 등을 자세히 묘사하고 있다.

제1~2구에서는 숙살肅殺의 계절인 가을에 정벌을 행함을 말하고 있다. 제3~4구에서는 이 전쟁이 부득이한 것임을 말하고 무기를 써서 살생함에 신중할 것을 경계하고 있다. 제5~6구에서는 경물 묘사로 하북 전장의 상황을 비유하며 출정의 이유를 밝히고 있다. 제7~8구에서는 전공에 기대어 상록賞祿이나 명예를 구하지 말 것을 권고하고 있다. (강민호)

56. 東征答朝臣相送[1]

동쪽으로 정벌 가며 전송해주는 조정 신하들에게 답하다

平生白雲意,[2]	평소 흰 구름 속에서 은거하길 뜻한 데다
疲苶愧爲雄.[3]	지치고 나른하여 영웅 되기 부끄러운데,
君王謬殊寵,[4]	군왕께서 남다른 은총을 잘못 내리셔서
旌節此從戎.[5]	깃발과 부절 들고 이처럼 종군하게 되었네.
接繩當繫虜,[6]	두 손에 든 밧줄로 응당 오랑캐를 포박하겠지만
單馬豈邀功.[7]	한 마리 말로 어찌 큰 공을 바라겠는가.
孤劍將何托,[8]	외로운 칼 장차 어디에 의지할까
長謠塞上風.[9]	소리 높여 변새의 노래를 부르리라.

▌주석

1) 東征(동정) : 동쪽으로 정벌 가다. 거란을 토벌하러 간 일을 가리킨다. ≪자치통감資治通鑑≫에서 만세통천 원년(696) 9월 "처음에 산동 부근의 여러 주에 용맹한 기병과 훈련 받은 병사를 두게 하고, 동주자사 건안왕 무유의를 우무위위대장군으로 삼고, 청변도행군대총관에 충원하여 거란을 토벌하게 하였다. 좌습유 진자앙을 무유의 막부의 참모로 삼았다.(初令山東近邊諸州置武騎團兵, 以同州刺史建安王武攸宜爲右武威衛大將軍, 充淸邊道行軍大總管, 以討契丹. 右拾遺陳子昂爲攸宜府參謀)"라고 하였다.

2) 白雲(백운) : 흰 구름. 여기서는 흰 구름이 많은 산속에서 은거하는 것을 가리킨다. 남조南朝 양梁 도홍경陶弘景의 〈산중에 무엇이 있냐고 조서를 보내 묻기에 시를 지어 답하다詔問山中何所有賦詩以答〉 시에서 "산중에 무엇이 있는가, 산봉우리 위에 흰 구름이 많지요. 다만 스스로 기뻐할 뿐 가져다가 임금에게 부칠 수 없지요.(山中何所有, 嶺上多白雲. 只可自怡悅, 不堪持寄君)"라고 하였다.

3) 疲苶(피날) : 피곤하고 나른하다. 현실정치에 대한 관심과 의욕이 없는 것을 가리킨다.

이상 두 구는 자신이 평소 은거하기를 지향하였고 또 현실정치에 별다른 관심이 없어 영웅이 되기에 부족한 것을 말하였다.

4) 此(차) : 이처럼. '여차如此'와 같다.

謬殊寵(유수총) : 남다른 은총을 잘못 내리다. 바로 이전에 옥살이를 했는데도 무유의 막부의 참모가 된 것을 겸손하게 표현한 것이다.

5) 旌節(정절) : 깃발과 부절. 당唐나라 제도에 "절도사에게 한 쌍의 깃발과 한 쌍의 부절을 내린다. 깃발은 포상을 전담하고 부절은 죽임을 전담한다. 행군하면 부절을 세우고 여섯 개의 대장기를 세운다.(節度使賜雙旌雙節. 旌以專賞, 節以專殺. 行則建節, 樹六纛)"라고 되어 있다.

從戎(종융) : 종군從軍.

6) 挼繩(뇌승) : 두 손에 든 밧줄. 두 손으로 밧줄을 잡은 것을 가리킨다. 다음 구의 '단마單馬'와 대對를 이룬다.

繫虜(계로) : 오랑캐를 포박하여 잡다. ≪한서漢書·진탕전陳湯傳≫에서 "매우 먼 곳의 구애받지 않는 군주를 토벌하고 만 리 떨어진 제압하기 어려운 오랑캐를 포박한다.(討絶域不羈之君, 係萬里難制之虜)"라고 하였다.

7) 單馬(단마) : 한 마리 말. 필마.

邀功(요공) : 공을 바라다. 큰 공을 바라다. '요邀'는 '요要'와 통하여 '바란다'는 뜻이다.

이상 두 구는 오랑캐를 무찌르겠지만 공 세우기를 바라지는 않는 것을 의미한다.

8) 孤劍(고검) : 외로운 칼. 외로운 자신을 가리킨다.

9) 長謠(장요) : 소리 높여 노래 부르다.

塞上風(새상풍) : 변새의 노래. '풍風'은 '풍요風謠'의 뜻이다.

이상 두 구는 큰 공 세우기를 바라지 않고 그 대신 변새의 시가를 쓰겠다는 의지를 나타내었다.

┃ 해설

　이 시는 만세통천萬歲通天 원년(696) 9월 북방에 쳐들어온 거란족을 토벌하러 종군하면서 조정 신하들에게 자신의 의지와 심정을 밝힌 작품이다. 이때 진자앙은 건안왕建安王 무유의武攸宜의 막부의 참모로서 종군하였다. 제1구~제4구는 평소 은거의 뜻을 지니고 있다 갑자기 황제의 명을 받고 종군의 길에 나서게 되었음을 서술하였다. 제2구는 자신이 종군하는 데 자질이 부족하다는 생각을 표현했으며, 제3구는 옥살이의 경력이 있는 그에게 과분하게도 종군의 명이 내려졌다는 생각을 표현하였다. 제5구~제8구는 오랑캐를 잡는 일에 열중하겠지만 공 세우길 바라지는 않는 것을 표현하는 한편, 홀로 변새로 떠나게 된 심정을 드러내었다. 제6구의 '한 마리 말'과 제7구의 '외로운 칼'의 표현으로 볼 때 이는 시인 자신의 외로움임을 알 수 있다. (김수희)

57. 登澤州城北樓宴[1]
택주성의 북쪽 누대에 올라 연회를 하다

平生倦遊者,[2]	평생 떠돌다가 지친 사람으로서
觀化久無窮.[3]	세상의 변화를 살피니 그것은 오래도록 끝이 없었네.
復來登此國,[4]	다시 와 이 성에 올라서
臨望與君同.[5]	높은 곳에서 바라보면서 그대들과 함께하네.
坐見秦兵壘,[6]	그리하여 진나라 군대가 남긴 보루를 보고
遙聞趙將雄.[7]	아득히 조나라 장수의 영웅적 풍모를 듣네.
武安軍何在,[8]	무안군의 군대는 어디에 있는가?
長平事已空.[9]	장평에서의 일은 이미 헛되었다네.
且歌玄雲曲,[10]	짐짓 현운곡의 노래를 부르고
衔酒舞薰風.[11]	술을 마시며 훈풍의 노래에 춤을 추네.
勿使青衿子,[12]	푸른 옷깃의 젊은 학생들로 하여금
嗟爾白頭翁.[13]	이 머리 하얀 늙은이를 보고 탄식하게 하지 말게나.

▌주석

1) 澤州(택주) : 당나라 행정구역으로 수隋나라 때 건주建州를 택주로 바꿨다.
   현재 산서성山西省 진성시晉城市이다.
2) 平生(평생) : 평소. 늘.
   倦遊(권유) : 돌아다니는 벼슬살이에 싫증나다. 지치다.
3) 觀化(관화) : 자연만물의 조화와 변화를 관찰하다.
4) 復來(부래) : 다시 오다. 진자앙은 垂拱 2년(686)에 교지지喬知之의 북벌을
   따라 북방으로 온 적이 있는데 지금 다시 왔다는 뜻이다.
   此國(차국) : 이 성. 택주성을 가리킨다. '국國'은 성읍城邑을 뜻한다.
5) 臨望(임망) : 높은 곳에 올라 멀리 바라보다.

君(군) : 그대들. 여기에서는 연회의 참석자들을 가리킨다.

6) 坐(좌) : 그래서. 그리고 보니.

秦兵(진병) : 진나라 군대. 전국시대에 진나라 소양왕昭襄王 47년(기원전 261년)에 장수 백기白起 등을 시켜 조趙나라를 침공하게 한 진나라 군대를 가리킨다. 두 나라의 군대가 장평長平에서 전쟁을 벌였기 때문에 이 전쟁을 장평지전長平之戰이라고 불렀다.

壘(루) : 군대가 진지를 구축하며 흙이나 돌로 구축한 방어벽.

7) 趙將(조장) : 조나라 장수. 당시 장평지전에서 진나라의 군대를 방어했던 조나라의 장수 염파廉頗를 가리킨다. 염파는 수비 위주의 전술로 진나라의 군대를 3년 동안 적절히 방어하여 진나라 군대의 위력을 고갈시켰으나 진나라의 계략에 빠진 조나라의 효성왕孝成王이 염파를 겁쟁이라 여겨 파직하고 조괄趙括을 장수로 삼아 진나라 군대를 공격하게 명령하였으나 조나라 군대는 대패를 하고 40만명 이상의 조나라 병사들이 몰살을 당했다. 염파는 장평지전의 패배 이후에도 조나라에 남아 여러 전쟁에서 많은 전공을 남기고 후에 은거했다.

8) 武安軍(무안) : 무안군武安君. 즉 백기이다. 백기는 소양왕 29년(기원전 279년)에 초楚나라를 대파한 공을 인정받아 무안군에 봉해졌다. 백기는 30여년간 진나라의 장수로 지내면서 70곳이 넘는 성을 함락시켰으며 모든 전쟁에서 승리한 뛰어난 전략사령관이었다. 그는 염파와 더불어 전국사대명장戰國四大名將에 꼽히며 그중 으뜸으로 여겨지는데 전쟁에서 죽인 적의 병사가 너무 많아서 인간백정(인도人屠)이라고도 불렸다.

9) 長平(장평) : 지명. 현재의 섬서성 高平市고평시로 진성시晉城市의 관할시이며 과거에도 택주에 속했다. 백기는 장평에서 승리한 다음 바로 조나라의 수도인 한단邯鄲까지 공격해서 조나라를 멸망시킬 것을 주장하였으나 소양왕과 재상 범저范雎는 백기에게 퇴각을 명했다. 그리고 도리어 그 몇 달 뒤에 다시 한단을 공격하였는데 이 때는 백기가 병에 걸려 공격에 참여하지 못했고 진의 공격은 실패했다. 그러나 이 일 때문에 백기는 전쟁에 참여하도록 계속 종용받았고 병든 몸을 이끌고 전쟁에 나서던 백기는 느린 진군

속도 때문에 결국 명령불복종의 이유로 자결을 명받아 사망했다.

10) 且(차) : 짐짓. 그래도. 다시.

玄雲曲(현운곡) : 한대漢代의 요가饒歌의 하나로 군가이다. ≪진서晉書·악지樂志≫에 따르면 현운곡은 성왕이 인재를 기용하여 그 재주를 다하게 만드는 것이 내용이라고 한다.

짐짓 현운곡을 부른다는 것은 인생무상의 허무감에 빠지지 않고 다시 결의를 다지며 성왕의 인재가 되는 군가를 부른다는 뜻이다.

11) 銜酒(함주) : 술을 마시다.

薰風(훈풍) : 가곡의 이름으로 순舜임금이 거문고를 연주하며 불렀다고 전해지는 〈남풍南風〉을 가리킨다. ≪공자가어孔子家語·변악해辯樂解≫에 전하는 가사에서 "남풍이 향기롭구나 우리 백성의 성냄을 풀 수 있겠구나. 남풍이 시기적절하구나 우리 백성의 재물을 크게 할 수 있겠구나.(南風之薰兮, 可以解吾民之慍兮. 南風之時兮, 可以阜吾民之財兮)"라고 했기 때문에 〈남풍〉을 〈훈풍〉이라고도 칭하였다.

12) 靑衿子(청금자) : 젊은 학생. 청금은 푸른 옷깃을 뜻하는데 고대에는 부모를 모시거나 젊은 학생이 푸른 옷깃이 있는 옷을 입었다고 한다.

13) 爾(이) : 이. 저.

白頭翁(백두옹) : 머리가 흰 노인. 여기에서는 공을 세우지 못하고 늙은 노인을 의미하며 진자앙을 가리킨다.

▌해설

만세통천萬歲通天 원년(696년)에 거란족이 북방에 쳐들어와 영주營州를 함락시켰다. 무측천武則天은 조카인 건안군왕建安郡王 무유의武攸宜를 시켜 거란을 토벌하게 하였고 진자앙은 그의 막부에서 참모의 역할을 하며 종군하였다. 기록에 따르면 무유의는 전쟁에 대해 잘 알지 못했고 진자앙은 여러 차례 무유의에게 간언을 하다가 반대로 화를 입어 참모의 자리를 박탈당했다고 한다. 이 시는 무유의의 군대가 당시 택주를 지날 때 연회에 참석하여 쓴 것이다.

제1~4구는 시의 시작부분이다. 오랜 유환遊宦 생활을 통해 세상의 변화가 끝이 없음을 깨달은 진자앙은 다시 그 변화와 함께 거란의 변란을 토벌하는 군대를 따라 변방에 돌아왔다. 그리고 그는 연회에 참석하기 위해 택주성의 북루에 올라 멀리 바라보았다. 제5~8구는 북루에서 바라보이는 전국시대의 유적에 대한 감회를 읊은 것이다. 진나라의 백기와 조나라의 염파는 전국시대 최고의 명장들이었고 그들의 업적 또한 매우 뛰어난 것이었다. 그러나 진자앙의 시대에 그것은 이미 다 지나간 옛날의 일이며 그토록 대단한 인물들의 업적도 덧없는 것이 되었다. 그러니 진자앙이 따르는 군대의 일은 과연 어떻게 될 것인가? 저절로 인생무상의 허무한 탄식이 나온다. 하지만 제9~10구에서 시인은 우울한 마음을 떨쳐버리려고 노래를 부르고 춤을 춘다. 인재를 잘 쓴 전쟁의 노래를 부르고 천자의 은혜가 넘치는 노래에 따라 춤을 춘다는 것은 진자앙의 군대 역시 천자의 뜻을 따르는 위대한 군대라는 의미가 된다. 제11~12구에서 진자앙은 함께 주연에 참석한 사람들에게 반드시 공을 세우자고 권면의 말을 하는데 '이 머리 하얀 늙은이'는 자기 자신에 대한 각오이기도 하였다. (서용준)

58. 東征至淇門答宋參軍之問[1]

동쪽으로 정벌을 떠나며 기문에 이르러 참군 송지문에게 답하다

南星中大火,[2]	남쪽 별의 심성이 가운데 있을 때
將子涉淸淇.[3]	그대와 더불어 청수와 기수를 건너려했는데,
西林改微月,[4]	서쪽 숲의 초승달로 바뀌었건만
征斾空自持.[5]	군대 깃발만 공허히 지키고 있네.
碧潭去已遠,[6]	푸른 못 떠나 이미 멀어졌으니
瑤花折遺誰.[7]	백옥같은 꽃을 꺾은들 누구에게 드릴까?
若問遼陽戍,[8]	요양땅 수자리가 어떤지 묻는다면
悠悠天際旗.[9]	하늘가 깃발만 펄럭이는구려.

▋주석

1) 東征(동정) : 동쪽으로 정벌을 가다. 만세통천萬歲通天 원년(696)에 무유의武 攸宜를 따라 거란을 토벌하러 떠났다.

淇門(기문) : 기문진淇門津. 지금의 하남성河南省 학벽시鶴壁市이다. 예로부터 수륙교통의 요충지여서 전쟁이 자주 일어났던 곳이다.

宋參軍之問(송참군지문) : 낙주참군洛州參軍 송지문宋之問. 송지문은 자字가 연청延淸이고 분주汾州(지금의 산서성 분양시汾陽市) 사람이다. 상원上元 2년(675)에 진사가 되었다. 무측천 때에 인정을 받아 낙주참군을 지냈고 향방감승向方監丞과 좌봉신내공봉左奉宸內供奉을 역임하였다.

2) 大火(대화) : 심수心宿. 심성心星. 여름철에 보이는 별이다.

3) 淸淇(청기) : 청수淸水와 기수淇水. 여기서는 진자앙과 송지문이 만나기로 했던 장소를 뜻한다. 청수는 하남성 수무현修武縣에서 발원하고, 기수는 임현林縣 동쪽에서 발원하여 기현성淇縣城 남쪽에서 합쳐져 위하衛河로 흘러간다. 기현의 남쪽에 신향新鄕(지금의 하남성 신향시新鄕市)이 있다.

4) 改微月(개미월) : 초승달로 바뀌다. 여름에서 가을로 시간이 바뀌었음을 비유한다.
  이 두 구는 진자앙이 거란족 정벌에 참여하느라 송지문과의 약속을 지키지 못하게 되었음을 말하는 것이다.
5) 征旆(정패) : 군대의 깃발.
6) 碧潭(벽담) : 푸른 못. 여기서는 기수淇水의 약속 장소를 가리킨다.
7) 瑤花(요화) : 백옥 빛깔을 띠는 꽃. ≪초사楚辭·구가九歌·대사명大司命≫에 "백옥같은 신마神廐 꽃을 따서, 떨어져 계신 님에게 드리리.(折疏麻兮瑤華, 將以遺兮離居)"라고 하였다. 왕일王逸의 주석에 '요화瑤花'는 '요화瑤華'라고 하였다.
8) 遼陽(요양) : 요양현遼陽縣. 지금의 요녕성遼寧省 서남쪽과 하북성河北省 동북부 일대로 여기서는 거란족의 거주지를 말한다.
9) 悠悠(유유) : 깃발이 바람에 펄럭이는 모양. ≪시詩·소아小雅·거공車攻≫에 "히힝 말울음 소리, 펄럭이는 깃발.(蕭蕭馬鳴, 悠悠旆旌)"이라 하였다.

▌해설

  이 시는 진자앙이 낙주참군洛州參軍을 지내던 송지문宋之問과 만나기로 하였으나 거란 정벌에 참여하느라 약속을 지키지 못하게 된 것에 대한 아쉬움과 그리움을 전한 것이다. 만세통천萬歲通天 원년(696) 9월에 쓴 것으로 보인다. 송지문의 작품에 〈왕실의 군대로 가게 되면서 진자앙과 신향에서 만날 것을 약속하여 돌아왔으나 만나지 못하다(使往天平軍馬約與陳子昂新鄕爲期, 及還而不相遇)〉에서 "위 땅으로 들어와 그대를 기다리니, 아! 적지 않게 머물렀는데 그대는 어디로 갔는가? 기수만 날마다 아득하구나.(入衛期之子, 吁嗟不少留. 情人去何處, 淇水日悠悠)"라고 한 것처럼 두 사람은 본래 신향에서 만나기로 약속했지만 송지문이 그 곳에 도착했을 때 진자앙은 이미 정벌에 참여하여 기문淇門에 도착했던 것으로 보인다.
  제1~4구에서는 본래 약속대로라면 두 사람은 여름 즈음에 만났을 것이나 진자앙이 거란 정벌에 참여한 탓에 멀리 떨어져 서쪽 땅에서 군대의 깃발을 지키게 되었음을 나타내었다. 어느새 계절도 바뀌고 시간이 흘렀으나 여전히 돌아가지 못한 상황을 전하였다. 제5~8구에서는 황량한 전장으로 떠나와 있으니 만날 날을 더욱 기약할 수 없음을 말하였다. 혹시라도 저 멀리서 나의 안부를 묻는다면 그저 하늘 끝 전장에서 펄럭이는 깃발과 함께 외로이 자리를 지키고 있다고 전하였는데 그 외로움만큼이나 깊은 그리움이 절절히 느껴지는 시이다. (홍혜진)

59. 登薊城西北樓送崔著作融入都 幷序[1]

계성 서북루에 올라 도읍으로 들어가는 저작랑 최융을 전송하다
및 서문

僕嘗倦遊,[2] 傷別久矣. 況登樓遠國,[3] 銜酒故人.[4] 憤胡虜之侵
邊,[5] 從王師之出塞.[6] 元戎按甲,[7] 方刈鮮卑之壘,[8] 天子賜書,
且有相君之召.[9] 而崔侯佩劍,[10] 即謁承明,[11] 群公負戈, 方絶大
漠.[12] 燕山北望,[13] 遼海東浮.[14] 雲臺與碣館天殊,[15] 亭障共衣冠
地隔.[16] 撫劍何道, 長謠增歎. 以身許國,[17] 我則當仁,[18] 論道匡
君,[19] 子思報主. 仲冬寒苦,[20] 幽朔初平.[21] 蒼茫天兵之氣,[22] 冥
滅戎雲之色.[23] 白羽一指,[24] 可掃九都.[25] 赤墀九重,[26] 佇觀獻
凱.[27] 心期我願斯遂,[28] 君恩共有.[29] 策勛飲至,[30] 方同廊廟之
歡,[31] 偃武橐弓,[32] 借爾文儒之首.[33] 薊丘故事,[34] 可以贈言,[35]
同賦登薊樓送崔子云爾.[36]

나는 일찍이 떠도는 데 지쳐 이별을 아파한지 오래되었다. 하물며 먼 변방에
서 누대에 올라 친구와 술을 마시고 있음에랴. 그대는 변방을 침입한 오랑캐
에 분개하여 변새로 나서는 왕의 군대를 따르고자 하였다. 대장군이 병사를
정비하여 장차 선비의 보루를 벨 때, 천자가 글을 내려 또 재상의 부름이
있게 되었다. 그리하여 최융은 검을 차고는 즉시 승명전에서 배알하고, 여러
공은 창을 메고 큰 사막을 막 건넜다. 연산으로 북쪽을 바라보면 요해가
동쪽에 떠 있었다. 운대와 갈석관은 하늘이 달랐고 변방 보루와 조정 의관은
땅이 멀리 떨어져 있었다. 검을 어루만지며 무엇을 말했겠는가? 길게 노래하
니 나라의 안위에 대한 탄식이 늘어났다. 몸을 나라에 바쳤으니 나는 떳떳함
을 법칙으로 삼고, 도를 논해 임금을 보좌하니 그대는 임금에 보답하기를
생각했다. 한겨울 추위가 매서울 때 북쪽의 유주가 비로소 평정되었다. 천자
군대의 기운은 끝이 없고 전쟁 구름의 빛은 사라졌으니, 흰 깃 장식 대장기로
한번 지휘하면 구도를 쓸어버릴 수 있고, 붉은 계단 구중궁궐은 바쳐진 전리

품 보기를 기다릴 것이다. 내 소원 이에 이루어지고 임금의 은혜가 함께 있기를 마음으로 기대한다. 공훈을 적고 축하 연회를 열면 조정의 즐거움을 함께 할 것이고, 무력을 그치고 활을 집어넣으면 그대를 문유文儒의 수장으로 얻으리라. 계구의 일은 송별의 말로 적당하니, 계성의 누대에 올라 최씨를 보내는 시를 함께 읊으며 다음과 같이 말한다.

薊樓望燕國,	계성의 누대에서 연나라를 바라보는데
負劍喜茲登.	검을 메고 이곳에 오른 것을 기뻐한다.
淸規子方奏,[37]	규범이 맑은 그대는 장차 상주할 것이고
單戟我無能.[38]	창이 외로워진 나는 능력이 없구나.
仲冬邊風急,	한겨울 변방의 바람이 세차고
雲漢復霜稜.[39]	하늘에는 또 서리가 매섭구나.
慷慨竟何道,[40]	강개하며 결국 무엇을 말하리오
西南恨失朋.[41]	남서쪽으로 벗을 잃어버렸음을 한탄하네.

▌주석

1) 薊城(계성) : 당시 유주幽州에 있었으며, 지금의 북경시 남서쪽에 그 유적이 있다.
   崔融(최융) : 앞의 시 55. 〈양왕을 따라 동정하는 저작좌랑 최융 등을 전송하다 및 서문送著作佐郎崔融等從梁王東征 幷序〉 주석 1번 참조.
2) 倦遊(권유) : 떠도는 것에 지치다. 관직을 위해 오래도록 이리저리 떠도는 것을 말한다.
3) 遠國(원국) : 먼 지방. 변방을 의미하며 계성을 가리킨다.
4) 銜酒(함주) : 술을 마시다. 최융과 송별주를 마시는 것이다.
   故人(고인) : 친구. 여기서는 최융을 가리킨다.
5) 胡孽(호얼) : 나쁜 오랑캐. 여기서는 거란족을 가리킨다.
6) 王師(왕사) : 왕의 군대.

7) 元戎(원융) : 대장군. 당시 거란 정벌의 대장군은 양왕梁王 무유의武攸宜였다.

　按甲(안갑) : 병사를 정비하다.

8) 方(방) : 장차.

　刈(예) : 베다.

　鮮卑(선비) : 변방 이민족의 하나. 여기서는 거란을 가리킨다.

9) 相君(상군) : 재상.

　이상 두 구는 조정에서 최융을 거란 정벌에 참여하라고 불렀다는 뜻이다.

10) 崔侯(최후) : 최융. '후'는 존칭이다.

11) 承明(승명) : 장안 궁궐에 있던 승명전.

12) 絶(절) : 가로질러 가다.

　大漠(대막) : 중국 북부의 큰 사막 지대.

13) 燕山(연산) : 계성 부근에 있는 연산산맥.

14) 遼海(요해) : 발해渤海를 가리킨다.

15) 雲臺(운대) : 한나라 궁궐에 있던 누대 이름. 여기서는 당나라 궁궐을 가리
킨다.

　碣館(갈관) : 갈석관碣石館. 계성 서쪽에 있었다.

　天殊(천수) : 하늘이 다르다. 두 지역이 아주 멀리 떨어져 있다는 뜻이다.

16) 亭障(정장) : 변방의 보루. 계성을 가리킨다.

　衣冠(의관) : 사대부를 의미하며 여기서는 궁궐의 신하들을 가리킨다.

17) 許國(허국) : 나라에 허여하다. 나라에 바치다.

18) 則(칙) : 법칙으로 삼다.

　當仁(당인) : 떳떳함.

19) 匡君(광군) : 임금을 보위하다.

20) 仲冬(중동) : 한겨울.

21) 幽朔(유삭) : 북방에 있는 유주 지역. 계성이 있는 곳이다.

22) 蒼茫(창망) : 끝이 없는 모습.

23) 冥滅(명멸) : 사라지다.

　戎雲(융운) : 오랑캐 구름. 오랑캐 무리를 가리킨다.

24) 白羽(백우) : 군대의 사령관이 지휘하는 흰 깃발.

25) 九都(구도) : 어디인지 알려져 있지는 않지만, 이 서문의 내용으로 보아 유주 인근에 있었을 것이다.

26) 赤墀(적지) : 붉은 색으로 칠한 계단. 궁궐을 가리킨다.

27) 佇(저) : 기다리다.

　　獻凱(헌개) : 전리품을 바치다.

28) 遂(수) : 이루어지다.

29) 共有(공유) : 함께 있다.

30) 策勳(책훈) : 공적을 기록하다.

　　飮至(음지) : 전쟁에서 승리하고 돌아온 뒤 여는 축하 연회.

31) 廊廟(낭묘) : 조정을 가리킨다.

32) 偃武(언무) : 무력행위를 그치다. 전쟁을 그만두다.

　　橐弓(탁궁) : 활을 넣다. 전쟁을 하지 않는다는 말이다.

33) 爾(이) : 그대. 최융을 가리킨다.

　　文儒(문유) : 문사.

　　이상 두 구는 전쟁에서 이기고 돌아가면 천자가 최융을 문사로 활용할 것이라는 뜻이다.

34) 薊丘(계구) : 계성 인근의 산.

　　故事(고사) : 최융이 계성으로 종군하여 공적을 쌓은 일로서, 서문의 내용을 가리킨다.

35) 贈言(증언) : 헤어지며 전해주는 말.

36) 崔子(최자) : 최융을 가리킨다.

37) 淸規(청규) : 맑은 모범.

　　奏(주) : 아뢰다.

38) 單戟(단극) : 홀로 남은 창. 진자앙 자신을 비유한다.
　　이상 두 구는 최융은 공을 세워 장차 궁으로 돌아가 천자를 만날 것이지만 자신은 공을 세우지 못해 여기 남아있다는 뜻이다.

39) 雲漢(운한) : 하늘.

霜稜(상릉) : 서리의 위세.

40) 慷慨(강개) : 강개하다.

　　道(도) : 말하다.

41) 西南(서남) 구 : 최융이 계성의 서남쪽에 있는 장안을 돌아가게 되어 헤어지
　　는 것을 말한다.

▌해설

　이 시는 계성에서 함께 종군하다 공을 세운 뒤 다시 장안으로 돌아가는
최융을 송별하며 지은 것으로, 만세통천萬歲通天 원년(696) 겨울에 지었다.
　서문에서는 북쪽 변방에 난리가 나서 최융이 출정하게 되었으며 이후 공을
세우게 된 과정을 자세하게 설명하였다. 제1～2구에서는 계성 누대에 올라
북쪽을 바라보며 기뻐하는 모습을 표현하였는데, 이는 북쪽으로 정벌 와서
오랑캐를 무찔렀으며 최융이 공적을 세웠기 때문이다. 제3～4구에서는 최융
과 자신의 모습을 대비하였는데, 공을 세운 최융을 칭송하면서 자신이 공을
세우지 못한 것을 안타까워하였다. 제5～6구에서는 한겨울 매서운 추위를
묘사하여 안타까운 시인의 마음을 표현하였다. 제7～8구에서는 강개하는 마
음에 말을 하지 못하고 친구와 헤어지는 것을 한탄하였다. 오래도록 변방을
떠돌며 공을 세우고자 하였지만 뜻을 이루지 못한 상태에서 공적을 세워 다시
장안으로 돌아가는 친구와 헤어지게 되었는데, 기뻐하면서도 안타까워하는
마음이 표현되어 있다. (임도현)

60. 答韓使同在邊[1]

역시 변방에 있는 안변사 한씨에게 답하다

漢家失中策,[2] 한나라 황실이 중등의 계책을 잃어버려

胡馬屢南驅.[3] 오랑캐 말이 누차 남쪽으로 내달리는데,

聞詔安邊使,[4] 듣자니 변방을 안정시킬 대사를 조서로 임명하는데

曾是故人謨.[5] 일찍이 내 벗이 도모한 바였네.

廢書悵懷古,[6] 책을 덮고 옛 일 떠올리며 슬퍼하고

負劍許良圖.[7] 검을 지니 좋은 계책이 받아들여졌네.

出關歲方晏,[8] 관문을 나갔을 때 한 해가 장차 저물려 했는데

乘障日多虞.[9] 변방의 성에 올라 날마다 많이도 방비하였네.

虜入白登道,[10] 오랑캐가 백등산의 길까지 침입하고

烽交紫塞途.[11] 봉화가 장성 길에 번갈아 오르자,

連兵屯北地,[12] 병사를 이어서 북지군에 주둔케 하고

淸野備東胡.[13] 들판을 비워 돌궐에 대비하니,

邊城方晏閉,[14] 변성에서 바야흐로 저녁 성문을 닫을 때

斥堠始昭蘇.[15] 척후병은 비로소 생기를 찾았다네.

復聞韓長孺,[16] 또 듣건대 한장유가

辛苦事匈奴.[17] 고생하며 흉노에 대한 일을 하느라,

雨雪顏容改,[18] 비와 눈에 용모가 바뀌었지만

縱橫才位孤.[19] 제멋대로 행하다가 재주와 지위가 고립되어,

空懷老臣策, 노련한 신하의 계책을 그저 품고도

未獲趙軍租.[20] 윗사람의 신임을 얻지 못하였다 하네.

但蒙魏侯重,[21] 위 문후의 중시를 받아

不受謗書誣.[22] 비방하는 상소로 헐뜯음 받지 않기만 한다면,

當取金人祭,²³ 　응당 흉노의 금 동상 취하여

還歌凱入都.²⁴ 　돌아가는 노래하며 개선해서 도성으로 들어가시게 되리라.

▎주석

1) 韓使(한사) : 안변사安邊使 한씨. 누구인지 알 수 없다. 안변사는 변방을 안정시키는 책무를 맡은 대사大使로 지방의 전란 등을 안정시키기 위해 파견되는 임시 관리인 안무사安撫使와 유사한 직책으로 보이나 정확한 관직 명은 아니라고 생각된다.

同在邊(동재변) : 마찬가지로 변방에 있다. 진자앙과 마찬가지로 한사 역시 변방에 있음을 뜻하나 그는 진자앙과 같은 지역에 주둔하지는 않은 것으로 보인다. 한사가 머물고 있는 곳으로 시에서 거론된 '백등산白登山', '자새紫塞', '북지北地' 등은 모두 진자앙이 당시에 주둔했던 유주幽州보다 서쪽에 위치한 곳이기 때문이다.

2) 漢家(한가) : 한나라 황실. 여기서는 무측천의 조정을 가리킨다.

中策(중책) : 중등中等의 계책. 직접적으로 정벌하지 않고 국경 밖으로 내쫓는 계책을 가리킨다. ≪한서·흉노전匈奴傳≫에서 왕망王莽이 대장군 엄우嚴尤가 흉노를 정벌하는 일에 대해 간언하길, "신은 흉노가 해를 끼친 지 오래라는 말은 들었어도, 상고시대上古時代에 그들을 반드시 정벌해야 한다는 자가 있었다는 말은 듣지 못하였습니다. 후세 세 왕조인 주나라·진나라·한나라가 그들을 정벌하였지만 모두 '상책'을 얻지는 못하였습니다. 주나라는 '중책'을 얻었고 한나라는 '하책'을 얻었으며 진나라는 '무대책'이었습니다. 주나라 선왕 때 험윤(흉노)이 내침하여 경수의 북쪽까지 이르게 되자 장수들에게 명하여 그들을 정벌케 하고 국경 밖으로 모두 쫓아내고 돌아왔습니다. 그들은 융적의 침입을 마치 모기와 등에가 무는 것처럼 여겼기 때문에 그들을 쫓아낼 뿐이었고, 그리하여 천하가 밝은 정책을 칭송하였나니 이는 중책이었습니다. 한나라 무제 때 장수를 선발하고 병사를 훈련해서 가벼운 군량미를 조금만 지니고 먼 변방에 깊이 들어가 비록 승리의 공적은 가지게 되었지만, 오랑캐가 거듭 보복해 병화가 삼십 여

년이나 이어져 중원이 피폐해지고 흉노 역시 두려움에 떨게 되어, 천하가 무를 칭송한다고는 하였으나 이는 하책입니다. 진나라 시황제는 작은 수치를 참지 못하고 백성들의 힘을 가벼이 여겨, 장성을 견고하게 쌓아 그 길이가 만리에 이르도록 했고, 보급품을 운송하는 데에 바다를 등진 곳에서부터 시작하게 했으니, 변방의 경계는 이미 완성되었으나 중원 안은 고갈되고 이로써 사직을 잃게 되었나니, 이는 무대책이라 하겠습니다.(臣聞匈奴爲害, 所從來久矣, 未聞上世有必征之者也. 後世三家周·秦·漢征之, 然皆未有得上策者也. 周得中策, 漢得下策, 秦無策焉. 當周宣王時, 獫狁內侵, 至於涇陽, 命將征之, 盡境而還. 其視戎狄之侵, 譬猶蚊虻之螫, 驅之而已, 故天下稱明, 是爲中策. 漢武帝選將練兵, 約齎輕糧, 深入遠戍, 雖有克獲之功, 胡輒報之, 兵連禍結三十餘年, 中國罷耗, 匈奴亦創艾, 而天下稱武, 是爲下策. 秦始皇不忍小恥而輕民力, 築長城之固, 延袤萬里, 轉輸之行, 起於負海, 疆境既完, 中國內竭, 以喪社稷, 是爲無策)"라 했다.

3) 胡馬(호마) : 오랑캐의 말. 여기서는 당나라를 침략했던 돌궐과 거란을 가리킨다.

이상 두 구에서는 한나라의 일을 빌어, 돌궐과 거란에게 동시 침입을 당해 시달리고 있던 당나라의 상황을 말하였는데, 이 때문에 한사와 진자앙은 각각 돌궐과 거란을 막기 위해 변방에 종군하게 되었던 것이다.

4) 詔(조) : 조서로 임명하다.

5) 故人(고인) : 벗. 여기서는 한사를 가리킨다.

謨(모) : 도모한 바.

이 구는 조정에서 안변사를 임명했는데, 이 직책은 한사가 오래도록 도모해온 직책임을 말한 것이다. 그가 변방에 종군하기를 도모하며 준비해왔던 내용은 아래 두 구에서 이어진다.

6) 廢書(폐서) : 책의 내용 때문에 한탄하느라 읽는 것을 멈추고 책을 덮다. ≪사기·맹자순경열전孟子荀卿列傳≫에서 태사공太史公이 말하길, "나는 ≪맹자≫를 읽을 때마다, 양 혜왕이 '어찌하면 우리나라를 이롭게 하겠습니까?'라고 묻는 대목에 이르면, 책을 덮고 탄식하지 않은 적이 없었다. 아아! 이로움이라는 것이 진실로 어지러움의 시작이리라.(余讀孟子書, 至梁惠王問何

以利吾國, 未嘗不廢書而歎也. 曰嗟乎! 利誠亂之始也)"라 했다.

悵(창) : 슬퍼하다.

懷古(회고) : 옛 일을 떠올리다.

이 구는 한사가 평소에 책을 읽을 때마다 옛 일을 곱씹으며 탄식하고 나랏일을 걱정했음을 의미한다.

7) 負劍(부검) : 칼을 짊어지고 떠돌다. 포조鮑照의 〈젊은이들이 모이는 곳에서 협객과 친교를 맺는 노래結客少年場行〉에서 "술자리에서 의가 상하여, 번뜩이는 칼날 휘둘러 서로 원수가 되었네. 체포하려는 병사가 어느 날 아침에 들이닥치자, 칼 짊어지고 멀리 유랑하게 되었네. 고향 떠난 지 삼십 년, 다시 고향 땅에 돌아올 수 있었네.(失意杯酒間, 白刃起相讐. 追兵一旦至, 負劍遠行遊. 去鄉三十載, 復得還舊丘)"라 했다.

許(허) : 허락받다.

良圖(양도) : 좋은 계책.

이상 두 구는 한사가 평소 나랏일을 걱정하며 문文을 닦고 칼을 짊어지고 떠돌며 당나라 변방을 오랑캐로부터 지킬 수 있는 최선의 계책을 고심해 왔기에, 그가 이론과 실제를 겸비한 인재이자 안변사의 자리를 오래도록 도모해 온 인물임을 말하였다.

8) 出關(출관) : 관문을 나가다. 변방으로 나간다는 의미이다.

方(방) : 장차.

歲晏(세안) : 해가 저물다. '세만歲晩'과 같은 뜻이다.

9) 乘障(승장) : 변방의 성에 오르다. 포조의 〈옛 시를 본뜨다擬古〉 제2수에서 "만년에 세상의 의무를 따라, 변방의 성에 올라 멀리 오랑캐를 달래게 되었네.(晚節從世務, 乘障遠和戎)"라 하였다.

虞(우) : 방비하다.

이상 여섯 구는 한사가 변방에 종군하여 애를 쓰고 있음을 말하였다.

10) 白登(백등) : 백등산白登山. 옛 평성平城(현재 산서성 대동시大同市)의 동남쪽에 있었다. ≪한서·고제기高帝紀≫에 고제 유방劉邦이 흉노를 몸소 격파할 적에 "고제가 먼저 평성에 도착했으나 보병이 다 도착하지는 못하였을

때, 묵돌 선우單于가 정예 기병 삼십여 만 명으로 하여금 백등산에서 고제의 군대를 포위하도록 하였다.(高帝先至平城, 步兵未盡到, 冒頓縱精兵三十餘萬騎圍高帝於白登)"고 하였다. 만 7일을 꼬박 포위되어 있던 유방은 진평陳平의 계책대로 선우의 처에게 뇌물을 써서 풀려날 수 있었는데 이를 '백등산에서의 포위[白登之圍]'라고 한다.

11) 紫塞(자새) : 자줏빛 요새. 장성長城을 가리킨다. 진晉 최표崔豹의 《고금주古今注 · 도읍都邑》에 "진나라가 장성을 쌓을 때 흙빛이 모두 자줏빛이었고, 한나라의 변방 요새도 역시 그러하였기에 자줏빛 요새라고 칭하게 되었다.(秦築長城, 土色皆紫, 漢塞亦然, 故稱紫塞焉)"라 하였다.

12) 連兵(연병) : 집결한 병사.

屯(둔) : 주둔하다.

北地(북지) : 북지군北地郡. 북지군의 치소治所는 시대에 따라 바뀌었지만 북지군은 대체로 지금의 감숙성甘肅城, 섬서성陝西城, 영하회족자치구寧夏回族自治區에 걸쳐있었다.

13) 淸野(청야) : 들판을 비우다. 전쟁을 할 때 전장 주변의 백성들과 가축, 곡식, 땔감 등을 모두 옮기고 집과 창고, 들판을 모두 깨끗이 비워 적들의 자원으로 이용되지 않도록 하는 전법을 말한다.

東胡(동호) : 돌궐. 흉노가 사는 동쪽에 거주하였기에 이름 하였다.

14) 晏閉(안폐) : 저녁에 성문城門을 닫다. 사람의 통행을 금지하여 방비하는 것을 말한다.

15) 斥堠(척후) : 척후병. 정찰병.

昭蘇(소소) : 생기를 회복하다. 저녁 무렵에 척후병들이 한숨 돌리는 상황을 가리킨다.

이 구는 한사가 몸담은 군대가 돌궐의 침입에 적절히 대응하였기에, 저녁에 성문을 닫고 난 후에도 정찰병들이 한숨 돌릴 수 있을 정도로 여유를 되찾고 있는 상황을 그렸다.

16) 韓長孺(한장유) : 한나라 초기의 신하. 그는 기원전 154년에 오초칠국吳楚七國의 난을 진압하는 데에 큰 공을 세웠고 건원建元 원년(기원전 140)에는

흉노와 화친을 주장하였다. 후에 흉노를 방어하는 직책을 맡았으나 흉노가 퇴각했다는 포로의 말을 믿고 군대를 퇴각시켰다가 흉노의 재침에 대패하는 실책을 저질렀다. 가까스로 죄를 면하기는 하였으나 억울함과 원통함을 이기지 못해 피를 토하고 죽었다.

17) 事匈奴(사흉노) : 흉노에 관련된 일을 도맡아 하다.

18) 雨雪(우설) : 비와 눈. 변방의 혹독한 기후를 말한다.

   顔容(안용) : 용모.

   이 구는 한장유가 변방에서 혹독한 날씨 속에 고생하느라 용모가 바뀔 정도가 되었다는 뜻이다.

19) 縱橫(종횡) : 제멋대로 행동하다.

   才位(재위) : 재주와 지위.

   孤(고) : 고립되다. 인정받지 못해 외로운 처지가 된 것을 가리킨다.

20) 趙軍租(조군조) : 조나라 군대의 세금. 군중의 시장에서 나오는 조세를 말하는데, 군왕의 전폭적인 신임을 가리킨다.

   이상 두 구는 이목李牧의 일과 관련되어 있다. ≪사기·풍당열전馮唐列傳≫에서 "신의 큰아버지가 말씀하시길, '(조나라 군주는) 이목을 조나라 장수로 삼아 변방에 거하게 함에, 군중軍中의 시장에서 나오는 조세는 모두 병사들을 먹이는 데에 스스로 알아서 쓰도록 하고, 상과 하사품을 주는 것은 군대에서 전담케 하고 조정 안의 왈가왈부하는 의론을 따르지 않았다. 임무를 맡기고 성공도 맡겨버린 까닭에 이목은 그의 지혜와 능력을 다할 수 있었다.'라 하셨습니다.(臣大父言, 李牧爲趙將, 居邊, 軍市之租, 皆自用饗士, 賞賜專於外, 不從中擾也. 委任而責成功, 故李牧乃得盡其智能)"라 했다.

   이상 여섯 구는 한장유가 변방에서 혹독한 겨울을 보내면서 고군분투하였으나 포로에게 속아 큰 실책을 남기며 고립되었고, 조정으로부터 이목과 같은 신임을 받지 못하고 있음을 말하였다. 이때 한장유는 한사와 성姓이 같고 오랑캐를 진압하는 장수였다는 공통점 때문에 언급된 장수로서, 한사가 경계하고 본보기로 삼아야 할 인물로 거론된 것이다.

21) 魏侯(위후) : 위나라 문후文侯. 주변의 참소에도 불구하고 끝까지 자신의

신하를 믿어주는 군주를 의미한다. ≪전국책·진책秦策≫에 "위나라 문후가 악양을 장군으로 삼아 중산을 공격하도록 했는데, 3년 만에 그곳을 점령하였다. 악양이 돌아와 자신의 공을 말하자, 문후는 그 동안 올려진 악양을 비방하는 상소를 한 상자 보여주니, 악양은 재배하고 고개를 조아리고는 '이는 신의 공이 아니오라, 주군의 힘입니다.'라 말했다.(魏文侯令樂羊將 攻中山, 三年而拔之. 樂羊反而語功, 文侯示之謗書一篋, 樂羊再拜稽首曰, 此非臣之功, 主君之力)"라 했다.

22) 謗書(방서) : 비방하는 상소.

   誣(무) : 헐뜯다.

23) 金人(금인) : 금 동상. 흉노족이 천주天主라고 여겨 하늘에 제사 지낼 때 쓰던 금으로 만든 사람 모양의 동상을 말한다. ≪한서·흉노전≫에 "한 문제 원수 2년(기원전 121) 봄에 한나라는 표기장군 곽거병으로 하여금 만 명의 기마병의 장수가 되어 농서로 나가도록 하였는데, 언기산에서 천여 리 떨어진 곳에서 오랑캐의 수급 팔천 개와 휴도왕이 하늘에 제사지낼 때 쓰던 금 동상을 얻었다.(漢武帝元狩二年春, 漢使驃騎將軍霍去病將萬騎出隴西 過焉耆山千餘里, 得胡首虜八千餘級 得休屠王祭天金人)"라 했다.

24) 凱(개) : 개선하다.

   이상 네 구는 진자앙이 한사가 조정으로부터 신임을 받기만 한다면 틀림없이 오랑캐를 방비하여 개선군이 되어 수도로 돌아갈 수 있을 것이라 말한 것이다.

▌해설

   이 시는 시인이 변방에 머물며 한씨의 시에 답한 것으로서, 두 번째 출정했던 만세통천萬世通天 원년(696) 겨울 동북 변방인 건안군建安軍의 막부에 있을 때 지어진 것으로 추정된다.

   제1~6구에서 시인은 북방 오랑캐의 잦은 침입으로 어려움을 겪고 있는 때에 한사가 돌궐의 침입을 진압할 임무를 받고 종군하게 되었는데, 한사는 이전부터 오랑캐를 물리칠 계책을 도모해 온 인물이라 말하였다. 제7~14구에서 시인은 오랑캐가 재차 침입한 상황에서 한사가 몸담은 군대가 활약하여 변방이 조금씩 안정되어 가는 상황을 말하였다. 제15~20구에서는 한나라 때 장수인 한장유를 언급하였는데, 그는 흉노에게 속아 막대한 손실을 입는 실책을 저지른 이였다. 마지막 네 구에서 시인은 한사가 한장유를 본보기 삼아 경계하고, 조정으로부터 확고한 신뢰를 받을 수만 있다면 틀림없이 개선할 수 있을 것이라 축원하였다. (정세진)

61. 薊丘覽古贈盧居士藏用七首 幷序[1]

계구에서 옛 유적을 유람하며 거사 장용에게 드리다 7수 및 서문

丁酉歲,[2] 吾北征.[3] 出自薊門,[4] 歷觀燕之舊都. 其城池霸迹已
蕪沒矣. 乃慨然仰歎, 憶昔樂生鄒子羣賢之遊盛矣.[5] 因登薊
丘, 作七詩以志之, 寄終南盧居士. 亦有軒轅遺迹也.

정유년에 나는 북으로 정벌을 나갔다. 계문을 나서 연의 옛 도읍을 두루
보았다. 그 성 연못과 패업의 자취들은 이미 황폐해지고 없어져 버렸다.
이에 슬퍼 우러러 탄식하며 옛날 악생과 추자같은 여러 현인들의 번성했던
자취를 생각하였다. 인하여 계구에 올라 시 일곱 수를 지어 뜻을 써 종남의
노거사에게 드린다. 또한 헌원씨의 유적도 있었다.

▌주석

1) 薊丘(계구) : 계성薊城. 지금의 북경시北京市 서남쪽 지역으로, 당시 유주幽州
   에 속해 있었으며 춘추전국시기 연燕나라의 도읍이었다.
   盧居士(노거사) : 노장용盧藏用. 자는 자잠子潛이며 유주幽州 범양范陽 사람
   이다. 일찍이 종남산에 은거했기 때문에 '노거사'라 불렸다. 장안長安 연간
   (701~704)에 부름을 받아 좌습유左拾遺에 임명되었으며 중서사인中書舍人,
   이부시랑吏部侍郎, 황문시랑黃門侍郎 등을 역임하였다. 선천先天 연간(712~
   713)에 무측천武則天의 딸 태평공주太平公主의 전횡에 연루되어 현종玄宗에
   의해 영남嶺南으로 유배되었다가 개원開元 초에 죽었다.
2) 丁酉(정유) : 신공神功 원년(697)이다.
3) 北征(북정) : 건안왕建安王 무유의武攸宜를 따라 거란 정벌에 나간 일을 가리
   킨다.
4) 薊門(계문) : 계구薊丘를 가리킨다.
5) 樂生(악생) : 악의樂毅. 본문 주 참조.
   鄒子(추자) : 추연鄒衍. 본문 주 참조.

진지앙陳子昂 시

302

軒轅臺[1] 헌원대

北登薊丘望,	북으로 계구에 올라 바라보며
求古軒轅臺.	옛 헌원대를 찾아보네.
應龍已不見,[3]	응룡은 이미 보이지 않고
牧馬空黃埃.[4]	목동도 누런 먼지 속에 사라졌네.
尙想廣成子,[5]	여전히 광성자를 생각하건만
遺迹白雲隈.[6]	남은 자취는 흰구름 가에 있네.

▌주석

1) 軒轅臺(헌원대) : 전설상의 임금인 황제黃帝가 머물렀다는 곳으로, 지금의 하북성 회래현懷來縣 교산喬山 위에 유적지가 남아 있다고 한다.

2) 應龍(응룡) : 전설상 황제黃帝의 신하. 치우蚩尤가 황제를 공격했을 때 황제의 명을 받아 기주冀州의 들에서 전투를 벌여 승리하였다.

3) 牧馬(목마) : 말치는 사람. 황제가 대외大隗를 만나러 구자산具茨山에 갈 때 길을 물었던 말 치는 아이를 가리킨다. 아이는 천하를 다스리는 법에 대한 황제의 물음에 다만 말을 키우는 것처럼 말에게 해가 되는 것을 제거하는 것일 따름임을 말하였다.

4) 廣成子(광성자) : 전설상 공동산空同山에 산다는 신선. 황제가 그를 찾아가 천하의 '지도至道'에 대해 물었다고 한다.

5) 隈(외) : 모퉁이.

燕昭王[1] 연소왕

南登碣石館,[2]	남으로 갈석관에 올라
遙望黃金臺.[3]	멀리 황금대를 바라보네.

丘陵盡喬木,[4]	언덕에는 높다란 나무 가득한데
昭王安在哉.	소왕은 어디에 있는가?
霸圖悵已矣,[5]	패업의 꿈은 서글프게도 끝나 버렸으니
驅馬復歸來.	말 몰고 다시 돌아온다네.

주석

1) 燕昭王(연소왕) : 이름은 평平이다. 제나라의 침략으로 연나라가 피폐할 때 왕위에 올랐다. 즉위 후 곽외郭隗의 건의를 받아들여 널리 인재를 모아 악의樂毅, 추연鄒衍 등을 불러들였으며 마침내 오국의 연합군으로써 제나라에 복수하고 연나라의 부흥을 이룩하였다.

2) 碣石館(갈석관) : 갈석궁碣石宮. 추연鄒衍이 연나라에 갔을 때 연소왕이 그를 스승으로 받들고 강학講學을 위해 세운 건물이다. 지금의 북경시 서남쪽에 옛 터가 있다.

3) 黃金臺(황금대) : 연소왕이 곽외를 위해 세운 누대. 초현대招賢臺 또는 연대燕臺라고도 하며 유주대幽州臺로 널리 알려져 있다. 지금의 하북성 역현易縣 동남쪽에 옛 터가 있다.

4) 喬木(교목) : 높고 커다란 나무.

5) 霸圖(패도) : 패업을 이루고자 하는 계획. 연소왕의 꿈을 말하는 것이지만 여기서는 또한 자신의 이상과 포부를 의미하는 것이기도 한다.

樂生 악의

王道已淪昧,[2]	왕도는 이미 잠겨 없어져 버리고
戰國競貪兵.[3]	전국시대에는 탐욕의 병사들이 다투었네.
樂生何感激,	악의는 얼마나 감격스러웠던가?
仗義下齊城.[4]	정의로움으로 제나라 성을 함락시켰네.

軒轅臺¹ 헌원대

雄圖竟中夭,⁵   웅대한 도모는 내부의 모략에 끝이 나버리고

遺歎寄阿衡.⁶   남은 탄식을 이윤에게 맡겼다네.

주석

1) 樂生(악생) : 악의樂毅. 전국시대 연소왕에게 발탁되어 아경亞卿이 되었으며, 후에 상장군上將軍이 되어 연燕, 조趙, 한韓, 위魏, 초楚의 연합군을 결성하여 제나라를 정벌함으로써 연나라의 패업을 이루었다.

2) 淪昧(윤매) : 가라앉고 어둑해지다.

3) 貪兵(탐병) : 토지나 재화를 탐하여 출정한 군대.

4) 仗義(장의) : 의로움을 지니다.

5) 中夭(중요) : 내부로부터 피해를 입다. 악의가 연소왕燕昭王의 사후 제나라의 반간계反間計에 속은 연혜왕燕惠王에 의해 병권을 빼앗기고 조나라로 쫓겨난 것을 가리킨다.

6) 阿衡(아형) : 이윤伊尹. 은殷나라 탕왕湯王 때의 명재상으로, 탕왕을 보좌하여 하夏나라를 정벌하고 은나라의 치세를 이루었다. 여기서는 자신의 뒤를 이어 연나라를 보좌할 현명한 재상을 가리킨다.

燕太子¹ 연태자

秦王日無道,²   진왕은 날로 무도하여

太子怨亦深.   태자의 원한 또한 깊어졌네.

一聞田光義,³   전광이 의롭다는 말을 듣고

匕首贈千金.⁴   비수를 사는데 천금을 주었네.

其事雖不立,   그 일은 비록 이루지 못했지만

千載爲傷心.   천 년토록 가슴 아프게 하였네.

1) 燕太子(연태자) : 연나라의 태자. 이름은 단丹이다. 일찍이 조趙나라에 볼모로 있으며 조나라에서 태어난 진왕 정政과 친하게 지냈으나, 정이 진왕이 되었을 때 단이 진나라 볼모로 가게 되었는데 단을 예우하지 않아 원망하며 도망쳐 돌아왔다. 진에 원수를 갚으려 전광田光에게서 형가荊軻를 추천 받아 진왕을 암살하려 하였으나, 형가의 실패 후 진왕의 보복을 두려워한 연왕에 의해 죽임을 당하였다.

2) 秦王(진왕) : 진왕 정政. 후에 천하를 통일하여 진시황秦始皇이 되었다. 無道(무도) : 도가 없다. 진왕 정이 즉위한 후 연태자가 진나라의 인질로 잡혀갔으나 진왕이 그를 예우하지 않은 것을 가리킨다.

3) 田光(전광) : 본문 주 참고.

4) 贈千金(증천금) : 천 금을 주다. 연태자가 진왕을 암살하려 조나라 사람 서부인徐夫人의 비수를 천 금을 주고 사서 형가荊軻에게 준 것을 가리킨다.

田光先生¹ 전광선생

自古皆有死,	예로부터 모두 죽음이 있었지만
徇義良獨稀.²	의를 따라 죽는 것은 진실로 드물었네.
奈何燕太子,	어이할까? 연태자가
尚使田生疑.	오히려 전광에게 의심이 생겨나게 한 것을.
伏劍誠已矣,³	자결로써 진정 끝이 나고 말았으니
感我涕霑衣.⁴	나를 북받쳐 눈물이 옷을 적시게 하네.

■주석

1) 田光先生(전광선생) : 연나라의 처사處士 전광田光. 연태자 단丹이 진왕을 암살하려는 계획을 태부太傅 국무鞠武와 모의하였는데, 국무가 전광을 추천

하였다. 단이 전광을 찾아가 가르침을 청하니 전광은 일을 실행할 자객으로 형가荊軻를 추천하였다. 단이 전광에게 자신과 모의한 일을 다른 사람에게 발설하지 말 것을 요청하자, 전광은 단이 자신을 의심한 것이라 여기고 자결로써 자신의 의로움을 증명하였다.

2) 徇義(순의) : 의를 따라 죽다. '순徇'은 '순殉'과 같다.

3) 伏劍(복검) : 칼로써 자결하다.

4) 霑衣(점의) : 옷을 적시다.

鄒子[1] 추연

大運淪三代,[2]	천지의 운행으로 하은주 삼대가 소멸하니
天人罕有窺.[3]	하늘과 인간의 관계를 탐구하는 이 드물었네.
鄒子何寥廓,[4]	추연은 어찌 그리 심원하였던가?
謾說九瀛垂.[5]	광대한 학설은 구주에 드리웠다네.
興亡已千載,	흥하고 망하는 것이 이미 천 년이 되었건만
今也則無推.[6]	지금은 헤아리는 사람이 없구나.

▌주석

1) 鄒子(추자) : 추연鄒衍. 전국시대 제齊나라 사람으로 음양가陰陽家의 대표적인 사람이다. 연소왕燕昭王에게 유세하며 오행五行의 성쇠에 따른 왕조의 교체를 설파하였다.

2) 大運(대운) : 천지자연의 운행의 이치.
   三代(삼대) : 하은주夏殷周 삼대.

3) 天人(천인) : 하늘과 사람. 천지자연과 인간을 가리킨다.
   窺(규) : 엿보다. 살피다. 여기서는 천지자연과 인간과의 관계를 탐구하는 것을 의미한다.

4) 寥廓(요곽) : 아득히 원대하다.

5) 謾(만) : 광대하다. 넓어 끝이 없다.

九瀛(구영) : 아홉 개의 바다. 추연이 말한 '구주九州'의 설을 가리킨다. ≪사기史記·맹자순경열전孟子荀卿列傳≫에 "유가에서 말하는 중국은 천하의 81분의 1을 차지하고 있을 따름이라 여겼다. 그들은 중국을 '적현신주'라 부르며 적현신주 안에 구주가 있고 우임금이 정리한 구주가 이것이라 하는데, 주州라고 셀 수는 없다. 중국 밖에 적현신주와 같은 것이 9개가 있는데 이것이 구주이다. 여기에는 작은 바다가 둘러싸고 있으며 백성과 짐승들이 서로 통할 수 없으며 하나의 구역으로 모여 있는 것같이 하나의 주州가 된다. 이와 같은 것이 9개가 있는데 큰 바다가 그 바깥을 둘러싸고 있고 천지의 끝이 된다. 그의 학술이 모두가 이와 같은 것이었다.(以爲儒者所謂中國者, 於天下乃八十一分居其一分耳. 中國名曰赤縣神州. 赤縣神州內自有九州, 禹之序九州是也, 不得爲州數. 中國外如赤縣神州者九, 乃所謂九州也. 於是有裨海環之, 人民禽獸莫能相通者, 如一區中者, 乃爲一州. 如此者九, 乃有大瀛海環其外, 天地之際焉. 其術皆此類也)"라 하였다.

6) 推(추) : 추측하다. 헤아리다.

이상 두 구는 지금은 추연과 같이 흥하고 망하는 이치를 깨달아 삼가고 조심하는 사람이 없음을 말한 것이다.

郭隗[1] 곽외

逢時獨爲貴,[2]　　때를 만나는 것이 유독 귀한 것이니

歷代非無才.　　역대로 인재가 없는 것은 아니었다네.

隗君亦何幸,　　곽외는 또한 얼마나 다행이었던가?

遂起黃金臺.[3]　　마침내 황금대를 세우게 하였으니.

1) 郭隗(곽외) : 연소왕燕昭王의 모사謀士. 제나라에 복수하고자 하는 연소왕에게 널리 인재를 불러들이려면 자신으로부터 시작하라고 건의하여 악의樂毅, 추연鄒衍 등을 불러들였다.
   이 시는 4구만 전하고 있다. 앞 시의 체제나 《전당시全唐詩》의 주에 "말 결末缺"이라 되어 있는 것으로 보아 뒤에 두 구가 누락된 것으로 여겨진다.
2) 爲貴(위귀) : 귀하게 여겨지다. 곽외가 연소왕을 만나 인정과 높임을 받은 것을 말한다.
3) 黃金臺(황금대) : 연소왕이 곽외를 위해 만들었다고 하는 황금 누대.

▎해설

이 시는 만세통천萬歲通天 원년(696) 무유의武攸宜를 따라 거란을 정벌하려 나갔다가 이듬해인 신공神功 원년(697) 옛날 연燕나라의 도성이었던 계구薊丘에 올라 연나라의 유적들을 감상하며 쓴 것으로, 연나라의 영웅인물들을 회상하며 인간세상의 흥망성쇠와 인생무상의 감회를 나타내고 있다.

제1수 〈헌원대軒轅臺〉에서는 황제黃帝의 태평성세를 만나지 못해 천하의 지극한 도[至道]를 볼 수 없음을 말하며 무측천이 다스리는 무도한 현실에 대해 불만을 나타내고 있다. 제2수 〈연소왕燕昭王〉에서는 곽외郭隗, 악의樂毅, 추연鄒衍 등의 인재를 불러들여 패업을 이루고자 했던 연소왕을 그리워하며 인재를 등용하지 않는 당 조정을 비판하고 있다. 제3수 〈악생樂生〉에서는 악의가 자신을 알아 준 연소왕을 만나 커다란 공을 세웠지만, 간신들의 참언과 모략으로 인해 결국 웅대한 뜻을 실현하지 못했음을 안타까워하며 자신의 뜻을 기탁하고 있다. 제4수 〈연태자燕太子〉에서는 무도한 진왕秦王을 암살하여 의義를 실현하고자 하였으나 실패한 연태자를 애도하고, 제5수 〈전광선생田光先生〉에서는 연태자의 의義를 위해 목숨을 바친 전광을 칭송하여 그를 죽음으로 몰게 한 연태자의 경솔함을 탓하고 있다. 제6수 〈추자鄒子〉에서는 천지자연의 생장소멸과 인간세상의 흥망성쇠를 설파했던 추연의 심원하고 광대무변한 견해를 말하며 무측천의 시대 또한 마침내 끝이 나고 말 것임을 예상하고 있다. 마지막 제7수 〈곽외郭隗〉에서는 곽외가 때를 잘 만나 연소왕에게 기용되고 높임을 받았음을 말하며 성세를 만나지 못하고 득의하지 못한 자신을 탄식하고 있다. (주기평)

62. 登幽州臺歌[1] 유주대에 올라 부르는 노래

前不見古人,[2]　　　　　앞으로는 옛 사람 보이지 않고
後不見來者.[3]　　　　　뒤로는 오는 사람 보이지 않네.
念天地之悠悠,[4]　　　　천지의 무궁함을 생각하노라니
獨愴然而涕下.[5]　　　　홀로 슬픔에 겨워 눈물이 흐른다.

▌주석

1) 幽州臺(유주대) : 계북루薊北樓, 황금대黃金臺, 초현대招賢臺라고도 한다. 연
   燕 소왕昭王이 현사賢士를 초빙한 곳으로 유명하다. 옛터가 지금의 북경시北
   京市 대흥현大興縣에 있다.
2) 古人(고인) : 연 소왕과 그가 초빙한 악의樂毅 등을 가리킨다.
3) 來者(내자) : 후세의 명군明君 현사를 가리킨다.
4) 悠悠(유유) : 끝없이 넓고 먼 모양. 무궁무진함.
5) 愴然(창연) : 슬퍼하는 모양.
   涕(체) : 눈물.

▌해설

　이 시는 만세통천萬歲通天 원년(696)에 진자앙이 우습유右拾遺로 무유의武攸
宜의 거란 정벌을 따라갔을 때 지은 것으로 유주의 계북루에 올라 감회를
읊은 것이다. 당시 진자앙은 자신을 선봉으로 삼아 달라는 계책을 올렸으나
받아들여지지 않아 실의에 빠졌다고 한다.
　제1~2구에서는 과거에는 이곳에서 연 소왕과 같은 명군이 현사를 초빙했
으나 후대인 지금은 그런 일을 없음을 말한다. 제3~4구에서는 무궁한 천지와
시간의 흐름 속에서 자신을 알아주는 이가 없는 슬픔과 고독감에 눈물을 흘리
고 있다. 무궁한 천지와 유한하고 왜소한 자신의 대비가 두드러져 비애를
자아내고 있다. (강민호)

63. 登薊丘樓送賈兵曹入都¹

계구의 누대에 올라 도성으로 들어가는 가병조를 전송하다

東山宿昔意,²	동산에 오래전부터 뜻을 두었기에
北征非我心.³	북방 정벌은 내 본심이 아니건만,
孤負平生愿,⁴	평소의 바람을 저버렸으니
感涕下霑襟.⁵	북받친 눈물 떨어지며 옷깃을 적신다.
暮登薊樓上,	저물녘에 계구의 누대에 올라
永望燕山岑.⁶	멀리 연산의 산봉우리 바라보니,
遼海方漫漫,⁷	발해는 한창 드넓은데
胡沙飛且深.⁸	오랑캐 먼지 자욱하게 날린다.
峨眉杳如夢,⁹	아미산은 아득하여 꿈만 같으니
仙子曷由尋.¹⁰	신선을 무슨 수로 찾아가랴.
擊劍起歎息,	칼을 두드리며 탄식하자니
白日忽西沈.	흰 해가 어느덧 서쪽으로 잠긴다.
聞君洛陽使,¹¹	그대가 낙양으로 명을 받고 간다기에
因子寄南音.¹²	그대 편에 남방의 노래 부치누나.

▌주석

1) 薊丘(계구) : 옛 지명. 지금의 북경시北京市 서남쪽에 위치한다. ≪사기정의
史記正義≫에서 "유주의 계 땅 서북쪽에 계구가 있다.(幽州薊地西北隅, 有薊丘.)"
라고 하였다.
　薊丘樓(계구루) : 계구에 세워진 누대. 계북루薊北樓(즉 유주대幽州臺)는 아
니다.
　賈兵曹(가병조) : 병조참군사兵曹參軍事 가씨. 이름은 자세하지 않다. 병조
참군사는 당대唐代 지방 행정단위에서 무관武官의 부서簿書를 담당했는데,

품계는 정8품하에서 종9품상까지였다.

入都(입도) : 도성으로 들어가다. 동도東都 낙양洛陽으로 들어가는 것을 가리킨다.

2) 東山(동산) : 동진東晉의 명사 사안謝安이 은거했던 산 이름. 지금의 절강성 浙江省 소흥시紹興市 상우구上虞區 서남쪽에 있다.

宿昔(숙석) : 오래도록. 오래전부터.

이 구는 자신 또한 사안처럼 고향으로 돌아가 은거하겠다는 의지를 오래전부터 지녀왔음을 나타낸다.

3) 北征(북정) : 북방 정벌. 여기서는 거란을 토벌하는 것을 가리킨다.

4) 孤負(고부) : 저버리다. 고부辜負와 같다.

5) 感涕(감체) : 감정에 북받쳐 흘리는 눈물.

6) 永望(영망) : 멀리 바라보다.

燕山(연산) : 연산 산맥. 천진시天津市 계현薊縣 동남쪽의 연연綿延에서 동쪽 바닷가까지 이르는 산맥이다.

7) 遼海(요해) : 발해渤海.

漫漫(만만) : 끝없이 드넓은 모양.

8) 胡沙(호사) : 오랑캐의 침입으로 인한 먼지. 여기서는 거란의 침입을 가리킨다.

9) 峨眉(아미) : 아미산峨眉山. 지금의 사천성四川省 아미현峨眉縣 서남쪽에 있다. 여기서는 작자의 고향을 가리킨다.

10) 仙子(선자) : 신선. 작자가 추구하는 신선세계를 가리킨다.

曷由(갈유) : 무슨 수로. 무엇에 연유해서. 갈曷은 하何와 같다.

11) 君(군) : 그대. 가병조賈兵曹를 가리킨다.

洛陽使(낙양사) : 명을 받고 낙양으로 가다. 제목상의 '입도入都'를 가리킨다.

12) 因(인) : 맡기다. 낙양으로 가는 가병조 편에 자기생각을 부치는 것을 가리킨다.

南音(남음) : 남방의 노래. 여기서는 종의鍾儀의 일을 빌려 자신의 옛 고향을 잊지 않으려는 심정을 표현하였다. ≪좌전≫에 의하면 진후晉侯가 군대를 살피다가 포로로 바쳐진 종의를 풀어주고 그에게 음악을 연주하게 했더니 여전히 초지방의 음악을 연주하며 자신의 옛 고향을 잊지 않았다 한다.

▌해설

이 시는 신공神功 원년(697) 건안왕建安王 무유의武攸宜의 군막에 있을 때 지은 것으로, 계구薊丘의 누대에 올라 느낀 바를 서술한 후 이를 도성으로 들어가는 가병조賈兵曹 편에 부치고 있다. 제1~4구는 계구에 올라 느낀 생각으로 평소 북방정벌에 뜻을 두지 않았음을 말하였고, 제5~8구는 그럼에도 불구하고 결국 이곳 계구에 와서 누대에 올라 바라보게 되었음을 서술하였다. 제9~12구는 아미산이 있는 고향으로 돌아가 은거하고 싶은 심정을 표현하였고, 제13~14구는 자신의 이러한 상황을 동도東都 낙양洛陽으로 돌아가는 가병조 편에 전한다는 말로 끝맺고 있다. 전편에 걸쳐 북방정벌에 대한 회의와 고향으로 돌아가 은거하고 싶은 심정을 표현했는데, 이로부터 북방정벌을 따라간 내내 작자가 이러한 생각과 심정으로 혼란스러웠을 것이라고 짐작할 수 있다. (김수희)

64. 同宋參軍之問夢趙六贈盧陳二子之作[1]

참군 송지문이 조정고의 꿈을 꾸고 노장용과 진자앙 두 사람에게
준 작품에 화답하다

晚霽望崧岳,[2]	저녁에 날이 개어 높은 산을 바라보니
白雲半巖足.[3]	흰 구름이 산자락의 절반을 가렸네.
氛氳含翠微,[4]	자욱한 기운이 산빛을 띠니
宛如嬴臺曲.[5]	마치 영주산의 굽이와 같네.
故人昔所尚,[6]	친구가 예전부터 좋아하던 것이니
幽琴歌斷續.	그윽한 거문고 소리에 노래가 끊어질 듯 이어지네.
變化竟無常,[7]	사물의 변화는 결국 무상한 것이니
人琴遂兩亡.[8]	사람과 거문고가 마침내 모두 사라졌네.
白雲失處所,[9]	흰 구름이 머물 곳을 잃었으니
夢想曖容光.[10]	꿈에 그리워해도 모습이 흐릿하네.
疇昔疑緣業,[11]	이전에 나는 불가의 인연과 업보에 대해 의심했고
儒道兩相妨.[12]	유가와 도가가 방해를 했네.
前期許幽報,[13]	예전의 수명의 기한은 저승의 보답을 받았는데
迨此尚茫茫.[14]	지금이 되니 도리어 아득하기만 하네.
晤言旣已失,[15]	만나서 얘기할 기회 이미 잃어버렸고
感恨情何一.[16]	한스러움을 느끼니 마음이 어찌 하나겠는가.
始憶攜手期,[17]	비로서 생각나네 서로 손을 잡고 기약하길
雲臺與娥眉.[18]	운대와 아미산에서 만나자고 했고,
達兼濟天下,	성공해서 천하를 두루 평안하게 하고
窮獨善其時.[19]	물러나서 그 시대에 스스로를 수양하자고 했지.
諸君推管樂,[20]	여러 사람들은 관중과 악의로 추앙하지만

之子慕巢夷.²¹   이 사람은 소보와 백이를 사모하였네.

奈何蒼生望,²²   백성들의 바람을 어떻게 할 것인가

卒爲黃綬欺.²³   결국 현의 관리들에게 업신여김을 당했네.

銘鼎功未立,²⁴   솥에 새길 공을 아직 세우지 못했고

山林事亦微.²⁵   은거의 사업 또한 이루지 못했네.

撫孤一流慟,²⁶   친구의 고아를 위로하며 한바탕 서럽게 통곡하고

懷舊且睽違.²⁷   옛친구 그리워하며 잠시 멀리 떠났네.

盧子尙高節,²⁸   노선생은 높은 절개를 숭상하여서

終南臥松雪.   종남산에서 눈 덮힌 소나무 아래에 누웠네.

宋侯逢聖君,²⁹   송선비는 성스러운 군주를 만났으니

駢馭遊靑雲.³⁰   말 수레를 몰아 푸른 구름에서 노니네.

而我獨蹭蹬,³¹   그런데 나는 홀로 비틀거리니

語黙道猶憎.³²   벼슬이든 은거든 길은 여전히 어둡다네.

征戌在遼陽,³³   원정을 와서 요양에서 주둔하였는데

蹉跎草再黃.³⁴   실의한 채 두 해가 되었네.

丹丘恨不及,³⁵   단구에 이르지 못한 것 한스러운데

白露已蒼蒼.³⁶   흰 이슬이 벌써 가득하구나.

遠聞山陽賦,³⁷   멀리서 〈산양부〉가 들려오니

感涕下霑裳.³⁸   애통한 눈물이 흘러 옷을 적시네.

▌주석

1) 同(동) : 화답하다. 화운하다. 다른 사람의 시제나 시체나 시운을 따라 시를
   창작하다.

   參軍(참군) : 주부州府의 관직명으로 군사에 대한 여러 일을 관리하는 직책
   의 통칭이다.

   宋之問(송지문) : 송지문은 진자앙의 친구였으며 진자앙과 함께 방외십우

方外十友로 불렸다. 송지문은 무측천 때에 낙주洛州의 참군을 했다. 송지문에 관해서는 앞의 시 58. 〈동쪽으로 정벌을 떠나며 기문에 이르러 참군 송지문에게 답하다東征至淇門答宋參軍之問〉 주석 1번 참조. 송지문이 조정고를 꿈에 보고 노장용과 진자앙에게 쓴 시는 현재 전하지 않는다.

趙六(조육) : 진자앙의 친구인 조정고趙貞固. 조정고는 송지문, 진자앙 등과 함께 방외십우로 불렸는데 정치적으로 불우하였다. 그는 자신의 능력을 감추기 위해 낙양을 피해 의록현宜祿縣(지금의 하남성 주구시周口市 침구현沈丘縣 북쪽)에서 현위縣尉 벼슬을 하다가 만세통천萬歲通天 원년(696년)에 사망했다. 조정고에 대해서는 앞의 시 29. 〈조정고에게 드리다 2수贈趙六貞固二首〉 제1수 주석 1번 참조.

盧陳(노진) : 노장용盧藏用과 진자앙. 노장용(664-713)은 진자앙의 친구로 방외십우의 한 사람이다. 노장용은 젊어서 진사시험에 붙었으나 여의치 않자 종남산終南山에 은거하여 거사居士로 불렸는데 진자앙이 죽은 뒤 장안長安 연간(701-704)에 좌습유左拾遺를 하였고 그 뒤에 예부시랑禮部侍郞 등의 벼슬을 하였다. 노장용은 진자앙의 문집(≪진백옥문집陳伯玉文集≫)을 몸소 편찬할 정도로 진자앙의 좋은 친구이자 진자앙 시문의 지지자였다. 노장용이 송지문의 시에 화답한 시는 현재 남아있는데, 〈주부 송지문이 조정고의 꿈을 꾸었는데 나는 소식을 받지 못했고 진자앙은 밖에 있었다. 지금 추념하여 이 시를 지어 송지문에게 답하고 아울러 지난날 교유하던 친구에게 준다宋主簿鳴皐夢趙六予未及報而陳子云亡今追爲此詩答宋兼貽平昔遊舊〉이다.

2) 崧岳(숭악) : 높고 큰 산. 다른 사람의 문사文詞나 인품人品을 칭찬할 때도 쓰였다.

3) 巖足(암족) : 산자락.

4) 氛氳(분온) : 구름이 자욱하고 왕성한 모양.

   翠微(취미) : 산의 어두운 푸른 빛.

5) 宛如(완여) : 마치 ~과 같다.

   嬴臺曲(영대곡) : 영주瀛洲의 모퉁이(섬의 끝이나 바닷가). 영대嬴臺는 영대

317

瀛臺와 같은 것으로 이해되며 《전당시全唐詩》의 주석에 따르면 '영대곡瀛
臺曲'으로 된 판본도 있다. 영대瀛臺는 전설로 전해지는 동해의 신선산인
영주瀛州를 의미한다.

6) 故人(고인) : 친구. 여기에선 조정고를 가리킨다.

所尙(소상) : 좋아하던 것. 애호하던 것. 조정고는 의록현宜祿縣의 현위하며
거문고를 타는 일만을 좋아했다고 한다.

7) 變化(변화) : 세상과 사물이 바뀌는 모습.

無常(무상) : 무상하다. 허무하다.

8) 兩亡(양망) : 둘이 함께 사라지다. 여기에서는 조정고가 사망하였고 그가
연주하던 거문고도 사라졌다는 뜻이다.

9) 白雲(백운) : 조정고가 지내는 곳에 있던 구름을 가리킨다. 흰구름이 있을
곳을 잃었다는 것은 탈속한 조정고가 죽어서 그곳에 함께 하던 구름이
머물 곳을 잃었다는 뜻이다.

10) 夢想(몽상) : 꿈속에서 그리워하다. 이 시가 화운한 송지문의 원래 시에서
조정고의 꿈을 꾼 것과 관련이 있다.

曖(애) : 흐리다. 분명하지 않다.

容光(용광) : 용모와 풍채.

11) 疇昔(주석) : 이전에. 애당초. 이 시에서는 진자앙의 과거 시절을 가리킨다.

緣業(연업) : 인연과 업보. 불교의 용어이다. 사람의 인연과 업보는 끊임없
이 서로 이어지기에 누구도 그 시작과 끝을 밝힐 수 없고 거기에서 벗어날
수 없다.

12) 儒道(유도) : 유가와 도가의 생각. 유가의 출사경세出仕經世와 도가의 은거
등선隱居登仙의 생각.

相妨(상방) : 서로 방해하다. 유가와 도가가 둘이 서로 방해했다는 말은
출사와 은거의 생각 사이에서 진자앙이 선택을 하지 못했다는 뜻이다.

13) 前期(전기) : 이전에 받은 수명의 기한. 타고난 생명의 기한. 명보冥期와
같은 뜻이다.

幽報(유보) : 유명의 보답. 수명의 결정을 승인하는 저승으로부터의 보답과

고지.

타고난 수명이 저승의 보답을 허락했다는 말은 타고난 수명에 대해 저승에서도 승인을 했다는 뜻으로 조정고의 수명에 대해 걱정이 없었다는 의미이다. 노장용의 시에 "타고난 명줄이 저승의 보답을 잃으니(冥期失幽報)"라고 나오는데 조정고가 죽었다는 의미이다.

14) 迨此(태차) : 지금에 이르다. 지금이 되다. 지금에는.
茫茫(망망) : 아득하고 알 수 없다.

15) 晤言(오언) : 만나서 이야기하다. 직접 대화하다.

16) 感恨(감한) : 원망을 느끼다.
何一(하일) : 어찌 하나뿐이겠는가? 여기에서는 슬픔이 감정이 여러 가지로 늘어나서 매우 많다는 뜻이다.

17) 携手期(휴수기) : 손을 잡고 약속하다.

18) 雲臺(운대) : 한漢의 궁전의 이름으로 운각雲閣이라고도 한다. 한의 명제明帝 때에 공신功臣 28인의 그림을 그려 그들을 추념하였다. 뒤에 운대는 공신과 명장을 추념하는 비유로 많이 쓰였으며 운대에 오르는 것은 나라의 큰 공을 세운다는 뜻이 되었다.
娥眉(아미) : 아미산娥眉山. 사천四川에 있는 명산으로 속세를 떠나 은거할 곳을 상징한다.

19) 達兼濟天下(달겸제천하) 두 구 : 본래 ≪맹자 · 진심상盡心上≫에는 "옛사람은 뜻을 얻으면 은택이 백성에게 더해졌고, 뜻을 얻지 못하면 몸을 닦아 세상에 드러냈다. 궁하면 그 몸을 홀로 선하게 하고 달하면 천하를 아울러 선하게 하였다.(古之人得志, 澤加於民, 不得志, 脩身見於世. 窮則獨善其身, 達則兼善天下)"라고 하였다. 그런데 이 시에서는 맹자가 상황에 따라 선택하는 것과 달리 진자앙과 고정고가 먼저 성공을 하고 그 다음에 은거를 하길 바란 것으로 이해된다.

20) 諸君(제군) : 여러 군자들. '여러 사람들'을 올려 부른 것.
推(추) : 추앙하다. 추찬하다.
管樂(관악) : 관중管仲과 악의樂毅. 관중은 춘추시대 제齊의 재상으로 제를 강성하게 하였고, 악의는 전국시대 연燕의 장수로 연을 강성하게 하였다.

21) 之子(지자) : 이 사람. 여기에서는 조정고를 가리킨다.

巢夷(소이) : 소보巢父와 백이伯夷. 소보는 요堯임금이 주겠다는 천하의 주인의 자리를 마다한 전설적인 은자隱者이고, 백이는 돌아가신 아버지의 뜻을 받들기 위해 고죽국孤竹國의 군주의 자리를 마다한 효자孝子다.

22) 蒼生望(창생망) : 백성들의 바람. 동진東晉의 사안謝安이 동산東山에 은거하고 출사를 하지 않자 당시의 사람들이 말하길 "사안이 나오려 하지 않으니 장차 백성을 어찌 할까?(安石不肯出, 將如蒼生何)"라고 했다고 한다. 백성들의 바람이란 능력있는 인사가 출사해서 나라를 경영하여 온 백성을 평안하게 해주길 바라는 것이다. 여기에서는 조정고가 사안처럼 백성들의 기대를 받는 몸이었다고 칭찬한 것이다.

23) 黃綬(황수) : 고대의 관원이 매달던 노란 인끈. ≪한서·백관공경표百官公卿表≫에서 "비이백석 이상이면 모두 동제인장과 노란 인끈을 했다.(比二百石以上, 皆銅印黃綬)"라고 하였는데, '비이백석'은 현승縣丞이나 현위縣尉의 벼슬이다.

欺(기) : 경시하다. 업신여기다. 여기에서는 조정고의 관직이 현위였기 때문에 동료나 상관인 현위나 현승에게 업신여김을 당했다는 뜻이다.

24) 銘鼎(명정) : 발이 셋 달린 천자의 솥에 그의 공적을 새겨 천하와 후대에 알리다. 본래는 천자의 공적을 새기는 것을 가리켰으나, 뒤에는 여러 기물에 천자가 아닌 사람들의 공적도 새겼다.

25) 山林事(산림사) : 은거지를 만드는 사업.

微(미) : 미약하다. 아직 이루지 못하다.

26) 撫孤(무고) : 사자死者의 유고遺孤를 위무慰撫하다. 여기에서는 죽은 조정고가 남긴 고아를 불쌍히 여겼다는 뜻이다.

流慟(유통) : 서럽게 통곡하다.

27) 懷舊(회구) : 옛일이나 친구를 그리워하다.

暌違(규위) : 이별하다. 떠나가다. 여기에서는 종군하여 길을 떠난 것을 가리킨다.

28) 盧子(노자) : 노장용盧藏用을 가리킨다.

29) 宋侯(송후) : 송지문宋之問을 가리킨다. '후侯'는 고대에 사대부士大夫의 존칭
으로도 쓰였다.

30) 驂馭(참어) : 말이 모는 수레를 몰다. '참驂'은 네 필의 말이 끄는 마차의
바깥 두 말이다. '어馭'는 말을 모는 것이다.
靑雲(청운) : 선비가 높은 지위에 올랐음을 의미한다.

31) 蹭蹬(층등) : 험난한 길을 가다. 기세를 잃어버리다.

32) 語黙(어묵) : 벼슬과 은거. 본래의 의미는 군자는 처신을 할 때 상황에
따라 말을 하거나 침묵을 한다는 의미였는데 나중에 말을 하는 것은 벼슬을
하는 것으로, 침묵을 하는 것은 은거를 하는 것으로 의미가 확장되었다.
懵(몽) : 어둡다.

33) 征戍(정수) : 멀리 와서 변방에 주둔하다.
遼陽(요양) : 한대漢代에 지금의 요녕성遼寧省 요양현遼陽縣 서북쪽에 세웠던
현. 진자앙 당시에는 거란契丹이 거주하던 땅이었다. 진자앙은 만세통천萬
歲通天 원년(696년)에 건안군왕建安郡王 무유의武攸宜를 따라 종군하여 건안
을 토벌하러 갔다.

34) 蹉跎(차타) : 비틀거리다. 쇠퇴하다. 실의에 빠지다.
草再黃(초재황) : 2년이 되다. 풀이 다시 노래졌다는 것은 계절이 가을이나
겨울이었다가 한 해가 지나 다시 가을이나 겨울이 되었다는 뜻이다. 진자
앙은 696년 9월에 출정하여 697년 7월에 귀환했으니 풀이 다시 노래졌다고
할 수 있다.

35) 丹丘(단구) : 전설상의 신선이 산다는 거처. 여기에서는 은거지를 의미한다.

36) 白露(백로) : 흰 이슬. 날씨가 추워져서 이슬이 맺힌 것이다.
蒼蒼(창창) : 무성하다. 많다.

37) 山陽賦(산양부) : 위진魏晉의 상수向秀가 지은 〈친구를 그리워하는 부思舊
賦〉. 상수는 자신의 죽은 친구인 혜강嵇康과 여안呂安을 애도하며 이 부를
지었다. 혜강이 원래 은거하던 곳이 산양이고 부의 내용에도 "배를 띄워
황하를 건너서 산양의 옛 은거지를 지났네(濟黃河以泛舟兮, 經山陽之舊居)"라

는 구절이 나와서 〈산양부〉라고도 불렀다. 여기에서는 송지문이 조정고의
꿈을 꾸고 보냈다는 시를 가리킨다.

38) 感涕(감체) : 마음이 아파 흘린 눈물.

█ 해설

이 시는 신공神功 원년(697년) 가을에 진자앙이 거란을 토벌하는 건왕군왕
의 군막에 있을 때 쓴 작품으로 보인다. 진자앙은 아직 낙양으로 돌아가지
못하고 변방에 있으면서 한 해 전(696)에 죽은 조정고를 그리워하는 송지문의
시를 받았다. 진자앙 역시 죽은 조정고가 그리워서 이 시를 지었다.

제1~4구는 저녁경치를 바라보는 모습이다. 마치 전설의 영주산과 같은
모습은 죽은 친구가 그곳에 있는 것 같은 착각을 하게 한다. 제5~6구에서
주위에서 들려온 거문고 소리에 죽은 친구를 떠올리지만 제7~8구에서 친구
와 거문고가 모두 사라졌음을 확인하였다. 그래서 제9~10구에서 흰구름도
친구가 없어 머물 곳을 잃었고 시인 본인 역시 친구를 꿈에서도 만나지 못한
다. 제11~12구에서 시인은 자신이 불교의 연업에 대해 의심했었고 오직 출사
와 은거에 대해서만 고민했는데 제13~14구에서 기대와 달리 친구가 사망을
하니 무엇이 옳고 그른지 망연자실할 뿐이다. 제15~16구에서 이제 다시는
친구와 만나 이야기할 수 없으니 많은 감정과 근심이 생겨난다고 했는데 이러
한 생각은 친구와 나눴던 약속을 기억하게 했다. 제17~20구는 진자앙과 조정
고가 성공하여 나라에 큰 공을 세우고 다시 물러나 은거하며 수양하기로 약속
했음을 밝혔다. 제21~26구는 조정고가 출사와 은거의 덕목을 모두 갖추었지
만 이 두 자질을 제대로 발휘하지 못해서 결국 현위의 낮은 벼슬에 머무르며
두 가지 목표 모두를 이루지 못했음을 아쉬워했다. 그 상황을 돌이킬 방법이
없음을 안타까워했다. 제27~28구에서 진자앙은 친구의 남겨진 자식을 위로
하고 슬피 통곡한 다음 종군을 하러 북방으로 멀리 떠났다. 제29~32구에서
다른 친구인 노장용과 송지문은 각기 은거와 출세의 목표를 이뤘는데 제33~
38구에서 시인은 죽은 조정고와 비슷하게 출세와 은거 모두 제대로 하지 못
하고 멀리 북방에서 실의에 빠져있다. 제39~42구에서 시인은 자신의 처지와

지나가는 시간에 대해 한스러워한 다음, 죽은 친구를 그리는 노래를 듣고 눈물을 흠뻑 흘리며 슬퍼하였다. (서용준)

65. 贈嚴倉曹乞推命祿[1]

엄창조에게 드려 점괘를 구하다

少學縱橫術,	나는 어려서 종횡술을 배워
游楚復游燕.[2]	초 땅을 떠돌고 다시 연 땅을 떠돌아
棲遑長委命,[3]	허둥지둥 살며 항상 운명에 맡겼는데도
富貴未知天.[4]	부귀공명은 하늘의 뜻을 모르겠네.
聞道沈冥客,[5]	듣건대 고요한 나그네
青囊有秘篇.[6]	푸른 주머니에는 비밀스런 글이 들어 있어
九宮探萬象,[7]	아홉 방위로 온갖 현상을 탐색하고
三算極重玄.[8]	세 개의 산가지로 심오한 이치를 다하였다지.
愿奉唐生訣,[9]	원컨대 당거의 점괘를 받들어
將知躍馬年.[10]	장차 부귀공명의 때를 알게 되었으니
非同墨翟問,[11]	묵자가 따지며
空滯殺龍川.[12]	용을 죽이는 강에서 헛되이 지체하던 것과는 다르리라.

▌주석

1) 嚴倉曹(엄창조) : 엄씨가 누구인지 알려져 있지 않다. '창조'는 창조참군사 倉曹參軍事이다.

推命祿(추명록) : 운명과 복록을 헤아리다. 운수를 점치다.

2) 游楚(오초) : 초 땅을 노닐다. 촉蜀 땅과 낙양洛陽을 오고갈 때 초 땅을 경유하였다.

游燕(유연) : 연 땅을 노닐다. 무유의武攸宜를 따라 거란을 정벌하러 갔던 일을 가리킨다.

3) 棲遑(서황) : 허둥지둥하는 모양.

4) 富貴(부귀) : 부귀. ≪논어論語·안연顏淵≫에 "생사는 운명이 있고 부귀는

하늘에 달렸다.(死生有命, 富貴在天)"고 하였다.

5) 沈冥客(침명객) : 고요하고 말이 없는 나그네. 여기서 나그네는 엄준嚴遵에 비유한 엄창조를 가리킨다. ≪법언法言·문명問明≫에 "촉군蜀郡의 장준莊遵은 고요하고 말이 없었다.(蜀莊沈冥)"고 하였다. 이궤李軌의 주석에 "침명은 고요하여 자취가 없는 듯한 것이다.(沈冥, 猶玄寂, 泯然無跡之貌)"고 하였다. 장준은 한漢 명제明帝 유장劉莊을 피휘하여 엄준嚴遵으로 개명하였고 자는 군평君平이다. 출사하지 않고 은거하였는데 점쟁이로 먹고 살며 노장사상을 탐독하여 ≪노자지귀老子指歸≫를 지었다.

6) 靑囊(청낭) : 푸른 주머니. 의사나 점술가를 비유한다.

7) 九宮(구궁) : 점술가들이 가리키는 9개의 방위.

8) 三算(산) : 세 개의 산가지. 점괘를 보는 데 사용되었다.
   重玄(중현) : 심오한 이치. ≪노자老子≫에 "심오하고 또 심오하여 여러 오묘함의 문이다.(玄之又玄, 衆妙之門)"라고 하였다.

9) 唐生訣(당생결) : 당거唐擧의 점괘. 당거는 전국시대戰國時代 양梁나라 관상가이다. 여기서는 엄창조를 가리킨다. ≪사기史記·채택열전蔡澤列傳≫에 따르면 채택은 여러 왕들을 찾아다니며 유세를 하였으나 늙도록 자리를 얻지 못했다. 어느 날 당거를 찾아가서 관상을 보았는데 "제가 듣건대 성인은 관상을 봐도 모른다고 하던데 아마도 선생을 두고 한 말인 듯 싶습니다. (吾聞聖人不相, 殆先生乎)"라고 하였다. 그리고 이어서 수명을 물으니 43년은 더 살 수 있다고 하였다. 이후 채택은 부단히 유세를 다니며 자신의 지략을 펼쳤고 결국 그 능력을 인정받아 진秦나라에 10년 넘게 머물면서 소왕昭王, 효문왕孝文王, 장양왕莊襄王 그리고 진시황秦始皇까지 모시게 되었다.

10) 躍馬(약마) : 부귀공명을 얻다.

11) 墨翟問(묵적문) : 묵자墨子가 따지다. ≪묵자墨子·귀의貴義≫에 묵자가 제齊나라로 가다가 점쟁이를 만났는데 "상제가 오늘 북방에서 흑룡을 죽이려하는데 선생의 빛이 검으니 북으로 가지 마십시오.(帝以今日殺黑龍于北方, 而先生之色黑, 不可以北)"라고 하였다. 묵자는 그 말을 듣지 않고 갔다가 치수淄水에 이르러 더 이상 가지 못하고 되돌아왔다.

12) 殺龍川(살용천) : 용을 죽이려는 강물. 위 주석의 내용을 가리킨다.

▋해설

　이 시는 부귀공명이 뜻대로 이루어지지 않은 것에 대한 씁쓸한 심경을 말하고 엄창조에게 자신의 점괘를 부탁하며 앞으로 그 점괘를 믿고 때를 기다리겠다는 내용이다. 제2구의 '游楚復游燕'으로 미루어보아 동쪽 정벌에 참여한 만세통천萬歲通天 원년(696) 이후에 지어진 것으로 보인다.

　제1~4구에서는 진자앙이 스스로 자신의 삶을 돌이켜보건대 하늘의 뜻을 헤아릴 수 없다며 낙담하는 모습이다. 이어 제5~8구에서는 엄창조가 가진 관상가로서의 신통한 능력을 높이 칭송하고 자신의 점괘를 부탁하려는 것이다. 제9~12구에서는 관상가의 말을 흘려듣지 않았던 채택蔡澤과 자신의 뜻을 굽히지 않고 점쟁이의 말을 의심했다가 가던 길을 되돌려야 했던 노자老子를 대비시키며 자신은 채택이 그러하였듯이 엄창조의 점괘를 따르겠다고 말하였다. 운명에 대한 좌절감을 극복하고 다가올 미래는 더 이상 역경이 아닌 행운이 가득하길 간절히 바라고 있음을 나타내었다. (홍혜진)

66. 修竹篇 幷序[1]
긴 대나무 및 서문

東方公足下,[2] 文章道弊五百年矣.[3] 漢魏風骨,[4] 晉宋莫傳, 然而
文獻有可徵者. 僕嘗暇時觀齊梁間詩, 彩麗競繁,[5] 而興寄都
絶,[6] 每以永歎. 思古人, 常恐逶迤頹靡,[7] 風雅不作,[8] 以耿耿
也.[9] 一昨於解三處見明公詠孤桐篇,[10] 骨氣端翔,[11] 音情頓
挫,[12] 光英朗練,[13] 有金石聲.[14] 遂用洗心飾視,[15] 發揮幽鬱.[16] 不
圖正始之音,[17] 復睹於茲,[18] 可使建安作者相視而笑. 解君云,
張茂先何敬祖,[19] 東方生與其比肩.[20] 僕亦以爲知言也.[21] 故感
歎雅制,[22] 作修竹詩一篇. 當有知音, 以傳示之.

동방공이여, 문장의 도가 쇠퇴한 지 오백년이 되었습니다. 한나라와 위나라
의 풍골은 진나라와 송나라에 전해지지 않았지만 그래도 문헌에 징험할만한
것이 있습니다. 저는 일찍이 한가할 때 제나라와 양나라의 시를 보았는데,
화려함을 번다히 다투어 흥과 기탁이 모두 끊겼기에 매번 길게 탄식했습니
다. 옛 사람들을 그리워하며, 구불구불하다가 쇠미해져 풍과 아의 기풍이
일지 않을까 늘 두려워하며 불안했습니다. 일전에 해씨의 거처에서 그대가
읊은 〈외로운 오동나무〉 작품을 보았는데, 골기가 곧고 높았으며 음색과
감정에 돈좌가 있어, 빛나는 꽃과 같고 환한 흰 비단과 같았으며 좋은 악기
소리가 있었습니다. 결국 이로써 마음을 씻고 눈을 닦고서 마음속 울분을
드러내었습니다. 뜻밖에도 정시 연간의 소리를 여기서 다시 보게 되었으니
건안 시기의 작가들이 서로 바라보며 웃게 할 정도였습니다. 해씨가 "장화와
하소에 대해 동방생이 그들과 어깨를 나란히 하고 있다."고 했는데, 저 역시
이를 견식이 있는 말이라 여겼습니다. 그래서 훌륭한 작품에 감탄하며 〈긴
대나무〉 한 편을 지었습니다. 마땅히 이를 알아주는 이가 있을 것이니 전하
여 이를 보입니다.

龍種生南岳,²³　용의 혈통이 남산에서 자라서는

孤翠鬱亭亭.²⁴　홀로 푸르며 우뚝하고 울창하니,

峰嶺上崇崒,²⁵　봉우리와 고개에서 위로 높이 솟아있고

煙雨下微冥.²⁶　안개와 비 속에서 아래로 어둑하며,

夜聞鼯鼠叫,²⁷　밤에는 날다람쥐 울음소리가 들리고

晝聒泉壑聲.²⁸　낮에는 골짜기 물소리가 요란하였다.

春風正淡蕩,²⁹　봄바람에는 한창 살랑살랑 흔들리다가

白露已清泠.³⁰　흰 이슬에는 이미 맑고 시원하였으니,

哀響激金奏,³¹　애달픈 소리는 금속 악기처럼 맑고

密色滋玉英.³²　깊은 빛은 옥의 정화처럼 윤택하였네.

歲寒霜雪苦,³³　세밑 추위에 서리와 눈이 심하지만

含彩獨青青.³⁴　빛을 머금고 홀로 푸르니,

豈不厭凝冽,³⁵　어찌 매서운 추위를 싫어하지 않겠냐만

羞比春木榮.³⁶　봄 나무의 화려함에 비교되는 건 수치스러워하였네.

春木有榮歇,³⁷　봄 나무에는 영화성쇠가 있지만

此節無凋零.³⁸　이 마디에는 시듦이 없으니,

始願與金石,³⁹　처음에는 쇠와 돌과 같기를 원하여

終古保堅貞.⁴⁰　오래도록 굳셈과 곧음을 보존하였네.

不意伶倫子,⁴¹　뜻밖에 악관 영륜이

吹之學鳳鳴.⁴²　그것을 불어 봉황 울음소리를 내니,

遂偶雲和瑟,⁴³　마침내 운화슬을 만나

張樂奏天庭.⁴⁴　제왕의 궁정에서 음악을 연주하였는데,

妙曲方千變,⁴⁵　오묘한 곡조는 마침내 천 번 변화되었고

簫韶亦九成.⁴⁶　〈소소〉 또한 아홉 번 연주되었네.

信蒙雕斲美,⁴⁷　진실로 아름답게 조각되었으니

常願事仙靈.[48]	늘 신선 섬기기를 원하여,
驅馳翠虯駕,[49]	푸른 규룡의 수레로 빨리 달리다가도
伊鬱紫鸞笙.[50]	자줏빛 난새의 생 소리는 울적하였네.
結交嬴臺女,[51]	영대 여인과 교유를 맺어
吟弄升天行.[52]	〈승천행〉을 연주하면서,
攜手登白日,[53]	손을 잡고 밝은 대낮에 올라가서
遠游戲赤城.[54]	멀리 노닐며 적성산을 희롱하네.
低昂玄鶴舞,[55]	오르락내리락 검은 학이 춤을 추고
斷續彩雲生.[56]	이어졌다 끊어졌다 채색 구름이 생겨나는데,
永隨眾仙去,	영원히 여러 신선들을 따라 떠나
三山游玉京.[57]	삼산의 옥경에서 노닐리라.

▌주석

1) 修竹(수죽) : 긴 대나무. 제목 앞에 '좌사 동방규에게 주다(與東方左史虬)'가
   더 있는 판본도 있다. '좌사'는 관직명으로 나라의 일이나 임금의 말을 적는
   관원이었다. '동방규'는 무측천 때 좌사 및 예부원외랑을 역임했다.

2) 東方公(동방공) : 동방규를 가리킨다.
   足下(족하) : 상대방에 대한 존칭.

3) 弊(폐) : 쇠퇴하다.
   五百年(오백년) : 서문의 내용으로 보아 진晉나라부터 당시까지의 시간으
   로 대체로 430년 정도인데, 여기서는 그 대략적인 수를 말한 것이다.

4) 漢魏風骨(한위풍골) : 한나라와 위나라 시기 조조曹操 부자와 건안칠자 등
   의 문학적 풍격을 가리킨다. 당시의 연호를 따서 건안풍골建安風骨이라고도
   한다.

5) 彩麗(채려) : 화려하다.
   競繁(경번) : 번다함을 다투다.

6) 興寄(흥기) : 문학 작품에서 생각이나 감정을 기탁하다.

7) 古人(고인) : 한위 시대 이전의 문인들을 가리킨다.

逶迤(위이) : 구불구불한 모습. 문학적 풍격을 묘사한 것으로 한위풍골이 제대로 전승되지 못한 상황을 가리킨다.

頹靡(퇴미) : 쇠미해지다. 시풍이 일어나지 못하다.

8) 風雅(풍아) : ≪시경≫의 국풍과 아를 가리키는데, 한위 이전 시인의 고아한 풍격이나 그러한 작품을 의미한다.

9) 耿耿(경경) : 불안한 모습.

10) 解三(해삼) : 해씨. 그의 이름과 행적에 대해서는 자세하지 않다. '삼'은 종형제 내에서의 순서이다.

明公(명공) : 명성이 있는 이에 대한 존칭. 여기서는 동방규를 가리킨다.

孤桐篇(고동편) : 동방규가 지은 시의 제목으로 보이며, 현재 전해지지는 않는다.

11) 骨氣(골기) : 기개. 기세.

端翔(단상) : 곧고 높다.

12) 音情(음정) : 음조와 감정.

頓挫(돈좌) : 격앙되었다가 가라앉는 등 기복이 있는 것을 말한다.

13) 光英(광영) : 빛나는 꽃. 작품의 광채를 비유한다.

朗練(낭련) : 환한 흰 비단. 작품의 깨끗함을 비유한다.

14) 金石聲(금석성) : 편종이나 편경 같이 쟁쟁하고 힘이 있는 소리. 문사가 아름다운 것을 비유한다.

15) 飾視(식시) : 눈을 닦다. 사물을 보는 통찰력이 밝은 것이다.

16) 幽鬱(유울) : 마음 속의 응어리.

이상 여섯 구는 동방규의 〈외로운 오동나무〉에 대한 내용이다.

17) 不圖(부도) : 뜻하지 않게.

正始之音(정시지음) : 위나라와 진나라의 시풍으로 노장사상의 영향을 받아 청담을 숭상하였다. '정시'는 위나라의 마지막 황제인 조방曹芳 때의 연호이다.

18) 睹(도) : 보다.

焂(자) : 동방규가 지은 〈외로운 오동나무〉를 가리킨다.

19) 張茂先(장무선) : 진晉나라의 문인인 장화張華. '무선'은 그의 자이다.

何敬祖(하경조) : 진晉나라의 문인인 하소何劭. '경조'는 그의 자이다.

20) 東方生(동방생) : 동방규를 가리킨다.

比肩(비견) : 어깨를 나란히 하다.

21) 知言(지언) : 견식이 있는 말.

22) 雅制(아제) : 고아한 작품. 동방규가 지은 작품을 가리킨다.

23) 龍種(용종) : 용의 자손. 용의 기운을 가지고 있다는 뜻으로 여기서는 대나무를 가리킨다. 흔히 대나무는 용에 비유되고 대나무로 만든 피리에서는 용의 울음소리가 난다고 한다.

南岳(남악) : 남산. 장안 남쪽의 종남산終南山을 가리킨다. 후한後漢 마융馬融의 〈장적부長笛賦〉에 "대나무는 특이한 환경에서만 자라나니 종남산의 북쪽에서 나는데, 아홉 겹의 외로운 산봉우리에 몸을 기탁하고 만 길 깊은 바위 골짜기를 내려다보고 있다.(惟籦籠之奇生兮, 於終南之陰崖. 託九成之孤岑兮, 臨萬仞之石磵.)"라는 말이 있다.

24) 孤翠(고취) : 홀로 푸르다.

亭亭(정정) : 우뚝한 모습.

25) 崇崒(숭줄) : 높이 솟은 모습.

26) 微冥(미명) : 어둑한 모습.

이상 두 구는 대나무가 위로 높아 솟아 있으며 아래로는 축축한 기운이 있다는 말이다.

27) 鼯鼠(오서) : 날다람쥐.

28) 聒(괄) : 시끄럽다.

泉壑(천학) : 골짜기를 흐르는 물.

29) 淡蕩(담탕) : 살랑살랑 흔들리다.

30) 白露(백로) : 흰 이슬. 가을 이슬을 가리킨다.

淸泠(청령) : 맑고 시원하다.

31) 哀響(애향) : 애달픈 소리. 대나무가 바람에 흔들리는 소리를 가리킨다.

皎(교) : 선명하다. 맑다.

　金奏(금주) : 종과 같은 금속 악기를 연주하다. 대체로 음악을 가리킨다.

32) 密色(밀색) : 깊은 빛. 대나무의 짙은 색을 가리킨다.

　滋(자) : 윤택하다.

　玉英(옥영) : 옥의 정화. ≪시자尸子≫에 "맑은 물에는 누런 금이 있고 용이
사는 연못에는 옥의 정화가 있다.(清水有黃金, 龍淵有玉英)"라는 구절이 있다.

33) 歲寒(세한) : 세밑 추위. 매서운 추위를 가리킨다.

34) 含彩(함채) : 빛을 머금다. 대나무가 푸름을 유지하고 있는 것이다.

35) 厭(염) : 질리다. 싫어하다.

　凝冽(응렬) : 매서움. 추위가 심하다는 뜻이다.

36) 羞(수) : 수치스러워하다.

　春木榮(춘목영) : 봄 나무의 화려함. 봄에 나무가 꽃을 피우며 번성하는
것을 말한다.

　이상 두 구는 대나무가 비록 매서운 추위 속에서 고생할지언정 한때 무성
해졌다가 시들어버리는 봄 나무와 비교되는 것은 수치스럽게 여긴다는
뜻이다.

37) 榮歇(영헐) : 영화와 성쇠.

38) 此節(차절) : 이 마디. 대나무를 가리킨다. 또는 '이것의 절조'로 풀이할
수도 있다.

　凋零(조령) : 시들다.

39) 金石(금석) : 쇠와 돌. 변함이 없는 존재를 비유한다.

40) 終古(종고) : 오래도록. 항상.

　堅貞(견정) : 굳세고 곧다.

41) 不意(불의) : 뜻밖에.

　伶倫子(영륜자) : 황제黃帝 때의 악관인 영륜伶倫. 황제는 그를 시켜 대하大
夏 서쪽에 있는 곤륜산崑崙山의 북쪽으로 가서 해곡海谷에서 자란 대나무를
취하게 하였다. 매우 고르게 자란 것으로 두 마디를 잘라 불어보니 황종黃
鐘의 음률에 맞았다. 12개의 대나무를 만든 뒤 봉황의 울음소리를 들어보

니 수컷의 울음에 맞는 것이 여섯 개였고 암컷의 울음에 맞는 것이 여섯 개여서 이로써 음률의 근본으로 삼았다.(≪한서·율력지律曆志≫ 참조)

42) 學(학) : 흉내를 내다. 비슷한 소리를 낸다는 뜻이다.

43) 雲和瑟(운화금) : 운화산의 나무로 만든 금. 옛날에 여기서 나는 나무로 금琴이나 슬을 만들었다고 한다. 대개 금은 오동나무로 만드는데, 아마 동방규가 지은 〈외로운 오동나무〉를 염두에 두고 한 말로 보인다.

44) 張樂(장악) : 음악을 펼치다.
天庭(천정) : 제왕의 궁정.

45) 千變(천변) : 천 번 변화되다. '변'은 한 악장이 끝나고 다음 악장이 연주되는 것이다.

46) 簫韶(소소) : 순임금의 음악 이름. 이 곡이 아홉 번 연주되자 봉황이 와서 예의를 갖추었다고 한다.
九成(구성) : 아홉 번 이루어지다. '성'은 한 악장이 마무리되는 것이다.

47) 信(신) : 진실로.
雕斲(조착) : 조각하다. 아름답게 꾸미는 것이다.

48) 事仙靈(사선령) : 신선을 섬기다. 대나무 피리가 신선 세계에서 음악을 연주하고자 한다는 뜻이다.

49) 驅馳(구치) : 빨리 달리다.
翠虬(취규) : 푸른 규룡. 대나무를 비유한다.

50) 伊鬱(이울) : 울적한 모습.
紫鸞笙(자란생) : 자줏빛 난새가 조각된 생. '생'은 대나무를 엮어서 만든 악기로 봉황의 소리가 난다고 한다.
이상 두 구는 대나무가 조정에서 열심히 쓰이고 있지만 항상 신선 세계에서 연주하고 싶은 마음을 가지고 있으며, 이를 이루지 못해 울적해하는 모습을 형용한 것으로 보인다.

51) 嬴臺女(영대녀) : 소사簫史에게서 소 부는 법을 배워 봉황소리를 낼 줄 알았던 여인인 농옥弄玉을 가리킨다. '영대'는 농옥의 아버지인 진秦나라 목공穆公이 그들을 위해 지어준 봉대鳳臺를 가리키는데, 목공의 성이 '영'이었다.

이들은 봉대에서 수년 동안 머물다가 봉황을 따라 날아갔다고 한다.

52) 昇天行(승천행) : 고악부의 제목으로 인간의 유한함을 한탄하면서 하늘로 올라가 신선이 되고자 하는 마음을 읊었다.

53) 登白日(등백일) : 밝은 대낮에 하늘로 올라가다. 백일승천白日昇天은 도교에서 신선술을 익힌 뒤 대낮에 하늘로 올라가 신선이 되는 것을 말한다. 이와 달리 '흰 태양에 오르다'로 풀이할 수도 있다.

54) 赤城(적성) : 지금의 절강성 천태현天台縣에 있는 산의 이름. 예로부터 도교의 명산이었다.

55) 低昻(저앙) : 오르락내리락하다.
玄鶴(현학) : 검은 학.

56) 彩雲(채운) : 채색 구름.
이상 두 구는 대나무의 연주에 감응하여 신선이 나타나는 모습을 묘사한 것이다.

57) 三山(삼산) : 동해에 떠 있으며 신선이 산다고 하는 세 산.
玉京(옥경) : 도가에서 천제가 사는 곳을 가리킨다.

▌해설

이 시는 긴 대나무가 자라서 천자의 음악과 신선의 음악을 연주하는 악기가 되는 양상을 읊어서 동방규에게 준 것으로, 그가 지은 〈외로운 오동나무〉에 짝할만한 작품으로 삼았다. 동방규가 성력聖曆 연간(698~700) 전후로 좌사左史 관직을 했으며, 진자앙이 성력 원년(698)에 고향으로 돌아온 것을 근거로 그 이전에 낙양에 머물 때인 697~698년에 지은 것으로 보인다.

서문에서는 한위 이래로 시풍이 쇠미해졌지만 동방규의 작품에서 옛 시풍을 다시 볼 수 있게 되었음을 말한 뒤, 이에 걸맞은 작품을 지어 널리 알리고자 한다는 뜻을 밝혔다. 제1~18구까지는 대나무가 남산에서 자란 모습을 묘사하였는데, 홀로 항상 푸름을 자랑하면서 시들지 않는 절조를 가지고 있음을 칭송하였다. 제19~24구까지는 대나무가 영윤에 의해 취해져 천자의 궁중에서 연주되었음을 말하였다. 제25~36구까지는 신선의 세계에서 연주되고자

하여 농옥과 인연을 맺어 하늘로 올라가게 되었음을 말하였다. 이러한 대나무의 생애를 통해 그 절조와 기풍을 가진 인물이 조정에서 귀히 쓰이며 신선과 같은 풍취를 가지는 삶을 비유적으로 표현하였다. 이러한 모습은 진자앙이 지향하는 바이다. (임도현)

67. 送別出塞

변방으로 나가는 이를 송별하다

平生聞高義,[1]	평생토록 정대한 도리를 듣고
書劍百夫雄.[2]	문무로는 뭇 장부들 중 으뜸가는 분이네.
言登靑雲去,[3]	청운에 올라가는 것은
非此白頭翁.[4]	이 흰 머리 늙은이는 아니라오.
胡兵屯塞下,[5]	오랑캐 군대가 변방에 주둔하자
漢騎屬雲中.[6]	한나라 군대가 운중군에 집결하는데,
君爲白馬將,[7]	그대는 백마장군 되어
腰佩騂角弓.[8]	허리에 붉은 각궁 차게 되리니,
單于不敢射,[9]	선우가 감히 쏠 엄두도 못 내고
天子佇深功.[10]	천자는 큰 공로를 기다리시리.
蜀山余方隱,[11]	촉산에 나는 장차 은거할 터이니
良會何時同.[12]	좋은 만남 언제쯤 가지랴.

❚주석

1) 高義(고의) : 정대正大한 도리.
2) 書劍(서검) : 책과 검. 문무文武를 뜻한다.
   百夫雄(백부웅) : 뭇 장부들 중 으뜸가다.
   이상 두 구는 진자앙이 전송하는 이가 공명정대한 도리를 마음에 품었을
   뿐만 아니라 문무에 모두 뛰어난 사람임을 칭찬한 것이다.
3) 言(언) : 의미 없는 어조사.
   靑雲(청운) : 청운의 지위. 푸른 구름이 하늘에 높이 떠 있는 것처럼 관도官
   途에서 득의하는 것을 의미한다.
4) 白頭翁(백두옹) : 흰 머리 늙은이. 진자앙 자신을 가리킨다.

5) 胡兵(호병) : 오랑캐 군대. 여기서는 당나라에 침입한 돌궐 군대를 가리킨다.
屯(둔) : 주둔하다.

6) 漢騎(한기) : 한나라 기병. 여기서는 당나라 군대를 가리킨다.
屬(촉) : 모이다.
雲中(운중) : 운중군雲中郡. 지금의 산서성山西省에 속하는 지역을 가리킨다.

7) 白馬將(백마장) : 조조曹操의 상장군上將軍인 백마장군白馬將軍 방덕龐德. 여기서는 진자앙이 송별하는 이가 변방에 출정하는 훌륭한 장군임을 뜻한다.

8) 騂角弓(성각궁) : 붉은 소의 뿔로 만든 활. 강력하고 좋은 활을 뜻한다.

9) 單于(선우) : 돌궐의 우두머리.

10) 佇(저) : 기다리다.
深功(심공) : 큰 공로. 돌궐과의 전쟁에서 대승을 거두는 것을 의미한다.

11) 蜀山(촉산) : 촉 땅의 산. 진자앙의 고향을 뜻한다.
隱(은) : 은거하다.

12) 良會(양회) : 좋은 만남.

▌해설

이 시는 변방에 출정하게 된 장군을 송별하며 지은 것으로서, 시 안에서 돌궐이 침입하여 당나라 군대가 이에 대응하여 운중군에 집결하였고 시인은 장차 고향에 은거할 계획이라고 말한 부분으로 볼 때, 신공神功 원년(697)과 성력聖歷 원년(698) 사이에 지어진 것이라 생각된다.

제1~4구에서 시인은 변방으로 출정하는 이가 정대한 도리를 품고 문무를 모두 겸비한 사람임을 칭찬하고 반면 자신은 청운의 지위에 오르지 못한 늙은 이일 뿐이라 말하였다. 제5~10구에서 시인은 자신이 송별하는 장군이 백마 장군 방덕처럼 용맹하여 선우도 제압할 위인이므로 천자가 그의 대승을 기대하고 있음을 말하였다. 마지막 두 구에서 시인은 자신은 곧 고향으로 떠날 계획이라 장군이 대승하고 돌아와도 다시 만날 때가 언제인지 기약하기 어렵다고 아쉬움을 내비쳤다. (정세진)

68. 送東萊王學士無競[1]

동래사람 학사 왕무경을 전송하다

寶劍千金買,	보검을 천금으로 사
平生未許人.[2]	평생 다른 사람에게 허락하지 않았으나,
懷君萬里別,	만 리로 이별하는 그대를 생각하고
持贈結交親.	가져다 드리니 맺은 우정 친하기 때문이네.
孤松宜晚歲,[3]	외로운 소나무는 저무는 한 해에 어울리고
衆木愛芳春.[4]	뭇 나무들은 향기로운 봄을 사랑한다네.
已矣將何道,[5]	그만 두자, 장차 무엇을 말하리?
無令白首新.[6]	흰 머리 새로 나게 하지 말지니.

▌주석

1) 東萊(동래) : 한대漢代 군부郡 이름. 당나라 초에 내주萊州로 바뀌었다.
   學士(학사) : 관직 이름. 황제나 태자의 문학시종文學侍從이다.
   王無競(왕무경) : 왕중렬王仲烈. 조적祖籍은 낭야琅琊인데 동래東萊로 옮겨
   가 살았다. 무측천 조정의 재상을 탄핵하였다가 소주사마蘇州司馬 등으로
   폄적되었다. 앞의 시 30. 〈형옥을 판별하다 및 서문觀荊玉篇 幷序〉 주석 17번
   참조.

2) 許人(허인) : 다른 사람에게 허락하다.

3) 孤松(고송) : 외로운 소나무. 왕무경의 절개와 기품을 비유한다.
   宜(의) : 마땅하다. 어울리다.
   晚歲(만세) : 한 해의 끝. ≪논어論語·자한子罕≫에 "날이 차가와진 연후에
   소나무와 잣나무가 늦게 시드는 것을 안다.(歲寒, 然後知松柏之後凋也)"라 하
   였다.

4) 衆木(중목) : 뭇 나무. 권력에 편승하여 아부하는 사람들을 비유한다.

5) 已矣(이의) : 그만 두다. 끝나다.
6) 白首新(백수신) : 흰 머리가 새로 나다. 시름에 빠지는 것을 말한다.

해설

이 시는 학사學士 왕무경王無競을 전송하며 쓴 것으로, 그와의 친분을 말하고 그의 꿋꿋한 절개와 높은 기상을 칭송하며 위안의 뜻을 나타내고 있다. ≪구당서舊唐書≫와 ≪신당서新唐書≫에는 왕무경이 학사學士의 관직을 지냈다는 직접적인 기록은 없다. 다만 ≪구당서·염조은전閻朝隱傳≫에 염조은이 ≪삼교주영三教珠英≫을 편찬할 때 왕무경을 학사로 불러 함께 하였다는 기록이 있는 것으로 보아, ≪삼교주영≫이 편찬된 성력聖曆 원년(698)에서 대족大足 원년(701) 사이에 조정에 있었던 것으로 보인다. 따라서 이 시는 이 이후에 쓰인 것으로 여겨진다.

제1~2구에서는 천금을 들여 보검을 사고 다른 사람에게는 주지 않았다는 말로써 자신이 이를 소중히 여겼음을 말하고, 제3~4구에서는 헤어지는 왕무경에 이를 기증함으로써 그와의 돈독한 친분을 나타내고 있다. 진자앙의 보검은 세상의 개혁을 향한 자신의 이상과 포부를 의미하는 것으로, 이는 왕무경만이 그와 뜻을 함께 할 수 있는 사람임을 인정한 것이라 할 수 있다. 제5~6구에서는 날이 차가와진 후에야 존재감이 드러나는 고송孤松의 가치를 들어 왕무경을 높이고 무측천의 조정에서 권세에 아부하는 사람들을 비판하고 있다. 마지막 제7~8구에서는 불우한 생에 대한 한탄을 그만두자는 말로써 왕무경을 위안하고 있다. (주기평)

69. 送魏兵曹使嶲州得登字[1]

위병조가 수주로 사신가는 것을 전송하며 '등'자를 얻다

陽山淫霧雨,[2]	양산은 안개와 비가 오래 내리니
之子愼攀登.[3]	그대는 신중히 부여잡고 오르게.
羌笮多珍寶,[4]	강족과 착족은 진귀한 보물이 많지만
人言有愛憎.	사람의 말에는 애증이 있는 법,
思酬明主惠,	밝은 군주의 은혜에 보답할 것을 생각하며
當盡使臣能.	응당 사신의 능력을 다해야 하리.
勿以王陽嘆,[5]	왕양처럼 탄식하며
邛道畏崚嶒.[6]	공래산 길이 험하고 높음을 두려워하지 말게나.

▍주석

1) 魏兵曹(위병조) : 병조참군사兵曹參軍事 위씨魏氏. 위씨의 이름은 알 수 없다.
   嶲州(수주) : 지금의 사천성四川省 서창현西昌縣에 해당하며 당대唐代의 검남
   도劍南道에 속했다.
   得登字(득등자) : '등登'자 운을 얻어 시를 짓다.

2) 陽山(양산) : 지금의 사천성 강원현江源縣 동남쪽으로 당대의 수주에 속했다.
   淫(음) : 비가 오래 내리다.

3) 之子(지자) : 이 사람. 위병조를 가리킨다.
   攀登(반등) : 부여잡고 오르다.

4) 羌笮(강착) : 강족과 착족. 수주 일대에 사는 소수민족이다.
   이 구는 이 지역 특산물로 진귀한 보물이 많음을 말하고 있다.

5) 王陽(왕양) : 왕길王吉이며 자字가 자양子陽이다.

6) 邛道(공도) : 공래산邛崍山의 길. 이곳의 '구절판九折阪'을 가리키며, 지금의
   사천성 형경현滎經縣 서쪽에 있다. ≪한서·왕존전王尊傳≫에 "황제가 왕존

을 미현 현령으로 임명하였다가 익주자사로 옮겨가게 하였다. 이보다 먼저 낭야 사람 왕양이 익주자사가 되어 소속 지역을 순행하다가 공래산 구절판에 이르러 탄식하며 말했다. '선친이 남겨주신 몸을 받들어야지, 어찌 이런 위험한 곳을 자주 오르겠나!' 그는 후에 병 때문에 관직을 그만두었다. 왕존이 익주자사가 되어 그 구절판에 이르러 부하 관리에게 물어 말했다. '이곳은 왕양이 두려워한 길이 아닌가?' 관리가 대답했다. '맞습니다.' 왕존은 그의 마부를 재촉하며 말했다. '말을 몰아라! 왕양은 효자이고, 왕존은 충신이다.'(上以尊爲郿令, 遷益州刺史. 先是, 琅邪王陽爲益州刺史, 行部至邛峽九折阪, 嘆曰, 奉先人遺體, 奈何數乘此險. 後以病去. 及尊爲刺史, 至其阪, 問吏曰, 此非王陽所畏道邪. 吏對曰, 是. 尊叱其馭曰, 驅之. 王陽爲孝子, 王尊爲忠臣)"라고 했다.

峻嶒(능증) : 산이 험하고 높은 모양.

▌해설

이 시는 진자앙이 우습유右拾遺로 있던 시기 즉 장수長壽 2년(693)에서 성력聖曆 원년(698) 사이에 촉 땅의 수주로 사신가는 위병조를 전송하는 연회자리에서 지은 것으로, 그가 청렴하게 사신의 임무를 다할 것을 부탁하고 있다. 진자앙은 촉 땅 사람이기에 그 지역 사정에 밝아 그곳으로 가는 사람에게 세세하게 걱정하고 여러 가지로 부탁하는 섬세함이 돋보인다.

제1~2구에서는 사신 가는 수주 지역의 기후를 언급하고 있는데, 그곳은 안개와 비가 오래 내리니 산길를 갈 때 조심할 것을 말하고 있다. 제3~4구에서는 이 지역은 진귀한 공물이 많은데 이를 탐내어 다른 사람의 구설수에 오르지 말 것을 경계하고 있고, 제5~6구에서는 황제의 은혜를 생각하며 사신의 능력을 다할 것을 권하고 있다. 제7~8구에서는 늘 충성을 유념하여 험난한 길을 두려워하지 말고 나아갈 것을 부탁하고 있다. (강민호)

70. 古意題徐令壁[1]

옛 시풍으로 서령의 벽에 제하다

白雲蒼梧來,[2]	흰 구름 창오산에서 나와서
氛氳萬里色.[3]	자욱하게 만 리에 떠있는데,
聞君太平世,	듣자하니 그대는 태평시절에
棲泊靈臺側.[4]	영대 곁에서 기거한다 하네.

▌주석

1) 古意(고의) : 의고擬古. 고시古詩의 풍격과 형식을 모방하다.
   徐令(서령) : 누구인지 알 수 없다.

2) 蒼梧(창오) : 산 이름.
   이 구는 ≪문선文選≫의 사조謝朓 시 〈신정의 물가에서 영릉군내사零陵郡內
   史 범씨와 이별하며新亭渚別范零陵詩〉의 "구름은 창오산 들녘을 떠나(雲去蒼
   梧野)"에 대한 이선李善 주에서 "≪귀장歸藏·계서啓筮≫에서 '흰 구름은 창오
   산에서 나와 대량(지금의 개봉開封)으로 들어간다.(白雲出自蒼梧, 入于大梁)'"
   라고 하였다.

3) 氛氳(분온) : 기운이 성한 모양. 여기서는 제1구의 '백운白雲'의 기운이 성한
   것을 가리킨다.

4) 靈臺(영대) : 동한東漢 제오륜第五倫이 객으로 거하던 처소 이름으로 빈궁한
   거처를 가리킨다. ≪후한서後漢書·제오륜전第五倫傳≫의 이현李賢의 주에
   서 ≪삼보결록三輔決錄≫의 주를 인용하여 "낙양에는 주인 삼은 이가 없고
   고향마을에는 전답과 집이 없어 객으로 영대에 머무는 중에 간혹 열흘
   동안 불 때서 밥해먹지 못했다.(洛陽無主人, 鄉里無田宅, 客止靈臺中, 或十日不
   炊)"라고 하였다.

  이 시는 진자앙이 낙양洛陽에서 우습유右拾遺를 지내던 시기(693-698)에 지어진 것으로 추정된다. 서령이 누구인지 알 수 없지만, 시의 제1구가 사조謝朓의 〈신정의 물가에서 영릉군내사零陵郡內史 범씨와 이별하며新亭渚別范零陵詩〉의 제3구 "구름은 창오산 들녘을 떠나(雲去蒼梧野)"를 그대로 따른 것으로 미루어볼 때, 그는 창오산 부근의 사람인 것으로 보인다. 또 마지막 구의 '영대'로부터 그가 낙양에서 가난하게 생활한다는 사실을 알 수 있는데, 그렇다면 서령은 창오산 부근의 고향을 떠나 낙양에 와서 가난하게 생활하는 사람이라고 볼 수 있다. 이러한 서령에 대한 이야기는 진자앙에게 자신의 신세를 떠올리게 했을 것이다. 자신 또한 고향을 떠나 이곳 낙양에 와서 벼슬살이 하고 있지 않은가. 그에 대한 안타까움을 드러내지 않은 채 시를 끝맺고 있다. (김수희)

71. 春臺引 寒食集畢錄事宅作[1]

봄날 누대의 노래 - 한식날에 필녹사의 저택에 모여 짓다

感傷春兮,	봄을 느껴 마음 아프네
生碧草之油油.[2]	푸른 풀은 싹이 빽빽하게 자랐구나.
懷宇宙以湯湯,[3]	천하를 생각하니 참으로 거대해서
登高臺而寫憂.[4]	높은 누각에 올라 근심을 토해내네.
遲美人兮不見,[5]	미인을 기다리지만 만날 수 없으니
恐靑歲之還遒.[6]	젊은 시절이 급속히 끝날까 두렵네.
從畢公以酣飲,[7]	필공을 따라 술을 마음껏 마시니
寄林塘而一留.[8]	숲과 연못에 몸을 의탁해 한 번 머무네.
採芳蓀於北渚,[9]	향기로운 풀을 북쪽 물가에서 따고
憶桂樹於南州.[10]	계수나무를 남쪽 땅에서 그리워하네.
何雲木之英麗,[11]	구름까지 솟은 나무는 어찌나 아름다운지
而池館之崇幽.[12]	연못가 관사는 참으로 그윽하네.
星臺秀士,[13]	삼태성에 자리하는 뛰어난 인사와
月旦諸子,[14]	월단평을 받는 여러 군자들이
嘉靑鳥之辰,[15]	청조씨의 날을 기뻐하고
迎火龍之始.[16]	용화의 시작을 환영하네.
挾寶書與瑤瑟,[17]	보배로운 서적과 옥장식한 금슬을 가지니
芳蕙華而蘭靡.[18]	방혜는 화려하고 난초는 아름답네.
乃掩白蘋,[19]	못에는 하얀 백빈이 덮였고
藉綠芷,[20]	주위에는 초록 지초가 깔렸네.
酒旣醉,	술은 이미 취했지만
樂未已.	즐거움은 아직 다하지 않았네.

擊青鍾,²¹	봄의 푸른 종을 치고
歌渌水.²²	〈녹수〉를 노래하네.
怨靑春之萎絶,²³	푸른 봄이 사라져버릴 것을 슬퍼하고
贈瑤華之旖旎.²⁴	풍성하고 아름다운 하얀 꽃을 바치네.
願一見而導意,²⁵	한 번 보고 뜻을 잘 이끌어서
結衆芳之綢繆.²⁶	뭇꽃들을 얽히게 맺기를 바라네.
曷餘情之蕩漾,²⁷	넘치는 정은 어찌나 일렁이는지
矚靑雲以增愁.²⁸	푸른 구름을 보니 시름이 더해지네.
悵三山之飛鶴,²⁹	삼신산에서 날아다니는 학을 슬퍼하고
憶海上之白鷗.³⁰	바닷가의 하얀 갈매기를 생각하네.
重曰,³¹	다시 말하노니
羣仙去兮靑春頹,	뭇 신선은 떠나갔고 푸른 봄도 쇠하리니
歲華歇兮黃鳥哀.³²	꽃들이 저버리면 꾀꼬리 슬퍼하리.
富貴榮樂幾時兮,	부귀영화의 즐거움이 얼마나 가리오
朱宮翠堂生靑苔,³³	붉은 궁궐 푸른 전당에도 푸른 이끼가 자라면
白雲兮歸來.³⁴	흰 구름으로 돌아가리라.

▌주석

1) 春臺(춘대) : 봄날의 누대.

引(인) : 고대의 악곡의 한 종류. 보통은 거문고의 곡조에 맞추어 부르는 음악을 가리켰다. 뒤에는 소리내어 노래한다는 뜻으로도 쓰였다.

畢錄事(필녹사) : 필 녹사. '필'씨에 대해서는 알려져 있지 않다. '녹사'는 녹사참군錄事參軍의 줄임말인데 지방관청의 장부를 관리하던 높지 않은 벼슬이었다.

2) 油油(유유) : 빽빽하고 많은 모양. 식물의 싹이 뾰족하게 자란 모양.

3) 宇宙(우주) : 천지. 온 세상.

湯湯(탕탕) : 매우 큰 모양.

4) 寫(사우) : 근심을 쏟아내다. 근심을 토로하다.

5) 遲(지) : 기다리다.

6) 靑歲(청세) : 청춘. 젊은 시절.

還遒(선주) : 빠르게 사라지다. '선還'은 '빠르다'의 뜻이고 '주遒'는 '마치다', '끝나다'의 뜻이다.

7) 畢公(필공) : 이 시에서 주연을 마련하여 저택으로 초대한 주인인 필녹사를 가리킨다.

酣飮(감음) : 흥겹게 술을 마시다. 흠뻑 술을 마시다. '통음痛飮'과 같다.

8) 林塘(임당) : 숲과 연못.

9) 芳蓀(방손) : 향기로운 향초.

北渚(북저) : 북쪽 물가.

10) 桂樹(계수) : 계수나무. 〈초사・원유遠遊〉에서 "남쪽 땅의 불의 덕을 찬미하고 계수나무의 겨울 꽃을 아름답게 여기네.(嘉南州之炎德兮, 麗桂樹之冬榮)"이라고 했다.

南州(남주) : 남쪽 땅. '주州'는 땅의 뜻이다.

11) 雲木(운목) : 높게 구름까지 솟은 나무.

英麗(영려) : 빼어나게 아름답다.

12) 池館(지관) : 연못가의 관사館舍.

崇幽(숭유) : 뛰어나게 그윽하다.

13) 星臺(성대) : 삼태성三台星. 조정의 중추기관을 가리킨다.

秀士(수사) : 덕행과 재주가 남보다 빼어난 인사.

14) 月旦(월단) : 월단평月旦評. '월단月旦'은 '음력 매달 초'의 뜻이다. 후한後漢의 허소許劭가 매월 초하루마다 사람들의 인품을 아주 정확하게 평가했다는 데에서 '월단의 평가'라는 말이 생겼다.

諸子(제자) : 여러 군자들.

15) 靑鳥之辰(청조지신) : '청조씨의 날'로 봄이다. '청조靑鳥'는 '청조씨靑鳥氏'로 중국 고대의 역관曆官의 관직명이다. 청조씨는 입춘과 입하를 담당하였다

고 한다.

16) 火龍之始(화룡지시) : '용화龍火 심수心宿의 시작'으로 봄이다. 용화는 동방
칠수東方七宿(동쪽에 있는 일곱 별자리)의 다섯 번째에 있는 별자리로 심수
心宿라고도 한다. 동방칠수는 흔히 창룡蒼龍이라고 불리며 청룡靑龍이라고
도 하고 봄을 상징한다. 심수는 창룡의 심장에 해당해서 불을 상징하여
용의 불이라고 칭해졌으며, 창룡이 불을 뿜기 시작하는 것은 봄이 시작한다
는 것을 비유한다.

17) 挾(협) : 가지다. 쥐다.
    寶書(보서) : 진귀한 서적.
    瑤瑟(요슬) : 옥으로 장식한 금슬.

18) 芳蕙(방혜) : 향초의 이름.
    靡(미) : 아름답다.

19) 掩(엄) : 덮이다.
    白蘋(백빈) : 흰 마름. 개구리밥. 여름과 가을에 하얀 꽃이 피기 때문에
    백빈이라고 부른다. 잎이 큰 것을 빈蘋이라고 하고 잎이 작은 것을 부평浮萍
    이라고 하였다.

20) 藉(자) : 깔려있다.
    綠芷(록지) : 초록 지초. 지초는 향초의 일종으로 하얀 꽃이 피어 백지白芷라
    고도 불렸다.

21) 靑鍾(청종) : 푸른 종. 봄의 음악을 상징한다. 관자管子의 오행설五行說에
    따르면 황제黃帝가 음악을 만들면서 다섯 가지 종을 사용했는데 이 가운데
    에서 청종대음靑鍾大音은 동방東方과 목木과 봄을 상징하였다.

22) 淥水(녹수) : 옛 곡조의 이름. 후한後漢의 채옹蔡邕이 지은 거문고 곡에 〈녹
    수〉가 있다.

23) 萎絶(위절) : 사라지다. 병들어 죽다.

24) 瑤華(요화) : 옥처럼 하얀 꽃.
    旖旎(의니) : 성하고 아름다운 모양.

25) 導意(도의) : 뜻을 잘 인도하다.

26) 衆芳(중방) : 뭇꽃. 이 시에서는 주연에 모인 여러 사람을 비유.

綢繆(주무) : 서로 긴밀히 얽힌 모양. 서로 간의 깊은 정.

27) 曷(갈) : 어찌. '하何'와 같다.

餘情(여정) : 넘치는 감정. 이 시에서는 주연을 즐기며 드는 여러 감정이
넘치는 모습.

蕩漾(탕양) : 생각이나 감정이 흔들리는 모양.

28) 矚(촉) : 보다.

增愁(증수) : 시름을 더하다.

29) 三山(삼산) : 신선이 산다는 전설이 전해지는 동해의 세 섬. 삼신산三神山.
봉래蓬萊, 영주瀛洲, 방장方丈. 삼신산의 학을 슬퍼하는 것은 시인이 그처럼
될 수 없기 때문에 슬프다는 것이다.

30) 海上之白鷗(해상지백구) : 바닷가의 하얀 갈매기. ≪열자列子 · 황제편黃帝
篇≫에 나오는 갈매기의 용례를 가리킨다. 바닷가의 갈매기는 자기에게
다가오는 사람이 어떤 마음인지 알아볼 수 있는 능력을 가졌다고 한다.
바닷가의 갈매기를 생각하는 것은 시인의 마음에 순수하지 않은 다른 의도
가 없다는 것이다.

31) 重曰(중왈) : 다시 말하다. 거듭 말하다. 시의 앞부분에서 서술한 내용만으
로는 시인의 감정을 다 쓰지 못했다는 의미에서 다시 시를 말한다고 한
것이다.

32) 歲華(세화) : 꽃. 꽃이 해마다 피고 지기 때문에 세화歲華라고 하였다.

黃鳥(황조) : 꾀꼬리.

33) 朱宮翠堂(주궁취당) : 붉은 궁전과 푸른 전당. 거대하고 화려한 집과 궁궐.

34) 白雲(백운) : 흰 구름은 은거를 의미한다.

▌해설

이 시는 진자앙이 낙양에서 벼슬을 하던 시기의 작품으로 보인다. 다만
진자앙이 처음 벼슬을 한 광택光宅 원년(684)에서 천수天授 2년(691) 사이와
고향에 갔다 돌아와서 다시 벼슬을 한 장수長壽 2년(693)에서 성력聖曆 원년

(698) 사이의 두 시기 가운데에서 어느 쪽에 속하는가의 문제가 있다. 시의 내용에 고위층의 인사가 연회에 참석했음을 강조하고, 다시 그들을 포함한 벼슬아치들과 좋은 인연을 맺기를 바라는 내용이 나오면서 동시에 모두 허망하여 은거하길 바란다는 자신의 감정을 직설적으로 표현한 것으로 보아 만년의 작품으로 추측된다.

제1~6구는 봄을 맞아 울적한 마음을 토해버리러 누대에 오르는 내용이다. 시인이 기다리지만 만나지 못한 미인은 그 의미가 함축적이다. 인데 라 시간이 지남에도 일을 이루지 못하는 마음을 이야기하였다. 제7~12구는 필녹사의 저택의 경치를 묘사하며 그곳이 회포를 풀며 즐기기에 좋다고 말하였다. 그곳은 자연이 아름답고 그윽한 곳이다. 제13~18구는 연회에 여러 뛰어난 인사들이 모였고 이들이 봄의 시작을 축하하며 고상하게 즐김을 묘사하였다. 제19~24구는 백빈이 덮힌 연못가에 녹지가 깔린 곳에서 봄을 즐기는 술자리가 흥취가 무르익어서 봄의 음악을 연주한다는 내용이다. 제25~28구에서 진자앙은 이 봄이 가기 전에 모두들 아름다운 인연을 맺고 서로 좋은 사귐을 가지기 바라면서 풍성하고 아름다운 꽃을 바친다. 제29~32구에서 시인은 연회의 감정을 다스리지 못하다가 격앙된 마음에 하늘을 보고 곧 이것이 모두 허망한 것이라는 것을 깨닫는다. 그 시름은 시인에게 진실한 사귐은 오직 신선세계에서나 가능할 것이며 자신은 마땅히 은거를 그리워한다고 밝혔다. 다시 제31~36구에서 시인은 이 봄이 가고 모든 영광스러운 것들이 쇠락해지면 자신은 자연으로 은거를 할 것이라는 말을 하며 시를 마쳤다. (서용준)

72. 群公集畢氏林亭[1]
여러 공이 필씨의 임정에 모이다

金門有遺世,[2]	금문에서도 은거하고 싶은 이가 있었으니
鼎實恣和邦.[3]	솥에 담긴 것으로 뜻대로 나라를 조화시켰네.
默語誰能識,[4]	침묵할 때와 말할 때를 누가 판별할 수 있으랴?
琴樽寄北窓.[5]	금과 술동이를 북창에 보냈다네.
子牟戀魏闕,[6]	공자 모처럼 궁궐을 그리워하고
漁父愛滄江.[7]	어부처럼 푸른 강을 좋아한다네.
良時信同此,[8]	좋은 시절엔 진실로 이를 함께 할 수 있지만
歲晩迹難雙.[9]	늙으면 자취는 함께하기 어려우리.

▌주석

1) 畢氏(필씨) : 필구畢構라고 보는 견해가 있으나 확실치는 않다. 필구는 자가 융택隆擇이며 하남 언사偃師 사람이다. 진사에 급제하여 무측천 때 좌습유左拾遺가 되었으며 중서사인中書舍人으로 옮겼다. 진자앙과 함께 방외십우方外十友 중의 한 명이다.

2) 金門(금문) : 금마문金馬門. 한漢나라의 동방삭東方朔이 금마문시중金馬門侍中으로 있으면서도 은거를 하였던 일을 말한다. ≪사기史記·골계열전滑稽列傳≫에 동방삭이 "속세에 은거함에 금마문에서 세상을 피한다네. 궁전 안에서도 세상을 피해 몸을 온전히 할 수 있는데 하필 깊은 산중에 쑥이나 갈대로 엮은 집 아래여야 하겠는가!(陸沈于俗, 避世金馬門. 宮殿中可以避世全身, 何必深山之中, 蒿蘆之下)"라고 노래한 부분이 있다.
遺世(유세) : 세상을 버리다. 세속을 피해 은거하다.

3) 鼎實(정실) : 솥에 담긴 것. 중신重臣을 가리키는 말로 관직생활을 비유한다. 진晉 반악潘嶽의 〈금곡에 모여 시를 짓다金谷集作詩〉에 "왕후王詡는 중신

을 조화시켰고, 석숭石崇은 동해와 기수 사이의 땅을 진정시켰네.(王生和鼎
實, 石子鎭海沂)"라고 하였다.

和邦(화방) : 나라를 조화시키다. 임금을 보필한다는 뜻이다.

4) 默語(묵어) : 침묵하는 것과 말하는 것. ≪역易·계사상繫辭上≫에 "군자의
도는 어떤 때는 세상에 나가고 어떤 때는 은거하며 어떤 때는 침묵하고
어떤 때는 말하는 것이다.(君子之道, 或出或處, 或默或語)"고 하였다.

5) 琴樽(금준) : 금과 술동이. 한가로운 생활을 나타낸다.

北窓(북창) : 북쪽 창. 은거 생활을 비유한다. 도연명陶淵明의 〈아들 엄 등에
게 주는 소與子儼等疏〉에 "항상 말하길 오뉴월에 북창 아래에 누워 있는데
때마침 시원한 바람이 잠시 불어오면 스스로 삼황三皇 이전의 사람이라
하였다.(常言五六月中, 北窓下臥, 遇凉風暫至, 自謂是羲皇上人)"고 되어 있다.

6) 子牟(자모) : 위魏나라 중산공자中山公子 모. 은거하면서도 관직 생활에 대
한 미련을 버리지 못한 것을 비유한다.

魏闕(위궐) : 궁궐 문 밖에 양쪽으로 높이 솟아 있는 누각. 여기서는 궁궐을
가리킨다. ≪장자莊子·잡편雜篇·양왕讓王≫에 "중산공자 모가 첨자에게 이
르길 '몸은 강과 바닷가에 있으면서 마음은 위궐 아래에 있으니 어찌하면
좋겠는가?'라고 하였다.(中山公子牟謂瞻子曰, 身在江海之上, 心居乎魏闕之下, 奈
何)"고 되어 있다. 사마표司馬彪 주에 "위나라 공자는 중산에 봉해졌고 이름
은 모이다. 첨자는 현인이다. 상위와 관궐은 임금의 문인데 부귀영화에
대한 생각이 마음에 남아있음을 말한 것이다.(魏之公子, 封中山, 名牟. 瞻子,
賢人也. 象魏觀闕, 人君門也, 言心存榮貴)"라고 되어 있다.

7) 滄江(창강) : 푸른 강물. 여기서는 은거에 대한 의지를 나타낸 것이다. 굴원
屈原의 〈어부사漁父辭〉에 "어부가 빙그레 웃고 노를 저어 떠나며 노래하길
'푸른 강물이 맑거든 내 갓끈을 씻을 수 있을 것이고, 푸른 강물이 탁하면
내 발을 씻을 수 있으리라' 하였다. 결국 떠나가고 더 이상 더불어 말하지
않았다.(漁父莞爾而笑, 鼓枻而去, 歌曰, 滄浪之水淸兮, 可以濯吾纓. 滄浪之水濁兮, 可
以濯吾足. 遂去, 不復與言)"고 하였다.

8) 同此(동차) : 이를 함께하다. 여기서 '此'는 관직생활과 은거생활을 말하는

것이다.
9) 難雙(난쌍) : 함께 하기 어렵다.

▌해설

이 시는 진자앙이 여러 공들과 연회를 벌이면서 스스로 은거에 대한 의지를 밝힌 것이다. 관직을 그만 두기 전에 우습유右拾遺로 있었던 장수長壽 2년(693)~성력聖曆 원년(698)에 지어진 것으로 보인다.

제1~4구에서는 동방삭과 도연명의 고사를 빌어 은거를 하면서도 관리로서 공을 세우는 것과 아예 미련을 버리고 은거를 선택한 두 가지 삶의 유형을 말하였다. 은거와 출사를 때에 맞춰 잘 선택하는 일이 어찌 쉬운 일이겠는가? 진자앙은 이를 이유로 도연명처럼 은거를 바라고 있음을 전하였다. 제5~8구에서는 은거를 하면서도 벼슬살이를 포기하지 못했던 때도 있고 어부처럼 자유로운 삶을 추구하기도 하겠지만 이건 모두 좋은 시절에야 가능한 것이고 늘그막에는 편안히 은거를 하며 살겠다는 뜻을 다시 한 번 나타내었다. (홍혜진)

73. 送客¹

손님을 전송하다

故人洞庭去,	친구가 동정호로 떠나는데
楊柳春風生.	버들에 봄바람이 이는구나.
相送河洲晚,	그대를 보내는 물가 섬의 저녁
蒼茫別思盈.²	아득히 석별의 심사가 가득하네.
白蘋已堪把,³	흰 네가래 풀은 이미 뜰 만큼 자랐고
綠芷復含榮.⁴	푸른 구리때는 다시 꽃을 머금었으리.
江南多桂樹,⁵	강남에는 계수가 많다하니
歸客贈生平.⁶	돌아간 나그네는 그 마음을 주시게.

▌주석

1) 客(객) : 손님. 진자앙의 친구로 보이는데 누구인지는 알려져 있지 않다.

2) 蒼茫(창망) : 아득한 모습.

　　別思(별사) : 이별의 심사.

3) 白蘋(백빈) : 흰 네가래 풀. 물풀의 일종이다.

　　把(파) : 손으로 움켜쥐다. 뜯는 것이다.

4) 綠芷(녹지) : 푸른 구리때. 향초의 일종이다.

　　含榮(함영) : 꽃을 머금다.

　　이상 두 구는 친구가 가서 보게 될 동정호의 풍성한 경물을 읊은 것이다.
초사의 〈구가九歌·상부인湘夫人〉에 "흰 네가래 풀을 밟으며 마음껏 바라본
다.(登白蘋兮騁望)", "원수에는 구리때가 있고 예수에는 난초가 있다.(沅有芷兮
澧有蘭)"라는 구절이 있다.

5) 江南(강남) : 친구가 가는 동정호 지역을 가리킨다.

　　桂樹(계수) : 계수. 상록수로서 대체로 시들지 않는 절조를 상징한다. 초사

의 〈원유遠遊〉에 "남쪽 지방의 염덕이 좋고 계수의 겨울 꽃이 아름답다.(嘉
南州之炎德兮, 麗桂樹之冬榮)"는 구절이 있다.

6) 歸客(귀객) : 돌아간 나그네. 지금 떠나가는 친구를 가리킨다.

生平(생평) : 심사. 심정.

이상 두 구는 친구가 떠나가 있더라도 계수에 마음을 붙여 시들지 않는
절조를 간직하기를 바라는 마음을 표현하였다.

▌해설

이 시는 강남으로 가는 친구를 보내면서 쓴 것으로, 경물이 풍성한 곳에서
절조를 지키며 살기를 바라는 마음을 표현하였다. 우습유를 지낼 때인 장수長
壽 2년(693)~성력聖曆 원년(698)에 쓴 것이라는 설이 있다.

제1~4구는 봄날 물가에서 헤어지는 정경을 묘사하면서 이별의 안타까움
을 표현하였다. 제5~8구는 강남의 풍성한 경물을 묘사하고는 절조를 지키기
를 바라는 마음을 전하였다. (임도현)

74. 彩樹歌[1]

채색 나무를 노래하다

嘉錦筵之珍樹兮,[2]	비단 깔개에 진귀한 나무 아름다워라
錯眾彩之氛氲.[3]	여러 빛깔 성대하게 섞여 있네.
狀瑤臺之微月,[4]	요대의 초승달 그려졌고
點巫山之朝雲.[5]	무산의 아침구름 점철되어 있네.
青春兮不可逢,[6]	푸른 봄도 만날 수 없거늘
況蕙色之增芬.[7]	하물며 아름다운 색에 향기까지 더할 수 있으랴!
結芳意而誰賞,[8]	꽃 피우고자 뜻 맺은들 누가 감상해주랴?
怨絕世之無聞.[9]	빼어난 아름다움 알아주는 이 없어 한스럽네.
紅榮碧豔坐看歇,[10]	한창 아름답던 붉고 푸른빛이 시들어가는 것을 다만 바라보노라니
素華流年不待君.[11]	흰 꽃 피는 좋은 시절은 흘러가버리고 세월은 그대들을 기다려주지 않네.
吾思昆侖之琪樹,[12]	나는 곤륜산의 옥 나무를 그리워하지
厭桃李之繽紛.[13]	도리화의 무성함을 싫어한다네.

▌주석

1) 彩樹(채수) : 채색 나무. 여기서는 비단 깔개에 갖가지 색으로 그려진 나무 그림을 가리킨다.

2) 錦筵(금연) : 땅이나 좌석에 깐 비단 깔개.
   珍樹(진수) : 진귀한 나무. 제목에서 말한 '채수彩樹'와 같다.

3) 錯(착) : 섞이다.
   眾彩(중채) : 여러 빛깔.
   氛氲(분온) : 기운이 성한 모양.

4) 狀(상) : 그리다. 형상화하였다는 의미이다.

　瑤臺(요대) : 곤륜산崑崙山에 있는 서왕모西王母의 궁궐.

　微月(미월): 초승달.

5) 點(점) : 점철點綴되다.

　巫山之朝雲(무산지조운) : 무산의 아침 구름.

　이상 두 구에서 말한 요대의 초승달과 무산의 아침구름은 '채수'와 어우러
지도록 그려져 있는 대상이다.

6) 靑春(청춘) : 봄. 초목이 푸르른 빛을 발하는 봄을 말한다.

7) 蕙色(혜색) : 아름다운 색.

　芬(분) : 향기.

8) 結芳意(결방의) : 꽃을 피우고자 하는 뜻을 맺다.

9) 絶世(절세) : 빼어난 아름다움.

　無聞(무문) : 알아주는 이가 없다.

10) 紅榮碧豔(홍영벽염) : 붉고 푸른빛이 아름답다. 여기서는 여러 꽃들이 한창
일 때 붉고 푸르며 아름다운 모습인 것을 뜻하며, 이 시 마지막 구의 도리桃
李와 의미상 연결된다.

　坐(좌) : 다만.

　歇(헐) : 지다.

11) 素華(소화) : 흰 꽃. 여기서는 흰 꽃이 아름답게 피어나는 좋은 시절을
가리킨다.

　流年(유년) : 세월이 쉬이 흘러가버리다. 여기서는 꽃이 피는 좋은 시절도
결국 쉬이 흘러가기 마련임을 말한 것이다.

　君(군) : 그대. 이는 위에서 말한 홍영벽염紅榮碧豔을 가리키는 말로서 꽃
피는 좋은 시절이 그대, 즉 꽃들에게 영원히 머물러 줄 수는 없다는 의미
이다.

12) 昆侖(곤륜) : 전설에 나오는 산으로 이곳에 서왕모의 요대 등이 있다고
여겨졌다.

　琪樹(기수) : 곤륜산에 있다고 하는 옥 나무. 여기서는 아름다움을 영원히

지닐 수 있는 나무를 뜻하며, '채수'와 의미가 연결되는 대상이다.

13) 桃李(도리) : 도리화. 의미상 제9구의 '홍영벽염'과 연결된다.

　　繽紛(빈분) : 무성한 모양.

▌해설

　　이 시는 비단 깔개에 그려진 채색 나무를 노래하며 자신의 신세를 기탁한 것으로서, 장수長壽 2년(693)에서 성력聖曆 원년(698) 사이에 지어졌다고 보는 의견도 있으나 언제 지어진 시인지 단언하기 어렵다.

　　제1∼4구에서 시인은 비단 깔개에 여러 빛깔을 섞어 그린 채색 나무의 아름다움을 말하였다. 제5∼8구에서는 그림 속 나무가 봄을 만날 수 없어 향기를 더할 수 없고, 설사 꽃을 피우고자 하는 뜻을 품어 보아도 알아봐주는 이가 없다며 한탄하였다. 여기에서 봄을 만나지 못하고 알아봐주는 이가 없는 나무의 신세는 결국 진자앙의 신세이기도 하다. 마지막 네 구에서 시인은 쉬이 시들어버리는 도리화보다 곤륜산의 옥 나무가 좋다고 말하여 그림 속 나무의 가치를 높여 주었다. (정세진)

75. 入峭峽安居溪伐木溪源幽邃林嶺相映有奇致焉[1]

험한 골짜기 안거계에 들어가 벌목하는데, 시내의 근원은 깊고
그윽하며 숲과 봉우리가 비쳐 빼어난 정취가 있었다

嘯徒歌伐木,[2]	읊조리고 걸으며 〈벌목〉가를 노래하고
鶩楫漾輕舟.[3]	날쌔게 노 저어 가벼운 배 띄워,
靡迤隨波水,[4]	구불구불 물결을 따라
潺湲泝淺流.[5]	찰랑찰랑 얕은 물을 거슬러 올라가네.
烟沙分兩岸,	연기 싸인 모래사장은 양 기슭에 나뉘어 있고
霧島夾雙洲.	안개 낀 섬은 두 모래섬을 끼고 있으며,
古樹連雲密,	오래된 나무는 구름에 이어져 빽빽하고
交峰入浪浮.[6]	교차하는 봉우리는 물결 속에 들어가 떠있네.
巖潭相映媚,[7]	바위와 못은 서로 어여쁘게 비추고
溪谷屢環周.[8]	시내와 골짜기는 거듭 에돌아 이어지니,
路迥光逾逼,[9]	길 멀어질수록 빛은 더욱 줄어들고
山深興轉幽.	산 깊을수록 흥은 점점 그윽해지네.
麋鼯寒思晚,[10]	노루와 날다람쥐 추위에 걱정하는 저녁,
猿鳥暮聲秋.	원숭이와 새 저녁에 울어대는 가을.
誓息蘭臺策,[11]	난대에서의 계책 그만두고
將從桂樹遊.[12]	장차 계수나무 좇아 노닐 것을 맹세하니,
因書謝親愛,[13]	이에 편지 써 친구들과 이별하고
千歲覓蓬丘.[14]	천 년토록 봉래산을 찾으리라.

▌주석

1) 安居溪(안거계) : 시내 이름. 지금의 사천성 악지현樂至縣 동북쪽에서 발원

하여 안거진安居鎭에 이르러 부강涪江에 합류한다.

幽邃(유수) : 그윽하고 깊다.

2) 伐木(벌목) : ≪시경詩經≫의 편명. 〈소아小雅·녹명지습鹿鳴之什·벌목伐
木〉에 "쩡쩡 나무를 베니 새들은 앵앵 울며 깊은 골짜기에서 나와 높은
나무로 옮겨가네. 앵앵거리며 우는 것은 친구를 찾는 소리라네.(伐木丁丁,
鳥鳴嚶嚶. 出自幽谷, 遷于喬木. 嚶其鳴矣, 求其友聲)"라 하였다.

이 구는 〈벌목〉가를 노래하는 모습을 통해 친구에 대한 그리움을 나타낸
것이다.

3) 鶩楫(무즙) : 날쌔게 노를 저을 것다. '무鶩'는 빠르다는 의미의 '질疾'과 같으며,
'즙楫'은 노를 뜻하는 '도櫂'와 같다.

漾(양) : 띄우다. '범泛'과 같다.

4) 靡迤(미이) : 비스듬히 길게 이어지는 모양. 여기서는 물이 굽이져 흐르고
있는 모습을 가리킨다.

5) 潺湲(잔원) : 잔물결이 일렁이는 모양.

泝(소) : 거슬러 올라가다.

6) 交峰(교봉) : 교차하는 봉우리. 강 언덕 위로 산봉우리들이 겹쳐지며 길게
이어져 있는 것을 말한다.

入浪浮(입랑부) : 물결 속으로 들어가 떠오르다. 강물에 산봉우리들이 비치
어 반사되는 것을 의미한다.

7) 映媚(영미) : 아름다운 모습을 비추다. '미媚'는 어여쁘고 교태 있는 모습을
의미한다.

8) 環周(환주) : 에두르다.

9) 逼(핍) : 핍박하다. 빛이 줄어들어 어둑해지는 것을 가리킨다.

10) 麇鼯(균오) : 노루와 날다람쥐.

11) 蘭臺(난대) : 한漢 궁궐의 누대 이름. 한나라 때 궁정의 보물과 자료를 보관
하고 학술을 토론하던 곳으로, 명제明帝가 문인들을 좋아하여 난대의 관리
로 뽑자 온갖 문웅文雄들이 몰려들었다고 한다. 여기서는 조정의 관직을
의미한다.

12) 桂樹(계수) : 계수나무. 은거를 상징한다.

13) 謝(사) : 작별하다. 이별하다.

　　親愛(친애) : 가까이 하고 좋아하다. 여기서는 친구들을 가리킨다.

14) 蓬丘(봉구) : 봉래산蓬萊山. 전설상 신선이 거주하는 산. 방장산方丈山, 영주
　　산瀛洲山과 함께 동쪽 발해渤海 바다 위에 있다고 하는 세 신산神山 중의
　　하나이다.

▎해설

　신공神功 원년(697) 7월 건안建安의 막부에서 낙양洛陽으로 돌아와 우습유右
拾遺로 있던 진자앙은 이듬해인 성력聖曆 원년(698) 가을 부친의 연로함을 이유
로 귀향할 것을 청하였고, 관직과 녹봉은 유지한 채 귀향하는 것을 허락받았
다. 이 시는 이 때 막 고향으로 돌아와 쓴 것으로, 고향의 아름다운 자연과
여유로운 흥취를 노래하며 자연과 더불어 신선의 삶을 추구하며 살고 싶은
바람을 나타내고 있다.

　제1~4구에서는 숲길을 걸어 들어가 벌목하며 계곡물에 작은 배를 띄워
상류로 거슬러 올라갔음을 말하고 있는데, 〈벌목〉가를 노래하는 모습을 통해
다만 벌목 뿐 아니라 떠나온 낙양 친구들에 대한 그리움도 나타내고 있다.
제5~8구에서는 배에서 보이는 경관들을 좌우 양 기슭과 앞쪽, 계곡 위와
수면 위 등으로 전후좌우와 상하의 시각을 달리하여 묘사하고 있으며, 제9~
14구에서는 배를 타고 거슬러 올라가면서 보이는 바위와 연못, 길게 돌아
이어지고 있는 시내와 골짜기의 경관을 동적으로 묘사하며 갈수록 흥취가
깊어져 감을 말하고, 지금이 해 저무는 가을날 저녁임을 나타내고 있다. 제15
~18구에서는 조정에서의 관직생활을 그만두고 아름다운 산수자연과 더불어
은거하고 싶은 뜻을 나타내며, 낙양에 있는 친구들에게 작별의 인사를 전하고
있다. (주기평)

76. 喜馬參軍相遇醉歌 幷序[1]

마참군과 만난 것을 기뻐하며 취하여 부른 노래 및 서문

吾無用久矣. 進不能以義補國, 退不能以道隱身. 天子哀矜, 居
於侍省.[2] 且欲以芝桂爲伍, 麋鹿同曹. 軒裳鍾鼎,[3] 如夢中也.
南榮曝背,[4] 北林設置.[5] 有客扣門,[6] 云吾道存. 孺子孺子,[7] 黃中
通理.[8] 時玄冬遇夜,[9] 微月在天, 白雲半山, 志逸海上. 酒旣醉,
琴方清, 陶然玄暢,[10] 浩爾太素,[11] 則欲狎靑鳥寄丹丘矣.[12] 日
月云邁, 蟋蟀謂何.[13] 夫詩可以比興也, 不言曷著.[14] 時醉書散
灑,[15] 乃昏見淸廟臺,[16] 令知此有蜀雲氣也. 畢大拾遺·陸六侍
御·崔司議·崔兵曹·鮮于晉·崔洹子·懷一道人,[17] 當知吾此
評是實錄也. 若東萊王仲烈見之,[18] 必以爲眞醉. 歌曰.

내가 쓰이지 않은지 오래 되었다. 나아가도 의리로 나라를 도울 수 없고,
물러나도 도로써 몸을 숨길 수 없었다. 천자께서 나를 불쌍히 여겨 가까이서
모시며 거하게 했지만, 그저 지초와 계수나무로 무리를 삼고 사슴들로써
동료로 삼고자 했으니 높은 벼슬과 부귀영화는 꿈속 같도다. 남쪽 처마에서
등에 햇볕을 쬐고 북쪽 숲에 토끼그물을 설치했다. 문을 두드리는 객이 있어
내 도가 있다고 하는데, 어린 애여 어린 애여 황색이 중앙에 있어 이치에
통했구나. 때는 겨울, 밤이 되자 희미한 달이 하늘에 있고 흰 구름이 산에
걸쳐 있으며 뜻은 바다 위를 떠다닌다. 술에 이미 취하고 거문고 소리 한창
맑으니 기쁘게 도에 통하고 천지간에 호방하여 청조를 가까이하고 단구에
몸을 맡기려 한다. 해와 달은 지나가고 귀뚜라미는 무엇을 말하나? 대저
시는 비유하고 감흥을 일으킬 수 있으나 말을 하지 않으면 어찌 드러나리?'
이때에 취하여 쓴 글이 어지러이 흩어져 있는데 흐릿하게 청묘대가 보이니,
그들로 하여금 여기에 촉 땅의 구름 기운이 있음을 알게 하겠다. 필습유,
육시어, 최사의, 최병조, 선우진, 최면자, 회일도인은 마땅히 나의 이러한
논평이 실제 기록임을 알 것이다. 만약 동래의 왕중렬이 본다면 필시 정말

취했다고 여길 것이다. 노래에 이르길,

獨幽黙以三月兮,	홀로 조용히 삼 개월 동안
深林潛居.[19]	깊은 숲에서 은거했네.
時歲忽兮,	세월은 홀연히 가고
孤憤邈吟,	홀로 분개하며 멀리서 읊으니
誰知我心.	누가 내 마음을 아리오?
孺子孺子,	어린 애여 어린 애여
其可與理兮.	아마도 그와 이치를 따질 수 있으리.

▌주석

1) 馬參軍(마참군) : 마택馬擇. '참군'은 벼슬 이름. 부풍扶風 사람이며, 형주부 창조참군사荊州府倉曹參軍事를 역임했다.

2) 侍省(시성) : 황제를 가까이서 모시는 부서. 진자앙이 우습유右拾遺가 된 것을 가리키는 것으로 보인다. 한편 부모님을 '모시며 문안하다'는 뜻으로 보기도 한다.

3) 軒裳(헌상) : 수레와 의복. 관위官位과 작록爵祿. 높은 지위의 사람을 가리 킨다.
鍾鼎(종정) : 종과 솥. 부귀영화를 비유한다.

4) 南榮(남영) : 집의 남쪽 처마.
曝背(폭배) : 등에 햇볕을 쪼다.

5) 罝(저) : 토끼그물.

6) 客(객) : 마참군을 가리킨다.
扣門(구문) : 문을 두드리다.

7) 孺子(유자) : 어린아이. 마참군을 가리킨다.

8) 黃中通理(황중통리) : 황색이 가운데 있어 이치에 통한다. 오색은 오행, 오방과 짝하는데 땅이 중앙에 있기에 황색으로 중앙의 정색으로 삼았다.

즉 황색이 중앙에 있으면서 사방의 색을 겸한다는 뜻으로 사물의 이치에 통달했음을 가리킨다. 또한 심장이 오장의 중앙이기에 '황중'은 심장, 나아가 마음속의 덕을 뜻하기도 한다. ≪주역·곤괘坤卦·문언文言≫에 "군자는 황색이 중앙에 있어 이치에 통하니 바른 자리에 몸을 거하고, 아름다움이 그 가운데 있어 사지에 창달하며 사업에 나타나니, 아름다움이 지극하다. (君子黃中通理, 正位居體, 美在其中, 而暢於四支, 發於事業, 美之至也)"고 하였다.

9) 玄冬(현동) : 겨울. 북방은 검은 색에 해당하기 이렇게 부른다.

10) 陶然(도연) : 취한 모양. 기뻐하는 모양.

　　玄暢(현창) : 도에 통달하다. '현'은 도道이다.

11) 浩爾(호이) : 호연浩然. 얽매임이 없고 호방한 모양.

　　太素(태소) : 물질의 근원. 나아가 천지를 가리킨다.

12) 靑鳥(청조) : 서왕모가 부리는 새.

　　丹丘(단구) : 신선이 거하는 땅.

13) 蟋蟀(실솔) : 귀뚜라미.

　　이 구는 시간이 빨리 흐름을 탄식하며 급시행락及時行樂의 뜻을 표현하고 있다. ≪시경·당풍唐風·실솔蟋蟀≫에서 "귀뚜라미가 집에 드니 이 해도 가네. 지금 우리 즐기지 못하면 세월은 덧없이 가 버리리.(蟋蟀在堂, 歲聿其逝. 今我不樂, 日月其邁)"라고 하였다.

14) 曷著(갈저) : 어찌 드러나리?

15) 醉書(취서) : 취하여 쓴 글. 취첩醉帖. 초서草書를 가리키기도 한다.

　　散灑(산쇄) : 흩어 뿌리다.

16) 淸廟臺(청묘대) : '청묘'는 제왕의 종묘인데 여기서는 조정을 가리킨다.

17) 畢大拾遺(필대습유) : 필구畢構 좌습유左拾遺. '대'는 종형제 중의 첫째를 가리킨다. 앞의 시 72. 〈여러 공이 필씨의 임정에 모이다群公集畢氏林亭〉 주석 1번 참조.

　　陸六侍御(육육시어) : 육여경陸餘慶 시어사侍御史. '육'은 종형제 중의 순서를 가리킨다. 성력聖曆 초에 전중시어사殿中侍御史가 되었으며, 진자앙, 필구 등과 함께 '방외십우方外十友' 중의 한 사람이다.

崔司議(최사의) : 최태지崔泰之. 그는 허주許州 언릉鄢陵 사람으로 부친은 최지온崔知溫이며 관직이 중서령中書令까지 올랐다. 그는 일찍이 우사右史, 사의랑司議郎에 임명되었는데, 이때 진자앙과 교우관계가 돈독하였다.

崔兵曹(최병조) : 병조 벼슬의 최씨. 그의 이름은 알 수 없다. 앞의 시 25. 〈가을날에 형주부에서 최병조의 사신 연회를 만나다 및 서문秋日遇荊州府崔兵曹使宴 并序〉에도 보인다.

鮮于晋(선우진) : 누구인지 알 수 없다.

崔沔子(최면자) : 누구인지 알 수 없다.

懷一道人(회일도인) : ≪진씨별전陳氏別傳≫에 도인道人 사회일史懷一. 석회일釋懷一이라고도 한다.

18) 王仲烈(왕중렬) : 왕무경王無竟. 앞의 시 30. 〈형옥을 판별하다 및 서문觀荊玉篇 并序〉 주석 17번 참조.

19) 潛居(잠거) : 은거.

█ 해설

이 시는 진자앙이 성력聖曆 원년(698) 겨울에 고향인 촉 땅의 전원으로 돌아온 후에 지은 것이다. '취가'의 형식을 빌려 분방하게 쓴 듯하지만 이 속에 시인의 고뇌도 담겨 있다. 서문에서는 은거생활을 하게 된 경위와 마참군이 찾아왔음을 말하고, 이곳의 생활의 흥취를 서술하며 취한 가운데 시를 지어서 여러 친구들에게 보이고픈 뜻을 피력하고 있다.

노래의 제1~5구에서는 수개월의 은거생활 동안 자신을 알아주는 이가 없는 고독과 불만의 심정을 표출하고 있다. 그러다가 제6~7구에서 마참군과 이치를 함께 논할 수 있음을 말하며 그를 만난 기쁨을 표현하고 있다. (강민호)

77. 喜遇冀侍御珪崔司議泰之二使[1]
기쁘게도 시어 기규와 사의랑 최태지 두 사자를 만나다

余獨坐一隅,[2] 孤憤五蠹,[3] 雖身在江海, 而心馳魏闕.[4] 歲時仲春,[5] 幽臥未起.[6] 忽聞二星入井,[7] 四牡臨亭.[8] 邀使者之車, 乃故人之駕. 隱几一笑,[9] 把臂入林.[10] 旣聞朝廷之樂, 復此琴樽之事.[11] 山林幽疾, 鐘鼎舊游,[12] 語黙譚咏,[13] 今復一得. 況北堂夜永, 西軒月微.[14] 巴山有望別之嗟,[15] 洛陽無寄載之客.[16] 江關離會,[17] 三千餘里. 名位寵辱,[18] 一百年中. 歡娛如何, 日月其邁.[19] 不爲目前之賞, 以增別後之思.[20] 蟋蟀笑人,[21] 夫子何歎.[22]

나 홀로 외진 곳에 앉아 나라를 좀먹는 다섯 부류에 대해 외로이 분개하니, 비록 몸은 강과 바다에 있지만 마음은 조정으로 치달린다. 때가 중춘인데도 깊숙한 곳에 누워 일어나지 않았는데, 갑자기 두 별이 동정으로 들어와서 네 마리 말이 역정에 임했다는 말을 들었다. 사자의 수레를 맞고 보니 곧 친구들의 수레였다. 안석에 기대 한바탕 웃고 팔을 잡고 숲으로 들어갔다. 이전에 조정의 음악을 들었는데 또 여기서 금을 타고 술을 마셨다. 산림 속에 깊이 거한 병든 몸이 부귀한 옛 친구들과 출사와 은거에 대해 말하고 읊는 일을 오늘 다시 한 번 얻었도다. 게다가 북쪽 당에 밤은 길고 서쪽 난간에 달빛이 희미하구나. 파산에는 이별에 임한 탄식이 생겨나고 낙양으로 소식 전해줄 객은 없어진다. 강관에서의 만남과 이별은 삼천 여리에 걸쳐 있고, 명예와 지위상의 영예와 굴욕은 인생 백 년에 있구나. 기쁨과 즐거움을 어찌 하랴 세월은 가는구나. 눈앞의 만남을 즐기면서 이별 후에 그리움을 보태진 않으리라. 귀뚜라미가 사람을 비웃지만 그대는 무엇을 탄식하는가.

謝病南山下,[23]　　병으로 사직하고 남산 아래서

幽臥不知春.	깊숙한 곳에 누워 봄인 줄도 몰랐다네.
使星入東井,²⁴	사자의 별이 동정으로 들어왔는데
云是故交親.	예전에 친하게 사귀던 이들이라 하네.
惠風吹寶瑟,²⁵	봄바람은 보배로운 슬에 불어오고
微月懷淸眞.	희미한 달은 맑고 진실한 정을 품었네.
憑軒一留醉,²⁶	난간에 기대 한번 만류하며 취했다가
江海寄情人.²⁷	강과 바다에서 정든 이들에게 부치네.

▌주석

1) 冀侍御珪(기시어규) : 시어侍御 기규冀珪. 그의 생애는 자세히 알려져 있지 않다.

   崔司議泰之(최사의태지) : 사의랑司議郎 최태지崔泰之. 앞의 시 76. 〈마참군과 만난 것을 기뻐하며 취하여 부른 노래 및 서문喜馬參軍相遇醉歌 并序〉 주석 17번 참조.

2) 一隅(일우) : 외진 곳. 여기서는 진자앙의 고향 사홍현射洪縣을 가리킨다.

3) 五蠹(오두) : 원래 한비자韓非子가 ≪오두五蠹≫에서 나라와 조정을 망치는 것으로 제시한 다섯 부류의 사람, 즉 학자, 담론하는 자, 칼을 찬 자, 병역을 꺼리는 자, 상공인인데, 여기서는 무측천의 조정에 있던 간신들을 가리킨다.

4) 魏闕(위궐) : 궁문의 양쪽에 높이 솟은 누관樓觀. 조정을 가리킨다.

   이상 두 구는 ≪장자莊子·양왕讓王≫의 "몸은 강이나 바닷가에 있지만 마음은 궁문의 누관 아래에 있다.(身在江海之上, 心居乎魏闕之下)"에서 유래한 것이다.

5) 仲春(중춘) : 음력 2월.

6) 幽臥(유와) : 깊숙한 곳에 눕다.

7) 二星(이성) : 두 별. 사자使者로 온 두 사람을 가리킨다.

   井(정) : 별자리 이름. 28수 가운데 주조朱鳥 7수의 첫 번째 별자리. 동정東井,

순수鶉首라고도 한다. 익주益州(지금의 사천四川 일대)에 해당하는 별자리
이다.

이 구는 두 사자, 즉 기규와 최태지가 작자가 있는 촉 지방으로 찾아온
일을 가리킨다.

8) 四牡(사모) : 네 마리 말. 여기서는 두 사자가 탄 수레를 가리킨다.

臨亭(임정) : 역정에 임하다. 정亭은 역정驛亭으로 행인들이 묵는 곳이다.

9) 隱几(은궤) : 안석에 기대다.

10) 把臂(파비) : 팔을 잡다. 친밀한 관계를 나타낸다. ≪세설신어世說新語 · 상
예賞譽≫에서 "사안은 예장 태수 사곤謝鯤을 일컬어 '죽림칠현을 만난 듯이
반드시 스스로 내 팔을 잡고 숲으로 들어갔다.'라고 하였다.(謝公道豫章. 若遇
七賢, 必自把臂入林)"라고 하였다.

11) 琴樽(금준) : 금을 타고 술을 마시다.

12) 鐘鼎(종정) : 부귀한 생활을 하다. 원래는 종을 치고 솥을 늘어놓고 밥을
먹다, 즉 종명정식鐘鳴鼎食의 뜻이다.

13) 語默(어묵) : 출사와 은거. 원래는 자기주장을 말하거나 혹 말하지 않는다
는 뜻이다. ≪역易 · 계사繫辭≫에서 "군자의 도리는 혹은 세상에 나가거나
혹은 은거하며, 혹은 자기주장을 말하지 않거나 혹은 이를 말한다.(君子之道,
或出或處, 或默或語)"라고 하였다.

譚(담) : 말하다. 담談의 뜻이다.

14) 月微(월미) : 달빛이 희미해지다. 새벽이 다가온 것을 가리킨다.

15) 巴山(파산) : 대파산大巴山. 사천四川, 섬서陝西, 호북湖北 변경에 걸쳐있는
산으로, 여기서는 파촉巴蜀 지역을 가리킨다.

望別(망별) : 이별에 임하다. '망望'은 향하다, 대한다는 뜻이다.

16) 寄載(기재) : 소식을 전하다. 원래 다른 사람의 교통수단에 부탁하여 태운다
는 뜻으로, 여기서는 낙양으로 소식을 전할 사람이 없어진 것을 의미한다.

17) 江關(강관) : 옛 관의 이름. 지금의 사천성四川省 봉절현奉節縣 동쪽에 있는
적갑산赤甲山의 장강 북쪽 언덕에 설치된 관이다.

18) 名位(명위) : 명예와 지위.

367

19) 邁(매) : 가다. 行행의 뜻이다.

20) 이상 두 구는 두 친구를 만나 즐거운 시간을 보냈지만 헤어진 후 슬퍼하지는 않겠다는 뜻이다.

21) 蟋蟀(실솔) : 귀뚜라미. ≪시경詩經 · 당풍唐風 · 실솔蟋蟀≫에서 "귀뚜라미 당에 있으니 한 해가 저물어간다. 지금 내가 즐기지 않으면 세월이 다하리라.(蟋蟀在堂, 歲聿其莫. 今我不樂, 日月其除)"라고 하였다.

22) 夫子(부자) : 그대. '부자'는 상대방에 대한 존칭이다. '부자'를 공자孔子에 대한 존칭으로 보고 가는 세월에 대해 "공자께서 얼마나 탄식했던가."로 풀이할 수도 있다.
    '실솔蟋蟀' 두 구는 사람들은 부질없이 귀뚜라미 우는 가을을 슬퍼하지만, 만남과 이별 등 인생사에 흔들려서 탄식하지 말아야 함을 말하였다. 즉 친구들과의 이별로 인해 슬퍼하지 않겠다는 뜻을 표현한 것이다.

23) 謝病(사병) : 병을 핑계 삼아 사직하다.
    南山(남산) : 무동산武東山. 진자앙의 고향인 사홍현射洪縣 동쪽에 있다.

24) 使星(사성) : 사자의 별. 기규와 최태지 두 사자를 가리킨다.
    東井(동정) : 28수 가운데 정수井宿. 진자앙의 고향인 사홍현射洪縣이 있는 촉 지방을 가리킨다.

25) 惠風(혜풍) : 봄바람.

26) 憑軒(빙헌) : 난간에 기대다. 서문 상의 '서헌西軒'을 가리킨다.
    留醉(유취) : 만류하여 취하다. 두 친구를 붙잡아 두고 술을 마셔 취한 것을 가리킨다.

27) 情人(정인) : 정든 이들. 여기서는 두 사자를 가리킨다.

▌해설

이 시는 성력聖曆 원년(698) 겨울에 고향으로 돌아와 은거할 때 지은 것으로, 시어 기규와 사의 최태지가 작자가 있는 곳으로 사신 오게 되자, 이들을 맞이하여 함께 즐긴 후 다시 헤어지게 된 아쉬운 심정을 노래하였다. 서문은 변려문駢麗文에 가까운 문장으로 당시 상황을 자세하게 서술하였는데 이를 통해 시의 창작배경을 파악할 수 있다. 시는 제1~2구에서 자신이 병으로 사직하고 고향에 내려와 있음을 말하였고, 제3~4구에서 예전에 친하게 지낸 이들이 사자使者가 되어 자신을 찾아왔음을 밝히고 있다. 제5~6구는 친구들과 함께 음악을 즐기며 밤늦도록 우정을 나누었음을 말하였고, 제7~8구는 헤어지는 아쉬움으로 인해 친구들을 만류하며 술에 취했다가 그들에게 시를 써서 부치게 되었음을 말하였다. 고향에서 무료하게 지내다가 예전에 친하던 이들을 만나게 된 반가움과 바로 헤어지게 된 아쉬움이 서문과 시 전편에 걸쳐 진하게 배어 있다. (김수희)

78. 贈別冀侍御崔司議 幷序[1]

기시어와 최사의를 보내며 드리다 및 서문

朝廷歡娛, 山林幽痗,[2] 思魏闕魂已九飛,[3] 飲岷江情復三樂.[4] 進不忘匡救於國,[5] 退不慙無悶在林.[6] 冀侍御崔司議至公至平, 許我以語默于是矣.[7] 夫達則以公濟天下, 窮則以大道理身.[8] 嗟乎, 子昂豈敢負古人哉.[9] 蜀國酒醨,[10] 無以娛客, 至於挾清瑟, 登高山, 白雲在天, 清江極目,[11] 可以散孤憤, 可以遊太清.[12] 一世之逸人,[13] 寄千里之道友,[14] 吾欲不謝於崔冀二公矣.[15] 所恨酒未醉, 琴方清, 王事靡盬,[16] 驛騎遄速,[17] 不盡平原十日之飲,[18] 又謝叔度累日之歡.[19] 雲山悠悠,[20] 歎不及也. 載想房陸畢子爲軒冕之人,[21] 不知蜀山有雲,[22] 巴水可興.[23] 暌闕良會,[24] 我心怒然.[25] 請以此酣,[26] 寄謝諸子[27], 爲巴山別引也.[28]

조정에서는 즐거웠고 산림에서는 병들어서 위궐을 그리며 혼이 벌써 아홉 번 날아갔으나 민강의 물을 마시고 마음은 군자의 세 가지 즐거움을 회복했다. 나아가 벼슬을 하며 나라를 바로잡을 것을 잊지 않았고 물러나 벼슬을 그만 두고 숲에서 걱정없이 지냄을 부끄러워하지 않았다. 기시어와 최사의랑은 지극히 공평하여 내가 이처럼 나아가고 물러서는 것을 인정하였다. 무릇 영달하면 천하를 바르게 구제하고 곤궁하면 대도로써 자신을 다스리는 법. 아! 내가 어찌 감히 고인을 저버리겠는가. 촉 땅은 술이 심심해서 손님을 즐겁게 할 수 없지만, 청슬을 가지고 높은 산에 오르니 흰 구름은 하늘에 있고 맑은 강이 눈 끝까지 들어와서 외로운 울분을 풀 수 있고 하늘까지 노닐 수 있다. 한 시대의 은거자가 천리 밖에서 온 도를 지닌 친구에게 마음을 맡겼으니 나는 최, 기 두 공과 헤어지지 않고 싶다. 원망스러운 것은 술이 아직 취하지 못했고 거문고가 한창 청아한 소리를 내는데도 왕의 일은 휴식이 없고 역참의 말이 질풍같으니 평원군과의 열흘의 음주를 마치지 못

했는데 또 황숙도와의 여러 날의 즐김도 마다했다는 것이다. 구름 덮힌 산은
아득하니 시간이 늦었음을 탄식한다. 아, 높은 벼슬을 한 방가, 육가, 필가를
생각하니, 촉산에 구름이 있고 파수에서 흥취를 느낄만 하다는 것을 모르는
구나. 이별과 만남 때문에 내 마음은 그리움에 슬프다. 청하노니 이 술기운
을 빌려 여러 친구들에게 알리려고 파산의 이별노래를 지었다.

有道君匡國	도를 가지고 있어서 그대들은 나라를 바르게 하고
無悶余在林	걱정이 없어서 나는 숲에 있다네.
白雲岷峨上	흰 구름이 민강과 아미산 위에 있으니
歲晩來相尋[29]	한 해가 저무는 때에 찾아오시게.

┃주석

1) 冀侍御(기시어) : 시어 기규冀珪. 그의 생애는 자세히 알려져 있지 않다.
   崔司議(최사의) : 사의랑司義郎 최태지崔泰之. 앞의 시 76. 〈마참군과 만난
   것을 기뻐하며 취하여 부른 노래 및 서문喜馬參軍相遇醉歌 幷序〉 주석 17번
   참조.
2) 幽瘵(유매) : 앓다. 괴로워하다.
3) 魏闕(위궐) : 궁궐문 위에 높이 세운 누각. 위관은 보통 조정을 지칭하였으며
   위궐을 그리워하는 마음은 초야에서 조정을 그리워하는 마음을 가리켰다.
   九飛(구비) : 아홉 번 날다. 여기서 '아홉 번'은 횟수가 많다는 것을 의미한다.
4) 岷江(민강) : 장강長江의 상류로 사천성四川省 중부를 지나는 강. 이 시에서
   민강은 진자앙의 고향인 촉蜀 지역의 강을 대표하였다.
   三樂(삼락) : 세 가지 즐거움. 여기서 '세 가지'는 많다는 뜻이다.
5) 進(진) : 벼슬을 하다.
   匡救(광구) : 바로잡다.
6) 退(퇴) : 벼슬을 그만두다.
   無悶(무민) : 걱정 근심이 없다. 속세를 벗어난 은자의 마음을 많이 가리켰다.

7) 許(허) : 심복하다. 마음으로 감탄하여 따르다. 칭찬하다.

   語默(어묵) : 출사와 은거.

   于是(우시) : 이처럼.

8) 夫達(부달) 두 구 : 맹자가 한 말을 인용한 것이다. ≪맹자·진심상盡心上≫
   에서 "옛사람은 뜻을 얻으면 은택이 백성에게 더해졌고, 뜻을 얻지 못하면
   몸을 닦아 세상에 드러냈다. 궁하면 그 몸을 홀로 선하게 하고 달하면
   천하를 아울러 선하게 하였다.(古之人得志, 澤加於民, 不得志, 修身見於世. 窮則獨
   善其身, 達則兼善天下)"라고 하였다.

9) 古人(고인) : 옛사람. 여기에서는 맹자를 가리킨다.

10) 蜀國(촉국) : 촉지역.

    酒醨(주리) : 술맛이 심심하다.

11) 極目(극목) : 눈에 가득하게 들어오다.

12) 太淸(태청) : 하늘.

13) 一世(일세) : 한 시대. 한 시대의 뛰어난.

    逸人(일인) : 은거자.

14) 道友(도우) : 도를 지닌 친구.

15) 謝(사) : 이별하다. 헤어지다.

16) 靡鹽(미고) : 휴식이 없다. 바쁘게 왕의 일에 복무하다.

17) 驛騎(역기) : 역마驛馬. 역마는 역참驛站에서 제공하여 관인에게 타도록 하
    는 말이다.

    遄速(천속) : 매우 빠르다. 기시어와 최사의랑을 타고갈 말이 매우 빠르다
    는 뜻이다.

18) 平原(평원) : 전국시대 조趙나라의 공자 평원군平原君. 진秦의 소왕昭王이
    재상 범수范雎를 위해 위제魏齊를 죽이려고 위제가 의탁하던 평원군에게
    편지를 보낸 적이 있다. 그 편지에서 소왕은 평원군에게 포의布衣의 사귐을
    원하며 평원군이 진소왕을 찾아오면 그와 열흘 동안 술을 마시고 싶다고
    하였다. 진을 두려워한 평원군이 진소왕을 찾아오자 며칠간 술을 마신
    다음 진소왕은 위제를 내놓기를 평원군에게 협박하였으나 평원군은 끝내

거절하였다. 진소왕이 다시 조나라왕에게 협박을 하자 위제는 도주하다가 도중에 자결하였다.

19) 謝(사) : 마다하다. 거절하다.

叔度(숙도) : 후한後漢의 황헌黃憲. 숙도叔度는 그의 자字이다. 황헌은 비록 천한 집안의 출신이었으나 성품이 바르고 세속에 물들지 않으며 학식이 뛰어나 다른 사람의 모범이 되었으며 그 도량이 커서 모두 탄복하였다. 잠시 벼슬을 하여 경사에도 갔으나 즉시 돌아와 은거하다가 생을 마쳤다. 그당시 삼공三公의 반열에 있던 태학생太学生의 영수 곽임종郭林宗(곽태郭泰)가 젊었을 때 황헌의 고향에서 왕랑과 황헌을 만났는데 왕랑의 집에서는 하루도 머물지 않았으나 황헌의 집에서는 여러날을 사귀며 담소를 나누면서 떠나려고 하지 않았다. 다른 사람이 곽임종에게 이유를 물으니 곽임종이 말하길 "봉고奉高(원랑袁閬)의 그릇은 작은 샘과 같아서 맑지만 뜨기 쉽다. 숙도는 광활하기가 천 경의 호수와 같아서 맑지만 속이 보이지 않고 흐리지만 혼탁하지 않으니 측량할 수가 없기 때문이다."라고 하였다.

20) 悠悠(유유) : 아득하고 먼 모양.

21) 載(재) : 어구 앞의 조사.

房(방) : 진자앙과 절친했던 방융房融으로 보인다. 방융은 하남河南 낙양洛陽 사람으로 무측천 시기에 재상의 벼슬까지 올라 정간대부동봉각난대평장사正諫大夫同鳳閣鸞臺平章事를 역임했다. 박학다식하였으며 불경을 잘 알고 범어에 능통하여 ≪능엄경楞嚴經≫을 한역漢譯하였다.

陸(육) : 진자앙의 함께 방외십우方外十友였던 육여경陸餘慶으로 보인다. 육여경에 대해서는 앞의 시 76. 〈마참군과 만난 것을 기뻐하며 취하여 부른 노래 및 서문喜馬參軍相遇醉歌 幷序〉 주석 17번 참조.

畢(필) : 진자앙과 함께 방외십우方外十友였던 필구畢構로 보인다. 필구에 대해서는 앞의 시 72. 〈여러 공이 필씨의 임정에 모이다群公集畢氏林亭〉 주석 1번 참조.

軒冕(헌면) : 고대의 경대부卿大夫의 수레와 관모. 벼슬이 높거나 현달한 사람을 가리킨다.

22) 蜀山(촉산) : 촉지역 산의 총칭.

23) 巴水(파수) : 촉지역 하천의 총칭.

24) 暌闕(규궐) : 헤어지고 떠나감.

    良會(양회) : 아름다운 만남.

25) 慗然(역연) : 근심하며 그리워하는 모습.

26) 酣(감) : 술에 취해 즐겁다.

27) 寄謝(기사) : 보내어 알리다.

    諸子(제자) : 제군諸君. 여러 친구. 이 시에서는 방가, 육가, 필가를 가리킨다.

28) 巴山(파산) : 본래는 대파산大巴山을 가리키나 이 시에서는 촉지역 산의
    총칭이다.

    引(인) : 악곡의 종류.

29) 相尋(상심) : 찾아오다. 방문하다.

▌해설

이 시는 진자앙이 성력聖曆 원년(698) 겨울에 고향으로 돌아와 은거할 때
지은 시이다. 정확한 시기는 알 수 없으나 앞의 시인 77. 〈기쁘게도 시어
기규와 사의랑 최태지 두 사자를 만나다喜遇冀侍御珪崔司議泰之二使〉 이후에 쓴
시라는 것은 분명하다. 진자앙은 서문에서 자신의 출사와 은거에 대한 소회와
두 사람의 방문과 이별 및 다른 친구들을 향한 그리움 등에 대해 구구히
서술하였다.

이러한 서문과 달리 그는 본시는 간략한 5언절구로 지었다. 그는 제1,2구에
서 두 사람과 자신의 처지가 서로 달라서 두 사람은 조정에서 나라를 다스리
고 본인은 촉 땅에서 은거를 한다고 하였다. 두 사람과 진자앙이 이제 헤어지
게 된 이유와 결과에 대해 쓴 것이다. 그래서 진자앙은 두 사람에게 비록
헤어지지만 다시 만나자고 청하였다. 제3구는 촉지역의 자연경관을 묘사하여
이 곳이 방문할 만한 곳이며 은거할 만한 곳이라는 것을 알리고 4구에서
두 사람에게 지금은 바쁠 것이니 연말에라도 진자앙을 찾아오라고 청하였다.
(서용준)

79. 春晦餞陶七於江南同用風字 幷序[1]
늦봄 강 남쪽에서 도씨를 전별하며 '풍'자로 함께 짓다 및 서문

蜀江分袂,[2] 巴山望別.[3] 南津坐恨, 嘆仙帆之方遙,[4] 北渚長懷,
見離亭之欲晚. 白雲去矣, □□□□□□□, 黃鶴何之,[5] 楊柳
青而三春暮. 我之懷矣, 能無贈手. 同賦一言, 俱題四韻.

촉 강에서 이별하고 파 땅의 산에서 이별을 하게 되었네. 남쪽 나루터에
앉아 슬퍼하다 신선의 배가 바야흐로 멀어지는 것을 탄식하고, 북쪽 물가에
서 오래도록 그리워하다 이별의 정자에 해가 저무는 것을 바라보았다. 백운
이 떠나가니 □□□□□□□, 황학은 어디로 가는가? 버드나무 푸르고 봄도
저물어 가네. 나의 그리움을 보낼 수밖에 없구나. 한 글자로 함께 읊어 모두
4운으로 지었다.

黃鶴煙雲去,　　황학이 구름 사이로 떠남에
青江琴酒同.　　푸른 강가에서 금과 술을 같이 하네.
離帆方楚越,[6]　떠나가는 배는 바야흐로 초 땅과 월 땅으로 향하니
溝水復西東.[7]　강물은 다시 서에서 동으로 흐르네.
芙蓉生夏浦,　　부용꽃이 여름 물가에 피어나고
楊柳送春風.　　버드나무가 봄바람을 전송하네.
明月相思處,　　밝은 달 비추는 서로 그리는 곳에서
應對菊花叢.[8]　분명 국화떨기를 대하리.

▌주석

1) 春晦(춘회) : 늦봄.
　陶七(도칠) : 도씨네 종형 일곱째이다. 이름은 자세하지 않다.
　江南(강남) : 강의 남쪽. 여기서는 부강涪江을 가리킨다. 사천성四川省 동북

부에 흐르는 강이다.

2) 分袂(분메) : 이별하다.

3) 巴山(파산) : 파 땅의 산. 사천성四川省 일대 산지를 가리킨다.

4) 仙帆(선범) : 신선이 탄 배. 여기서는 도씨가 탄 배를 가리킨다. ≪후한서後漢書·곽태전郭泰傳≫에 한漢나라 곽태郭泰가 낙양洛陽에 갔을 때 하남윤河南尹 이응李膺을 만나 친하게 지냈다. 이후 그가 고향으로 돌아갈 때 여러 사람들이 배웅을 나왔는데 곽태가 오직 이응과 함께 배를 타고 강을 건너니 사람들이 그 모습을 보며 신선이라 여겼다.

5) 黃鶴(황학) : 황학. 여기서는 도칠陶七을 가리킨다.

6) 楚越(초월) : 초 땅과 월 땅. 촉 땅에서 멀어져 떠나가는 곳을 가리킨다.

7) 溝水(구수) : 강물. 탁문군卓文君의 〈백두음白頭吟〉에 "오늘은 말 술을 마시며 모여 있지만, 내일 아침이면 강물 어구에 있으리. 잔걸음으로 물가를 가니, 강물이 동서로 흐르는구나.(今日斗酒會, 明旦溝水頭. 躞蹀御溝上, 溝水東西流)"가 있다.

8) 菊花叢(국화총) : 국화 떨기. 소통蕭統의 〈도연명전陶淵明傳〉에 "일찍이 9월 9일에 집을 나와 국화 떨기 사이에 앉아 있었는데 한참을 지나니 온 손에 국화를 쥐고 있었다. 문득 왕홍이 술을 보내와 곧 마시고 취해 돌아왔다.(嘗九月九日出宅邊菊叢中坐, 久之, 滿手把菊, 忽値王弘送酒至, 卽便就酌, 醉而歸)"고 하였다.

▌해설

이 시는 늦은 봄에 도씨와 촉 땅에서 이별한 후 그리움을 노래한 것이다. 부친 봉양을 위해 관직을 그만두고 고향으로 돌아와서 생활하였던 성력聖曆 2년(699)에 지은 것으로 보인다.

제1~4구는 이별을 앞두고 함께 전별연을 벌인 후 도씨가 배를 타고 떠난 모습니다. 도씨를 태운 배가 강물을 따라 점점 시야에서 멀어지니 그 거리감만큼이나 마음은 더욱 허전하고 쓸쓸해짐을 나타내었다. 제5~8구는 이제 봄도 저물고 점점 여름이 다가오는데 이렇게 시간이 흘러 가을쯤이면 국화를 대하며 서로를 기억할 것임을 말하였다. 국화를 보고 있다가 왕홍이 보낸 술을 마시고 거나하게 취했던 도연명처럼 어디에 있든지 서로 잊지 않기를 간절히 바라는 것이다. (홍혜진)

80. 南山家園林木交映盛夏五月幽然清凉獨坐思遠率成十韻[1]

남산에 있는 집안 원림의 수목이 엇갈려 비치는 무더운 여름 오월에 한갓지게 맑고 시원한 곳에 홀로 앉아서 먼 곳을 생각하다가 대충 지은 10운

寂寥守窮巷,[2]	쓸쓸히 후미진 골목을 지키다가
幽獨臥空林.[3]	한갓지게 홀로 빈숲에 누우니,
松竹生虛白,[4]	소나무와 대나무는 소박하고 깨끗함을 드러내고
階庭懷古今.[5]	계단과 정원은 고금을 품고 있구나.
鬱蒸炎夏晚,[6]	후텁지근한 더운 여름 저녁
棟宇閟清陰.[7]	집안에는 맑은 그늘을 간직하고 있는데,
軒窓交紫靄,[8]	난간과 창문에는 자줏빛 구름 기운이 엇갈리고
檐戶對蒼岑.[9]	처마와 문은 푸른 산을 대하고 있네.
鳳蘊仙人籙,[10]	봉황은 신선의 도록을 간직하고
鸞歌素女琴.[11]	난새는 선녀의 금을 연주하니,
忘機委人代,[12]	기심을 잊고서 인간 세상을 등진 채
閉牖察天心.[13]	문을 닫고서 하늘의 마음을 살핀다.
蛺蝶憐紅藥,[14]	나비는 붉은 작약을 아끼고
蜻蜓愛碧潯.[15]	잠자리는 푸른 물을 사랑하는데,
坐觀萬象化,[16]	앉아서 만물의 조화를 살피노라니
方見百年侵.[17]	어느새 백년이 지나감을 보네.
擾擾將何息,[18]	어지러움을 장차 어찌하면 그치겠는가?
青青長苦吟.[19]	푸릇함을 길게 고달피 읊어보는데,
願隨白雲駕,	원컨대 흰 구름을 타고 가서
龍鶴相招尋.[20]	용과 학을 찾고자 하네.

주석

1) 南山(남산) : 지금의 사천성 중부를 흐르는 부수涪水의 남쪽에 있는 무동산
   武東山이며, 진자앙의 고향인 사홍현의 동쪽에 있다.

   幽然(유연) : 한갓진 모습.

   思遠(사원) : 먼 곳을 생각하다. 여기서는 신선세계를 그리워하는 것이다.

   率成(솔성) : 대충 짓다.

2) 寂寥(적료) : 쓸쓸한 모습.

   窮巷(궁항) : 외진 곳의 골목. 사람이 많이 다니지 않는 곳으로 진자앙이
   사는 곳을 가리킨다.

3) 空林(공림) : 인적이 드문 숲. 제목에 나온 원림을 가리킨다.

4) 虛白(허백) : 고요하고 깨끗한 경지.

5) 階庭(계정) : 계단과 정원.

   懷古今(회고금) : 옛날과 현재의 정을 품다. 오랜 세월을 겪었다는 뜻이다.

6) 鬱蒸(울증) : 후텁지근한 모습.

7) 棟宇(동우) : 기둥과 지붕. 원림에 있는 거처를 가리킨다.

   閟(비) : 숨겨놓다. 간직하다.

8) 軒窗(헌창) : 난간과 창.

   紫靄(자애) : 자줏빛 구름 기운. 저녁노을 빛을 가리킨다.

9) 檐戶(첨호) : 처마와 문.

10) 蘊(온) : 간직하다.

   仙人錄(선인록) : 신선의 도록道錄. 도록은 도교에서 도를 수양하는 방법을
   적은 책이다.

11) 鸞(란) : 난새. 신선의 새이다.

   素女琴(소녀금) : 소녀의 금. '소녀'는 황제黃帝 때의 여신으로 금을 잘 탔다
   고 한다.

   이상 두 구는 진자앙이 원림에서 도가의 책을 읽고 음악을 즐기는 모습을
   표현한 것이다.

12) 委(위) : 버리다.

人代(인대) : 인간 세상. '대'는 '세世'와 같은데 당 태종 이세민李世民의 이름
을 피휘한 것이다.

13) 閉牖(폐유) : 문을 닫다. 세속과 절연하는 것이다.

14) 蛺蝶(협접) : 나비.

紅藥(홍약) : 붉은 작약꽃.

15) 蜻蜓(청정) : 잠자리.

碧潯(벽심) : 푸른 물가.

16) 萬象化(만상화) : 만물의 조화. 자연의 이치.

17) 百年侵(백년침) : 백년의 짧은 인생이 다가오다. 인생이 무상하게 지나가는
것을 의미한다.

18) 擾擾(요요) : 어지러운 모습.

19) 靑靑(청청) : 초목이 푸르고 풍성한 모습. 젊음을 비유한다.

이 구는 젊음을 회복하려 애쓴다는 말이다.

20) 龍鶴(용학) : 용과 학. 신선세계를 상징한다.

招尋(초심) : 찾아서 오게 하다.

▌해설

이 시는 더운 날 고향 원림의 시원한 곳을 노닐다가 본 경물과 느낌을
적은 것으로 인생의 허무함을 깨닫고 신선세계로 가고자 하는 마음을 표현하
였다. 대체로 고향으로 은거한 때인 성력 원년(698)~성력 3년(700)에 지은
것으로 보인다.

제1~8구는 한갓진 숲속에 있는 곳의 거처를 묘사하였는데, 더운 여름날
여전히 시원한 그늘을 간직하고 있으며 자줏빛 구름 기운과 푸른 산을 대하고
있다고 하였다. 제9~12구에서는 원림의 거처에서 도가의 서적을 읽고 음악
을 즐기면서 세속의 기심을 잊고 자연의 이치를 살피는 자신의 모습을 표현하
였다. 제13~16구에서는 작약과 물을 사랑하는 나비와 잠자리를 묘사한 뒤,
인간 생명의 허망함을 깨쳤음을 말하였는데, 이로 보면 앞 두 구의 경물은
진자앙이 살펴본 만물의 조화로운 모습이다. 제17~20구에서는 인간 세상에

서의 어지러움을 끊고 젊음을 유지하기 위해 신선세계에 있는 용과 학을 찾고
자 하였다. 대체로 자연 속에 은거하면서 인간 생명의 유한함을 깨닫고 이를
극복하고자 하는 의지를 표현한 것으로 보인다. (임도현)

81. 月夜有懷 달밤에 감회가 일다

美人挾趙瑟,[1]	미인은 조나라 슬을 안고 있는데
微月在西軒.[2]	초승달이 서쪽 창에 머무르네.
寂寞夜何久,	적막한 밤 어찌나 긴지
殷勤玉指繁.[3]	절절함으로 옥 같은 손가락 번거롭게 하네.
清光委衾枕,[4]	맑은 달빛에 이부자리 내버려두었는데
遙思屬湘沅.[5]	멀리 그리움이 상강과 원강에 닿네.
空簾隔星漢,[6]	성긴 주렴으로 은하수를 가렸건만
猶夢感精魂.[7]	오히려 꿈에서도 마음이 움직이네.

▌주석

1) 趙瑟(조슬) : 조나라의 슬. 전국시대에 조나라에서 유행했던 악기였기 때문에 조슬이라 칭한다.

2) 微月(미월) : 초승달.
   西軒(서헌) : 서쪽 창.

3) 殷勤(은근) : 절절하게. 간절한 정을 품은 상태를 말한다.
   玉指(옥지) : 옥 같은 손가락. 미인의 손가락을 말한다.

4) 清光(청광) : 맑은 달빛.
   이 구는 임이 있어야 할 이부자리에 달빛만 내려앉아 있는 상황을 묘사하였다.

5) 屬(촉) : 닿다.
   湘沅(상원) : 멀리 남쪽 초나라 지역에 있는 상강湘江과 원강沅江. 전국시대 굴원이 조정에서 내쳐져 떠돌았던 곳으로서 여기서는 조나라의 미인이 있는 곳과 격절된 장소로서 임이 있는 먼 곳을 가리킨다.

6) 空簾(공렴) : 성긴 주렴.
   星漢(성한) : 은하수.

7) 精魂(정혼) : 마음. 장형張衡의 〈사현부思玄賦〉에서 "처녀는 춘정을 품어,
   마음이 이리저리 옮겨 다니네.(處子懷春, 精魂回移)"라 했다.

   이상 두 구는 미인이 은하수와 달빛을 보지 않고 애써 차폐하려고 주렴을
   내려 보지만 성긴 주렴이라 달빛도 가려지지 않을뿐더러 임에 대한 그리움
   도 차단하기 어려움을 말한 것이다.

▌해설

  이 시는 달밤을 홀로 보내고 있는 외로운 미인이 임을 그리워하는 모습을
묘사한 것이다. 시 속 미인의 상황은 조정으로부터 내쳐진 시인 자신의 처지
와 연결되며, 이는 상강과 원강을 떠돌았던 굴원의 신세와도 이어진다. 이상
과 같이 내쳐진 미인과 굴원의 이미지에 시인 자신의 심사를 기탁한 시로
볼 경우 이 시는 시인의 인생 종반부에 지어진 것으로 추측해 볼 수 있다.
  제1~4구에서 시인은 슬을 끼고 긴긴 밤 동안 외로이 지내는 미인의 모습을
묘사하였다. 제5~8구에서 시인은 미인의 마음이 굴원이 방축되었던 상강과
원강에 가 닿고 임을 그리워하는 마음이 꿈에서도 움직일 정도라고 말하여
미인의 절절한 그리움을 표현하였다. (정세진)

82. 詠主人壁上畫鶴寄喬主簿崔著作[1]
주인집 벽 위의 학 그림을 읊어 교주부와 최저작랑에게 드리다

古壁仙人畫,	옛 벽 신선의 그림이여
丹靑尙有文.[2]	단청색은 여전히 아름답네.
獨舞紛如雪,	홀로 춤추니 눈처럼 분분하고
孤飛曖似雲.[3]	외로이 날아가니 구름처럼 아득하네.
自矜彩色重,[4]	화려한 채색을 내 가련히 여기니
寧憶故池群.[5]	정녕 옛 못의 동료들을 그리워하리.
江海聯翩翼,[6]	강과 바다에서 날개 나란히 하며 날고 싶건만
長鳴誰復聞.[7]	긴 울음소리 누가 다시 들어주리?

▋주석

1) 喬主簿(교주부) : 주부主簿 교씨喬氏. 누구인지 알 수 없다.

　崔著作(최저작) : 저작랑著作郞 최융崔融. 자가 안성安成이며 만세통천萬歲通天 원년(696) 저작좌랑에 제수되었다. 앞의 시 55. 〈양왕을 따라 동정하는 저작좌랑 최융 등을 전송하다 및 서문送著作佐郞崔融等從梁王東征 幷序〉 주석 1번 참조.

2) 尙有文(상유문) : 여전히 문채가 있다. 단청색이 마모되거나 바래지지 않은 것을 말한다.

3) 曖(애) : 흐릿하다. 몽롱하다.

4) 矜(긍) : 가련히 여기다.

　彩色重(채색중) : 색이 화려하고 선명하다. 진자앙 자신의 뛰어난 자질과 능력을 비유한다.

5) 寧(녕) : 정녕.

　故池群(고지군) : 옛 연못의 무리. 여기서는 옛 친구들을 가리킨다.

7) 長鳴(장명) : 긴 울음소리. 교주부와 최저작랑을 그리워하는 시인의 마음을
   의미한다.

┃ 해설

이 시는 벽에 그려진 학 그림을 읊어 옛 친구들에게 준 것으로, 학의 모습과
기상에 자신을 비유하며 친구들에 대한 그리움을 나타내고 있다. 성력聖曆
원년(698) 이후 고향에 머무를 때 쓴 것으로 여겨진다.

제1~2구에서는 오래된 집 벽에 그려진 학 그림이 마치 신선이 그린 듯
오랜 시간이 흘렀어도 그 색이 바래지지 않았음을 말하며 학의 변함없는 고고
한 기상을 찬미하고 있다. 제3~4구에서는 홀로 춤추는 모습이 마치 눈이
날리는 듯하고 외로이 날아가는 모습이 아득히 멀리 떠 있는 구름과 같음을
말하고 있는데, 이를 통해 벽에 그려진 학 그림이 다양한 모습의 여러 그림이
었음을 짐작할 수 있다. 제5~6구에서는 비록 아름답고 화려하지만 외로이
옛 친구들을 그리워하고 있는 학의 모습에서 자신에 대한 자부심과 함께 연민
의 뜻을 나타내고, 제7~8구에서는 친구들과 더불어 강과 바다에서 자유로이
노닐며 지내고 싶은 바람을 말하며 친구들에 대한 깊은 그리움을 나타내고
있다. (주기평)

83. 楊柳枝[1] 버들가지

萬里長江一帶開,[2]	만 리의 긴 강이 한 줄로 열려있는데
岸邊楊柳幾千栽.[3]	언덕 가의 버들은 몇 천 그루나 심었나?
錦帆未落干戈起,[4]	비단 돛을 내리기도 전에 전쟁이 일어났으니
惆悵龍舟去不回.[5]	슬프구나, 용 모양 배는 가서 돌아오지 않네.

▌주석

1) 楊柳枝(양류지) : 악부 곡명. 한대漢代 악부 횡취곡사橫吹曲辭에 〈절양류折楊柳〉가 있었는데, 당대唐代에 이르러 〈양류지〉로 이름을 바꾸었고 개원開元 시기에 교방곡敎坊曲으로도 편입되었다. 〈양류지〉는 본래 민가였는데 백거이白居易, 유우석劉禹錫 등이 옛 곡조에 의거해 새로 노래를 지은 이후에 더욱 널리 성행하였다.

2) 萬里長江(만리장강) : 여기서는 수양제隋煬帝가 개통한 긴 대운하大運河를 가리키는 것으로 보인다.

3) 岸邊楊柳(안변양류) : 수양제는 운하를 개통하고 신하의 건의에 따라 운하 언덕 가에 양류楊柳를 심게 했다고 한다. 수나라 황제의 성씨가 '양씨楊氏'이기에 이를 염두에 둔 듯하다.

4) 錦帆(금범) : 비단 돛. 비단으로 배의 돛을 만든 극히 화려한 배를 가리키기도 한다. 수양제가 이러한 배를 만들어 향락에 빠졌기에 그를 '금범천자錦帆天子'라고도 한다.
   干戈(간과) : 전쟁.

5) 龍舟(용주) : 용 모양을 새긴 배. 황제가 타는 배로 쓰이며, 여기서는 수양제가 운하에서 탔던 배를 가리킨다.
   ≪수서隋書 · 양제기煬帝紀≫에 의하면, 양제는 대업大業 12년(616)에 남쪽으로 강도江都(지금의 양주揚州)에서 노닐었는데 높고 큰 '용주'를 타고 배의 돛은 모두 비단으로 만들었다. 그 때 도처에서 농민들이 봉기하여 전란이

일어났으며 이듬해에 이연李淵 부자가 기병하여 장안을 공격하였다. 618년
에 우문화宇文化가 양제를 강도에서 살해하였다고 한다. 이상 2구는 이를
노래한 것이다.

해설

이 시는 강변의 버들을 노래하며 수양제의 패망을 풍자하고 있는데 저작
시기는 알 수 없다. 이 시는 청대淸代 양국정楊國楨 간본刊本에서만 수록되어
있고 다른 판본에서는 모두 수록되어 있지 않다. 또한 시의 풍격이 진자앙의
다른 작품들과는 달라 후인이 위탁僞托한 것으로 의심하는 설도 있다.

제1~2구에서는 긴 강 언덕의 수많은 버들을 언급하고 있는데, 수양제가
뚫은 대운하와 그 언덕에 그가 심은 버들을 말한다. 제3~4구에서는 여기서
수양제가 화려한 비단 돛배를 타고 황음무도한 생활을 했는데 그 환락을 다
즐기기도 전에 전란이 일어났고, 결국 그도 슬픈 최후를 맞이했음을 노래하고
있다. (강민호)

진자앙陳子昂 연보

659년 1세, 고종高宗 현경顯慶 4년
재주梓州 사홍현射洪縣(지금의 사천성四川省 수녕시遂寧市 사홍현射洪縣)에서 태어나다. 부친인 진원경陳元敬은 벼슬을 거절하고 가문에서 수양하던 사람으로 37세 때 진자앙을 낳았다.

676년 18세, 상원上元 3년(의봉儀鳳 원년)
비로소 분발하여 책을 읽다.

679년 21세, 의봉 4년(조로調露 원년)
처음 장안長安에 들어와 태학太學에 머물다.

680년 22세, 조로 2년(영융永隆 원년)
낙양洛陽에 가서 과거를 치렀으나 낙제하고 장안을 거쳐 고향으로 돌아가다.

682년 24세, 개요開耀 2년(영순永淳 원년)
진사과進士科에 합격하다. 그 뒤에 문장으로 높은 벼슬아치에게 간알하였으나 성과가 없어서 고향으로 돌아가다.

684년 26세, 중종中宗 사성嗣聖 원년(예종睿宗 문명文明 원년, 무후武后 광택光宅 원년)
대궐에 올린 글을 무후가 뛰어나게 여겨 조정으로 불려가 인대정자麟臺正字의 벼슬을 받았다. 측천무후는 광택 원년에 비서성秘書省의 이름을 인대로 바꾸었다.

686년 28세, 수공垂拱 2년
교지지喬知之가 북쪽으로 돌궐을 토벌하러 가는 것을 종군한 다음 낙양으로 돌아오다.

689년 31세, 영창永昌 원년(재초載初 원년)
인대정자의 임기가 끝나서 우위주조참군右衛冑曹參軍으로 옮기다.

691년 33세, 대주大周 무측천武則天 천수天授 2년
계모의 상喪 때문에 우위주조참군을 그만 두고 고향으로 돌아가다.

693년 35세, 장수長壽 2년
7월에 사촌 동생 진자陳玆가 사망하다. 여름과 가을 사이에 고향을 떠나 낙양으로 돌아와서 우습유右拾遺로 발탁되다.

694년 36세, 장수 3년(연재延載 원년)
낙양에서 반역사건에 연루되어 옥에 갇히다.

695년 37세, 증성證聖 원년(천책만세天冊萬歲 원년, 만세등봉萬歲登封 원년)
옥에서 풀려나와 우습유로 복귀하다.

696년 38세, 만세등봉 2년(만세통천萬歲通天 원년)
5월에 북방에서 거란족이 반란을 일으키자 조정은 7월에 양왕梁王 무삼사武三思를 시켜 거란을 막으려했고 9월에 건안군왕建安郡王 무유의武攸宜를 시켜 거란을 토벌하려 했다. 진자앙은 무유의의 군대에 합류하여 본관참모本官參謀가 되었다.

697년 39세, 만세통천 2년(신공神功 원년)
건안군왕 무유의에게 거란 잔당 토벌을 위한 계책을 내놓았으나 배척당하고 군조軍曹로 강등당하다. 6월에 거란의 난이 평정된 다음 7월에 낙양으로 돌아와 다시 우습유가 되다.

698년 40세, 성력聖曆 원년
가을에 부친이 연로한 까닭에 관리를 그만두고 고향으로 모시러 돌아가다.

699년 41세, 성력 2년
고향에서 부친을 공양하다가 7월에 부친이 77세로 사망하다.

700년 42세, 성력 3년
탐관오리 현령縣令인 단간段簡이 무함誣陷하여 옥에 갇혀 고초를 당하고 사망하다. 단간이 진자앙의 재산을 탐했다는 설과 무삼사의 사주가 있었다는 설이 있다.

작자소개

- 진자앙陳子昂(659~700)

중국 당唐나라의 시인으로 자가 백옥伯玉이며 재주梓州(지금의 사천성四川省 사홍현射洪縣) 사람이다. 부유한 집안 출신으로 어려서는 학문에 뜻을 두지 않다가 뒤늦게 깨달은 바가 있어 학업에 전념하였다. 24세 때인 고종高宗 개요開耀 2년(682) 진사進士에 급제하였으며, 예종睿宗 문명文明 원년(684)에 무측천武則天의 눈에 들어 인대정자麟臺正字로 발탁되었다. 관직이 우습유右拾遺에까지 올라 세칭 진습유陳拾遺라고 한다. 관직에 있으며 수공垂拱 2년(686)과 만세통천萬歲通天 원년(696)에 각각 서북과 동북 변방으로 종군하였으며, 부친 봉양을 이유로 귀향하였다가 탐관오리의 모함을 받아 성력聖曆 3년(700) 42세로 옥중에서 세상을 떠났다. 초당初唐 시기에 유행했던 제량齊梁의 궁체시宮體詩와 변려문騈麗文의 폐단을 바로잡고자 하였으며, 이른바 '한위풍골漢魏風骨'의 계승을 주장하며 강건하고 중후한 시를 지음으로써 성당시盛唐詩 발전의 토대를 개척하였다. 저서로 ≪진자앙집陳子昂集≫ 10권이 있다.

역해자 소개

- 주기평朱基平

호號는 벽송碧松이다. 서울대학교 중어중문학과를 졸업하고 동 대학원에서 문학박사 학위를 취득하였다. 서울대학교 규장각한국학연구원의 책임연구원과 서울대학교 인문학연구원의 객원연구원을 지냈으며, 현재 서울대·고려대 등에서 강의하고 있다.

저역서로 ≪육유시가연구≫, ≪육유사≫, ≪육유시선≫, ≪고적시선≫, ≪잠삼시선≫, ≪역주 숙종춘방일기≫, ≪당시삼백수≫(공역), ≪송시화고≫(공역), ≪협주명현십초시≫(공역), ≪사령운·사혜련 시≫(공역) 등이 있으며, 주요논문으로 〈남송 강호시파의 시파적 성격 고찰〉, 〈중국 만가시의 형성과 변화과정에 대한 일고찰〉, 〈두보 시아시 연구〉 등이 있다.

- **강민호**姜旼昊

  서울대학교 중어중문학과를 졸업하고 동 대학원에서 문학박사 학위를 취득하였다. 서울대학교 중어중문학과 조교를 역임했으며, 현재 서울대학교 기초교육원 강의부교수로 있다.

  저역서로 《두보배율연구》, 《유장경시선》, 《풀어쓴대학한문초급편》(공저), 《문선역주》(공역) 등이 있으며, 주요논문으로 〈두보 시의 전범화 양상과 영향〉, 〈중국고전시의 대장 미학에 대한 재고〉, 〈유수대의 미학 연구〉, 〈이교 영물 오언율시연구〉, 〈두보 유사연작시 고찰〉 등이 있다.

- **서용준**徐榕浚

  서울대학교 중어중문학과를 졸업하고 동 대학원에서 문학박사 학위를 취득하였다. 현재 서울대·경희대 등에서 강의하고 있다.

  저역서로 《사시전원잡흥》, 《협주명현십초시》(공역), 《사령운·사혜련 시》(공역) 등이 있으며, 주요논문으로 〈이백시의 화자에 대한 연구〉, 〈문심조룡·송찬 편의 분석을 통한 유협의 讚과 贊에 대한 인식 고찰〉, 〈이백의 아내와 자식에 대한 기존 연구의 비교 및 李白詩를 통한 아내와 자식에 대한 고찰〉, 〈이백 악부시 <오서곡> 연구-시의 화자를 중심으로〉 등이 있다.

- **김수희**金秀姬

  이화여자대학교 중어중문학과를 졸업하고 서울대학교 대학원에서 문학박사 학위를 취득하였다. 이화여자대학교 전임연구원을 지내며 명대 여성 작가에 대한 연구를 수행하였다. 현재 서울대·이화여대 등에서 강의하고 있다.

  저역서로 《풍연사사선》, 《명대여성작가총서-이인시선》, 《명대여성작가총서-명대여성산곡선》, 《협주명현십초시》(공역), 《이제현 사선》(공역), 《사령운·사혜련 시》(공역) 등이 있으며, 주요논문으로 〈남당사의 아속공존 양상 연구〉, 〈명대 기녀사에 나타난 기녀 모습과 그 의미〉, 〈동귀

기사'로 본 명대 여성여행과 여행의식〉 등이 있다.

• **홍혜진**洪惠珍

숙명여자대학교 중어중문학과를 졸업하고 서울대학교 대학원에서 문학박
사 학위를 취득하였다. 현재 서울대·동국대·숙명여대 등에서 강의하고
있다.
주요논문으로 〈시학 전문서 ≪수원시화≫의 기능〉, 〈강남도시와 원매 전기
류 작품의 상관성〉 등이 있다.

• **정세진**鄭世珍

서울대학교 식품영양학과를 졸업하고 서울대학교 중어중문학과 대학원에
서 문학박사 학위를 취득하였다. 현재 서울대 등에서 강의하고 있다.
저역서로 ≪(18세기의) 맛 : 취향의 탄생과 혀끝의 인문학≫(공역), ≪협주
명현십초시≫(공역), ≪사령운·사혜련 시≫(공역) 등이 있으며, 주요논문
으로 〈오산선승들은 소식시를 어떻게 향유했는가?-≪한림오봉집≫의 소식
관련 시를 중심으로〉, 〈오대시안에 연루된 문장에 대한 고찰〉 등이 있다.

• **임도현**林道鉉

영남대학교 중어중문학과를 졸업하고 서울대학교 대학원에서 문학박사 학
위를 취득하였다. 이화여대 중문과에서 박사후연구원을 지냈으며, 현재 서
울대·중앙대 등에서 강의하고 있다.
저역서로 ≪이백시선≫, ≪쫓겨난 신선 이백의 눈물≫, ≪협주명현십초시≫
(공역), ≪이태백시집≫(8권, 공역), ≪이제현 사선≫(공역), ≪사령운·사혜
련 시≫(공역) 등이 있으며, 주요논문으로 〈≪(협주)명현십초시≫의 간행목
적과 유전양상〉, 〈이백의 다원적 이상 추구와 그 좌절로 인한 비애〉, 〈이백의
간알시에 나타난 관직 진출 열망〉, 〈역사 인물에 대한 이백의 이중적 태도에
관한 고찰〉 등이 있다.

진자앙陳子昻 시

초판 인쇄 2017년 9월 22일
초판 발행 2017년 9월 29일

지   음 | 진자앙
역   해 | 주기평·강민호·서용준·김수희
            홍혜진·정세진·임도현
펴 낸 이 | 하운근
펴 낸 곳 | 學古房

주   소 | 경기도 고양시 덕양구 통일로 140 삼송테크노밸리 A동 B224
전   화 | (02)353-9908   편집부(02)356-9903
팩   스 | (02)6959-8234
홈페이지 | http://hakgobang.co.kr/
전자우편 | hakgobang@naver.com, hakgobang@chol.com
등록번호 | 제311-1994-000001호

ISBN   978-89-6071-707-7   93820

값 : 30,000원

이 도서의 국립중앙도서관 출판시도서목록(CIP)은 서지정보유통지원시스템 홈페이지
(http://seoji.nl.go.kr)와 국가자료공동목록시스템(http://www.nl.go.kr/kolisnet)에서
이용하실 수 있습니다. (CIP제어번호: CIP2017024582)

■ 파본은 교환해 드립니다.